Paul Sussman
Der Fluch der Isis

Paul Sussman

Der Fluch der Isis

Roman

Aus dem Englischen
von Angelika Felenda

Kabel

Die englische Originalausgabe erschien 2002
unter dem Titel »The Lost Army of Cambyses«
bei Bantam Press, a Division of Transworld Publishers/
The Random House Group Ltd. in London.

Für Mum, Dad und die schöne Alicky

ISBN 3-8225-0594-3

Gesetzt aus der Garamond
Satz: Filmsatz Schröter, München
Druck und Bindung: Friedrich Pustet, Regensburg
Printed in Germany

www. kabel-verlag.de

»Aber auch die Ammonier wissen nur Folgendes zu berichten: Als das Heer von jener Stadt Oasiis aus durch die Sandwüste gegen sie vorrückte und etwa bis zur Hälfte des Weges gekommen sei, hätte sich zu der Zeit, da sie das Frühmal nahmen, der Südwind mit unmäßiger Heftigkeit erhoben und sie unter Sanddünen, die er vor sich hertrieb, begraben und so sei das Heer verschwunden:«

HERODOT
Neun Bücher der Geschichte
Buch III

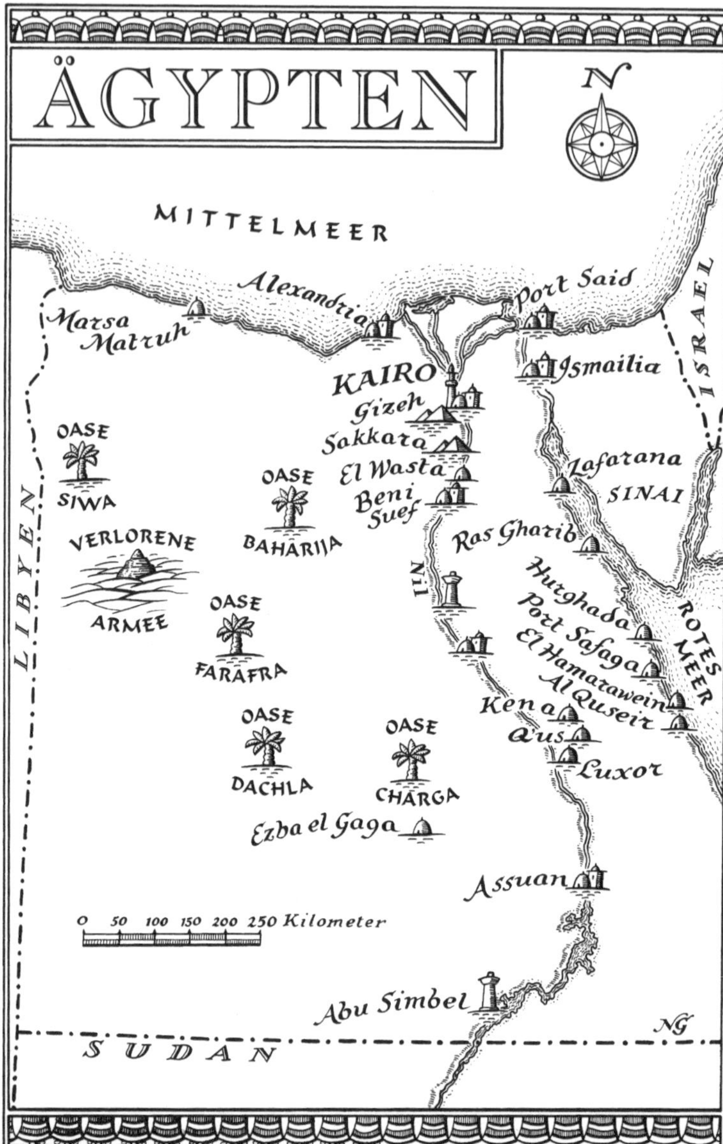

ÄGYPTEN
N
MITTELMEER
Alexandria
Marsa Matruh
Port Said
Ismailia
ISRAEL
KAIRO
Gizeh
Sakkara
El Wasta
Beni Suef
Zafarana
SINAI
OASE SIWA
OASE BAHARIJA
VERLORENE ARMEE
LIBYEN
Ras Gharib
Nil
OASE FARAFRA
Hurghada
Port Safaga
El Hamarawein
Al Quseir
ROTES MEER
Kena
Qus
Luxor
OASE DACHLA
OASE CHARGA
Ezba el Gaga
Assuan
0 50 100 150 200 250 Kilometer
Abu Simbel
NG
SUDAN

Prolog

DIE WESTLICHE WÜSTE, 523 VOR CHRISTUS

Die Fliege hatte den Griechen den ganzen Morgen über belästigt. Als wären die Gluthitze der Wüste, die Gewaltmärsche und die mageren Rationen nicht schon genug gewesen. Jetzt hatte er auch noch diese Plage am Hals. Er verfluchte die Götter und versetzte sich einen heftigen Schlag auf die Wange, der einen Schauer von Schweißtropfen aufsprühen ließ, das Insekt aber verfehlte. »Verdammte Fliegen!«, zischte er.

»Ignorier sie«, sagte sein Kamerad.

»Ich kann sie nicht ignorieren. Sie machen mich wahnsinnig. Wenn ich es nicht besser wüsste, würde ich annehmen, unsere Feinde hätten sie geschickt.«

Sein Kamerad zuckte mit den Achseln.

»Vielleicht haben sie das. Man sagt, die Ammonier verfügten über seltsame Kräfte. Ich habe gehört, dass sie sich in wilde Tiere verwandeln können. In Schakale und Löwen und dergleichen.«

»Sie können sich verwandeln, in was sie wollen«, knurrte der Grieche. »Wenn ich sie in die Finger kriege, lass ich sie für diesen verdammten Marsch büßen. Seit vier Wochen sind wir jetzt hier draußen! Vier Wochen!«

Er nahm den Wasserschlauch von seiner Schulter, trank einen Schluck und verzog wegen des heißen, öligen Inhalts angewidert das Gesicht. Was hätte er für einen Becher kühlen, frischen Wassers aus den Bergquellen von Naxos gegeben, für Wasser, das nicht schmeckte, als hätten gerade fünfzig pockenkranke Ägypterinnen darin gebadet! »Ich geb den Söldnerberuf auf«, brummte er. »Dieser Feldzug ist mein letzter.«

»Das sagst du jedes Mal.«

»Diesmal ist es mir ernst. Ich geh nach Naxos zurück und such mir eine Frau und ein hübsches Stück Land. Olivenbäume – damit kann man ein Vermögen machen, verstehst du?«

»Das würdest du doch nie durchhalten.«

»Doch«, sagte der Grieche und schlug erneut vergeblich nach einer Fliege. »Doch, das werde ich. Diesmal ist es anders.«

Diesmal war es tatsächlich anders. Zwanzig Jahre lang hatte er die Kriege anderer Leute ausgefochten. Zu lange, das wusste er. Er hielt diese Märsche nicht mehr durch. Und die alte Pfeilwunde schmerzte auch jedes Jahr schlimmer. Inzwischen konnte er den Schildarm kaum mehr auf Brusthöhe heben. Noch ein Einsatz und dann wär's damit vorbei. Er würde zurückgehen und auf der Insel, auf der er geboren worden war, Olivenbäume züchten.

»Wer sind diese Ammonier eigentlich?«, fragte er und trank noch einen Schluck Wasser.

»Keine Ahnung. Sie haben irgendein Orakel, das Kambyses zerstören lassen will. Mehr weiß ich auch nicht.«

Der Grieche brummte, setzte aber die Unterhaltung nicht fort. In Wirklichkeit interessierten ihn seine Gegner nicht besonders. Libyer, Ägypter, Kariater, Hebräer, nicht einmal seine Landsleute, die Griechen – sie alle waren ihm ziemlich gleichgültig. Man trat an, tötete, wen man zu töten hatte, und schloss sich dann einem anderen Feldzug an, oft genug gegen dieselben Leute, die einen zuletzt bezahlt hatten. Heute war der persische Kambyses sein Herr. Kaum ein paar Monate zuvor hatte er in der ägyptischen Armee gegen denselben Kambyses gekämpft. So war das in diesem Beruf.

Er nahm noch einen Schluck Wasser, und seine Gedanken schweiften nach Theben zurück, zum letzten Tag, den er dort verbracht hatte, bevor es auf den Marsch durch die Wüste ging. Er und ein Freund, Phaedis von Mazedonien, hatten mit einem Schlauch Bier den großen Fluss Iteru überquert, zu dem Tal, das »Die Pforten der Toten« genannt wurde, wo der Überlieferung nach viele große Könige begraben lagen. Sie verbrachten den Nachmittag mit Trinken und Herumstreifen und entdeckten am Fuß eines steilen Geröllhaufens einen engen Schacht, in den sie hineinkrochen, um sich ihre Kühnheit zu beweisen. Die Wände und Decken waren mit Bildern bemalt, und der Grieche hatte sein Messer herausgezogen und seinen Namen in den weichen Gips geritzt: »Ich, Dymmachus, Sohn des Menendes aus Naxos, habe diese Wunder gesehen. Morgen ziehe ich gegen die Ammonier. Möge …«

Doch bevor er fertig war, hatte sich Phaedis auf einen Skorpion gekniet, einen fürchterlichen Schrei ausgestoßen und war wie eine erschreckte Katze aus dem Schacht hinausgestürzt. Wie sehr hatte er darüber gelacht!

Doch schließlich hatte er selbst bei der Sache das Nachsehen gehabt, denn Phaedis' Bein schwoll auf die Größe eines Baumstammes an, sodass er nicht in der Lage war, sich am nächsten Tag der Armee anzuschließen. Damit waren ihm vier Wochen Quälerei in der Wüste erspart geblieben. Armer alter Phaedis? Oder vielmehr: glücklicher alter Phaedis! Er lächelte bei der Erinnerung.

»Dymmachus! He, Dymmachus!«

Die Stimme seines Kameraden riss ihn aus seinen Gedanken.

»Was?«

»Sieh dir das an, du Tölpel. Da vorn.«

Der Grieche hob den Blick und starrte auf die Reihe der marschierenden Truppen vor sich. Sie durchquerten ein breites Tal zwischen hohen Dünen, und vor ihnen erhob sich ein riesiger, pyramidenförmiger Fels, der im grellen Mittagslicht flimmerte und dessen Seiten so gleichmäßig gebildet waren, dass es aussah, als wäre er behauen worden, um diese Form anzunehmen. Er strahlte etwas seltsam Bedrohliches aus, wie er so still und einsam in der kahlen Landschaft stand, und der Grieche griff unwillkürlich zu dem Isis-Amulett an seinem Hals und murmelte ein schnelles Gebet, um böse Geister abzuwehren.

Sie marschierten noch eine halbe Stunde weiter, bevor zum Mittagsmahl Halt gemacht wurde, und zu diesem Zeitpunkt war die Kompanie des Griechen fast bei dem Felsen angelangt. Er taumelte darauf zu und ließ sich in den schmalen Schattenstreifen zu seinen Füßen niedersinken.

»Wie weit denn noch«, stöhnte er und lehnte sich an den warmen Stein. »O Zeus, wie weit denn noch!«

Jungen brachten Brot und Feigen, und die Männer aßen. Danach ritzten einige ihre Namen in den Felsen. Der Grieche jedoch lehnte sich zurück, schloss die Augen und spürte sofort wieder das Kitzeln einer Fliege, die sich auf seiner Wange niederließ. Diesmal machte er keinen Versuch, sie zu erschlagen, sondern gestattete ihr, auf seinen Lippen und Augenlidern herumzukrabbeln. Sie flog weg und ließ sich wieder auf ihm nieder, immer wieder, als wollte sie seine Entschlossenheit auf die Probe stellen. Aber er hielt still, und das Insekt, das sich inzwischen in falscher Sicherheit wiegte, setzte sich schließlich auf seine Stirn. Mit unendlicher Vorsicht hob er die Hand, hielt sie einen Augenblick lang etwa eine halbe Armlänge von sich, bevor er sich heftig gegen den Kopf schlug.

»Hab ich dich erwischt!«, rief er aus und musterte die Überreste der Fliege, die auf seiner Handfläche klebte. »Endlich!«

Sein Triumph war jedoch nur von kurzer Dauer, denn im selben Moment drang vom Ende des Zugs beunruhigtes Murmeln herauf.

»Was ist los?«, fragte er, wischte die Fliege ab, erhob sich und packte sein Schwert. »Ein Angriff?«

»Ich weiß nicht«, antwortete der Mann neben ihm. »Hinter uns ist irgendwas im Gange.« Die Unruhe nahm zu. Vier Kamele stürmten vorbei, Schaum tropfte aus ihren Mäulern, und sie schleiften ihr Gepäck hinter sich her. Schreie waren zu hören und gedämpfte Rufe. Der Wind war stärker geworden, schlug ihm ins Gesicht und zerzauste sein Haar.

Der Grieche beschattete die Augen und sah nach Süden das Tal entlang. Eine Art dunkle Wand schien sich von hinten zu nähern. Ein Angriff von Reitern, dachte er zuerst. Dann fegte ihm ein heftiger Windstoß ins Gesicht, und er vernahm ganz deutlich, was bislang nur ein dumpfes Rauschen gewesen war.

»O Isis«, flüsterte er.

»Was?«, fragte sein Kamerad.

Der Grieche wandte sich ihm zu. Plötzlich stand Angst in seinen Augen.

»Ein Sandsturm.«

Keiner sprach oder rührte sich. Sie alle hatten von den Sandstürmen in der westlichen Wüste gehört, die aus dem Nichts auftauchten und alles in ihrem Weg unter sich begruben. Ganze Städte waren schon verschlungen, ganze Kulturen ausgelöscht worden, so sagte man.

»Wenn man in einen Sandsturm gerät, kann man nur eines tun«, hatte ihnen einer der libyschen Führer erklärt.

»Was?«, hatten sie gefragt.

»Sterben.«

»Rette uns!«, krächzte jemand. »Mögen die Götter uns beschützen!«

Und dann begannen plötzlich alle schreiend loszulaufen.

»Rette uns!«, riefen sie. »Hab Erbarmen mit uns!«

Manche warfen ihre Ausrüstung weg und rannten blind vor Angst durch das Tal. Andere stolperten die Düne hinauf, gingen in die Knie oder kauerten sich im Schutze des pyramidenförmigen Felsens zusammen. Ein Mann fiel mit dem Gesicht in den Sand und weinte. Ein anderer wurde von seinem Pferd niedergetrampelt, als er versuchte aufzusteigen.

Nur der Grieche blieb als Einziger seiner Kompanie wie angewurzelt stehen. Er rührte sich nicht und gab keinen Laut von sich, sondern stand einfach nur mit bleischweren Gliedern da, als die dunkle Wand unerbittlich und scheinbar immer schneller auf ihn zurollte. Weitere Lasttiere rasten vorbei, auch Männer mit angstverzerrten Gesichtern, die ihre Waffen weggeworfen hatten.

»Lauf!«, riefen sie. »Lauf, oder du bist verloren!«

Der Wind brauste jetzt noch stärker und peitschte ihnen Sandwolken um Beine und Leib. Ein Tosen war zu hören, wie das Donnern eines Wasserfalls. Die Sonne verdunkelte sich.

»Komm, Dymmachus, lass uns hier verschwinden«, rief sein Kamerad. »Wenn wir hier bleiben, werden wir lebendig begraben.«

Doch der Grieche bewegte sich noch immer nicht. Ein verhaltenes Lächeln spielte um seinen Mund. Von allen Todesarten, die er sich vorgestellt hatte – und es waren viele gewesen –, war ihm diese nie in den Sinn gekommen. Noch dazu auf seinem letzten Feldzug. Es war so grausam, dass es ihm eigentlich lächerlich erschien. Sein Lächeln wurde breiter, und gegen seinen Willen begann er, leise zu lachen.

»Dymmachus, du Narr! Was ist los mit dir?«

»Geh nur«, brüllte der Grieche, damit man ihn im zunehmenden Brausen des Sturms hören konnte. »Lauf, wenn du willst! Es hat doch keinen Zweck. Was mich angeht, so werde ich sterben, wo ich stehe.«

Er zog sein Schwert, hielt es vor sich und starrte auf das Bild der eingerollten Schlange, die in die glänzende Klinge eingraviert war und deren offene Kiefer die Schwertspitze umschlossen. Er hatte es vor zwanzig Jahren bei seinem ersten Feldzug, der gegen die Lydier ging, erobert und seitdem immer als Glücksbringer bei sich getragen. Er begann, mit dem Daumen prüfend über die Klinge zu fahren.

Sein Kamerad lief davon. »Du bist verrückt!«, rief er noch über seine Schulter. »Du elender, verrückter Narr.«

Der Grieche beachtete ihn nicht. Er hielt sein Schwert fest und starrte auf die große Dunkelheit, die immer näher rückte. Bald würde sie ihn verschlucken. Er spannte die Muskeln an.

»Komm nur«, flüsterte er. »Wir wollen sehen, woraus du gemacht bist.«

Plötzlich fühlte er sich ganz unbeschwert. Es war wie im Kampf – zunächst die Angst, die bleiernen Glieder, und dann die plötzliche Woge von Angriffslust. Vielleicht war das Züchten von Olivenbäumen doch nicht seine Sache. Er war ein Krieger. Kämpfen lag ihm im Blut. Vielleicht war es gut so. Er begann zu singen. Eine alte ägyptische Zauberformel, um das böse Auge abzuwehren:

»Sakhmets Pfeil ist in dir!
Der Zauber Thots in deinem Leib!
Isis verflucht dich!
Nephtis bestraft dich!
Horus' Lanze in deinem Kopf!«

Und dann traf ihn der Sturm, er brauste mit der Kraft von tausend Kampfwagen auf ihn zu. Der Wind riss ihn beinahe um, der Sand blendete ihn, zerrte an seiner Tunika und an seinem Körper. Verschwommene Formen tauchten in der Dunkelheit auf, wild gestikulierende Arme, Schreie, die in dem ohrenbetäubenden Lärm untergingen. Eine der Armeestandarten flog gegen seine Beine, wo sie einen Moment lang hängen blieb, bevor sie wieder weggerissen wurde und in dem Mahlstrom verschwand.

Der Grieche holte mit dem Schwert gegen den Sturm aus, aber der war zu stark für ihn. Er drückte ihn zurück, dann auf die Seite, und schließlich zwang er ihn in die Knie. Er öffnete den Mund, um zu schreien, aber eine sandige Faust fuhr ihm in die Kehle und raubte ihm die Luft. Er richtete sich wieder auf, wurde aber fast augenblicklich erneut umgeworfen, und diesmal stand er nicht mehr auf. Eine Woge aus Sand überspülte ihn.

Ein paar Momente lang bäumte er sich auf und kämpfte, doch dann blieb er still liegen. Plötzlich fühlte er sich unendlich matt und sehr ruhig, als schwebe er auf einer Wolke. Bilder zogen an seinem inneren Auge vorbei wie Schiffe über ein stilles Meer – Naxos, die Grabkammer in Theben, Phaedis und der Skorpion, sein erster Feldzug vor all den vielen Jahren gegen die grausamen Lydier, bei dem er das Schwert erobert hatte. Mit letzter Kraft rammte er die Waffe nach oben, damit die schwere Klinge mit der eingravierten Schlange aus den Sandmassen herausragen und den Ort bezeichnen würde, an dem er gefallen war.

1

Kairo, September 2000

Lang, schlank und schwarz wie ein Wal glitt die Limousine langsam durch die Tore der Botschaft und blieb einen Moment stehen, bevor sie sich in den Verkehrsstrom einreihte. Zwei Polizisten auf Motorrädern setzten sich davor, zwei dahinter.

Etwa hundert Meter fuhr der Konvoi geradeaus, Bäume und Häuser glitten auf beiden Seiten vorbei, dann bog er nach rechts ab und erneut nach rechts in die Corniche El-Nil. Andere Autofahrer spähten herüber, um zu sehen, wer in der Limousine saß, aber die Scheiben waren abgedunkelt und ließen außer den vagen Umrissen von Köpfen nichts erkennen. Ein kleines Sternenbanner flatterte am Rand des vorderen Kotflügels. Nach einem Kilometer kam der Konvoi zu einer Kreuzung von Straßen und Überführungen. Die vorausfahrenden Motorräder drosselten das Tempo, stellten die Sirenen an, schoben sich durch das Verkehrsgewühl und lotsten die Limousine vorsichtig durch das Gewirr der Straßen auf eine Autobahn, wo der Verkehr nicht ganz so dicht war. Der Konvoi nahm Geschwindigkeit auf und folgte den Schildern zum Flughafen. Die hinteren Motorradfahrer beugten sich einander zu und begannen sich zu unterhalten.

Der Knall kam so plötzlich und war so gedämpft, dass die Explosion nicht gleich als solche erkannt wurde. Man hörte ein dumpfes Bersten und ein Zischen, die Limousine bäumte sich auf und schleuderte über die Fahrbahn gegen eine Betonmauer. Erst als ein weiterer, diesmal lauterer Knall das beschädigte Fahrzeug erschütterte und Flammen aus der Unterseite schlugen, wurde klar, dass es sich hier nicht um einen einfachen Verkehrsunfall handelte.

Die Motorradfahrer kamen schleudernd zum Stehen. Die Vordertür der Limousine sprang auf, und der Fahrer taumelte brennend heraus. Zwei der Polizisten erstickten die Flammen mit ihren Jacken, die anderen versuchten, die hinteren Türen zu öffnen, gegen die verzweifelt von innen getrommelt wurde. Rauchschwaden stiegen auf, und die Luft war vom beißenden Gestank brennenden Benzins erfüllt. Autos fuhren langsamer, hielten an, und die Fahrer gafften. Die kleine Flagge am vorderen Kotflügel der Limousine fing Feuer und verbrannte augenblicklich zu Asche.

2

Die westliche Wüste, eine Woche später

»Mistkerl!« Der Fahrer stieß einen Freudenschrei aus, als sein Toyota mit Vierradantrieb den Gipfel der Düne erklomm und einen Moment lang wie ein linkischer, weißer Vogel in der Luft hängen blieb, bevor er auf der anderen Seite wieder nach unten kippte. Einen Augenblick lang sah es aus, als würde er die Kontrolle über den Wagen verlieren, denn das Fahrzeug schlitterte in gefährlich steilem Winkel nach unten, aber es gelang ihm, es wieder auf Kurs zu bringen, er erreichte den Fuß des Abhangs, drückte erneut aufs Gas, nahm Geschwindigkeit auf und fuhr über den Gipfel der nächsten Düne.

»Gottverdammter Hurensohn!«, grölte er.

Er raste noch zwanzig Minuten weiter, Musik dröhnte aus der Stereoanlage des Jeeps, sein blondes Haar flatterte im Wind, bevor er schließlich auf einem hohen Dünenkamm zum Stehen kam und den Motor abstellte. Er nahm einen Zug aus seinem Joint, griff nach einem Fernglas und stieg aus. Seine Stiefel knirschten im Sand.

Nun, da der Motor nicht mehr lief und die Stereoanlage abgestellt war, war es unheimlich still. Er blieb einen Moment stehen und starrte auf das Meer aus Dünen und Geröll, auf die seltsame, unbelebte Landschaft, die sich überall um ihn erstreckte, und nachdem er noch einen Zug aus dem Joint genommen hatte, hob er das Fernglas und richtete es nach Nordwesten.

Ein halbmondförmiger Kalksteinfelsen kam in sein Gesichtsfeld, an dessen Fuß der grüne Streifen einer Oase verlief. Kleine Dörfer lagen eingebettet zwischen Palmenhainen und Salzteichen, und am linken Ende der Oase befand sich ein größerer, weißer Fleck, der die Hauptsiedlung darstellte.

»Siwa«, lächelte der Mann und stieß durch die Nasenlöcher Rauch aus. »Gott sei Dank.«

Er blieb noch eine Weile stehen, suchte mit dem Fernglas die Oase ab, kehrte dann zu dem Jeep zurück, ließ den Motor aufheulen, und der Lärm aus seiner Stereoanlage hallte erneut über die Sandflächen.

Nach einer Stunde erreichte er den Rand der Oase und fuhr rumpelnd aus der Wüste auf eine ungeteerte Straße. Zu seiner Rechten erhoben sich drei Funkmasten und ein Wasserturm aus Beton. Ein Rudel wilder Hunde kam heran und schnappte nach seinen Radkappen.

»Hey, Jungs, ich freue mich auch, euch zu sehen!«, lachte er, drückte auf die Hupe, fuhr enge Schlangenlinien, wirbelte eine Staubwolke auf und zwang die Hunde, auseinander zu laufen.

Er fuhr an ein paar Satellitenschüsseln und einem provisorischen Armeecamp vorbei, bevor er auf eine geteerte Straße kam. Sie führte ihn ins Zentrum der großen Siedlung, die er von der Dünenspitze aus gesehen hatte: Siwa-Stadt.

Der Ort war fast ganz ausgestorben. Ein paar Eselskarren klapperten die Straße entlang, und auf dem Hauptplatz drängte sich eine Gruppe von Frauen, die ihre grauen Baumwollschals übers Gesicht gezogen hatten, um einen staubigen Gemüsestand. Alle anderen hatte die Mittagssonne in die Häuser getrieben.

Auf einer Seite des Platzes, zu Füßen eines hohen Felsblocks mit verfallenen Häusern darauf, hielt er an, nahm einen großen gelbbraunen Umschlag vom Rücksitz, stieg aus und machte sich, ohne die Wagentüren zu verschließen, auf den Weg über den Platz. Vor einem Gemischtwarenladen blieb er stehen, redete kurz mit dem Besitzer, reichte ihm ein Stück Papier und ein Bündel Geld. Dann ging er weiter, bog in eine Seitenstraße ein und trat in ein schäbig aussehendes Gebäude, auf dessen Fassade »Welcome Hotel« geschrieben stand. Der Mann hinter der Rezeption sprang auf, als er eintrat.

»Dr. John!«, rief er aus. »Sie sind verrückt!«

Er kam hervor, um ihn zu begrüßen.

»Es ist schön, Sie zu sehen!«

Er sprach in der Berbersprache, die auch der junge Mann benutzte, als er ihm antwortete.

»Dich auch, Yakub. Wie geht's dir?«

»Gut. Und Ihnen?«

»Ich bin schmutzig«, sagte Dr. John und klopfte sich den Staub aus seinem »I Love Egypt«-T-Shirt. »Ich brauche eine Dusche.«

»Natürlich, natürlich. Sie wissen ja, wo sie sind. Es gibt kein heißes Wasser, fürchte ich, aber nehmen Sie so viel kaltes, wie Sie wollen. Mohammed! Mohammed!«

Ein kleiner Junge erschien aus einem Nebenzimmer.

»Dr. John ist zurückgekommen. Bring ihm Handtuch und Seife, damit er duschen kann.«

Der Junge eilte davon, und die Sohlen seiner Gummisandalen klatschten laut auf den Fliesenboden.

»Möchten Sie essen?«

»Und ob ich essen will. Ich hab während der letzten acht Wochen von Bohnen und Büchsensardinen gelebt. Jede Nacht hab ich von Yakubs Hühner-Curry geträumt.«

Yakub lachte.

»Möchten Sie gebackene Kartoffeln dazu?«

»Ich will gebackene Kartoffeln, frisches Brot, eine kalte Cola, ich will alles, was du auftischen kannst.«

Yakub lachte wieder laut auf.

»Der gleiche alte Dr. John!«

Der Junge kam mit einem Handtuch und einem kleinen Stück Seife zurück und überreichte ihm beides.

»Ich muss zuerst noch telefonieren«, sagte Dr. John.

»Kein Problem. Kommen Sie. Kommen Sie.«

Yakub führte ihn in einen Raum mit einem Gestell voller eselsohriger Postkarten an der Wand und einem Telefon auf einem Aktenschrank. Dr. John legte seinen Umschlag auf einen Stuhl, nahm den Hörer ab und wählte. Es klingelte ein paar Mal, bevor sich am anderen Ende eine Stimme meldete.

»Hallo«, sagte er, jetzt auf Arabisch, »könnten Sie mich mit …«

Yakub winkte ihm zu und ließ ihn allein. Ein paar Minuten später kehrte er mit einer Flasche Cola zurück, aber Dr. John telefonierte immer noch, daher stellte Yakub die Cola auf den Aktenschrank und ging hinaus, um mit der Zubereitung des Essens zu beginnen.

Eine halbe Stunde später saß Dr. John geduscht und rasiert und das Haar aus der sonnengebräunten Stirn gekämmt im Garten des Hotels unter einer Palme und verschlang sein Essen.

»Also, was war los draußen in der Welt, Yakub?«, fragte er, während er ein Stück Brot abbrach und damit am Tellerrand die Soße aufsaugte.

Yakub nippte an seiner Fanta.

»Haben Sie von der Sache mit dem amerikanischen Botschafter gehört?«, fragte er.

»Ich hab überhaupt nichts gehört. Während der letzten zwei Monate hätte ich genauso gut auf dem Mars leben können.«

»Er ist in die Luft gesprengt worden.«

Dr. John stieß ein leises Pfeifen aus.

»Vor einer Woche«, sagte Yakub. »In Kairo. Das Schwert Allahs.«

»Ist er tot?«

»Nein, er hat überlebt. Ganz knapp.«

Dr. John seufzte.

»Löscht alle Bürokraten aus, und die Welt wäre ein weitaus besserer Ort. Das Curry ist hervorragend, Yakub.«

Zwei junge Europäerinnen erhoben sich von ihrem Tisch am anderen Ende des Gartens und gingen an den Männern vorüber.

Eine warf Dr. John einen Blick zu und lächelte. Er nickte grüßend.

»Ich glaube, sie mag Sie, Dr. John«, sagte Yakub schmunzelnd, als sie fort waren.

»Vielleicht. Aber wenn ich ihr erzähle, dass ich Archäologe bin, läuft sie schreiend davon. Die erste Regel der Archäologie lautet: Erzähl nie einer Frau, was du tust. Es wäre dein Ende.«

Er aß den Rest des Currys und die gebackenen Kartoffeln und lehnte sich zurück. Fliegen summten im Baum über ihm. Die Luft roch nach Hitze, Holzrauch und gebratenem Fleisch.

»Wie lange werden Sie hier bleiben?«, fragte Yakub.

»In Siwa? Noch etwa eine Stunde.«

»Und dann gehen Sie in die Wüste zurück?«

»Dann gehe ich in die Wüste zurück.«

Yakub schüttelte den Kopf.

»Seit einem Jahr sind Sie jetzt dort draußen, Dr. John. Sie kommen zurück, holen sich Ihre Vorräte, und dann verschwinden Sie wieder. Was machen Sie dort draußen mitten im Niemandsland?«

»Ich führe Messungen durch«, sagte der junge Mann lächelnd. »Und ich grabe Löcher. Und zeichne Karten. Und an einem wirklich aufregenden Tag schieße ich vielleicht auch ein paar Fotos.«

»Und wonach suchen Sie? Nach einem Grab?«

Der junge Mann zuckte mit den Achseln.

»So ungefähr könnte man das nennen.«

»Und haben Sie es schon gefunden?«

»Wer weiß, Yakub. Vielleicht. Vielleicht auch nicht. Die Wüste hält einen zum Narren. Man glaubt, man hätte etwas gefunden, und dann stellt es sich als Täuschung heraus. Ein anderes Mal glaubt man, man hätte nichts gefunden, und plötzlich stellt man fest, dass man doch etwas hat. Die Sahara ist eine große, gottverdammte Hurenschlampe, wie man bei uns zu Hause sagt.«

Dafür war er wieder ins Englische zurückgefallen, Yakub wiederholte die Worte und bemühte sich, sie richtig nachzusprechen.

»Eine gott-var-dahmte Hurenschlampe.«

Der junge Mann lachte und zog Zigaretten und einen kleinen Beutel Marihuana aus seiner Hemdtasche.

»Genau, Yakub. Eine gott-var-dahmte Hu-ren-schlampe. Und zwar an guten Tagen.«

Er drehte sich schnell einen Joint, zündete ihn an, inhalierte tief, lehnte den Kopf an den Stamm der Palme hinter sich und atmete befriedigt aus.

»Sie rauchen zu viel von diesem Zeug, ya Doktora«, sagte der Ägypter tadelnd. »Es wird Sie noch in den Wahnsinn treiben.«

»Im Gegenteil, mein Freund«, seufzte der junge Mann und schloss die Augen. »Da draußen in der Wüste ist es das Einzige, was mich bei Sinnen hält.«

Eine halbe Stunde später verließ er das Hotel, den gelbbraunen Umschlag noch immer an sich gedrückt. Es war Spätnachmittag geworden, die Sonne hatte sich in Richtung Westen bewegt, und ihre Farbe war von einem blassen Gelb in ein fruchtiges Orange übergegangen. Er schlenderte über den Platz zu seinem Jeep zurück, der jetzt mit Vorratskisten beladen war, stieg ein, ließ den Motor an und fuhr langsam die fünfzig Meter in den Hof der einzigen Tankstelle am Ort.

»Mach ihn voll«, sagte er zu dem Tankwart, »und die Reservekanister auch. Und füll die Plastikkanister mit Wasser. Ruhig aus der Leitung.« Er warf dem Mann die Schlüssel zu und ging hundert Meter die Straße zur Post hinauf. Drinnen öffnete er den gelbbraunen Umschlag, zog eine Reihe von Fotos heraus, überprüfte sie, steckte sie dann wieder in den Umschlag zurück und leckte über die Lasche.

»Ich möchte das als Einschreiben schicken«, sagte er zu dem Mann hinter dem Schalter.

Der Mann nahm den Umschlag, wog ihn, zog ein Formular aus der Schublade unter dem Schalter und begann es auszufüllen.

»Professor Ibrahim az-Zahir«, las er vor, um sicherzustellen, dass die Adresse stimmte. »Universität Kairo.«

Der junge Mann nahm eine Kopie des Formulars, bezahlte

und schlenderte zur Tankstelle zurück. Der Tank des Jeeps, die Benzinkanister und Wasserbehälter waren inzwischen gefüllt, und mit einem letzten Blick über den Marktplatz stieg er ein, startete den Motor und fuhr langsam aus der Stadt hinaus.

Am Rand der Wüste hielt er kurz an, schaltete die Stereoanlage ein, drückte den Fuß aufs Gaspedal und brauste über die Sandflächen davon.

Man fand seine Leiche zwei Monate später. Oder zumindest die Überreste seiner Leiche, die verkohlt in dem ausgebrannten Jeep lagen. Eine Gruppe von Touristen, die auf Wüstensafari war, stieß etwa fünfzig Kilometer südlich von Siwa auf das Fahrzeug, das umgestürzt am Fuß einer Düne lag – ein zerbrochenes Metallgehäuse, in dem sich etwas befand, das einem menschlichen Körper ähnelte. Offensichtlich war der Jeep beim Erklimmen der Düne umgestürzt, obwohl es keine besonders steile Düne war, und seltsamerweise befanden sich noch andere Reifenspuren in der Nähe, als wäre er zum Zeitpunkt des Unfalls nicht der einzige Wagen hier gewesen.

Die Leiche war so schrecklich entstellt, dass sie erst nach Überstellung zahnärztlicher Unterlagen aus den Vereinigten Staaten mit Sicherheit identifiziert werden konnte.

3

London, November 2001

Dr. Tara Mullray strich sich eine Strähne ihres kupferfarbenen Haars aus den Augen und ging über den Brückensteg weiter. Es war warm unter den Lampen, und Schweiß glänzte auf ihrer glatten blassen Stirn. Unter sich, durch die Ventilationslöcher in den Deckeln der Behälter, konnte sie die Schlangen sehen, aber sie schenkte ihnen genauso wenig Beachtung wie umgekehrt.

Sie arbeitete seit über vier Jahren im Reptilienhaus, und der Reiz des Neuen war längst verflogen.

Sie ging an der Felsenpython, der Puffotter, der Sandrasselotter und der Gabunviper vorbei und blieb schließlich vor der schwarzhalsigen Kobra stehen. Die Schlange lag eingerollt in der Ecke ihres Behälters, aber sobald Tara Mullray bei ihr angekommen war, hob sie den Kopf, züngelte, und ihr dicker, olivbrauner Körper bewegte sich wie ein Metronom von einer Seite zur anderen.

»Hallo, Joey«, sagte Tara Mullray, stellte den Kübel und den Schlangenhaken ab und ging auf der Brücke in die Hocke. »Wie fühlst du dich heute?«

Die Schlange sondierte neugierig die Unterseite des Behälters. Dr. Mullray zog ein Paar dicker Lederhandschuhe an und setzte eine Schutzbrille auf, denn die Kobra konnte Gift spritzen, was sie zuweilen auch tat.

»Okay, mein Schatz«, sagte Tara Mullray und ergriff den Schlangenhaken. »Behandlungszeit.«

Sie beugte sich vor, nahm vorsichtig den Deckel des Behälters ab und wich zurück, als ihr der Kopf der Schlange mit leicht gespreiztem Halsschild entgegenkam. Mit einer einzigen geübten Bewegung ergriff sie den Kübeldeckel, zog mit dem Haken die Schlange herauf, ließ das Tier, ohne es aus den Augen zu lassen, in den Kübel gleiten und knallte schnell den Deckel darauf. Aus dem Inneren war ein leises knisterndes Geräusch zu hören, als die Schlange ihre neue Umgebung erkundete.

»Es ist zu deinem eigenen Besten, Joey«, sagte Tara Mullray. »Werd jetzt nicht sauer.«

Die schwarzhalsige Kobra war die einzige Schlange in der Sammlung, die sie nicht mochte. Mit den anderen kam sie wunderbar zurecht, sogar mit dem Taipan. Die Kobra jedoch machte sie immer nervös. Sie war verschlagen, aggressiv und reizbar. Vor einem Jahr war sie einmal von ihr gebissen worden, als sie sie zur Reinigung des Behälters herausgenommen hatte. Sie hatte den Haken zu tief am Körper angesetzt, und die Schlange hatte es geschafft, sich herumzuschwingen und nach ihrem bloßen Handrücken zu schnappen. Glücklicherweise war es nur ein trockener Biss gewesen, bei dem kein Gift injiziert wurde, aber der Vorfall hatte Tara aus der Fassung gebracht. Obwohl sie schon fast zehn Jahre mit Schlangen arbeitete, war sie noch nie gebissen worden. Seitdem behandelte sie die Kobra mit äußerster Vorsicht und trug immer Handschuhe, wenn sie mit ihr zu tun hatte. Bei den anderen Schlangen tat sie das nicht. Sie prüfte den Deckel, um sicherzugehen, dass er verschlossen war, nahm den Kübel, verließ die Brücke und ging einen Gang entlang zu ihrem Büro. Sie spürte, wie sich die Schlange im Innern des Kübels bewegte, und verlangsamte ihre Schritte, um sie nicht zu sehr zu reizen. Sie wollte ihr nicht mehr Aufregung als nötig zumuten.

In ihrem Büro wartete Janine, ihre Assistentin. Gemeinsam hoben sie die Schlange aus dem Kübel und legten sie auf eine Bank, wo Janine sie festhielt, während Tara in die Hocke ging, um das Tier zu untersuchen.

»Das Medikament hätte längst anschlagen sollen«, sagte sie seufzend und untersuchte einen Teil des Schlangenkörpers, wo die Schuppen geschwollen und entzündet waren.

»Er hat sich wieder an seinem Felsbrocken gerieben. Ich glaube, wir sollten seinen Behälter eine Weile leer lassen, damit es heilen kann.«

Sie nahm ein Antiseptikum aus dem Schrank und begann vorsichtig, die Wunde zu reinigen. Die Schlange züngelte, und ihre schwarzen Augen funkelten sie drohend an.

»Wann geht Ihr Flug?«, fragte Janine.

»Um fünf«, antwortete Tara und warf einen Blick auf die Uhr an der Wand. »Ich muss los, sobald ich hier fertig bin.«

»Ich wünschte, mein Dad würde auch im Ausland leben. Das macht die Beziehung doch wesentlich exotischer.«

Tara lächelte.

»Es gibt viele Möglichkeiten, die Beziehung zu meinem Vater zu beschreiben, Janine, aber exotisch gehört nicht dazu. Passen Sie auf seinen Kopf auf.«

Sie war mit der Reinigung der verletzten Stelle fertig, drückte sich etwas Salbe auf den Finger und verrieb sie auf dem Schlangenkörper.

»Während ich fort bin, muss er alle paar Tage gereinigt werden. Und geben Sie ihm das Antibiotikum bis Freitag. Ich möchte nicht, dass sich die Entzündung ausbreitet.«

»Fahren Sie einfach los und machen Sie sich ein paar schöne Tage«, antwortete Janine.

»Ich rufe Ende der Woche an, um sicherzugehen, dass keine Komplikationen eingetreten sind.«

»Hören Sie doch endlich auf, sich Sorgen zu machen. Es wird schon alles gut gehen. Ob Sie es glauben oder nicht, aber der Zoo kann zwei Wochen ohne Sie auskommen.«

Tara lächelte. Janine hatte Recht. Sie war übereifrig, was ihre Arbeit anbelangte. Es war ein Zug, den sie von ihrem Vater geerbt hatte. Dies war ihr erster richtiger Urlaub seit zwei Jahren, und sie wusste, sie sollte das Beste daraus machen. Sie drückte den Arm ihrer Assistentin.

»Tut mir Leid. Ich bin ein bisschen überarbeitet.«

»Die Schlangen werden Sie nicht vermissen. Die haben keine Gefühle.«

Tara setzte eine gespielt beleidigte Miene auf.

»Wie können Sie es wagen, so über meine Babys zu reden! Sie werden sich jede Nacht die Augen ausweinen, solange ich weg bin.«

Sie lachten. Tara nahm den Schlangenhaken, und gemeinsam beförderten sie die Kobra in den Kübel zurück.

»Schaffen Sie es, ihn zurückzubringen?«

»Klar«, antwortete Janine. »Gehen Sie nur.«

Tara nahm ihren Mantel und ihren Sturzhelm und ging zur Tür.

»Die Antibiotika bis Freitag, denken Sie dran.«

»Raus mit Ihnen, um Himmels willen!«

»Und vergessen Sie nicht, seinen Felsbrocken herauszunehmen.«

»Mein Gott, Tara!«

Janine packte einen Lappen und warf ihn nach ihr. Tara duckte sich und lief lachend durch den Gang davon.

»Und achten Sie darauf, die Brille aufzusetzen, wenn Sie ihn wieder reintun«, rief sie über die Schulter zurück. »Sie wissen, was für ein Mistkerl er ist, wenn er seine Medikamente bekommen hat!«

Der Nachmittagsverkehr war dicht, aber sie schlängelte sich auf ihrem Moped geschickt hindurch, überquerte auf der Vauxhall Bridge die Themse und gab auf den letzten paar Meilen nach Brixton Gas. Zwischendurch sah sie immer wieder auf ihre Uhr. Ihr Flug ging in knapp drei Stunden, und sie hatte noch nicht gepackt.

»Verflucht«, murmelte sie unter ihrem Helm.

Sie lebte allein in einer höhlenartigen Kellerwohnung am Brockwell Park. Sie hatte sie vor fünf Jahren von dem Geld gekauft, das ihre Mutter ihr hinterlassen hatte, und ihre beste Freundin Jenny war als Untermieterin in das freie Zimmer eingezogen.

Ein paar Jahre lang führten sie das sorglose Leben von Bohemiens, gaben Partys, hatten ständig wechselnde Beziehungen und nahmen nichts besonders ernst. Dann lernte Jenny Nick kennen, zog nach ein paar Monaten mit ihm zusammen und ließ Tara allein in der Wohnung zurück. Die Zahlungen für die Hypothek belasteten sie schwer, aber sie nahm sich keine neue Untermieterin. Sie genoss es, für sich zu sein. Manchmal fragte sie sich, ob sie sich je mit einem Mann zusammentun könnte, so wie es Jenny getan hatte. Einmal, vor Jahren, hatte es jemanden gegeben, aber das war lange vorbei. Im Großen und Ganzen fühlte sie sich alleine wohl.

Die Wohnung befand sich in einem schlimmen Zustand, als sie nach Hause kam. Sie goss sich ein Glas Wein ein, legte eine Lou-Reed-CD auf und drückte auf dem Weg durchs Arbeitszimmer auf die Abhörtaste des Anrufbeantworters. Eine metallische Frauenstimme verkündete: »Sie haben sechs neue Nachrichten.«

Zwei stammten von Nigel, einem alten Studienfreund. Mit der ersten lud er sie am Sonntag zum Abendessen ein, mit der zweiten sagte er die Einladung wieder ab, weil ihm eingefallen war, dass sie wegfahren wollte. Eine Nachricht stammte von Jenny, die sie vor Kamelritten warnte, weil alle Kameltreiber

Verbrecher seien, eine weitere von einer Schule, die den Termin für einen Vortrag über Schlangen bestätigte, und eine von Harry, einem Börsenmakler, der ihr seit zwei Monaten nachstellte und auf dessen Anrufe sie nie reagierte. Die letzte Nachricht war von ihrem Vater.

»Tara, hier ist dein Vater. Ich hab mich gefragt, ob du etwas Scotch mitbringen könntest. Und die ›Times‹. Wenn es irgendwelche Probleme geben sollte, ruf mich an, ansonsten treffe ich dich am Flughafen. Ich ... äh ... freue mich auf dich. Ja ... ich freue mich wirklich. Bis dann.«

Sie lächelte. Er klang immer so unbeholfen, wenn er etwas Nettes sagen wollte. Wie die meisten Gelehrten fühlte sich Professor Michael Mullray nur in der Welt der Ideen wirklich zu Hause. Gefühle standen dem klaren Denken im Weg. Aus diesem Grund hatten er und Mum sich getrennt. Weil er mit ihrem Bedürfnis nach Gefühlen nicht zurechtkam. Selbst bei ihrem Tod vor sechs Jahren hatte er kaum Emotionen zeigen können. Bei ihrem Begräbnis saß er ganz hinten, allein, ausdruckslos, in Gedanken versunken, und verschwand sofort danach, um in Oxford eine Vorlesung zu halten.

Sie trank den Wein aus und ging in die Küche, um sich nachzuschenken. Sie wusste, dass sie die Wohnung aufräumen sollte, aber die Zeit drängte, und sie begnügte sich damit, den Abfall rauszubringen und das Geschirr abzuwaschen, bevor sie zum Packen ins Schlafzimmer ging.

Sie hatte ihren Vater seit fast einem Jahr nicht mehr gesehen, seit er das letzte Mal in England gewesen war. Sie telefonierten gelegentlich, aber die Unterhaltungen waren eher nüchtern als herzlich. Er erzählte ihr von irgendeinem Gegenstand, den er ausgegraben hatte, oder von Studenten, die er unterrichtete. Sie kramte irgendwelchen Klatsch über Freunde oder die Arbeit heraus. Die Telefonate dauerten selten länger als ein paar Minuten. Jedes Jahr schickte er ihr eine Geburtstagskarte, und jedes Jahr kam sie eine Woche zu spät an.

Daher war sie überrascht, als er sie letzten Monat aus heiterem Himmel angerufen und zu sich eingeladen hatte. Er lebte inzwischen seit sechs Jahren im Ausland, und dies war das erste Mal, dass er ihr vorgeschlagen hatte, ihn zu besuchen.

»Die Grabungssaison ist fast vorbei«, sagte er. »Warum setzt du dich nicht einfach ins Flugzeug? Du kannst im Grabungshaus wohnen, und ich kann dir ein paar Sehenswürdigkeiten zeigen.«

Ihre erste Reaktion war Sorge gewesen. Er war alt, weit über siebzig, und hatte ein schwaches Herz, weswegen er ständig in Behandlung war. Vielleicht war das seine Art auszudrücken, dass seine Gesundheit nachließ und dass er Frieden mit ihr schließen wollte, bevor er starb. Doch als sie ihn fragte, bestand er darauf, dass es doch nett wäre, wenn Vater und Tochter ein bisschen Zeit miteinander hätten. Das war gar nicht seine Art, und sie war misstrauisch geworden, aber schließlich hatte sie gedacht, warum nicht, und einen Flug gebucht. Als sie ihn anrief, um ihm mitzuteilen, wann sie ankäme, schien er sich aufrichtig zu freuen.

»Großartig!«, sagte er. »Wir werden eine wunderbare Zeit miteinander verbringen.«

Sie sah die Kleider auf ihrem Bett durch, nahm die Teile, die sie mitnehmen wollte, und stopfte sie in eine große Reisetasche. Sie spürte das Bedürfnis nach einer Zigarette, widerstand der Versuchung aber. Sie hatte seit fast einem Jahr nicht geraucht, und sie wollte nicht wieder anfangen, wenigstens nicht vor Ablauf der zwölf Monate, nach denen sie hundert Pfund von Jenny bekäme. Wie immer, wenn sie vom Drang nach Nikotin befallen wurde, holte sie einen Eiswürfel aus dem Kühlschrank und lutschte daran.

Sie fragte sich, ob sie ihrem Vater ein Geschenk hätte kaufen sollen, aber jetzt war keine Zeit mehr dafür, und wenn sie ihm etwas gekauft hätte, würde es ihm wahrscheinlich ohnehin nicht gefallen. Sie erinnerte sich an die Weihnachtsfeste ihrer Kindheit, als sie wochenlang überlegt hatte, was sie ihm schenken sollte, und er ihr sorgfältig ausgesuchtes Geschenk dann geöffnet und halbherzig gemurmelt hatte: »Reizend, Liebes. Genau, was ich wollte«, um sich dann wieder in seinen Papieren zu vergraben. Sie würde ihm eine Flasche Duty-free-Whisky und eine

»Times« besorgen, und vielleicht ein Rasierwasser, das musste reichen.

Sie warf ein paar letzte Kleinigkeiten in die Tasche, ging dann ins Badezimmer und duschte. In ihrem Innersten fürchtete sie sich vor der Reise. Sie wusste, sie würden sich schließlich streiten, so sehr sie dies auch zu vermeiden versuchten. Gleichzeitig jedoch war sie freudig erregt. Es war eine Weile her, dass sie im Ausland gewesen war, und wenn es wirklich schlimm werden sollte, konnte sie sich jederzeit für ein paar Tage absetzen. Sie war kein Kind mehr, das von seinem Vater abhängig war. Sie konnte tun, was sie wollte. Sie stellte die Dusche heißer und warf den Kopf zurück, sodass ihr das Wasser über die Brüste und den Bauch strömte. Sie begann, vor sich hin zu summen.

Nachdem sie sich angezogen und alle Fenster geschlossen hatte, ging sie mit ihrer Tasche hinaus und warf die Tür hinter sich zu. Inzwischen war es dunkel geworden, und leichter Nieselregen hatte eingesetzt, der die Gehsteige unter den Straßenlaternen glänzen ließ. Normalerweise fand sie diese Art von Wetter bedrückend, heute Abend war das anders.

Sie überprüfte ihre Papiere und die Flugtickets und machte sich lächelnd auf den Weg zur U-Bahn-Station. In Kairo lag die Temperatur bei über dreißig Grad.

4

Kairo

»Es ist Zeit, für heute den Laden dichtzumachen, Kleine«, sagte der alte Iqbar. »Zeit für dich, nach Hause zu gehen, wo immer das auch sein mag.«

Das Mädchen stand bewegungslos da und spielte mit seinem Haar. Sein Gesicht war schmutzig, und unter seiner Nase glänzte ein wenig Rotz.

»Fort mit dir«, sagte Iqbar. »Du kannst morgen wiederkommen und mir helfen, wenn du willst.«

Das Mädchen sagte nichts, sondern starrte ihn nur an. Schwer hinkend, machte er einen Schritt auf es zu, sein Atem war keuchend.

»Komm jetzt, keine Spielchen. Ich bin ein alter Mann und müde.«

Im Laden wurde es dunkel. Die einzige nackte Glühbirne verströmte schwaches Licht, aber die Schatten in den Ecken verdichteten sich. Berge von Nippes versanken langsam im Dunkel wie in Wasser. Von draußen drang der jammernde Ton einer Hupe herein und das Geräusch von Hämmern.

Iqbar machte einen Schritt vorwärts, sein Bauch blähte sich unter der Galabija. Seine verfaulten braunen Zähne und die schwarze Augenklappe hatten etwas Bedrohliches an sich. Seine Stimme jedoch war freundlich, und das Mädchen zeigte keine Angst vor ihm.

»Gehst du jetzt heim oder nicht?«

Das Mädchen schüttelte den Kopf.

»In dem Fall«, sagte er, wandte sich ab und schlurfte zur Vorderseite des Ladens, »werde ich dich über Nacht einschließen. Und natürlich kommen nachts die Geister raus.« Er blieb an der Tür stehen und zog einen Schlüsselbund aus der Tasche.

»Hab ich dir von den Geistern erzählt? Natürlich hab ich das. Sie sind in allen Antikläden. In der alten Lampe dort etwa …«

Er deutete auf eine Messinglampe auf einem Regal.

»… lebt ein Dschinn namens Abu Akhbar. Er ist zehntausend Jahre alt und kann jede Gestalt annehmen, die er will.«

Das Mädchen starrte mit weit aufgerissenen Augen auf die Lampe.

»Und siehst du die alte Holztruhe dort in der Ecke? Die mit dem großen Schloss und den Eisenbändern. Da ist ein Krokodil drin, ein großes, grünes Krokodil. Am Tag schläft es, aber nachts kommt es raus, um nach Kindern zu suchen. Warum? Damit es sie fressen kann natürlich. Es packt sie mit dem Maul und verschlingt sie mit Haut und Haar.«

Das Mädchen biss sich auf die Lippe, und ihre Blicke schossen zwischen Truhe und Lampe hin und her.

»Und dieses Messer. Es gehörte einst einem König. Einem sehr einsamen Mann. Jede Nacht kommt er zurück und schneidet jedem, der ihm in die Finger kommt, den Hals ab. O ja, dieser Laden ist voller Geister. Also, wenn du hier über Nacht bleiben willst, meine kleine Freundin, bist du herzlich willkommen.« Schmunzelnd öffnete er die Tür und brachte dabei eine Reihe von Messingglöckchen zum Klingeln. Das Mädchen kam ein paar Schritte nach vorn, weil es dachte, es würde eingeschlossen. Sobald er sie kommen hörte, drehte sich Iqbar schnell herum, hob die Hände, als wären sie Klauen, und brüllte. Das Mädchen schrie und lachte und flüchtete in die Schatten im rückwärtigen Teil des Ladens, wo es sich hinter ein paar alte Weidenkörbe kauerte.

»Die Kleine will also Verstecken spielen, was?«, brummte er und humpelte ihr lächelnd nach. »Es wird ihr aber nicht leicht fallen, sich vor dem alten Iqbar zu verstecken. Er hat vielleicht nur noch ein Auge, aber das ist scharf. Keiner kann sich vor Iqbar verstecken.«

Er sah sie hinter den Körben kauern und durch einen Spalt herausspähen. Er wollte ihr jedoch den Spaß nicht gleich verderben, deshalb schlurfte er an ihr vorbei und öffnete die Türen eines alten Schranks.

»Ist sie vielleicht hier drin?«

Er stellte sich dumm und suchte den Schrank ab.

»Nein, im Schrank ist sie nicht. Sie ist schlauer, als ich dachte.«

Er schloss den Schrank und ging in ein Hinterzimmer weiter, wo er mit lautem Getöse Schubladen öffnete und gegen Aktenschränke schlug.

»Bist du dort drin, kleines Monster?«, rief er und hatte großen Spaß dabei. »Versteckst du dich in meinem geheimen Büro? Oh, sie ist wirklich eine ganz Ausgekochte!«

Er klapperte noch eine Weile herum, dann humpelte er wieder heraus und blieb direkt vor den Körben stehen. Er konnte das unterdrückte Kichern des Mädchens hören.

»Jetzt lass mich nachdenken. Sie war nicht im Schrank und

nicht im Büro, und ich bin sicher, sie ist nicht so dumm, sich in der Holztruhe bei dem Krokodil zu verstecken. Also gibt es nur noch einen Ort, wo sie sein kann. Und der ist gleich hier, hinter diesen Körben. Wollen mal sehen, ob der alte Iqbar Recht hat.«

Er beugte sich hinunter. Doch als er das tat, klingelten die Glöckchen an der Tür, und jemand trat in den Laden. Er richtete sich auf und drehte sich um. Das Mädchen blieb in seinem Versteck.

»Wir machen gerade zu«, sagte Iqbar und schlurfte auf die zwei Männer zu, die in der Tür standen. »Aber wenn Sie sich umsehen wollen, lassen Sie sich nur Zeit.«

Die Männer beachteten ihn nicht. Sie waren jung, Anfang zwanzig, trugen grobe, dunkle Kleider und dichte Bärte, und um ihre Köpfe waren Turbane geschlungen. Sie sahen sich einen Moment um, schätzten die Lage ab, und dann trat einer von ihnen hinaus und gab ein Signal. Er kam wieder herein, gefolgt von einem anderen Mann, der weiße Haut hatte.

»Kann ich Ihnen helfen?«, fragte Iqbar. »Suchen Sie nach etwas Bestimmtem?«

Der Neuankömmling war ein Riese, groß und breit, viel zu massig für seinen billigen Leinenanzug, der über seinen kräftigen Schenkeln und Schultern spannte. Er hielt eine halb gerauchte Zigarre in der einen Hand und in der anderen eine Aktentasche, in deren braunes Leder CD eingraviert war. Über die linke Seite seines Gesichts, von der Schläfe fast bis zum Mund, zog sich ein leuchtend rotes Muttermal. Iqbar spürte, wie ihn ein angstvoller Schauder überlief.

»Kann ich Ihnen helfen?«, fragte er erneut.

Der riesige Mann schloss behutsam die Ladentür, drehte den Schlüssel herum und nickte seinen zwei Gefährten zu, die mit ausdruckslosen Gesichtern auf Iqbar zugingen. Der Antikenhändler wich zurück, bis er gegen die Ladentheke stieß.

»Was wollen Sie?«, fragte er und begann zu husten. »Bitte, was wollen Sie?«

Der große Mann trat auf Iqbar zu und blieb vor ihm stehen, ihre Bäuche stießen fast aneinander. Er starrte ihn einen Moment lang an, lächelte, hob dann seine Zigarre und drückte sie auf der Augenklappe des alten Mannes aus. Iqbar schrie auf und fuchtelte mit den Händen vor seinem Gesicht herum.

»Bitte, bitte«, hustete er. »Ich habe kein Geld. Ich bin arm!«

»Du hast etwas, was uns gehört«, sagte der Riese. »Ein antikes Stück. Du hast es gestern bekommen. Wo ist es?«

Iqbar krümmte sich zusammen und hielt die Hände über den Kopf.

»Ich weiß nicht, wovon Sie reden«, keuchte er. »Ich hab keine antiken Stücke. Es ist verboten, damit zu handeln!«

Der Riese machte seinen beiden Handlangern ein Zeichen, und sie packten den alten Mann an den Ellenbogen und richteten ihn auf. Er stand da, den Kopf zur Seite gedreht und die Wange an die Schulter gedrückt, als versuche er, sich zu verbergen. Der Turban eines der Männer hatte sich ein wenig verschoben und enthüllte eine tiefe, glatte Narbe auf seiner Stirn, die aussah, als klebe dort ein Blutegel.

»Bitte«, jammerte er. »Bitte.«

»Wo ist es?«, wiederholte der Riese.

»Bitte, bitte.«

Der Riese murmelte etwas vor sich hin, stellte seine Aktenmappe auf den Boden und nahm etwas heraus, das wie eine kleine zementbestäubte Maurerkelle aussah. Das rautenförmige Metall war matt, außer an den Kanten, wo es glänzte, als wäre es geschärft worden.

»Weißt du, was das ist?«, fragte er.

Der alte Mann starrte mit stummem Entsetzen auf die Kelle.

»Das ist die Kelle eines Archäologen. Wir benutzen sie, um vorsichtig die Erde abzutragen, damit wir das, was darunter liegt, nicht zerstören. Es gibt aber auch noch andere Verwendungsmöglichkeiten dafür.«

Mit einer schnellen Bewegung – überraschend flink für einen Mann seiner Größe – ließ der Riese die Kelle hochschnellen und schlitzte Iqbars Wange damit auf. Die Haut klappte auf wie ein Mund, und Blut strömte über das Gewand des alten Mannes. Iqbar schrie auf und wand sich verzweifelt.

»Also«, sagte der Riese, »ich frag dich noch einmal. Wo ist das

Stück?« Hinter den Körben betete das Mädchen, Abu Akhbar, der Dschinn, möge aus seiner Lampe kommen und dem alten Mann helfen.

Es war nach Mitternacht, als Taras Maschine landete.

»Willkommen in Kairo«, sagte die Stewardess, als sie aus dem Flugzeug in ein Gemisch aus heißer Luft und Dieselabgasen trat. »Wir wünschen Ihnen einen angenehmen Aufenthalt.«

Der Flug war ohne Zwischenfälle verlaufen. Sie hatte auf einem Platz am Gang neben einem rotgesichtigen Paar gesessen, das sie die erste Hälfte des Flugs vor den Magenproblemen, die ihr von der ägyptischen Küche drohten, gewarnt und danach eingeschlafen war. Sie hatte ein paar Wodkas getrunken, mit halbem Auge den Film im Bordkino verfolgt, eine Flasche Scotch vom Duty-free-Wagen gekauft, dann ihren Sitz zurückgestellt und an die Decke gestarrt. Eigentlich wollte sie rauchen, wie immer im Flugzeug, hatte aber stattdessen Eiswürfel gelutscht.

Seit ihrer Kindheit arbeitete ihr Vater in Ägypten. Nach Meinung von Leuten, die sich auf diesem Gebiet auskannten, war er einer der besten Ägyptologen seiner Zeit. »Ihr Vater ist der größte britische Ausgrabungsexperte seit Carter«, hatte einer seiner Kollegen ihr einmal erklärt. »Vielleicht der größte britische Ausgrabungsexperte überhaupt. Wenn es jemanden gibt, der mehr für unser Verständnis des Alten Reichs getan hat, muss ich ihn erst noch kennen lernen.«

Sie hätte stolz sein sollen. Doch seine akademischen Errungenschaften hatten ihr nie etwas bedeutet. Sie wusste nur, und zwar seit ihrer frühesten Kindheit, dass sich ihr Vater in einer Welt, die vor 4000 Jahren untergegangen war, offensichtlich wohler fühlte als bei seiner Familie. Selbst ihr Name, Tara, war ausgewählt worden, weil er den Namen des ägyptischen Sonnengotts Ra enthielt.

Jedes Jahr war er zu Ausgrabungen nach Ägypten gefahren. Anfangs war er nur etwa einen Monat geblieben, im November abgefahren und kurz vor Weihnachten zurückgekehrt. Als sie jedoch älter wurde und die Ehe ihrer Eltern zunehmend in die Brüche ging, verbrachte er immer mehr Zeit in Ägypten.

»Dein Vater hat eine Geliebte«, sagte ihre Mutter einmal. »Ihr Name ist Ägypten.«

Es war als Scherz gemeint, aber sie hatten nicht gelacht.

Dann hatte ihre Mutter Krebs bekommen, und man hatte zusehen können, wie sie verfiel. In dieser Zeit begann Tara, ihren Vater regelrecht zu hassen. Während die Krankheit die Lunge und die Leber ihrer Mutter zerfraß und ihr Vater auf Distanz blieb, unfähig, sich ein paar Worte der Anteilnahme abzuringen, empfand sie eine alles verzehrende Wut auf den Mann, der Gräber und alte Scherben höher zu schätzen schien als seine eigene Familie. Ein paar Tage vor dem Tod ihrer Mutter rief sie ihn in Ägypten an und brüllte üble Schimpfworte in den Hörer, selbst überrascht von der Heftigkeit ihres Zorns. Beim Begräbnis würdigten sie sich kaum eines Blicks, und sofort danach zog er ganz nach Ägypten, wo er künftig acht Monate im Jahr an der Amerikanischen Universität in Kairo unterrichtete und die restlichen vier mit Ausgrabungen verbrachte. Fast zwei Jahre lang sprachen sie kein Wort miteinander.

Und dennoch gab es auch schöne Erinnerungen an ihn. Als sie einmal als kleines Kind in Tränen ausgebrochen war, hatte er einen Zaubertrick vollführt, bei dem es so aussah, als wäre der Daumen von seiner Hand verschwunden. Sie hatte schallend gelacht und ihn gedrängt, es immer wieder und wieder zu tun, und voller Staunen zugesehen, wie er den Daumen von seiner Hand abtrennte und dabei vor angeblichen Schmerzen stöhnte, während er den verletzten Finger in der Luft herumschwenkte.

Bei einer anderen Gelegenheit – und das war ihre liebste Erinnerung an ihn – war sie am Morgen ihres fünfzehnten Geburtstags aufgewacht und entdeckte einen an sie adressierten Umschlag auf dem Kaminsims. Als sie ihn öffnete, fand sie den ersten Hinweis auf den Weg zu einem Schatz. Der Weg führte sie durchs ganze Haus und den ganzen Garten, bis er schließlich auf dem Dachboden endete, wo sie am Boden einer alten Truhe eine wundervolle, goldene Kette entdeckte. Jeder Hinweis war in Form eines Reims abgefasst, auf Pergament geschrieben und von Zeichnungen und Symbolen begleitet, die den Eindruck des Geheimnisvollen verstärkten. Ihr Vater musste Stunden gebraucht haben, um das alles zu bewerkstelligen. Später hatte er ihre Mutter und sie zum Essen ausgeführt und unterhielt sie beide mit wundervollen Geschichten über Ausgrabungen, Entdeckungen und exzentrische Gelehrte.

»Du siehst wunderschön aus, Tara«, hatte er zu ihr gesagt, als er sich vorbeugte, um ihr die neue Kette zurechtzurücken, die sie extra zu diesem Anlass angelegt hatte. »Das schönste Mädchen auf der Welt. Ich bin sehr, sehr stolz auf dich.«

Es waren Momente wie diese, so selten sie auch sein mochten, die sie für die Kälte und Abwesenheit ihres Vaters entschädigten und trotz allem an ihn banden. Deshalb hatte sie ihn zwei Jahre nach dem Begräbnis ihrer Mutter angerufen und nach dem langen Schweigen um Aussöhnung gebeten. Und in gewisser Hinsicht war sie deshalb jetzt auch in Ägypten. Weil sie tief in ihrem Inneren wusste, dass er auf seine Art und trotz seiner unzähligen Fehler ein guter Mensch war, der sie liebte und genauso brauchte wie sie ihn. Und natürlich gab es immer Hoffnung – wie jedes Mal, wenn sie ihn traf –, dass diesmal vielleicht alles anders sein würde. Vielleicht würden sie sich nicht streiten, nicht anschreien, nicht schmollen, sondern würden froh und entspannt die Gesellschaft des anderen genießen, wie es zwischen normalen Vätern und Töchtern üblich war. Vielleicht würden sie es diesmal schaffen.

»Wohl kaum«, hatte sie murmelnd vor sich hin gelächelt, als die Maschine in den Landeanflug überging. »Fünf Minuten lang wirst du dich freuen, ihn zu sehen, und dann fangen die Streitereien wieder an.«

»Ich nehme an, Sie wissen«, sagte ihr Nachbar, »dass beim Landen mehr Flugzeuge abstürzen als während irgendeiner anderen Phase des Flugs.«

Tara hatte für einen Moment Interesse bekundet und dann bei der Stewardess weitere Eiswürfel bestellt.

Fast eine Stunde nach der Landung erreichte sie schließlich die Ankunftshalle. Bei der Passkontrolle hatte es endlose Verzögerungen gegeben, gefolgt von einem weiteren Aufenthalt am Gepäckband, wo die Sicherheitskräfte willkürliche Kontrollen durchführten.

»Sayf al-Tha'r«, sagte ein Mitreisender zu ihr und schüttelte den Kopf. »Was der für Probleme macht. Dass ein einzelner Mann das ganze Land zum Stillstand bringen kann!«

Bevor sie fragen konnte, was er meinte, hatte er jedoch seinen Koffer erspäht, winkte einem Träger, ihn zu holen, und verschwand in der Menge. Sie wandte sich gerade wieder dem Laufband zu, als ihre eigene Tasche zum Vorschein kam. Sie hängte sie über die Schulter und machte sich zunehmend erwartungsvoller auf den Weg durch den Zoll.

Da ihr Vater gesagt hatte, er wolle sie abholen, stellte sie sich vor, wie er vor dem Ausgang auf sie wartete und sie beide gleich mit ausgebreiteten Armen, vor Freude jauchzend, aufeinander zulaufen würden. Doch der einzige Mensch, der sie begrüßte, war ein Taxifahrer, der auf Arbeit hoffte. Sie musterte die Gesichter an der Absperrung, aber das ihres Vaters war nicht darunter.

Selbst zu dieser Stunde herrschte geschäftiges Treiben in der Ankunftshalle. Familien begrüßten sich oder nahmen lautstark Abschied voneinander, Kinder spielten unter den Plastiksitzen, Pauschaltouristen drängten sich um gequält dreinblickende Reiseleiter. Überall waren schwarz uniformierte Polizisten zu sehen, die ihre Gewehre vor die Brust gedrückt hielten.

Sie wartete eine Weile an der Absperrung und begann dann, in der Halle umherzuwandern. Sie ging nach draußen, wo ein Reiseleiter sie für ein Mitglied seiner Gruppe hielt, und versuchte, sie in einen Bus zu drängen, dann kehrte sie wieder zurück, schlenderte noch eine Weile herum, bevor sie Geld wechselte, eine Tasse Kaffee kaufte und sich auf einem Sitz niederließ, der gute Sicht auf den Eingang und das Absperrgitter bot.

Nach einer Stunde rief sie ihren Vater von einem öffentlichen Fernsprecher an, aber niemand nahm ab, weder in seinem Grabungshaus noch in seiner Wohnung im Zentrum Kairos. Sie fragte sich, ob sein Taxi vielleicht in einen Stau geraten war – sie nahm an, dass er mit dem Taxi kommen würde, da er nie den Führerschein gemacht hatte – oder ob er krank geworden war oder einfach vergessen hatte, dass er sie abholen wollte, eine Möglichkeit, die bei ihrem Vater immer bestand.

Aber nein, das hätte er nicht vergessen, nicht dieses Mal, nicht nachdem er so erfreut war, dass sie kommen wollte. Er hatte sich verspätet. Das war alles. Einfach verspätet. Sie holte sich noch einen Kaffee, lehnte sich auf ihrem Stuhl zurück und klappte ein Buch auf.

»Verdammt«, dachte sie. »Ich habe ihm die ›Times‹ nicht besorgt.«

5

Luxor, am nächsten Morgen

Inspektor Yusuf Ezz El-din Khalifa stand vor Morgengrauen auf und ging, nachdem er sich geduscht und angezogen hatte, ins Wohnzimmer, um seine Morgengebete zu verrichten. Er war müde und gereizt wie jeden Morgen. Das Ritual des Gebets, das Stehen, das Niederknien und die Verbeugungen und Rezitationen klärten jedoch seinen Kopf. Als er fertig war, fühlte er sich frisch und gestärkt.

»Dank dir, Allah«, sagte er zu sich selbst und ging in die Küche, um Kaffee zu machen. »Deine Macht ist groß.«

Er stellte Wasser auf, zündete sich eine Zigarette an und sah zu einer Frau hinaus, die auf dem Dach gegenüber Wäsche aufhängte, weniger als drei Meter entfernt und auf gleicher Höhe mit seinem Küchenfenster. Er fragte sich oft, ob es möglich wäre, über die schmale Gasse, die sie trennte, von seinem Haus zu ihrem hinüberzuspringen. In jüngeren Jahren hätte er es wahrscheinlich probiert. Ali, sein Bruder, hätte sich der Herausforderung sicher gestellt. Aber Ali war tot, und er selbst trug inzwischen Verantwortung. Man konnte zwölf Meter in die Tiefe stürzen, und mit einer Frau und drei Kindern durfte er sich solchen Risiken nicht aussetzen. Oder war das nur eine Ausrede? Schließlich war ihm in der Höhe nie wohl gewesen.

Er gab Kaffee und Zucker in das kochende Wasser und ließ alles schäumend aufkochen, bevor er den Kaffee in ein Glas goss und in die Eingangshalle ging, einen großen, düsteren Raum, von dem aus Türen in alle Zimmer der Wohnung führten. Seit sechs Monaten baute er hier an einem Wasserspiel, und der Boden sah aus wie eine Hindernisstrecke aus Zementsäcken, Fliesen und Plastikrohren. Es war nur ein kleines Wasserspiel, und die Arbeit hätte nicht mehr als sechs Wochen in Anspruch nehmen dürfen. Aber immer kam etwas dazwischen, das ihn aufhielt, sodass sich die Wochen in Monate verwandelt hatten und das Wasserspiel noch immer nicht fertig war. Es gab eigentlich gar keinen Platz dafür, und seine Frau hatte sich über den Schmutz und die Ausgaben bitter beklagt, aber er hatte sich immer ein Wasserspiel gewünscht, und außerdem würde es ein bisschen Farbe in ihre ansonsten eintönige Wohnung bringen. Er kauerte sich nieder, fuhr mit dem Finger über einen kleinen Sandhaufen und überlegte, ob er vielleicht noch Zeit hätte, ein paar Fliesen zu verlegen, bevor er ins Büro ging. Doch dann klingelte das Telefon.

»Es ist für dich«, sagte seine Frau schlaftrunken, als er ins Schlafzimmer kam. »Mohammed Sariya.«

Sie reichte ihm den Hörer, stieg aus dem Bett, nahm das Baby aus der Wiege und verschwand in die Küche. Sein Sohn kam herein, hüpfte aufs Bett und sprang darauf herum. »*Bass,* Ali«, sagte er und schob den Jungen weg. »Lass das! Hallo, Mohammed. Es ist früh am Morgen. Was gibt's denn?«

Die Stimme seines Stellvertreters hallte ihm im Ohr. Khalifa hielt den Hörer in der einen Hand, während er mit der anderen Hand seinen Sohn zu bändigen versuchte.

»Wo?«, fragte er.

Sein Stellvertreter antwortete. Er klang aufgeregt.

»Sind Sie noch am Fundort?«

Khalifas Sohn lachte und versuchte, ihn mit einem Kissen zu schlagen.

»Ich habe dir gesagt, dass du das lassen sollst, Ali. Tut mir Leid, was haben Sie gesagt? Also gut, bleiben Sie, wo Sie sind, und lassen Sie niemanden in die Nähe. Ich komme gleich rüber.«

Er legte auf, packte seinen Sohn, stellte ihn auf den Kopf und küsste seine nackten Füße. Der Junge lachte schallend.

»Schwing mich herum«, rief er. »Schwing mich herum.«

»Ich werd dich rumschwingen und aus dem Fenster werfen«, sagte Khalifa. »Vielleicht fliegst du dann fort und lässt mir ein bisschen Ruhe.«

Er ließ den Jungen aufs Bett fallen und ging in die Küche, wo Zenab, seine Frau, frischen Kaffee machte, während sie das Baby stillte. Aus dem Wohnzimmer hörte man seine Tochter singen.

»Wie geht's ihm heute Morgen?«, fragte er, während er seine Frau küsste und die Zehen des Babys kitzelte.

»Er ist immer hungrig«, antwortete sie lächelnd. »Genau wie sein Vater. Möchtest du etwas zum Frühstück?«

»Keine Zeit«, sagte Khalifa. »Ich muss ans Westufer rüber.«

»Ohne Frühstück?«

»Es ist was gefunden worden.«

»Was?«

Er sah auf die Frau, die auf dem gegenüberliegenden Dach Wäsche aufhängte.

»Eine Leiche«, antwortete er. »Ich werde wahrscheinlich nicht zum Mittagessen heimkommen.«

Auf einem der leuchtend bunt gestrichenen Motorboote, die zwischen den beiden Ufern verkehrten, überquerte er den Nil. Normalerweise hätte er die Fähre genommen, aber er war in Eile, weshalb er sich die zusätzliche Ausgabe leistete und ein eigenes Boot nahm. Gerade als sie ablegen wollten, kam ein alter Mann angerannt, der eine große Holzkiste unter dem Arm trug. Er ergriff die Reling und kletterte an Bord.

»Guten Morgen, Inspektor«, schnaufte er und stellte die Kiste vor Khalifas Füße. »Schuhe putzen?«

Khalifa lächelte.

»Du kennst jeden Trick, was, Ibrahim?«

Der alte Mann schmunzelte und entblößte zwei unebene Reihen von Goldzähnen.

»Ein Mann muss essen. Und ein Mann braucht saubere Schuhe. Also helfen wir uns gegenseitig.«

»Dann mach schon. Aber schnell. Ich hab zu tun auf der anderen Seite und möchte nicht aufgehalten werden, wenn wir ankommen.«

»Sie kennen mich, Inspektor. Der schnellste Schuhputzer in Luxor.«

Er holte Lappen, eine Bürste und Schuhcreme heraus und klopfte auf den Deckel der Kiste, um Khalifa zu bedeuten, dass er die Füße darauf stellen sollte. Ein kleiner Junge saß ruhig am Heck und bediente mit ausdruckslosem Gesicht den Außenbordmotor.

Sie glitten durch das glatte Wasser, während sich vor ihnen die Thebanischen Berge erhoben, deren Farbe sich im zunehmenden Licht des Tages von Grau über Braun in Gelb verwandelte. Rechts und links von ihnen fuhren andere Boote, eines davon beförderte eine Gruppe japanischer Touristen. Vermutlich sind sie auf dem Weg zu einer Ballonfahrt über das Tal der Könige, dachte Khalifa, um den Sonnenaufgang zu erleben. Das Gleiche hatte auch er immer tun wollen, aber er konnte sich die 300 Dollar nicht leisten, die die Unternehmung kostete. Wahrscheinlich würde er bei seinem Gehalt nie in der Lage sein, sich so etwas zu leisten.

Sie erreichten das Westufer, glitten in eine Lücke zwischen zwei anderen Booten und landeten knirschend auf dem Kies. Der alte Mann wischte ein letztes Mal über Khalifas Schuhspitzen und klatschte in seine mit Schuhcreme verschmierten Hände, um anzuzeigen, dass er fertig war. Der Inspektor reichte ihm zwei ägyptische Pfund, das Gleiche dem Jungen, und sprang an Land.

»Ich warte auf Sie«, sagte der Junge.

»Nicht nötig«, antwortete er. »Bis bald, Ibrahim.«

Er wandte sich um und stieg die Uferböschung hinauf, wo eine große Menschenmenge auf die Fähre wartete. Er bahnte sich einen Weg hindurch, zwängte sich durch einen Spalt zwischen einer Mauer und einem rostigen Maschendrahtzaun und ging über einen schmalen Sandweg entlang des Flusses weiter. Bauern arbeiteten auf den Feldern, ernteten Mais und Zuckerrohr, und zwei Männer standen bis zur Taille in einem Bewässerungsgraben, um Unkraut auszureißen. Gruppen von Kindern in sauberen weißen Hemden eilten auf dem Weg zur Schule an ihm vorbei. Die Hitze nahm zu. Er zündete sich eine weitere Zigarette an.

Er brauchte zwanzig Minuten, bis er bei der Leiche ankam. Die Häuser des westlichen Luxor verschwammen in flirrendem Licht, und seine frisch geputzten Schuhe waren mit einer weißen Staubschicht überzogen. Er trat aus einem Wald von Schilfgras und traf auf Sergeant Sariya, der am Ufer neben etwas kauerte, das wie ein Bündel nasser Lumpen aussah. Als Khalifa ankam, stand er auf.

»Ich habe das Krankenhaus angerufen«, sagte Sariya. »Sie schicken jemanden rüber.«

Khalifa nickte und stieg zum Rand des Wassers hinunter. Die Leiche lag mit dem Gesicht im Schlamm, ihre Arme waren ausgebreitet, das Hemd war zerrissen und mit Blut befleckt. Von der Taille abwärts steckte sie noch immer im Wasser, und die Wellen schaukelten sie sanft, als wiegten sie den Körper in den Schlaf. Ein leichter Verwesungsgeruch drang in seine Nase.

»Wann wurde sie gefunden?«

»Vor Sonnenaufgang. Vermutlich ist sie den Fluss heruntergetrieben und in eine Schiffsschraube geraten, deshalb sind die Arme so zerschnitten.«

»War alles genau so, als Sie hier ankamen? Haben Sie nichts berührt?«

Sariya schüttelte den Kopf.

Khalifa kauerte sich neben der Leiche nieder und untersuchte den Boden. Er hob das Handgelenk an, drehte es leicht nach oben und entdeckte eine Tätowierung auf der Innenseite des Arms.

»Ein Skarabäus«, sagte er und lächelte matt. »Wie unpassend.«

»Warum unpassend?«, fragte Sariya.

»Für die alten Ägypter war der Skarabäus das Symbol für Wiedergeburt und Erneuerung. Nichts, was nach Lage der Dinge unserem Freund hier widerfahren dürfte.«

»Sie wissen nicht zufällig, wer die Leiche gemeldet hat?«

Sariya schüttelte den Kopf.

»Er wollte seinen Namen nicht sagen. Hat von einem öffentlichen Fernsprecher aus angerufen und behauptet, er habe die Leiche gefunden, als er zum Fischen herkam.«

»Sind Sie sicher, dass es ein öffentliches Telefon war?«

»Ziemlich. Wir wurden mitten im Satz unterbrochen, ganz so, als wäre ihm das Geld ausgegangen.«

Khalifa schwieg einen Moment und dachte nach, dann hob er den Kopf und deutete auf eine etwa fünfzig Meter entfernte Baumgruppe, hinter der das Dach eines Hauses zu erkennen war. Unter der Dachrinne war deutlich ein Telefonkabel zu erkennen. Sariya zog die Augenbrauen hoch.

»Und?«

»Das nächste öffentliche Telefon ist zwei Kilometer entfernt. Warum hat er nicht von dort aus angerufen?«

»Wahrscheinlich stand er unter Schock. Schließlich werden hier nicht jeden Tag Leichen angeschwemmt.«

»Genau. Also sollte man doch annehmen, dass er so schnell wie möglich Meldung machen wollte. Und warum hat er seinen Namen nicht hinterlassen? Sie wissen doch, wie die Leute hier sind. Die lassen sich doch keine Gelegenheit entgehen, eine Neuigkeit auszuposaunen.«

»Glauben Sie, dass er etwas wusste?«

Khalifa zuckte mit den Achseln.

»Es ist einfach seltsam. Als wollte er niemanden wissen lassen, dass er die Leiche gefunden hat. Als hätte er Angst.«

Wasser spritzte auf, als sich ein Reiher aus dem Schilf erhob, sich unbeholfen in die Luft schwang und flussabwärts flog. Khalifa sah ihm nach, schüttelte den Kopf und wandte seine Aufmerksamkeit wieder der Leiche zu. Er griff in die Tasche des Toten und holte ein Federmesser, ein billiges Feuerzeug und ein Stück aufgeweichtes Papier heraus. Vorsichtig faltete er es auf dem Rücken der Leiche auf.

»Eine Zugfahrkarte«, sagte er und beugte sich hinunter, um die verwaschene Schrift zu entziffern. »Rückfahrkarte. Nach Kairo. Vor vier Tagen.«

Sariya reichte ihm einen Plastikbeutel, und er ließ die Gegenstände hineinfallen.

»Kommen Sie her und helfen Sie mir.«

Gemeinsam gingen sie neben der Leiche in die Hocke, schoben die Hände unter den Bauch und rollten sie auf den Rücken. Schlamm quoll zwischen ihren Füßen auf. Sobald sie das Gesicht sahen, taumelte Sariya weg und übergab sich.

»Allah u akbar«, keuchte er. »O Allmächtiger.«

Khalifa biss sich auf die Lippen und zwang sich hinzusehen. Natürlich hatte er schon Leichen gesehen, aber nie eine, die so schrecklich verstümmelt war. Selbst unter der Maske aus Schlamm war zu erkennen, dass von dem Gesicht nicht viel übrig war. Die linke Augenhöhle war leer, die Wangen fast bis zum Knochen aufgeschlitzt, die Nase eine Masse aus Fleisch und Knorpel. Er starrte eine Weile darauf und versuchte, dies alles mit etwas in Zusammenhang zu bringen, was einst lebendig gewesen war. Dann stand er auf, ging zu Sariya hinüber und legte ihm die Hand auf die Schulter.

»Geht's wieder?«

Sariya nickte, legte einen Finger an den Nasenflügel und schnäuzte sich so heftig, dass ein Schleimklumpen in den Sand flog.

»Was ist mit ihm passiert?«

»Ich weiß nicht. Vielleicht eine Schiffsschraube, wie Sie gesagt haben, obwohl ich mir nicht erklären kann, wie eine Schiffsschraube ein Auge herausgeschnitten oder diese Art von Wunden verursacht haben sollte.«

»Wollen Sie behaupten, dass das jemand absichtlich getan hat?«, fragte Sariya.

»Ich behaupte gar nichts. Nur dass eine Schiffsschraube das Fleisch zerfetzen, aber nicht auf diese Weise zerschneiden würde. Sehen Sie, wie die Haut …«

Er sah, dass seinem Stellvertreter wieder übel wurde, und brach mitten im Satz ab, weil er ihn nicht noch mehr aufregen wollte.

»Wir warten die Autopsie ab«, sagte er nach einer Weile.

Er zündete zwei Zigaretten an und reichte Sariya eine, der einen tiefen Zug nahm, bevor er sie wegwarf und die Uferböschung hinaufkletterte, um sich erneut zu übergeben. Khalifa wandte sich ab, wanderte am Flussrand entlang und sah zur anderen Seite hinüber. Eine Reihe von Kreuzfahrtschiffen war entlang des Ufers aufgereiht, und dahinter ragte die erste Säule des Tempels von Karnak hervor. Eine Feluke kreuzte sein Blickfeld, ihr riesiges dreieckiges Segel durchschnitt den Himmel wie eine Klinge. Er warf die Zigarette ins Wasser und seufzte. Es würde wohl eine Weile dauern, vermutete er, bis er wieder Gelegenheit hatte, mit der Arbeit an seinem Wasserspiel fortzufahren.

Während Inspektor Khalifa am Fluss stand, schlängelte sich eine Gruppe von Touristen auf Eseln die Hügel hinter ihm hinauf. Es waren zwanzig Personen, hauptsächlich Amerikaner, die sich im Gänsemarsch vorwärts bewegten. An ihrer Spitze ritt ein ägyptischer Junge, der sie führte, und ein weiterer am Ende, um sicherzustellen, dass keiner zurückblieb. Einige klammerten sich nervös an den Sattel, fühlten sich unbehaglich auf dem steilen Pfad und schnitten bei jedem Ruck oder Stoß angstvolle Grimassen. Vor allem eine von ihnen, eine große Frau mit sonnenverbrannten Schultern, genoss das Erlebnis überhaupt nicht.

»Keiner hat gesagt, dass es so steil ist«, rief sie immer wieder. »Es sei ganz leicht, hat man gesagt. O Gott.«

Andere dagegen schienen ganz entspannt zu sein, sie drehten sich in ihren Sätteln von einer Seite zur anderen und genossen die herrliche Aussicht. Die Sonne stand mittlerweile hoch am Himmel, und die Ebene unter ihnen flimmerte in der Hitze. In der Ferne war das silberne Band des Nils zu erkennen, jenseits davon das Häusergewirr des östlichen Luxor und dahinter verschwommen die Wüste und die Berge, die sich undeutlich vor dem weißblauen Himmel abzeichneten. Der Führer blieb immer wieder stehen und deutete auf eine Sehenswürdigkeit – die Kolosse von Memnon, in der Entfernung klein wie ein Spielzeug, die große Anlage des Totentempels von Ramses III. in Medinet Habu. Diejenigen, die nicht zu nervös waren, hoben ihre Kameras und schossen Fotos. Abgesehen vom Knirschen und Klappern der Eselshufe und der Rufe der Frau mit den sonnenverbrannten Schultern, störte kaum etwas die Stille beim Aufstieg auf den Hügel.

Schließlich erreichten sie den Gipfel des Hügels, der Pfad wurde breiter und flacher, bevor er sich wieder in ein felsiges Tal hinabsenkte.

»Da vorn ist das Tal der Könige«, rief der Führer. »Sehen Sie sich vor. Der Weg nach unten ist sehr steil.«

»Jesus!«, ertönte eine schrille Stimme hinter ihm.

Sie schickten sich gerade an, den Bergrücken zu überqueren, und die Esel tippelten im Zickzack an verstreuten Felsbrocken vorbei, als plötzlich ein Mann aus dem Schatten eines Felsens hervorsprang. Seine Galabija war schmutzig und zerrissen, und sein verfilztes Haar reichte ihm bis zu den Schultern herab, was ihm ein wildes, verwegenes Aussehen verlieh. In der Hand hielt er einen Gegenstand, der in braunes Papier gewickelt war. Er eilte zu den Touristen hinüber.

»Hallo, hallo, guten Morgen, gute Nacht«, stammelte er, während sich seine Worte überschlugen. »Sehen her bitte, Freunde. Ich hab was Schönes, was euch gefällt.«

Der Führer rief ihm auf Arabisch etwas zu, aber der Mann ignorierte ihn und näherte sich einer Touristin, einer jungen Frau mit einem großen Sonnenhut aus Stroh. Er hob den Gegenstand hoch, zog dabei das braune Papier zurück und enthüllte eine aus dunklem Stein geschnittene Katze.

»Sie sehen, Lady, schöne Arbeit. Sie kaufen, Sie kaufen. Ich sehr arm, muss essen. Sie schöne Lady, Sie kaufen!«

Er hielt ihr mit einer Hand die Statue hin, während er mit der anderen Essbewegungen machte.

»Sie kaufen, Sie kaufen. Ich nicht essen drei Tage lang. Bitte Sie kaufen. Hungrig. Hungrig.«

Die Frau sah starr vor sich hin und beachtete ihn nicht, und nachdem er ein paar Meter neben ihr hergelaufen war, gab der Mann auf und wandte sich dem Reiter hinter ihr zu.

»Schauen, schauen, Mister, schönes Schnitzerei. Hier. Sehr gut Qualität. Wie viel Sie zahlen, sagen mir Preis, sagen mir Preis.«

»Beachten Sie ihn nicht«, rief der Führer über die Schulter nach hinten. »Er ist verrückt.«

»Ja, ja, verrückt«, lachte der zerlumpte Mann, wirbelte ein paar Mal herum und stampfte in einer Art Tanz mit dem Fuß auf den Boden. »Verrückt, verrückt. Bitte kaufen, kein Essen, ich hungrig. Beste Qualität, sagen mir Preis, Mister.« Der Tourist ignorierte ihn ebenfalls, und der Mann begann, an der Reihe der Reiter auf und ab zu laufen, und seine Schreie wurden zunehmend schriller und verzweifelter.

»Sie mögen nicht Katze, ich andere Sachen. Viele, viele Sachen. Bitte, bitte, Sie kaufen. Antike Sachen? Ich haben antike Stücke. 3000 Prozent echt. Sie brauchen Führer, ich gut Führer, ich kennen alle Hügel. Ich zeigen Tal der Könige und Königinnen sehr billig. Ich zeigen Grab sehr schön. Neue Grab, was keiner kennt. Ich brauchen Essen. Für drei Tage nicht essen.«

Inzwischen war er am Ende der Reihe angelangt, und der Junge, der die Nachhut bildete, trieb seinen Esel an, schubste ihn aus dem Weg und trat ihm im Vorbeireiten in die Rippen. Der zerlumpte Mann fiel in einer Staubwolke zu Boden, und die Touristen zogen weiter.

»Danke, danke, danke!«, rief er und wälzte sich am Boden, um sich schlagend wie ein verwundetes Tier. »So nett, schöne Touristen mir helfen. Wollen keine Katze, kein Grab sehen, kein Führer. Ich sterben, ich sterben!«

Er grub das Gesicht in den Sand, weinte und schlug mit den Fäusten auf den Boden. Die Touristen jedoch sahen ihn nicht, denn sie waren bereits um eine Felsnase verschwunden und begannen mit dem Abstieg ins Tal der Könige. Er war steil, wie der Führer es ihnen angekündigt hatte, und zu ihrer Rechten ging es fast senkrecht einen Abgrund hinunter. Die Frau mit den sonnenverbrannten Schultern klammerte sich zitternd an den Hals des Esels und war zu verängstigt, um sich zu beschweren. Die Klagerufe des Verrückten wurden immer schwächer, bis sie schließlich überhaupt nicht mehr zu hören waren.

6

Kairo

Tara wartete am Flughafen bis fast zehn Uhr morgens am nächsten Tag. Ihre Augen waren vom Schlafmangel gerötet, und sie fühlte sich benommen vor Müdigkeit. Jede halbe Stunde hatte sie ihren Vater angerufen und war immer wieder durch die Ankunftshalle gewandert. Alles ohne Erfolg. Er war weder am Flughafen noch im Grabungshaus noch in seiner Wohnung in Kairo. Ihr Urlaub war bereits schief gegangen, noch bevor er richtig begonnen hatte. Zum hundertsten Mal stieg sie auf ihren Sitz und sah sich in dem Gewühl um. Doch inzwischen liefen so viele Menschen umher, dass sie ihren Vater auch dann nicht entdeckt hätte, wenn er unter ihnen gewesen wäre. Sie sprang herunter, ging zum Telefon hinüber, rief ein letztes Mal im Grabungshaus an, hängte sich dann die Tasche über die Schulter und ging nach draußen, um ein Taxi anzuhalten.

»Kairo?«, fragte der Fahrer, ein bulliger Mann mit Nikotinflecken an den Fingern.

»Nein«, antwortete Tara und lehnte sich auf dem Rücksitz zurück. »Sakkara.«

Mehr als vierzig Jahre hatte ihr Vater hauptsächlich in Sakkara, der Nekropole der alten ägyptischen Hauptstadt Memphis, Ausgrabungen durchgeführt. Er hatte auch an anderen Orten in Ägypten gegraben, angefangen von Tanis und Sais im Norden bis hinunter nach Qustrul und Nauri im Oberen Sudan. Sakkara jedoch war immer sein Lieblingsort gewesen. Jedes Jahr quartierte er sich in seinem Grabungshaus ein und blieb drei oder vier Monate dort. Sorgfältig nahm er sich ein kleines Areal sandbedeckter Ruinen vor und legte ein paar weitere Meter Geschichte frei. In manchen Monaten grub er überhaupt nicht, sondern verbrachte seine Zeit mit Restaurierungsarbeiten oder der Katalogisierung früherer Funde.

Es war ein genügsames Leben, fast klösterlich, nur er, ein Koch und eine kleine Gruppe Freiwilliger. Aber wie Tara glaubte, war das der einzige Ort auf der Welt, an dem er sich wirklich wohl fühlte. Seine unregelmäßigen Briefe mit den detaillierten Beschreibungen seiner Arbeitsfortschritte zeugten von einer Zufriedenheit, die er in allen anderen Bereichen seines Lebens nicht zu erreichen schien.

Deshalb war sie so überrascht gewesen, als er sie gebeten hatte, ihn zu besuchen – es war seine Welt, sein ganz besonderer Ort, und es musste ihn einige Überwindung gekostet haben, sie dorthin einzuladen.

Die Fahrt nach Sakkara war nicht angenehm. Ihr Fahrer schien keinerlei Vorstellung von Verkehrssicherheit zu haben und scheute sich weder in engen Kurven noch bei heftigem Gegenverkehr zu überholen. Als die Straße an einem stinkenden, grünen Kanal entlangführte, setzte er an, einen kleinen Lieferwagen zu überholen, gerade als ihm auf der anderen Seite ein Lastwagen entgegenkam. Tara nahm an, dass er wieder einscheren würde. Doch weit gefehlt. Er hämmerte mit der Handfläche auf die Hupe, presste den Fuß nach unten und schob sich langsam an dem Lieferwagen vorbei, der daraufhin beschleunigte, als lieferten sie sich ein Wettrennen. Der entgegenkommende Laster kam immer näher, Tara spürte, wie sich ihr Magen verkrampfte, und war überzeugt, dass ein Unfall nicht zu vermeiden war. Erst in letzter Sekunde, als ein frontaler Zusammenstoß schon sicher schien, riss der Fahrer das Steuer herum und schwenkte nur wenige Zentimeter vor dem Laster wieder nach rechts ein.

»Haben Sie Angst?«, lachte er, als sie weiterrasten.

»Ja«, antwortete Tara knapp. »Habe ich.«

Zu ihrer Erleichterung bogen sie schließlich von der Hauptstraße ab, fuhren einige Kilometer eine kleinere Allee entlang und hielten am Fuß einer steilen Böschung, über der sich der obere Teil einer stufenförmigen Pyramide erhob.

»Sie kriegen Ticket hier«, sagte der Fahrer und deutete auf einen Schalter in einem Gebäude zu ihrer Rechten.

»Brauche ich denn eines?«, fragte sie. »Mein Vater arbeitet hier. Ich will ihn besuchen.«

Der Fahrer beugte sich hinaus und rief dem Mann, der am Schalter saß, etwas zu. Sie unterhielten sich kurz auf Arabisch, und der junge Mann kam aus dem Gebäude heraus, beugte sich herunter und sah Tara an.

»Ihr Vater arbeitet hier?« Er sprach mit starkem Akzent.

»Ja«, antwortete sie. »Professor Michael Mullray.«

»Aber warum haben Sie das nicht gleich gesagt!« Der Mann lächelte breit. »Jeder kennt Professor Mullray. Er ist der berühmteste Ägyptologe der Welt. Er ist ein guter Freund von mir. Er bringt mir Englisch bei. Ich werde Sie selbst zu seinem Grabungshaus hinaufbringen.«

Er ging ums Taxi herum, setzte sich auf den Beifahrersitz und gab dem Fahrer Anweisungen.

»Ich bin Hassan«, sagte er, als sie losfuhren. »Ich arbeite hier im Hauptbüro. Sie sind herzlich willkommen.«

Er streckte die Hand aus, und Tara schüttelte sie.

»Eigentlich wollte mich mein Vater am Flughafen abholen«, sagte sie. »Wir haben uns wahrscheinlich verpasst. Wissen Sie, ob er hier ist?«

»Tut mir Leid, mein Dienst hat gerade erst angefangen. Wahrscheinlich ist er im Grabungshaus. Sie sehen ähnlich zu ihm, wissen Sie.«

»Ihm ähnlich«, erwiderte Tara lächelnd. »Ich sehe ihm ähnlich.«

Der Mann lachte.

»Sie sehen ihm ähnlich«, wiederholte er. »Und Sie sind ein guter Lehrer, genau wie er.«

Sie fuhren den Weg über die Böschung hinauf und bogen dann in einen holprigen Pfad ein, der am Rand des Wüstenplateaus entlangführte. Die Stufenpyramide lag jetzt hinter ihnen, doch ganz in der Nähe standen zwei weitere, kleinere Pyramiden, beide verfallen und zusammengesunken, sodass Tara den Eindruck hatte, es handle sich um Ansichten der gleichen Pyramide in verschiedenen Verfallsstadien. Zur Rechten schimmerte der Fleckenteppich der Nilfelder in der Morgensonne, zur Linken breitete sich kahl, leer und verlassen bis zum Horizont die Wüste aus.

Nachdem sie dem Pfad etwa hundert Meter gefolgt waren, durchquerten sie eine kleine Siedlung, und Hassan bedeutete dem Fahrer anzuhalten.

»Das ist das Teftish«, sagte er und zeigte auf ein großes gelbes Gebäude zur Rechten. »Das Hauptbüro von Sakkara. Ich steige hier aus. *Beit Mullray*, das Grabungshaus Ihres Vaters, ist weiter vorn. Ich habe dem Fahrer erklärt, wie er hinkommt. Wenn Sie irgendwelche Probleme haben, kommen Sie hierher zurück, ich bin da.«

Er stieg aus, schlug mit der flachen Hand aufs Autodach, und dann fuhren sie noch etwa zwei Kilometer weiter, bevor sie vor einem einstöckigen Gebäude am Fuß der Böschung stehen blieben.

»Beit Mullray«, sagte der Fahrer.

Es war ein lang gestreckter, schäbiger Bau, der an drei Seiten einen sandigen Hof umschloss, in dessen Mitte ein großes Drahtsieb stand. Ein räudiger Hund lag dösend im Schatten neben einem Haufen Holzkisten. Alle Fensterläden waren geschlossen, und niemand schien im Haus zu sein.

Der Fahrer sagte, er würde warten, damit er sie, falls ihr Vater nicht hier sei, nach Kairo zurückbringen könne, wo er eine Menge guter Hotels kenne. Sie lehnte das Angebot jedoch ab, holte ihre Tasche aus dem Kofferraum, bezahlte und machte sich auf den Weg zum Haus. Das Knirschen der Wagenreifen hallte durch die Luft, als der Taxifahrer umkehrte und in einer dichten Staubwolke davonfuhr.

Sie ging durch den Hof, bemerkte eine Reihe bemalter Steine unter einer Plane, begab sich dann zur Vordertür und hämmerte dagegen. Keine Antwort. Sie drückte die Klinke herunter. Die Tür war verschlossen.

»Dad!«, rief sie. »Ich bin's, Tara.«

Keine Antwort.

Sie ging zur rückwärtigen Seite des Hauses, wo entlang der ganzen Hinterfront eine lange, schattige Terrasse verlief, auf der staubige Geranien- und Kaktustöpfe, ein paar knorrige Zitronenbäume und einige Steinbänke standen. Die Aussicht über die grüne Nilebene war herrlich, doch dafür hatte sie im Moment keinen Sinn. Sie nahm die Sonnenbrille ab, ging zu einem der Fensterläden und spähte durch die Sprossen, von denen die Farbe abblätterte. Es war dunkel im Innern, und außer dem Rand eines Tisches mit einem Buch darauf konnte sie nichts erkennen. Sie schaute durch einen anderen Laden weiter unten und konnte ein Bett mit einem Paar mitgenommener Geländestiefel darunter ausmachen, dann ging sie wieder zur Vordertür und hämmerte erneut dagegen. Immer noch keine Antwort. Sie folgte dem Sandweg zurück, sah ein paar Mal nach links und rechts, und bei der Terrasse angekommen, setzte sie sich auf eine der Steinbänke.

Inzwischen machte sie sich Sorgen. Ihr Vater hatte sie bei unzähligen Gelegenheiten im Stich gelassen – zu vielen, um sich an alle zu erinnern –, aber sie spürte, dass es diesmal anders war. Vielleicht war er krank geworden oder hatte einen Unfall gehabt. Verschiedene Szenarien spielten sich vor ihrem geistigen Auge ab, eines schlimmer als das andere. Sie stand auf und hämmerte wieder gegen die Läden, inzwischen eher frustriert als hoffnungsvoll.

»Wo bist du, Dad?«, murmelte sie vor sich hin. »Wo, zum Teufel, bist du?«

Sie wartete fast zwei Stunden vor dem Haus, ging herum, spähte durch die Läden und schlug gelegentlich gegen die Tür. Schweißperlen standen auf ihrer Stirn, und ihre Augen schmerzten vor Müdigkeit. Einmal wurde sie von einer Gruppe von Kindern entdeckt, die im Dorf am Fuß des Sandwalls spielten. Sie kletterten den Hang hinter dem Haus herauf und riefen: »Schreibstift! Schreibstift!« Sie holte ein paar Stifte aus ihrer Tasche und fragte sie, ob sie einen großen Mann mit weißem Haar gesehen hätten, aber sie schienen sie nicht zu verstehen und verschwanden mit ihren Stiften wieder über den Hang. Sie ließen sie mit den Fliegen, der Hitze und dem stummen, verriegelten Haus zurück.

Schließlich, als die Sonne fast im Zenit stand und alles in blendend weißes Licht getaucht war, beschloss sie, sich auf den Weg zu machen und nach Hassan zu suchen. Sie wusste, wenn ihr Vater nur aufgehalten worden war, wäre er verärgert, wenn sie allzu viel Aufregung verursachte, aber inzwischen war sie zu besorgt, um darauf Rücksicht zu nehmen. Mit dem letzten Stift, der ihr geblieben war, schrieb sie eine Nachricht, auf der sie erklärte, was sie vorhatte, und steckte sie an die Vordertür. Dann marschierte sie auf dem staubigen Pfad in Richtung der fernen Stufenpyramide. Außer dem Knirschen ihrer Schritte und dem gelegentlichen Surren einer Fliege war weit und breit nichts zu hören.

Sie war ungefähr fünf Minuten mit gesenktem Kopf gegangen, als ihr Blick von einem kurzen Aufblitzen nach rechts gelenkt wurde. Sie blieb stehen, beschattete die Augen und sah in die Richtung, aus der der Lichtblitz gekommen war. Etwa hundert Meter von ihr entfernt stand jemand auf einem Sandhügel. Er war zu weit weg, und die Sonne war zu grell, um Genaueres zu erkennen, als dass er sehr groß und in Weiß gekleidet war. Nochmals blitzte etwas auf, und sie stellte fest, dass sie durch ein Fernglas beobachtet wurde, von dessen Linse die Sonnenstrahlen zurückgeworfen wurden.

Sie hielt ihn für einen Touristen, der die Ruinen erkundete, und wandte sich ab. Doch im gleichen Moment kam ihr der Gedanke, dass es vielleicht ein Archäologe sein könnte, der ihren Vater kannte. Sie drehte sich wieder um und wollte ihm etwas zurufen, aber die Gestalt war verschwunden. Suchend strich ihr Blick über die welligen Hügel aus Sand und Schutt, aber nirgends war eine Menschenseele zu entdecken. Sie setzte ihren Weg fort, unsicher, ob sie vielleicht auf Grund ihrer Erschöpfung und Sorge halluziniert hatte. Sie fühlte sich schwindlig, und ihre Schläfen hämmerten. Sie wünschte, sie hätte ein wenig Wasser bei sich. Zwanzig Minuten später erreichte sie das Teftish. Ihre Bluse war von Schweiß durchtränkt, und ihre Glieder schmerzten. Sie fand Hassan und erklärte ihm, was passiert war.

»Ich bin sicher, es ist alles in Ordnung«, sagte er und führte sie zu einem Stuhl in seinem Büro.

»Vielleicht macht Ihr Vater einen Spaziergang. Oder er ist zu seiner Ausgrabungsstätte gegangen.«

»Ohne eine Nachricht zu hinterlassen?«

»Vielleicht wartet er in Kairo auf Sie?«

»Ich habe in seiner Wohnung angerufen, aber niemand hat abgenommen.«

»Und Sie sind sicher, er weiß, dass Sie kommen wollten?«

»Natürlich weiß er das«, erwiderte sie ungeduldig.

Sie schwiegen beide einen Moment, dann entschuldigte sie sich.

»Tut mir Leid. Ich mache mir Sorgen.«

»Selbstverständlich, das verstehe ich. Bitte, beruhigen Sie sich. Wir werden ihn schon finden.«

Auf dem Tisch lag ein Walkie-Talkie, er nahm es, drückte auf einen Knopf an der Seite und sprach hinein, wobei er die Worte »Professor Mullray« akzentuierte. Ein Rauschen war zu hören, dann antworteten nacheinander mehrere Stimmen.

Der Angestellte hörte zu, sprach wieder und legte das Walkie-Talkie dann weg.

»Er ist nicht an der Ausgrabungsstätte, und niemand hat ihn gesehen. Warten Sie bitte hier.«

Er verließ den Raum und ging über den Gang in ein anderes Büro. Gedämpfte Stimmen waren zu hören. Kurz darauf kam er wieder zurück.

»Gestern früh ist er nach Kairo gefahren, aber am Nachmittag wieder nach Sakkara zurückgekommen. Seitdem hat ihn niemand mehr gesehen.«

Er nahm den Hörer des Telefons auf dem Schreibtisch ab und wählte eine Nummer. Es dauerte einen Moment, bis sich am anderen Ende jemand meldete. Wieder führte er ein kurzes Gespräch und betonte dabei die Worte »Professor Mullray«, bevor er auflegte. Er runzelte die Stirn.

»Das war Ahmed. Er fährt Ihren Vater mit seinem Taxi. Er sagt, Ihr Vater habe ihn gestern Abend zum *Beit Mullray* bestellt, um ihn zum Flughafen zu fahren, aber als Ahmed angekommen sei, sei Ihr Vater nicht dort gewesen. Jetzt mache ich mir auch Sorgen. Das sieht dem Doktora gar nicht ähnlich.«

Er schwieg einen Moment, trommelte mit den Fingern auf die Schreibtischplatte, öffnete dann eine Schublade und zog einen Schlüsselbund heraus.

»Das ist der Reserveschlüssel zum Grabungshaus«, erklärte er. »Wir wollen hingehen und nachsehen.«

Sie verließen das Büro, und er deutete auf einen verbeulten weißen Fiat, der draußen parkte.

»Wir nehmen den Wagen. Das geht schneller.«

Er fuhr schnell, der Wagen ratterte über den unebenen Weg und kam mit quietschenden Reifen vor dem Haus zum Stehen. Gemeinsam gingen sie zur Vordertür, wo Tara sofort bemerkte, dass die Nachricht, die sie zurückgelassen hatte, verschwunden war. Ihr Herz machte einen Sprung, sie eilte auf die Tür zu und drückte die Klinke herunter. Sie war jedoch noch immer verschlossen, und niemand antwortete auf ihr verzweifeltes Klopfen. Hassan nahm einen Schlüssel aus dem Bund, sperrte auf, stieß die Tür auf und ging hinein. Tara folgte ihm.

Sie kamen in einen langen, weiß gestrichenen Raum mit einem rechteckigen Esstisch an einem Ende und ein paar mottenzerfressenen Sofas und einem Kamin am anderen. Weitere Räume gingen rechts und links davon ab. In einem konnte Tara den Umriss eines hölzernen Bettgestells erkennen. Es war dunkel und kühl, und ein süßliches Aroma lag in der Luft, das sie für Zigarettenrauch hielt.

Hassan ging durch den Raum und machte ein Fenster auf. Sonnenlicht flutete über den Boden. Sie sah den Körper sofort, der zusammengesunken an der hinteren Wand lehnte.

»O Gott«, entfuhr es ihr. »O nein.«

Sie lief auf ihn zu, fiel auf die Knie und ergriff seine Hand, die kalt und schlaff war. Sie versuchte gar nicht, ihn wieder zu beleben.

»Dad«, flüsterte sie und streichelte sein wirres graues Haar. »Ach, mein armer Dad.«

7

Luxor

Als Inspektor Khalifa die Leiche auf dem Seziertisch anstarrte, erinnerte er sich an den Tag, an dem man seinen toten Vater heimgebracht hatte.

Er war damals sechs Jahre alt gewesen und verstand nicht wirklich, was vor sich ging. Der Tote war ins Wohnzimmer getragen und auf den Tisch gelegt worden. Seine Mutter fiel weinend vor den Füßen des Vaters auf die Knie und zerraufte sich ihre schwarzen Kleider. Er und sein Bruder Ali standen Seite an Seite am Kopfende, die Blicke auf das bleiche, staubbedeckte Gesicht geheftet.

»Mach dir keine Sorgen, Mutter«, sagte Ali. »Ich werde mich um dich und Yusuf kümmern. Das schwöre ich.«

Der Unfall war nur ein paar Straßen von ihrer Wohnung entfernt passiert. Ein Touristenbus, der zu schnell durch die engen Gassen fuhr, war ins Schleudern geraten, hatte das wacklige Holzgerüst gerammt, auf dem sein Vater arbeitete, und es zum Einsturz gebracht. Drei Männer, darunter sein Vater, wurden getötet, zermalmt von einer Tonne Ziegel und Holz. Das Touristikunternehmen lehnte jede Verantwortung ab, und nie wurde eine Entschädigung bezahlt. Die Leute in dem Bus waren unbeschadet davongekommen.

Damals wohnten sie in Nazlat al-Sammam, am Fuß des Gizeh-Plateaus, in einer engen Hütte aus Lehmziegeln, von deren Dach aus man die Sphinx und die Pyramiden sehen konnte.

Ali war der Älteste, drei Jahre älter als er, und stark, schlau und furchtlos. Khalifa vergötterte ihn, folgte ihm überall hin, ahmte seinen Gang nach und die Art, wie er sprach. Bis zum heutigen Tag murmelte er »Verdammt!«, wenn er zornig war, ein Wort, das er von seinem Bruder gelernt hatte, der es von einem britischen Touristen aufgeschnappt hatte.

Nach dem Tod seines Vaters hatte Ali, wie versprochen, die Schule verlassen und Arbeit angenommen, um die Familie zu ernähren. Er fand einen Job in den Kamelställen, wo er ausmistete, Sättel reparierte und die Kamele aufs Plateau hinausführte, um Touristen darauf reiten zu lassen. Am Sonntag durfte Khalifa ihm helfen. Während der Woche jedoch nicht. Er bettelte darum, ständig mit seinem Bruder arbeiten zu dürfen, aber Ali bestand darauf, dass er sich stattdessen auf die Schule konzentrierte.

»Lern, Yusuf«, hatte er ihn gedrängt. »Füll dir den Kopf. Mach die Dinge, die ich nicht machen kann. Ich möchte stolz auf dich sein.«

Erst Jahre später entdeckte er, dass Ali ihnen nicht nur Essen kaufte und ihre Miete bezahlte, sondern jeden Tag von seinem mageren Verdienst etwas beiseite legte, damit Khalifa, wenn die Zeit dafür reif wäre, zur Universität gehen konnte. Er verdankte ihm so viel. Alles. Deswegen hatte er seinen ersten Sohn nach ihm benannt – um zu zeigen, dass er wusste, wie viel er ihm schuldete.

Sein Sohn jedoch hatte seinen Onkel nie gesehen und würde ihn auch nie kennen lernen. Ali war für immer fort. Wie sehr er ihn vermisste! Wie sehr er sich wünschte, die Dinge hätten sich anders entwickelt.

Er schüttelte den Kopf und konzentrierte sich wieder auf die Arbeit. Er stand in einem weiß gekachelten Kellerraum des Allgemeinen Krankenhauses von Luxor, und vor ihm lag ausgestreckt und nackt die Leiche, die sie am Morgen gefunden hatten. Ein Ventilator surrte über seinem Kopf, und eine einzelne Leuchtröhre verlieh dem Raum eine kalte, sterile Atmosphäre. Dr. Anwar, der Pathologe, beugte sich über die Leiche und tastete sie ab.

»Sehr eigenartig«, murmelte er immer wieder vor sich hin. »So was ist mir noch nie untergekommen. Sehr eigenartig.«

Sie hatten den Toten am Fundort fotografiert, ihn dann in einen Leichensack gesteckt und mit einem Boot nach Luxor gebracht. Dort mussten eine Menge Papiere ausgefüllt werden, bevor sie ihn untersuchen lassen konnten, und mittlerweile war bereits später Nachmittag. Er hatte Sariya losgeschickt, um herauszufinden, ob jemand innerhalb eines Umkreises von dreißig Kilometern als vermisst gemeldet worden war. Damit ersparte er seinem Stellvertreter die unangenehme Aufgabe, bei der Autopsie zugegen zu sein. Er selbst war nahe daran, sich zu übergeben. Verzweifelt sehnte er sich nach einer Zigarette, und immer wieder griff er automatisch in seine Tasche, nach seiner Packung Cleopatras. Er zog sie jedoch nicht heraus. Dr. Anwar war berüchtigt für seine Strenge, was das Rauchen in der Pathologie anging.

»Also, was können Sie mir sagen?«, fragte Khalifa. Er lehnte an der kalten Kachelwand und spielte mit einem Knopf seines Hemdes.

»Nun«, begann Dr. Anwar und hielt einen Moment inne, um nachzudenken. »Er ist eindeutig tot.«

Er stieß ein meckerndes Lachen aus und tätschelte sich selbstgefällig den Bauch. Anwars üble Scherze waren genauso berüchtigt wie seine Abneigung gegen das Rauchen.

»Tut mir Leid«, sagte er. »Ziemlich geschmacklos.«

Er kehrte zu der Leiche zurück, brach aber erneut in Lachen aus.

»Eindeutig tot! Das ist komisch, was?«

Er lachte noch eine Weile, dann glättete sich sein Gesicht, und er wurde wieder ernst.

»Also, was wollen Sie wissen?«

»Alter?«

»Schwer zu sagen, aber ich schätze Mitte zwanzig, vielleicht ein bisschen älter.«

»Zeitpunkt des Todes?«

»Vor etwa zwanzig Stunden. Maximal vor vierundzwanzig.«

»Und er hat die ganze Zeit im Wasser gelegen?«

»Ja, das würde ich sagen.«

»Wie weit kann er in vierundzwanzig Stunden abgetrieben worden sein, was meinen Sie?«

»Keine Ahnung. Ich interessiere mich für Leichen, nicht für Strömungen.«

Khalifa lächelte.

»Also, Todesursache?«

»Ich dachte, das wäre klar«, antwortete Anwar und sah auf das verstümmelte Gesicht hinab. Der Schlamm war abgewaschen worden, und jetzt sah es noch grausiger aus als an der Fundstelle: wie ein schlecht ausgelöstes Stück Fleisch. Auch am ganzen Körper fanden sich Verletzungen – auf den Armen und Schultern, am Bauch und an den Oberschenkeln. Es gab sogar eine kleine Einstichwunde am Hodensack, auf die Anwar mit Ergötzen hingewiesen hatte. Manchmal, dachte Khalifa, war der Mann ein bisschen zu begeistert von seinem Job.

»Was ich meinte, war ...«

»Ja, ja, ich weiß«, erwiderte der Pathologe. »Ich hab Witze gemacht. Sie wollen wissen, wodurch die Verletzungen verursacht wurden.«

Er lehnte sich an den Untersuchungstisch und zog die Gummihandschuhe aus. Sie machten ein quietschendes Geräusch, als er sie von den Händen streifte.

»Also, eins nach dem anderen. Er ist durch Schock und durch den Blutverlust gestorben, beides das Ergebnis der Verletzungen, die Sie schon gesehen haben. Es befand sich relativ wenig Wasser in seiner Lunge, was darauf hindeutet, dass er nicht ertrunken ist und ihm die Verletzungen nicht später beigebracht wurden. Das passierte an Land, erst danach wurde die Leiche ins Wasser geworfen. Vermutlich nicht weit von dem Ort, an dem er gefunden wurde.«

»Demnach könnte also keine Schiffsschraube dafür verantwortlich sein?«

»Auf keinen Fall. Das hätte ganz andere Wunden ergeben. Weniger scharfe Schnitte. Das Fleisch wäre viel stärker zerfetzt.«

»Krokodile?«

»Seien Sie nicht albern, Khalifa. Dieser Mann wurde bewusst verstümmelt. Und außerdem, zu Ihrer Information, es gibt keine Krokodile nördlich von Assuan. Und schon gar keine, die rauchen.«

Er deutete auf die Arme, die Brust und das Gesicht des Mannes.

»Drei Brandwunden. Hier, hier und hier. Von einer Zigarre vermutlich. Sie sind zu groß für eine Zigarette.«

Er griff in seine Tasche, zog eine Tüte Cashewnüsse heraus und bot Khalifa davon an. Der Inspektor lehnte ab.

»Wie Sie wollen«, sagte Anwar, beugte den Kopf zurück und schüttete sich die Nüsse in den Mund. Khalifa sah ihm zu und fragte sich, wie er es fertig brachte, neben dem zerschlitzten Gesicht etwas zu essen.

»Und was ist mit den Schnitten? Wodurch wurden die verursacht?«

»Keine Ahnung«, brummte Anwar kauend. »Mit irgendeinem Metallgegenstand, offensichtlich einem scharfen, vielleicht einem Messer. Obwohl ich alle Arten von Messerwunden gesehen habe, aber keine, die so ausgesehen haben.«

»Was meinen Sie damit?«

»Nun, diese Wunden sind nicht sauber genug. Es ist schwer zu erklären. Eher ein Gefühl als echte Wissenschaft. Es war eindeutig eine geschärfte Klinge, aber keine, die mir bekannt ist. Sehen Sie sich zum Beispiel diese Wunde an.« Er deutete auf eine Schnittwunde in der Brust des Mannes.

»Wenn sie von einem Messer stammen würde, wäre die Wunde schmaler und nicht ganz so … wie soll ich sagen … nicht ganz so roh. Und sehen Sie, an einem Ende ist sie ein wenig tiefer als am anderen. Bitten Sie mich nicht, präziser zu sein, Khalifa. Das kann ich nicht. Akzeptieren Sie einfach, dass wir es hier mit einer ungewöhnlichen Waffe zu tun haben.«

Der Inspektor zog einen kleinen Block aus der Tasche und machte sich ein paar Notizen. Das Geräusch von Anwars Kauen hallte durch den Raum.

»Können Sie mir sonst noch etwas über ihn sagen?«

»Er hat gern getrunken. In seinem Blut ist viel Alkohol. Und offensichtlich hat er sich fürs antike Ägypten interessiert.«

»Der eintätowierte Skarabäus?«

»Genau. Nicht gerade eines der gängigsten Motive. Und sehen Sie hier.«

Khalifa trat näher.

»Sehen Sie diese blauen Flecken um die Oberarme. Hier und hier, wo das Fleisch verfärbt ist. Dieser Mann ist festgehalten worden, so.«

Er trat hinter Khalifa, packte seine Arme, und seine Finger gruben sich in sein Fleisch.

»Die blauen Flecken auf dem linken Arm sind stärker und reichen weiter um den Arm herum, was vermutlich darauf hinweist, dass er eher von zwei Leuten festgehalten wurde, wobei ihn jeder der beiden auf eine etwas andere Weise gepackt hielt. An der Intensität der Flecken können Sie erkennen, dass er sich ziemlich gewehrt hat.«

Khalifa nickte und beugte sich über sein Notizbuch.

»Also waren es mindestens drei«, redete er vor sich hin. »Zwei hielten ihn fest und einer hat mit dem Messer, oder was immer es auch war, zugestoßen.«

Anwar nickte, ging zur Tür hinüber, streckte den Kopf hinaus und rief nach jemandem am anderen Ende des Korridors. Kurz darauf erschienen zwei Männer, die eine Bahre hereinrollten. Sie hoben die Leiche darauf, deckten sie mit einem Laken zu und schoben sie hinaus. Anwar aß den Rest seiner Nüsse auf, ging zu einem kleinen Becken und begann sich die Hände zu waschen. Abgesehen vom Surren des Ventilators war es still im Raum.

»Das ist eine üble Sache«, sagte der Pathologe, diesmal ohne den üblichen scherzhaften Tonfall. »Ich mache diesen Job jetzt seit dreißig Jahren, aber so was ist mir noch nie untergekommen. Es ist …«

Er hielt inne und seifte sich die Hände ein, während er Khalifa den Rücken zukehrte.

»… gottlos«, sagte er schließlich.

»Ich hätte nicht gedacht, dass Sie religiös sind.«

»Das bin ich auch nicht. Aber es gibt keine andere Möglichkeit, um auszudrücken, was mit diesem Mann geschehen ist. Ich meine, sie haben ihn nicht einfach umgebracht. Sie haben den armen Kerl abgeschlachtet.«

Er drehte den Hahn ab und begann sich abzutrocknen.

»Finden Sie heraus, wer das getan hat, Khalifa. Finden Sie diese Kerle schnell, und sperren Sie sie ein.«

Die Ernsthaftigkeit seines Tonfalls überraschte Khalifa. Sie schwiegen für einen Moment, und es war nur das Surren des Ventilators über ihren Köpfen zu hören.

»Ich werde mein Bestes tun«, sagte der Inspektor. »Wenn noch irgendwelche weiteren Informationen auftauchen sollten, lassen Sie es mich wissen.«

Er steckte seinen Notizblock ein und wollte gerade den Raum verlassen, als Anwar ihn bat, noch einen Moment zu warten.

»Da ist noch etwas.«

Khalifa drehte sich um.

»Nur eine Vermutung, aber ich glaube, er könnte Bildhauer gewesen sein, vielleicht jemand, der Figuren für Touristen anfertigt, so was in der Art. Es war eine Menge Alabasterstaub unter seinen Fingernägeln, und seine Unterarme waren sehr kräftig, was darauf hindeuten könnte, dass er viel mit Hammer und Meißel umging. Ich kann mich täuschen, aber ich würde mit den Ermittlungen hier ansetzen. In den Läden mit den Skulpturen.«

Khalifa dankte ihm und holte auf dem Weg durch den Korridor seine Zigaretten aus der Tasche. Er hörte Anwars Stimme hinter sich.

»Und rauchen Sie nicht, bevor Sie das Krankenhaus verlassen haben!«

8

Kairo

»Er hasste Zigarren«, sagte Tara.

Der Botschaftsvertreter sah zu ihr hinüber.

»Wie bitte?«

»Zigarren. Mein Vater hasste sie. Tatsächlich jede Form des Rauchens. Er hielt es für eine abscheuliche Angewohnheit. Wie das Lesen des ›Guardian‹.«

»Ah«, antwortete der Botschaftsvertreter verwirrt. »Ich verstehe.«

»Als wir das Grabungshaus betraten, bemerkten wir einen Geruch. Anfangs war ich mir nicht ganz sicher, aber dann wurde mir klar, dass es Zigarrenrauch war.«

Der Botschaftsvertreter, ein junger Attaché namens Crispin Oates, richtete den Blick wieder auf die Straße und hupte laut einen vor ihnen fahrenden Lastwagen an.

»Ist das in irgendeiner Hinsicht wichtig?«

»Wie ich gesagt habe, mein Vater hasste das Rauchen.«

Oates zuckte mit den Achseln.

»Dann muss es wohl jemand anderes gewesen sein.«

»Aber das ist ja der springende Punkt«, antwortete Tara. »Niemand durfte im Grabungshaus rauchen. Das war eine unumstößliche Regel. Ich weiß das, weil er mir einmal geschrieben hat, er habe einen freiwilligen Helfer rausgeworfen, der sich nicht daran gehalten hat.«

Ein Motorradfahrer überholte sie, schwenkte direkt vor ihnen nach rechts und zwang Oates, mit aller Kraft auf die Bremse zu treten.

»Verdammter Idiot!«

Schweigend fuhren sie eine Weile weiter.

»Ich bin nicht sicher, worauf Sie hinauswollen?«, sagte er schließlich.

»Ich auch nicht«, seufzte Tara. »Nur dass … kein Zigarrenrauch im Grabungshaus hätte sein dürfen. Das geht mir einfach nicht aus dem Kopf.«

»Ich bin sicher, es ist nur … Sie wissen schon, der Schock.«

Tara seufzte.

»Ja«, sagte sie matt. »Das muss es wohl sein.«

Sie befanden sich auf einer Hochstraße, die ins Zentrum von Kairo führte. Es war fast dunkel, und die Lichter der Stadt breiteten sich unter ihnen bis in weite Ferne aus. Es war noch immer heiß, und Tara hatte das Fenster heruntergekurbelt, sodass ihr Haar wie eine Fahne im Wind flatterte. Sie fühlte sich seltsam unbeteiligt, als wären die Ereignisse der letzten Stunden nichts weiter als ein Traum.

Eine Stunde lang hatte sie neben der Leiche ihres Vaters gewartet, bis ein Arzt eintraf. Er hatte eine kurze Untersuchung vorgenommen und ihnen mitgeteilt, was sie schon wussten – dass der alte Mann tot war, vermutlich an einem schweren Herzanfall gestorben, obwohl noch weitere Tests nötig wären. Ein Krankenwagen war eingetroffen, gefolgt von zwei Polizisten, beide in Zivil, die Tara eine Reihe von Fragen über das Alter, den Gesundheitszustand, die Nationalität und den Beruf ihres Vaters gestellt hatten. (»Er ist Archäologe, verdammt noch mal«, hatte sie verärgert geantwortet. »Was glauben Sie, was er sonst hier gemacht hat?«) Sie erwähnte, wie später auch gegenüber Oates, den Zigarrenrauch und dass Rauchen im Grabungshaus verboten gewesen sei. Die Polizisten machten sich Notizen, schienen den Hinweis aber nicht für wichtig zu halten. Und sie war nicht mehr darauf zu sprechen gekommen.

Zu keinem Zeitpunkt hatte sie geweint. Ihre unmittelbare Reaktion auf den Tod ihres Vaters hatte darin bestanden, überhaupt nicht zu reagieren. Sie beobachtete, wie die Leiche in den Krankenwagen getragen wurde, und spürte gar nichts, nicht das Geringste, als handle es sich um den Körper eines Menschen, den sie nicht kannte. »Dad ist tot«, hatte sie gemurmelt, als versuchte sie, sich eine Antwort zu entlocken. »Er ist tot. Tot.«

Doch die Worte hatten keinen Eindruck auf sie gemacht. Sie hatte versucht, sich an schöne gemeinsame Momente zu erinnern, Weihnachtsfeste, Tage im Zoo, die Schatzsuche, die er sich zu ihrem fünfzehnten Geburtstag für sie ausgedacht hatte. Aber sie war unfähig gewesen, eine emotionale Verbindung zu all dem herzustellen. Das Einzige, was sie gespürt hatte – und sie schämte sich dafür –, war ein Gefühl tiefer Enttäuschung darüber, dass nun ihr Urlaub ausfiel.

»Die nächsten vierzehn Tage werde ich damit verbringen, Formulare auszufüllen und Vorbereitungen für die Beerdigung zu treffen«, hatte sie gedacht. »Wirklich wunderbare Ferien.«

Oates war gerade in dem Moment eingetroffen, als der Krankenwagen abfuhr, da die Botschaft sofort nach der Entdeckung der Leiche informiert worden war. Er war Ende Zwanzig, blond, mit einem fliehenden Kinn, der Inbegriff des Engländers, und hatte höflich, aber nicht sehr überzeugend seine Dienste angeboten, als wollte er ausdrücken, dass er dergleichen schon viele Male erlebt hatte.

In stockendem Arabisch hatte er mit dem Arzt gesprochen und anschließend Tara gefragt, wo sie wohne.

»Hier«, hatte sie geantwortet. »So war es zumindest geplant. Was jetzt wahrscheinlich nicht mehr sehr angebracht ist.«

Oates hatte ihr zugestimmt.

»Ich glaube, es wäre das Beste, wenn ich Sie nach Kairo zurückfahre und in einem Hotel unterbringe. Ich müsste bloß zuerst ein paar Telefonate führen.«

Er hatte ein Handy aus seiner Anzugtasche gezogen – wie um alles in der Welt können Leute bei dieser Hitze Anzüge tragen?, hatte Tara gedacht –, war nach draußen gegangen und nach ein paar Minuten wieder zurückgekehrt.

»Also«, hatte er gesagt. »Wir haben Sie im ›Ramses Hilton‹ untergebracht. Ich glaube nicht, dass es hier noch viel zu tun gibt, und wir könnten gehen, wenn Sie fertig sind.«

Sie verweilte noch einen Moment im Grabungshaus, sah auf die Bücherregale und die alten, mottenzerfressenen Sofas, stellte sich vor, wie sich ihr Vater hier nach seinen Ausgrabungen ausgeruht hatte, und folgte dann Oates zu seinem Wagen.

»Komisch«, hatte er gemeint, als er den Motor anließ. »Ich bin seit drei Jahren in Kairo, aber jetzt zum ersten Mal nach Sakkara gekommen. Archäologie hat mich nie sonderlich interessiert, um ehrlich zu sein.«

»Mich auch nicht«, hatte sie traurig geantwortet.

Es war dunkel, als sie das Hotel erreichten, ein hässliches Hochhaus aus Beton am Nil, am Rande einer vielspurigen Kreuzung verkehrsreicher Straßen. Im Innern war es hell erleuchtet und pompös, mit einem Foyer aus Marmor, an das sich verschiedene Bars, Lounges und Geschäfte anschlossen und das beständig von einem eiligen Strom rot uniformierter Träger mit Bergen von elegantem Gepäck durchquert wurde. Es war sehr kühl, fast kalt, was Tara nach der Hitze, die draußen herrschte, als Wohltat empfand.

Ihr Zimmer befand sich im 14. Stock. Es war geräumig, ordentlich und steril und ging nicht zum Fluss hinaus. Sie legte ihre Tasche aufs Bett und streifte die Schuhe ab.

»Ich verlasse Sie jetzt, damit Sie es sich bequem machen können«, sagte Oates, der an der Tür stehen geblieben war. »Das Restaurant hier soll ganz gut sein, ansonsten gibt es Zimmerservice.«

»Danke«, sagte Tara. »Ich bin eigentlich nicht hungrig.«

»Natürlich. Ich verstehe.«

Er legte die Hand auf die Türklinke.

»Morgen wären einige Formalitäten zu erledigen. Also, wenn es Ihnen recht ist, hole ich Sie, sagen wir, um elf Uhr ab und bringe Sie zur Botschaft hinüber.«

Tara nickte.

»Nur noch eines. Sie sollten nachts nicht alleine ausgehen. Ich möchte Sie nicht beunruhigen, aber für Touristen ist es im Moment ein bisschen riskant. Es hat ein paar Anschläge von Seiten der Fundamentalisten gegeben. Überfälle, verstehen Sie. Lieber Vorsicht als Nachsicht.«

Tara dachte an den Mann, den sie am Flughafen bei der Gepäckausgabe getroffen hatte.

»Sayf al-Tamar«, sagte sie, als sie sich an den Namen erinnerte, den er erwähnt hatte.

»Al-Tha'r«, antwortete Oates korrigierend. »Al-Tha'r. Ja, es scheinen seine Anhänger zu sein. Verdammte Verrückte. Je mehr die Regierung sich bemüht, sie niederzuhalten, umso mehr Schwierigkeiten machen sie. Ganze Teile des Landes sind inzwischen praktisch nicht mehr betretbar.«

Er reichte ihr seine Karte.

»Wie auch immer, rufen Sie mich an, wenn Sie etwas brauchen, und schlafen Sie gut.«

Er schüttelte ihr ziemlich förmlich die Hand, öffnete die Tür und ging hinaus.

Sobald er fort war, holte sich Tara ein Bier aus der Minibar und warf sich aufs Bett. Sie rief Jenny in England an und hinterließ eine Nachricht auf ihrem Anrufbeantworter, in der sie ihr mitteilte, wo sie war, und sie bat, so bald wie möglich zurückzurufen. Sie hätte noch weitere Anrufe machen sollen – bei der

Schwester ihres Vaters, bei einigen seiner Kollegen, bei der Amerikanischen Universität, wo ihr Vater Gastprofessor für Nahöstliche Archäologie war –, aber sie beschloss, sie auf morgen zu verschieben. Neugierig trat sie auf den Balkon und sah auf die Straße hinunter.

Ein schwarzer Mercedes hielt gerade vor dem Hotel und blockierte einen Teil der Fahrbahn, sodass die nachfolgenden Autos um ihn herumfahren mussten, worüber sie, nach den fernen Hupgeräuschen zu schließen, nicht allzu erfreut waren.

Anfänglich nahm Tara keine große Notiz von dem Wagen. Doch dann ging die Beifahrertür auf, und eine Gestalt stieg aus. Tara verspürte plötzlich eine starke Anspannung. Sie konnte unmöglich sicher sein, dass es sich um den Mann handelte, den sie in Sakkara gesehen hatte, denjenigen, der sie beobachtet hatte, als sie am Rand der Böschung entlanggegangen war. Aber irgendetwas sagte ihr, dass er es war.

Er trug den gleichen hellen Leinenanzug und sah selbst aus dieser Höhe riesig aus, sodass die Fußgänger um ihn wie Zwerge wirkten. Er beugte sich hinunter und sprach mit dem Fahrer des Mercedes, der sich daraufhin wieder in den Verkehr einreihte. Er beobachtete, wie der Wagen abfuhr, drehte sich dann plötzlich um und sah nach oben, direkt zu ihr hinauf, zumindest glaubte sie das, obwohl er in Wirklichkeit viel zu weit entfernt war, als dass sie hätte erkennen können, worauf er seine Augen richtete. Es dauerte nur einen Moment, dann senkte er den Kopf wieder und ging zum Eingang des Hotels. Dabei hob er die Hand zum Mund und zog an etwas, das wie eine Zigarre aussah. Tara überlief ein Schauder, sie trat vom Balkon ins Zimmer und versperrte die Schiebetür hinter sich.

DER NIL – ZWISCHEN LUXOR UND ASSUAN

Gischt schäumte am Bug der »SS Horus« auf, als das Schiff langsam flussaufwärts fuhr, und seine Lichter warfen unheimliche Strahlen übers Wasser. Zu beiden Seiten des Ufers glitten dunkle Schilfwälder vorbei, hier und dort stand eine kleine Hütte oder ein Haus, aber es waren nur noch wenige Leute an Deck, die davon Notiz nahmen. Ein junges Pärchen stand eng umschlungen am Bug, und unter einem Baldachin am hinteren Teil des Schiffs spielte eine Gruppe alter Damen Karten. Ansonsten waren die Decks verlassen. Die meisten Passagiere waren schon zu Bett gegangen oder saßen in der Lounge bei der spätabendlichen Unterhaltungs-Show, für die ein dickbäuchiger Ägypter, den Musik vom Band begleitete, bekannte Schlager sang.

Es gab zwei Explosionen, fast gleichzeitig. Die eine am Bug des Schiffes, in der Nähe des jungen Paares. Die zweite im Hauptsalon. Sie ließ Tische, Stühle und Glasscherben in alle Richtungen fliegen. Der Sänger wurde mit versengtem Gesicht nach hinten in seine Anlage geschleudert, eine Gruppe von Frauen in der Nähe der Bühne wurde unter einem Hagel von Holz- und Metallsplittern begraben. Man hörte Weinen und Stöhnen und die Schreie eines Mannes, dem unterhalb der Knie die Beine abgerissen worden waren. Die Karten spielenden Damen waren unverletzt geblieben und saßen bewegungslos unter dem Baldachin. Eine von ihnen begann zu weinen.

Ein Stück vom Fluss entfernt, hinter dem Schilfgürtel, hockten drei Männer auf einem kleinen Felshügel und sahen zu dem Schiff hinüber. Der Schein des brennenden Schiffes beleuchtete ihre bärtigen Gesichter und die tiefe, vertikale Narbe, die jeder auf der Stirn hatte. Sie lächelten.

»Sayf al-Tha'r«, flüsterte einer.

»Sayf al-Tha'r«, wiederholten seine Gefährten.

Sie nickten, standen auf und verschwanden in die Nacht.

9

Kairo

Wie vereinbart holte Oates Tara um elf Uhr morgens in der Hotelhalle ab und brachte sie in die zehn Minuten entfernte Botschaft.

Obwohl sie erschöpft war, hatte sie nicht gut geschlafen. Das Bild des riesigen Mannes verfolgte sie und erfüllte sie mit einer unerklärlichen Unruhe. Schließlich verfiel sie in leichten Schlaf, aber dann klingelte das Telefon und sie schreckte wieder hoch. Sie nahm den Hörer ab und fragte sich, wer so spät noch anrief. Es war aber nur Jenny.

Sie unterhielten sich fast eine Stunde lang, und ihre Freundin bot ihr an, mit der nächsten Maschine zu ihr zu kommen. Im ersten Moment wollte sie das Angebot annehmen, lehnte es dann aber doch ab und sagte ihr, dass sie sich nicht zu bemühen brauche. Es werde für alles gesorgt, und wenn die Formalitäten erledigt seien, würde sie wahrscheinlich in den nächsten Tagen ohnehin nach Hause kommen. Sie vereinbarten, am nächsten Tag wieder zu telefonieren, und sie legte auf.

Sie sah eine Weile fern, zappte ziellos von CNN zu MTV Asien und wieder zurück, bevor sie schließlich eindöste.

Es war tief in der Nacht, als sie zum zweiten Mal aufwachte und spürte, dass etwas nicht stimmte. Alles war zuvor vollkommen still gewesen, im Raum war es dunkel, obwohl der Mond durch einen Vorhangspalt schien und unheimliche Schatten auf den Spiegel an der gegenüberliegenden Wand warf.

Sie lag auf dem Bett und fragte sich, was sie beunruhigte, dann rollte sie sich auf die andere Seite, um wieder einzuschlafen. Da hörte sie ein leises Knacken, das von der Tür kam. Sie lauschte ein paar Sekunden, bis sie merkte, dass die Türklinke heruntergedrückt wurde.

»Hallo!« Ihre Stimme klang unnatürlich schrill.

Das Knacken hörte einen Moment auf und begann dann von neuem. Mit klopfendem Herzen stand sie auf, ging zur Tür hinüber und starrte auf die Klinke, die sich im Zeitlupentempo nach unten und wieder nach oben bewegte. Sie überlegte, ob sie schreien sollte, griff aber stattdessen nach der Klinke und hielt sie fest. Sie spürte einen kurzen Widerstand auf der anderen Seite, dann hörte sie davoneilende Schritte. Sie zählte bis fünf und öffnete dann die Tür, aber der Gang war leer. Oder fast leer. Denn etwas war zurückgeblieben: der Geruch von Zigarrenrauch.

Danach ließ sie für den Rest der Nacht die Lichter brennen und schlief erst kurz vor Anbruch der Morgendämmerung wieder ein.

Als Oates sie fragte, ob sie eine angenehme Nacht verbracht habe, erwiderte sie knapp:

»Nein, ganz und gar nicht.«

Oates lenkte den Wagen durch ein Tor in der cremefarbenen Außenmauer der Botschaft, zeigte der Wache seinen Ausweis, fuhr zu einem kleinen Parkplatz und führte Tara durch einen Seiteneingang ins Gebäude. Sie gingen durch einen langen Korridor und stiegen eine Treppe zu einer Reihe von Büros im ersten Stock hinauf, wo sie von einem dünnen, etwas ungepflegt wirkenden Mann mit weißem Haar und einer um den Hals hängenden Brille erwartet wurden.

»Guten Morgen, Miss Mullray«, sagte er lächelnd und streckte die Hand aus. »Charles Squires, Kulturattaché.«

Seine Stimme klang sanft, onkelhaft, und stand im Gegensatz zu seinem eisenharten Händedruck.

»Crispin, warum holen Sie nicht etwas Tee? Wir gehen in mein Büro.«

Er führte Tara durch eine Reihe von Doppeltüren in einen großen, sonnendurchfluteten Raum mit vier Sesseln, die um einen Tisch gruppiert waren. Ein weiterer Mann stand am Fenster.

»Das ist Dr. Sharif Jemal vom Supreme Council of Antiquities, der Obersten Antikenverwaltung«, sagte Squires. »Er hat ausdrücklich darum gebeten, heute Morgen anwesend sein zu dürfen.«

Der Mann war klein und stämmig, mit tiefen Pockennarben im Gesicht. Er trat einen Schritt vor.

»Darf ich mir erlauben, Ihnen mein aufrichtiges Beileid zum Tod Ihres Vaters auszusprechen«, sagte er ernst. »Er war ein großer Gelehrter und ein echter Freund dieses Landes. Wir werden ihn sehr vermissen.«

»Danke«, antwortete Tara.

Die drei setzten sich.

»Der Botschafter lässt sich entschuldigen«, fuhr Squires fort. »Angesichts der Bedeutung Ihres Vaters wäre er gern persönlich hier gewesen. Unglücklicherweise hat es letzte Nacht in der Nähe von Assuan einen weiteren Terroranschlag gegeben, wie Sie vielleicht gehört haben, und da es sich bei zwei Opfern um britische Staatsangehörige handelt, ist er im Moment leider verhindert.«

Er saß völlig bewegungslos da, während er sprach, und hielt seine unbehaarten Hände im Schoß gefaltet.

»Ich spreche allerdings für ihn und die ganze Botschaft, wenn ich sage, wie sehr es uns getroffen hat, vom Tod Ihres Vaters zu hören. Ich hatte das Vergnügen, ihn bei verschiedenen Gelegenheiten zu treffen. Es ist ein großer Verlust.«

Oates kehrte mit einem Tablett zurück.

»Milch?«, fragte Squires.

»Schwarz, ohne Zucker«, erwiderte Tara. »Danke.«

Er gab Oates ein Zeichen, der drei Tassen einschenkte und sie herumreichte, bevor er sich selbst eingoss und sich in den freien Sessel setzte. Peinliches Schweigen trat ein.

»Als Student«, begann Jemal schließlich, »hatte ich das Glück, mit Ihrem Vater eine Grabungssaison in Sakkara mitzumachen. Das war 1972. In dem Jahr, als wir das Grab von Ptha-hotep fanden. Nie werde ich die Aufregung vergessen, als wir zum ersten Mal die Grabkammer betraten. Sie war vollkommen intakt und unberührt, seit dem Tag, als sie versiegelt wurde. In der Nähe des Eingangs stand eine herrliche Holzstatue, etwa so hoch …« Er hob seine Hand, um die Größe anzuzeigen. »… wundervoll realistisch, die Augen Intarsienarbeit, in perfektem Zustand. Sie wird im Moment im Museum von Kairo ausgestellt. Sie müssen mir erlauben, Sie hinzuführen, um sie Ihnen zu zeigen.«

»Das würde ich sehr gerne tun«, erwiderte Tara und versuchte, begeistert zu klingen.

»Ihr Vater hat mir eine Menge beigebracht«, fuhr Jemal fort. »Ich verdanke ihm viel. Er war ein guter Mensch.«

Er zog ein Taschentuch heraus und schnäuzte sich geräuschvoll, offensichtlich von seinen Gefühlen überwältigt. Die vier verfielen wieder in Schweigen und tranken ihren Tee. Es dauerte eine Weile, bevor Squires das Wort ergriff.

»Der Arzt hat mir versichert, dass der Tod Ihres Vaters schnell und ohne Schmerzen eingetreten ist. Allem Anschein nach handelte es sich um einen Herzanfall. Er dürfte praktisch sofort verschieden sein.«

Tara nickte.

»Er nahm Medikamente für sein Herz«, sagte sie.

»Bitte verstehen Sie mich nicht falsch«, sagte Jemal. »Aber ich glaube, wenn Ihr Vater die Möglichkeit gehabt hätte, sich seinen Todesort auszusuchen, wäre es Sakkara gewesen. Er war immer glücklich dort.«

»Ja«, sagte Tara. »Es war im Grunde seine wirkliche Heimat.«

Oates machte sich daran, Tee nachzuschenken.

»Ich fürchte, es gibt einige Formalitäten zu erledigen«, sagte Squires entschuldigend, »bei denen Crispin Ihnen behilflich sein kann.«

Er legte die Hand über seine Tasse.

»Für mich nichts mehr, danke. Und irgendwann müssen Sie auch entscheiden, was mit der Leiche Ihres Vaters geschehen soll, ob sie in Ägypten bleiben oder nach England überführt werden soll. Im Moment jedoch möchte ich betonen, dass Sie sich in dieser schweren Zeit jederzeit an uns wenden können, wenn Sie etwas brauchen.«

»Danke«, antwortete Tara.

Sie schwieg einen Moment und machte sich an ihrer Tasse zu schaffen.

»Da war … ähm …« Sie hielt inne, unsicher, wie sie fortfahren sollte.

Squires hob leicht die Augenbrauen.

»Ich weiß nicht so recht, wie ich es erklären soll. Es ist nur ...«

»Ja?«

»Nun, als ich gestern zum ersten Mal das Grabungshaus betrat, roch es nach Zigarrenrauch, was seltsam war, weil mein Vater keinerlei Rauchen in seiner Umgebung duldete. Ich habe das der Polizei gegenüber erwähnt. Und gegenüber Crispin.«

Oates nickte. Jemal zog eine Gebetskette aus Jade aus seiner Tasche und begann, sie durch seine Finger gleiten zu lassen.

»Kurz zuvor hatte ich diesen Mann gesehen, einen großen Mann ...«

»Groß?«, fragte Squires und beugte sich ein wenig vor.

»Ja, sehr groß, auffallend groß. Tut mir Leid, es klingt so dumm, wenn ich es sage ...«

Der Engländer warf Jemal einen Blick zu und forderte sie durch eine Handbewegung auf fortzufahren. Die Gebetsperlen begannen, lauter zu klicken, wie bei einem Stepptänzer.

»Nun, er schien mich durch ein Fernglas zu beobachten.«

»Der große Mann?«, fragte Jemal.

»Ja, und gestern Nacht habe ich denselben Mann wieder gesehen, zumindest hielt ich ihn für denselben Mann, als er ins Hotel kam, und ich bin sicher, dass er eine Zigarre in der Hand hatte. Und dann hörte ich mitten in der Nacht, wie jemand in mein Zimmer einzudringen versuchte. Als ich die Tür öffnete, war niemand zu sehen, aber der Geruch von Zigarrenrauch hing in der Luft.«

Sie lächelte unsicher, weil ihr bewusst wurde, wie paranoid die ganze Geschichte klang. Die Vorgänge, die ihr verdächtig und bedrohlich vorgekommen waren, wirkten jetzt, da sie anderen davon erzählte, wie dumme Zufälle.

»Es klingt alles ein bisschen absurd«, murmelte sie.

»Keineswegs«, erwiderte Squires sanft, beugte sich vor und legte die Hand auf ihren Arm.

»Es ist alles sehr beunruhigend für Sie. Ich finde, unter den gegebenen Umständen ist es ganz verständlich, dass Sie sich ein bisschen ... unsicher fühlen. Sie sind schließlich in einem fremden Land, und Sie haben einen Angehörigen verloren. In einer solchen Lage verliert man leicht den Überblick.«

Sie wusste, dass er nur höflich war.

»Ich hatte einfach nur das Gefühl, dass da etwas nicht stimmt«, sagte sie. »Etwas …«

»Unheimliches?«

»Ja.«

Squires lächelte matt.

»Ich finde, Sie sollten sich keine Sorgen machen, Miss Mullray. Ägypten gehört zu den Ländern, in denen man schnell annimmt, es gehe hinter dem eigenen Rücken etwas vor, obwohl dies in Wirklichkeit nicht der Fall ist. Finden Sie das nicht auch, Dr. Jemal?«

»Sicher«, brummte Jemal. »Es vergeht kein Tag, ohne dass ich denke, jemand intrigiert gegen mich. Was in der Behörde für Altertümer gewöhnlich auch der Fall ist!«

Die drei Männer lachten.

»Ich bin sicher, dass es für all die Dinge, die Sie erwähnt haben, eine ganz harmlose Erklärung gibt«, sagte Squires. »Außer natürlich, Sie haben uns nicht alles gesagt.«

Das war ein Scherz, obwohl seine Stimme leicht drohend klang, als unterstelle er ihr, etwas zu verheimlichen.

»Haben Sie uns alles gesagt?«, fragte er.

Kurze Pause.

»Ich glaube schon«, antwortete Tara.

Einen Moment lang starrte Squires sie an, dann lehnte er sich zurück und lachte wieder.

»Na also. Ich glaube, Sie können nachts ganz unbesorgt und sicher in Ihrem Bett schlafen, Miss Mullray. Dürfen wir Ihnen ein paar Kekse anbieten?«

Sie betrieben noch etwa zehn Minuten höfliche Konversation, bevor sich Squires, gefolgt von den anderen beiden, erhob.

»Ich glaube, wir haben Ihre Zeit lange genug in Anspruch genommen. Crispin wird Sie zu seinem Büro bringen, um Ihnen beim Ausfüllen der notwendigen Formulare zu helfen. Bitte rufen Sie uns an, wenn Sie in dieser traurigen Angelegenheit irgendeinen Rat brauchen. Um Ihre Hotelrechnung brauchen Sie sich natürlich nicht zu kümmern, die übernehmen wir.«

Er reichte ihr seine Karte, und sie gingen zur Tür.

»Zögern Sie nicht, sich zu melden, wenn Sie über etwas sprechen möchten. Das ist meine direkte Durchwahl. Ich würde gern sagen, genießen Sie Ihren Aufenthalt in Ägypten, aber das wäre unter den gegebenen Umständen wohl unpassend.«

Er schüttelte ihre Hand und begleitete sie ins Vorzimmer hinaus. Jemal hob zum Abschied die Hand.

»Kommen Sie«, sagte Oates. »Gehen wir zum Lunch?«

Eine Zeit lang blieben Squires und Jemal schweigend sitzen. Während Squires nachdenklich aus dem Fenster starrte, spielte Jemal mit seiner Gebetskette. Schließlich ergriff Jemal das Wort.

»Sagt sie die Wahrheit?«

»Oh, ich glaube schon«, antwortete Squires mit einem Anflug von Lächeln um die Mundwinkel. »Sie weiß nichts. Oder zumindest glaubt sie, nichts zu wissen.«

Er griff in seine Tasche und zog ein Bonbon heraus, das er langsam auswickelte.

»Und was jetzt?«, fragte Jemal.

Squires hob die Augenbrauen.

»Nun, das ist die Frage. Dravic scheint ihr jedenfalls auf der Spur zu sein, aber wie Mullray in die ganze Sache verwickelt wurde ... da bin ich genauso aufs Raten angewiesen wie Sie. Es ist alles sehr mysteriös.«

Er entfernte den Rest des Einwickelpapiers, steckte das Bonbon in den Mund und begann nachdenklich daran zu lutschen. Das rhythmische Klappern von Jemals Perlen klang durch den Raum.

»Haben Sie Massey informiert?«, fragte Jemal. »Die Amerikaner sollten Bescheid wissen.«

»Schon geschehen, alter Junge. Sie sind nicht sonderlich erfreut, aber das war ja zu erwarten.«

»Also, was sollen wir jetzt tun?«

»Wir können nicht viel tun. Sie dürfen nicht erfahren, dass wir von dem Grab wissen. Das wäre verhängnisvoll. Wir müssen uns einfach ruhig verhalten und hoffen, dass sich alles klärt.«

»Und wenn nicht?«

Squires neigte den Kopf zur Seite, antwortete aber nicht. Jemal spielte mit seinen Perlen.

»Mir gefällt das nicht«, sagte er. »Vielleicht sollten wir die ganze Sache bleiben lassen.«

»Ach, kommen Sie. Das ist eine Gelegenheit, die sich einem nur einmal im Leben bietet. Denken Sie an den Gewinn.«

»Ich weiß nicht. Ich weiß einfach nicht. Die Sache gerät außer Kontrolle.«

Der Ägypter stand auf und begann hin und her zu gehen.

»Was ist mit dem Mädchen?«

Squires trommelte leicht auf die Lehne der Couch und rollte mit der Zunge das Bonbon im Mund herum.

»Meiner Ansicht nach«, antwortete er nach einer langen Pause, »könnte sie uns sogar ziemlich nützlich sein. Uns helfen, die Situation ... aufzuklären. Solange sie nicht herumläuft und zu viel ausposaunt. Damit wäre allerdings niemandem gedient. Was Ihren Bereich angeht, so haben Sie die Sache doch wohl im Griff?«

»Die Polizei tut, was ich ihr sage«, brummte Jemal. »Sie werden keine unnötigen Fragen stellen.«

»Ausgezeichnet. Dann sollte ich wohl in der Lage sein, mich um Miss Mullray zu kümmern. Crispin behält sie im Auge. Außerdem habe ich noch andere Leute eingesetzt. Am wichtigsten ist, dass sie nicht merken, dass wir die junge Frau benutzen. Das wäre fatal.«

Er erhob sich, ging zum Fenster hinüber und sah auf den sauber geschnittenen Rasen des Botschaftsgartens hinunter.

»Wir müssen unsere Karten nur geschickt ausspielen. Solange wir das tun, bin ich überzeugt, dass wir unser Ziel erreichen.«

»Das hoffe ich«, antwortete Jemal. »Zu unserem Besten. Denn wenn uns das nicht gelingt, sitzen wir ganz schön in der Patsche.«

Squires schmunzelte. Ein lautes Knirschen war zu hören, als seine Zähne das Bonbon zermalmten.

10

Luxor

Khalifa hatte keine Ahnung gehabt, dass es in Luxor so viele Alabasterwerkstätten gab. Er wusste natürlich, dass es eine Menge waren, aber erst als er eine nach der anderen abzuklappern begann, wurde ihm klar, welchen Aufwand es bedeutete, genau die zu finden, die er suchte. Er und Sariya hatten am Spätnachmittag des vorherigen Tages, sofort nach der Autopsie, damit angefangen, er auf dem westlichen, Sariya auf dem östlichen Ufer. Mit einem Foto der Skarabäus-Tätowierung gingen sie von Werkstatt zu Werkstatt und fragten, ob sie jemandem bekannt vorkam. Bis spät in die Nacht hatten sie damit weitergemacht und um sechs Uhr morgens wieder begonnen. Inzwischen war es Mittag, und Khalifa schätzte, dass er bereits fünfzig Werkstätten besucht hatte, ohne Erfolg. Er fragte sich allmählich, ob Anwar ihn vielleicht auf eine falsche Fährte gesetzt hatte.

Er blieb vor einer weiteren Werkstatt stehen: »Queen Tiye für Alabaster, der beste in Luxor«. Über den Eingang waren ein Flugzeug und ein Kamel, das sich entlang des schwarzen Quaders der Kaaba bewegte, gemalt, ein Zeichen dafür, dass der Besitzer nach Mekka gepilgert war. Eine Gruppe von Handwerkern, deren Arme und Gesichter mit weißem Staub bedeckt waren, saßen im Schneidersitz im Schatten und bearbeiteten helle Steinbrocken. Er nickte ihnen zu, zündete sich eine Zigarette an und ging hinein. Ein Mann tauchte aus einem der hinteren Räume auf und begrüßte ihn.

»Polizei«, sagte Khalifa und zeigte seine Marke. Das Lächeln des Mannes verschwand.

»Wir haben eine Lizenz«, sagte er.

»Ich möchte Ihnen ein paar Fragen stellen. Über die Arbeiter.«

»Ist es wegen der Versicherung?«

»Es geht weder um Versicherungen noch um Lizenzen. Wir suchen nach einer vermissten Person.«

Er zog ein Foto aus der Tasche und hielt es hoch.
»Erkennen Sie diese Tätowierung?«
Der Mann nahm das Foto und sah es an.
»Also?«
»Vielleicht.«
»Was meinen Sie mit vielleicht? Erkennen Sie sie oder nicht?«
»Ja, doch, ich erkenne sie.«
Endlich.
»Einer Ihrer Arbeiter?«
»Bis ich ihn vor einer Woche entlassen habe. Warum? Ist er in Schwierigkeiten?«
»Das könnte man sagen. Er ist tot.«
Der Mann sah auf das Foto.
»Ermordet«, fügte Khalifa hinzu. »Wir haben gestern seine Leiche im Fluss gefunden.«
Es entstand eine Pause, der Mann reichte das Foto zurück und wandte sich ab.
»Wir sollten lieber nach hinten gehen.«
Sie gingen in einen großen Raum im hinteren Teil des Ladens. An einer Wand standen ein Bett, ein Schreibtisch und ein kleiner Fernseher auf einem Tischchen. Eine offene Tür führte in einen Hof, wo weitere Männer arbeiteten. Der Ladenbesitzer warf die Tür zu.
»Sein Name war Abu Nayar«, sagte er zu Khalifa gewandt. »Er hat etwa ein Jahr hier gearbeitet. Er war ein guter Handwerker, aber ein Trinker. Er ist immer zu spät gekommen und hat sich nicht auf seine Arbeit konzentriert. Es gab immer Schwierigkeiten.«
»Wissen Sie, wo er wohnte?«
»In Alt-Qurna. Oben beim Grab von Rekhmire.«
»Hatte er Familie?«
»Eine Frau und zwei Kinder. Mädchen. Die Frau hat er wie einen Hund behandelt. Sie geschlagen. Sie wissen schon.«
Khalifa zog an seiner Zigarette und betrachtete eine bemalte Kalksteinbüste auf einem Regal: eine Kopie des berühmten Nofretete-Kopfes aus dem Museum in Berlin. Schon immer hatte er das Original sehen wollen, und seit seiner Kindheit hatte

er in den Schaufenstern der Handwerkerläden von Gizeh und Kairo die Kopien bewundert. Er bezweifelte, dass er es je zu Gesicht bekäme. Genauso wenig wie er sich eine Ballonfahrt über das Tal der Könige leisten konnte, konnte er sich eine Reise nach Berlin leisten. Er wandte sich wieder dem Ladenbesitzer zu.

»Dieser Abu Nayar, hatte er Ihres Wissens irgendwelche Feinde? Jemand, der einen Groll gegen ihn hegte?«

»Wo soll ich anfangen? Er hat allen Geld geschuldet, jeden beleidigt und war ständig in Schlägereien verwickelt. Mir fallen mindestens fünfzig Leute ein, die ihn gern tot gesehen hätten. Ach was, hundert.«

»Jemand Bestimmtes? Irgendeine Blutrache?«

»Nicht dass ich wüsste.«

»War er in irgendwelche illegalen Geschäfte verwickelt? Drogenhandel? Verkauf von antiken Gegenständen?«

»Woher soll ich das wissen?«

»Weil hier jeder alles über jeden weiß. Kommen Sie, ich will Sie nicht mit aufs Revier nehmen.«

Der Mann kratzte sich am Kinn und ließ sich schwerfällig auf die Bettkante sinken. Draußen hatten die Arbeiter zu singen begonnen, eine Volksweise, ein Mann sang eine Strophe, und die anderen fielen beim Refrain ein.

»Keine Drogen«, sagte er nach langem Schweigen. »Er hatte nichts mit Drogen zu tun.«

»Aber mit antiken Gegenständen?«

Der Mann zuckte mit den Achseln.

»Wie war das mit den antiken Gegenständen?«, drängte Khalifa. »Hat er damit gehandelt?«

»Mit Kleinigkeiten vielleicht.«

»Mit was für Kleinigkeiten?«

»Nichts Besonderes. Ein paar Scherben, ein paar Skarabäen. Jeder handelt doch, um Himmels willen. Das ist doch nichts Schlimmes.«

»Es ist illegal.«

»Man muss schließlich leben.«

Khalifa drückte seine Zigarette in einem Aschenbecher aus.

»Irgendwas Wertvolles?«

»Nichts, was so viel wert gewesen wäre, ihn umzubringen.« Der Mann beugte sich vor und drehte den Fernseher an. Eine Spielshow flimmerte über den schwarz-weißen Bildschirm. Er starrte darauf.

»Es gab Gerüchte«, begann er schließlich nach einer langen Pause.

»Gerüchte?«

»Dass er etwas gefunden hat.«

»Was?«

»Keine Ahnung. Was Großes.« Er beugte sich vor und regelte die Lautstärke. »Aber Gerüchte gibt es schließlich immer, nicht wahr? Jede Woche findet einer einen neuen Tutanchamun. Wer weiß schon, ob was Wahres dran ist.«

»War an dem Gerücht was Wahres dran?«

Der Ladenbesitzer zuckte mit den Achseln.

»Vielleicht, vielleicht auch nicht. Ich kümmere mich nicht darum. Ich habe ein gutes Geschäft, und das ist alles, was mich interessiert.«

Er schwieg erneut und konzentrierte sich auf die Spielshow. Die Männer draußen sangen immer noch, und ihr Hämmern hallte dumpf durch die stille Nachmittagsluft. Als der Mann wieder das Wort ergriff, flüsterte er fast: »Vor drei Tagen hat Nayar seiner Mutter einen Fernseher und einen neuen Kühlschrank gekauft. Das ist viel Geld für einen Mann ohne Arbeit. Ziehen Sie Ihre eigenen Schlüsse daraus.«

Er brach in Lachen aus.

»Schauen Sie sich den an«, rief er und zeigte auf einen Teilnehmer, der gerade eine Frage falsch beantwortet hatte. »Was für ein Dummkopf!«

Sein Lachen hatte jedoch etwas Gezwungenes, als wäre er nicht ganz so fröhlich, wie er zu sein vorgab. Seine Hände hatten zu zittern begonnen, wie der Inspektor bemerkte.

Khalifa war von der Geschichte seines Landes schon immer fasziniert gewesen. Er erinnerte sich, wie er als Kind auf dem Dach der Hütte stand und den Sonnenaufgang über den Pyramiden beobachtete. Die anderen Kinder in seinem Dorf hatten die Bauwerke als Selbstverständlichkeiten hingenommen, Khalifa jedoch nicht. Für ihn hatten sie etwas Magisches an sich, die großen Dreiecke, die im Morgendunst auftauchten und wie Tore in eine andere Zeit und Welt zu führen schienen. Während er in ihrem Schatten aufwuchs, keimte ein unstillbarer Wunsch in ihm auf, mehr über die Vergangenheit zu erfahren.

Es war ein Wunsch, den er mit seinem Bruder Ali teilte, dessen Leidenschaft für Geschichte vielleicht noch glühender war, da sie ihm einen Zufluchtsort vor den Beschwernissen und der Mühsal des täglichen Lebens bot. Jeden Abend kam er erschöpft und schmutzig von der Arbeit zurück, und nachdem er gebadet und gegessen hatte, setzte er sich in eine Zimmerecke und vertiefte sich in seine archäologischen Bücher. Wovon er eine beträchtliche Anzahl zusammengetragen hatte – einige waren aus der Koranschule geliehen, die meisten wahrscheinlich gestohlen –, und der kleine Khalifa kannte nichts Schöneres, als neben ihm zu sitzen, während er im Schein einer flackernden Kerze vorlas.

»Erzähl mir von Rasses, Ali«, rief er und lehnte sich an die Schulter seines Bruders.

»Ramses«, berichtigte ihn Ali lachend. »Nun, es gab einmal einen großen König namens Ramses II., und er war der mächtigste Mann auf der ganzen weiten Welt, er hatte eine goldene Kutsche und eine Krone aus Diamanten …«

Welches Glück sie hatten, Ägypter zu sein, dachte Khalifa damals. Welch anderes Land besaß einen solchen Reichtum an herrlichen Geschichten, die es an seine Kinder weitergeben konnte? Ich danke dir, Allah, dass ich in diesem wundervollen Land geboren wurde!

Gemeinsam führten sie auf dem Plateau von Gizeh kleine Grabungen durch, förderten Steine und Tonscherben zu Tage und kamen sich wie berühmte Archäologen vor. Einmal, kurz nach dem Tod ihres Vaters, entdeckten sie am Fuß der Sphinx einen kleinen Pharaonenkopf aus Kalkstein. Khalifa war sprachlos vor Aufregung und glaubte, etwas wirklich Antikes und Wertvolles in Händen zu halten. Erst Jahre später fand er heraus, dass Ali den Kopf dort selbst vergraben hatte, um seinen kleinen Bruder vom Verlust des Vaters abzulenken.

Sie fuhren per Anhalter nach Sakkara, Dhashur, Abusir und ins Zentrum von Kairo, wo sie sich ins Museum einschlichen, indem sie vorgaben, zu einer der Schulklassen zu gehören. Bis zum heutigen Tag konnte er in seiner Vorstellung durch das ganze Museum wandern, so genau hatte er es sich während dieser heimlichen Kindheitsausflüge eingeprägt.

Bei einem dieser Besuche freundeten sie sich mit einem älteren Gelehrten, Professor al-Habibi, an. Berührt vom Feuer ihrer jugendlichen Begeisterung, führte er sie im Museum herum, machte sie auf besondere Dinge aufmerksam und stachelte ihr Interesse an. Jahre später, als er einen Studienplatz für Alte Geschichte an der Universität bekam, wurde Professor al-Habibi Khalifas Lehrer.

Ja, er liebte die Vergangenheit. Sie hatte etwas Mystisches, etwas Schillerndes an sich, wie eine goldene Kette, die bis zum Anfang der Zeit zurückreichte. Er liebte sie wegen ihres Glanzes und ihrer Größe und weil sie die Gegenwart in gewisser Weise reicher erscheinen ließ.

Hauptsächlich jedoch liebte er sie, weil Ali sie liebte. Es war etwas Besonderes, das sie teilten, eine gemeinsame Begeisterung, aus der sie beide Kraft und Leben schöpften. Über die Zeiten hinweg reichten sie sich die Hände, auch wenn Ali tot und fort war. Die antike Welt war für Khalifa vor allem eine Bestätigung seiner Liebe zu seinem verstorbenen Bruder. »Wer waren die Könige der 18. Dynastie?«, pflegte Ali ihn zu fragen.

»Ahmose«, begann Khalifa langsam aufzuzählen, »Amenophis I., Tutmosis I., Hatschepsut, Tutmosis II., Amenophis II., Tutmosis III., Amenophis III., Akhenaten, ähm … ähm … oh, ich hab den einen … ähm … oh … vergessen …«

»Smenkhare«, erklärte ihm Ali.

»Verdammt! Ich wusste es! Smenkhare, Tutanchamun, ay, Horemheb.«

»Lern, Yusuf! Lern und bilde dich!«

Goldene Zeiten.

Er brauchte eine Weile, um Nayars Haus zu finden. Es lag auf halbem Weg einen Hügel hinauf hinter einer kleinen Siedlung verborgen und grenzte an eine Reihe von Gruben, die einst antike Grabstätten, jetzt aber nur noch vermodernden Abfall enthielten. Vor dem Haus war ein kastrierter Ziegenbock angebunden, dessen Rippen unter dem Fell hervorstanden wie die Holzstäbe eines Xylophons.

Er klopfte an die Tür, und kurz darauf öffnete eine Frau mit strahlenden, grünen Augen.

Sie war jung, nicht älter als Mitte zwanzig, und musste einst hübsch gewesen sein. Wie bei so vielen Fellachen-Frauen jedoch hatten die Strapazen der Schwangerschaften und die Mühen des täglichen Lebens sie früh altern lassen. Auf ihrer linken Wange bemerkte Khalifa Spuren von Blutergüssen.

»Tut mir Leid, Sie zu stören«, sagte er freundlich und zeigte ihr seine Marke. »Ich …«

Er zögerte und suchte nach den richtigen Worten. Solche Besuche hatte er schon oft machen müssen, ohne dass er sich daran gewöhnen konnte. Er erinnerte sich, wie seine Mutter reagiert hatte, als man ihr die Nachricht vom Tod seines Vaters überbrachte, wie sie zusammengebrochen war, sich das Haar gerauft und wie ein verwundetes Tier geschrien hatte.

»Was gibt's?«, fragte die Frau. »Hat er wieder getrunken?«

»Darf ich reinkommen?«

Sie zuckte mit den Achseln, drehte sich um und führte ihn in den Hauptraum, wo zwei kleine Mädchen auf dem nackten Zementboden spielten. Es war kühl und dunkel im Innern, wie in einer Höhle, und außer einem Sofa an einer Wand und einem Fernseher auf einem Tisch in der Ecke gab es keine Möbel. Der Fernseher sah neu aus, bemerkte Khalifa.

»Also?«

»Ich fürchte, ich habe schlechte Nachrichten«, sagte Khalifa vorsichtig. »Ihr Mann ist, er ist …«

»Eingesperrt worden?«

»Tot.«

Einen Moment lang starrte sie ihn bloß an, dann ließ sie sich schwer auf das Sofa sinken und bedeckte mit den Händen das

Gesicht. Er nahm an, dass sie weinte, und trat auf sie zu, um sie zu trösten. Doch als er näher kam, stellte er fest, dass die unterdrückten Laute, die zwischen ihren Fingern hervordrangen, kein Schluchzen, sondern Lachen waren.

»Fatma, Imam«, sagte sie und zog die beiden Mädchen an sich. »Etwas Wundervolles ist geschehen.«

11

Kairo

Nachdem sie in der Botschaft fertig war, wollte Tara in die Wohnung ihres Vaters gehen, um seine Sachen durchzusehen.

Während des viermonatigen Aufenthalts in Sakkara hatte er immer nur wenige Dinge bei sich gehabt – Kleider zum Wechseln, ein paar Notizbücher und eine Kamera. Die meisten seiner Sachen befanden sich in der Wohnung in Kairo. Hier bewahrte er seine Tagebücher, seine Dias und Kleider auf sowie ein paar Kunstgegenstände, die ihm die ägyptischen Behörden als Eigentum überlassen hatten. Und natürlich seine Bücher, eine große Bibliothek von mehreren tausend in Leder gebundenen Bänden, das Ergebnis einer lebenslangen Sammelleidenschaft.

»Mit Büchern«, pflegte er zu sagen, »verwandelt sich selbst die schäbigste Hütte in einen Palast. Sie lassen alles viel erträglicher erscheinen.«

Oates bot ihr an, sie mit dem Wagen hinzubringen, aber die Wohnung lag nur fünf Minuten zu Fuß entfernt, und sie wollte eine Weile allein sein. Er rief an, um sicherzustellen, dass der Concierge Ersatzschlüssel hatte, zeichnete ihr auf, wie sie hinkam, und begleitete sie zum Eingangstor.

»Rufen Sie an, wenn Sie wieder im Hotel sind«, sagte er. »Und versuchen Sie, nach Einbruch der Dunkelheit nicht mehr unterwegs zu sein. Vor allem nach der Sache mit dem Flussdampfer.«

Er lächelte und ging in die Botschaft zurück.

Inzwischen war es später Nachmittag, und die sinkende Sonne zeichnete gesprenkelte Muster auf den unebenen Gehsteig. Sie sah sich um, bemerkte die Polizeiwachen entlang der Botschaftsmauer, einen Bettler, der am Straßenrand kauerte, und einen Mann, der einen Wagen mit hoch aufgetürmten Wassermelonen zog, dann warf sie einen Blick auf die Skizze und machte sich auf den Weg.

Oates hatte ihr erklärt, dass dieser Teil Kairos Garden City genannt wurde, und als sie durch ein Labyrinth schattiger Alleen kam, wusste sie warum. Hier war es ruhiger und stiller als in der übrigen Stadt, und die großen staubigen Villen, die Hibiskus-, Oleander-, Jasmin- und Jacarandabüsche erinnerten an koloniale Zeiten. Vogelgezwitscher hallte durch die Luft, die nach gemähtem Gras und Orangenblüten roch. Es schienen nur wenige Leute unterwegs zu sein, nur ein paar Frauen, die Kinderwagen schoben, und der seltsam gekleidete Wachmann. Vor vielen Villen parkten Limousinen, und vor den Eingangstüren hatten Polizisten Posten bezogen. Sie ging noch zehn Minuten weiter, bevor sie die Sharia Ahmed erreichte, an deren Ecke sich das Apartmenthaus ihres Vaters befand, ein Bau aus der Jahrhundertwende mit riesigen Fenstern und erlesenen schmiedeeisernen Balkongittern. Einst musste es einen fröhlich gelben Anstrich gehabt haben. Jetzt waren seine Mauern grau von Staub und Ruß.

Sie stieg die Vordertreppe hinauf, öffnete die Tür und trat in eine kühle, mit Marmor verkleidete Eingangshalle. Auf einer Seite saß ein alter Mann hinter einem Schreibtisch, vermutlich der Concierge. Sie trat auf ihn zu, und nach einer wirren, in Zeichensprache geführten Konversation gelang es ihr, ihm zu erklären, wer sie war und was sie wollte. Murmelnd erhob sich der Mann, nahm einen Schlüsselbund aus seiner Schublade, schlurfte zu einem Aufzug in der Ecke, schob die Türen zurück und bedeutete ihr einzusteigen.

Die Wohnung befand sich im dritten Stock, am Ende eines stillen, düsteren Korridors. Sie blieben vor der Tür stehen, und der Concierge probierte drei Schlüssel aus, bevor er schließlich den richtigen fand.

»Danke«, sagte Tara, als er die Tür aufgesperrt hatte.

Er blieb wie angewurzelt stehen.

»Danke«, wiederholte sie.

Noch immer rührte er sich nicht. Es herrschte peinliches Schweigen, bis sie begriff, was er wollte, und ihm ein paar Scheine reichte. Er sah sie an, brummte und schlurfte dann murmelnd davon. Die Schlüssel ließ er in der Tür stecken. Sie wartete, bis er fort war, dann drehte sie sich um, trat in die Wohnung und schloss die Tür hinter sich.

Sie befand sich in einem dunklen Vestibül, von dem fünf Räume abgingen – ein Schlafzimmer, ein Badezimmer, eine Küche und zwei weitere, die beide bis zur Decke mit Büchern voll gestopft waren. Alle Fenster waren ebenso geschlossen wie die Läden, wodurch die Wohnung einen muffigen, verlassenen Eindruck machte. Einen Moment lang glaubte sie, Zigarrenrauch zu riechen, aber zu undeutlich, als dass sie hätte sicher sein können, und nachdem sie ein paar Mal geschnuppert hatte, gab sie es auf.

»Wahrscheinlich nur Bohnerwachs oder dergleichen«, dachte sie.

Sie ging in den Hauptraum und drehte das Licht an. Überall lagen stapelweise Bücher und Papiere herum, wie Blätter, die der Wind zusammengeweht hatte. An den Wänden hingen Bilder von Ausgrabungen und Monumenten. In der hinteren Ecke stand ein staubiger Schrank mit zersprungenen Tongefäßen und Fayencen darin. Es gab keine Pflanzen.

»Als wäre es für die Nachwelt konserviert worden«, dachte sie. »Um zu zeigen, wie Leute in einer anderen Zeit gelebt haben.«

Sie ging umher, nahm Dinge in die Hand, sah in Schubladen und suchte ihren Vater. Sie fand eines seiner Tagebücher aus den frühen sechziger Jahren, als er im Sudan gegraben hatte. In einem der Nebenräume entdeckte sie ein paar der Bücher aus seiner Feder: »Leben in der Totenstadt: Ausgrabungen in Sakkara 1955–1985«, »Von Snofru zu Shepseskaf – Essays über die Vierte Dynastie«, »Das Grab von Mentu-Nefer«, »Königtum und Verfall in der Zweiten Zwischenzeit«. Sie blätterte ein Fotoalbum durch, Bilder von einem großen Sandhaufen, der auf den nachfolgenden Fotos immer tiefer wurde, bis sich auf den letzten Seiten die Umrisse einer Steinmauer zu zeigen begannen. In der Wohnung schien sich nichts zu befinden außer seinen Arbeitsunterlagen. Nichts kündete von Wärme, Liebe oder Gefühl. Nichts von der Gegenwart.

Doch dann, gerade als der Ort sie zu bedrücken begann, wurde sie von zwei Dingen überrascht. Neben dem Bett ihres Vaters, das hart und schmal wie eine Gefängnispritsche war, entdeckte sie das Hochzeitsbild ihrer Eltern; ihr Vater lachte und trug eine weiße Rose im Knopfloch.

Und in dem staubigen Schrank im Wohnzimmer, zwischen zwei Tontöpfe geschoben, die Kinderzeichnung eines Engels, dessen Flügelränder mit Silberglitter bestäubt waren. Sie hatte ihn vor vielen Jahren im Kindergarten gemalt, zu Weihnachten. Offensichtlich hatte ihr Vater ihn die ganze Zeit über aufgehoben. Sie nahm das Blatt heraus, drehte es um und las die Rückseite, auf der in krakeliger Kinderschrift geschrieben stand: »Für meinen Daddy«.

Sie starrte einen Moment darauf und begann dann, während sie auf einen Stuhl niedersank, hemmungslos zu weinen. Ihr ganzer Körper wurde von heftigem Schluchzen geschüttelt.

»Ach, Dad«, stieß sie hervor. »Es tut mir so Leid. Es tut mir so Leid.«

Später, als die Tränen versiegt waren, holte sie das Foto aus dem Schlafzimmer und steckte es zusammen mit der Zeichnung in ihren Rucksack. Sie nahm auch ein Foto ihres Vaters mit, das ihn neben einem großen Steinsarkophag zwischen zwei ägyptischen Arbeitern zeigte. (Sie erinnerte sich, wie er ihr als Kind erklärt hatte, dass das Wort Sarkophag aus dem Griechischen stamme und »Fleischesser« bedeute, eine Vorstellung, die sie so beunruhigt hatte, dass sie in jener Nacht nicht hatte schlafen können.)

Sie überlegte gerade, ob sie auch ein paar seiner Bücher mitnehmen sollte, als das Telefon klingelte. Sie hielt inne und war nicht sicher, ob sie abnehmen sollte. Dann beschloss sie jedoch, es zu tun, und eilte durchs Wohnzimmer zum Schreibtisch, wo das Telefon auf einem Stapel von Manuskripten stand. Doch gerade als sie abnehmen wollte, schaltete sich der Anrufbeantworter ein, und plötzlich hallte die Stimme ihres Vaters durch den Raum.

»Hallo, hier ist Michael Mullray. Ich bin bis Anfang Dezember nicht zu Hause, also hinterlassen Sie bitte keine Nachricht. Sie können mich wieder nach meiner Rückkehr erreichen, und in Angelegenheiten, die die Universität betreffen, rufen Sie bitte direkt die Fakultät unter 7943967 an. Vielen Dank. Auf Wiederhören.«

Verblüfft von dem Ton seiner Stimme, blieb sie stehen. Es war, als wäre ein Teil ihres Vaters nicht wirklich gestorben, sondern in einer Art elektronischem Zwischenreich gefangen, weder in dieser Welt noch gänzlich aus ihr verschwunden. Als sie sich wieder gefasst hatte, piepste die Maschine und begann mit der Aufnahme.

Zuerst dachte sie, der Anrufer habe aufgelegt. Denn es erklang keine Stimme am anderen Ende. Dann jedoch glaubte sie ein schwaches Flüstern zu hören, nicht mehr als ein Atmen. Der Anrufer war noch immer in der Leitung, ohne etwas zu sagen. Sie machte einen Schritt auf das Telefon zu, streckte die Hand aus, riss sie dann aber wieder zurück. Noch immer hatte er nicht aufgelegt – sie hatte das sichere Gefühl, dass es ein Mann war. Er wartete einfach, atmete und lauschte, als wüsste er, dass sie in der Wohnung war, und wollte ihr zu verstehen geben, dass er das wusste. Das Schweigen schien endlos zu dauern, bevor schließlich ein Klicken ertönte und dann das metallisch surrende Geräusch des Geräts, das wieder auf Aufnahme schaltete.

Wie erstarrt blieb sie einen Moment stehen, dann nahm sie ihre Sachen, rannte aus der Wohnung, warf die Tür hinter sich zu und schloss sie ab. Plötzlich fühlte sie sich bedroht von dem Gebäude: von seiner Düsternis, dem quietschenden Aufzug, der Stille. Schnell lief sie den Gang hinunter und wollte fort. Auf halbem Weg stach ihr etwas ins Auge: ein großer Käfer, der auf dem glatten Marmorboden saß. Sie ging langsamer, um ihn anzusehen, aber dann stellte sie fest, dass es gar kein Käfer, sondern ein dickes Stück grauer Zigarrenasche von der Größe eines Backgammonsteins war. Sie begann zu rennen.

Der Aufzug war nicht da, aber anstatt auf ihn zu warten, lief sie lieber zur Treppe. Jeweils zwei Stufen auf einmal nehmend, hetzte sie hinunter, begierig, wieder ins Sonnenlicht hinauszukommen. Unten bog sie um die Ecke zur Eingangshalle, aber plötzlich verstellte ihr jemand den Weg. Sie schrie erschrocken auf. Es war aber nur der Concierge.

»Tut mir Leid«, sagte sie keuchend. »Sie haben mich erschreckt.«

Sie reichte ihm die Schlüssel, die er entgegennahm. Aber er bewegte sich nicht von der Stelle. Mit verdrießlicher Stimme murmelte er etwas.

»Was?«

Er wiederholte seine Worte.

»Ich verstehe Sie nicht.« Sie schrie fast. Sie wollte unbedingt fort. Erneut sagte er etwas, deutete auf sie und griff in seine Tasche. Sie hatte plötzlich Angst, er würde eine Waffe ziehen, und als seine Hand wieder herausschnellte und vor ihrem Gesicht herumwedelte, duckte sie sich mit schützend erhobenem Arm vor ihm weg. Es war jedoch nur ein Umschlag. Ein kleiner weißer Umschlag.

»Professor Mullray«, sagte er und wedelte wieder vor ihrem Gesicht damit herum. »Gekommen Professor Mullray.«

Sie starrte einen Moment darauf, holte tief Luft und begann zu lachen.

»Danke«, sagte sie und nahm den Brief. »Danke.«

Der Concierge wandte sich ab und schlurfte zu seinem Schreibtisch zurück. Sie fragte sich, ob sie ihm noch ein Trinkgeld geben sollte, aber er schien keines zu erwarten, und sie eilte direkt zur Eingangstür hinaus, bog nach links in die Straße ein und genoss die warme Sonne auf ihrem Gesicht, die Weite und die Geräusche der Straße. Sie kam an einer Gruppe von Schulkindern in gestärkten Hemden vorbei und an einem Mann in Uniform, auf dessen Brust eine Menge Ordensbänder glänzten. Auf der anderen Straßenseite bewässerte ein Gärtner im Overall mit einem Schlauch eine Reihe staubiger Rosenbüsche.

Zwanzig Meter weiter sah sie auf den Umschlag in ihrer Hand.

Sofort wich ihr die Farbe aus dem Gesicht.

»O nein«, flüsterte sie und starrte auf die vertraute Handschrift. »Nicht nach all der Zeit, nicht jetzt.«

Der Gärtner sah ihr hinterher, dann neigte er den Kopf zur Seite und begann in seinen Kragen zu sprechen.

12

Nördlicher Sudan, nahe der ägyptischen Grenze

Der Junge schlüpfte aus einem Zelt und begann zu rennen, Sand flog unter seinen Füßen auf, und eine Herde Ziegen stob vor ihm auseinander. Er lief an einem erloschenen Lagerfeuer, einem unter Tarnnetzen verborgenen Hubschrauber und einem Stapel Kisten vorbei, bevor er schließlich vor einem anderen Zelt Halt machte, ein wenig abseits vom Hauptlager. Er zog ein Stück Papier aus seinem Gewand, schlug die Plane zurück und ging hinein.

Drinnen stand ein Mann, er hatte die Augen geschlossen, und seine Lippen bewegten sich fast lautlos, während er betete. Sein bärtiges Gesicht war lang und schmal, er hatte eine Hakennase, und zwischen seinen Augen verlief eine tiefe senkrechte Narbe, als wäre ihm ein Stück Fleisch aus dem Kopf gerissen worden. Er lächelte leicht, wie in Verzückung.

Er kniete sich nieder, legte die Hände auf den Boden und berührte mit Nase und Stirn die Erde, ohne den Jungen zu bemerken, der ihn ehrfurchtsvoll beobachtete. Es vergingen ein paar Minuten, der hakennasige Mann setzte seine Gebete fort, er beugte sich nieder, erhob sich und rezitierte Verse, ohne dass das verzückte Lächeln von seinem Gesicht verschwand. Es schien, als würde er nie fertig werden, und der Junge schickte sich bereits wieder zum Gehen an, als der Betende ein letztes

Mal den Kopf zu Boden senkte, ein letztes Amen murmelte, aufstand und sich umdrehte. Der Junge trat vor und gab ihm das Stück Papier.

»Das ist gekommen, Meister. Von Dr. Dravic.«

Der Mann nahm den Zettel, las ihn, und seine grünen Augen funkelten im Halbdunkel. Er strahlte etwas Bedrohliches aus, einen Anflug von unterdrückter Gewalttätigkeit, zugleich aber auch eine gewisse Sanftheit, als er dem Jungen die Hand auf den Kopf legte, als wolle er ihn beruhigen. Der Junge sah zu Boden, verängstigt und ehrerbietig.

Der Mann las zu Ende und reichte das Blatt zurück.

»Allah, gepriesen sei sein Name, gibt, und Allah, gepriesen sei sein Name, nimmt.«

Der Junge starrte immer noch zu Boden.

»Bitte, Meister«, flüsterte er. »Ich verstehe nicht.«

»Es ist nicht unsere Aufgabe zu verstehen, Mehmet. Wir müssen nur wissen, dass Gott ein Ziel hat und dass wir Teil dieses Ziels sind. Zweifle nicht am Allmächtigen. Erfülle nur seine Wünsche.«

»Ja, Meister«, flüsterte der Junge, bevor er kaum hörbar hinzufügte: »Und ist es sein Wunsch, dass wir töten?«

Die Augen des Mannes schienen noch glühender zu funkeln. Er streichelte über den Kopf des Jungen und hob sein Kinn an, damit er ihm ins Gesicht sah. Auch der Junge hatte eine tiefe Narbe auf der Stirn.

»Ja, Mehmet, es ist sein Wunsch, dass wir töten, wenn nötig. Es gibt so viel Schlechtes in der Welt.«

Der Junge erwiderte nichts, sondern sah nur überwältigt zu dem Mann auf.

»Er hat uns eine große Aufgabe gestellt. Eine Suche. Wenn wir sie erfüllen, werden wir hoch belohnt. Wenn wir versagen …«

»Was, Meister? Was ist, wenn wir versagen?«

Der Junge schien Angst zu haben. Der Mann strich ihm besänftigend übers Haar.

»Wir werden nicht versagen«, antwortete er. »Der Weg mag mühsam sein, aber wir werden sein Ende erreichen. Habe ich dir nicht gesagt, dass wir Gottes Auserwählte sind?« Der Junge lächelte und schlang spontan die Arme um die Taille des Mannes. Der Mann schob ihn weg.

»Es gibt Arbeit. Nimm Funkkontakt mit Dr. Dravic auf. Sag ihm, dass er das fehlende Stück finden muss. Verstehst du? Er muss das fehlende Stück unbedingt finden.«

»Er muss das fehlende Stück finden«, wiederholte der Junge.

»In der Zwischenzeit läuft alles normal weiter. Nichts ändert sich. Kannst du dir das merken?«

»Ja, Meister.«

»In einer Stunde brechen wir das Lager ab. Geh.«

Der Junge verließ das Zelt und eilte davon. Der Mann sah ihm nach.

Sie hatten ihn vor vier Jahren gefunden, ein verwaistes Straßenkind, das wie ein Tier in den Abfallhaufen von Kairo nach Essen suchte. Er war verwildert, konnte nicht lesen und hatte keine Angehörigen. Sie hatten ihn gebadet und gefüttert, und er war einer von ihnen geworden. Er hatte das Zeichen des Glaubens auf die Stirn bekommen und geschworen, nur noch Schwarz zu tragen, die Farbe der Stärke und der Treue.

Er war ein guter Junge, loyal, unschuldig und hingebungsvoll. Es gab andere wie ihn dort draußen, Hunderte, Tausende. Während sich die Reichen die Bäuche voll schlugen und ihre falschen Götter anbeteten, hungerten Kinder wie Mehmet. Die Welt war krank. Umnachtet. Von *kufr* überwältigt. Er jedoch kämpfte, um alles wieder ins Lot zu bringen. Die Getretenen wieder aufzurichten. Die Ungläubigen zu verjagen. Das Gesetz Gottes wieder in Kraft zu setzen.

Und jetzt, ganz plötzlich und wundersam, waren ihm die Mittel gezeigt worden, mit deren Hilfe er seine Aufgabe bewältigen konnte. Nur gezeigt worden. Allah gab, und Allah nahm. Es war entmutigend. Und dennoch wusste er, dass ein Zweck darin lag. Gott verfolgte immer einen Zweck. Und welcher war das? Natürlich, seinen Diener zu erproben. Seine Entschlusskraft zu testen. Ein leichtes Leben bewirkte einen schwachen Glauben. Allah erprobte seine Glaubensstärke. Und er würde ihn nicht enttäuschen. Das Stück musste gefunden werden. Gleichgültig, wie viele Todesopfer das auch kosten würde. Er, der Diener, würde den Herrn nicht enttäuschen. Und er wusste, der Herr würde auch ihn nicht fallen lassen, solange er aufrichtig zu ihm hielt. Solange er nicht schwach wurde. Noch einen Moment lang sah er dem Jungen nach, dessen Kleider sich schwarz gegen den hellen Sand abzeichneten, dann ging er wieder ins Zelt zurück, fiel auf die Knie, beugte das Gesicht zu Boden und nahm seine Gebete wieder auf.

13

Kairo

Sobald sie wieder im Hotel war, öffnete Tara den Umschlag. Sie wusste, dass sie es besser bleiben ließ, dass sie ihn wegwerfen sollte, aber sie konnte nicht anders. Selbst nach sechs Jahren wollte ein Teil von ihr ihn immer noch nicht loslassen.

»Der Teufel soll dich holen«, murmelte sie, steckte den Finger in die Lasche und riss den Brief auf. »Der Teufel soll dich holen, dass du zurückgekommen bist.«

Hallo Michael,
ich bin für ein paar Wochen in der Stadt. Bist du schon aus Sakkara zurück? Wenn das der Fall sein sollte, lass dich auf einen Drink einladen. Ich wohne im »Hotel Salah Al Din« (753127), obwohl ich abends meistens in der Teestube an der Ecke Ahmed Maher und Bursa'id anzutreffen bin. Ich glaube, sie heißt »Ahwa Wadood«, aber ich bin mir nicht ganz sicher.
Ich hoffe, die Saison war gut, und würde mich freuen, dich bald zu sehen.
Daniel L.

PS: Hast du die Sache über Schenker gehört? Er glaubt, das Grab von Imhotep gefunden zu haben. Der Idiot.

Gegen ihren Willen musste sie lächeln. Typisch Daniel, der die Wichtigkeit einer Sache nur dann betonen konnte, wenn er einen Kraftausdruck hinterherschickte. Zum ersten Mal seit Jahren spürte sie wieder, wie sich ihre Kehle zuschnürte und ihr Magen verkrampfte. Mein Gott, wie sehr er sie verletzt hatte.

Sie las die Nachricht noch einmal, legte sie beiseite, griff wieder danach, las sie erneut, knüllte dann das Papier zusammen und schleuderte es durchs Zimmer. Sie trank ein Glas Wodka aus der Minibar, ging auf den Balkon hinaus, kam wieder zurück, warf sich aufs Bett und starrte an die Decke. Nach etwa zehn Minuten stand sie wieder auf, nahm ihren Rucksack und verließ das Zimmer.

»Teestube ›Ahwa Wadood‹, sagte sie zum ersten Fahrer in der Taxireihe vor dem Hotel. »An der Ecke von Ahmed Maher und …«

»Bursa'id«, ergänzte der Fahrer, griff nach hinten und machte ihr die Tür auf. »Ich weiß.«

Sie stieg ein, und sie fuhren los.

»Du bist eine Närrin, Tara«, sagte sie sich, während sie aus dem Fenster auf die hell erleuchteten Schaufenster sah. »Eine verdammte, elende, schwache Närrin.«

Auf der anderen Straßenseite löste sich ein staubiger Mercedes vom Randstein und folgte ihnen wie ein Panther seinem Opfer.

Sie erinnerte sich noch gut an ihr erstes Treffen. Wie lange war das inzwischen her? Gott, fast acht Jahre.

Sie studierte im zweiten Jahr Zoologie an der UCL und hatte sich mit drei Freundinnen eine Wohnung in London genommen. Ihre Eltern lebten in Oxford, ihre Ehe stand kurz davor, in die Brüche zu gehen, aber sie hatten sich noch nicht getrennt.

Sie war am Abend zum Dinner nach Oxford gefahren. Es sollte nur im engsten Familienkreis stattfinden, nur sie drei, was schlimm genug war angesichts der Tatsache, dass ihre Eltern kaum mehr miteinander sprachen. Bei ihrer Ankunft jedoch hatte ihr Vater erklärt, dass auch ein Kollege von ihm anwesend sein würde.

»Interessanter Bursche«, hatte er gesagt. »Zur Hälfte Engländer, zur Hälfte Franzose, nicht viel älter als du. Er schreibt an einer Doktorarbeit über die späten Bestattungsriten in der thebanischen Nekropole und ist gerade von einem dreimonatigen Grabungsaufenthalt im Tal der Könige zurückgekehrt. Er ist ein absolutes Genie. Er weiß mehr über Grabmalereien und Totenbücher als jeder andere, den ich je getroffen habe.«

»Klingt faszinierend«, hatte Tara gemurmelt.

»Ja, ich glaube, er wird dir gefallen«, hatte ihr Vater lächelnd und ohne den üblichen Sarkasmus hinzugefügt. »Er ist ein komischer Kauz. Ein Getriebener. Natürlich sind wir alle bis zu einem gewissen Grad Getriebene, aber er ganz besonders. Er vermittelt einem das Gefühl, als würde er sich die rechte Hand abhacken, wenn er glaubte, damit sein Wissen vermehren zu können. Oder die Hand eines anderen. Er ist ein Fanatiker.«

»Das musst du gerade sagen.«

»Wahrscheinlich hast du Recht, aber zumindest habe ich dich und deine Mutter. Daniel scheint niemanden zu haben. Ehrlich gesagt, ich mache mir Sorgen um ihn. Er ist zu besessen. Wenn er nicht aufpasst, sinkt er vor der Zeit ins Grab.«

Tara hatte ihren Aperitif heruntergekippt. Späte Bestattungsriten in der thebanischen Nekropole. Gütiger Himmel. Er kam fast eine Stunde zu spät, und sie hatten sich gerade überlegt, ob sie ohne ihn anfangen sollten, als es klingelte. Tara ging zur Tür, leicht angeheitert inzwischen, und zwang sich, höflich zu sein.

»Wenn wir Glück haben, haut er gleich nach dem Essen wieder ab«, dachte sie. »Bitte lass ihn gleich nach dem Essen wieder abhauen.«

Sie blieb einen Moment stehen, um sich zu sammeln, und öffnete dann die Tür.

»O mein Gott, bist du hinreißend!«

Glücklicherweise hatte sie das nicht ausgesprochen, sondern nur gedacht. Doch irgendeine Art der Überraschung musste sich auf ihrem Gesicht abgezeichnet haben. Denn er war das genaue Gegenteil von allem, was sie erwartet hatte: groß, dunkel, hohe Wangenknochen und Augen so braun, dass sie fast schwarz erschienen, wie Teiche, die mit Pech gefüllt waren. Sie blieb stehen und starrte ihn an.

»Tut mir furchtbar Leid, dass ich mich verspätet habe«, sagte er mit einem leichten französischen Akzent. »Ich musste eine Arbeit beenden.«

»Späte Bestattungsriten in der thebanischen Nekropole«, antwortete sie dummerweise ziemlich verlegen. Er lachte.

»Eigentlich habe ich einen Antrag für ein Stipendium ausgefüllt. Was vermutlich eine Spur interessanter sein dürfte.« Er streckte die Hand aus.

»Daniel Lacage.«

Sie gab ihm die Hand.

»Tara Mullray.«

Sie blieben genau einen Moment länger stehen als nötig und gingen dann ins Haus.

Das Abendessen war wundervoll. Die beiden Männer unterhielten sich die meiste Zeit über eine ungeklärte Frage in der Geschichte des Neuen Reichs: Ob es eine gemeinsame Regentschaft von Amenhotep III. und seinem Sohn Akhenaten gegeben habe oder nicht. Bei dieser Art von Diskussionen hatte sie innerlich schon hundert Mal zuvor einfach abgeschaltet. Mit Daniel jedoch war es anders. Durch ihn bekam das Gespräch eine seltsame Lebendigkeit, als wäre die Sache für sie hier und heute wichtig und keine trockene akademische Debatte über ferne Zeiten, von denen nicht einmal die Geschichte mehr etwas wusste.

»Tut mir Leid«, sagte er lächelnd, als ihre Mutter Pudding servierte. »Das muss unerträglich für Sie sein.«

»Keineswegs«, antwortete sie. »Zum ersten Mal in meinem Leben hört sich Ägypten interessant für mich an.«

»Vielen Dank«, sagte ihr Vater eingeschnappt.

Nach dem Essen gingen sie zusammen in den Garten, um eine Zigarette zu rauchen. Die Nacht war warm, der Himmel voller Sterne. Sie spazierten über den Rasen und setzten sich auf eine verrostete Hollywoodschaukel.

»Sie waren wahrscheinlich vorhin nur höflich«, sagte er, steckte zwei Zigaretten in den Mund, zündete sie an und reichte ihr eine. »Das wäre nicht nötig gewesen.«

»Ich bin nie höflich«, antwortete sie und nahm die Zigarette. »Zumindest war ich's heute Abend nicht.«

Sie saßen eine Weile schweigend da, schaukelten leicht hin und her, und ihre Körper waren sich nahe, berührten sich aber nicht. Er hatte einen bestimmten Duft an sich, kein Aftershave, etwas, das intensiver, weniger künstlich roch.

»Dad sagt, Sie hätten im Tal der Könige Ausgrabungen gemacht«, begann sie schließlich.

»Am Rand davon. Oben in den Hügeln.«

»Haben Sie nach etwas Bestimmtem gesucht?«

»Oh, nach Gräbern der Spätzeit. 26. Dynastie. Nicht besonders interessant.«

»Ich dachte, die würde Sie brennend interessieren.«

»Das stimmt schon«, antwortete er. »Bloß heute Abend nicht.«

Sie lachten und ihre Blicke trafen sich einen Moment, bevor sie sich abwandten und zum Himmel hinaufsahen. Die Zweige einer alten Pinie über ihnen hatten sich wie Arme ineinander verschränkt.

»Das Tal der Könige ist ein besonderer Ort«, sagte er nach langem Schweigen. »Unglaublich, wenn man an die Schätze denkt, die einst dort vergraben waren, bevor alles ausgeplündert wurde. Ich meine, bedenken Sie, was man bei Tutanchamun fand. Und er war bloß ein unbedeutender Pharao. Ein Niemand. Stellen Sie sich vor, was einem wirklich großen Herrscher mitgegeben wurde. Einem Amenhotep III., einem Horemheb oder Sethos I.«

Lächelnd neigte er den Kopf zurück und verlor sich plötzlich in seinen Gedanken.

»Manchmal frage ich mich, wie es sein muss, so etwas zu finden. Natürlich wird es nie mehr passieren. Tutanchamun war ein einzigartiger Fund, die Chance, dass sein Grab unberührt blieb, stand eine Million zu eins. Dennoch denke ich manchmal daran. An die Erregung. Nichts käme dem gleich. Aber andererseits ...«

Er seufzte.

»Was?«

»Nun, vermutlich würde die Erregung nicht anhalten. So ist es eben bei der Archäologie. Ein Fund ist nie genug. Ständig versucht man, sich zu übertreffen. Denken Sie an Carter. Nachdem er das Grab von Tutanchamun ausgeräumt hatte, verbrachte er zehn Jahre seines Lebens damit, jedem zu erzählen, dass er wisse, wo Alexander der Große begraben sei. Man sollte denken, der größte Fund in der Geschichte der Ägyptologie sei genug, aber so war es nicht. Es ist paradox. Man verbringt sein ganzes Leben damit, die Geheimnisse der Vergangenheit auszugraben, und gleichzeitig befürchtet man, dass es eines Tages keine Geheimnisse mehr gibt, die man auffinden könnte.«

Er drückte seine Zigarette auf der Lehne der alten Schaukel aus und lachte.

»Hören Sie. Ich wette, Sie wären lieber drinnen geblieben, um beim Abwasch zu helfen.«

Erneut trafen sich ihre Blicke, und ganz unwillkürlich bewegten sich ihre Finger auf dem Sitz aufeinander zu und berührten sich. Es war eine harmlose Berührung, fast unmerklich und gleichzeitig dennoch voller Absicht. Sie wandten den Blick voneinander ab. Ihre Fingerspitzen jedoch blieben vereint, etwas Unwiderrufliches hielt sie beieinander.

Drei Tage später trafen sie sich in London, und innerhalb einer Woche waren sie ein Liebespaar. Es war eine magische Zeit, die schönste ihres Lebens. Er hatte eine Wohnung in der Nähe der Gower Street, eine winzige Mansarde mit zwei trüben Dachfenstern und ohne Zentralheizung, und das war ihr Liebesnest. Sie liebten sich Tag und Nacht, spielten Backgammon, veranstalteten Picknicks im Bett, liebten sich wieder, verschlangen einander.

Er war ein brillanter Zeichner, und sie streckte sich nackt und verschämt auf dem Bett aus, während er sie mit Bleistift, Kohle oder Kreide zeichnete und Blatt für Blatt mit Bildern von ihr bedeckte, als sei jedes die offizielle Bestätigung ihres Zusammenseins.

Einer seiner Freunde besaß ein altes, verbeultes Triumph-Motorrad, und am Wochenende fuhren sie damit, Tara dicht an ihn gepresst, aufs Land hinaus und suchten nach lauschigen Plätzen, wo sie allein sein konnten – einem stillen Wald, einem verlassenen Flussufer, einem leeren Stück Strand.

Er führte sie im Britischen Museum herum, zeigte ihr Objekte, die ihm besonders am Herzen lagen, und schwärmte davon, als handelte es sich um lebendige Wesen: eine keilförmige Tafel aus Amarna, ein blau glasiertes Flusspferd, eine Tonscherbe aus dem zwölften Jahrhundert v. Chr. mit dem Bild eines Mannes darauf, der eine Frau von hinten nahm.

»Ruhe begehrt meine Haut«, übersetzte er die Hieroglyphen an der Längsseite des Steins.

»Meine nicht«, lachte sie, nahm sein Gesicht und küsste es leidenschaftlich, ohne auf die Touristen um sie herum zu achten.

Sie besuchten andere Sammlungen, die Petrie-Sammlung, die Bodleian-Kollektion, das Sir-John-Soane-Museum, um den Sarkophag von Sethos I. anzusehen. Und sie nahm ihn in den Londoner Zoo mit, wo eine Freundin von ihr, die dort arbeitete, eine Python hervorholte, damit er sie anfassen konnte, was ihm überhaupt nicht gefiel.

Zur gleichen Zeit trennten sich ihre Eltern endgültig, aber sie war so sehr mit Daniel beschäftigt, dass sie dies kaum berührte. Sie hatte ihr Studium abgeschlossen und sich um eine Doktorarbeit beworben, ohne wirklich zu bemerken, was um sie herum vor sich ging, als fände alles in einem parallelen Universum statt, weit entfernt von der Realität ihrer Beziehung, die sie vollkommen gefangen nahm. Sie war so glücklich gewesen. So ausgefüllt.

»Was könnte es Besseres geben?«, fragte sie ihn eines Nachts, nachdem sie sich besonders innig geliebt hatten. »Was soll ich denn sonst noch wollen?«

»Was könntest du denn noch wollen?«, fragte Daniel.

»Nichts«, antwortete sie. »Nichts auf Erden.«

»Daniel ist ein hochtalentierter Mensch«, sagte ihr Vater lächelnd, als sie ihm von der Beziehung erzählte. »Einer der besten Studenten, die ich je unterrichten durfte. Ihr werdet ein sehr schönes Paar abgeben.«

Er hielt einen Moment inne und fügte dann hinzu: »Aber sei vorsichtig, Tara. Wie alle begabten Menschen hat er eine dunkle Seite. Pass auf, dass er dich nicht verletzt.«

»Das wird er nicht, Dad«, antwortete sie. »Ich weiß, dass er das nicht tun wird.«

Seltsamerweise gab sie für die Tatsache, dass Daniel es doch getan hatte, eigentlich eher ihrem Vater die Schuld, ganz so, als hätte seine Warnung die Beziehung zerstört und nicht die Person, vor der sie gewarnt worden war.

Die Teestube »Ahwa Wadood« war ein schäbiges Lokal mit Sägemehl auf dem Boden. An den Tischen saßen dicht gedrängt Männer, die Tee tranken und Domino spielten. Sie sah ihn sofort am anderen Ende des Raums, eine Wasserpfeife rauchend und konzentriert über ein Backgammonbrett gebeugt. Er sah noch genauso aus wie vor sechs Jahren, obwohl sein Haar ein bisschen länger und sein Gesicht ein wenig stärker gebräunt war. Sie starrte ihn einen Moment lang an, kämpfte gegen die aufkommende Übelkeit und ging auf ihn zu. Als er aufblickte, stand sie schon vor ihm.

»Tara!«

Er riss verblüfft die Augen auf. Schweigend sahen sie sich einen Moment lang an, dann beugte sie sich über den Tisch und schlug ihm ihre geballte Faust ins Gesicht.

»Du Mistkerl«, zischte sie.

LUXOR, DIE THEBANISCHEN BERGE

Der Verrückte kauerte auf dem Boden und schürte mit einem Stock das Feuer. Um ihn herum erhoben sich still und mächtig die hohen Felswände, und das einzige Anzeichen von Leben war das gelegentliche Heulen eines wilden Hundes. Über ihm am Nachthimmel stand die blendend weiße Sichel des Mondes.

Er starrte in die flackernden Flammen, seine Wangen waren hohl und staubig, und verfilzte Strähnen von schmutzigem Haar fielen ihm über die Schultern. Er konnte Götter im Feuer sehen, seltsame Gestalten mit menschlichen Körpern und Tierköpfen: eine mit dem Kopf eines Schakals, eine andere mit dem eines Vogels und eine weitere mit hohem Turban und lang gezogener Krokodilschnauze. Sie bereiteten ihm zugleich Angst und Entzücken. Mit zitternden Lippen begann er, sich zu wiegen, gebannt von den feurigen Bildern zu seinen Füßen.

Auf einmal zeigten ihm die Flammen noch andere Geheimnisse: einen dunklen Raum, einen Sarg, Juwelen, an einer Wand aufgestapelte Gegenstände – Schwerter, Schilde, Messer: Der Mund stand ihm offen vor Staunen.

Die Flammen verdunkelten sich, aber nur für einen Moment, und als sie wieder hell aufleuchteten, war der Raum verschwunden, und ein anderes Bild tauchte auf. Eine Wüste. Meilen um Meilen heißer Sand, über den eine große Armee marschierte. Er hörte den Klang der Hufe, das Klappern von Rüstzeug, lauter werdenden Gesang. Und ein weiteres Geräusch, wie das Brüllen eines Löwen, das aus der Ferne herüberdrang. Es schien aus dem Sand herauszukommen und wurde immer lauter, bis alle anderen Geräusche darin untergingen. Die Augenlider des Mannes begannen zu zucken, und sein Atem ging schneller. Er hob die mageren Hände und hielt sich die Ohren zu, denn das Brüllen bereitete ihm Schmerzen. Die Flammen züngelten, ein Wind kam auf, und während er hinsah, begann der Sand, Blasen zu werfen und zu schäumen wie Wasser. Er türmte sich wie eine riesige Flutwelle auf, immer höher und höher, und begrub die gesamte Armee unter sich. Er schrie und warf sich zurück, weil er wusste, dass auch er unter den Sandmassen verloren war, wenn er sich nicht in Sicherheit brachte. Er sprang auf und stürmte kopflos und laut klagend den Hügel hinauf.

»Nein!«, hallten seine Rufe durch die Nacht. »Allah, beschütze mich. Allah, hab Erbarmen mit meiner Seele. Neiiin!«

14
Kairo

Jenny hatte sie als Taras Mike-Tyson-Woche bezeichnet. Zuerst hatte Daniel sie verlassen, und fast unmittelbar darauf hatte sie erfahren, dass ihre Mutter unheilbar an Krebs erkrankt war. Zwei tödliche Schläge aus heiterem Himmel, einer nach dem anderen, die sie k.o. schlugen.

»Ja«, hatte Jenny gesagt, »näher kann man Mike Tyson nicht kommen.«

Im Rückblick erkannte sie, dass es von Anfang an Hinweise gegeben hatte – und während der vergangenen sechs Jahre hatte sie nichts anderes getan, als zurückzublicken und die Geschehnisse immer wieder in Gedanken durchzugehen, wie eine Endlosschleife des immer gleichen Video-Bandes.

Trotz ihrer Nähe blieb ein Teil von ihm immer auf Distanz. Wenn sie miteinander geschlafen hatten, vertiefte er sich sofort wieder in seine Bücher, als beängstige ihn die Tiefe des Gefühls, das er gerade gezeigt hatte. Sie verabredeten sich zum Abendessen, und er kam zu spät oder tauchte überhaupt nicht auf, weil ihn, genauso wie sie es von ihrem Vater kannte, gerade ein Buch oder ein antiker Gegenstand in seinen Bann geschlagen und er jedes Zeitgefühl verloren hatte. Trotz endloser Gespräche hatte er auf seltsame Weise nie etwas von sich preisgegeben. Im Lauf von mehr als einem Jahr hatte sie fast nichts über seinen Hintergrund erfahren, wie ein Archäologe, der versucht, tiefer zu graben, aber gleich unter der Oberfläche auf harten Fels stößt. Er war in Frankreich geboren, seine Eltern waren bei einem Autounfall umgekommen, als er sechs Jahre alt war. Danach war er nach England gekommen, um bei einer Tante zu leben, und später erhielt er ein Stipendium in Oxford. Das war alles. Es war, als tauchte er in die Geschichte Ägyptens ein, um sich für den Mangel an eigener Vergangenheit zu entschädigen. Ja, es hatte Anzeichen gegeben. Aber sie hatte die Augen davor verschlossen. Sich geweigert, sie zu sehen. Weil sie ihn so sehr geliebt hatte.

Erst später erkannte sie ihre Beziehung als das, was sie war – etwas Leeres, Mumifiziertes. An der Oberfläche gab es vielleicht den Anschein von Lebendigkeit. Im Innern jedoch war nichts, nur Staub.

Das Ende kam ohne jede Vorwarnung. Eines Abends trat sie in seine Wohnung, vier Monate nach ihrem ersten Zusammentreffen, sie umarmten sich, küssten sich sogar. Dann wandte er sich ab.

»Heute habe ich Nachricht von der Obersten Antikenverwaltung bekommen«, sagte er und spielte mit einem Bleistift. »Mir wurde die Genehmigung erteilt, im Tal der Könige zu graben. Eine eigene Forschungsgruppe zu leiten.«

»Daniel, das ist wundervoll!«, rief sie aus, lief zu ihm hin und schlang die Arme um ihn. »Ich bin so stolz auf dich.«

Sie drückte sich einen Moment lang an ihn, ließ ihn dann aber los, weil sie spürte, dass er ihre Umarmung nicht erwiderte.

»Was ist?«, fragte sie. Seine Augen wirkten noch dunkler als sonst.

»Das bedeutet, dass ich eine Weile in Ägypten leben werde.«

Sie lachte.

»Natürlich bedeutet das, dass du in Ägypten leben wirst. Was solltest du denn sonst machen? Hin und her pendeln?«

Er lächelte, aber es war etwas Leeres in seinem Blick.

»Es ist eine große Verantwortung, Tara, am berühmtesten Grabungsort der Welt arbeiten zu dürfen. Eine große Ehre. Ich werde meine ganze Aufmerksamkeit ... darauf verwenden müssen.«

»Natürlich musst du deine ganze Aufmerksamkeit darauf verwenden.«

»All meine Aufmerksamkeit.«

Etwas in der Art, wie er das »all« betonte, löste ein leichtes Zittern in ihr aus, als wäre es eine Warnung davor, dass ein noch schwereres Erdbeben bevorstand. Sie trat zurück, versuchte, ihm in die Augen zu sehen, aber er wich ihr aus.

»Was willst du damit sagen, Daniel?«

Schweigen. Sie trat wieder zu ihm hin und nahm seine Hände.

»Das macht doch nichts. Ich kann ein paar Monate ohne dich auskommen. Ich schaffe das schon.«

Neben dem Schreibtisch auf dem Boden stand eine Flasche Wodka. Er zog seine Hand aus der ihren und goss sich ein Glas davon ein.

»Darum geht es nicht«, sagte er.

Wieder überlief sie ein Schauer, diesmal stärker.

»Ich weiß nicht, was du damit sagen willst.«

Er kippte den Wodka in einem Zug hinunter.

»Es ist aus, Tara.«

»Aus?«

»Es tut mir Leid, so grob zu sein, aber ich kann es nicht anders ausdrücken. Auf eine solche Gelegenheit habe ich mein Leben lang gewartet. Dabei darf mir nichts im Wege stehen. Gar nichts. Nicht einmal du.«

Sie starrte ihn an, taumelte dann zurück, als hätte sie einen Schlag in den Magen bekommen, und hielt sich am Türrahmen fest. Die Luft um sie war stickig geworden, und der Raum verschwamm vor ihrem Blick.

»Wie sollte ich dir ... im Weg stehen?«

»Ich kann es nicht erklären, Tara. Ich muss mich einfach auf meine Arbeit konzentrieren. Ich kann mir keine – anderen ... Belastungen leisten.«

»Belastungen!«

Sie bemühte sich, ihre Stimme unter Kontrolle zu halten, Worte zu finden.

»Bin ich das für dich, Daniel? Eine Belastung?«

»Ich mein's nicht so. Ich muss einfach ... frei sein für meine Arbeit. Ich darf keine anderen Verpflichtungen haben. Es tut mir Leid. Wirklich. Das letzte Jahr war das beste meines Lebens. Es ist nur, dass ...«

»Dass du etwas Besseres gefunden hast.«

Schweigen trat ein.

»Ja«, antwortete er schließlich.

Sie sank auf den Boden und schämte sich ihrer Tränen, konnte sie aber nicht unterdrücken.

»O Gott«, keuchte sie. »O Gott, Daniel, bitte tu mir das nicht an.«

Er kauerte sich neben sie und nahm ihre Hand. Sie wollte

sie wegziehen, konnte aber ihre Bewegungen nicht kontrollieren.

»O Gott«, war alles, was sie herausbrachte. »Bitte, Daniel, tu mir das nicht an.«

Als sie zwanzig Minuten später ging, hatte sie das Gefühl, innerlich völlig leer zu sein. Zwei Tage lang hörte sie nichts von ihm, und als sie es schließlich nicht mehr aushielt, ging sie zu seiner Wohnung. Niemand antwortete auf ihr Klopfen. »Er ist ausgezogen«, erfuhr sie von einem Studenten, der ein Stockwerk tiefer wohnte. »Nach Ägypten gefahren oder so was. Nächste Woche zieht ein neuer Mieter ein.«

Er hatte nicht einmal eine Nachricht hinterlassen.

Sie wollte sterben. Sie war sogar so weit gegangen, sich fünf Schachteln Aspirin und eine Flasche Wodka zu kaufen.

Doch dann erfuhr sie in derselben Woche vom Krebs ihrer Mutter. Von dieser Tragödie wurde die ebenso schmerzliche, aber weniger tragische Abreise Daniels in den Hintergrund gedrängt. Ein Schmerz löschte den anderen aus.

Sie pflegte ihre Mutter während der wenigen Monate, die sie noch zu leben hatte. Die Qual, dabei zusehen zu müssen, wie ihre Mutter vor ihren Augen verfiel, lenkte sie vom Verlust ihres Geliebten ab. Nachdem ihre Mutter schließlich gestorben war, organisierte Tara die Beerdigung und ging für ein Jahr ins Ausland, zuerst nach Australien, dann nach Südamerika. Nach ihrer Rückkehr kaufte sie die Wohnung, bekam den Job im Zoo und fand zu einem gewissen Gleichgewicht zurück.

Der Schmerz jedoch war nie ganz vergangen. Es hatte andere Beziehungen gegeben, aber sie hatte sich nie ganz auf jemanden eingelassen, weil sie nicht gewillt war, auch nur einen Bruchteil der Leiden zu riskieren, die sie wegen Daniel ausgestanden hatte.

Von ihm hatte sie nichts mehr gehört und gesehen. Bis heute Abend.

»Das habe ich verdient, oder?«, sagte er.

»Ja«, antwortete sie. »Das hast du.«

Gefolgt von Blicken und Geflüster, verließen sie die Teestube und gingen über die Ahmed Maher ins Zentrum des islamischen

Viertels, an Ständen vorbei, an denen Lampen, Wasserpfeifen, Kleider und Gemüse angeboten wurden. Die Luft war vom bitter-süßen Geruch von Gewürzen, Dung und Abfall erfüllt. Hundert verschiedene Geräusche drangen an ihr Ohr – Hämmern, Musik, Pfeifen und aus einem Laden das langsame, rhythmische Mahlen einer riesigen Softeismaschine.

Sie gelangten zu einer Kreuzung und wandten sich nach links, durch ein großes Steintor, wo sich zwei Minarette über ihnen erhoben. Eine schmale Straße lag vor ihnen, durch die sich noch mehr Leute drängten als durch die, von der sie herkamen. Fünfzig Meter weiter bogen sie in eine enge Gasse ein und blieben vor einer schweren Holztür stehen. Auf dem Schild an der Wand stand »Hotel Salah Al Din«. Daniel öffnete die Tür, und sie kamen in einen kleinen staubigen Hof, der von einer Holzgalerie umgeben wurde und in dessen Mitte ein trockener Brunnen stand.

»Mein Zuhause«, sagte er.

Sein Zimmer, einfach, aber sauber, befand sich im oberen Stockwerk und ging auf die Galerie hinaus. Er drehte das Licht an, schob die Läden zurück und goss sich ein großes Glas Whiskey ein. Von unten tönte das Rattern von Wagen und das Geräusch von Stimmen herauf. Lange sagten sie nichts.

»Ich weiß nicht, was ich sagen soll«, begann er schließlich.

»Vielleicht, dass es dir Leid tut.«

»Was würde das denn ändern?«

»Es wäre ein Anfang.«

»Also, es tut mir Leid, Tara. Wirklich.«

Eine Packung Zigarrenstumpen lag neben ihm auf dem Tisch, er zog einen heraus, zündete ihn an und atmete eine Wolke dichten Rauchs aus. Er schien sich unbehaglich zu fühlen. Er sah sie an und wandte dann den Blick schnell wieder ab. Im grellen kalten Licht des Raums erkannte sie, dass er stärker gealtert war, als sie anfänglich geglaubt hatte. Graue Strähnen zogen sich durch sein dunkles Haar, und auf seiner Stirn zeigten sich Falten. Dennoch sah er immer noch gut aus. Mein Gott, wie gut er aussah.

»Seit wann rauchst du Zigarren?«, fragte sie.

Er zuckte mit den Achseln.

»Seit ein paar Jahren. Carter hat dieselben geraucht. Ich dachte, vielleicht würde ein bisschen von seinem Glück auf mich abfärben.«

»Und, hat es geklappt?«

»Nicht wirklich.«

Er goss sich nach und ihr ebenfalls. Von unten dröhnte lautes Hupen herauf, als sich ein Moped durch die Menge kämpfte.

»Wie hast du mich gefunden? Ich vermute, dass du nicht zufällig in die Teestube hereinspaziert bist.«

»Ich hab die Nachricht gelesen, die du an meinen Vater geschickt hast.«

»Ja richtig. Wie geht's ihm?« Sie informierte ihn.

»Mein Gott! Ich hatte keine Ahnung. Wirklich nicht.«

Er stellte sein Glas ab, ging zu ihr hinüber und breitete die Arme aus, als wollte er sie umarmen. Sie hob jedoch die Hand, um ihn davon abzuhalten, und seine Arme fielen wieder herab.

»Tut mir Leid, Tara. Wenn ich irgendetwas für dich tun kann …«

»Es wird bereits für alles gesorgt.«

»Also, solltest du etwas brauchen …«

»Es wird bereits für alles gesorgt.«

Er nickte und zog sich zurück. Wieder entstand ein langes Schweigen. Sie fragte sich, was sie hier machte, was sie erreichen wollte. Dünne Schwaden von Zigarrenrauch kräuselten sich um die Glühbirne.

»Also, was hast du während der letzten sechs Jahre gemacht?«, fragte sie schließlich und war sich durchaus bewusst, wie oberflächlich die Frage klang. Daniel stürzte seinen Whiskey hinunter.

»Das Übliche. Ausgrabungen. Ein paar Vorlesungen. Ein paar Bücher geschrieben.«

»Lebst du jetzt hier?«

Er nickte.

»In Luxor. Ich bin nur ein paar Tage in Kairo. Beruflich.«

»Ich wusste nicht, dass du noch immer in Kontakt mit Dad warst.«

»Das war ich nicht«, antwortete er. »Wir haben uns seit …«
Er brach ab und schenkte sich wieder nach.

»Ich dachte bloß, es wäre nett, ihn zu treffen. Ich weiß nicht, warum. Um der alten Zeiten willen und so. Ich bezweifle, dass er sich gemeldet hätte. Er hasste mich für das, was ich getan habe.«

»Da wären wir schon zwei.«

»Ja«, antwortete er. »Das glaube ich.«

Sie leerten die Flasche Whiskey, tauschten Neuigkeiten aus und vermieden es, genauer auf irgendetwas einzugehen. Draußen nahm der Straßenlärm zu, erreichte seinen Höhepunkt und nahm langsam wieder ab, als die Läden schlossen und die Menschenmengen sich aufzulösen begannen.

»Du hast mir nicht einmal geschrieben«, sagte sie, ihr Glas schwenkend. Es war spät geworden, und ihr Kopf war vom Alkohol benebelt. Die Straße draußen war jetzt leer und still, Papierfetzen schwebten darüber hinweg, als ob das Fleisch der Stadt in Fetzen davongeweht würde.

»Hättest du das denn gewollt?«

Sie dachte nach und schüttelte den Kopf.

»Nein.«

Sie saß auf dem Bettrand, Daniel auf einem staubigen Sofa am anderen Ende des Raums.

»Du hast mir mein Leben verpfuscht«, sagte sie.

Er sah zu ihr auf, und ihre Blicke trafen sich kurz, bevor sie den Kopf zurückneigte und ihr Glas leerte.

»Wie auch immer, das gehört der Vergangenheit an. Vorbei.«

Doch als sie das sagte, wusste sie, dass es irgendwie nicht ganz stimmte. Dass noch etwas kommen musste. Ein tief greifender Entschluss.

Draußen, vor dem großen Steintor, durch das sie gekommen waren, stand der staubige schwarze Mercedes am Randstein und wartete.

15

Luxor

»Und Sie wissen nichts von einem neuen Fund?«, fragte Khalifa erschöpft und drückte seine Zigarette in einem leeren Kaffeeglas aus.

Der Mann vor ihm schüttelte den Kopf.

»Ein Grab? Ein Versteck? Irgendwas Ungewöhnliches?«

Wieder schüttelte der Mann den Kopf.

»Kommen Sie, Omar. Wenn es dort draußen irgendwas gibt, finden wir es schließlich, also können Sie es uns gleich sagen.«

Der Mann zuckte mit den Achseln und schnäuzte sich in den Ärmel seines Hemdes.

»Ich weiß nichts«, beharrte er. »Gar nichts. Sie vergeuden Ihre Zeit mit mir.«

Es war acht Uhr morgens, und Khalifa war die ganze Nacht auf den Beinen gewesen. Seine Augen schmerzten, sein Mund war trocken, und ihm schwirrte der Kopf. Seit über siebzehn Stunden, von ein paar kurzen Pausen für Gebet und Essen abgesehen, befragten er und Sariya alle Leute in Luxor, die mit dem Handel von antiken Objekten zu tun hatten, in der Hoffnung, im Fall Abu Nayar eine Spur zu finden. Den ganzen Nachmittag des gestrigen Tages, die ganze Nacht hindurch und den ganzen Morgen über zog unablässig eine Schar ortsbekannter Händler durchs Polizeirevier auf der Sharia el-Karnak, von denen alle die gleiche Antwort auf seine Fragen gaben: Nein, sie wussten nichts von neuen Entdeckungen; nein, sie wussten nichts von neuen Funden auf dem Markt, und ja, wenn ihnen etwas zu Ohren käme, würden sie sich melden. Es war, als hörte man immer und immer wieder das gleiche Band.

Khalifa zündete sich eine weitere Zigarette an. Er hatte eigentlich gar keine Lust darauf, aber er brauchte etwas, das ihn wach hielt.

»Wie ist es Ihrer Meinung nach möglich, dass es sich Abu

Nayar leisten konnte, seiner Mutter einen neuen Fernseher und einen Kühlschrank zu kaufen?«, fragte er.

»Woher soll ich das wissen«, brummte Omar, ein kleiner, drahtiger Mann mit kurz geschorenem Haar und Knollennase. »Ich kannte ihn kaum.«

»Er hat etwas gefunden, nicht wahr?«

»Wenn Sie das sagen.«

»Er hat etwas gefunden, wurde deswegen umgebracht, und Sie wissen, was es war.«

»Ich weiß gar nichts.«

»Sie sind ein Abdel-Farouk, Omar! Nichts passiert in Luxor, ohne dass Ihre Familie davon weiß.«

»In diesem Fall ist es nicht so. Wie oft muss ich Ihnen das noch sagen. Ich weiß nichts. Nichts. Gar nichts.«

Khalifa stand auf, ging zum Fenster hinüber und paffte seine Zigarette. Er wusste, dass er seine Zeit vergeudete. Omar würde ihm nichts sagen, das stand fest. Er konnte ihm endlos Fragen stellen, ohne Ergebnis. Er seufzte tief.

»Also gut, Omar«, sagte er, ohne sich umzudrehen. »Sie können gehen. Lassen Sie es mich wissen, wenn Ihnen etwas einfällt.«

»Natürlich«, antwortete Omar und eilte geschwind zur Tür. »Ich rufe Sie sofort an.«

Er schlüpfte hinaus und ließ Khalifa und seinen Stellvertreter allein zurück.

»Wie viele sind es noch?«

»Das waren alle«, antwortete Sariya, beugte sich vor und rieb sich die Augen. »Wir haben alle durch. Es ist keiner mehr da.«

Khalifa ließ sich auf einen Stuhl fallen und zündete sich eine neue Zigarette an, ohne zu bemerken, dass noch eine brennende im Aschenbecher auf dem Fensterbrett lag.

Vielleicht täuschte er sich. Vielleicht hatte Nayars Tod überhaupt nichts mit Antiken zu tun. Soweit er gehört hatte, gab es eine Menge Leute, die ihm den Tod gewünscht hatten. Es gab nicht den geringsten Anhaltspunkt, der ihn mit Antiken in Zusammenhang brachte. Nicht den allergeringsten.

Und dennoch *spürte* er es. Er konnte zwar nicht erklären,

warum – er spürte einfach tief in seinem Innern, dass der Tod Nayars mit dem Handel antiker Ware zusammenhing, genauso wie manche Archäologen tief in ihrem Innern spüren, dass sie kurz vor einem großen Fund stehen. Es war ein sechster Sinn, ein Instinkt. Als er den Körper des Mannes mit dem eintätowierten Skarabäus gesehen hatte, war ihm sofort klar gewesen: Das ist ein Fall, bei dem sich die Gegenwart nur durch die Vergangenheit erklären lässt.

Und es gab ja auch Hinweise. Zumindest genügend, um seine Art der Spurensuche nicht völlig sinnlos erscheinen zu lassen. Nayar war sicherlich in den Handel mit antiken Objekten verstrickt gewesen. Er war eindeutig vor kurzem zu Geld gekommen – zu mehr Geld jedenfalls, als sich mit den unregelmäßigen Jobs erklären ließ, mit denen er seine Familie unterhalten hatte. Als er am gestrigen Nachmittag seine Frau befragte, hatte sie abgestritten, irgendetwas von Kunstgegenständen im Besitz ihres Mannes zu wissen. Überraschend daran war nur, dass sie es getan hatte, bevor er überhaupt darauf zu sprechen gekommen war. Ganz so, als hätte sie die Frage erwartet. Außerdem hatten die Händler, die er befragt hatte, alle auf eine bestimmte Weise reagiert.

»Angst«, sagte er, blies einen Rauchring an die Decke und beobachtete, wie er aufstieg, sich ausdehnte und langsam auflöste.

»Was?«

»Sie haben Angst, Mohammed. Die Händler. Alle zusammen. Todesangst.«

»Das überrascht mich nicht. Für gestohlene, antike Stücke könnten sie fünf Jahre kriegen.«

Khalifa blies einen weiteren Ring an die Decke.

»Sie haben nicht vor uns Angst. Es ist etwas anderes. Oder jemand anders.«

Sariya kniff die Augen zusammen.

»Ich verstehe nicht.«

»Jemand setzt sie unter Druck, Mohammed. Sie haben versucht, es zu verbergen, aber sie waren wie gelähmt vor Schreck. Das sah man, als wir ihnen die Bilder von Nayar zeigten. Sie wurden bleich, als stellten sie sich vor, dass das Gleiche mit ihnen geschehen könnte. Jeder Antikenhändler in Luxor hat die Hosen voll. So was hab ich noch nie gesehen.«

»Glauben Sie, sie wissen, wer ihn umgebracht hat?«

»Sie haben jemanden im Verdacht. Aber sie werden nicht reden. Tatsache ist, dass sie verdammt viel mehr Angst vor den Leuten haben, die Nayar so zugerichtet haben, als vor uns.«

Sariya gähnte. Es kam Khalifa so vor, als habe er mehr Füllungen als Zähne im Mund.

»Also, mit wem haben wir es Ihrer Ansicht nach zu tun? Hiesigem Mob? Typen aus Kairo? Fundamentalisten?«

Khalifa zuckte mit den Achseln.

»Könnte jeder sein oder keiner. Aber eines steht fest: Es ist eine große Sache.«

»Glauben Sie wirklich, dass er ein neues Grab gefunden haben könnte?«

»Möglich. Oder jemand anderes hat es gefunden, und Nayar hat Wind davon bekommen. Vielleicht handelt es sich auch nur um ein paar neue Stücke. Aber es ist etwas Wertvolles. Etwas, wofür es sich zu töten lohnt.«

Er schnippte die Zigarette aus dem Fenster. Sariya gähnte erneut.

»Tut mir Leid. Wegen des Neugeborenen hab ich in letzter Zeit nicht viel geschlafen.«

»Natürlich. Ich hab's vergessen. Das Wievielte ist es jetzt?«

»Das fünfte.«

Khalifa schüttelte den Kopf.

»Ich weiß nicht, wo Sie die Kraft hernehmen. Mich haben drei schon fast umgebracht.«

»Sie sollten mehr Kichererbsen essen. Die geben Kraft.«

Die Ernsthaftigkeit, mit der Sariya seinen Ratschlag vorbrachte, amüsierte Khalifa, und er begann zu schmunzeln. Einen Augenblick lang wirkte sein Stellvertreter eingeschnappt, aber dann begann auch er zu lachen.

»Gehen Sie nach Hause, Mohammed«, sagte Khalifa. »Essen Sie ein paar Kichererbsen, schlafen Sie, ruhen Sie sich aus. Dann können Sie ans Westufer rüberfahren und mit Nayars Frau und Familie reden. Wir werden sehen, was Sie rauskriegen.«

Sariya stand auf und nahm sein Jackett von der Stuhllehne. Er ging zur Tür, drehte sich dann aber noch einmal um.

»Inspektor?«

»Hm?«

Er zupfte an seinem Hemdsärmel herum und sah Khalifa nicht an.

»Glauben Sie an böse Flüche?«

»Flüche?«

»Ja. Alte Flüche. Wie den Fluch des Tutanchamun.«

Khalifa lächelte.

»Dass diejenigen, die den Schlaf der Toten stören, ein schreckliches Ende trifft?«

»So was in der Art.«

»Glauben Sie, dass wir es damit zu tun haben? Mit einem Fluch?«

Sein Stellvertreter zuckte unschlüssig mit den Achseln.

»Nein, Mohammed, daran glaube ich nicht. Das ist alles bloß lächerlicher Aberglauben, wenn Sie mich fragen.«

Er öffnete seine Zigarettenschachtel, stellte fest, dass sie leer war, knüllte sie zusammen und warf sie in eine Ecke.

»Aber ich glaube an das Böse. An etwas Dunkles, das vom Geist eines Menschen Besitz ergreift und ein Ungeheuer aus ihm macht. Das habe ich gesehen. Und hier haben wir es mit dem Bösen zu tun. Dem reinen Bösen.«

Er beugte sich vor und begann, sich mit den Daumen die Augen zu massieren.

»Allah führe uns«, murmelte er. »Allah gebe uns Kraft.«

Später, nachdem er ein paar gekochte Eier und Käse zum Frühstück gegessen hatte, überquerte Khalifa den Fluss, fuhr in einem Taxi bis Deir el-Bahri, wo er ausstieg, 25 Piaster bezahlte und anschließend die Straße zum Tempel von Hatschepsut hinaufging.

Der Tempel war schon immer eines seiner Lieblingsbauwerke gewesen. Ein atemberaubender Komplex aus Hallen, Terrassen und Kolonnaden, der am Fuß einer hundert Meter hohen Felswand aus dem Stein herausgearbeitet war. Jedes Mal, wenn er ihn sah, war er von seiner Kühnheit überwältigt. Er war eines der Wunder von Luxor. Ganz Ägyptens. Der ganzen Welt.

Ein beflecktes Wunder allerdings. Zwei Jahre zuvor waren hier 68 Menschen, in der Hauptsache Touristen, von Fundamentalisten ermordet worden. Khalifa hatte damals gerade jemanden in einem nahe gelegenen Dorf befragt und war der erste Polizist am Tatort gewesen. Monatelang danach war er nachts schweißgebadet aufgewacht und hatte noch das schmatzende Geräusch seiner Schritte auf dem mit Blut überschwemmten Boden gehört. Jedes Mal, wenn er den Tempel sah, wurde seine Begeisterung für das Bauwerk von einem Gefühl des Ekels und der Abscheu getrübt.

Er ging weiter, bis er an eine Stelle kam, wo zu beiden Seiten der Straße Souvenirläden begannen. Die Inhaber standen davor, versuchten Touristen hereinzulocken, damit sie sich ihre Postkarten, Schmuckstücke, Sonnenhüte und Alabasterfiguren anguckten, und jeder bestand darauf, dass seine Ware die beste und billigste in ganz Ägypten sci. Ein Händler bot Khalifa ein T-Shirt mit scheußlichen Hieroglyphen an, aber der Inspektor schob ihn weg, überquerte einen geteerten Parkplatz und blieb vor einem Toilettenwagen stehen.

»Sulieman!«, rief er. »He, Sulieman, bist du da?« Ein kleiner, leicht hinkender Mann in einer blassgrünen Galabija trat heraus. Eine tiefe Narbe verlief über seine rechte Wange und über ein Auge, das weiß und blind war.

»Inspektor Khalifa, sind Sie das?«

»*Salaam Aleikum.* Wie geht's dir, mein Freund?«

»*Kwayyis, Hamdu-illah*«, sagte der Mann lächelnd. »Gut, Allah sei Dank. Möchten Sie Tee?«

»Gern.«

»Setzen Sie sich, setzen Sie sich!«

Er führte Khalifa in den Schatten eines nahen Gebäudes und setzte hinter dem Wagen Tee auf. Als er fertig war, goss er zwei Gläser ein und brachte sie herüber. Khalifa nahm die Hand des Mannes und legte eine Plastiktüte hinein, die er mitgebracht hatte.

»Ein paar Zigaretten.«

Sulieman schob die Hand in die Tüte und zog eine Stange Cleopatras heraus.

»Das hätten Sie nicht tun sollen, Inspektor. Ich bin es, der in Ihrer Schuld steht.«

»Du schuldest mir gar nichts.«

»Außer mein Leben.«

Zwei Jahre zuvor hatte Sulieman als Wärter im Tempel gearbeitet. Er hatte Dienst gehabt an dem Tag, als die Fundamentalisten kamen, und war bei dem Versuch, eine Gruppe von Frauen und Kindern aus der Schweiz zu schützen, schwer verletzt worden. So schwer, dass man ihn für tot hielt, bis Khalifa einen schwachen Puls bei ihm feststellte und die Ärzte heranrief, um ihm zu helfen. Mehrere Wochen lang hing sein Leben an einem seidenen Faden, bis er schließlich über dem Berg war. Seine Verletzungen jedoch waren so schwerwiegend, dass er seine Arbeit als Wächter nicht wieder aufnehmen konnte. Jetzt kümmerte er sich um eine der Toiletten am Tempel.

»Wie geht's deinem Kopf?«, fragte Khalifa.

Sulieman zuckte die Achseln und rieb sich die Schläfen.

»Mal so, mal so«, sagte er. »Heute schmerzt er ein bisschen.«

»Gehst du regelmäßig zum Arzt?«

»Ärzte! Pah! Blödsinn!«

»Wenn es wehtut, solltest du nachsehen lassen.«

»Mir geht's auch so gut, danke.«

Sulieman war ein stolzer Mann, und Khalifa wusste, dass er ihn nicht drängen durfte. Stattdessen erkundigte er sich nach seiner Frau und seiner Familie und neckte ihn, weil sein Fußballteam, El-Ahli, gegen Khalifas Team, El-Zamalk, beim letzten Kairoer Lokalderby verloren hatte. Dann schwiegen sie und beobachteten eine Gruppe Touristen, die aus einem Bus ausstiegen.

»Ich brauche deine Hilfe, Sulieman«, begann Khalifa schließlich.

»Natürlich, Inspektor. Was Sie wollen. Sie brauchen es bloß zu sagen, das wissen Sie doch.«

Khalifa trank seinen Tee. Es war ihm unangenehm, seinen Freund in die Sache hineinzuziehen, indem er indirekt an seine

Dankbarkeit appellierte. Der hatte schon genug durchgemacht. Aber Khalifa brauchte Informationen. Und Sulieman hielt immer die Ohren auf.

»Ich glaube, es ist etwas gefunden worden«, sagte er. »Ein Grab oder ein Versteck. Etwas Bedeutendes. Etwas Großes. Keiner sagt etwas, wie üblich. Nur ist es diesmal nicht unbedingt die Gier, die sie schweigen lässt, sondern die Angst. Die Leute haben Todesangst.«

Er trank seinen Tee aus.

»Hast du etwas gehört?«

Sein Gastgeber antwortete nicht, sondern fuhr fort, seine Schläfen zu reiben.

»Ich frag dich nicht gern, glaub mir. Aber ein Mann ist bereits getötet worden, und ich möchte nicht, dass noch einer dran glauben muss.«

Sulieman antwortete noch immer nicht.

»Ist ein neues Grab gefunden worden? Hier passiert doch nicht viel, ohne dass du davon erfährst.«

Sulieman setzte sich auf, nahm sein Teeglas und trank bedächtig.

»Ich hab was gehört«, sagte er und starrte zu Boden. »Nichts Bestimmtes. Wie Sie sagen, die Leute haben Angst.«

Plötzlich drehte er sich um, sah zu den Hügeln hinauf und suchte mit den Augen die undurchdringlichen Felswände ab.

»Glaubst du, dass wir beobachtet werden?«, fragte Khalifa, der Suliemans Blick folgte.

»Ich *weiß*, dass wir beobachtet werden, Inspektor. Sie sind überall. Wie Ameisen.«

»Wer ist überall? Was weißt du, Sulieman? Was hast du gehört?« Sulieman fuhr fort, seinen Tee zu schlürfen. Khalifa bemerkte, dass sein Auge zu tränen begonnen hatte.

»Geflüster«, murmelte er schließlich. »Gerüchte. Hier ein Wort, da ein Wort.«

»Und die besagen?«

Suliemans Stimme dämpfte sich zu einem Flüstern.

»Dass man ein Grab gefunden hat.«

»Und?«

»Und dass etwas Einzigartiges darin ist. Etwas Unbezahlbares.«

Khalifa schwenkte die Teeblätter auf dem Boden seines Glases herum.

»Hast du irgendeine Ahnung wo?«

Sulieman machte mit dem Kopf ein Zeichen auf die Hügel.

»Irgendwo dort oben.«

»Das ist ein ziemlich großes Gebiet. Irgendwelche genaueren Anhaltspunkte?«

Kopfschütteln.

»Sicher?«

»Sicher.«

Langes Schweigen trat ein. Der Asphalt auf dem Parkplatz warf sich in der Hitze auf. Irgendwo hinter ihnen ertönte das Schreien eines Esels. In der Nähe feilschte ein europäisches Paar mit einem Taxifahrer um den Fahrpreis zum Fluss hinunter.

»Warum haben alle Angst, Sulieman?«, fragte Khalifa leise. »Wer setzt ihnen zu?«

Schweigen.

»Mit wem hab ich's hier zu tun?«

Sulieman stand auf und ergriff die beiden Teegläser. Er schien die Frage nicht gehört zu haben.

»Sulieman? Wer sind diese Leute?«

Der Wächter begann, zu seinem Toilettenwagen zurückzuhumpeln. Als er sprach, wandte er den Kopf nicht um.

»Sayf al-Tha'r«, sagte er. »Sie haben vor Sayf al-Tha'r Angst. Tut mir Leid, Inspektor, ich muss mich wieder an die Arbeit machen. Schön, dass ich Sie gesehen habe.«

Er kletterte die Stufen des Wagens hinauf, verschwand im Innern und schloss die Tür hinter sich. Khalifa zündete sich eine Zigarette an und lehnte sich an die Wand zurück.

»Sayf al-Tha'r«, flüsterte er. »Warum wusste ich, dass du es bist?«

ABU SIMBEL

Die Baseballmütze tief ins Gesicht gezogen, tauchte der junge Ägypter in der Menge unter. Er sah nicht anders aus als die Touristen, die sich zu Füßen der vier großen Statuen versammelten, außer dass er vor sich hin murmelte und wenig Interesse an den großen, sitzenden Figuren zeigte. Seine Aufmerksamkeit richtete sich eher auf die drei weiß uniformierten Wachleute, die auf einer Bank in der Nähe saßen. Er sah auf seine Uhr, nahm seinen Rucksack von den Schultern und begann, die Verschlüsse zu öffnen.

Es war Vormittag. Gerade waren zwei Busse mit amerikanischen Touristen angekommen, aus denen sich ein Strom von Besuchern ergoss, die alle gelbe T-Shirts trugen. Postkartenverkäufer und Andenkenhändler umschwärmten sie.

Der junge Mann hatte seinen Rucksack inzwischen geöffnet. Er ging in die Hocke und kramte darin herum. Zu seiner Linken versammelte sich eine Gruppe japanischer Touristen um ihre Führerin, die einen Fliegenwedel hochhielt, damit man stets sehen konnte, wo sie war.

»Der große Tempel wurde im 13. Jahrhundert v. Chr. von Pharao Ramses II. erbaut«, rief sie. »Zu Ehren der Götter Ra-Harakhty, Amun, Ptha …«

Einer der drei Wachleute sah zu dem jungen Mann hinüber. Seine Gefährten rauchten und unterhielten sich.

»Die vier sitzenden Figuren stellen den Gott-König Ramses dar. Jede von ihnen ist über vierzig Meter hoch …«

Lachend und plaudernd kamen die amerikanischen Touristen näher. Einer von ihnen hielt eine Videokamera in der Hand und gab seiner Frau Anweisungen, nach vorn zu gehen, dann nach links, aufzusehen und zu lächeln. Der Wachmann beobachtete noch immer den jungen Mann, stieß dann seine Gefährten an, die ihre Unterhaltung abbrachen und ebenfalls zu ihm hinübersahen.

»Die kleineren Statuen zwischen den Beinen von Ramses stellen Tuya, die Mutter des Königs, Nefertari, seine Lieblingsfrau, und einige seiner Kinder dar …«

Plötzlich erhob der junge Mann seine Stimme. Mehrere Leute drehten sich nach ihm um. Er schloss kurz die Augen, und als er sie breit lächelnd wieder öffnete, zog er den Arm aus dem Rucksack und hielt eine halbautomatische Heckler-Koch in der Hand. Im selben Moment riss er die Mütze vom Kopf und enthüllte eine tiefe, senkrechte Narbe zwischen den Augenbrauen.

»Sayf al-Tha'r!«, schrie er, richtete die Waffe auf die Menge und drückte ab. Es ertönte ein Klicken, aber es folgte kein Schuss. Die drei Polizisten sprangen auf und packten ihre Gewehre. Alle anderen blieben starr vor Schreck stehen. Einen Moment lang war alles still, während der Schütze verzweifelt seine Waffe umklammerte, dann drückte er erneut ab, und diesmal feuerte die Heckler-Koch. Es ertönte ein wütendes Knattern, Kugeln stoben in die Menge, zerrissen Fleisch, brachen Knochen und tränkten den Sand mit Blut. Leute begannen, wie wahnsinnig loszurennen, einige von dem Schützen weg, andere, verwirrt, direkt auf ihn zu. Angst- und Schmerzensschreie gellten durch die Luft. Der Mann mit der Videokamera sank zusammen; die drei Wachleute wurden rückwärts zu Boden geschleudert. Über das Knattern seiner Waffe und die Angstschreie hinweg konnte man den jungen Mann singen und lachen hören.

Das Feuer hielt ungefähr zehn Sekunden an, lange genug, um eine Schar von niedergemähten Leibern zu Füßen der großen Statuen zurückzulassen. Dann knatterte die Waffe noch einmal los, worauf eine seltsame Stille eintrat. Der junge Mann fuchtelte einen Moment mit seiner Waffe herum, warf sie dann weg und flüchtete in die Wüste.

Er kam jedoch nicht weit. Fünf der Andenkenverkäufer, die alles vom Parkplatz aus beobachtet hatten, jagten ihm nach, warfen ihn zu Boden und traten heftig mit ihren nackten Füßen auf ihn ein. Der Kopf des jungen Mannes flog wie ein Ball hin und her, Blut schoss ihm aus Mund und Nase.

»Sayf al-Tha'r«, lachte er, als sie auf ihn eintraten. »Sayf al-Tha'r!«

16

Kairo

Tara schreckte aus dem Schlaf. Benommen setzte sie sich auf und stellte fest, dass sie in Daniels Hotelzimmer im Bett lag. Einen schrecklichen Moment lang überlegte sie, ob sie … Doch dann bemerkte sie, dass sie vollständig bekleidet war, und im gleichen Augenblick sah sie die Laken auf dem Sofa gegenüber, wo vermutlich er geschlafen hatte. Sie sah auf ihre Uhr. Es war fast Mittag.

»Verflucht«, murmelte sie und setzte sich mit schmerzendem Kopf auf.

Neben dem Bett stand eine Flasche Mineralwasser. Sie schraubte den Verschluss auf und nahm einen großen Schluck. Von Daniel war nichts zu sehen. Auch keine Nachricht.

Etwas in ihrem Innern fühlte sich seltsam beschmutzt von dem Zusammentreffen der letzten Nacht, als hätte sie sich dadurch erniedrigt, dass sie hergekommen war. Sie wollte schnell fort, bevor er zurückkam, und nachdem sie das Wasser ausgetrunken hatte, schrieb sie eine kurze Nachricht, entschuldigte sich, dass sie eingeschlafen war, nahm ihren Rucksack und ging. Wo sie wohnte, verriet sie ihm nicht.

Unten auf der Straße wandte sie sich in Richtung des großen Steintors, durch das sie am Abend zuvor gekommen waren. Doch dann bekam sie plötzlich Angst, Daniel zu begegnen, und ging in die entgegengesetzte Richtung, der engen Straße folgend, die tiefer ins alte, islamische Viertel hineinführte.

Es war heiß und staubig, Massen von Menschen umdrängten sie – Frauen mit Körben voller frischem Brot, Händler, die ihre Waren feilboten, Kinder, die schwankend auf Eseln dahinritten. Unter anderen Umständen hätte sie die Szene genossen: die fremden Laute und Gerüche, die bunten Stände mit Datteln und getrockneten Hibiskusblüten, die Käfige voller Kaninchen und Enten.

Doch sie fühlte sich erschöpft und durcheinander. Grelle Laute drangen an ihr Ohr, das Klopfen von Hämmern, der gellende Ton einer Mopedhupe, plärrende Musik aus einem Radio. Die Geräusche bohrten sich in ihren Kopf und verwirrten sie. Der Geruch von Gewürzen und Gebratenem stach ihr unangenehm in die Nase, und die Art, wie die von allen Seiten drängelnde Menge sie in ein Korsett aus wimmelnden Leibern presste, löste klaustrophobische Gefühle in ihr aus. Sie ging an einer Gruppe Jungen vorbei, die Messingplatten von einem Lieferwagen luden, ein Mädchen stand auf einem Bündel Jutesäcke, zwei alte Männer spielten Domino am Straßenrand, und alle schienen sie anzustarren. Ein Mann auf einem Holzgerüst rief etwas, aber sie ignorierte ihn, drängte sich weiter durch die Menge voran, stieß mit Leuten zusammen, rang nach Atem und wünschte, sie wäre wieder in der kühlen, stillen Sicherheit ihres Hotelzimmers.

Etwa zehn Minuten später traf sie auf einen Metzger, der am Straßenrand Hühner schlachtete. Er zog eines nach dem anderen aus einem Käfig, bog ihnen mit dem Daumen den Schnabel zurück und schlitzte ihnen den Hals auf, bevor er sie in eine blaue Plastikwanne warf, wo sie immer noch schwach mit den Flügeln schlugen. Ein Halbkreis von Zuschauern hatte sich um ihn gebildet, und Tara schloss sich ihnen an, angewidert von dem Anblick, aber gleichzeitig seltsam fasziniert.

Anfangs bemerkte sie die Männer nicht, so gebannt war sie vom Anblick des Messers, mit dem der Metzger das rosafarbene Fleisch der Hühnerhälse durchtrennte. Erst nachdem sie einige Minuten zugesehen hatte und zufällig aufblickte, entdeckte sie die beiden direkt gegenüber. Zwei Männer mit Bärten, schwarzen Galabijas und tief ins Gesicht gezogenen Turbanen. Sie starrten sie unverhohlen an.

Einen Moment lang hielt sie ihrem Blick stand, dann wandte sie ihre Aufmerksamkeit wieder dem Metzger zu. Noch zwei Hühner wurden geschlachtet, bevor sie wieder aufsah. Die beiden starrten sie noch immer regungslos an. Eine unbestimmte Bedrohung ging von ihnen aus. Sie fühlte sich plötzlich unbehaglich, zog sich von der Gruppe zurück und setzte ihren Weg die Straße hinunter fort. Die Männer warteten ein paar Sekunden und folgten ihr dann.

Nach etwa fünfzig Metern blieb sie vor einem Laden stehen, der Backgammonbretter verkaufte. Die schwarz gekleideten Gestalten blieben ebenfalls stehen und versuchten nicht einmal zu verheimlichen, dass sie sie beobachteten. Als sie weiterging, folgten ihr die Männer im Abstand von etwa dreißig Metern, ohne sie aus den Augen zu lassen. Sie beschleunigte ihre Schritte und bog nach rechts in eine andere Straße ein. Zehn, fünfzehn, zwanzig Schritte, und sie waren wieder hinter ihr. Ihr Herz begann zu klopfen. Diese Straße war enger und wurde immer schmaler, je weiter sie ging. Die Häuser zu beiden Seiten schienen wie das Gebiss eines Raubtiers zuzuschnappen, und die Menge, die sich durch die Straße schob, wurde immer dichter zusammengepresst. Sie spürte, wie ihre Verfolger näher kamen. Weiter vorne zweigte eine andere Straße nach rechts ab, sie drängte sich durch die Menge voran und bog schnell ab.

In dieser Gasse war sie völlig alleine, und sie fühlte sich einen Augenblick lang erleichtert, dem Gedränge entronnen zu sein. Doch dann begann sie sich zu fragen, ob sie keinen Fehler gemacht hatte. Hier war sie ihren Verfolgern schutzlos ausgeliefert, es gab niemanden, den sie zu Hilfe hätte rufen können. Die Leere erschien ihr plötzlich bedrohlich. Sie machte rasch kehrt und wollte wieder in der Menge untertauchen, aber die Männer hatten sie bereits eingeholt und waren jetzt nur noch ein paar Meter von ihr entfernt. Einen Moment lang blieb sie stehen und starrte sie an, dann drehte sie sich um und begann zu rennen. Fünf Sekunden später hörte sie die Schritte ihrer Verfolger hinter sich.

»Zu Hilfe!«, schrie sie, aber ihre Stimme klang schwach, als würde sie durch ein Tuch gedämpft.

Nach fünfzig Metern bog sie nach links in eine andere Gasse ein, dann nach rechts und wieder nach links, ohne darauf zu achten, wohin sie lief, nur von dem Wunsch getrieben, wegzukommen. Schwere Holztüren befanden sich auf beiden Seiten, und einmal hielt sie an und hämmerte gegen eine, aber niemand reagierte. Sie rannte sofort weiter, aus Angst, die Männer würden herankommen, wenn sie länger wartete. Das Geräusch der Schritte ihrer Verfolger schien von allen Seiten zu kommen, und ihr Hall wurde von den engen Gassen verstärkt und verzerrt, sodass es schien, als näherten sie sich nicht nur von hinten, sondern gleichzeitig auch von vorn. Sie hatte jedes Orientierungsgefühl verloren. In ihrem Kopf hämmerte es, und ihr war schlecht vor Angst.

Sie hastete weiter, endlos, wie ihr schien, und lief im Zickzack immer tiefer in das Labyrinth von Gassen hinein, bis sie schließlich auf einen sonnenüberfluteten Platz kam, von dem in alle Richtungen Straßen abgingen. Eine Palme stand in seiner Mitte, in deren Schatten ein alter Mann saß. Sie lief zu ihm hinüber.

»Bitte«, flehte sie. »Können Sie mir helfen?« Der Mann sah auf. Seine Augen waren milchig weiß. Er streckte die Hand aus.

»Bakschisch«, sagte er. »Bakschisch.«

»Nein«, zischte sie verzweifelt. »Kein Bakschisch. Helfen Sie mir!«

»Bakschisch«, wiederholte er und packte sie am Ärmel. »Gib Bakschisch.«

Sie versuchte, sich loszumachen, aber seine Finger krallten sich wie Klauen an ihrer Bluse fest.

»Bakschisch, Bakschisch!«

Dann ertönte ein Ruf und schnelles Fußgetrappel. Außer sich vor Angst, sah sie auf. Vier Straßen führten auf den Platz, einschließlich der, aus der sie gekommen war. Sie sah von einer zur anderen und versuchte festzustellen, aus welcher Richtung die Geräusche kamen. Inzwischen hallte der ganze Platz von lauten schnellen Schritten wider, als schlüge jemand eine Trommel. Einen Augenblick lang blieb sie wie erstarrt stehen und konnte sich nicht entscheiden, welche Richtung sie einschlagen sollte. Plötzlich jedoch verlieh ihr die Angst unerwartete Kräfte, sie riss sich von dem Blinden los und rannte in der entgegengesetzten Richtung, aus der sie gekommen war, davon. Doch gerade als sie auf diese Straße zulief, sah sie zwei schwarzbärtige Männer um eine Ecke direkt auf sie zukommen. Sie schlug einen Haken und lief in Richtung einer der anderen Straßen, wechselte dann aber instinktiv erneut die Richtung und rannte auf die Straße zu, aus der sie gekommen war.

Dort blieb sie stehen und blickte schwer atmend zurück. Gegenüber liefen die beiden schwarz gekleideten Männer auf den Platz. Sie entdeckten sie, verlangsamten ihre Schritte und sahen nach rechts zu der Straße, die sie ursprünglich hatte nehmen wollen. Einen Moment lang geschah nichts, dann tauchte eine riesige Gestalt auf, derselbe Mann, den sie in Sakkara und vor ihrem Hotel gesehen hatte. Sein Anzug war zerknittert, und sein fleckiges Gesicht glänzte vor Schweiß. Einen Moment lang hielt er inne und starrte sie schwer atmend an, dann griff er in seine Tasche und zog etwas heraus, das wie eine kleine Maurerkelle aussah.

»Wo ist es?«, fauchte er, auf sie zugehend. »Wo ist das Stück?«

»Ich weiß nicht, was Sie meinen«, stieß Tara mit erstickter Stimme hervor. »Ich bin nicht die Person, nach der Sie suchen.«

»Wo ist es?«, wiederholte er. »Das fehlende Stück. Die Hieroglyphen. Wo sind sie?«

Er hatte inzwischen die Hälfte des Platzes überquert und war fast bei der Palme angelangt.

»Bakschisch!«, flehte der Blinde, griff nach dem Leinenjackett des Riesen und erwischte einen Zipfel davon. »Bakschisch.«

Der Riese versuchte, ihn abzuschütteln, was ihm jedoch nicht gelang. Er fluchte, hob die Kelle und stieß sie auf die Nase des Blinden herab. Ein lautes knackendes Geräusch ertönte, wie das Brechen von Zweigen, und ein ohrenbetäubender Schmerzensschrei. Tara hatte genug gesehen. Sie wandte sich um und flüchtete. Hinter ihr dröhnten die Schritte ihrer Verfolger.

Wie von Furien gehetzt rannte sie weiter, nach links durch einen Torbogen in eine überdachte Gasse hinein, die zu einem Hof voller Frauen führte, die Wäsche wuschen. Sie hastete an ihnen vorbei und schlüpfte durch ein Tor auf eine Straße hinaus. Hier waren mehr Leute. Sie erreichte eine andere Straße, und plötzlich waren überall Menschen, Läden und Verkaufsstände. Einen Moment lang hielt sie inne, schnappte nach Luft und lief dann weiter. Fast im gleichen Augenblick wurde sie von starken Händen gepackt und herumgerissen.

»Nein!«, schrie sie. »Nein! Lassen Sie mich los.« Sie wehrte sich und schlug mit den Fäusten um sich.

»Tara!«

»Loslassen!«

»Tara!«

Sie sah auf. Es war Daniel. Direkt hinter ihm, überragt von den beiden Minaretten, die sich in den blassen Nachmittagshimmel erhoben, stand das steinerne Tor, durch das sie zu seinem Hotel gegangen waren. Sie war im Kreis gelaufen.

»Sie wollen mich umbringen«, keuchte sie. »Sie wollen mich umbringen, und ich glaube, sie haben auch Dad umgebracht.«

»Wer? Wer versucht, dich umzubringen?«

»Die.«

Sie drehte sich um und deutete mit dem Finger zurück. Die Straße jedoch war so dicht mit Menschen bevölkert, dass es unmöglich gewesen wäre, ihre Verfolger auszumachen, selbst wenn sie darunter gewesen wären. Einen Moment lang ließ sie suchend den Blick über die Menge schweifen, dann wandte sie sich zu Daniel um, vergrub das Gesicht an seiner Schulter und klammerte sich an ihn.

LUXOR

Als Khalifa vom Hatschepsut-Tempel fortging und darüber nachdachte, was Sulieman gesagt hatte, kam er an ein paar Jungen vorbei, die auf Kamelen von Dra Abu el-Naga zurückritten. Sie lachten, hieben mit Stöcken auf die Tiere ein und trieben die widerspenstigen Geschöpfe mit dem traditionellen Ruf der Kameltreiber an: *»Yallabesera! Yalla nimsheh!«* (Los, beeilt euch! Weiter!) Er drehte sich um, und plötzlich schien sich die Gegenwart zu verflüchtigen, und er war selbst wieder ein Kind, zusammen mit seinem Bruder Ali in den Ställen von Gizeh, bevor alles zusammengebrochen war.

Khalifa wusste nicht genau, wann sich sein Bruder Sayf al-Tha'r angeschlossen hatte. Es war kein plötzlicher Übertritt gewesen. Eher eine graduelle Annäherung, ein langsames Hinweggleiten, das ihn unerbittlich von seinen Freunden und seiner Familie entfernt und in die Arme der Gewalttäter getrieben hatte. Wenn Khalifa die Veränderung seines Bruders früher bemerkt hätte, hätte er vielleicht etwas tun können. Aber er hatte nichts bemerkt. Oder er hatte sich zumindest einzureden versucht, dass alles nicht so schlimm war, wie es schien. Darum war Ali gestorben. Seinetwegen.

Der Islam war immer Teil ihres Lebens gewesen, und wie jedem großen Glauben haftete auch ihm ein Element des Zorns an.

Khalifa erinnerte sich, wie der Imam in ihrer heimatlichen Moschee bei der Freitagskhutbar gegen die Zionisten, die Amerikaner und die ägyptische Regierung gewettert und davor gewarnt hatte, dass die *kufr* versuchten, die Ummah, die moslemische Gemeinschaft, zu zerstören. Zweifellos war die Saat seiner Worte bei Ali auf fruchtbaren Boden gefallen.

Um ehrlich zu sein, war auch Khalifas Geist davon nicht verschont geblieben, denn vieles, was der Imam sagte, entsprach der Wahrheit. Es gab tatsächlich Bosheit und Verderbnis in der Welt. Es war wirklich unverzeihlich, was den Palästinensern angetan wurde. Die Armen und Bedürftigen wurden ignoriert, während die Reichen sich die Taschen füllten.

Khalifa war jedoch nie in Versuchung geraten, zwischen diesen Tatsachen und der Anwendung von Gewalt eine Verbindung herzustellen. Ali hingegen hatte allmählich begonnen, diese Brücke zu schlagen.

Es hatte ganz harmlos angefangen. Mit Unterhaltungen, Lektüre und gelegentlichen Treffen. Er begann, an Versammlungen teilzunehmen, Flugblätter zu verteilen, sogar öffentliche Reden zu halten. Er verbrachte immer weniger Zeit mit seinen Geschichtsbüchern und immer mehr mit religiösen Werken.

»Was ist Geschichte ohne Wahrheit«, sagte er einmal zu Khalifa. »Und Wahrheit ist nicht in den Taten von Menschen zu finden, sondern im Wort Gottes.«

Vieles von dem, was er getan hatte, war gut gewesen. Deshalb war Khalifa überzeugt, dass die Veränderung, die mit ihm vorging, zu keiner Besorgnis Anlass gab. Er sammelte Geld für die Armen, brachte Kindern das Lesen bei und lieh denjenigen eine Stimme, die sonst nicht gehört wurden.

Dennoch ließ sich allmählich eine Verschärfung in seiner Rhetorik feststellen, ein Aufwallen der Wut, die in ihm brodelte. Er kam mit fundamentalistischen Organisationen in Kontakt, trat zuerst einer, dann der nächsten bei, jede neue war ein bisschen extremer als die alte, er wurde immer tiefer in den Strudel hineingerissen, und die Grenze zwischen Glauben und Wut verwischte sich immer mehr. Bis er schließlich unvermeidlich bei Sayf al-Tha'r landete.

Sayf al-Tha'r. Der Name war wie ein Brandzeichen in Khalifas Geist eingeprägt. Er war es, der Ali verdorben hatte. Er hatte ihn an dem schrecklichen Tag vor vierzehn Jahren in den Tod geschickt.

Und mit dem Fall, den er gerade bearbeitete, hatte sich der Kreis nun geschlossen. Jetzt untersuchte er nicht nur einen Mordfall. Jetzt wollte er auch einen Mord rächen. Sayf al-Tha'r. Er hatte gewusst, dass er es war. Er hatte es gewusst. Die Vergangenheit holte einen immer ein, egal, wie schnell man vor ihr davonzulaufen versuchte.

Ein schrilles Geräusch riss ihn in die Gegenwart zurück. Er fand sich auf der Straße wieder, und ein Touristenbus raste laut hupend auf ihn zu. Er sprang zur Seite und sah sich nach den Kamelreitern um, aber sie waren verschwunden. Er ließ den Bus vorbeifahren, zündete sich eine Zigarette an und setzte seinen Weg auf der in der Mittagshitze flimmernden Straße fort.

KAIRO

»Ich hätte dich nicht allein lassen dürfen«, sagte Daniel.

»Heute Morgen oder vor sechs Jahren?«

Er sah sie an.

»Ich dachte vor allem, heute Morgen.«

Sie waren wieder in seinem Hotelzimmer. Tara saß mit angezogenen Beinen auf der Couch. Daniel stand am Fenster. Sie hatte ein Glas Whiskey getrunken, aber die vergangenen Ereignisse waren noch so frisch in ihrem Gedächtnis, dass sie am ganzen Leib zitterte.

»Ich hatte eine Verabredung im Museum«, fuhr er fort. »Es hat länger gedauert, als ich dachte. Ich hätte dich vor den Seitenstraßen in dieser Gegend warnen sollen. Sie können für Fremde gefährlich sein, vor allem für Frauen. Es gibt Diebe, Taschendiebe ...«

»Das waren keine Taschendiebe«, sagte Tara und lehnte die Stirn an die Knie. »Ich kannte sie.«

Daniel zog die Augenbrauen hoch.

»Zumindest einen von ihnen. Ich habe ihn an dem Tag in Sakkara gesehen, als ich Dads Leiche fand. Und später im Hotel. Es ist kein Ägypter.«

»Du behauptest also, dass dich jemand absichtlich verfolgt?«

»Ja.«

Er schwieg einen Moment, kam dann zum Sofa herüber, setzte sich und nahm ihre Hand.

»Hör zu, Tara. Du hast schlimme Tage hinter dir. Zuerst dein Vater, dann das. Vielleicht liest du zu viel in die Dinge hinein ...«

Sie entriss ihm ihre Hand.

»Behandle mich nicht so gönnerhaft, Daniel. Das sind keine hysterischen Fantasien. Dieser Mann verfolgt mich. Ich weiß nicht warum, aber er verfolgt mich.«

Sie stand auf und ging zum Fenster hinüber, stellte sich an den Platz, an dem Daniel gestanden hatte, und sah über das Gewirr der Dächer hinaus. Die Luft war heiß, und sie spürte, wie ihr kleine Schweißbäche über die Brust liefen.

»Er sagte etwas von einem fehlenden Stück und hat mich immer wieder gefragt, wo es sei. Er scheint zu glauben, ich hätte etwas, was ihm gehört. Gott weiß, was das sein soll, aber er nimmt offensichtlich an, dass ich es habe.«

Sie drehte sich um.

»Und er glaubt, mein Vater hätte es gehabt. Er war im Grabungshaus. Möglicherweise auch in der Wohnung meines Vaters. Wo er Zigarrenrauch hinterlassen hat. Da ist etwas im Gang, Daniel. Das musst du mir glauben. Etwas Schlimmes.«

Er sagte nichts, saß nur auf der Couch und starrte sie an. Er zog einen Zigarrenstumpen aus der Hemdtasche und zündete ihn an.

»Da ist etwas im Gang«, wiederholte sie und wandte sich wieder ab. »Bitte, glaub mir.«

Es folgte ein kurzes Schweigen, dann hörte sie, wie er aufstand und zu ihr herüberkam. Er legte eine Hand auf ihre Schulter. Sie schüttelte sie ab, aber er legte sie wieder darauf, und diesmal ließ sie ihn gewähren. Sie spürte seine Kraft, die sich durch seine Handfläche übertrug.

»Ich glaube dir, Tara«, sagte er sanft.

Er drehte sie herum und nahm sie in die Arme. Einen Moment lang wehrte sie sich, aber nur kurz. Er strahlte so viel Stärke, solche Sicherheit aus. Sie vergrub das Gesicht an seiner Schulter, und Tränen stiegen ihr in die Augen.

»Ich weiß nicht, was ich tun soll, Daniel. Ich weiß nicht, was hier vor sich geht. Jemand versucht, mich umzubringen, und ich weiß noch nicht einmal, warum. Ich hab versucht, es den Leuten in der Botschaft zu erzählen, aber sie haben mir nicht geglaubt. Sie denken, ich bilde mir das alles nur ein, aber das tue ich nicht. Bestimmt nicht.«

»Schon gut, schon gut«, sagte er. »Es wird alles wieder gut.«

Er nahm sie fester in den Arm, und sie ließ ihn gewähren, obwohl sie wusste, wie gefährlich es war, ihm so nahe zu sein. Doch sie konnte sich nicht dagegen wehren. Von draußen war lautes Hupen zu hören, als sich ein Auto seinen Weg durch die Menge bahnte. So blieben sie einige Zeit stehen, bevor er sie vorsichtig zurückschob und mit dem Finger ihre Tränenspuren abwischte.

»Es waren drei, hast du gesagt.«

Sie nickte.

»Zwei Ägypter und ein Weißer. Der Weiße ist riesig und hat ein Muttermal im Gesicht. Wie gesagt, ich hab ihn schon vorher gesehen. In Sakkara und vor meinem Hotel.«

»Erzähl mir noch mal, was er gesagt hat.«

»Er hat mich gefragt, wo es sei. Er hat immer wieder gesagt: ›Wo ist es? Wo ist das fehlende Stück?‹«

»Das war alles?«

»Er sagte auch irgendwas von Hieroglyphen.«

Daniel kniff die Augen zusammen.

»Hieroglyphen?«

»Ja. Er sagte: ›Wo sind sie? Wo sind die Hieroglyphen?‹«

»Er hat eindeutig dieses Wort gesagt? Hieroglyphen? Bist du sicher?«

»Ziemlich. Es war alles so unwirklich.«

Er zog langsam an der Zigarre, und graublauer Rauch kräuselte sich um seine Mundwinkel.

»Hieroglyphen?«, sagte er mehr zu sich als zu ihr. »Hieroglyphen? Was für Hieroglyphen?«

Er zog wieder an seiner Zigarre und ging durch den Raum.

»Du hast nichts gekauft, seit du nach Ägypten gekommen bist? Keine antiken Gegenstände oder dergleichen?«

»Dazu hatte ich keine Zeit.«

»Und du sagst, dieser Mann sei im Grabungshaus deines Vaters gewesen?«

»Ja. Dessen bin ich mir sicher.«

Er schwieg, rieb sich die Schläfen und dachte nach. Eine Wespe flog durchs Fenster und ließ sich auf dem Rand von Taras Glas nieder. Schweigen.

»Also, offensichtlich glauben sie, du hättest etwas, was ihnen gehört«, sagte er schließlich. »Und vermutlich glauben sie das, weil es sich ihrer Meinung nach zuvor im Besitz deines Vaters befand. Wir müssen also zwei Fragen beantworten: Erstens, worum handelt es sich bei dem Gegenstand? Und zweitens, warum glauben sie, dass ihn zuvor dein Vater hatte?«

Er ging zur Couch hinüber und ließ sich, tief in Gedanken versunken, darauf nieder. Sie erinnerte sich an ähnliche Momente aus ihrer gemeinsamen Zeit, als er wie in Trance über ein Problem nachdachte, als sein Geist wie eine Maschine arbeitete, sein Gesichtsausdruck war halb zu einer Grimasse, halb zu einem Lächeln verzogen, als bereite der Vorgang ihm Schmerzen und gleichzeitig dennoch Genuss. Er schwieg eine Weile, bevor er wieder aufstand.

»Komm mit.«

Er nahm seine Zigarre und ging zur Tür.

»Wohin? Zur Polizei?«

Er stöhnte auf.

»Nicht, wenn du Antworten haben willst. Sie nehmen einfach eine Aussage auf und vergessen sie dann. Ich kenne die Burschen.«

»Wohin dann?«

»Nach Sakkara. Zum Grabungshaus deines Vaters. Da fangen wir an. Kommst du?«

Sie sah ihm in die Augen. Es stand so viel darin zu lesen – Kraft, Entschlossenheit, Stärke. Doch auch noch etwas anderes. Etwas, das sie noch nie an ihm gesehen hatte. Es dauerte einen Moment, bevor sie es erriet: Schuldgefühle.

»Ja«, antwortete sie und folgte ihm in den Gang hinaus. »Ich komme.«

LUXOR

Auf dem Heimweg von Deir el-Bahri machte Khalifa Halt, um Dr. Masri al-Masri zu besuchen, den zuständigen Direktor für die antiken Altertümer von West-Theben.

Al-Masri war eine Legende im Dienst der Behörde. Er war als junger Mann eingetreten, und da er inzwischen fast siebzig Jahre zählte, hätte er eigentlich einen höheren Rang bekleiden müssen als den, den er tatsächlich einnahm. Mehrmals waren ihm höhere Posten angetragen worden, einschließlich der Leitung der gesamten Behörde. Aber er hatte immer abgelehnt. Er stammte aus dieser Gegend und spürte eine tiefe Verbundenheit mit ihren Bauwerken. Er hatte sein Leben ihrer Erhaltung und ihrem Schutz verschrieben, und obwohl er formell keinen akademischen Titel besaß, wurde er von jedermann, sowohl aus Respekt wie aus Furcht, als »der Doktor« bezeichnet. Al-Masris Zorn, so wurde behauptet, sei schlimmer als der von Seth, dem Donnergott.

Er war in einer Besprechung, als Khalifa ankam, daher setzte sich der Inspektor vor dem Büro an eine Wand, zündete sich eine Zigarette an und betrachtete eine Gruppe Touristen, die zwischen den Überresten des Todestempels von Amenhotep II.

herumwanderte. Hinter ihm drangen die Laute eines heftigen Streits nach draußen.

Früher wollte er einmal selbst in den Dienst der Behörde eintreten. Und er hätte es auch getan, wenn ihnen Ali nicht genommen worden wäre und er nicht für seine Mutter hätte sorgen müssen. Er besuchte damals die Universität und hatte noch eine Weile versucht, seine Studien fortzusetzen und nebenbei Geld als Touristenführer zu verdienen. Es hatte jedoch nicht gereicht, vor allem dann nicht mehr, als er kurz darauf Zenab heiratete und sie mit ihrem ersten Kind schwanger wurde.

Deshalb hatte er die Ägyptologie aufgegeben und war stattdessen in den Polizeidienst getreten. Seine Mutter und Zenab hatten ihn beide angefleht, es nicht zu tun, ebenso sein Lehrer Professor al-Habibi, aber er sah keine andere Möglichkeit, seiner Familie ein ordentliches Auskommen zu sichern. Die Bezahlung war nicht gerade glänzend, aber besser als die eines Anwärters auf den Posten eines Inspektors bei der Antikenverwaltung. Außerdem bot der Polizeidienst eine gewisse Sicherheit für dic Zukunft.

Damals war er traurig gewesen. Und er war es in gewisser Weise immer noch. Es wäre schön gewesen, inmitten der Altertümer und Monumente zu arbeiten, die er so liebte. Trotzdem hatte er es nie bereut, dass bei der Entscheidung seine geliebte Familie den Ausschlag gegeben hatte. Außerdem unterschied sich die Arbeit eines Archäologen gar nicht so sehr von der eines Ermittlers. Beide folgten Spuren, analysierten Beweismaterial und lösten Rätsel. Der einzige Unterschied bestand darin, dass die Funde des Archäologen wundervoll waren und die des Polizisten meistens schrecklich.

Er nahm einen Zug von seiner Zigarette. Der Streit hinter ihm wurde lauter. Ein hämmerndes Geräusch war zu hören, als schlüge jemand mit der Faust auf den Tisch, und dann flog plötzlich die Tür von al-Masris Büro auf und ein drahtiger Mann in einer schmutzigen Galabija kam heraus. Er drehte sich kurz um und schrie: »Ich hoffe, ein Hund scheißt auf Ihr Grab!«, bevor er wütend und heftig gestikulierend aus dem Gebäude stürmte.

»Und ich hoffe, auf deines scheißen zwei!«, bellte ihm al-Masri hinterher. »Und pissen außerdem noch drauf!«

Khalifa lächelte, warf seine Zigarette weg und erhob sich. Die Tür stand offen, und er steckte den Kopf ins Büro.

»Ya Doktora?«

Der alte Mann saß hinter einem kleinen Schreibtisch aus Sperrholz, auf dem hohe Papierstapel aufgetürmt waren. Er war groß und schlank, hatte dunkle Haut und lockiges, kurz geschnittenes Haar – ein typischer Sudanese oder Oberägypter. Er sah auf.

»Khalifa«, brummte er. »Kommen Sie rein, kommen Sie rein.«

Er trat ein, und al-Masri deutete auf einen der Sessel, die an der Wand standen.

»Verdammter Bauerntölpel«, zischte er und machte mit dem Kopf ein Zeichen in Richtung Tür. »Da finden wir auf seinen Feldern was, das wie die Verlängerung von Sethos Grabtempel aussieht, und er will umpflügen und Molocchia darauf anpflanzen.«

»Ein Mann muss essen.«

»Nicht, wenn das bedeutet, unsere Geschichte zu zerstören. Soll er doch hungern, der ignorante Barbar.«

Er schlug auf den Tisch und fegte damit einen Papierstoß zu Boden. Er bückte sich, um ihn wieder aufzuheben.

»Tee?«, fragte er von unten herauf.

»Gern.«

Er rief, und ein junger Mann trat ein. »Bring uns ein paar Gläser Tee, Mahmoud.«

Er ordnete die Papiere, legte sie auf einen Stoß, dann auf einen anderen, dann teilte er den Stoß und legte jede Hälfte auf verschiedene Stapel, bevor er schließlich eine Schublade öffnete und sie hineinstopfte.

»Zum Teufel damit. Ich werde das verdammte Zeug ohnehin nicht lesen.«

Er lehnte sich zurück, faltete die Hände hinter dem Kopf und sah Khalifa an.

»Also, was kann ich für Sie tun? Sie wollen mich um einen Gefallen bitten, stimmt's?«

Der Doktor kannte Khalifas Werdegang und neckte ihn gern

deswegen, wenn auch auf freundliche Weise. Obwohl er das nie ausdrücklich gesagt hatte, bewunderte er den Inspektor.

Er war einer der wenigen Leute, die er kannte, deren Leidenschaft für die Vergangenheit der seinen nahe kam.

»Nicht unbedingt«, antwortete Khalifa lächelnd.

Er erzählte ihm von dem Mord an Abu Nayar. Al-Masri hörte schweigend zu und knackte hinter dem Kopf mit den Fingerknöcheln.

»Ich nehme an, Sie haben nichts gehört«, fügte er hinzu, als er fertig war.

Der alte Mann schnaubte.

»Natürlich habe ich nichts gehört. Wenn hier in der Gegend ein neuer Fund gemacht wird, sind wir immer die Letzten, die davon erfahren. Selbst auf dem Mond ist man besser informiert.«

»Aber es besteht die Möglichkeit, dass etwas gefunden wurde.«

»Natürlich ist das möglich. Ich würde sagen, dass wir nur etwa zwanzig Prozent von den Überresten des alten Ägyptens entdeckt haben. Vielleicht noch weniger. Die thebanischen Hügel sind voller unentdeckter Gräber. Noch in fünfhundert Jahren wird man welche finden.«

Mahmoud kam mit dem Tee zurück.

»Ich glaube, es könnte sich um etwas Großes handeln«, sagte Khalifa, nahm ein Glas von dem Tablett und trank einen Schluck. »Etwas, wofür Leute bereit sind, zu töten, um Näheres zu erfahren. Oder um das Geheimnis zu wahren.«

»Hier gibt's Leute, die schon für ein paar Scherben morden würden.«

»Nein, es steckt mehr dahinter. Die Leute haben Angst. Wir haben alle Antikenhändler von Luxor verhört, und alle haben vor Angst die Hosen voll. Es muss sich um etwas Wichtiges handeln.«

Der alte Mann nahm seinen Tee und nippte daran. Er wirkte gelassen, aber Khalifa merkte, dass er interessiert war. Er nahm noch einen Schluck, stellte dann das Glas ab, stand auf und begann, im Raum herumzuwandern.

»Interessant«, sagte er gedankenverloren. »Sehr interessant.«

»Haben Sie eine Ahnung, worum es sich handeln könnte? Um ein Königsgrab?«

»Hm. Nein, wahrscheinlich nicht. Ganz und gar unwahrscheinlich. Die meisten der großen Grabstätten sind schon bekannt, außer denen von Tutmosis II. und Ramses VIII. Und möglicherweise von Semenchkare, wenn Sie glauben, dass die Leiche in KV55 Echnaton war, was ich persönlich nicht tue.«

»Ich dachte, das Grab von Amenhotep I. sei noch nicht gefunden worden.«

»Unsinn, er wurde in KV39 beigesetzt, wie jeder vernünftige Archäologe weiß. Aber egal, der springende Punkt ist doch, dass, wenn es sich um eine große königliche Grabstätte handeln würde, sie sich sicherlich im Tal der Könige befände, und dort lässt sich kein neuer Fund verheimlichen, wie viele Leute man deswegen auch umbringen würde. Der Ort ist so mit Touristen voll gestopft, dass man sich kaum bewegen kann.«

Seine Hände waren auf dem Rücken gefaltet, und er ließ langsam die Daumen kreisen. Gelegentlich leckte er sich mit der Zunge über die Unterlippe.

»Wie steht's mit dem Westtal?«, fragte Khalifa und bezog sich auf eine kleinere, wenig besuchte Schlucht, die etwa in der Mitte vom Haupttal abzweigte.

»Sicher, da ist weniger los«, räumte al-Masri ein. »Aber dennoch würden wir es erfahren, wenn dort etwas gefunden worden wäre. So abgelegen ist das nun auch wieder nicht.«

»Ein Mumienversteck?«

»Aber es gibt keine Mumienverstecke mehr. Zumindest keine von großen Persönlichkeiten, abgesehen von ein paar späteren Ramses-Pharaonen, und unter denen ist meines Wissens keiner, für den es sich zu morden lohnte.«

»Dann ein unbedeutenderes königliches Grab. Ein Prinz. Eine Prinzessin. Eine königliche Nebenfrau.«

»Wie schon gesagt, sie wären im Tal der Könige oder im Tal der Königinnen begraben worden. Irgendwo in der Nähe des Zentrums der Nekropole. Diese Leute blieben gerne nahe beieinander.«

Khalifa beugte sich vor und zündete sich eine Zigarette an. »Ein wichtiger Beamter? Ein Würdenträger?«

»Schon eher möglich«, gab der alte Mann zu. »Obwohl es mich überraschen würde. Fast alle Gräber von wichtigen Beamten, die wir je entdeckt haben, waren entweder im Tal der Könige oder in der Nähe davon. Zu nahe, als dass heimliche Ausgrabungen wahrscheinlich wären. Und diese Grabstätten enthalten selten etwas Wertvolles. Historisch wertvoll, sicher, aber kein Gold oder dergleichen. Oder zumindest nicht so viel, dass es sich lohnen würde, dafür jemanden zu töten. Die einzigen Ausnahmen waren Yuya und Tjuya, aber das waren Einzelfälle.«

Er blieb vor dem Fenster stehen und drehte langsam die Daumen, bis sie fast zum Stillstand kamen.

»Ich weiß nicht, was ich davon halten soll, Khalifa. Dass jemand ein Grab entdeckt, ist ja an sich nicht überraschend. Wie ich schon gesagt habe, die Hügel sind voll von den verdammten Dingern. Aber dass jemand ein Grab entdeckt, dessen Inhalt so wertvoll ist, dass es sich lohnt, dafür zu morden, und dass dieses Grab so abseits der ausgetretenen Pfade liegt, dass es sich vollkommen geheim halten lässt, das ist ungewöhnlich.«

»Sie haben also keinen Hinweis?«

»Nicht den geringsten. Natürlich gibt es Geschichten von sagenhaften Schätzen, die droben in den Hügeln vergraben sein sollen. Die Priester von Karnak sollen das ganze Tempelgold dort versteckt haben, um es nicht in die Hände der einfallenden Perser geraten zu lassen. Mindestens zehn Tonnen von dem Zeug. Aber das sind Ammenmärchen. Nein, Inspektor, ich fürchte, ich tappe genauso im Dunkeln wie Sie.«

Der Doktor kehrte zu seinem Schreibtisch zurück und ließ sich schwerfällig dahinter nieder. Khalifa trank seinen Tee aus und erhob sich. Seit vorletzter Nacht hatte er nicht mehr geschlafen und fühlte sich plötzlich erschöpft.

»Also gut«, sagte er. »Aber wenn Ihnen etwas zu Ohren kommt, geben Sie mir Bescheid. Und bitte keine dilettantischen Schnüffeleien! Hier geht's um Polizeiarbeit.«

Der alte Mann machte eine wegwerfende Geste.

»Glauben Sie im Ernst, ich stiefle auf eigene Faust in den Hügeln herum, um Ihr verdammtes Grab zu finden?«

»Genau das glaube ich«, antwortete Khalifa lächelnd und warf dem alten Mann einen liebevollen Blick zu.

Al-Masri funkelte ihn kurz verärgert an und brach dann in ein sarkastisches Lachen aus.

»Na schön, Inspektor. Ganz, wie Sie wollen. Wenn ich etwas höre, sind Sie der Erste, der davon erfährt.«

Khalifa ging zur Tür.

»*Ma'a salama,* Doktor. Friede mit Ihnen.«

»Und mit Ihnen, Inspektor. Doch wenn es stimmt, was Sie mir von diesem Fall erzählt haben, werden Sie wohl so schnell keinen Frieden finden.«

Khalifa nickte und ging hinaus.

»Oh, Inspektor«, rief ihm al-Masri nach. Khalifa steckte den Kopf durch die Tür.

»Wenn Sie mich je um einen Gefallen bitten möchten, wäre ich überglücklich, Ihnen einen zu tun. Guten Tag.«

17

Sakkara

Sie nahmen ein Taxi und fuhren etwa den gleichen Weg nach Sakkara wie Tara zwei Tage zuvor. Sie trafen Hassan zwar nicht an, den Mann, mit dem zusammen sie die Leiche ihres Vaters entdeckt hatte, aber einer seiner Kollegen erkannte sie und gab ihr den Reserveschlüssel zum Grabungshaus.

Nachdem sie an der Böschung entlanggefahren waren, hielten sie vor dem Gebäude, sagten dem Fahrer, dass er warten solle, und gingen hinein.

Im Inneren war es dunkel und kühl. Daniel öffnete ein paar Fenster, um Licht einzulassen. Sie sah sich traurig um, betrachtete die weiß gestrichenen Wände, die abgewetzten Sofas, die schiefen Bücherregale und dachte, wie glücklich ihr Vater hier gewesen war und dass das Haus in gewissem Sinn nun auch ein Teil ihres Lebens geworden war. Sie wischte sich mit dem Ärmel über die Augen und wandte sich zu Daniel um, der einen gerahmten Druck an der Wand betrachtete.

»Wonach suchen wir eigentlich?«, fragte sie.

»Keine Ahnung«, antwortete er achselzuckend. »Nach allem, was alt aussieht. Mit Hieroglyphen drauf.«

Er ging zu einem Bücherregal, um es durchzusehen. Tara warf ihre Tasche auf einen Stuhl und schlenderte in einen der Räume, die von dem Hauptraum abgingen. In einer Ecke stand ein schmales Bett, ein Schrank, und an der Tür hing eine alte abgenutzte Safari-Jacke. Sie griff in eine der Taschen und zog die Brieftasche ihres Vaters heraus.

»Das ist Dads Zimmer«, rief sie.

Er kam herüber, und gemeinsam sahen sie seine Sachen durch. Es waren nicht viele, nur ein paar Kleidungsstücke, eine Kameraausrüstung, ein paar Notizbücher und neben dem Bett ein in Leder gebundenes Tagebuch. Die Einträge waren kurz und nichts sagend und beschäftigten sich hauptsächlich mit dem Fortgang der Arbeiten. Mehrmals wurde Tara erwähnt – die als »T« bezeichnet wurde –, das letzte Mal am Tag vor ihrer Ankunft in Ägypten, dem letzten Tag seines Lebens:

> *Morgens Kairo. Konferenz in Amerikanischer Uni bezügl. Lehrplan nächstes Jahr. Lunch in Antikenverwaltung. Nachmittags Einkauf in Khanal-Khalili für Ts Ankunft. Spätnachmittags nach S. zurück.*

Das war alles. Nichts, was irgendein Licht auf die jüngsten Ereignisse geworfen hätte. Sie legten das Tagebuch weg.

»Vielleicht haben sie bereits gefunden, wonach sie gesucht haben?«, sagte sie.

»Das bezweifle ich. Warum hätten sie dich dann jagen sollen?«

»Woher wissen wir dann, dass es hier und nicht in Kairo ist?«

»Das wissen wir ja nicht. Ich schätze einfach nur, dass dein Vater dieses Ding, was immer es auch ist, nur ein paar Tage lang besessen hat. Und da er während der letzten drei Monate hier gelebt hat, erscheint es sinnvoll, mit der Suche hier anzufangen. Sieh in den anderen Schlafzimmern nach.«

Sie verbrachten eine halbe Stunde damit, jede Schublade und jeden Schrank zu durchsuchen. Sie knieten sich sogar nieder, um einen Blick unter die Betten zu werfen. Aber ohne Erfolg. Abgesehen von der Kameraausrüstung ihres Vaters gab es nichts, was für einen normalen Dieb von Interesse gewesen wäre.

»Ich muss mich wohl getäuscht haben«, sagte Daniel schließlich entmutigt.

Tara befand sich gerade in einem der Schlafzimmer. Während der Suche hatte sie das Adrenalin in ihren Adern gespürt.

Doch jetzt, da alles vergeblich war, fühlte sie sich plötzlich niedergeschlagen. Der Schmerz über den Tod ihres Vaters, den sie kurzzeitig vergessen hatte, kam zurück, intensiver denn je, und ein überwältigendes Gefühl der Trauer und Hilflosigkeit bemächtigte sich ihrer. Sie strich sich mit den Fingern durchs Haar, ließ sich aufs Bett fallen und lehnte sich gegen ein Kissen. Hinter ihr knirschte etwas. Sie setzte sich auf und hob das Kissen hoch. Ein gefaltetes Papyrus-Blatt lag auf dem Laken, auf dem mit schwarzer Tinte ihr Name geschrieben stand. Sie öffnete es und las.

»Daniel«, rief sie. »Komm her und sieh dir das an.«

Er kam herein, und sie reichte ihm das Blatt. Er las vor:

Eins aus acht, das erste Glied der Kette,
Von Zeichen zu Zeichen, wie man über Steine hüpft,
Und am Ende ein Preis, verborgen.
Doch ist das ein Schatz oder nur altes Gebein?
Die Götter helfen, wenn du demütig fragst,
Imhotep vielleicht oder Isis oder Seth,
Doch ich würde lieber im engern Umkreis suchen,
Denn keiner weiß mehr als der alte Mariette.

»Bist du nicht ein bisschen zu alt zum Schatzsuchen?«

»Als ich fünfzehn war, hat Dad eine Spur gelegt und mich auf Schatzsuche geschickt«, antwortete Tara traurig lächelnd in Erinnerung daran. »Es war eines der wenigen Male, dass ich wirklich das Gefühl hatte, er macht sich etwas aus mir. Ich glaube, auf diese Weise wollte er alte Wunden heilen lassen. Eine Art Friedensangebot.«

Daniel drückte ihre Schulter und betrachtete wieder den Papyrus.

»Ich frage mich bloß …«, sagte er.

»Meinst du vielleicht …«

»Dass der Schatz deines Dads das ist, wonach wir suchen? Keine Ahnung. Aber es lohnt sich sicher, das herauszufinden.«

Er ging in den Hauptraum zurück.

»Mariette ist Auguste Mariette«, sagte er über die Schulter nach hinten. »Einer der Gründerväter der Archäologie. Er hat viel hier in Sakkara gearbeitet. Das Serapeum entdeckt.«

Tara folgte ihm. Er stand vor dem Druck, den er zuvor angesehen hatte.

»Auguste Mariette«, sagte er und deutete auf das Bild, das einen bärtigen Mann im Anzug und mit traditioneller ägyptischer Kopfbedeckung zeigte. Er nahm den Rahmen von der Wand und drehte ihn um. Auf der Rückseite klebte ein weiterer zusammengefalteter Papyrus.

»Bingo.«

Seine Augen glänzten.

»Los«, sagte sie. »Mach ihn auf.«

Er nahm den Papyrus vom Rahmen und faltete ihn auf.

Eines Pharaos Königin, doch Pharaonin selbst,
Herrschte zwischen dem Gatten und seinem Sohn,
Nofretete hieß sie, ein schöner Name,
Und mit ihr war die Schöne gekommen.
Ketzerischer Gatte, verdammter Echnaton,
Von den Göttern verlassen, wie er die Götter verließ,
Sie lebten zusammen, aber wo lebte sie?
Vielleicht beantwortet ein Buch dir dies.

»Was zum Teufel soll das heißen?«

»Nofretete war die Hauptfrau des Pharaos Echnaton«, erklärte er. »Ihr Name bedeutet: Die Schöne ist gekommen. Nach dem Tod von Echnaton änderte sie ihren Namen in Samenchkare und regierte selbst als Pharaonin. Ihr folgte Tutanchamun auf den Thron, Echnatons Sohn von einer anderen Frau.«

»Natürlich«, brummte Tara.

»Spätere Generationen schmähten Echnaton, weil er die traditionellen Götter Ägyptens zu Gunsten der Verehrung eines einzigen Gottes aufgab: Aton. Er und Nofretete erbauten eine neue Hauptstadt, 200 Meilen südlich von hier. Sie hieß Achet-Aton, der Horizont des Aton, obwohl sie heute unter ihrem arabischen Namen Tell El-Amarna bekannt ist. Ich habe dort mal Grabungen durchgeführt.«

Er ging zum Bücherregal hinüber.

»Sieht so aus, als müssten wir ein Buch über El-Amarna finden.«

Sie trat neben ihn, und gemeinsam ließen sie den Blick über die Buchreihen gleiten. Es gab mehrere Titel, die den Namen Amarna trugen, aber in keinem der Bücher befand sich ein Hinweis. In einem der Schlafzimmer gab es ein weiteres Bücherregal, das sie ebenfalls ohne Erfolg durchsahen. Tara schüttelte frustriert den Kopf.

»Das ist wieder mal typisch Dad. Ich meine, wenn ich schon die Hinweise mit einem Ägyptologen nicht verstehe, welche Chance hätte ich wohl gehabt, wenn ich allein gesucht hätte! Er konnte nie verstehen, dass mich dieses ganze Zeug einfach nicht interessiert hat!«

Daniel hörte nicht zu. Er kauerte mit zusammengekniffenen Augen auf dem Boden.

»Wo hat sie gelebt?«, murmelte er. »Wo hat Nofretete gelebt?«

Plötzlich sprang er auf.

»Mist«, rief er. »Ich bin ein Idiot.«

Er eilte ins Wohnzimmer zurück, kniete sich vor dem Bücherregal nieder, ging mit dem Finger über die Buchreihen und zog einen dünnen Band heraus.

»Ich hab zu kompliziert gedacht«, sagte er. »Der Hinweis war wörtlicher gemeint, als er sich anhörte.«

Er hielt das Buch hoch und deutete auf den Titel: *Hier lebte Nofretete*. Ein stolzes Lächeln lag auf seinem Gesicht.

»Vermutlich das beste Buch, das je über Grabungsarbeiten geschrieben wurde. Von Mary Chubb. Ich habe sie kennen gelernt. Eine prachtvolle Person. Wollen mal nachsehen, welchen Hinweis es gibt.«

Das nächste Gedicht über die Dynastien des alten Ägyptens war leichter verständlich als das vorhergehende und führte sie zu einem Plakat in der Küche, auf dem Tutanchamun abgebildet war. Hinweis fünf befand sich in einer Amphore neben der Eingangstür, Nummer sechs steckte im Kaminabzug und Nummer sieben hinter dem Spülkasten der Toilette. Nummer acht schließlich fand sich in einer Rolle Zeichenpapier in einem Schrank des Hauptraumes. Inzwischen war ihre Erwartung aufs Äußerste gespannt. Das letzte Gedicht lasen sie gemeinsam, und dabei hatten sie es so eilig, die Bedeutung zu enträtseln, dass sie über die Wörter stolperten:

Der Letzte zuletzt, der Achte von acht,
Der Schwerste von allen, also streng dich an,
Ganz nah bei dir, doch nicht im Haus,
Steht eine Bank für die Toten, fünftausend Jahre alt,
Fünfzehn Schritte nach Süden (oder fünfzehn nach Norden)
Direkt in der Mitte, mach die Augen auf,
Such nach dem Zeichen von Anubis, dem Schakal,
Denn Anubis ist's, der den Schatz bewacht.

»Bank für die Toten?«

»Mastaba«, sagte Daniel. »Ein rechteckiges Grabmal aus Lehmziegeln. Mastaba ist das arabische Wort für Bank. Komm mit.«

Sie nahm ihren Rucksack und folgte ihm nach draußen, wo die Hitze sie zurückschrecken ließ nach der Kühle im Haus. Der Taxifahrer parkte auf einem schattigen Fleck vor dem Haus. Er hatte den Sitz zurückgestellt, streckte die Beine aus dem

Fenster und schlief. Daniel blieb einen Moment stehen, beschattete seine Augen und sah sich um. Dann deutete er auf einen länglichen Hügel, der sich links, etwa fünfzig Meter entfernt, aus dem Sand erhob.

»Das muss sie sein«, sagte er. »Ich kann keine anderen Mastabas sehen.«

Sie überquerten den Sandweg und eilten zu dem Hügel hinüber, der aus stark verwitterten braunen Lehmziegeln bestand, wie Tara beim Näherkommen erkannte. Daniel begab sich an eine Ecke der Mastaba, die ihm fast bis zur Schulter reichte, und zählte fünfzehn Schritte entlang ihrer Längsseite ab.

»Irgendwo hier«, sagte er und deutete auf die Mitte der Mauer. »Wir müssen das Bild eines Schakals finden.«

Sie kauerten sich nieder und ließen den Blick über die unebene Oberfläche gleiten. Tara entdeckte es fast sofort.

»Ich hab's«, rief sie.

Auf einem Ziegel eingemeißelt, kaum erkennbar, befand sich die Figur eines ruhenden Schakals mit ausgestreckten Pfoten und aufgerichteten Ohren. Der Ziegel schien lose zu sein, und Tara begann, ihn vorsichtig aus dem Mauerwerk zu lösen. Er war eindeutig schon einmal herausgenommen worden, denn er ließ sich ganz leicht herausziehen, und dahinter war eine tiefe Höhlung. Daniel krempelte einen Ärmel hoch, versicherte sich, dass keine Skorpione darin saßen, steckte die Hand in das Loch und zog eine flache, verschnürte Schachtel heraus.

»Was ist das?«, fragte sie.

»Keine Ahnung«, antwortete er. »Sie ist ziemlich schwer. Ich glaube, vielleicht ...«

Ein Schatten fiel von oben über sie, und ein metallisches Klicken ertönte. Verblüfft sahen sie auf. Oben auf der Mastaba stand ein bärtiger, schwarz gekleideter Mann mit einem Turban um den Kopf und einem Gewehr in der Hand. Er bedeutete ihnen aufzustehen und sagte etwas auf Arabisch.

»Was hat er gesagt?«

Taras Stimme klang angespannt vor Angst.

»Die Schachtel«, antwortete Daniel. »Er will die Schachtel.«

Er wollte dem Mann die Schachtel reichen. Aber Tara packte ihn am Arm.

»Nein«, sagte sie.

»Was?«

»Nicht bevor wir wissen, was drin ist.«

Der Mann sagte wieder etwas und fuchtelte mit seiner Waffe herum. Daniel versuchte erneut, den Arm auszustrecken, und erneut zog Tara ihn zurück.

»Ich habe Nein gesagt. Nicht bevor wir wissen, warum diese Leute das tun.«

»Verdammter Mist, Tara, das ist kein Spiel! Er bringt uns um. Ich kenne diese Typen!«

Der Mann wurde nervös. Er richtete sein Gewehr auf Taras Kopf, dann auf Daniels, dann auf die Oberfläche der Mastaba und feuerte anschließend ein paar Kugeln in die Lehmziegel, dass der Staub um seine Füße aufwirbelte und ihnen ins Gesicht fegte. Daniel riss seinen Arm los und warf die Schachtel auf das Grab.

»Lass gut sein, Tara. Ich möchte es genauso gern wissen wie du, aber es ist die Sache nicht wert. Glaub mir, es ist besser, sie herzugeben.«

Noch immer die Waffe auf sie gerichtet, ging der Mann in die Hocke, streckte eine Hand aus und tastete nach der Schachtel. Sie befand sich jedoch etwas links von ihm, und seine Finger verfehlten sie. Für den Bruchteil einer Sekunde senkte er den Blick. Im gleichen Moment, ohne sich wirklich bewusst zu sein, was sie tat, ließ Tara ihren Arm vorschnellen, erwischte einen Zipfel seines Gewands und riss mit einem heftigen Ruck daran. Der Mann schrie auf, stürzte über den Rand der Mastaba und fiel mit dem Kopf voraus genau zwischen sie. Mit merkwürdig verrenktem Hals blieb er liegen.

Einen Moment lang standen sie wie angewurzelt. Mit einem Seitenblick auf Tara kniete Daniel neben dem Mann nieder, ergriff sein Handgelenk und fühlte nach seinem Puls.

»Ist er bewusstlos?«

Aus irgendeinem Grund flüsterte sie.

»Er ist tot.«

»O mein Gott!« Sie legte die Hand auf den Mund. »O mein Gott!«

Daniel starrte auf den Mann hinab, dann streckte er die Hand aus, schob die wollene *imma* des Toten zurück und enthüllte eine tiefe senkrechte Narbe auf seiner Stirn. Er betrachtete sie ein paar Sekunden, dann erhob er sich abrupt und packte ihren Arm.

»Wir müssen hier weg.«

Er begann, sie mit sich fortzuziehen, aber nach ein paar Metern riss sie sich los, lief zu der Mastaba zurück und ergriff die Schachtel, die immer noch dort lag.

»Um Himmels willen«, rief Daniel, der ihr nachgerannt war und sie an der Schulter packte. »Lass sie doch! Hier ist etwas im Gang … du verstehst das nicht … es werden noch mehr kommen …«

Sie schüttelte ihn ab.

»Sie haben meinen Vater getötet«, sagte sie trotzig. »Mach, was du willst, aber von mir kriegen sie die Schachtel nicht. Verstehst du, Daniel? Sie kriegen sie nicht.«

Ihre Blicke trafen sich kurz, dann lief sie an ihm vorbei zum Grabungshaus und steckte die Schachtel in ihre Tasche. Einen Augenblick lang starrte ihr Daniel mit wutverzerrtem Gesicht nach, dann murmelte er etwas vor sich hin und folgte ihr.

Das Gewehrfeuer hatte den Taxifahrer geweckt, der auf der Sandpiste stand und ihnen entgegensah.

»Was ist passiert?«, fragte er, als sie auf ihn zukamen.

»Nichts«, sagte Daniel knapp. »Bringen Sie uns nach Kairo zurück.«

»Ich habe ein Gewehr gehört.«

»Starten Sie einfach den verdammten …«

Das Knattern von Maschinenpistolen ertönte. Sie fuhren herum und sahen zwei schwarz gekleidete Gestalten über den Sandweg auf sich zukommen. Erneutes Knattern, diesmal von hinten. Zwei weitere Gestalten waren aus der Wüste aufgetaucht, die sich wie schwarze Flecken vor dem gelben Sand abzeichneten. Der Fahrer schrie und warf sich zu Boden.

»Ich hab dir gesagt, dass noch mehr kommen würden!«, rief Daniel. »Zum Grabungshaus! Lauf!«

Er packte sie am Arm, und sie rannten zum Haus, während eine Kugel an ihrem Kopf vorbeischwirrte, eine andere den Staub vor ihren Füßen aufspritzen ließ. Sie erreichten die Rückseite des Hauses und sprangen auf die Terrasse. Dahinter fiel ein steiler Sandhang zu dem tiefer liegenden Dorf ab, wo Leute aus den Häusern kamen und sich wunderten, was es mit dem Lärm auf sich haben mochte.

»Lauf den Hang hinunter«, rief Daniel.

»Was ist mit dir?«

»Lauf einfach den Hang runter. Ich komme nach.«

»Ich lasse dich nicht allein.«

»Mein Gott!«

Schnelle Schritte waren zu hören. Daniel sah sich aufgeregt um, entdeckte eine alte *touria*, die an einer Bank lehnte, ergriff sie, rannte zum Haus zurück und drückte sich an die Wand. Das Geräusch der Schritte wurde lauter. Er hob die *touria*, holte ein paar Mal tief Luft und ließ sie, so heftig er konnte, nach unten sausen, als einer ihrer Verfolger um die Ecke kam. Mit einem scheußlichen Krachen landete der Metallkopf im Gesicht des Mannes, und er fiel nach hinten ins Gestrüpp, ohne die Heckler-Koch losgelassen zu haben. Daniel sprang hervor und entriss ihm die Waffe.

»Jetzt!«, schrie er. »Solange wir noch die Möglichkeit haben!«

Sie rannten zum Ende der Terrasse, sprangen und landeten gemeinsam auf dem Hang. Dann schlitterten sie in einer Staubwolke nach unten, während Tara noch immer die Schachtel an sich gedrückt hielt. Am Fuß des Hügels befand sich eine schmale Sandfläche, dann kam ein Weg, danach das Dorf, das sich am Rand eines dichten Palmenhains erstreckte. Ein Auto kam rumpelnd auf sie zugefahren, Daniel lief ihm entgegen und winkte ihm anzuhalten. Der Fahrer drosselte die Geschwindigkeit und kam schlitternd zum Stehen, als er die Waffe sah. Rufe gellten von oben herab. Daniel drehte sich um und schoss. Schreie ertönten, und die Dorfbewohner begannen, auseinander zu laufen. Er drückte noch einmal ab, behielt den Finger am Abzug und befeuerte den Hügel mit Gewehrsalven, bis das Magazin leer war. Dann warf er die Waffe weg und drehte sich zu dem

Wagen um. Der Fahrer war ausgestiegen, hatte aber die Zündschlüssel stecken und den Motor laufen lassen. Daniel setzte sich hinter das Steuer.

»Steig ein!«, rief er Tara zu. »Steig ein!«

Sie glitt auf den Beifahrersitz, er drückte aufs Gaspedal, und die Reifen wirbelten Schotter auf, als der Wagen über den Weg davonrumpelte. Eine Kugel zerschmetterte eines der hinteren Seitenfenster, eine andere durchbohrte die Kühlerhaube. Sie trafen auf ein Schlagloch, gerieten ins Schleudern, und einen Moment lang sah es so aus, als würden sie gegen eine Mauer krachen, aber Daniel schaffte es, den Wagen wieder unter Kontrolle zu bringen, und sie rasten davon, während hinter ihnen Maschinengewehrfeuer knatterte und das Grabungshaus in einer dichten Staubwolke verschwand.

»Ich weiß nicht, was in dieser verdammten Schachtel ist«, keuchte er. »Ich hoffe nur, dass sich all das gelohnt hat!«

18

Luxor

Als Khalifa am späten Nachmittag nach Hause kam, war er so erschöpft, dass er kaum mehr die Augen offen halten konnte. Sobald er durch die Tür getreten war, sprang ihm sein Sohn entgegen.

»Papa! Papa! Krieg ich eine Trompete für Abu el-Haggag?«

In ein paar Tagen sollte das Fest des Abu-Haggag beginnen. Wochenlang hatten Ali und seine Schulkameraden einen Festwagen für den Umzug der Kinder geschmückt, und der Junge konnte seine Aufregung über die anstehenden Feierlichkeiten kaum mehr zügeln.

»Kriege ich eine?«, rief er und zupfte an Khalifas Jackett. »Mustafa hat eine. Und Said auch.«

Khalifa hob ihn hoch und strich ihm durchs Haar.

»Natürlich kriegst du eine.«

Ali sprang beglückt in seine Arme.

»Mama!«, rief er. »Papa hat gesagt, dass ich zu Abu el-Haggag eine Trompete bekomme!«

Khalifa setzte den Jungen auf seine Schultern, bahnte sich einen Weg durch die Baumaterialien im Gang und ging ins Wohnzimmer. Zenab saß auf dem Sofa und hielt das Baby im Arm. Neben ihr saßen ihre Schwester Sama und Samas Mann Hosni. Khalifa seufzte insgeheim.

»Hallo, Sama, hallo, Hosni«, begrüßte er sie und setzte seinen Sohn ab.

Hosni stand auf, und die beiden Männer umarmten sich. Ali versteckte sich hinter dem Sofa.

»Sie sind gerade aus Kairo zurückgekommen«, sagte Zenab mit leicht vorwurfsvollem Unterton in der Stimme. Ständig lag sie Khalifa in den Ohren, ein paar Tage mit ihr in die Hauptstadt zu fahren, aber irgendwie kam es nie zu der Reise. Und außerdem konnten sie sich die Ausgabe ohnehin nicht leisten.

»Wir sind geflogen«, sagte Sama angeberisch. »Das geht doch viel schneller als mit dem Zug.«

»Eine Geschäftsreise«, fügte Hosni hinzu. »Ich musste einen neuen Lieferanten treffen.«

Hosni arbeitete in der Speiseölbranche und redete selten von etwas anderem.

»Ich sage euch, wir haben im Moment Mühe, mit der Nachfrage Schritt zu halten. Die Leute müssen essen, und zum Essen brauchen sie Speiseöl. Es herrscht großer Bedarf auf dem Markt.«

Khalifa setzte eine Miene auf, von der er hoffte, dass sie nach Begeisterung aussah.

»Ich weiß nicht, ob Zenab es dir schon erzählt hat, aber wir sind dabei, ein ganz neues Sesamöl auf den Markt zu bringen. Es ist ein bisschen teurer als das normale Öl, aber von außergewöhnlicher Qualität. Ich kann euch ein paar Dosen schicken, wenn ihr wollt.«

»Danke«, antwortete Khalifa. »Das würde uns sehr freuen,

nicht wahr, Zenab?« Er sah seine Frau an, die grinste. Es amüsierte sie immer, wenn er versuchte, an Hosnis Arbeit Interesse zu heucheln. »Komm mit, Sama«, sagte sie und stand auf. »Wir wollen die Männer ihren Gesprächen überlassen. Möchtest du ein Glas *kakaday*, Hosni?«

»Gern.«

»Yusuf?«

»Ja, bitte.«

Die Schwestern verschwanden in der Küche. Khalifa und Hosni blieben sitzen, und jeder versuchte, dem Blick des anderen auszuweichen. Ein langes, peinliches Schweigen trat ein.

»Wie geht's im Polizeidienst?«, fragte Hosni schließlich. »Heute schon einen Mörder gefangen?«

Sein Schwager interessierte sich für Khalifas Arbeit noch weniger als dieser für die Speiseölbranche. In Wahrheit sah er auf den Inspektor herab, der jede Stunde, die Gott ihm schenkte, arbeiten musste, noch dazu für einen so mageren Lohn! Zenab hatte eindeutig unter ihrem Stand geheiratet. Na schön, sie hätte es auch schlechter treffen können. Andererseits aber auch viel besser. Einen Mann im Speiseölgeschäft zum Beispiel. Das hatte Zukunft. Ein ausbaufähiger Markt. Und mit dem neuen Sesamöl war möglicherweise ein echter Boom zu erwarten.

»Nein, heute nicht«, antwortete Khalifa.

»Bitte?«

»Ich hab heute keine Mörder gefangen.«

»Ah, richtig!«, erwiderte Hosni. »Gut. Oder eher schlecht.«

Er hielt verwirrt inne und versuchte, den Faden wiederzufinden.

»Ah ja. Ich habe gehört, du hast um eine Beförderung ersucht. Glaubst du, dass es klappt?«

Khalifa zuckte mit den Schultern.

»*Insha-Allah*. Wenn Allah es will.«

»Hängt das nicht eher davon ab, ob dein Chef das will?«

Hosni brach über seinen Scherz in lautes Lachen aus und schlug auf die Sofalehne.

»Sama!«, rief er.

»Hey, Sama! Yusuf sagt, er wird befördert, wenn Allah es

will, und ich hab gesagt, dass das doch eher davon abhängt, ob sein Chef es will.«

Aus der Küche ertönte lautes Lachen.

Sama fand den Kommentar offensichtlich genauso lustig wie ihr Ehemann.

Ali war hinter dem Sofa aufgetaucht und schickte sich an, Hosni mit einem Kissen auf den Kopf zu schlagen. Khalifa funkelte ihn drohend an, und der Junge tauchte wieder ab.

»Und wie geht's mit dem Wasserspiel voran?«, fragte Hosni nach einer weiteren langen Pause, verzweifelt auf der Suche nach einem Gesprächsthema.

»Ach, nicht schlecht. Möchtest du mal einen Blick darauf werfen?«

»Warum nicht.«

Die beiden Männer gingen in die Diele hinaus, blieben zwischen dem Durcheinander von Zementsäcken und Farbtöpfen stehen und sahen auf die ziemlich kläglich wirkende Plastikwanne hinab, aus der, so hoffte Khalifa, eines Tages so etwas wie ein Brunnen sprudeln würde.

»Bisschen eng hier«, bemerkte Hosni.

»Wenn erst der ganze Schutt weggeräumt ist, haben wir mehr Platz.«

»Woher soll denn das Wasser kommen?«

»Das pumpen wir von der Küche rüber.«

Hosni kratzte sich angesichts des Vorhabens nachdenklich am Kinn.

»Ich weiß nicht, warum du nicht einfach …«

Er wurde von Ali unterbrochen, der gerade in diesem Moment zu ihnen herausgelaufen kam und dabei einen Topf mit Terpentin umwarf, in dem verschiedene Pinsel steckten. Eine scheußliche, grau-weiße Flüssigkeit ergoss sich über den Betonboden.

»Verdammt, Ali«, stieß Khalifa wütend hervor. »Zenab! Bring bitte einen Lappen.«

Seine Frau begutachtete die Bescherung.

»Ich ruinier mir doch keinen von meinen Lappen, um das aufzuwischen. Nimm doch Zeitungspapier.«

»Ich hab kein Zeitungspapier.«

»Ich hab eine alte ›Al-Ahram‹ in meiner Tasche«, sagte Hosni. »Die kannst du haben.«

Er holte die Zeitung aus dem Zimmer und begann, Seite um Seite über der Terpentinpfütze auszubreiten.

»Siehst du«, sagte er. »Das funktioniert. Wunderbar saugfähig.«

Er riss gerade eine weitere Seite ab und wollte sie auf den Boden legen, als Khalifa seinen Arm packte.

»Warte!«

Der Inspektor kniete sich nieder.

»Von wann ist die Zeitung?«

»Ähm …«

»Von wann?«, fragte er eindringlich.

»Von gestern«, antwortete Hosni verwirrt.

Khalifa schien gar nicht zu bemerken, dass er zur Hälfte in der Terpentinpfütze kniete. Er beugte sich vor, las eine Rubrik in der rechten unteren Ecke der Seite, und seine Finger folgten schnell den Zeilen. Ali kniete sich neben ihm nieder und führte, seinen Vater nachahmend, ebenfalls den Finger über die Zeilen der aufgeweichten Zeitung.

»Gestern«, murmelte Khalifa vor sich hin, als er den Artikel gelesen hatte. »Gestern. Wollen mal nachrechnen. Nayar wurde am Freitag ermordet, sie sind am selben Tag …«

»Verdammt!«, rief er aus, sprang auf, und ein dunkler Fleck breitete sich langsam über seinem Knie aus.

»Verdammt!«, rief Ali und sprang ebenfalls auf.

»Was ist?«, fragte Hosni. »Was ist denn?«

Khalifa beachtete ihn nicht und eilte in die Küche. Seine Müdigkeit war wie weggeblasen.

»Zenab, ich muss weg.«

»Weg? Wohin?«

»Nach Kairo.«

»Nach Kairo!«

Einen Moment sah es aus, als wollte sie eine Szene machen. Doch dann trat sie auf ihn zu und küsste ihn auf die Stirn.

»Ich hol dir eine saubere Hose.«

In der Diele blickte Hosni auf den Artikel hinab, den Khalifa gelesen hatte. Daneben war das Foto eines hässlichen, alten Mannes mit einer Augenklappe zu sehen, unter dem stand: »Kairoer Antiquitätenhändler brutal ermordet.« Er schüttelte den Kopf. Solche Sachen passierten im Speiseölgeschäft nicht!

19

Kairo

Keiner von beiden sprach auf dem Rückweg nach Kairo. Daniel konzentrierte sich aufs Fahren und sah immer wieder nervös in den Rückspiegel, um sicherzugehen, dass ihnen niemand folgte. Tara starrte einfach auf die Tasche auf ihrem Schoß. Erst als sie die Hauptstraße zwischen Kairo und Gizeh erreichten und nach rechts durch dichtes Verkehrsgewühl in Richtung Zentrum fuhren, brach Daniel das Schweigen.

»Tut mir Leid, Tara, aber du begreifst einfach nicht, wie gefährlich das ist. Diese Männer … sie waren Anhänger von Sayf al-Tha'r. Die Narbe auf der Stirn ist ihr Erkennungszeichen.«

Sie spielte abwesend mit dem Reißverschluss ihres Rucksacks.

»Wer ist dieser Sayf al-Tha'r eigentlich? Immer wieder höre ich seinen Namen.«

»Ein fundamentalistischer Führer«, antwortete Daniel und riss das Steuer herum, um einem Radfahrer auszuweichen, der mit einem Korb voller Backwaren auf dem Kopf schwankend seiner Wege kurvte. »Der Name bedeutet Schwert der Rache. Er predigt eine Mischung aus ägyptischem Nationalismus und extremistischem Islam. Von ihm ist nicht viel bekannt, außer dass er in den späten Achtzigerjahren erstmals in Erscheinung trat und seitdem unzählige Leute ermordet hat, hauptsächlich Europäer und Amerikaner. Vor ein paar Jahren hat er die amerikanische Botschaft in die Luft gejagt. Die Regierung hat eine Million Dollar Belohnung auf seinen Kopf ausgesetzt.«

Er sah zu ihr hinüber und lächelte gequält.

»Gut gemacht, Tara. Du hast dir gerade den gefährlichsten Mann des Nahen Ostens zum Feind gemacht. Mein Gott!«

Schweigend fuhren sie ein paar Kilometer weiter in das dichter werdende Häusermeer hinein, überquerten schließlich eine Überführung und gerieten in einen Stau. Sie warteten fünf Minuten, dann riss Daniel fluchend das Steuer herum, fädelte sich mühsam in den vorbeifließenden Verkehrsstrom ein und hielt in einer mit Müll übersäten Seitenstraße an. Sie stiegen aus.

»Wir sollten versuchen, von der Straße wegzukommen«, sagte er und blickte sich um. »Hier sind wir zu sehr gefährdet. Ich glaube nicht, dass sie uns gefolgt sind, aber man kann nie wissen. Sie haben überall ihre Leute.«

Sie gingen los und kamen an ein Eisengitter, das Tara zunächst für die Umzäunung eines Parks hielt, doch dann stellte sie fest, dass es ein Zoo war. In etwa dreißig Meter Entfernung befand sich ein Eingang, und Daniel nahm ihren Arm und führte sie darauf zu.

»Lass uns da reingehen. Da ist es weniger wahrscheinlich, dass man uns entdeckt. Außerdem gibt's dort ein Telefon, das wir benutzen können.«

Sie bezahlten zwanzig Piaster Eintritt und gingen durch das Drehkreuz. Der Lärm der Stadt verebbte, und plötzlich war alles still. Vögel zwitscherten in den Bäumen, Familien spazierten herum, und Liebespaare saßen Händchen haltend auf Bänken. Irgendwo in der Nähe erklang das Plätschern von fließendem Wasser.

Sie gingen einen schattigen Weg entlang und sahen sich ständig nach allen Seiten um, stets auf der Hut vor Verfolgern. Sie kamen an einem Flusspferdgehege, einem Affenhaus, einem Seelöwenbecken und einem Flamingoteich vorbei, bevor sie schließlich einen staubigen Banyanbaum mit einer Steinbank darunter erreichten, auf der sie sich niederließen. Etwa fünf Meter entfernt stand eine Telefonzelle und gegenüber davon ein mürrisch wirkender Elefant, dessen Bein mit einer schweren

Kette an die Eisenstäbe seines Geheges gefesselt war. Daniel suchte mit den Augen die umliegenden Spazierwege ab, dann nahm er den Rucksack und zog die Schachtel heraus.

»Eins nach dem anderen. Als Erstes finden wir raus, was hier drin ist.«

Er sah sich erneut um, streifte die Schnur ab und hob den Deckel. Auf einem Strohbett lag ein in Zeitungspapier eingewickelter flacher Gegenstand, an dem mit Klebeband eine kleine Karte befestigt war.

Tara. Ich dachte, das würde passen. Wie immer, in Liebe, Dad.

Er sah sie an, dann nahm er den Gegenstand heraus und wickelte ihn aus.

Es war ein Fragment, offensichtlich aus Gips, ungefähr rechteckig, mit gezackten, unebenen Rändern. Die Oberfläche war blassgelb bemalt mit drei Reihen schwarzer Hieroglyphen darauf, und links war noch zum Teil ein Schriftzeichen aus einer vierten Reihe sichtbar. Am unteren Ende wand sich mit erhobenen Köpfen eine Reihe von Schlangen entlang – wahrscheinlich war das der Grund, weshalb ihr Vater das Stück für sie ausgesucht hatte.

Daniel drehte es zwischen den Fingern und nickte leicht, als würde er erkennen, was er da in der Hand hielt.

»Du weißt, was das ist?«, fragte sie.

Er antwortete nicht sofort, und sie musste ihre Frage wiederholen.

»Gipsmörtel«, sagte er abwesend. »Von einer Grabdekoration. Die Hieroglyphen sind Teil eines langen Textes – siehst du, die hier wurden mitten im Wort abgeschnitten. Recht gute Arbeit. Sehr gut, tatsächlich.«

Er lächelte vor sich hin.

»Ist es echt?«

»Eindeutig. Aus der späten Periode. Der griechischen vielleicht, oder der römischen. Möglicherweise aus der Zeit der persischen Besetzung, jedenfalls nicht viel früher. Aber ziemlich sicher aus Luxor.«

»Woher weißt du das?«

Er deutete mit dem Kopf auf das Zeitungspapier, aus dem er das Stück ausgewickelt hatte. Am oberen Ende des Blattes stand ein arabischer Titel.

»*Al-Uqsur*«, las er vor. »Luxor. Es stammt aus der dortigen Zeitung.«

Sie nahm ihm das Fragment aus der Hand, starrte es an und schüttelte den Kopf.

»Ich verstehe nicht, warum Dad das gekauft hat, wenn es echt ist. Er fand den Handel mit antiken Gegenständen schändlich. Er hat sich endlos darüber verbreitet, wie viel Schaden dadurch angerichtet wird.«

Daniel zuckte die Achseln.

»Wahrscheinlich hat er geglaubt, es sei nicht echt. Schließlich stammt es nicht aus der Periode, in der er sich auskannte. Wer kein Experte für spätdynastische Grabkunst ist, tut sich schwer, den Unterschied zu erkennen. Würde es aus dem Alten Reich stammen, hätte er es sicher sofort bemerkt.«

»Armer Dad«, seufzte sie. »Er wäre am Boden zerstört gewesen, wenn er das herausgefunden hätte.«

Sie reichte ihm das Stück zurück.

»Was bedeuten denn die Hieroglyphen?«

Er legte das Fragment auf seinen Schoß und überflog den Text.

»Es wird von rechts nach links gelesen. Siehst du, der Text läuft immer auf die Gesichter der Zeichen zu. Die erste Spalte heißt *abed*, was Monat bedeutet, und diese drei Striche symbolisieren die Zahl drei, und dann *peret*, worunter man eine Zeitspanne des ägyptischen Jahres versteht, die ungefähr unserem Winter entspricht. Also, *im dritten Monat von peret*. Dann haben wir …«

Er kniff die Augen zusammen.

»… etwas, das wie ein Name aussieht, *ib-wer-imenty*, Großes Herz des Westens, *ib-wer*, großes Herz, *imenty*, des Westens. Das ist ein Eigenname. Möglicherweise eine Art Spitzname. Sicherlich kein Teil eines königlichen Titels. Oder zumindest keiner, von dem ich je gehört hätte.«

Er dachte einen Moment nach, sprach den Namen noch einmal vor sich hin und fuhr dann mit dem Finger zur zweiten Spalte hinüber.

»Das oberste Wort heißt *mer* und bedeutet Pyramide. Dann kommt *iteru,* worunter man eine alte Maßeinheit versteht, und dann eine Zahl, neunzig. Also, *die Pyramide neunzig iteru*. Die nächste Spalte beginnt mit einem Wort, das wie *kheper-en* aussieht, obwohl die obersten beiden Hieroglyphen fehlen, so dass …«

Er hielt das Fragment ins Licht.

»Nein, es ist eindeutig *kheper-en,* und dann *dja wer*, großer Strom. Das Teilstück dieses Zeichens auf der linken Seite sieht wie der Teil einer anderen Zahl aus, obwohl nicht zu erkennen ist, um welche es sich handelt. Und das ist alles.«

Er untersuchte das Fragment noch einmal, drehte es in den Händen, schüttelte den Kopf, legte es wieder in die Schachtel zurück und steckte sie in Taras Rucksack.

»Wenn es aus einem thebanischen Grab der Spätzeit stammt, ist es wirklich eine Seltenheit«, sagte er. »Es gibt nicht viele Grabmalereien aus der Zeit nach dem Neuen Reich. Doch selbst dann bezweifle ich, dass es mehr als ein paar Hundert Dollar wert ist. Zumindest ist es nicht so viel wert, dass man dafür jemanden umbringen würde.«

»Warum wollen es diese Leute dann haben?«

»Keine Ahnung. Vielleicht sind sie an dem Text interessiert. Aber warum der Text so bedeutsam sein soll, weiß ich auch nicht.«

Er zog eine Zigarre aus der Hemdtasche, zündete sie an und blies eine Rauchwolke aus.

»Warte hier.«

Er ging zur Telefonzelle hinüber, nahm den Hörer ab, steckte eine Telefonkarte in den Schlitz und wählte. Einen Moment lang sah er sie an, dann wandte er sich ab und begann zu sprechen. Er redete fast drei Minuten, schien einmal ärgerlich zu gestikulieren, legte dann auf und kehrte zu der Bank zurück. Tara fiel auf, dass auf seiner Stirn Schweißperlen standen.

»Sie waren in meinem Hotel. Drei von ihnen. Offensichtlich haben sie mein Zimmer auf den Kopf gestellt. Der Hotelbesitzer hatte Todesangst, der arme Kerl. Mein Gott, ist das ein Schlamassel.«

Er beugte sich vor und rieb sich das Gesicht. Ein kleines Mädchen lief auf sie zu, sah sie an und rannte dann lachend davon. In der Nähe schrie ein Affe.

»Wir sollten zur Polizei gehen«, sagte Tara.

»Nachdem wir ein Auto geklaut und zwei Ägypter getötet haben? Wohl kaum.«

»Wir haben uns doch nur verteidigt! Es waren Terroristen!«

»Die Polizei muss das nicht unbedingt auch so sehen. Glaub mir, ich weiß, wie sie denken.«

»Wir müssen ...«

»Ich sagte Nein, Tara. Das würde alles nur noch schlimmer machen. Wenn's überhaupt noch schlimmer werden kann.«

Es folgte ein angespanntes Schweigen.

»Was machen wir dann?«, fragte sie. »Wir können nicht einfach hier sitzen bleiben.«

Wieder Schweigen.

»Die Botschaft«, sagte er schließlich. »Wir gehen zur britischen Botschaft. Das ist der einzige sichere Ort. Hier sind wir ihnen völlig ausgeliefert. Wir brauchen Schutz.«

Tara nickte.

»Hast du die Nummer?«, fragte er.

Sie griff in ihre Tasche und zog die Karte heraus, die ihr Squires am Tag zuvor gegeben hatte.

»Also gut. Ruf an. Erzähl ihm, was passiert ist. Sag ihm, dass wir Hilfe brauchen. Dringend.«

Er gab ihr seine Telefonkarte, sie ging zur Telefonzelle und wählte die Nummer. Nach nur zwei Klingelzeichen wurde abgenommen.

»Charles Squires.«

Die beruhigende, onkelhafte Stimme.

»Mr Squires? Hier ist Tara Mullray.«

»Hallo, Miss Mullray.« Er schien nicht sonderlich überrascht zu sein, von ihr zu hören. »Ist alles in Ordnung?«

»Nein, das ist es nicht. Ich bin hier mit einem Freund, und wir ...«

»Einem Freund?«

»Ja. Einem Archäologen. Daniel Lacage. Er kannte meinen Vater. Hören Sic, wir sind in Schwierigkeiten. Ich kann es am Telefon nicht erklären. Es ist etwas passiert.«

Pause.

»Können Sie sich etwas deutlicher ausdrücken?«

»Jemand versucht, uns umzubringen.«

»Sie umzubringen!«

»Ja. Uns umzubringen. Wir brauchen Schutz.«

Wieder eine Pause.

»Hat es etwas mit dem Mann zu tun, von dem Sie mir gestern erzählt haben? Der Mann, der Sie verfolgt hat, wie Sie glaubten?«

»Ja. Wir haben etwas gefunden, und sie versuchen uns deshalb zu töten.«

Sie war sich bewusst, dass sich das alles ziemlich wirr anhörte.

»Na schön«, sagte er beruhigend. »Lassen Sie uns Ruhe bewahren. Wo sind Sie gerade?«

»In Kairo. In einem Zoo.«

»Wo im Zoo?«

»Ähm ... bei einem Elefantenkäfig.«

»Und haben Sie diesen Kunstgegenstand bei sich?«

»Ja.«

Er schwieg einen Moment. Sie hatte den Eindruck, dass er die Muschel verdeckte, während er mit jemand anderem sprach.

»In Ordnung. Ich schicke sofort Crispin zu Ihnen rüber. Sie und Ihr Freund bleiben, wo Sie sind. Verstehen Sie mich? Bleiben Sie genau, wo Sie sind. Wir kommen so schnell wir können.«

»Gut.«

»Es kommt alles wieder ins Lot.«

»Ja. Danke.«

»Bis gleich.«

Er legte auf.

»Also?«, fragte Daniel, als sie sich wieder setzte.

»Er schickt jemanden rüber. Wir sollen bleiben, wo wir sind.«

Er nickte und sie schwiegen. Daniel paffte seine Zigarre, Tara starrte auf ihren Rucksack hinunter. Sie hatte gehofft, das geheimnisvolle Objekt würde ihnen verraten, was hier vor sich ging, aber stattdessen schien es alles nur noch unverständlicher zu machen. Als wäre einem ohnehin schon komplizierten Kode eine weitere verschlüsselte Zeile hinzugefügt worden, die es noch schwieriger machte, ihn zu knacken. Sie war verwirrt und hatte Angst.

»Vielleicht kann uns Dr. Jemal helfen«, sagte sie schließlich.

Daniel sah sie fragend an.

»Er ist ein alter Kollege meines Vaters«, erklärte sie. »Ich hab ihn gestern in der Botschaft kennen gelernt. Vielleicht weiß er, warum das Stück so wichtig ist.«

Daniel zuckte mit den Achseln.

»Hab nie von ihm gehört.«

»Er ist der zweite Mann in der Antikenverwaltung.«

»Mohammed Fesal ist der stellvertretende Direktor der Antikenverwaltung.«

»Ach wirklich? Jedenfalls hat er da irgendeinen Posten.«

Sie schwiegen einen Moment. Daniel zog an seiner Zigarre.

»Jemal?«

»Ja. Dr. Sharif Jemal. Wie Omar Sharif.«

»Ich hab noch nie von einem Dr. Sharif Jemal gehört.«

»Solltest du?«

»Wenn er ein wichtiger Mann in der Behörde ist, sicher. Ich hab jeden Tag mit diesen Leuten zu tun.«

Er hob erneut seine Zigarre, aber diesmal zog er nicht daran, sondern hielt sie nur vors Gesicht.

»Was hat er sonst noch gesagt, dieser Dr. Jemal?«

»Nicht viel. Er sagte, er habe mit meinem Vater in Sakkara gearbeitet. Sie hätten zusammen ein Grab gefunden. 1972. In dem Jahr, als ich geboren wurde.«

»Welches Grab?«

»Ich kann mich nicht erinnern. Irgendwas mit Hotep.«

»Ptah-hotep?«

»Ja, das war's.«

Daniel hielt noch immer die Zigarre vor den Mund. Er sah sie an.

»Mit wem hast du gerade geredet, Tara?«

»Was?«

»In der Botschaft? Mit wem hast du gerade gesprochen?«

»Warum? Stimmt etwas nicht?«

Die Schweißperlen auf seiner Stirn schienen sich verdoppelt zu haben. Unruhe stand in seinen Augen.

»Dein Vater hat das Grab des Ptah-hotep 1963 gefunden. In dem Jahr, als ich geboren wurde. Und zwar in Abydos, nicht in Sakkara.«

Plötzlich warf er die Zigarre weg und stand auf.

»Mit wem hast du gerade gesprochen?«, fragte er eindringlich.

»Mit Charles Squires. Dem Kulturattaché.«

»Und was hat er gesagt?«

»Er sagte nur, dass wir hier warten sollten. Sie würden jemanden rüberschicken, um uns abzuholen.«

»Das ist alles? Du hast ihm gesagt, wo wir sind?«

»Natürlich hab ich ihm gesagt, wo wir sind. Wie sollen sie uns sonst finden?«

»Und das Stück? Hast du das Stück erwähnt?«

»Ja. Ich sagte, wir …« Sie hielt inne.

»Was?«

Plötzlich überkam sie ein unbehagliches Gefühl.

»Er fragte, ob wir den Kunstgegenstand noch bei uns hätten.«

»Und?« Das unbehagliche Gefühl verstärkte sich.

»Ich hab ihm nicht gesagt, dass es ein Kunstgegenstand ist. Ich sagte bloß, wir hätten etwas gefunden.«

Einen Moment blieb er stehen, dann zog er sie hoch.

»Wir machen, dass wir hier wegkommen.«

»Aber das ist doch verrückt. Warum sollte die Botschaft uns anlügen?«

»Ich weiß nicht. Aber dieser Dr. Jemal ist eindeutig nicht der, für den er sich ausgibt, und wenn das so ist, dann ist dein Freund auch nicht der Kulturattaché.«

»Aber warum? Warum?«

»Ich hab dir schon gesagt, dass ich das nicht weiß! Wir müssen hier weg. Komm schon!«

Die Angst in seiner Stimme war nicht zu überhören. Er ergriff den Rucksack, und sie eilten davon, an dem Elefantenkäfig entlang zu einem Weg, der auf einen mit Bäumen bedeckten Hügel hinaufführte. Oben angekommen, drehten sie sich um und sahen zurück.

»Sieh nur.«

Er zeigte auf drei auffällige Männer in Anzügen und mit dunklen Brillen, die gerade bei der Bank auftauchten, auf der sie gesessen hatten. Einer ging zur Telefonzelle hinüber und sah hinein.

»Wer sind sie?«, fragte Tara flüsternd.

»Ich weiß nicht. Aber sie machen hier keinen Nachmittagsspaziergang, das steht fest. Lass uns hier abhauen, bevor sie uns sehen.«

Sie drehten sich um, eilten die andere Seite des Hügels hinab und aus dem Zoo hinaus. Auf der Straße hielt Daniel ein Taxi an, in das sie einstiegen.

»Ich hab das Gefühl, dass wir in Schwierigkeiten sind, Tara«, sagte er und sah ängstlich aus dem Rückfenster. »In großen Schwierigkeiten.«

Squires nahm sofort beim ersten Klingeln ab.

»Ja.«

Die Stimme am anderen Ende sprach schnell. Er hörte zu, hielt mit der einen Hand den Hörer fest und wickelte mit der anderen ein Bonbon aus. Er selbst schwieg, und seine Miene blieb ausdruckslos. Als die andere Person geendet hatte, sagte er: »Danke. Sehen Sie sich weiter um« und legte auf.

Das Bonbon war inzwischen ausgepackt. Er steckte es jedoch nicht sogleich in den Mund, sondern legte es vorsichtig auf den Schreibtisch und machte schnell hintereinander drei Anrufe. Jedes Mal, wenn sich der Teilnehmer meldete, sagte er: »Sie hat es gefunden« und legte auf. Erst nach dem dritten Anruf lehnte er sich zurück, griff nach dem Bonbon und ließ es auf seine Zunge gleiten.

Eine Weile blieb er mit halb geschlossenen Augen bewegungslos sitzen und legte die Fingerspitzen aneinander, als würde er beten.

Erst als das Bonbon sich ganz aufgelöst hatte, beugte er sich vor, öffnete eine Schublade und zog ein großes Buch heraus. Auf dem Einband war das Foto einer Wand, die mit vielfarbigen Hieroglyphen bemalt war, und der Titel: »Begräbnisriten in der thebanischen Nekropole der Spätzeit. Von Daniel Lacage«.

Er setzte die Brille auf, lehnte sich zurück, schlug die dünnen Beine übereinander und klappte lächelnd das Buch auf.

20

Luxor

»Diese Morde stehen in Zusammenhang miteinander«, beharrte Khalifa. »Da bin ich mir sicher.«

Er saß in einem großen, peinlich aufgeräumten Büro im ersten Stock der Polizeizentrale von Luxor. Hinter dem Schreibtisch lehnte sich sein Vorgesetzter, Chefinspektor Abdul ibn-Hassani in einem eleganten Ledersessel zurück. Khalifa selbst saß auf einem niedrigen Hocker, wodurch Hassani seine höhere Stellung in der Polizeihierarchie betonte. Der Chef ließ keine Gelegenheit aus, seine Untergebenen spüren zu lassen, wer das Sagen hatte.

»Also, erklären Sie's mir noch mal«, seufzte Hassani. »Aber langsam diesmal.«

Er war ein großer Mann mit breiten Ringerschultern und kurz geschnittenem Haar, sein Gesicht hatte eine gewisse Ähnlichkeit mit dem des Präsidenten Hosni Mubarak, dessen Porträt an der Wand hinter ihm hing.

Er und Khalifa hatten sich noch nie verstanden. Khalifa mochte die Art seines Vorgesetzten nicht, der sich immer peinlich an die Vorschriften hielt. Hassani wiederum misstraute Khalifas Universitätsausbildung, seiner Begeisterung für alte Geschichte und vor allem seiner Neigung, sich mehr von Intuitionen als harten Fakten leiten zu lassen. Der Chef war ein Pragmatiker. Er hatte keine Zeit für Dinge, die vor ein paar Tausend Jahren passiert waren. Er wollte Kriminalfälle im Diesseits lösen. Und das machte man mit harter, detailgenauer Arbeit und Respekt für seine Vorgesetzten, nicht mit Fantastereien über Leute mit unaussprechbaren Namen, die seit dreitausend Jahren tot waren. Geschichte war eine Zerstreuung, eine Liebhaberei. Und Khalifa war in seinen Augen ein zerstreuter Mensch, der sich solchen Fantastereien hingab. Deswegen zögerte er seine Beförderung hinaus. Der Mann hatte nicht das Zeug, das man für den Job brauchte. Er sollte in einer Bibliothek arbeiten, nicht in einer Polizeidienststelle.

»Dem Zeitungsartikel zufolge«, begann Khalifa, »wurde dieser Iqbar mit tiefen Schnitten in Gesicht und Körper in seinem Laden gefunden.«

»Welcher Zeitung?«

»›Al-Ahram‹.«

Hassani schnaubte und bedeutete ihm fortzufahren.

»Den gleichen Verletzungen, die wir bei unserem Opfer Nayar festgestellt haben. Nayar hat mit antiken Gegenständen gehandelt. Genau wie Iqbar. Oder zumindest besaß er einen Antikenladen, was auf dasselbe hinausläuft. Zwei Männer, beide im selben Gewerbe, die beide im Abstand von einem Tag auf dieselbe Weise getötet wurden. Das muss mehr als reiner Zufall sein. Vor allem, wenn man bedenkt, dass Nayar eine Fahrkarte bei sich hatte. Er war am Tag, bevor Iqbar getötet wurde, in Kairo. Es muss eine Verbindung zwischen den beiden Fällen geben.«

»Aber haben wir irgendwelche stichhaltigen Beweise? Ich will keine Vermutungen. Ich will Fakten.«

»Nun, wir haben den medizinischen Bericht aus Kairo noch nicht gesehen …«

»Also könnte es sein, dass die Todesart nicht die gleiche war. Sie wissen doch, wie die Zeitungen übertreiben. Vor allem Schmierblätter wie ›Al-Ahram‹.«

»Ich habe den medizinischen Bericht noch nicht gesehen«, wiederholte Khalifa. »Aber ich weiß, er wird zeigen, dass sie auf dieselbe Weise getötet wurden. Es besteht eine Verbindung zwischen den beiden Fällen. Dessen bin ich mir sicher.«

»Also gut«, seufzte Hassani erschöpft. »Was ist Ihre Theorie?«

»Ich glaube, Nayar hat ein Grab gefunden …«

»Ich wusste doch, dass es irgendwas mit Gräbern zu tun haben würde!«

»Oder jemand anderes hat ein Grab gefunden, und Nayar hat Wind davon bekommen. Wie auch immer, es handelte sich um etwas Bedeutendes. Er fuhr nach Kairo. Er hat Iqbar ein paar Stücke verkauft. Wurde bezahlt. Kam zurück. Gab das Geld aus. Vermutlich dachte er, er hätte für sein ganzes Leben ausgesorgt. Aber es wusste noch jemand von dem Grab. Und diese Person hatte keine Lust, die Beute zu teilen.«

»Das sind Spekulationen, Khalifa. Reine Spekulationen.«

Der Inspektor ging nicht darauf ein, sondern fuhr fort. »Vielleicht nahm Nayar etwas Wertvolles an sich, was diese Leute zurückhaben wollten. Vielleicht genügte die bloße Tatsache, dass er von dem Grab wusste, um sein Todesurteil zu unterschreiben. Wahrscheinlich beides. Wie auch immer, diese Leute schnappten ihn sich, folterten ihn, um herauszufinden, wer noch von der Entdeckung wusste. Dann fuhren sie nach

Kairo, um mit Iqbar dasselbe zu machen. Und wenn wir sie nicht finden, tun sie das Gleiche jemand anderem an. Oder haben es schon getan.«

»Und wer sind diese Leute? Wer sind diese Verrückten, die Ihrer Meinung nach bereit sind, Leute abzuschlachten wegen ein paar alter, verstaubter Altertümer?«

Er hörte sich an, als mache er sich über ein allzu fantasiebegabtes Kind lustig. Khalifa wartete einen Moment, bevor er antwortete.

»Ich habe Gründe anzunehmen, dass Sayf al-Tha'r darin verwickelt ist.«

Hassani explodierte.

»Um alles in der Welt, Khalifa! Als wäre es noch nicht genug zu behaupten, wir hätten es mit irgendeinem marodierenden Serienmörder zu tun, jetzt kommen Sie auch noch mit Sayf al-Tha'r daher. Was für Beweise haben Sie denn dafür?«

»Ich habe eine Quelle.«

»Was für eine Quelle?«

»Jemand, der am Deir el-Bahri arbeitet. Beim Tempel. Er war früher Wärter.«

»Früher?«

»Er wurde bei dem Anschlag verletzt.«

»Und jetzt? Was macht diese Quelle jetzt?«

Khalifa biss sich auf die Lippen, weil er wusste, wie Hassanis Reaktion ausfallen würde.

»Er beaufsichtigt die Toiletten am Tempel.«

»Großartig!«, rief der Chefinspektor. »Khalifas großartige Quelle: ein schäbiger Toilettenaufseher.«

»Er weiß besser, was in der Gegend um Luxor vor sich geht, als jeder andere, den ich kenne. Er ist absolut vertrauenswürdig.«

»Das glaube ich gern, wenn es um das Reinigen von Toiletten geht. Aber was Polizeiarbeit anbelangt? Ich bitte Sie!«

Khalifa zündete sich eine Zigarette an und starrte aus dem Fenster. Das Büro des Chefinspektors ging direkt auf den Tempel von Luxor hinaus und besaß eine der schönsten Aussichten auf das Bauwerk in der ganzen Stadt. Eine Schande, dass sie an einen Ignoranten wie Hassani verschwendet wurde. Von draußen drang der Ruf eines Muezzins herein, der die Gläubigen zum Nachmittagsgebet rief.

»Alle Händler in der Stadt haben Angst«, begann Khalifa wieder. »Jeder, mit dem ich über den Fall gesprochen habe, fürchtet sich. Es ist etwas im Gange, glauben Sie mir.«

»Davon bin ich überzeugt«, erwiderte Hassani schroff. »Und zwar in Ihrem Kopf.«

»Wenn ich nur einen Tag nach Kairo fahren und mich ein bisschen umhören könnte …«

»Das ist doch Zeitvergeudung, Mann. Dieser Nayar, oder wie er hieß, wurde von jemandem umgebracht, dem er Geld schuldete … Sie haben doch selbst gesagt, dass er Schulden hatte, oder?«

»Ja, aber …«

»Oder von jemandem, den er beleidigt hat … Sie haben doch gesagt, dass er Leute beleidigt hat, oder?«

Khalifa zuckte die Achseln.

»Und Iqbar wurde von einem Dieb getötet und verstümmelt, wenn er überhaupt verstümmelt wurde, was eingedenk der Berichterstattung in ›Al-Ahram‹ vermutlich gar nicht stimmt. Und die beiden wurden bestimmt nicht von derselben Person umgebracht. Sie lesen da zu viel hinein.«

»Ich habe bloß das Gefühl …«

»Gefühle haben nichts mit Polizeiarbeit zu tun. Sondern Fakten. Klares Denken. Eindeutige Beweise. Gefühle verwirren bloß.«

»Wie beim al-Hamdi-Fall?«

Hassani funkelte ihn wütend an.

Der Fall von Ommaya al-Hamdi hatte sie alle schockiert, selbst Hassani. Ihre Leiche wurde nackt und erdrosselt am Grund eines Brunnens gefunden. Sie war erst vierzehn gewesen.

Daraufhin war ein geistig zurückgebliebener Junge aus ihrem Dorf verhaftet worden, der nach intensivem Verhör das Verbrechen gestanden hatte. Aus irgendeinem Grund war Khalifa bei der Sache nicht wohl gewesen, weil er spürte, dass der Fall nicht ganz so einfach lag, wie es aussah. Seine Zweifel hatten ihm den

Zorn Hassanis und die Sticheleien seiner Kollegen eingetragen. Aber er hatte sich nicht beirren lassen und den Fall auf eigene Faust weiterverfolgt. Schließlich stellte sich heraus, dass der Cousin der Ermordeten, der in das Mädchen verliebt gewesen war, die Tat begangen hatte. Für seine Rolle bei der Aufklärung des Falls hatte er keine Anerkennung bekommen, aber wenigstens brachte man seitdem seinen Ahnungen ein bisschen mehr Respekt entgegen.

»Also gut«, sagte der Chefinspektor. »Was genau wollen Sie eigentlich?«

»Ich möchte nach Kairo fahren«, antwortete Khalifa, der spürte, dass sein Chef allmählich nachgab. »Ich möchte mir den Mordfall Iqbar genauer ansehen und herausfinden, ob er ein Licht auf unseren Fall werfen kann. Ich bräuchte nur einen Tag.«

Hassani drehte sich auf seinem Stuhl herum und sah aus dem Fenster. Es klopfte.

»Moment!«, rief er.

»Ich nehme den Nachtzug«, sagte Khalifa. »Das spart die Kosten für den Flug.«

»Selbstverständlich nehmen Sie den Nachtzug!«, bellte Hassani. »Wir sind schließlich kein Reiseunternehmen!«

Er wandte sich wieder um und sah den Inspektor an. »Einen Tag. Mehr kriegen Sie nicht. Nur einen Tag. Sie fahren heute Abend und kommen morgen Abend zurück. Und gleich am Morgen darauf möchte ich einen Bericht auf meinem Schreibtisch haben. Verstanden?«

»Ja, Herr Chefinspektor.«

»Nehmen Sie das Fahrgeld aus der Kasse für kleine Sonderausgaben.«

»Danke.«

Khalifa stand auf und ging zur Tür.

»Ich hoffe, Sie behalten Recht damit«, brummte Hassani. »Zu Ihrem eigenen Besten. Denn falls nicht, halte ich noch weniger von Ihnen, als ich es jetzt schon tue.«

»Und wenn ich Recht habe?«

»Raus!«

21

Kairo

»Wohin wollen Sie?«, fragte der Taxifahrer.

»Irgendwohin«, antwortete Daniel. »Ins Zentrum.«

»Midan Tahir?«

»Ja, das wäre mir recht.«

Sie fuhren ein paar Minuten, dann beugte sich Daniel vor.

»Nicht Midan Tahir. Zamalek. Bringen Sie uns nach Zamalek. Sharia Abdul Azim.«

Der Fahrer nickte, und Daniel lehnte sich zurück.

»Wohin fahren wir?«, fragte Tara.

»Meinen Dealer besuchen, Mohammad Samali. Vermutlich die am wenigsten vertrauenswürdige Person in Kairo, aber im Moment fällt mir niemand anderes ein, der uns helfen könnte.«

Sie lehnten sich zurück und starrten aus dem Fenster, während sich das Taxi langsam durch den Verkehr schob. Ein paar Minuten später ergriff Daniel Taras Hand. Keiner von beiden sprach, und sie sahen sich nicht an.

Zamalek war ein dicht begrüntes Viertel mit Villen und hohen Apartmenthäusern. Sie hielten vor einem exklusiv wirkenden, modernen Haus mit einem gepflegten Garten und einer hohen Glasfront am Eingang. Nachdem sie den Fahrer bezahlt hatten, stiegen sie die Stufen zur Vordertür hinauf. An der Wand war eine polierte Messingplatte mit einer Sprechanlage angebracht. Daniel drückte auf die Klingel von Nummer 43.

Sie warteten einen Moment, dann klingelte er noch einmal. Es dauerte eine Weile, dann erklang eine Stimme aus der Sprechanlage.

»Ja.«

»Samali? Hier ist Daniel.«

»Daniel, was für eine nette Überraschung.« Die Stimme war sanft, melodisch, leicht lispelnd. »Du erwischst mich leider in einem ziemlich unpassenden Moment. Könntest du vielleicht ...«

»Es ist dringend. Ich muss mit dir sprechen. Jetzt.«

Eine Pause trat ein.

»Warte fünf Minuten und komm dann rauf. Vierter Stock, du weißt ja.«

Ein Klicken ertönte, sie öffneten die Tür und traten in einen mit Teppich ausgelegten Flur. Die Luft war dank der Klimaanlage kühl. Sie warteten ein paar Minuten und nahmen dann den Lift in den vierten Stock hinauf. Samalis Wohnung befand sich in der Mitte des Korridors, an dessen Wänden Drucke von antiken Bauwerken hingen. Sie klopften, warteten und hörten schließlich das leise Geräusch von Schritten.

»Sei vorsichtig, was du zu ihm sagst«, flüsterte Daniel. »Und lass die Schachtel im Rucksack. Es ist besser, wenn er sie nicht sieht. Samali würde seine eigene Mutter verkaufen, wenn er sich einen Profit davon verspräche. Je weniger Einzelheiten er weiß, desto besser.«

Rasselnd wurden mehrere Schlösser geöffnet, und die Tür ging auf.

»Tut mir Leid, dass ihr warten musstet. Bitte, kommt rein.«

Samali war groß, sehr dünn und völlig kahl, und auf seiner Haut lag ein feiner Glanz, als hätte er gerade eine Creme aufgetragen. Er drehte sich um und führte sie durch einen Gang in ein großes, sehr minimalistisch eingerichtetes Wohnzimmer mit hellem Holzboden, weißen Wänden und verschiedenen Leder- und Metallmöbeln. Durch eine Tür sah Tara zwei kleine Jungs, von denen einer einen Bademantel trug. Die Tür wurde jedoch sofort geschlossen, und sie waren verschwunden.

»Wir haben uns noch nicht kennen gelernt, glaube ich?«, sagte Samali lächelnd.

»Tara Mullray«, stellte Daniel vor. »Eine alte Freundin.«

»Freut mich.«

Er trat auf sie zu und küsste ihre Hand, wobei sich seine Nasenflügel einen Moment lang blähten, als schnuppere er an ihrer Haut. Dann ließ er sie los und deutete auf ein großes Ledersofa.

»Ein Drink?«

»Whiskey«, sagte Daniel.

»Miss Mullray?«

»Das Gleiche. Danke.«

Er nahm eine Karaffe aus der Bar, goss zwei Gläser ein und gab in jedes einen Eiswürfel. Er reichte ihnen ihre Getränke, ließ sich ihnen gegenüber nieder, ergriff eine Zigarettenspitze aus Jade und steckte eine Zigarette hinein.

»Du trinkst nichts?«, fragte Daniel.

»Ich seh lieber zu«, antwortete Samali lächelnd.

Er zündete die Zigarette an und inhalierte tief. Seine Augenbrauen waren sehr dünn und sehr dunkel und, wie Tara plötzlich bemerkte, mit Kajalstift nachgezogen.

»Also«, begann er. »Welchem Umstand verdanke ich das Vergnügen?«

Daniel sah zu ihm auf, dann schweifte sein Blick zum Fenster ab, während er nervös auf die Sofalehne trommelte.

»Wir brauchen Hilfe.«

»Aber sicher braucht ihr die«, antwortete Samali lächelnd.

Er wandte sich Tara zu, schlug die Beine übereinander und glättete mit der Hand seine Hose.

»Ich bin, was man grob gesagt einen Dealer nennt, Miss Mullray. Eine sehr verachtete Spezies, bis jemand etwas braucht. Dann bin ich plötzlich unentbehrlich. Es ist eine sehr einträgliche Profession ...«

Er machte mit der Hand eine Geste und deutete auf die teure Wohnung.

»Wenn auch eine emotional sehr enttäuschende. Ein Mann meiner Profession lernt bald, dass er nie aus reiner Freundschaft aufgesucht wird. Es steht immer etwas – wie sagt man? – auf der Tagesordnung.«

Das bemerkte er scherzend, obwohl in seinen Augen etwas Kaltes lag, als halte er ihre Höflichkeit für gespielt und als wolle er ihnen zu verstehen geben, dass es bei ihm nicht anders war. Er beugte den Kopf zurück, zog langsam an der Zigarettenspitze und sah zur Decke.

»Also«, begann er, »was brauchst du, Daniel? Hast du Probleme mit deiner Grabungslizenz? Oder hat Steven Spielberg Interesse gezeigt, deine Arbeit zu verfilmen, und du brauchst Hilfe bei den nötigen Genehmigungen?«

Er schmunzelte über seinen Scherz. Daniel stürzte seinen Whiskey hinunter und stellte das Glas ab.

»Ich brauche Informationen«, antwortete er knapp.

»Informationen!«, flötete Samali. »Wie überaus schmeichelhaft. Dass sich ein Gelehrter deines Rufs an mich um Rat wendet. Ich kann mir wirklich nicht vorstellen, was ich wissen könnte, was du nicht weißt. Aber bitte, frag nur.«

Daniel beugte sich vor, und die Polsterung knarzte unter ihm. Wieder sah er rasch zu Samali auf, und wieder glitt sein Blick ausweichend zum Fenster hinüber.

»Ich möchte Informationen über Sayf al-Tha'r«, sagte er.

Ein kurzer Moment des Schweigens.

»Irgendwas Besonderes?«, fragte Samali. »Oder nur ein allgemeines Resümee?«

»Ich möchte wissen, was Sayf al-Tha'r mit antiken Kunstschätzen zu tun hat.«

Wieder ein leichtes Zögern auf Samalis Seite.

»Darf ich fragen, warum?«

»Es ist besser, wenn ich nicht in die Details gehe. Sowohl zu deiner wie zu unserer Sicherheit. Es gibt einen bestimmten antiken Gegenstand, den er unserer Meinung nach haben will, und wir müssen herausbekommen, warum.«

»Wie geheimnisvoll du dich ausdrückst, Daniel.«

Er hob die linke Hand und begann, seine Fingernägel zu betrachten. Tara glaubte aus dem Nebenzimmer ein Flüstern zu hören.

»Dieser mysteriöse Gegenstand ...«, fuhr Samali fort. »Gehe ich recht in der Annahme, dass er sich in der Schachtel in Miss Mullrays Rucksack befindet?«

Weder Tara noch Daniel antworteten.

»Ich entnehme eurem Schweigen, dass dies zutrifft.«

Er warf Tara einen Blick zu.

»Dürfte ich ihn bitte sehen?«

Sie starrte ihn an, ihr Blick wanderte zu Daniel hinüber und dann auf den Rucksack in ihrem Schoß. Nach kurzem Schweigen ertönte das kehlige Lachen Samalis.

»Zweifellos hat Ihnen Dr. Lacage befohlen, ihn mir nicht zu

zeigen. Eine weitere Lektion, die man in meinem Geschäft schnell lernt: dass man selten Vertrauen genießt.«

Er sah sie einen Augenblick lang an und machte dann eine wegwischende Handbewegung.

»Das macht aber nichts. Behalten Sie ihn, wenn es Ihnen so lieber ist. Es macht mir nur größere Mühe, eure Frage zu beantworten. Als wollte man Poker spielen, ohne seine Karten ansehen zu dürfen.«

Er betrachtete wieder seine Fingernägel.

»Also, du möchtest wissen, was es mit dem Schwert der Rache und antiken Gegenständen auf sich hat«, sagte er sinnierend. »Eine höchst gefährliche Fragestellung. Und was wäre dabei ...«

»... für dich drin?« Daniel stand auf, nahm sein Glas und ging zur Bar hinüber, wo er sich einen weiteren Whiskey eingoss. Seine Hand schien zu zittern.

»Nichts. Ich bitte dich, uns aus reiner Herzensgüte zu helfen.«

Samali zog die Augenbrauen hoch.

»Sieh an, sieh an. Zuerst wird mir die Rolle als Quell allen Wissens zugewiesen, dann die des großen Menschenfreunds. Wenn wir fertig sind, werde ich kaum mehr wissen, wer ich überhaupt bin.«

»Ich kann dir ein paar Hundert Dollar geben. Drei-, vierhundert vielleicht. Wenn es darum geht.«

Samali gab einen Laut der Geringschätzung von sich.

»Ich bitte dich, Daniel. Ich bin vielleicht ein Selfmademan, aber bei meinem Aufstieg habe ich mir einen gewissen Stil bewahrt. Ich bin keine gewöhnliche Straßenhure, die sich für geleistete Dienste mit einem Trinkgeld abspeisen lässt. Du kannst deine vierhundert Dollar behalten.«

Er zog wieder an seiner Zigarettenspitze und lächelte leise, als würde er Daniels Unbehagen genießen.

»Obwohl natürlich nichts auf der Welt völlig umsonst ist. Vor allem, wenn es sich um Informationen über eine derart gefährliche Person wie Sayf al-Tha'r handelt. Also wollen wir es dabei belassen, dass du in meiner Schuld stehst. Und eines Tages treibe ich diese Schuld vielleicht ein. Einverstanden?«

Sie sahen sich einen Moment lang an, dann leerte Daniel sein Glas.

»Einverstanden.«

Er goss sich noch einmal nach und kehrte zum Sofa zurück. Samalis Zigarette war bis zum Filter heruntergebrannt, und er drückte sie in einem metallenen Aschenbecher aus.

»Natürlich habe ich keine Verbindung zu Sayf al-Tha'rs Organisation. Das möchte ich von vornherein klarstellen. Alles, was ich dir erzähle, ist reines Hörensagen.«

»Sprich weiter.«

»Nun«, begann er und strich erneut seine Hose glatt, »wie es aussieht, finanziert der gute Mann seit einigen Jahren seine Operationen mit dem geheimen Handel von antiken Kunstschätzen.«

Er steckte eine neue Zigarette in die Spitze.

»Offensichtlich kennt er sich in ägyptischer Kunst besser aus als die meisten Experten. Also liegt diese Einkommensquelle für ihn auf der Hand. Tatsächlich ist sie die einzige, die er hat, nachdem sich auf Grund seiner Aktivitäten fast alle anderen fundamentalistischen Gruppen im Nahen Osten von ihm abgewandt haben. Nicht einmal Osama bin Laden will mit ihm etwas zu tun haben.«

Er stand auf und ging langsam zum Fenster hinüber. Die Nachmittagssonne schien auf seinen kahlen Schädel, so dass sein Kopf wie poliertes Messing glänzte.

»Er betreibt eine regelrechte kleine Heimindustrie. Kunstgegenstände, die von Ausgrabungsstätten gestohlen, aus neu entdeckten Gräbern geraubt oder aus Museen entwendet wurden. Sie werden nach Süden in den Sudan geschickt und dann nach Europa oder in den Fernen Osten verschifft, wo sie von Mittelsmännern an private Kunden verkauft werden. Der Profit wird dann wieder ins Land zurückgeschleust und ... nun, ich glaube, wir wissen alle, wofür er verwendet wird.«

»Da gibt es einen großen Mann«, sagte Tara. »Mit einem Muttermal im Gesicht.«

Samali blieb am Fenster stehen und blickte auf die Straße hinunter.

»Dravitt«, sagte er. »Drakich, Dravich, irgend so was. Deutscher, glaube ich. Sayf al-Tha'rs Augen und Ohren hier in Ägypten. Ich fürchte, über ihn kann ich euch nicht viel sagen. Außer dass die Gerüchte, die über ihn kursieren, nichts Angenehmes beinhalten.«

Er wandte sich wieder zu ihnen um.

»Ich weiß nicht, was in eurer Schachtel da ist, Daniel, aber wenn du sagst, Sayf al-Tha'r möchte es haben, dann kann ich euch versichern, dass er es früher oder später auch bekommen wird. Antike Stücke sind sein Lebenssaft. Wenn es darum geht, ihrer habhaft zu werden, ist er absolut rücksichtslos.«

»Aber es ist nicht einmal wertvoll«, sagte Daniel. »Warum sollte er so verzweifelt versuchen, es in die Finger zu bekommen?«

Samali zuckte mit den Achseln.

»Wie kann ich euch das sagen, wenn ihr es mir nicht zeigt? Ich kann nur wiederholen, was ich schon gesagt habe: Wenn Sayf al-Tha'r es haben will, kriegt er es auch.«

Er kam langsam zu seinem Sessel zurück, zog sein Feuerzeug heraus und zündete seine Zigarette an.

»Vielleicht trinke ich jetzt doch etwas«, sagte er. »Der Nachmittag scheint ungewöhnlich heiß geworden zu sein.«

Er ging zur Bar und goss sich ein Glas von einer undurchsichtigen, gelben Flüssigkeit ein.

»Wie steht's mit der britischen Botschaft?«, fragte Tara.

Es folgte ein kurzes Schweigen und dann ein lautes Klirren, als Samali einen Eiswürfel in sein Glas warf.

»Der britischen Botschaft?«

Sein Tonfall klang harmlos, obwohl sich seine Stimme ein wenig gehoben zu haben schien, als drücke ihm jemand den Hals zu.

»Wie es scheint, wollen sie das Ding auch haben«, sagte Daniel. »Zumindest will es der Kulturattaché.«

Wieder ein Klirren. Samali legte die Zange weg, nahm einen tiefen Schluck und wandte ihnen weiterhin den Rücken zu.

»Wie um alles in der Welt kommt ihr darauf, dass der britische Kulturattaché eure Antiquität möchte?«

»Weil er uns angelogen hat«, antwortete Tara.

Samali nahm noch einen Schluck und ging zum Fenster zurück. Eine ganze Weile erwiderte er nichts.

»Ich gebe euch einen guten Rat«, sagte er schließlich. »Und den gebe ich euch ganz unentgeltlich. Seht zu, dass ihr diesen Gegenstand loswerdet, egal, worum es sich handelt, und verlasst Ägypten. Tut das schnell, heute noch. Denn wenn ihr das nicht tut, werdet ihr sterben.«

Tara lief ein kalter Schauer über den Rücken. Unwillkürlich ergriff sie Daniels Hand. Sie war feucht von Schweiß.

»Was weißt du, Samali?«, fragte er.

»Sehr wenig. Und dabei will ich es auch belassen.«

»Aber du weißt etwas?«

»Bitte«, sagte Tara.

Wieder folgte ein langes Schweigen. Samali trank aus, stand mit dem leeren Glas in der Hand da und zog an seiner Zigarettenspitze. Die Fenster schienen schalldicht zu sein, kein Laut drang von der Straße herauf. Das Flüstern aus dem Nebenraum hatte aufgehört.

»Da gibt es ... wie soll ich sagen ... eine Verbindungslinie«, begann er schließlich zögernd, »für gestohlene antike Gegenstände. Über die britische Botschaft. Und über die amerikanische, wenn es stimmt, was wir gehört haben. Das ist allerdings fraglich. Es handelt sich nur um Gerüchte, versteht ihr. Gerüchte auf Grund von Gerüchten. Heimliches Geflüster. Gegenstände werden aus Museen entwendet, sagt man, als Diplomatengepäck außer Landes gebracht, im Ausland verkauft, und der Erlös geht auf geheime Konten. Alles hört sich ziemlich nach Mantel-und-Degen-Romantik an.«

»Gütiger Gott!«, murmelte Daniel. »Aber das ist noch nicht alles«, fuhr Samali fort. »Die Botschaften organisieren den Export der Objekte. Es sind jedoch unsere eigenen Sicherheitskräfte, die diesen Diebstahl überhaupt ermöglichen. Oder zumindest Teile davon. Das betrifft höher und niedriger gestellte Persönlichkeiten, Daniel. Diese Leute haben überall Kontakte. Sie wissen alles. Sie könnten uns jetzt in diesem Moment beobachten und belauschen.«

»Wir müssen zur Polizei gehen«, sagte Tara. »Unbedingt.«
Samali lachte bitter.

»Sie hören nicht zu, Miss Mullray. Diese Leute sind die Polizei. Sie sind das Establishment. Ich kann gar nicht genügend betonen, wie viel Macht sie besitzen. Sie manipulieren Sie, ohne dass Sie es überhaupt bemerken. Verglichen mit denen ist Sayf al-Tha'r Ihr engster Verbündeter.«

»Aber warum«, fragte Daniel. »Warum wegen dieses einen Stücks?«

Samali zuckte mit den Achseln.

»Das kann ich nicht beantworten, wie ich schon gesagt habe. Soweit ich sehe, gibt es auf der einen Seite die Botschaften und den Geheimdienst ...«

Er hob die Hand, in der er das Glas hielt.

»... und auf der anderen Seite Sayf al-Tha'r ...«

Er hob die andere Hand.

»... und dazwischen, kurz davor, zermalmt zu werden ...«

»Wir«, flüsterte Tara, die das Gefühl hatte, ihr Magen drehe sich um.

Samali lächelte.

»Was können wir tun?«, fragte sie. »Wohin können wir uns wenden?«

Der Ägypter antwortete nicht. Daniel setzte sich auf und starrte auf den Boden. Die Schachtel auf Taras Schoß fühlte sich plötzlich tonnenschwer an. Ihr Gewicht schmerzte tatsächlich auf ihren Beinen. In der Stille schien die Luft zu vibrieren.

»Wir brauchen ein Fahrzeug«, sagte Daniel schließlich. »Ein Auto, ein Motorrad, irgendwas. Kannst du das besorgen?«

Samali sah einen Moment auf sie hinab, und sein Blick wurde ein wenig sanfter. Er ging zum Telefon, wählte und sprach schnell in die Muschel.

Am anderen Ende war ein leises Murmeln zu hören, dann legte er auf.

»In fünf Minuten steht unten ein Motorrad«, sagte er. »Der Schlüssel wird in der Zündung stecken.«

»Wie viel?«, fragte Daniel.

»Oh, es kostet nichts«, antwortete Samali grinsend. »Nicht

einmal ich bin so gewinnsüchtig, um von einem Todgeweihten Geld zu nehmen.«

Es war warm im Raum, aber Tara stellte fest, dass sie unkontrollierbar zitterte.

Das Motorrad – eine verbeulte orangefarbene Jawa 350 – erwartete sie, wie Samali gesagt hatte. Es war nichts zu sehen von der Person, die sie gebracht hatte. Daniel stieg auf und ließ mit dem Kickstarter den Motor an. Mit dem Rucksack auf dem Rücken, in dem sich die Schachtel befand, schwang sich Tara auf den Beifahrersitz.

»Also, wohin?«, fragte sie.

»Zu dem einzigen Ort, wo wir vielleicht herausfinden, warum das Stück so wichtig ist«, antwortete er.

»Und der wäre?«

»Wo es herstammt. Aus Luxor.«

Er legte den Gang ein, drückte aufs Gas und sie fuhren donnernd die Straße hinunter, während Taras Haar im Fahrtwind flatterte.

Von seinem Apartmentfenster aus beobachtete Samali, wie sie um die Ecke verschwanden, dann ging er zum Telefon, hob ab und wählte.

»Sie sind gerade fort«, sagte er. »Und sie haben das Stück bei sich.«

DER NÖRDLICHE SUDAN

Der Hubschrauber flog direkt über das Camp und setzte etwa dreißig Meter dahinter zur Landung an. Der Luftstrom, den seine Rotorblätter erzeugten, wirbelte Sand und Schotter auf, der wie Hagel über die Zelte peitschte. Der Junge, der zur Begrüßung herausgekommen war, drehte sich um und bedeckte sein Gesicht mit dem Arm. Erst als der Hubschrauber am Boden war und die Rotorblätter fast stillstanden, wandte er sich wieder um, lief auf ihn zu und öffnete die Seitentür.

Ein Mann in einem zerknitterten Anzug sprang heraus, in einer Hand hielt er eine Aktentasche, in der anderen eine Zigarre. Der Junge wirkte winzig neben ihm.

»Er erwartet Sie, *ya Doktora.*«

Die beiden gingen auf das Camp zu. Der Junge hielt die Augen zu Boden gerichtet und vermied den Blick auf das Gesicht des Mannes, das ihm wegen des schrecklichen purpurnen Mals auf der linken Hälfte Angst einjagte. Der Mann schritt, seine Aktentasche schwingend, neben ihm aus und bemerkte nichts davon.

Sie gingen am Rand des Camps entlang, bis sie zu einem Zelt etwas abseits von den anderen kamen. Der Junge schlug die Zeltplane zurück und trat ein. Der Mann warf seine Zigarre weg, bückte sich und folgte ihm.

»Willkommen, Dr. Dravic«, sagte eine Stimme. »Nehmen Sie Tee?«

Sayf al-Tha'r saß im Schneidersitz in der Mitte des Zeltes, sein Gesicht war in der Dunkelheit kaum zu erkennen. Neben ihm lag ein Buch, aber man konnte nicht sehen, worum es darin ging.

»Ich hätte lieber Bier«, antwortete Dravic gereizt.

»Wie Sie wissen, trinken wir hier keinen Alkohol. Mehmet, bring Dr. Dravic Tee.«

»Ja, Meister.«

Der Junge verschwand.

»Bitte, nehmen Sie Platz.«

Der Riese machte einen schwerfälligen Schritt nach vorn und ließ sich auf den mit Teppichen belegten Boden sinken. Offensichtlich war er es nicht gewohnt, auf dem Boden zu sitzen, denn er wechselte immer wieder die Stellung, um eine bequeme Position zu finden. Schließlich entschied er sich für eine halb kniende Haltung, schlug ein Bein unter sich und zog das andere an die Brust.

»Ich weiß nicht, warum Sie sich nicht ein paar Stühle besorgen können«, murmelte er.

»Wir ziehen es vor, einfach zu leben.«

»Im Gegensatz zu mir.«

»Dann schlage ich vor, dass Sie sich das nächste Mal einen eigenen Stuhl mitbringen.«

Sayf al-Tha'rs Stimme klang nicht ärgerlich, nur entschieden. Dravic murmelte etwas, ging aber nicht weiter auf das Thema ein. Er wirkte unsicher in der Gegenwart des Mannes, der ihn nervös zu machen schien. Er zog ein Taschentuch heraus und wischte sich über die Stirn, die in den wenigen Minuten, seitdem er aus dem Hubschrauber gestiegen war, vor Schweiß zu triefen begonnen hatte.

»Also?«, fragte Sayf al-Tha'r. »Haben wir es schon?«

Im Gegensatz zu Dravic saß er ganz still, seine Hände ruhten auf seinen Knien.

»Nein«, erwiderte der Deutsche. »Es war in Sakkara, wie ich vorausgesagt habe, aber die Frau ist damit entkommen, bevor wir es verhindern konnten. Sie hat zwei unserer Männer getötet.«

»Die Frau hat das getan?«

»Sie und irgendein Typ, der bei ihr war. Ein Archäologe. Daniel Lacage.«

»Lacage?« Die grünen Augen des Mannes leuchteten in der Dunkelheit. »Wie ... interessant. Sein Werk über die Grabmalerei der Spätzeit gehört zu meinen Lieblingsbüchern.«

Dravic zuckte mit den Achseln.

»Hab ich nicht gelesen.«

»Das sollten Sie aber. Eine ganz ausgezeichnete wissenschaftliche Arbeit.«

Ein Anflug von Ärger strich über das Gesicht des Riesen. Nicht zum ersten Mal fragte er sich, warum der Mann ihn überhaupt beschäftigte, wenn seine eigenen Kenntnisse über das alte Ägypten so groß waren. Wollte er sich über ihn lustig machen?

Oder die Tatsache unterstreichen, dass er als Ägypter weitaus mehr über die Vergangenheit des Landes wusste, als es einem Fremden jemals möglich gewesen wäre.

Wenn Ägypten Leuten wie ihm überlassen worden wäre, hätte es überhaupt keine Vergangenheit.

Dann wäre schon vor langem alles ausgegraben und an den Höchstbietenden verkauft worden. Er ballte die Faust, und seine Knöchel wurden weiß.

Mehmet kam mit dem Tee, ein Glas reichte er Dr. Dravic, das andere stellte er auf den Boden neben seinen Meister.

»Danke, Mehmet. Warte draußen.«

Der Junge ging wieder hinaus und vermied es dabei, Dravic anzusehen.

»Warum hilft Lacage der Frau?«, fragte Sayf al-Tha'r.

»Keine Ahnung. Sie blieb letzte Nacht bei ihm, heute Nachmittag fuhren sie nach Sakkara, fanden das Stück und verschwanden wieder.«

»Und jetzt?«

»Ich weiß nicht.«

»Sind sie zur Polizei gegangen?«

»Nein. Davon haben wir nichts gehört.«

»Zur Botschaft?«

»Nein. Die haben wir den ganzen Tag beobachtet.«

»Wohin dann?«

»Auf den Mond wahrscheinlich. Wie ich schon gesagt habe, sie sind verschwunden. Sie können überall sein.«

»Sind sie selbst hinter der Beute her? Ist es das?«

»Hören Sie, ich habe keine Ahnung, verdammt! Ich bin kein Gedankenleser.«

Um Sayf al-Tha'rs Mund zeigte sich eine leichte Anspannung, das erste Anzeichen von Widerwillen auf seiner Seite. »Es ist eine Schande, dass Sie in Sakkara nicht vorsichtiger waren, Dr. Dravic. Wenn Sie gegenüber dem alten Mann weniger gewalttätig gewesen wären, hätten wir uns eine Menge Schwierigkeiten erspart.«

»Ich hab Ihnen schon gesagt, dass es nicht meine Schuld war«, antwortete der Riese. »Ich hab den alten Mistkerl nicht angerührt. Wir haben vor dem Grabungshaus auf ihn gewartet, aber bevor wir Gelegenheit hatten, ihm ein paar Fragen zu stellen, bekam er einen Herzanfall. Ein Blick auf die Kelle reichte, und schon fiel er mir tot vor die Füße. Ich hab ihm kein Härchen gekrümmt.«

»Dann ist es eine Schande, dass Sie das Grabungshaus nicht sorgfältiger durchsucht haben.«

»Das Stück war nicht im Grabungshaus. Deshalb konnten

wir's nicht finden. Er hatte es draußen versteckt, in der Mauer einer Mastaba.«

Der Mann nickte langsam und griff nach seinem Tee, ohne Dravic aus den Augen zu lassen. Er hob das Glas zum Mund, neigte es ein wenig und befeuchtete sich die Lippen mit der Flüssigkeit, nicht mehr. Dravic hob sein Glas und trank laut schlürfend. Schweiß rann ihm übers Gesicht. Es fiel ihm schwer, in der Hitze zu atmen.

»Wir finden sie«, sagte er. »Es ist nur eine Frage der Zeit.«

»Aber wir haben keine Zeit, Dr. Dravic, das wissen Sie genau. Wir können die Sache nicht ewig geheim halten. Wir brauchen das Stück jetzt.«

»Wir überwachen die Bahnhöfe, die Busbahnhöfe, den Flughafen. Wir haben überall Leute postiert. Wir finden sie.«

»Das hoffe ich.«

»Wir finden sie!«

Wieder schien es Dr. Dravic schwer zu fallen, seinen Ärger zu zügeln. Dann brach er in leises Lachen aus, als wollte er damit seinen Zorn überspielen, und wischte sich mit seinem Taschentuch über die Stirn.

»Mein Gott, wenn die Sache glatt läuft, sind wir alle Millionäre!« Die Bemerkung schien Sayf al-Tha'r zu interessieren. Er beugte sich leicht nach vorn.

»Erregt Sie das, Dr. Dravic? Die Vorstellung, Millionär zu sein?«

»Machen Sie Scherze? Natürlich tut sie das. Sie etwa nicht?«

»Was? Eine Million Pfund zu haben, die ich für mich ausgeben könnte? Um sie für unnützen Luxus zu vergeuden, während in den Slums die Kinder hungern?« Der Mann lächelte. »Nein, das erregt mich nicht. Das erregt mich überhaupt nicht. Es langweilt mich.«

Erneut hob er sein Teeglas an die Lippen.

»Aber eine Million Pfund zu haben, um das Wort Gottes zu verbreiten.« Sein Lächeln wurde breiter. »Eine Million Pfund, um die Unterdrücker niederzuwerfen und das Gesetz der Sharia wiederherzustellen, die Erde zu reinigen und den Willen Gottes zu vollziehen. Ja, das erregt mich, Dr. Dravic. Das erregt mich ganz außerordentlich.«

»Was heißt hier Gott?«, lachte Dravic und wischte sich den Schweiß vom Nacken. »Ich nehm das Geld auch so!«

Plötzlich war das Lächeln des Mannes verschwunden. Er funkelte Dravic an, und seine Hand umklammerte das Teeglas so fest, dass es schien, als müsste es jeden Moment zerspringen.

»Seien Sie vorsichtig mit dem, was Sie sagen«, zischte er. »Seien Sie sehr vorsichtig. Es gibt Beleidigungen, die man nicht aussprechen sollte.«

Starr und ohne zu blinzeln, ganz so, als hätte er keine Augenlider, bohrte sich sein Blick in Dravic. Der Riese wischte sich wieder über die Stirn, unfähig, dem eindringlichen Blick standzuhalten.

»Schon gut, schon gut«, murmelte er. »Sie haben Ihre Prioritäten, ich die meinen. Dabei wollen wir's belassen.«

»Ja«, antwortete Sayf al-Tha'r mit schroffer Stimme und nickte. »Dabei wollen wir's belassen.«

Eine Weile saßen sie schweigend da, dann rief der Mann den Jungen herein.

»Mehmet, begleite Dr. Dravic zu seinem Hubschrauber zurück.«

Dravic stand langsam auf, stöhnte über seine steifen Beine und ging, erleichtert fortzukommen, zum Eingang.

»Ich melde mich, sobald ich Neuigkeiten habe«, sagte er. »Ich bin in Luxor. Wenn die beiden irgendwo auftauchen, dann dort.«

»Wollen wir's hoffen. Hier steht alles bereit. Wir können innerhalb von ein paar Stunden über der Grenze sein. Wir müssen bloß wissen, wohin wir sollen.«

Der Riese nickte und wollte gerade aus dem Zelt treten, als Sayf al-Tha'rs Stimme ihn zurückhielt.

»Finden Sie das fehlende Stück, Dr. Dravic. Möglichkeiten wie diese gibt es nur einmal im Leben. Wir müssen sie am Schopf packen, solange es noch geht. Finden Sie das Stück.«

Dravic brummte etwas und ging hinaus. Zwei Minuten später ertönte ein lautes, wimmerndes Geräusch, dann ein Dröhnen, als der Hubschrauber abhob und über die Wüste davonflog.

Wieder allein, stand Sayf al-Tha'r auf und ging zu einer großen Truhe im hinteren Teil des Zeltes. Er zog einen Schlüssel aus seinem Gewand, sperrte das Schloss auf und öffnete den schweren Deckel.

Es beschämte ihn, dass er sich mit *kufr* wie Dravic zusammentun musste, aber er hatte keine andere Wahl. Selbst die Grenze zu überqueren, war zu riskant. Sie suchten ihn. Er musste warten. Immer warten. Bald vielleicht, wenn das fehlende Bruchstück gefunden war, aber jetzt noch nicht. Wenn er jemand anderen hätte beauftragen können, irgendeinen anderen, hätte er es getan, aber nur Dravic besaß die nötigen Kenntnisse und, wichtiger noch, war skrupellos genug. Also verließ er sich auf ihn, auf den Schmutz der Erde, den Abschaum der Menschheit. Die Wege Allahs waren tatsächlich unergründlich.

Er beugte sich hinunter, griff in die dunkle Truhe, als griffe er in einen Teich, und nahm eine kleine Halskette heraus. Er hielt sie in einen dünnen Lichtstrahl, und die Kette blitzte auf. Gold. Er schüttelte sie, und die kleinen länglichen Perlen, aus der sie gemacht war, gaben ein melodisches Klingeln von sich. Er legte sie wieder zurück und nahm andere Gegenstände heraus. Ein Paar Sandalen. Einen Dolch. Einen schön gearbeiteten Brustpanzer, dessen Ledergurte noch vorhanden waren. Ein silbernes Amulett in Form einer Katze. Alles hielt er ins Licht und betrachtete es verzückt.

Es bestand kein Zweifel, dass sie echt waren. Am Anfang hatte er sich geweigert, Dravic die Neuigkeiten über das Grab zu glauben. Es war zu unglaublich. Zu unwahrscheinlich. Und Dravic hatte sich schon mehrmals geirrt. Seinem Urteil in diesen Dingen konnte man nicht immer trauen.

Erst als er die Objekte in seinen Händen hielt und sie mit eigenen Augen betrachtete, war er sicher, dass sie wirklich existierten. Dass das Grab das war, was Dravic behauptete. Dass Allah es wirklich gut mit ihm meinte. Dass er sich im Glanz seiner Güte sonnen durfte.

Und das Grab war erst der Anfang.

Er legte die Gegenstände wieder in die Truhe, schloss den Deckel, hängte das Schloss wieder ein und ließ es zuschnappen. In der Ferne war noch immer das leise Knattern der Rotorblätter zu hören.

Das Grab war erst der Anfang. Und auch das Ende, wenn sie das fehlende Stück nicht fanden. Alles hing davon ab. Das war der Wendepunkt, an dem sich ihr Schicksal entschied. Das fehlende Stück.

Er trat aus dem Zelt, kniff die Augen zusammen gegen das grelle Licht, doch ansonsten störte ihn die brütende Hitze nicht. Am Rande des Camps ging er auf eine niedrige Dünenspitze zu und blickte nach Osten über die endlosen Sandhügel. Es war nur ein einzelner schwarzer Fleck in einer riesigen Leere. Irgendwo dort draußen, dachte er. Irgendwo in dem unermesslichen Meer brennender Leere. Irgendwo. Er schloss die Augen und versuchte, sich vorzustellen, wie es gewesen sein musste.

22

Kairo

Die Fahrt von Luxor nach Kairo dauerte zehn Stunden. Der Zug war überfüllt, und während der ganzen Reise saß Khalifa in einem zugigen Abteil, eingequetscht zwischen einer Frau mit einem Korb voller Trauben und einem älteren Mann mit Keuchhusten. Trotz der Enge und dem asthmatischen Ruckeln des Zuges schlief er die ganze Zeit, wobei ihm seine eingerollte Jacke als Kissen diente und seine Füße auf einem Sack getrockneter Datteln ruhten. Als er durch einen besonders heftigen Stoß aufwachte, bei dem sein Kopf gegen die Gitter des Abteilfensters schlug, fühlte er sich erfrischt und ausgeruht. Er flüsterte seine Morgengebete, zündete sich eine Zigarette an und schickte sich an, das Brot mit dem Ziegenkäse zu essen, das Zenab ihm für die Reise mitgegeben hatte und das er mit dem älteren Mann, der neben ihm saß, teilte.

Kurz vor sechs Uhr morgens erreichten sie die Außenbezirke von Kairo. Das Treffen mit Mohammed Tauba, dem Beamten, der den Mordfall Iqbar untersuchte, war erst für neun Uhr angesetzt. Er musste also fast drei Stunden totschlagen. Daher fuhr er nicht ganz nach Kairo hinein, sondern stieg in Gizeh aus und nahm ein Sammeltaxi, das ihn nach Nazlat al-Sammam zu seinem alten Dorf brachte.

Es war erst das dritte Mal, dass er wieder heimkam, nachdem er vor dreizehn Jahren fortgegangen war. Als Kind hatte er sich vorgestellt, für immer in seinem Dorf zu bleiben. Doch nach Alis Tod und dem seiner Mutter wenige Monate danach hatte sich der Ort für ihn verändert. Alle Straßen, jedes Haus und jeder Baum erinnerten ihn daran, wie sehr alles missglückt war. Er verbrachte keine Minute dort, ohne ein überwältigendes Gefühl von Leere und Verlust zu empfinden. Deshalb hatte er den Posten in Luxor angenommen und war weggezogen. Und nur zu Begräbnissen zurückgekehrt.

An einer belebten Kreuzung stieg er aus dem kleinen Bus, sah zur Cheopspyramide hinauf, die zur Hälfte in Morgendunst gehüllt war, und machte sich aufgeregt und nervös über eine Hauptstraße auf den Weg zum Dorf.

Der Ort hatte sich verändert seit seiner Kindheit. Damals war es ein richtiges Dorf gewesen – eine kleine Ansammlung von Läden und Häusern, die sich am Fuß des Gizehplateaus unter dem stillen Blick der Sphinx ausbreiteten.

Mit dem Anwachsen der Tourismusindustrie und der beständigen Ausdehnung der westlichen Vororte der Stadt hatte es viel von seiner Ursprünglichkeit verloren. Die Straßen waren von Souvenirgeschäften gesäumt, die alten Häuser aus Lehmziegeln hatten gesichtslosen Wohnsilos aus Beton Platz gemacht. Er wanderte eine Weile herum, sah sich die Gebäude an, von denen ihm einige vertraut, die meisten jedoch unbekannt waren. Er fragte sich, warum er hergekommen war, und wusste nur, dass er aus irgendeinem Grund den alten Ort wiedersehen wollte. Er ging an seinem früheren Haus vorbei, oder besser gesagt, an dem Ort, wo sein Haus einst gestanden hatte. Es war schon vor langer Zeit abgerissen und durch ein vierstöckiges Hotelgebäude ersetzt worden. Er warf einen Blick in den Hof mit den Kamelen, wo er und sein Bruder als Kinder gearbeitet hatten. Ab und zu begegnete er einem bekannten Gesicht, und man grüßte sich. Die Grüße waren eher höflich als herzlich, distanziert, und in manchen Fällen sogar eisig. Was kaum überraschte, wenn man bedachte, was mit Ali passiert war.

Er blieb etwa eine Stunde, verspürte zunehmende Melancholie und fragte sich, ob es ein Fehler gewesen war, herzukommen. Dann sah er schnell auf seine Uhr und ging über den Rand des Dorfs auf die sandige Ebene hinaus. Die Sonne stieg jetzt empor, der Dunst lichtete sich, und die Umrisse der Pyramiden traten von Minute zu Minute schärfer hervor. Er betrachtete sie eine Weile und wandte sich dann nach links in Richtung eines ummauerten Friedhofs, der am Fuß eines steilen Sandsteinfelsens gegenüber der Sphinx lag.

Der untere Teil des Friedhofs erstreckte sich über flachen Boden, und seine reich geschmückten Gräber wurden von Pinien- und Eukalyptusbäumen beschattet. Näher zum Felsen hin stieg das Land an, die Gräber wurden einfacher und trister, ohne Blattwerk, das sie vor den Elementen schützte, wie Armenviertel an den Rändern einer reichen Stadt.

Zu diesem Teil des Friedhofs stieg Khalifa hinauf, an einer Vielzahl von flachen, rechteckigen Gräbern vorbei, bis er schließlich am obersten Ende zu ein paar schlichten Grabstätten kam, die lediglich aus ein paar Brocken Schlackegestein bestanden und außer einer einzementierten Steinplatte mit ein paar verblichenen Koranversen ohne Schmuck waren. Die Gräber seiner Eltern.

Er kniete nieder und küsste sie, zuerst das seiner Mutter, dann das seines Vaters, und sprach über jedem ein Gebet. Mit gesenktem Kopf verweilte er kurz, dann stand er wieder auf und ging langsam, als wären ihm seine Beine plötzlich schwerer geworden, zur obersten Ecke des Friedhofs hinauf, wo die Mauer zerbrochen und der Boden mit Abfall und Ziegendung übersät war.

In dieser Ecke befand sich nur ein einziges Grab, das nah an die Mauer gerückt war, als würde es sich von den anderen Gräbern absetzen. Es war sogar noch schmuckloser als die Grabstätten seiner Eltern, nur ein einfaches Rechteck aus billigem Zement, ohne Inschrift oder Koranverse. Er erinnerte sich, wie sehr er die Friedhofsverwaltung hatte anflehen müssen, um wenigstens diesen Platz zu bekommen, wie er mit seinen eigenen Händen spätnachts die Erde aufgegraben hatte, damit es niemand aus dem Dorf sah, und wie er während der Arbeit geweint hatte. Gott, wie hatte er geweint.

Er kniete sich neben dem Grab nieder, beugte sich vor und legte die Wange auf die kühle Platte.

»O Ali«, flüsterte er. »Mein Bruder, mein Leben. Warum? Warum nur? Bitte sag mir doch, warum?«

Mohammed Abd el-Tauba, der Inspektor, der den Fall Iqbar bearbeitete, sah wie eine Mumie aus. Seine Haut war trocken wie Pergament, seine Wangen eingesunken, und sein Mund war in einer Form erstarrt, die auf der einen Hälfte ein Lächeln und auf der anderen eine Grimasse zeigte.

Er arbeitete in einem düsteren Büro auf der Sharia Bur Sa'id, wo er einen Schreibtisch in der Ecke eines verrauchten Raumes hatte, den er mit vier anderen Beamten teilte. Khalifa kam kurz nach neun Uhr an, und nachdem sie Höflichkeiten ausgetauscht und ein Glas Tee getrunken hatten, kamen sie zur Sache.

»Sie interessieren sich also für den alten Iqbar«, stellte Tauba fest und drückte eine Zigarette in einem überquellenden Aschenbecher aus, während er bereits an einer neuen zog.

»Ich glaube, es könnte eine Verbindung zu einem unserer Fälle in Luxor bestehen«, sagte Khalifa. Tauba blies den Rauch durch beide Nasenlöcher aus.

»Ein übler Fall. Wir haben schon einiges an Mordfällen hier gesehen, aber nichts, was damit vergleichbar wäre. Der arme alte Teufel wurde regelrecht abgeschlachtet.«

Er griff in eine Schublade, zog eine Akte heraus und warf sie über den Tisch.

»Der Bericht des Pathologen. Mehrfache Verletzungen im Gesicht, an den Armen und am Körper. Auch Brandwunden.«

»Von Zigarren?«

Tauba brummte zustimmend.

»Und die Schnitte?«, fragte Khalifa. »Wodurch wurden die Schnitte verursacht?«

»Seltsam«, sagte Tauba. »Der Pathologe war sich nicht sicher. Irgendein metallener Gegenstand, aber zu klobig für ein Messer. Er glaubt, sie könnten von einer Kelle stammen.«

»Einer Kelle?«

»Sie wissen schon, wie von einer Maurerkelle. Einer, die man zum Mörteln und Fugenverstreichen benutzt, diese Art. Es steht alles im Bericht.«

Khalifa öffnete die Akte und arbeitete sich durch. Die Bilder des Mannes, der zusammengesunken auf dem Boden seines Ladens lag, und dann die seines nackten Körpers, der wie ein Fisch auf der Steinplatte in der Pathologie ausgestreckt war, ließen ihn das Gesicht verziehen. Der Kommentar des Pathologen stimmte fast wörtlich mit Anwars Bericht über Nayar überein.

»Art des Instruments, mit dem die angeführten Verletzungen beigebracht wurden, ist ungeklärt«, lautete die Schlussfolgerung in der knappen, emotionslosen Sprache dieser Berichte. »Aussehen der Verletzungen stimmen nicht mit Messerverletzungen überein. Form und Tiefe der Wunden könnten auf Kelle verweisen, wie sie von Maurern, Archäologen etc. verwendet wird, obwohl dafür keine unumstößlichen Beweise vorliegen.«

Khalifa blieb einen Moment an dem Wort »Archäologen« hängen, bevor er zu Tauba aufsah.

»Wer hat die Leiche gefunden?«

»Der Ladeninhaber von nebenan. Er schöpfte Verdacht, als Iqbar nicht zur Arbeit erschien. Er versuchte, die Tür zu öffnen, stellte fest, dass sie offen war, ging hinein, und da lag er, wie auf den Fotos.«

»Und das war wann?«

»Am Samstagmorgen. Gott weiß, wie die Zeitungen so schnell Wind davon gekriegt haben. Ich schätze, sie begehen die Hälfte der Verbrechen in Kairo selbst, bloß damit sie was haben, worüber sie schreiben können.«

Khalifa lächelte.

»Hat Iqbar mit antiken Kunstschätzen gehandelt?«

»Vermutlich. Das tun sie doch alle in diesen Geschäften, oder? Wir haben keine Akte über ihn, aber das heißt gar nichts. Unsere Mittel reichen nur für die großen Fische aus. Wenn es sich bloß um ein paar einzelne Stücke handelt, lassen wir es meistens durchgehen, andernfalls wären alle Gefängnisse von hier bis Abu Simbel voll.«

Khalifa blätterte noch einmal den Bericht durch und stieß wieder auf das Wort »Archäologen«.

»Sie haben nicht gehört, dass kürzlich etwas Ungewöhnliches im Antikenhandel aufgetaucht ist, oder?«

»Ungewöhnlich?«

»Sie wissen schon, etwas Wertvolles. Für das es sich zu töten lohnte.«

Tauba zuckte mit den Achseln.

»Nicht dass ich wüsste. Es gab einen Griechen, der Kunstgegenstände als Reproduktionen ausgab, aber das ist schon ein paar Monate her. Ich kann mich an nichts aus jüngerer Zeit erinnern. Es sei denn, Sie zählen diese Sache drüben in Sakkara dazu.«

Khalifa sah auf.

»In Sakkara?«

»Gestern Nachmittag. Irgendein englisches Pärchen wurde in eine Schießerei verwickelt, und sie fuhren in einem gestohlenen Taxi davon. Offensichtlich hat das Mädchen aus einem der Grabungshäuser was mitgehen lassen.«

Er rief einen seiner Kollegen her, einen übergewichtigen Mann mit großen Schweißflecken unter den Achseln.

»Hey, Helmi! Du hast doch einen Freund bei der Polizei von Gizeh. Was gibt's Neues von dieser Schießerei in Sakkara?«

»Nicht viel«, antwortete Helmi, während er in ein großes Kuchenstück biss. »Niemand scheint zu wissen, was da los war, außer dass die Frau was geklaut hat. Irgendeine Schachtel oder so was.«

»Haben Sie eine Ahnung, wer sie war?«, fragte Khalifa.

Helmi biss wieder in den Kuchen, Sirup lief über seine Lippen.

»Muss die Tochter irgendeines Archäologen gewesen sein. Einer der Inspektoren im Teftish hat sie erkannt. Murray oder so.«

Murray, dachte Khalifa. Murray.

»Nicht Mullray? Michael Mullray?«

»Genau der. Ist vor ein paar Tagen gestorben. Herzanfall. Die Tochter fand die Leiche.«

Khalifa zog sein Notizbuch und einen Stift aus der Tasche.

»Ich verstehe Sie richtig: Die Frau hat die Leiche ihres Vaters vor zwei Tagen gefunden, kam dann gestern zurück und hat dieses Ding aus dem Grabungshaus mitgenommen ...«

»Ihr Taxifahrer glaubt, dass sie es aus einem der Gräber hatten«, sagte Helmi. »Er sagt, sie seien in die Wüste gegangen und mit diesem Ding zurückgekommen, das wie eine Pizzaschachtel ausgesehen habe ...«

»Bei dir wär sicher was zu essen drin gewesen, Helmi!«, rief einer seiner Kollegen.

»Verflucht, Aziz ... Sie haben diese Schachtel geholt, sind zurückgekommen, und jemand hat angefangen, auf sie zu schießen. Aber die Leute unten aus dem Dorf haben behauptet, der Mann, der bei der Frau war, habe geschossen. Wie gesagt, niemand scheint zu wissen, was da vor sich ging.«

»Wissen wir, um wen es sich bei dem Mann handelt?«

Helmi schüttelte den Kopf. Khalifa saß eine Weile schweigend da und dachte nach.

»Besteht die Möglichkeit, mit Ihrem Freund in Gizeh zu sprechen?«

»Sicher. Aber er wird Ihnen auch nichts anderes sagen können, als ich Ihnen schon gesagt habe. Außerdem ist er von dem Fall bereits abgezogen worden. Al-Mukhabarat hat ihn gestern Abend übernommen.«

»Der Geheimdienst?« Khalifa klang überrascht.

»Offensichtlich möchten sie die ganze Sache vertuschen. Schlechte Publicity für Ägypten und all das. Was, wenn ein Tourist darin verwickelt worden wäre? Es kam nicht einmal in den Nachrichten.«

Khalifa kritzelte in sein Notizbuch.

»Gibt's jemand anderen, mit dem ich sprechen könnte?«, fragte er nach einer Weile.

Helmi wischte die Brösel von seinem Schreibtisch.

»Ich glaube, da gab's einen Typen in der britischen Botschaft, der die Frau kennt. Orts oder so ähnlich. Zweiter Kulturattaché. Mehr weiß ich auch nicht.«

Khalifa notierte sich den Namen in seinem Notizblock und steckte ihn ein.

»Glauben Sie, dass da eine Verbindung besteht?«, fragte Tauba.

»Keine Ahnung«, antwortete Khalifa. »Ich kann keine offensichtliche Verbindung feststellen. Ich hab bloß das Gefühl ...«

Er hielt inne, beendete seinen Satz dann aber nicht, sondern hielt den Bericht über Iqbar hoch.

»Kann ich eine Kopie davon haben?«

»Sicher.«

»Und ich hätte mir gern den Laden des alten Mannes angesehen. Ist das möglich?«

»Kein Problem.«

Tauba suchte unter den Papieren auf seinem Schreibtisch und zog einen Umschlag heraus.

»Adresse und Schlüssel. Es ist oben im Khan al-Khalili. Die Spurensicherung ist abgeschlossen.« Er warf Khalifa den Umschlag zu, der ihn auffing und sich erhob.

»Ich bin in ein paar Stunden wieder zurück.«

»Lassen Sie sich Zeit. Ich bin bis spätabends hier. Ich bin immer lange hier.«

Sie schüttelten sich die Hände, und Khalifa ging durch das Büro zur Tür. Bevor er sie erreichte, rief ihn Tauba zurück.

»Hey, ich hab ganz vergessen zu fragen. Khalifa ... Ihre Familie ist nicht zufällig aus Nazlat al-Sammam?«

Eine kurze Pause trat ein.

»Aus Port Said«, antwortete Khalifa und verschwand in den Gang hinaus.

Was Dravic in seinem Leben am meisten bereute, war, dass er das Mädchen nicht umgebracht hatte. Das war das Einzige, was er bereute. Nachdem er es gefickt hatte, hätte er ihm den Hals durchschneiden und es in irgendeinen Graben werfen sollen. Aber das hatte er nicht getan. Und natürlich war es zur Polizei gerannt und hatte alles ausgeplaudert. Und das war dann das Ende seiner Karriere gewesen.

Na schön, er hatte sich einen guten Anwalt genommen, und sie hatten den Geschworenen eingeredet, alles wäre in gegenseitigem Einvernehmen geschehen. Aber das hatte letztlich nichts genutzt. Die Welt der Ägyptologie ist klein, und binnen kurzem wusste jeder, dass Casper Dravic eine seiner freiwilligen Helferinnen vergewaltigt hatte und, schlimmer noch, davongekommen war. Die Lehraufträge wurden weniger, die Grabungsgenehmigungen verweigert, die Verleger beantworteten seine Anrufe nicht mehr. Gerade dreißig Jahre alt, war er mit seiner Laufbahn am Ende. Warum hatte er sie nicht einfach getötet? Das war ein Fehler, den er nie mehr begehen würde. Und nie mehr begangen hatte.

Er schüttelte den Kopf, um sich wieder in die Gegenwart zu versetzen, und winkte dem Kaffeehausbesitzer, dass er noch Kaffee wollte. Neben ihm saß ein skandinavisches Pärchen, jung und blond, das sich über einen Reiseführer beugte und mit einem Stift Notizen machte. Die Frau war attraktiv, mit vollen Lippen und langen, blassen Beinen. Einen Moment gab er sich der Vorstellung hin, wie sie in schmerzhafter Ekstase aufschrie, während er sich hart in ihren rosafarbenen Anus bohrte, dann zwang er sich, wieder über die Sache mit dem Grab nachzudenken.

Sie hatten fast die ganze vergangene Nacht damit verbracht, die letzten Gegenstände herauszuholen – die hölzerne Begräbnisstele, die Basaltfigur des Anubis, die Alabasterschalen. Nur noch der Sarg selbst mit den leuchtend bemalten Paneelen und dem umständlichen Hieroglyphentext war zurückgeblieben. Den würden sie heute Nacht holen. Alles andere war in Kisten verpackt und in den Sudan geschickt worden, von wo es auf die europäischen und fernöstlichen Märkte kam.

Es war eine gute Ausbeute, eine der besten, die er je gesehen hatte. Spätzeit, 27. Dynastie, etwa einhundert Einzelstücke, simple Handwerksarbeit, aber in gutem Zustand – dürfte ein paar Hunderttausend einbringen, wenn nicht mehr. Was bei zehn Prozent Kommission eine hübsche Summe für ihn bedeutete. Verglichen mit dem tatsächlichen Verkaufspreis aber bloß ein Trinkgeld. Verglichen mit dem Verkaufspreis waren alle anderen Stücke, die er je geschmuggelt hatte, kleine Fische. Jetzt ging's um große Beute. Den Durchbruch, auf den er gewartet hatte. Das Ende all seiner Nöte.

Doch nur, wenn er das fehlende Stück fand. Das war der Schlüssel. Lacage und diese Mullray hatten seine Zukunft in der Hand. Wo waren sie? Was hatten sie vor? Wie viel wussten sie?

Seine erste Befürchtung war gewesen, dass sie das Stück den Behörden übergeben würden. Die Tatsache, dass sie das nicht getan hatten, war sowohl eine Erleichterung als auch Anlass zur Beunruhigung. Erleichterung, weil es bedeutete, dass immer noch die Chance bestand, es zurückzubekommen; Sorge, weil es vermuten ließ, dass sie vielleicht selbst hinter der Beute her waren.

Das war jetzt seine einzige Sorge. Die Zeit wurde knapp, wie Sayf al-Tha'r gesagt hatte. Sie konnten nicht ewig warten. Je länger die beiden im Besitz des Stückes waren, umso größer wurde die Gefahr, dass ihm die Beute durch die Lappen ging. All seine Hoffnungen, all seine Träume …

»Was soll ich tun?«, murmelte er vor sich hin. »Was, zum Teufel, soll ich bloß tun?«

Neben ihm schnalzte jemand missbilligend mit der Zunge. Als er aufsah, bemerkte er, dass das skandinavische Pärchen ihn anstarrte.

»Ja?«, brummte er. »Ist was?«

Sie bezahlten eilig und gingen hinaus.

Sein Kaffee kam, er trank einen Schluck und sah auf die thebanischen Berge hinüber, die sich braun und mächtig gegen den blassblauen Himmel abzeichneten.

Er hatte keine Ahnung, wie Lacage und die Frau es anstellen wollten, selbst der Beute nachzujagen, da sie doch nur dieses eine Fragment hatten. Sicher, Lacage galt als einer der besten Ägyptologen. Vielleicht konnte er sich alles aus dem einen Stück zusammenreimen. Doch das bezweifelte Dravic. Sie würden mehr brauchen. Und um mehr zu bekommen, mussten sie nach Luxor kommen. Deshalb wartete er lieber hier als in Kairo. Hier würden sie auftauchen. Dessen war er sich sicher. Es war nur eine Frage der Zeit. Wovon er allerdings nicht viel hatte.

Er trank seinen Kaffee aus, griff in seine Jacke und holte eine dicke, lange Zigarre heraus. Er rollte sie zwischen Finger und Daumen, genoss das knisternde Geräusch der trockenen Tabakblätter, steckte sie dann in den Mund und zündete sie an. Der warme Rauch, der seinen Gaumen streichelte, beruhigte ihn und verbesserte seine Stimmung. Er streckte die Beine aus und begann über diese Mullray nachzudenken. Er stellte sich ihren Körper vor – die schlanken Hüften, die festen Brüste, den knackigen Hintern. Was für Dinge er mit ihr anstellen würde. Der Gedanke daran ließ ihn vor Vergnügen aufseufzen – was sie jedoch bestimmt nicht tun würde, wenn er sie in die Finger bekäme. Er sah auf die klobige Ausbuchtung in seiner Hose hinab und brach in Gelächter aus.

23

Kairo

Iqbars Laden befand sich in einer engen Gasse, die von der Sharia al-Muizz abging, der belebten Durchgangsstraße, die wie eine Lebensader durch das Herz des islamischen Viertels von Kairo verläuft. Khalifa brauchte eine Weile, bis er die Gasse fand, und noch länger, um den Laden zu finden, an dessen Vorderseite ein schmutziges Eisengitter heruntergelassen war und der halb versteckt hinter Ständen mit Nüssen und Süßigkeiten lag. Schließlich hatte er ihn entdeckt, schob das Gitter hoch, sperrte die Tür auf und trat unter dem Geklingel der Glöckchen über seinem Kopf ein.

Im Innern war es dunkel, und es herrschte ein wirres Durcheinander. Regale mit Krimskrams reichten hinauf bis zur Decke, von der Messinglampen herunterbaumelten, und in den Ecken häuften sich Möbel und anderes Gerümpel. Holzmasken starrten ihn von den Wänden an, und ein ausgestopfter Vogel hing von der Decke. Die Luft roch nach Leder, altem Metall und nach Tod, so empfand es Khalifa.

Er sah sich einen Moment um, bis sich seine Augen an die Dunkelheit gewöhnt hatten, dann ging er zum Ladentisch im hinteren Teil des Raums, wo sich am Boden ein Kreis aus Kreide befand und die Dielen dunkelbraune Flecken zeigten, die von Iqbars Blut stammten. Mehrere kleine Kreidekreise, die wie Monde den größeren Kreis umgaben, markierten die Spuren von fester, grauer Zigarrenasche. Er beugte sich hinunter und betastete sie, dann richtete er sich auf und ging auf die andere Seite des Ladentischs.

Er hatte nicht viel Hoffnung, etwas zu finden. Wenn Iqbar von Nayar antike Stücke erworben hatte, wie er vermutete, waren sie entweder verkauft oder von den Leuten, die ihn ermordet hatten, mitgenommen worden. Selbst wenn noch etwas hier war, zweifelte er, ob er es finden würde. Die Händler von antiken Kunstgegenständen waren berüchtigt für ihr Geschick, ihre wertvollen Stücke zu verstecken. Dennoch lohnte es sich, ein wenig herumzustöbern.

Er öffnete eine Reihe von Schubladen, kramte darin herum und hob einen großen Spiegel an, weil sich dahinter ein Safe hätte verbergen können, was jedoch nicht der Fall war. Er zwängte sich an alten Weidenkörben vorbei und ging in einen hinteren Raum, in dem er neben der Tür das Licht andrehte.

Es war ein kleiner Raum, genauso voll gestopft wie der übrige Laden, mit einer Reihe abgeschabter Aktenschränke entlang einer Wand und einer lebensgroßen schwarzgoldenen Holzstatue in der Ecke, einer billigen Kopie der Wächterstatuen aus dem Grab des Tutanchamun. Khalifa ging zu ihr hinüber und sah ihr in die Augen.

»Buh!«, sagte er.

Die Aktenschränke waren bis über den Rand mit zerknitterten Papieren gefüllt, aber nach zwanzig Minuten gab er es auf, sich irgendeinen Reim auf ihren Inhalt zu machen, und ging wieder in den Laden zurück.

»Als suchte man nach der sprichwörtlichen Nadel im Heuhaufen«, murmelte er vor sich hin und musterte die mit Plunder beladenen Regale. »Und ich weiß noch nicht mal, ob in dem Heuhaufen überhaupt eine Nadel ist.«

Er stöberte über eine Stunde herum, öffnete hier eine Schachtel, dort eine Schublade, bevor er schließlich aufgab. Wenn es hier irgendwelche Spuren gab, die zum Mord des alten Mannes führten, waren sie irgendwo in dem Chaos verborgen, und wenn man den Laden nicht vollständig ausräumte, gab es keine Möglichkeit, sie zu finden. Er warf einen letzten Blick hinter den Ladentisch, schaltete das Licht im Hinterzimmer aus, zog mit resigniertem Seufzen die Schlüssel aus der Tasche und ging zur Tür.

Durch die Scheibe sah ihn ein Gesicht an.

Es war ein kleines, schmutziges Gesicht, das sich so fest gegen die Scheibe presste, dass seine Nase platt gedrückt wurde. Khalifa trat näher und öffnete die Tür. Ein zerlumptes Mädchen, nicht älter als fünf oder sechs Jahre, stand auf der Schwelle und sah angestrengt an ihm vorbei in den Laden hinein. Er ging in die Hocke.

»Hallo«, sagte er.

Das Mädchen schien ihn kaum zu bemerken, so ausschließlich war sein Blick auf das Innere des Ladens konzentriert. Er nahm die Hand des Kindes.

»Hallo«, sagte er erneut. »Ich heiße Yusuf. Wie heißt du?«

Die braunen Augen des Mädchens streiften kurz sein Gesicht, bevor sie sich wieder auf den Laden hinter ihm richteten. Es zog seine Hand weg und deutete ins Dunkel.

»Da drin ist ein Krokodil«, sagte es und deutete auf eine Holztruhe mit schön verziertem Messingschloss.

»Wirklich?«, sagte Khalifa lächelnd und erinnerte sich, dass er als Kind davon überzeugt war, unter dem Bett seiner Eltern lebe ein Drache. »Und woher weißt du das?«

»Es ist grün«, fuhr die Kleine fort, ohne seine Frage zu beachten. »Und nachts kommt es raus und frisst Leute.«

Ihre Gliedmaßen waren entsetzlich dünn und ihr Leib aufgetrieben. Ein Straßenkind, schätzte er, das von den Eltern zum Betteln geschickt wurde, da sie keine Möglichkeit sahen, es durchzubringen. Er schob ihr eine Haarsträhne aus dem Gesicht, sie tat ihm Leid. Kein Wunder, dass die Fundamentalisten so viel Unterstützung fanden, dachte er. Ihre Methoden waren vielleicht zweifelhaft, aber zumindest versuchten sie, an diese Art von Menschen heranzukommen und ihnen Hoffnung auf eine bessere Zukunft zu geben.

Er stand auf.

»Magst du Süßigkeiten?«

Zum ersten Mal richtete das Mädchen seine ganze Aufmerksamkeit auf ihn.

»Ja«, antwortete es.

»Warte hier einen Moment.«

Er ging zu einem der Süßwarenstände vor dem Laden und kaufte zwei große Stücke pinkfarbenen Zuckerkuchen. Als er zurückkam, war das Mädchen in den Laden hineingegangen. Er reichte ihm den Kuchen, und es begann zu essen.

»Weißt du, was da drin ist?«, fragte es und deutete auf eine große Messinglampe.

»Nein.«

»Ein Dschinn«, antwortete es mit vollem Mund. »Er heißt al-Ghul. Er ist zehn Millionen Jahre alt und kann sich verwandeln. Als die Männer gekommen sind, wollte ich, dass er Herrn Iqbar hilft, aber er hat nichts getan.«

Das sagte die Kleine so selbstverständlich, dass Khalifa einen Moment brauchte, um die Bedeutung ihrer Worte zu erfassen. Sanft legte er die Hand auf ihre Schulter und drehte sie zu sich herum.

»Du bist hier gewesen, als die Männer kamen und Herrn Iqbar verletzt haben?«

Die Kleine konzentrierte sich auf ihren Kuchen und antwortete nicht. Da er sie nicht drängen wollte, blieb er schweigend stehen und wartete, bis sie ihn aufgegessen hatte.

»Wie heißt du?«, fragte sie schließlich und sah auf.

»Yusuf«, antwortete er. »Und du?«

»Maia.«

»Das ist ein hübscher Name.«

Sie betrachtete ihr zweites Kuchenstück.

»Kann ich das für später aufheben?«, fragte sie.

»Natürlich.«

Sie ging hinter den Ladentisch, wo sie ein Stück Seidenpapier herauszog, in das sie ihren Kuchen einwickelte, den sie dann in die Tasche ihres Kleids steckte.

»Möchtest du etwas sehen?«, fragte sie.

»Ja.«

»Dann mach die Augen zu.«

Khalifa tat, wie ihm befohlen. Er hörte das leise Trappeln ihrer Schritte, als sie hinter dem Ladentisch hervorkam und in den hinteren Teil des Ladens lief.

»Jetzt mach sie auf«, rief sie.

Er öffnete die Augen. Sie war verschwunden.

Er wartete einen Moment, dann ging er langsam in die Richtung, aus der ihre Stimme gekommen war. Er spähte rechts und links in die dunklen Ecken, bis er schließlich ihren Kopf entdeckte, der aus einem alten Weidenkorb herausspitzte.

»Das ist ein gutes Versteck«, sagte er und beugte sich zu ihr hinunter.

Sie sah zu ihm auf und lächelte. Doch langsam schien das Lächeln zu verblassen, und plötzlich fing sie an, heftig zu weinen. Heiße Tränen hinterließen ihre Spuren in dem Schmutz auf ihrem Gesicht, und ihr kleiner Körper zitterte wie Espenlaub. Sie streckte die Hände aus, er hob sie hoch und drückte sie an seine Schulter.

»Schon gut, schon gut«, flüsterte er und streichelte ihr schmutziges Haar. »Alles wird gut, Maia. Alles wird gut.«

Er ließ sie weinen und begann, im Laden auf und ab zu gehen und ein altes Schlaflied zu summen, das seine Mutter ihm vorgesungen hatte. Schließlich ließ ihr Zittern nach, und sie begann, wieder normal zu atmen.

»Du hast dich hinter den Körben versteckt, als die Männer kamen, nicht wahr, Maia?«, fragte er ruhig.

Sie nickte.

»Kannst du mir etwas sagen über sie?«

Lange antwortete sie nicht, und schließlich flüsterte sie ihm ins Ohr: »Es waren drei.« Dann schwieg sie wieder und sagte nach einer Weile: »Einer hatte ein Loch im Kopf.«

Sie beugte sich ein wenig von ihm zurück.

»Da!«, sagte sie und berührte Khalifas Kopf mit dem Finger. »Und ein anderer war so groß wie ein Riese, ein Weißer mit einem komischen Gesicht.«

»Komisch?«

»Es war dunkelrot«, erklärte sie und strich mit der Hand über seine Wange. »Hier war es dunkelrot. Und hier war es weiß. Und er hatte ein Ding wie ein Messer, mit dem er Herrn Iqbar wehgetan hat. Und die anderen haben ihn festgehalten. Und ich wollte, dass al-Ghul herauskommt und ihm hilft, aber das hat er nicht getan.«

Sie redete jetzt schnell, die Geschichte quoll in atemlos hervorgebrachten Worten aus ihr heraus: Wie die bösen Männer gekommen waren und angefangen hatten, Iqbar Fragen zu stellen. Wie sie alles aus ihrem Versteck beobachtet hatte. Wie sie den alten Iqbar mit Schnitten verletzt hatten und auch nicht aufhörten, als er ihnen alles erzählt hatte, was sie wissen wollten. Wie sie sich gefürchtet hatte, nachdem sie fort waren, weil es in dem Laden Geister gab, und wie sie weggelaufen und niemandem etwas erzählt hatte, denn wenn ihre Mutter erfahren hätte, dass sie bei Iqbar statt beim Betteln gewesen war, hätte sie Schläge bekommen.

Khalifa hörte ihr ruhig zu, streichelte ihr Haar, ließ sie die Geschichte auf ihre Art erzählen und machte sich seinen eigenen Reim auf ihr gehetztes Geplapper. Als sie schließlich zu sprechen aufhörte und mitten im Satz innehielt wie ein Spielzeug, dessen Batterie leer war, hob er sie auf den Ladentisch, zog sein Taschentuch hervor und wischte ihre Augen trocken.

Sie zog das zweite Stück Kuchen aus ihrer Tasche und biss hinein.

»Du darfst al-Ghul nicht böse sein, weißt du«, sagte er und wischte ihr die Nase ab. »Ich bin sicher, dass er helfen wollte. Aber er konnte nicht aus seiner Lampe heraus, verstehst du.«

Sie sah ihn über ihren Kuchen hinweg an.

»Warum?«

»Weil ein Dschinn nur dann aus seiner Lampe herauskann, wenn jemand daran reibt. Man muss ihn in unsere Welt hereinrufen.«

Sie runzelte die Stirn, als sie über diese Erklärung nachdachte, und ein kleines Lächeln umspielte ihren Mund, als hätte sich ein Freund, von dem sie sich betrogen glaubte, doch als loyal erwiesen.

»Sollen wir jetzt an der Lampe reiben?«, fragte sie.

»Nun, das könnten wir«, antwortete Khalifa. »Aber du darfst nicht vergessen, dass man einen Dschinn nur drei Mal rufen kann. Und es wäre doch schade, ihn ohne Grund zu rufen.«

Wieder runzelte die Kleine die Stirn.

»Ja«, sagte sie schließlich. Und dann, als wäre es ihr ganz plötzlich eingefallen: »Ich mag dich.«

»Und ich mag dich auch, Maia. Du bist ein sehr tapferes kleines Mädchen.«

Er wartete einen Moment und fügte dann hinzu: »Maia, ich muss dir ein paar Fragen stellen.«

Sie antwortete nicht sofort, sondern biss ein Stück von ihrem Kuchen ab, ließ die Beine baumeln und schlug mit den Fersen gegen den Ladentisch.

»Verstehst du, ich möchte die Leute fangen, die Herrn Iqbar verletzt haben. Und ich glaube, du kannst mir dabei helfen. Hilfst du mir?«

Sie fuhr fort, mit den Fersen gegen den Ladentisch zu schlagen.

»Ja«, antwortete sie.

Er setzte sich neben sie. Sie schmiegte sich an ihn.

»Du hast gesagt, der böse Mann wollte etwas von Herrn Iqbar, Maia. Kannst du dich erinnern, was das war?«

Sie dachte einen Moment nach und schüttelte dann den Kopf.

»Bist du sicher?«

Erneutes Kopfschütteln.

»Kannst du dich erinnern, was Herr Iqbar zu den Männern gesagt hat? Was er zu ihnen gesagt hat, als sie ihm wehgetan haben?«

»Er sagte, es ist verkauft«, antwortete sie.

»Und an wen wurde es verkauft? Kannst du dich erinnern?«

Sie senkte den Blick, verzog beim Nachdenken das Gesicht und betrachtete ihre baumelnden Beine. Als sie schließlich aufsah, drückte ihre Miene Bedauern aus.

»Ist schon gut«, sagte er und strich über ihr Haar. »Du machst das prima. Ganz prima.«

Er musste ihr auf die Sprünge helfen. Ihr ein paar Stichwörter geben, die ihr Gedächtnis in Gang setzten. Er dachte an seine Unterhaltung mit Tauba und entschied, es aufs Geratewohl zu probieren.

»Hat Herr Iqbar gesagt, er habe dieses Ding an einen Engländer verkauft?«

Ein heftiges Nicken plötzlich.

»Hat er gesagt, er habe es an einen Engländer verkauft, der an einem Ort namens Sakkara arbeitet?«

Er sprach das Wort ganz langsam und überdeutlich aus. Nach einer kurzen Pause nickte sie wieder. Er versuchte, noch weiter zurückzugehen.

»Maia, kannst du dich erinnern, ob vor ein paar Tagen ein Mann in diesen Laden gekommen ist?«

Vor Jahren hatte er Professor Mullray ein paar Mal in Vorlesungen erlebt und versuchte nun angestrengt, sich zu erinnern, wie der Mann ausgesehen hatte.

»Es müsste ein großer Mann gewesen sein, Maia. Mit dichtem, weißem Haar und einer komischen, runden Brille und …«

Aufgeregt unterbrach sie ihn.

»Er konnte seinen Daumen verschwinden lassen!«, rief sie. »Das war komisch.«

Er war vor ein paar Tagen in den Laden gekommen, erklärte

sie, und während Iqbar im hinteren Teil des Ladens nach etwas gesucht habe, habe er sie gefragt, ob sie einen Zaubertrick sehen wolle, und als sie das bejahte, habe er seinen Daumen verschwinden lassen. Das sei sehr lustig gewesen.

»Und hat er etwas von Herrn Iqbar gekauft?«, fragte Khalifa.

Sie bohrte in der Nase.

»Ein Bild«, antwortete sie.

»Ein Bild?«

Sie zog den Finger wieder heraus, dessen Spitze glänzte, und zeichnete ein Rechteck auf den Ladentisch.

»Es war so. Unten entlang waren Schlangen. Und …«

Sie hielt inne und suchte nach dem richtigen Wort.

»… Formen«, sagte sie schließlich.

Formen, dachte Khalifa. Formen. Sie konnte Hieroglyphen meinen. Einen Gegenstand mit Hieroglyphen darauf.

»Ich hab Herrn Iqbar geholfen, es einzupacken«, fuhr das Mädchen fort. »In eine Schachtel. Ich hab ihm immer beim Einpacken geholfen.«

Sie biss in ihren Kuchen. Khalifa glitt vom Ladentisch herunter und ging auf und ab.

Das sind die Teile eines Puzzles, dachte er: Nayar kommt nach Kairo und verkauft Iqbar irgendeinen Gegenstand. Mullray kauft ihn von Iqbar und nimmt ihn mit nach Sakkara. Nayar wird getötet. Iqbar wird getötet. Mullray stirbt an einem Herzanfall, was ein Zufall sein kann oder auch nicht. Mullrays Tochter kommt nach Sakkara und nimmt den Gegenstand an sich. Unbekannte Leute sind hinter ihr her.

Statt klarer zu werden, schien die Sache verwirrender denn je. Was machte Mullray mit gestohlenen, antiken Gegenständen? Was genau war gestern tatsächlich in Sakkara passiert? Auf welche Weise war Mullrays Tochter in die Sache verwickelt?

»Der Gegenstand«, dachte er laut. »Das ist der Schlüssel. Was ist das für ein Gegenstand, den alle unbedingt haben wollen? Was ist es? Was?«

Er wandte sich wieder der Kleinen zu. Es hatte keinen Sinn, sie weiter nach dem Bild zu fragen. Sie hatte ihm alles gesagt, was sie wusste. Die einzige Möglichkeit bestand darin, dass sie von anderen antiken Gegenständen wusste, die Iqbar von Nayar erhalten hatte und die sich vielleicht immer noch irgendwo hier im Laden befanden.

»Maia«, fragte er sanft. »Hatte Herr Iqbar ein geheimes Versteck hier im Laden? Einen besonderen Ort, wo er alle seine wichtigen Dinge hingetan hat?«

Sie antwortete nicht, wandte den Blick von ihm ab und sah auf ihre Knie. Etwas an ihrer Haltung – der angespannte Mund, die geballten Fäuste – verriet ihm, dass er ins Schwarze getroffen hatte.

»Bitte hilf mir, Maia. Bitte.«

Noch immer antwortete sie nicht.

»Ich glaube, Herr Iqbar möchte gern, dass du es mir sagst«, begann er und nahm ihre Hand. »Wenn du das nicht tust, kann ich die Leute nicht fangen, die ihm diese schlimmen Dinge angetan haben.«

Sie schwieg noch einen Moment und sah dann zu ihm auf.

»Wenn ich es dir sage, kann ich dann die al-Ghul-Lampe haben?«

Khalifa lächelte und hob sie vom Ladentisch.

»Das scheint mir ein fairer Handel zu sein. Du zeigst mir das Versteck, und dafür bekommst du den Dschinn.«

Erfreut über den Handel, lachte das Mädchen leise, nahm Khalifas Hand und führte ihn ins Hinterzimmer.

»Ich bin der einzige Mensch auf der Welt, der davon weiß«, sagte die Kleine und ging auf die hölzerne Wächterstatue in der Ecke des Raums zu. »Sogar die Geister wissen nichts davon. Es ist geheim.«

Die Statue war schwarz, trug einen goldenen Kopfputz, Stock und Sandalen und ein goldenes Lendentuch. Das Mädchen legte die Hand auf die Unterseite des Lendentuchs, das aus festem Holz zu bestehen schien, und drückte heftig dagegen. Ein leises Klicken ertönte, und langsam schob sich eine verborgene Schublade heraus wie ein Magazin aus einem Pistolengriff. Das Mädchen zog sie aus dem Schlitz und legte sie auf den Boden, dann drehte es sich wieder zu der Statue um, schraubte eine der Zehen ab und legte eine kleine Vertiefung frei, aus der sie einen

Schlüssel entnahm. Den steckte sie in den Deckel der Schublade, drehte ihn zwei Mal herum und öffnete sie.

»Gut, nicht?«, sagte sie.

»Allerdings«, antwortete Khalifa und kniete sich neben ihr nieder. »Sehr gut.«

Die Schublade war in zwei Fächer unterteilt. In einem befanden sich eine dicke Rolle Banknoten, ein paar Dokumente und ein Glas mit ungeschliffenen Türkisen. Im anderen ein mit Stoff umwickeltes Bündel, von einer Schnur zusammengehalten. Khalifa nahm das Bündel heraus, löste die Schnur und stieß ein leises Pfeifen aus, als er den Inhalt sah.

Es enthielt sieben Gegenstände: einen Eisendolch mit einem groben Lederband um den Griff, ein silbernes Amulett in Form einer Djedsäule, einen goldenen Brustschmuck, ein kleines Salbengefäß aus gebrannter Tonerde, auf dem das Gesicht des Zwergengottes Bez eingeprägt war, und drei blassblaue Fayenceshabtis. Er untersuchte einen Gegenstand nach dem anderen und wandte sich zu dem Mädchen um. Es war nicht mehr da.

»Maia«, rief er. Als sie nicht antwortete, stand er auf und ging in den Laden zurück.

»Maia!«

Sie war fort. Und die bronzene al-Ghul-Lampe ebenfalls. Er trat aus der Vordertür, aber sie war nirgends zu sehen.

»Leb wohl, Maia«, sagte er leise. »Möge Allah dir wohlgesonnen sein.«

LUXOR

Sulieman al-Raschid döste auf einer Matte im Schatten hinter seinem Toilettenwagen, als er hörte, wie jemand mit metallisch klackenden Schritten ins Wageninnere stieg. Normalerweise wäre er nach vorn gegangen, um nachzusehen, ob genug Toilettenpapier da war, zumal vielleicht ein Bakschisch für ihn heraussprang. Die Mittagshitze war jedoch zu drückend, und er blieb, den Kopf auf seinen Arm gebettet, liegen, während die Schritte aus dem Wageninneren nach draußen hallten.

Anfangs nahm er nichts Ungewöhnliches wahr. Zugegeben, es war ein seltsam plätscherndes Geräusch zu hören, aber er nahm an, dass der Besucher aus dem Eimer in der Ecke Wasser ins Urinal schöpfte, um es auszuspülen. Was eigentlich nicht nötig war, da Sulieman seinen Wagen makellos in Ordnung hielt, aber einige Leute, vor allem die Deutschen, waren kleinlich, was diese Dinge anbelangte. Doch das kümmerte ihn im Moment nicht weiter, während er sich seufzend auf die Seite drehte.

Dann jedoch roch er Benzin und hörte gleichzeitig ein lauteres Plätschern, als etwas aus dem Wagen floss und auf den sandigen Boden neben ihm spritzte. Er richtete sich auf.

»He!«, rief er und ging zur Vorderseite des Wagens. »Was ...«

Ein heftiger Schlag von hinten warf ihn auf die Stufen des Wagens.

»Bringt ihn rein«, zischte eine Stimme von oben.

Zwei starke Arme umfassten Suliemans Taille, und er spürte, wie er hochgezogen wurde. Jemand anderes packte ihn von oben, und er wurde ins Innere des Wagens gezerrt. Er versuchte, sich zu wehren, aber er war noch zu benommen von dem Schlag auf den Kopf und leistete nur schwachen Widerstand. Der Gestank von Benzin schnürte ihm die Kehle zu.

»Fesselt ihn«, sagte eine Stimme. »Dort. An das Rohr.«

Ein Klicken ertönte, als sich etwas um seine Handgelenke schloss. Sein Arm wurde heftig nach oben gerissen, und es ertönte ein weiteres Klicken. Er zuckte zusammen, als sich die Handschellen in sein Fleisch gruben.

»Jetzt Benzin.«

Es wurde etwas über sein Gesicht und seine Galabija gegossen. Er versuchte auszuweichen, aber sein Arm wurde von den Handschellen festgehalten. Die Flüssigkeit brannte in seinen blinden Augen und in seinem Mund. Er konnte die Angreifer nicht sehen, aber das war auch nicht nötig. Er wusste, wer sie waren.

Das Plätschern hörte auf. Er hörte ein Klappern, als ein leerer

Kanister weggeworfen wurde, und dann das dumpfe Geräusch aufkommender Füße, als seine Angreifer vom Wagen sprangen. Einen Augenblick lang war alles still, dann hörte er, wie ein Streichholz angezündet wurde. Seltsamerweise hatte er keine Angst. Wut, ja, und Sorge um seine Familie. Wie sollten sie überleben ohne ihn? Aber keine Angst.

»Ibn sharmouta! Ya kha-in!«, zischte eine Stimme von draußen. »Hurensohn! Verräter. Das geschieht mit denen, die Sayf al-Tha'r verraten!«

Nach einem kurzen Moment der Stille hörte Sulieman das zischende Aufflackern von Feuer und spürte eine entsetzliche Hitze, die über den dünnen Sperrholzboden auf ihn zukam.

»Möge Gott euren Seelen gnädig sein«, flüsterte er und zerrte verzweifelt an den Handschellen. »Möge der Allmächtige euch vergeben!«

Dann verschlang ihn das Feuer, und außer seinen Schreien war nichts mehr zu hören.

KAIRO

Eine Stunde nachdem er Iqbars Laden verlassen hatte, saß Khalifa in einem Büro der britischen Botschaft Crispin Oates gegenüber. Er hatte sich nicht bemüht, ihn vorher anzurufen und um einen Termin zu bitten, sondern war unangemeldet aufgetaucht. Oates war von dem Überfall sichtlich nicht erfreut, hatte aber kaum eine andere Wahl, als den Inspektor zu empfangen. Er zahlte es ihm heim, indem er so herablassend und wenig hilfsbereit wie möglich war, auch wenn er die Form makelloser englischer Höflichkeit wahrte.

»Und Sie haben keine Ahnung, wo diese Tara Mullray ist?«, fragte Khalifa.

Oates seufzte genervt.

»Nicht die allergeringste, Mr Khalifa. Wie ich Ihnen schon erklärt habe, habe ich Miss Mullray vorgestern gesehen, als ich sie von ihrem Hotel abholte und zur Botschaft brachte. Seitdem habe ich nichts mehr von ihr gehört. Ähm … ich bedaure, in diesem Büro darf nicht geraucht werden.«

Khalifa hatte gerade seine Zigaretten aus dem Jackett gezogen. Leicht nach vorn gebeugt, steckte er sie wieder ein. Die Gegenstände aus Iqbars Laden lasteten schwer in seiner Innentasche.

»Hat sie sich irgendwie seltsam verhalten?«, fragte er.

»Miss Mullray?«

»Ja. Miss Mullray.«

»Was meinen Sie mit seltsam?«

»Ich meine … wirkte sie bedrückt?«

»Sie hatte gerade die Leiche ihres Vaters gefunden. Unter solchen Umständen wären wir wohl alle ein bisschen bedrückt, oder?«

»Was ich meine, ist … Sie müssen mir mein Englisch nachsehen, es ist nicht …«

»Ganz im Gegenteil, Mr Khalifa, Ihr Englisch ist ausgezeichnet. Viel besser als mein Arabisch.«

»Ich meine, als Sie Miss Mullray das letzte Mal gesehen haben, machte sie da den Eindruck, als wäre sie in irgendwelchen Schwierigkeiten? Als hätte sie vielleicht Angst? Würde bedroht?«

Oates verneinte, soweit er sich erinnern könne, nichts von all dem.

»Ich habe das bereits der Polizei von Gizeh gesagt, wissen Sie. Natürlich möchte ich mich in jeder Hinsicht kooperativ erweisen, aber das Ganze kommt mir doch … wie eine Wiederholung vor.«

»Tut mir Leid«, antwortete Khalifa. »Ich möchte Ihnen nicht zu viel von Ihrer Zeit stehlen.«

Er blieb noch weitere zwanzig Minuten. Je mehr Fragen er stellte, desto mehr gewann er die Überzeugung, dass Oates mehr wusste, als er zugab. Doch was das war und warum er es geheim halten wollte, davon verriet er nicht das Geringste. Schließlich sah Khalifa ein, dass er nichts aus ihm herausbekommen würde. Er schob seinen Stuhl zurück und stand auf.

»Vielen Dank, Mr Orts«, sagte er. »Tut mir Leid, Sie belästigt zu haben.«

»Nichts zu danken, Mr Khalifa. Es war mir ein Vergnügen. Mein Name ist übrigens Oates. O-A-T-E-S.«

Er buchstabierte ihn.

»Natürlich. Entschuldigen Sie. Und ich bin Inspektor Khalifa.«

Sie schüttelten sich steif die Hände, und Khalifa ging zur Tür. Nach ein paar Schritten blieb er jedoch stehen, zog sein Notizbuch heraus und kritzelte schnell etwas auf eine Seite.

»Eine letzte Frage. Sagt Ihnen das etwas?«

Er zeigte Oates die Seite. Darauf war ein Rechteck zu sehen, genauso wie das Mädchen in Iqbars Laden es für ihn gezeichnet hatte, mit ein paar Hieroglyphen darin und am unteren Rand eine Reihe von Schlangen. Oates sah es sich an. Seine Lippen zitterten kaum merklich.

»Nein«, sagte er nach einer kurzen Pause. »Ich fürchte, nicht.«

Lügner, dachte Khalifa.

Er sah Oates einen Moment lang in die Augen, klappte dann das Notizbuch zu und steckte es wieder ein.

»Ach, nur so eine Vermutung«, sagte er. »Nochmals vielen Dank für Ihre Hilfe.«

»Ich habe nicht den Eindruck, dass ich Ihnen eine große Hilfe war«, erwiderte Oates.

»Ganz im Gegenteil. Für mich war alles äußerst … aufschlussreich.«

Er lächelte und ging hinaus.

Charles Squires stellte in seinem Büro die Wechselsprechanlage ab, über die er alles belauscht hatte, und lehnte sich in seinem Stuhl zurück. Eine Weile blieb er still sitzen und sah zur Decke hinauf. Eine leichte Grimasse verzog sein Gesicht, dann beugte er sich wieder vor, hob den Telefonhörer ab und wählte rasch eine Nummer. Es klingelte drei Mal, dann erfolgte ein Klicken.

»Jemal«, sagte er. »Ich glaube, wir haben ein Problem.«

24

Luxor

Sie erreichten Luxor am Nachmittag, nachdem sie fast zwanzig Stunden unterwegs gewesen waren.

Sie hätten die Fahrt in einem Drittel der Zeit machen können. Doch Daniel hatte auf einem großen Umweg bestanden, um nicht durch Mittelägypten fahren zu müssen.

»Südlich von Beni Suef wimmelt es nur so von Fundamentalisten«, erklärte er. »Du kannst nicht ausspucken, ohne dass Sayf al-Tha'r davon erfährt. Außerdem gibt es an jeder Kreuzung Polizeisperren. Ausländer ohne Eskorte dürfen das Gebiet eigentlich gar nicht betreten. Wir kämen keine zehn Kilometer weit, ohne gefasst zu werden.«

Statt also direkt nach Süden zu fahren und der Autobahn entlang des Nils zu folgen, hatten sie den Weg nach Osten in Richtung al-Wasta durch die Wüste genommen.

»Wir fahren zum Roten Meer«, erklärte er und zeigte ihr die Route auf einer Straßenkarte. »Und dann entlang der Küste hinunter nach al-Quesir. Dann biegen wir wieder ins Landesinnere ab und treffen nördlich von Luxor, bei Qift, auf den Nil. Auf diese Weise meiden wir den riskanten mittleren Streckenabschnitt.«

»Das scheint ein riesiger Umweg zu sein.«

»Ja«, stimmte er zu, »aber er hat seine Vorteile. Etwa den, lebendig in Luxor anzukommen.«

Erstaunlicherweise hatte Tara die Reise dennoch genossen. Auf der Straße nach Osten war nicht viel Verkehr, Daniel jagte den Tacho auf über 140 Stundenkilometer hinauf, die Sonne ging schnell hinter ihnen unter, plötzlich war es dunkel und sie befanden sich allein inmitten der Wüste. Die Luft war klar und eisig kalt, und über ihnen blitzte der Sternenhimmel.

»Es ist herrlich«, rief sie hinter ihm. »Ich hab noch nie so viele Sterne gesehen.«

Daniel drosselte das Tempo ein wenig.

»Die alten Ägypter glaubten, sie seien Kinder der Nut«, rief er, »der Göttin des Himmels. Sie brachte sie jeden Morgen zur Welt und verschlang sie nachts wieder. Außerdem hielten sie sie für die Seelen der Toten, die in der Dunkelheit auf die Wiederkehr des Sonnengottes Ra warteten.«

Sie schloss die Arme enger um ihn und genoss die Wärme und Festigkeit seines Körpers. Plötzlich schien alles unwichtig, was während der letzten beiden Tage geschehen war.

Die Nacht verbrachten sie in einem kleinen Fischerdorf am Meer in einem Zimmer über einem Café. Durch das Fenster sah man auf das Wasser.

Daniel schlief fast sofort ein. Tara lag noch lange wach. Sie lauschte dem Rauschen der Wellen und betrachtete im Mondlicht Daniels sonnenverbranntes Gesicht mit der gerunzelten Stirn, die den Eindruck erweckte, als hätte er Sorgen. Er begann, murmelnd zu sprechen, und unwillkürlich beugte sie sich näher zu ihm hinüber, um seine Worte zu verstehen. Es war ein Name. Der Name einer Frau. Mary irgendwas. Immer und immer wieder. Ihr Magen zog sich zusammen, sie rollte sich zur Seite und starrte niedergeschlagen aus dem Fenster.

Am nächsten Morgen erwähnte sie nichts davon, und nach einem raschen Frühstück setzten sie ihre Reise in den Süden fort – an Hurghada, Port Safaga und El-Hamarawein vorbei, bis sie schließlich nach al-Quesir kamen und wieder nach Westen abbogen. Der Wind fegte ihnen ins Gesicht, und zu beiden Seiten flog die felsige Landschaft vorbei. Daniel fuhr mit Höchstgeschwindigkeit, Tara vergrub das Gesicht an seinem Rücken und fürchtete sich vor dem Ende der Reise, wenn sie sich wieder der Realität ihrer Lage stellen mussten.

Um zwei Uhr erreichten sie Qift und eine halbe Stunde später das westliche Luxor. Als sie wieder von Autos und Häusern umgeben waren und die Straßen sich mit Menschen füllten, sank Taras Kopf, wie von einem Gewicht niedergedrückt, auf Daniels Rücken. Sie stieß ein tiefes Seufzen aus, und ihre Lunge sehnte sich nach einer Zigarette.

»Also, was jetzt?«, fragte sie, als sie an einer kleinen Mobiltankstelle am Stadtrand anhielten.

»Wir gehen zu Omar.«

»Omar?«

»Ein alter Freund. Omar Abd el-Farouk. Er war meine Stütze oben im Tal der Könige. Vor hundert Jahren waren seine Familienangehörigen die berühmtesten Grabräuber in Ägypten. Jetzt arbeiten sie bei archäologischen Grabungsprojekten und haben ein paar Souvenirläden. In dieser Gegend gibt's nicht viel, wovon sie nichts erfahren.«

Der Tankwart kam herüber und füllte ihren Tank.

»Und wenn er uns nicht helfen kann?«, fragte Tara. »Wenn wir hier nichts finden?«

Daniel nahm ihre Hand.

»Es wird alles gut gehen«, sagte er. »Wir kommen da raus. Vertrau mir.«

Er klang alles andere als überzeugt.

Omar lebte in einem großen Haus aus Lehmziegeln, dessen Rückseite direkt an ein Ruinenfeld grenzte, auf dem einst der große Palast von Malquatta gestanden hatte. Er arbeitete gerade im Garten, als sie ankamen. Er rechte Palmzweige zusammen und häufte sie in einer Ecke auf, wo ein alter Esel lethargisch an den vertrockneten Blättern nagte. Sobald er sie sah, stieß er einen Freudenschrei aus und kam auf sie zugeeilt.

»Ya Doktora!«, rief er. »Ich wusste nicht, dass Sie in Luxor sind. Es ist so lange her! Willkommen!«

Die beiden umarmten sich und küssten sich auf beide Wangen. Daniel stellte Tara vor und erklärte, wer sie war.

»Ich habe von der Sache mit Ihrem Vater gehört«, sagte Omar. »Es tut mir Leid. Möge er in Frieden ruhen.«

»Danke.«

Er rief etwas ins Haus und führte sie zu einem Tisch unter einem Bananenstrauch.

»Ich habe jahrelang mit Dr. Daniel Ausgrabungen gemacht«, sagte er, als sie sich setzten. »Ich habe auch mit anderen Archäologen gearbeitet, aber Dr. Daniel war immer der beste. Keiner weiß so viel über das Tal der Könige wie er.«

»Das sagt Omar zu jedem, für den er arbeitet«, erklärte Daniel lächelnd.

»Das stimmt«, erwiderte der Ägypter augenzwinkernd. »Aber nur bei Dr. Daniel mein ich's auch ernst.«

Ein hübsches Mädchen kam mit drei Flaschen Cola aus dem Haus, die sie auf den Tisch stellte. Sie sah Daniel an, errötete und eilte davon.

»Meine älteste Tochter«, erklärte Omar stolz. »Sie hat bereits zwei Heiratsangebote. Von jungen Männern aus der Stadt, aus guten Familien. Aber sie hat nur einen im Kopf.«

Er deutete mit dem Kopf auf Daniel und schmunzelte.

»Trink einfach die verdammte Cola, Omar.«

Sie plauderten eine Weile über dies und das: über Omars Kinder, die Fahrt von Kairo hierher, über andere Grabungen, die gerade in der Gegend durchgeführt wurden. Das hübsche Mädchen brachte eine Schüssel Linsensuppe und anschließend eine Platte mit gebratenem Huhn und Molocchia. Danach erschien Omars Frau mit einer Wasserpfeife, die sie zwischen die beiden Männer stellte. Sie nahm ihren Dank für das Mahl entgegen, sammelte die Teller ein und verschwand mit einem neugierigen Blick auf Tara wieder im Haus.

»Also«, begann Omar, während er den Rauch durch die Nase ausatmete. »Sie sind doch sicher aus einem bestimmten Grund hier, Dr. Daniel. Nicht nur als Freund.«

Daniel lächelte.

»Vor den el-Farouks kann man nichts verheimlichen.«

»Meine Familie arbeitet seit über hundert Jahren mit englischen Archäologen zusammen«, lachte Omar und zwinkerte Tara zu. »Mein Urgroßvater war bei Petrie. Mein Großvater bei Carter. Mein Großonkel bei Pendlebury in Amarna. Wir haben keine Mühe, sie zu durchschauen.«

Er reichte die Pfeife zu Daniel hinüber.

»Also, sprechen Sie, mein Freund. Wenn es irgendwas gibt, was ich für Sie tun kann, tue ich es. Sie gehören zu meiner Familie.«

Einen Moment herrschte Schweigen, dann wandte sich Daniel an Tara.

»Zeig's ihm«, sagte er.

Sie zögerte einen Moment, beugte sich dann hinunter, zog die Schachtel aus ihrem Rucksack und reichte sie Omar. Er nahm den Deckel ab und hob das bemalte Fragment heraus, das er zwischen den Fingern drehte.

»Ich glaube, es stammt aus dieser Gegend hier«, sagte Daniel. »Vermutlich aus einem Grab. Hast du es schon mal gesehen? Weißt du irgendwas darüber?«

Omar antwortete nicht gleich, sondern fuhr fort, das Stück von allen Seiten zu betrachten, bevor er es wieder in die Schachtel legte und den Deckel schloss.

»Woher haben Sie das?«, fragte er schließlich.

»Mein Vater hat es für mich gekauft«, antwortete Tara. Nach einer Weile fügte sie hinzu: »Sayf al-Tha'r will es haben. Und Mitarbeiter der britischen Botschaft ebenfalls.«

Sie spürte, wie Daniel neben ihr unbehaglich hin und her rutschte, und hatte das Gefühl, dass sie dies seiner Meinung nach nicht hätte erwähnen sollen. Omar nickte nur, griff wieder nach der Pfeife und zog langsam an dem Messingmundstück.

»Deshalb sind Sie auf dem weiten Umweg von Kairo hierher gekommen?«

»Ja«, gab Daniel zu. »Wir dachten, es sei besser, Mittelägypten zu umfahren. Du weißt etwas, nicht wahr?«

Der Ägypter atmete eine dicke Rauchwolke aus und ließ sich Zeit.

»Gestern früh wurde ich zu einem Verhör bei der Polizei gebracht«, sagte er. »Was an sich nichts Besonderes ist. Denn sobald es ein Verbrechen gibt, bei dem Antiken eine Rolle spielen, holt die Polizei immer als Erstes einen el-Farouk ab. Wir sagen ihnen immer und immer wieder, dass wir mit solchen Geschäften nichts mehr zu tun haben, seit hundert Jahren schon nicht mehr, aber das ist ihnen ganz egal. Sie holen uns trotzdem aufs Revier.

Diesmal aber ging's nicht um die üblichen dummen Fragen. Diesmal ging es um einen Mord. Der Mann, ein Einheimischer, hatte nach Ansicht des Inspektors ein Grab gefunden, ein paar Dinge herausgenommen und damit ein paar mächtige Leute verärgert. Er wollte wissen, ob ich davon gehört habe.« Er beugte sich vor, um die Glut der Wasserpfeife anzufachen.

»Ich hab der Polizei natürlich nichts gesagt. Es sind Hunde, und ich würde lieber sterben, als ihnen helfen. Tatsächlich habe ich aber etwas gehört. Über ein neu entdecktes Grab oben in den Hügeln. Wo es ist, weiß ich nicht, aber es muss sich um eine große Sache handeln. Um etwas, das Sayf al-Tha'r unbedingt haben will.«

»Und du glaubst, dass dieses Stück ein Teil davon sein könnte?«, fragte Daniel.

Omar zuckte mit den Achseln.

»Vielleicht, vielleicht auch nicht. Ich kann nur sagen, wenn das zutrifft, seid ihr beide in sehr großer Gefahr. Es ist nicht gut, sich gegen das Schwert der Rache zu stellen.«

Seine Blicke huschten zwischen den beiden hin und her. Der Esel hatte aufgehört, an den Palmwedeln zu nagen, und schnupperte an der Öffnung eines Lehmbackofens, der an der Hausecke stand.

»Ich muss herausfinden, wo dieses Stück herstammt«, sagte Daniel. »Wir müssen herausbekommen, warum es so wichtig ist. Hilf uns, Omar. Bitte.«

Der Ägypter sagte lange Zeit nichts, sondern fuhr fort, paffend seine Pfeife zu rauchen. Dann stand er langsam auf und ging zum Haus hinüber. Einen Augenblick lang dachte Tara, er wolle sie verlassen. Doch an der Tür blieb er stehen und drehte sich um.

»Natürlich werde ich Ihnen helfen, Dr. Daniel. Sie sind mein Freund, und wenn ein Freund einen Abd el-Farouk um Hilfe bittet, lässt er ihn nicht im Stich. Ich werde Erkundigungen einziehen. In der Zwischenzeit bleiben Sie beide als meine Gäste hier.«

Er streckte den Arm aus und bat sie ins Haus.

25

Kairo

Als Khalifa im Foyer des Ägyptischen Museums stand und den Blick auf die große Glaskuppel und die riesigen Statuen am anderen Ende des Atriums richtete, wünschte er, er hätte mehr Zeit gehabt. Es war zwei Jahre her, dass er das Museum das letzte Mal besucht hatte, und er hätte sich gern wenigstens flüchtig umgesehen und einigen seiner Lieblingsstücke einen Besuch abgestattet: den Särgen von Yuya und Tjuya, den Schätzen des Tutanchamun, der bemalten Sandsteinstatuette des Zwerges Seneb.

Doch der Nachmittag war schon weit fortgeschritten, und er musste seinen Zug erwischen. Deshalb wandte er sich gleich nach links, eilte durch die Galerie des Alten Reichs, stieg an deren Ende eine breite Treppe hinauf, streifte mit dem Blick im Vorübergehen die Ausstellungsstücke und widerstand der Versuchung, länger vor ihnen zu verweilen.

Am Ende der Treppe öffnete er eine Tür, auf der »Privat« stand, und stieg eine weitere Treppe hinauf, eine hölzerne diesmal. Er folgte einem langen, schmalen Korridor, bis er zu einer Tür kam, auf der »Professor Mohammed al-Habibi« geschrieben stand. Er klopfte zwei Mal, und eine muntere Stimme bat ihn einzutreten.

Sein alter Lehrer hatte ihm den Rücken zugewandt und beugte sich über den Schreibtisch, um mit dem Vergrößerungsglas etwas in Augenschein zu nehmen.

»Einen Moment, bitte«, sagte er abwesend, ohne sich umzudrehen. »Machen Sie es sich bequem.«

Khalifa schloss die Tür, lehnte sich dagegen und betrachtete liebevoll den Rücken des alten Mannes. Er wusste, dass es sinnlos war, sich jetzt um seine Aufmerksamkeit zu bemühen. Wenn sich der Professor den Altertümern widmete, ließ er sich nicht einmal von einer Herde wilder Elefanten ablenken.

Er sah noch genauso aus wie immer: die gleiche rundliche Figur, die ausgefranste Strickjacke und die viel zu kurzen Jeans.

Seine Schultern waren ein bisschen gebeugter und sein kahler werdender Kopf ein bisschen runzliger, aber das war nicht anders zu erwarten: Er ging schließlich auf die Achtzig zu. Ansonsten war er unverändert.

Khalifa erinnerte sich an den ersten Tag ihrer Begegnung vor fast fünfundzwanzig Jahren. Es war hier im Museum gewesen. Er und Ali hatten vor einem Libationstisch aus Alabaster gestanden und sich laut gefragt, was Libation bedeutete. Der Professor, der gerade vorbeigekommen war, war stehen geblieben und hatte ihnen erklärt, dass es sich um ein Trankopfer handelte.

Sie mochten ihn sofort – seinen leicht schlampigen Aufzug, seinen ungezwungenen Ton, seine Art, den Tisch zu beschreiben, als handle es sich um ein lebendiges Wesen und nicht um einen toten Gegenstand. Auch der Professor war von ihnen angetan. Vielleicht rührte ihn ihr Interesse an der Vergangenheit und ihre Armut, und vielleicht auch die Tatsache, dass sein eigener, erst wenige Jahre zuvor verunglückter Sohn in Alis Alter gewesen war – obwohl Khalifa das erst viel später herausfand.

Der Professor war ihr Lehrer geworden, sie trafen sich jeden Freitag, und er führte sie ein oder zwei Stunden durchs Museum, bevor er jedem von ihnen an einem Stand auf dem Midan Tahir eine Cola und ein Stück *Basbousa* kaufte. Als sie älter wurden, gab es statt der Cola und des Stückes *Basbousa* regelmäßig ein Mittagessen im Haus des Professors, das seine Frau zubereitete, die noch rundlicher und noch schlampiger aussah als der Professor, sofern das überhaupt möglich war. Er lieh ihnen Bücher, gab ihnen antike Kunstgegenstände in die Hände und erlaubte ihnen fernzusehen. Das war, obwohl dies keiner von ihnen zugegeben hätte, ihr größtes Vergnügen bei den Besuchen in seiner Wohnung.

In gewisser Hinsicht füllte er die Lücke aus, die der Tod ihres Vaters hinterlassen hatte. Ganz sicherlich empfand er väterliche Gefühle für die beiden Jungen. Sein Stolz auf Khalifa, als er einen Platz an der Universität bekam, war eher der eines Vaters auf einen Sohn als der eines Freundes auf einen Freund. Ähnlich war es bei den Tränen, die er vergoss, als er später von Alis Tod hörte.

Es dauerte einige Minuten, bis er die Lupe schließlich weglegte und sich umdrehte.

»Yusuf«, rief er aus, als er Khalifa sah, und ein strahlendes Lächeln breitete sich über seinem Gesicht aus. »Warum um alles in der Welt hast du denn nichts gesagt, du Dummkopf!«

»Ich wollte Sie nicht stören.«

»Unsinn!«

Khalifa ging auf ihn zu, und die beiden Männer umarmten sich.

»Wie geht's Zenab und den Kindern?«

»Gut, danke. Sie lassen Sie ganz herzlich grüßen.«

»Und der kleine Ali? Macht er sich gut in der Schule?«

Der Professor war der Pate von Khalifas Sohn und zeigte großes Interesse an der Ausbildung des Jungen.

»Sehr gut.«

»Das wusste ich. Im Gegensatz zu seinem Vater hat der Junge was im Kopf.«

Er zwinkerte, schlurfte um seinen Schreibtisch herum und nahm den Telefonhörer ab.

»Ich ruf Arwa an und sag ihr, dass du zum Abendessen kommst.«

»Tut mir Leid, das kann ich nicht. Ich fahre heute Abend wieder nach Luxor zurück.«

»Hast du nicht mal Zeit für einen kleinen Imbiss?«

Khalifa lachte. Im Haus des Professors gab es keine kleinen Imbisse. Seine Frau hätte darunter allenfalls fünf Gänge an Stelle von zehn verstanden.

»Keine Zeit. Ich mache nur eine Stippvisite.«

Habibi gab ein Geräusch des Missbehagens von sich und legte den Hörer wieder auf.

»Sie wird wütend sein, dass sie dich verpasst hat. Und ich muss es dann ausbaden. Sie wird sagen, ich hätte mich mehr anstrengen sollen, dich zurückzuhalten. Unter Drogen setzen, wenn nötig. Du hast keine Ahnung, in welche Schwierigkeiten du mich damit bringst!«

»Tut mir Leid. Es war eine ganz spontane Entscheidung.«

Der Professor schnaubte.

»Derlei spontane Entscheidungen solltest du ein bisschen öfter treffen. Wir kriegen dich viel zu selten zu Gesicht.«

Er kramte in einer Schublade, förderte eine Flasche Sherry zu Tage und goss einen kräftigen Schluck in ein Glas.

»Wahrscheinlich sind Allahs Gesetze nicht lockerer geworden, seit ich dich zum letzten Mal gesehen habe.«

»Ich fürchte nicht.«

»Dann will ich dich nicht in Verlegenheit bringen, indem ich dir etwas anbiete.«

Er hob sein Glas.

»Schön, dich zu sehen, Yusuf. Es ist viel zu viel Zeit vergangen.«

Er kippte seinen Sherry in einem Zug hinunter, legte dann den Arm um Khalifa und zog ihn zum Tisch.

»Sieh dir das an«, sagte er.

Auf einem Notizblock lag das Fragment eines stark ausgefransten gelben Papyrus mit sechs Reihen schwarzer Hieroglyphen und einem verblichenen Habichtskopf in einer Ecke, über dem die Sonnenscheibe stand. Habibi reichte Khalifa die Lupe.

»Deine Meinung, bitte.«

Es war ein Spiel, das sie immer spielten. Der Professor legte ihm irgendein Stück vor, und Khalifa versuchte herauszufinden, worum es sich handelte. Der Inspektor beugte sich über den Papyrus.

»Ich bin nicht mehr so gut im Lesen von Hieroglyphen«, sagte er. »Bei der Polizeiarbeit werden sie nicht so oft gebraucht.«

Er überflog den Text.

»Eines der Bücher über das Leben nach dem Tod?«, riet er.

»Sehr gut! Aber welches?«

Khalifa wandte sich wieder dem Text zu.

»Amdurat?«, fragte er unsicher und fügte dann, noch bevor der Professor einen Kommentar abgeben konnte, hinzu: »Nein, das Totenbuch.«

»Bravo, Yusuf! Ich bin wirklich beeindruckt. Aber jetzt sag mir, ob du es auch datieren kannst?«

Das war schwieriger. Die Gebete und Rituale, die im Totenbuch enthalten waren, waren erstmals in den königlichen Gräbern der 18. Dynastie aufgetaucht und hatten sich während der folgenden 1500 Jahre kaum verändert. Die Hieroglyphen selbst hätten vielleicht ein Hinweis auf die Datierung sein können – die Zeichen hatten sich im Lauf der Jahrhunderte gewiss verändert –, aber selbst wenn dies zutraf, war Khalifa nicht genügend geschult, um es zu erkennen. Die einzig möglichen Anhaltspunkte waren daher der Habichtskopf mit der Sonnenscheibe und ein Name im Text: Amenemheb.

»Neues Reich«, riet er schließlich.

»Grund?«

»Die Re-Harakhty-Figur. Re-Harakhty war der Staatsgott des Neuen Reichs. Und Amenemheb war ein typischer Name für das Neue Reich.«

Habibi nickte zustimmend. »Tadellose Herleitung. Falsch, aber dennoch tadellos. Versuch's noch einmal.«

»Ich habe wirklich keine Ahnung, Professor. Dritte Zwischenperiode?«

»Falsch!«

»Spätzeit!«

»Falsch!« Dem Professor machte das riesigen Spaß. »Ein letzter Versuch«, sagte er schmunzelnd.

»Weiß der Teufel. Griechisch-römisch.«

»Ich fürchte nicht«, lachte er und klopfte Khalifa auf die Schulter. »Tatsächlich ist es aus dem zwanzigsten.«

»Zwanzigste Dynastie! Aber ich sagte doch Neues Reich!«

»Nicht zwanzigste Dynastie, Yusuf. Zwanzigstes Jahrhundert.«

Khalifa blieb der Mund offen stehen.

»Es ist eine Fälschung?«

»Genau. Eine sehr gute, aber eindeutig eine Fälschung.«

»Woher wissen Sie das? Es sieht vollkommen echt aus.«

Habibi lachte.

»Du wärest überrascht, wie geschickt diese Fälscher arbeiten. Nicht nur was die künstlerische Ausführung anbelangt, sondern auch die Materialien. Sie finden Möglichkeiten, die Tinte und den Papyrus so zu behandeln, dass sie aussehen, als wären sie mehrere Tausend Jahre alt. Sie haben ganz außergewöhnliche Fähigkeiten. Zu schade, dass sie damit nichts Besseres tun, als Leute reinzulegen.«

Er griff nach der Sherryflasche und goss sich nach.

»Aber wie haben Sie das erkannt?«, fragte Khalifa erneut. »Wodurch verrät sich das Stück?«

Wie zuvor trank der Professor den Sherry mit einem Schluck.

»Nun, es gibt mehrere Tests, die man durchführen kann. Karbon-14-Test für die Papyrusstreifen. Mikroskopische Analysen der Tinte. In diesem Fall aber musste ich gar keine Wissenschaftler hinzuziehen. Ich hab's beim bloßen Hinsehen erkannt. Los, wirf noch mal einen Blick drauf.«

Khalifa beugte sich erneut über den Papyrus und untersuchte ihn mit der Lupe. So sehr er sich jedoch bemühte, er fand nichts, was auf eine Fälschung hindeutete. »Ich kann nichts entdecken«, sagte er, richtete sich auf und gab dem Professor die Lupe zurück. »Für mich sieht es vollkommen makellos aus.«

»Genau! Und das ist das Verräterische daran. Denk an die alten ägyptischen Manuskripte, die Inschriften und Wandmalereien – die sind nie perfekt. Irgendwo gibt es immer einen winzigen Fehler: einen Tintenklecks, eine schiefe Hieroglyphe, ein Zeichen, das in die falsche Richtung zeigt. Wie winzig er auch sein mag, man findet immer mindestens einen Fehler. Auf den Fälschungen nicht. Die sind immer makellos. Und das verrät sie. Sie sind einfach zu gut. Die Alten waren nie so präzise. Es ist die Genauigkeit im Detail, die den Fälscher verrät.«

Er beugte sich über Khalifa, nahm den Papyrus, knüllte ihn zusammen und warf ihn in den Abfall. Dann ging er wieder um den Schreibtisch herum und ließ sich schwerfällig auf einem alten Lederstuhl nieder, zog eine Bruyère-Pfeife aus einem Regal, stopfte sie mit Tabak und steckte sie an.

Khalifa zündete sich eine Zigarette an, griff in seine Tasche, holte das Bündel mit den Antiken heraus und legte es vor Habibi auf den Schreibtisch.

»Also«, sagte er lächelnd. »Jetzt sind Sie an der Reihe. Was können Sie mir darüber sagen?«

Durch die blauen Rauchschwaden aus seiner Pfeife und mit

einem gespannten Grinsen auf dem Gesicht besah sich Habibi das Bündel und öffnete es. Vor ihm lagen die sieben Objekte, die Khalifa in Iqbars Laden gefunden hatte. Der Professor beugte sich vor und strich vorsichtig und liebevoll mit seinen runzligen Händen darüber, als wolle er die Sachen beruhigen und ihr Vertrauen gewinnen.

»Interessant«, sagte er. »Sehr interessant. Woher stammen sie?«

»Das müssen Sie mir sagen«, antwortete Khalifa.

Habibi schmunzelte und wandte sich wieder den Objekten zu. Er schaltete eine Lampe neben sich an und griff nach der Lupe. Nacheinander nahm er die Gegenstände in die Hand, untersuchte jeden einzelnen, drehte sie unter dem Licht und hielt sie nah ans Auge, das sich in dem dicken Glas der Lupe vergrößerte und verkleinerte. Sein röchelnder Atem war das lauteste Geräusch im Büro.

»Nun?«, fragte Khalifa, nachdem etwa fünf Minuten vergangen waren.

Habibi legte die Shabtifigur weg, die er begutachtet hatte, und lehnte sich zurück. Seine Pfeife war ausgegangen, und er verbrachte eine weitere Minute damit, sie langsam erneut zu stopfen und anzuzünden. Er genoss den Moment wie jemand, den man gebeten hat, einen besonders seltenen Wein zu identifizieren, und der nach sorgfältiger Verkostung sicher ist, die richtige Lösung zu haben.

»Persische Besetzung«, sagte er schließlich.

»Ganz richtig.«

Es folgte ein kurzes Schweigen.

»Erste oder zweite?«

Habibi lachte leise.

»Ein unnachsichtiger Prüfer! Er lässt mir rein gar nichts durchgehen. Erste, würde ich sagen, obwohl ich kein genaues Datum angeben kann. Irgendwann zwischen 525 und 404 v. Chr. Die Shabtis jedoch scheinen aus etwas späterer Zeit zu stammen.«

»Später?«

»Zweite persische Besetzung, obwohl sie möglicherweise auch

aus der 30. Dynastie stammen könnten. Gegenstände wie diese lassen sich fast nie einer bestimmten Zeit zuordnen, vor allem dann nicht, wenn es sich um so einfache Gegenstände ohne spezifische Form und Inschrift handelt. Sie liefern keine speziellen stilistischen Hinweise. Man muss sich einfach auf sein Gefühl verlassen.«

»Und Ihr Gefühl sagt Ihnen, dass sie aus der zweiten persischen Besetzung stammen.«

»Oder der 30. Dynastie.«

Khalifa schwieg einen Moment und dachte nach.

»Sind sie echt?«

»O ja«, antwortete Habibi. »Daran besteht kein Zweifel. Sie sind alle echt.«

Er nahm einen tiefen Zug aus der Pfeife. Von unten waren Lautsprecher zu hören, die verkündeten, dass das Museum in zehn Minuten schließen werde.

»Noch etwas?«, fragte Khalifa.

»Kommt darauf an, was du wissen willst. Der Salbentiegel aus Terrakotta gehörte vermutlich einem Soldaten. Wir haben hier einige vom gleichen Typ. Sie scheinen zur üblichen militärischen Ausrüstung der Zeit gehört zu haben. Auch der Dolch weist auf eine Verbindung zum Militär hin. Das siehst du daran, dass die Klinge eingekerbt und abgenutzt ist. Er wurde nicht nur zu zeremoniellen Anlässen gebraucht, sondern zu gröberen Aufgaben benutzt. Der Brustschmuck ist interessant. Er deutet auf jemanden von hohem Rang hin und ist von besserer Qualität als der Rest.«

»Was schließen Sie daraus?«

»Nun«, antwortete der Professor nachdenklich und zog an seiner Pfeife. »Entweder stammt er aus einer anderen Quelle als die übrigen Objekte, oder der Eigentümer des Salbentiegels und des Dolches erfreute sich einer dramatischen Verbesserung seiner Verhältnisse.«

Khalifa lachte.

»Sie hätten zur Polizei gehen sollen. Mit diesem Spürsinn wären Sie inzwischen schon Chefinspektor geworden.«

Habibi machte eine wegwerfende Handbewegung.

»Vielleicht. Aber dann würde ich möglicherweise völligen Unsinn erzählen. Das ist ja das Schöne an der Historie. Man kann jede noch so widersinnige Theorie vertreten, ohne dass einen jemand widerlegen kann. Alles ist reine Interpretation.«

Er griff nach der Sherryflasche und goss sich ein drittes Glas ein. Diesmal jedoch kippte er es nicht mit einem Schluck hinunter, sondern nippte nur vorsichtig daran.

»Also sag mir, Yusuf, woher stammen die Sachen?«

Khalifa nahm einen letzten Zug von seiner Zigarette und drückte sie dann im Aschenbecher aus.

»Aus Luxor, glaube ich. Aus einem neu entdeckten Grab.«

Habibi nickte bedächtig.

»Haben sie irgendwas mit einem Fall zu tun, an dem du arbeitest?«

Khalifa nickte.

»Ich werde dich nicht nach Einzelheiten fragen.«

»Wahrscheinlich ist das besser so.«

Habibi benutzte einen Stift von seinem Schreibtisch, um die Asche in seinem Pfeifenkopf festzudrücken. Von unten ertönte eine weitere Lautsprecheransage herauf. Sie blieben eine Weile schweigend sitzen.

»Es hat mit Ali zu tun, nicht wahr?«, fragte Habibi schließlich.

»Wie bitte?«

»Der Fall, diese Sachen hier – sie haben mit Ali zu tun?«

»Wie kommen Sie ...«

»Ich kann in deinem Gesicht lesen, Yusuf. Auch deine Stimme verrät dich. Man verbringt nicht sein ganzes Leben damit, Tote zu erforschen, ohne nicht auch ein bisschen was über die Lebenden zu lernen. Ich sehe es, Yusuf. Es hat mit deinem Bruder zu tun.«

Khalifa antwortete nicht. Der Professor stand auf und ging langsam um den Schreibtisch herum. Er ging hinter dem Inspektor vorbei, und einen Moment glaubte Khalifa, er ginge zu einem Bücherregal auf der anderen Seite des Raums. Dann spürte er die Hand des Professors auf seiner Schulter. Trotz seines Alters war der Griff des Mannes noch immer fest.

»Arwa und ich …«, begann der Professor mit unsicherer Stimme. »Als ihr, du und Ali, damals in unser Leben getreten seid …«

Er brach mitten im Satz ab. Khalifa drehte sich um und nahm die Hand des alten Mannes.

»Ich weiß«, sagte er ruhig.

»Sei vorsichtig, Yusuf. Das ist alles, worum ich dich bitte. Sei einfach vorsichtig.«

Eine Weile verharrten sie so, dann wandte sich Habibi ab und ging wieder zu seinem Stuhl zurück.

»Also, dann wollen wir uns die Sachen noch mal ansehen«, sagte er und versuchte, fröhlich zu klingen. »Mal sehen, was wir dir noch sagen können. Wo hab ich denn bloß die verdammte Lupe hingelegt?«

26

Luxor

Omar führte sie im Obergeschoss des Hauses in einen einfachen Raum mit grobem Betonboden und ohne Glas in den Fenstern. Während seine Frau und seine älteste Tochter Kissen und Laken brachten, standen seine drei weiteren Kinder in der Tür und starrten die Neuankömmlinge an. Das jüngste von ihnen, ein Junge, schien von Taras Haar fasziniert zu sein. Sie nahm ihn auf den Arm, er wickelte sich eine Strähne um die Hand und flüsterte seiner Mutter etwas zu.

»Was hat er gesagt?«, fragte sie.

»Dass es sich anfühlt wie ein Pferdeschwanz«, sagte Omar.

»So viel zu Haarkuren«, sagte sie lächelnd, kniff dem Jungen in die Nase und setzte ihn wieder ab. Sie empfand es als seltsam tröstlich, eine Familie um sich zu haben, ganz so, als bildete sie einen unsichtbaren Wall aus Wärme und Sicherheit zwischen ihr und der feindlichen Welt. Omar schickte die anderen hinaus, nachdem er sich davon überzeugt hatte, dass für ihre Unterbringung gut gesorgt war.

»Ich mache mich jetzt auf den Weg und sehe, was ich herausfinden kann«, sagte er. »In der Zwischenzeit ist das Ihr Zuhause. Hier sind Sie sicher. Zumindest in Luxor bietet der Name el-Farouk noch immer einigen Schutz.«

Als er gegangen war, duschten sie sich und stiegen auf das Dach des Hauses, wo Wäsche an einer Leine hing und auf einem Laken ein Berg rotbrauner Datteln trocknete. Sie sahen eine Weile auf die Thebanischen Hügel hinüber, die sich wie eine große, braune Welle vor ihnen erhoben, dann drehten sie sich um und blickten nach Osten in Richtung des Flusses. Rauch stieg über den Feldern auf, wo die Bauern Maisstoppeln und Zuckerrohrstrünke abbrannten. Ein Wagen, hoch mit Stroh beladen und von Wasserbüffeln gezogen, bewegte sich langsam durch ihr Blickfeld. Ein paar Silberreiher glitten über die Oberfläche eines schlammigen Kanals hinweg, eine Gruppe von Kindern spielte auf einem Lehmhügel und warf mit Stöcken nach einem unten angeketteten Hund. Von irgendwoher ertönte das sanfte Rattern einer Bewässerungspumpe.

»Ich habe das Gefühl, wir sollten etwas tun«, sagte Tara nach längerem Schweigen.

»Zum Beispiel?«

»Ich weiß nicht. Es erscheint mir nicht sinnvoll, den ganzen Weg hierher zu kommen, nur um herumzustehen und die Aussicht zu genießen. Nicht nach allem, was passiert ist.«

»Es gibt nicht viel, was wir tun können, Tara. Zumindest nicht, bevor Omar zurück ist. Unser nächster Schritt hängt davon ab, was er herausfindet.«

»Ich weiß, ich weiß. Aber ich komme mir beim Abwarten so hilflos vor. Als wären wir den Ereignissen ausgeliefert. Mein Vater ist tot. Männer versuchen, uns umzubringen. Ich möchte etwas tun. Ein paar Antworten finden.«

Er streckte die Hand aus und berührte ihre Schulter.

»Ich weiß, wie du dich fühlst. Ich bin genauso frustriert. Aber uns sind die Hände gebunden.«

Eine Weile standen sie schweigend da und beobachteten einen alten Mann, der ein Kamel die Straße entlangführte. Daniel wandte sich wieder den Hügeln zu. Gedankenverloren ließ er die Blicke über die gewellte Felsbarriere schweifen. Plötzlich, als habe er eine Entscheidung getroffen, ergriff er ihre Hand und zog sie zur Treppe.

»Komm mit. Es löst vielleicht nicht all unsere Probleme, aber zumindest haben wir etwas zu tun.«

»Wohin gehen wir?«

»Dorthin.« Er deutete auf einen flachen Grat, der wie eine Klinge durch die Berggipfel schnitt. »Es gibt in ganz Ägypten keinen besseren Ort, um den Sonnenuntergang zu beobachten.«

Sie gingen die Treppe hinunter.

»Und nimm lieber die Schachtel mit«, sagte er.

»Warum? Hast du Angst, dass Omar sie stehlen könnte?«

»Nein. Ich möchte bloß nicht, dass er deswegen getötet wird. Es ist unser Problem, Tara. Wir sollten sie bei uns behalten.«

Sie brauchten fast eine Stunde, um den Grat zu erreichen. Sie stiegen eine Reihe von Betonstufen hinauf und folgten dann einem steilen, staubigen Pfad, der sich im Zickzack nach oben schlängelte und durch einen engen Felseinschnitt zum Gipfel führte. Es war ein anstrengender Aufstieg, an dessen Ende sie in Schweiß gebadet waren. Sie blieben einen Moment stehen, um Luft zu holen, dann setzte sich Daniel auf einen großen Felsbrocken, zündete einen seiner Stumpen an und trommelte mit den Fingern auf die Schenkel, als warte er auf jemanden. Tara nahm ihren Rucksack ab, kletterte zu ihm hinauf und war ergriffen von dem atemberaubenden Anblick: Die rote untergehende, riesige Sonne zeichnete sich wie ein Juwel vor dem türkisfarbenen Himmel ab, das silberne Band des Nils schimmerte in dunstiger Ferne, die endlose Hügellandschaft lag still, leer und geheimnisvoll vor ihnen.

»Dieser Gipfel hier wird el-Qu'rn genannt«, sagte Daniel. »Das Horn. Aus den meisten Richtungen sieht er aus wie ein Bergkamm. Wenn man ihn aber von Norden, vom Tal der Könige aus betrachtet, hat er die Form einer Pyramide. Die alten

Ägypter nannten ihn *dehenet*. Die Braue. Seinetwegen hat man das Tal für die Begräbnisstätte ausgewählt.«

»Es ist so friedlich hier«, sagte Tara.

»Das empfand man auch vor dreieinhalbtausend Jahren so. Diese Bergspitze war der Göttin Meret-Seger geweiht: ›Sie, die die Stille liebt‹.«

Er stand auf und sah auf den Weg zurück, den sie gekommen waren.

»Siehst du, da drüben«, sagte er und deutete in die Ferne. »Diese rechteckige Einfriedung rechter Hand: das ist Medinet Habu, der Totentempel von Ramses III. Es ist eines der schönsten Bauwerke in Ägypten. Und dort drüben, wo die Palmen stehen, das ist Omars Haus. Erkennst du es?«

Sie sah in die Richtung, in die er deutete.

»Ich glaube schon.«

»Und wenn du dann nach links auf die Straße schaust, die zum Fluss hinunterführt, da sind die Kolosse von Memnon. Und dann weiter nach links …«

Er beugte sich so nahe zu ihr herüber, dass sich ihre Wangen fast berührten.

»… wo der Gebäudekomplex steht, das ist der Totentempel von Ramses II.«

Sie spürte seinen Atem an ihrem Ohr, beugte sich ein wenig zurück und sah zu ihm auf. In seinen Augen war eine gewisse Besorgnis zu erkennen, ein Widerschein innerer Unruhe.

»Was ist?«, fragte sie.

»Ich …«

Er hielt inne, unfähig, die richtigen Worte zu finden.

»Was ist, Daniel?«

»Ich möchte …«

Plötzlich ertönte ein scharrendes Geräusch hinter ihnen. Sie fuhren herum, und aus dem Felseneinschnitt, den sie heraufgestiegen waren, tauchte ein wildes, unrasiertes Gesicht auf, mit eingesunkenen Wangen und blutunterlaufenen Augen, die einen gehetzten Blick auf sie richteten.

»Ach, du lieber Gott«, murmelte Daniel.

»Hallo bitte, hallo bitte!«, stammelte der Neuankömmling,

schleppte sich ein wenig weiter herauf und brachte eine Galabija zum Vorschein, die so zerlumpt und zerschlissen war, dass man sich fragte, wie sie überhaupt noch zusammenhielt. »Warten, warten, warten, ich euch zeigen gute Sache. Hier, hier, sehen.«

Auf dem Grat angekommen, eilte er auf sie zu und streckte eine skelettartige Hand aus, in der er einen großen Skarabäus aus schwarzem Stein hielt.

»Ich sehen euch raufkommen«, keuchte er. »Sehr langes Weg. Sehr lang. Hier, schau, schau, beste Arbeit. Sehr, sehr gut. Wie viel ihr mir geben?«

»*La*«, sagte Daniel und schüttelte den Kopf. »*Mish delwa'tee.* Jetzt nicht.«

»Gute Qualität! Bitte, wie viel du geben?«

»*Ana mish aayiz.* Ich will es nicht.«

»Preis, Preis. Gib Preis. Zwanzig englische Pfund. So billig.«

»*La*«, wiederholte Daniel schroff. »*Ana mish aayiz.*«

»Fünfzehn. Zehn.«

Daniel schüttelte den Kopf.

»Antika«, sagte der Mann und senkte die Stimme. »Ich habe Antika. Wollen sehen? Sehr gut. Alles echt.«

»*La*«, erwiderte Daniel entschieden. »*Imshi.* Geh weg.«

Der Mann reagierte immer verzweifelter. Er trat nach ihren Füßen.

»Gut Leute. Gut Leute. Mich verstehen. Kein Geld, kein Essen, Hunger, Hunger, wie Hund.«

Er warf den Kopf zurück und stieß plötzlich ein ohrenbetäubendes Heulen aus.

»Sehen«, plapperte er. »Ich Hund. Nicht Mensch. Hund. Tier. Hund.«

Wieder ein Heulen.

»*Khalas!*«, brummte Daniel. »Genug!«

Er griff in seine Tasche, zog ein paar Scheine heraus und reichte sie dem Mann. Der ergriff sie, und sein Gejammer wich einem breiten Lächeln, bei dem er eine Reihe brauner Zähne enthüllte. Darauf verfiel er in ein unbeholfenes Gehopse.

»Gut Mann, gut Mann, gut Mann«, sang er. »Mein Freund so gut zu mir.«

Er sah zu Tara auf, während er unter ihr herumhüpfte.

»Schöne Lady, wollen Gräber sehen? Wollen Hatschepsut sehen? Tal der Könige. Tal der Königinnen. Besondere Gräber. Geheime Gräber. Ich Führer. Sehr billig.«

»Das reicht jetzt«, sagte Daniel. »Du hast deinen Bakschisch bekommen. Hau ab. *Imshi!*«

»Aber ich kann zeigen besondere Sachen. Viele Geheimnisse.«

»Imshi!«

Der Mann hörte auf zu tanzen, entfernte sich achselzuckend, während er vor sich hin murmelte und sein Geld befühlte.

»Geld, gehen, Geld, gehen, Geld, gehen.«

Er begann mit dem Abstieg. Als außer seinem Kopf nichts mehr von ihm zu sehen war, drehte er sich plötzlich um und sah Tara direkt in die Augen.

»Es ist nicht, was ihr denkt, dass es ist«, sagte er plötzlich mit ruhiger und verständiger Stimme. »Die Geister haben mir befohlen, es euch zu sagen. Es ist nicht, was ihr denkt, dass es ist. Es gibt viele Lügen.«

Dann war er verschwunden, und man hörte nur noch das Klacken der Steine, als er den Berg hinabkletterte.

»Was hat er gemeint?«, fragte sie, denn bei den Worten des Mannes hatte sie ein Frösteln überlaufen. »Es ist nicht, was wir glauben, dass es ist.«

»Keine Ahnung«, antwortete Daniel. Er sprang von dem Felsbrocken herunter, ging zum vorderen Rand des Grates und sah auf das Tal der Könige hinab. »Offensichtlich ist er verrückt, der arme Kerl. Er sah aus, als hätte er seit einem Monat nichts mehr gegessen.«

Schweigend standen sie da. Tara sah auf Daniel hinunter.

»Du wolltest mir etwas sagen«, begann sie schließlich.

»Hm?« Er drehte sich zu ihr um. »Ach, nicht so wichtig. Komm und sieh dir das an. Es ist die beste Tageszeit, um ins Tal zu schauen, wenn es leer ist. So muss es vor langer Zeit ausgesehen haben.«

Sie sprang herunter, trat neben ihn, und ihre Finger berührten sich leicht. Still und verlassen lag das Wadi unter ihnen, und die Nebentäler zweigten fächerförmig davon ab.

»Wo ist Tutanchamuns Grab?«, fragte sie.

Er deutete darauf.

»Siehst du, wo das Tal in der Mitte enger wird? Links davon sind die Umrisse eines Tores in der Hügelflanke. Das ist KV9, das Grab von Ramses VI. Das von Tutanchamun ist gleich darunter.«

»Und deine Grabungsstätte?«

Er zögerte kurz, bevor er antwortete.

»Die kannst du von hier aus nicht sehen. Sie ist weiter oben im Tal, in Richtung auf Tutmosis III. zu.«

»Ich erinnere mich, dass ich einmal mit Mum und Dad hier war«, sagte Tara. »Als ich ein Kind war. Dad hielt Vorträge auf einer Nil-Kreuzfahrt, und wir sind auch mitgefahren. Er wollte uns unbedingt all die Gräber zeigen, aber ich wollte bloß auf den Dampfer und zum Pool zurück. Damals hat er, glaube ich, begriffen, dass ich nicht die Tochter werden würde, die er sich wünschte.«

Daniel sah sie an. Seine Schulter bewegte sich leicht, als wolle er ihre Hand nehmen. Dann tat er es doch nicht. Kurz darauf wandte er den Blick ab, rauchte seine Zigarre zu Ende und warf sie weg.

»Dein Vater hat dich sehr geliebt, Tara«, sagte er ruhig.

Sie zuckte mit den Achseln.

»Wie auch immer.«

»Glaub mir, Tara, er hat dich geliebt. Einigen Leuten fällt es schwer, dies auszusprechen. Zu sagen, was sie fühlen.«

Und dann nahm er plötzlich ihre Hand. Keiner von beiden sprach, keiner rührte sich, als wäre der Kontakt zwischen ihnen so hauchzart, dass er bei der leisesten Bewegung zerstört werden könnte. Die Sonne war hinter dem Horizont verschwunden, und es begann allmählich dunkel zu werden. Ein paar Sterne blitzten, und in der Ebene unter ihnen gingen die Lichter der Häuser an. Gegenüber, auf einem entfernten Bergsattel, konnten sie gerade noch ein paar Soldaten vor einer Hütte ausmachen. Es war einer der Posten, die nach dem Massaker bei Deir el-Bahri aufgestellt worden waren. Wind kam auf.

»Gibt es eine andere?«, fragte sie ruhig.

»Geliebte?« Er lächelte. »Nicht wirklich, nein. Es gab welche. Aber keine …« Er suchte nach dem passenden Wort. »… die wichtig gewesen wäre. Und bei dir?«

»Das Gleiche.«

Sie hielt inne und sagte dann: »Wer ist Mary?«

Sie hatte nicht fragen wollen, konnte sich aber nicht zurückhalten.

»Mary?«

»Letzte Nacht im Schlaf hast du immer wieder ihren Namen gesagt.«

»Ich kenne keine Mary.«

Er wirkte ehrlich überrascht.

»Du hast den Namen immer und immer wieder gesagt, Mary irgendwas. Mary. Mary.«

Er dachte einen Moment nach, wiederholte den Namen und beugte sich plötzlich lachend vor.

»Mary! Ach, das ist wundervoll! Warst du eifersüchtig, Tara? Sag mir, dass du eifersüchtig warst!«

»Nein«, antwortete sie abwehrend. »Bloß neugierig.«

»Um Himmels willen! *Mery.* Das hab ich gesagt. Nicht Mary. *Mery, Mery-amun.* Geliebter des Amun. Niemand, wegen dem du dir Sorgen machen müsstest, ehrlich. Außerdem handelt es sich um einen Mann und zudem um jemanden, der seit zweieinhalbtausend Jahren tot ist.«

Er lachte immer noch, und jetzt fiel auch Tara ein, die sich wegen des Missverständnisses zwar schämte, zugleich aber doch erleichtert war. Der Druck seiner Hand wurde fester, ebenso der ihre, und bevor sie wirklich wussten, was mit ihnen geschah, drehte er sich herum und küsste sie.

Einen Augenblick lang leistete sie Widerstand. Eine Stimme in ihrem Inneren warnte sie, dass er gefährlich war, sie wieder verletzen würde. Doch es dauerte keine Sekunde, und sie öffnete den Mund, schlang die Arme um ihn und zog ihn an sich, weil sie ihn brauchte, trotz allem, was er ihr angetan hatte, oder vielleicht gerade deswegen. Seine Hände streichelten ihren Nacken und ihren Rücken, und sie drängte sich begierig an ihn. Sie hatte vergessen, wie gut er sich anfühlte.

Sie wusste nicht, wie lange sie so stehen geblieben waren, doch als sie sich schließlich trennten, stellten sie fest, dass es plötzlich völlig dunkel geworden war. Sie setzten sich auf einen Felsen, und er nahm sie in die Arme, um sie vor dem Wind zu schützen. Rechts unten war eine Lichterkette zu sehen, die sich entlang des Wegs, den sie gekommen waren, den Berg heraufwand. Unten in der Ebene blinkten weitere Lichter, zumeist weiß, doch gelegentlich tauchte ein grünes Schimmern dazwischen auf, das die Spitze eines Minaretts markierte.

»Also, wer ist diese Mary?«, fragte sie und schmiegte das Gesicht an seine Schulter.

Er lächelte.

»Ein Sohn des Pharaos Amasis. Prinz Mery-amun Sehetep-ib-re. Er lebte etwa 550 v. Chr. Ich vertrete die Theorie, dass er im Tal der Könige begraben wurde. Damit habe ich mich in den vergangenen fünf Jahren beschäftigt. Mit dem Versuch, ihn zu finden. Ich bin überzeugt, dass sein Grab noch intakt ist.«

Er zog eine weitere Zigarre aus seiner Hemdtasche, zündete sie an und duckte sich hinter Tara, um die Flamme vor dem Wind zu schützen.

»Und wann fängst du wieder mit deinen Ausgrabungen an?«, fragte sie.

Er kam wieder nach vorn, zog an der Zigarre, atmete langsam aus, und der Wind trug den Rauch wie ein zerschlissenes Band fort. Es folgte ein langes Schweigen. Als er erneut zu sprechen begann, hatte sich seine Stimme verändert. Plötzlich schwang Bitterkeit und Zorn darin mit.

»Ich fange nicht wieder zu graben an.«

»Was meinst du damit?«

»Genau, was ich sage. Ich fange nicht wieder zu graben an.«

»Gräbst du irgendwo anders?«

»Vielleicht. Aber nicht in Ägypten.«

Er starrte auf seine Füße, seine Lippen waren schmal und blass. Seine Hand hatte sich zur Faust geballt, als wollte er jemanden schlagen. Sie löste sich aus seiner Umarmung, drehte sich so, dass sie rittlings auf dem Felsen saß, und betrachtete sein Profil.

»Ich verstehe dich nicht, Daniel. Was soll das heißen, dass du nicht mehr in Ägypten gräbst?«

»Damit meine ich, Tara«, antwortete er, »dass meine Karriere als Archäologe in Ägypten beendet ist. Vorbei. Aus. Im Eimer.«

Die Bitterkeit seines Tonfalls war jetzt nicht mehr zu überhören. Er sah zu ihr auf, und seine Augen waren so schwarz, als wäre alles Licht und Leben daraus entwichen, dann ließ er den Kopf sinken.

»Sie haben mir meine Konzession entzogen«, murmelte er. »Die Mistkerle haben mir meine Konzession weggenommen. Und wie es aussieht, kriege ich sie auch nicht mehr zurück.«

»O mein Gott!« Tara war unter Archäologen aufgewachsen und wusste, was für ein vernichtender Schlag das für ihn war. Sie nahm seine Hand und streichelte sie liebevoll.

»Was ist passiert? Sag's mir.«

Er nahm noch einen Zug von der Zigarre, warf sie dann weg, und sein Gesicht verzog sich, als hätte er in einen sauren Apfel gebissen.

»Da gibt's nicht viel zu erzählen. Wir hatten in unserem Abschnitt Spuren gefunden, die auf eine alte Wehrmauer hindeuteten, und ich wollte daran entlanggraben, um herauszufinden, wohin sie führte. Unglücklicherweise ging sie über unseren Abschnitt hinaus und in den benachbarten hinein, der einem polnischen Team gehörte. Es ist absolut verboten, in den Abschnitt eines anderen Teams einzudringen, aber sie sollten erst ein paar Wochen später beginnen, also dachte ich, pfeif drauf, und grub einfach weiter. Ich hätte mich mit ihnen in Verbindung setzen oder mit den Ägyptern reden sollen, aber … nun ja, ich konnte nicht warten. Ich musste herausfinden, wohin diese Mauer führte, verstehst du. Ich konnte mich einfach nicht bremsen.«

Mit den Fingern seiner freien Hand trommelte er erregt auf den Felsen.

»Als die Polen ankamen, gab es einen fürchterlichen Krach. Der Leiter des Teams behauptete, ich sei verantwortungslos und hätte keinen Respekt vor der Vergangenheit. Ich, der ich mein ganzes Leben Ägypten gewidmet habe, Tara! Niemand hat mehr Respekt vor der Geschichte als ich. Als er das zu mir sagte, habe ich die Kontrolle verloren. Ich habe mich auf ihn gestürzt. Im wahrsten Sinne des Wortes. Man musste mich von ihm wegreißen. Ich dachte, ich würde ihn umbringen. Natürlich hat er das gemeldet, die polnische Botschaft hat offiziell Beschwerde eingelegt, an höchster Stelle – mit dem Resultat, dass meine Konzession widerrufen wurde. Doch nicht nur das. Ich darf in Ägypten auch bei keinem anderen Grabungsprojekt mehr mitarbeiten. Ich wurde als ›unbeherrscht‹ bezeichnet. Als Gefahr für mich und meine Kollegen. Als ›Belastung‹. Diese verdammten Idioten. Ich könnte sie alle abknallen. Jeden Einzelnen von ihnen.«

Seine Worte klangen nun gehetzt, er atmete in kurzen, heftigen Zügen, und seine Schultern zitterten. Er zog seine Hand zurück, ging an den Rand des Berggrats und sah ins Tal hinab. Trotz der Dunkelheit war der helle Talboden, der sich wie ein Strom aus Milch nach Norden erstreckte, noch immer deutlich zu erkennen. Allmählich beruhigte sich sein Atem, und seine Schultern sanken herab.

»Tut mir Leid«, murmelte er. »Ich werd bloß so …«

Er rieb sich die Schläfen und seufzte tief. Darauf folgte ein langes Schweigen, das nur vom Rauschen des Windes unterbrochen wurde.

»Das war vor achtzehn Monaten«, sagte er schließlich. »Seitdem hab ich Touristen geführt, ein paar Aquarelle verkauft und gehofft, die Lage würde sich vielleicht wieder ändern, was aber nicht der Fall war. Und das wird auch nicht geschehen. Irgendwo da unten liegt ein unberührtes Grab, das auf Entdeckung wartet, und mir ist es nicht erlaubt, danach zu suchen. Ich bekomme nie wieder die Erlaubnis, danach zu suchen. Kannst du dir vorstellen, wie schwer das ist? Wie frustrierend? Mein Gott!«

Er ließ den Kopf hängen.

»Ich weiß nicht, was ich sagen soll«, erwiderte sie hilflos. »Es tut mir so Leid. Ich weiß, wie viel der Ort dir bedeutet.«

Er zuckte mit den Achseln.

»Das Gleiche ist Carter passiert, weißt du. 1905. Er wurde von der Behörde für Altertümer rausgeschmissen, weil er oben in Sakkara mit ein paar französischen Touristen in Streit geraten war. Schließlich hat er als Fremdenführer und Maler gearbeitet. Also ist mein Traum, ein neuer Carter zu werden, in gewisser Hinsicht in Erfüllung gegangen. Wenn auch nicht ganz auf die Weise, wie ich es mir vorgestellt hatte.«

Die Bitterkeit war inzwischen verschwunden, und der Zorn hatte einer Art verzweifelter Resignation Platz gemacht. Tara trat hinter ihn und schlang die Arme um seine Taille. Er ließ sich von ihr festhalten.

»Und weißt du, was der Witz dabei ist?«, flüsterte er. »Bei der antiken Wehrmauer stellte sich heraus, dass sie im 19. Jahrhundert von Belzoni erbaut wurde. Meine ganze Welt geht in die Brüche wegen einer Mauer, die vor weniger als zweihundert Jahren von einem anderen verdammten Archäologen erbaut wurde!«

Er lachte, obwohl es ein kaltes und freudloses Lachen war.

»Es tut mir so Leid«, wiederholte sie.

»Wirklich?« Er drehte sich um, und sie sahen sich an. »Ich hätte gedacht, dass es dich freuen würde. Ironie des Schicksals und all das.«

»Ich freue mich überhaupt nicht darüber, Daniel. Ich habe dir nie etwas Böses gewünscht.«

Sie sah zu ihm auf und suchte seinen Blick, dann erhob sie sich auf die Zehenspitzen und küsste ihn sanft auf die Lippen.

»Ich will dich«, sagte sie schlicht. »Ich will dich hier unter den Sternen. Über der Welt. Solange wir noch die Möglichkeit dazu haben.«

Er sah auf sie hinunter, legte dann die Arme um sie, presste die Lippen auf die ihren und küsste sie leidenschaftlich. Seine Zunge suchte ihren Mund, seine Hände glitten über ihren Rücken hinab. Sie spürte, wie er steif wurde, und der Druck verursachte ihr ein Kribbeln im Bauch. Dann ließ er sie los und ergriff ihre Hand.

»Ich weiß einen Ort«, sagte er.

Er nahm ihren Rucksack, und sie gingen einen schmalen Pfad entlang, der tiefer in die Hügel hineinführte. Die Ebene verschwand aus ihrem Blickfeld, und außer dem Knirschen des Schotters unter ihren Füßen war alles still. Nach zwanzig Minuten kamen sie zu einer Stelle, an der der Weg plötzlich zu einer breiten, flachen Schotterfläche abfiel, auf der, wie Kommas auf einem ansonsten leeren Blatt, vier Gebilde standen. Als sie näher kamen, erkannte Tara, dass sie etwa drei Meter lang waren und bis zu ihren Knien heraufreichten.

»Windschutzwälle«, erklärte Daniel. »Die Patrouillen, die in alten Zeiten diese Hügel bewachten, suchten dahinter Schutz vor dem Wind.«

Er beugte sich hinunter und hob etwas auf, das wie ein flacher Stein aussah.

»Siehst du, Tonscherben.«

Sie gingen zu der größten Mauer, knieten sich wortlos dahinter nieder und sahen sich an. Eine Brise umspielte den oberen Teil ihrer Körper. Von der Taille abwärts war die Luft immer noch warm, ganz so, als knieten sie in einem Wasserbecken.

Einen Moment lang sahen sie sich in die Augen, dann streckte Daniel die Hand aus und knöpfte langsam ihre Bluse auf. Ihre Brüste schimmerten blass im Mondlicht, und ihre Brustwarzen waren aufgerichtet und hart. Er beugte sich vor und küsste sie. Sie warf den Kopf zurück, schloss die Augen und stöhnte vor Lust. Alles andere war im Moment vergessen.

27

Kairo

Es war fast sieben, als Khalifa schließlich zu Taubas Büro zurückkehrte. Im Schein einer Lampe saß der Inspektor an seinem Schreibtisch und tippte mit zwei Fingern auf einer alten Schreibmaschine. Der Boden um ihn her war mit einer dünnen Schicht aus Zigarettenasche bedeckt, als wäre in dieser Ecke des Büros leichter Schneefall niedergegangen.

Khalifa gab ihm die Schlüssel von Iqbars Laden zurück und

erzählte von dem kleinen Mädchen und den Antiken. Tauba stieß einen leisen Pfiff aus.

»Ich weiß, dass dies nicht der Dienstvorschrift entspricht«, fügte Khalifa hinzu, »aber ich habe die Objekte bei einem Freund im Museum gelassen. Er sieht sie sich an und schickt sie gleich morgen früh zu Ihnen herüber. Ich hoffe, Sie haben nichts dagegen.«

Tauba machte eine wegwerfende Handbewegung.

»Kein Problem. Ich hätte ohnehin nichts damit anfangen können.«

Khalifa setzte sich.

»Das Mädchen hat eine ziemlich gute Beschreibung von Iqbars Mördern geliefert. Wie es aussieht, gehörten zwei von ihnen zu Sayf al-Tha'rs Männern.«

»Na, großartig.«

»Der dritte war kein Ägypter. Europäer wahrscheinlich, vielleicht Amerikaner. Groß, mit einer Art Muttermal auf der linken Gesichtshälfte ...«

»Dravic.«

»Sie kennen ihn?«

»Jede Polizeieinheit im Nahen Osten kennt Casper Dravic. Ich bin überrascht, dass Sie noch nichts von ihm gehört haben. Ein echtes Stück Scheiße. Deutscher.«

Er rief etwas zu einem seiner Kollegen hinüber, der einen Aktenschrank zu durchwühlen begann.

»Das würde durchaus zu Sayf al-Tha'r passen«, sagte Tauba. »Soweit wir wissen, hat Dravic während der letzten Jahre für ihn gearbeitet. Er hat die Echtheit von Antiken beglaubigt und sie aus dem Land geschmuggelt. Sayf al-Tha'r würde es nicht wagen, selbst einen Fuß nach Ägypten zu setzen, also hält er sich unten im Sudan auf, während Dravic hier alles erledigt.«

Taubas Kollege kam herüber und legte drei dicke rote Aktenordner auf den Schreibtisch. Tauba öffnete den obersten.

»Dravic«, sagte er und nahm ein großes Schwarzweißfoto heraus, das er Khalifa reichte.

»Hübsch«, brummte dieser.

»Vor einer Weile saß er ein paar Monate in Tura, wegen des

Besitzes von antiken Gegenständen, aber wir waren nie in der Lage, ihn wegen einer großen Sache festzunageln. Er ist schlau. Lässt andere Leute die Drecksarbeit machen. Und weil er mit Sayf al-Tha'r zusammenarbeitet, traut sich keiner, gegen ihn auszusagen. Ein Mädchen, das er einmal vergewaltigt hat, hat's getan, und das ist mit ihm passiert.«

Tauba warf ein anderes Foto über den Tisch.

»Allmächtiger Gott«, flüsterte Khalifa.

»Sie war erst fünfzehn. Wie ich schon sagte, er ist ein echtes Stück Scheiße.«

Tauba schob seinen Stuhl zurück, legte die Beine auf eine Schreibtischecke und zündete sich eine Zigarette an. Khalifa blätterte die Akte durch.

»Ich habe diesen Burschen in der britischen Botschaft aufgesucht«, sagte er nach einer Weile.

»Und?«

»Eigentlich nichts. Er hat mir nichts Neues gesagt. Ich hatte allerdings den Eindruck, dass er irgendwas vor mir verheimlicht. Haben Sie eine Ahnung, was er für einen Grund dafür haben könnte?«

»Warum wohl, zum Teufel?«, schnaubte Tauba. »Sie haben uns nie verziehen, dass wir den Suezkanal nationalisiert und ihnen gesagt haben, dass sie sich nach Hause scheren sollten. Wenn sie uns irgendeinen Stein in den Weg legen können, dann tun sie's auch.«

»Es war mehr als das. Er weiß etwas über den Fall. Und er möchte nicht, dass ich erfahre, dass das so ist.«

Tauba kniff die Augen zusammen.

»Sie behaupten, dass die britische Botschaft in die Sache verwickelt ist?«

»Um ehrlich zu sein, weiß ich nicht mehr, was ich behaupte«, seufzte Khalifa erschöpft, beugte sich vor und rieb sich die Augen. »Hier ist irgendwas im Gange, aber ich kann einfach nicht erkennen, was. Ich kann verdammt noch mal nicht erkennen, was es ist. Verflucht!«

Charles Squires setzte sich die Brille auf und begann, die Speisekarte zu lesen. Einen Moment lang saß er vollkommen versunken da, bevor er sie befriedigt nickend beiseite legte.

»Die Wachteln, glaube ich. Ja, die Wachteln sind gut hier. Und als Vorspeise, nun ... ich denke, die Pfannkuchen mit Meeresfrüchten hören sich recht verlockend an. Jemal?«

»Ich bin nicht hungrig.«

»Ach, kommen Sie, kommen Sie. Wir können doch nicht zulassen, dass Sie vom Fleisch fallen. Sie müssen etwas essen.«

»Ich bin zum Reden gekommen, nicht zum Essen.«

Squires schüttelte missbilligend den Kopf und wandte sich einer Gestalt zu seiner Linken zu, einem großen, übergewichtigen Mann mit fast kahlem Kopf und einer überdimensionalen Rolex am Handgelenk.

»Wie steht's mit Ihnen, Massey? Sie lassen mich doch sicher nicht alleine essen.«

Der Amerikaner warf einen Blick auf die Speisekarte und wischte sich mit dem Taschentuch über den Nacken, der trotz der Klimaanlage im Restaurant von Schweiß bedeckt war.

»Gibt's hier Steak?«, fragte er mit starkem Südstaatenakzent.

Squires deutete auf die Karte.

»Ich schätze, dass das Filet Mignon Ihren Ansprüchen genügen dürfte.«

»Gibt es Soße dazu? Ich mag nichts mit Soße. Nur ein einfaches Steak.«

Squires rief den Ober.

»Das Filet Mignon, wird es mit Soße serviert?«, fragte er.

»Ja, mein Herr. Mit Pfeffersoße.«

»Ich will keine Pfeffersoße«, beharrte Massey. »Nur ein einfaches Steak. Mit nichts drauf. Schaffen Sie das?«

»Natürlich, mein Herr.«

»Also, dann bringen Sie mir eines, halb durchgebraten mit Pommes frites.«

»Und als Vorspeise?«

»Mein Gott, keine Ahnung. Was ist das, was Sie genommen haben, Squires?«

»Pfannkuchen mit Meeresfrüchten.«

»Okay. Das nehm ich auch. Und das Steak nur halb durchgebraten!«

»Also schön«, lächelte Squires. »Für mich den Pfannkuchen mit Meeresfrüchten und die Wachteln, und würden Sie bitte die Weinkarte bringen.«

Er reichte dem Ober die Speisekarte zurück, der sich höflich verbeugte und verschwand. Massey brach ein Brötchen auseinander, schmierte Butter darauf und stopfte es sich in den Mund.

»Also, wie läuft's?«, fragte er kauend.

»Nun«, antwortete Squires und beobachtete den Mund des Amerikaners mit einer Mischung aus Faszination und Abscheu. »Es scheint, dass unsere Freunde schließlich in Luxor aufgetaucht sind. Stimmt das, Jemal?«

»Sie sind heute Nachmittag angekommen«, bestätigte der Ägypter.

»Diese ganze Farce ist doch verdammt lächerlich«, grollte Massey. »Wir wissen, wo das Stück ist. Wieso holen wir's uns nicht einfach? Und hören mit dem Geplänkel auf.«

»Weil die Gefahr zu groß ist, uns selbst zu verraten«, erklärte Squires. »Wir sollten unsere Karten nicht aufdecken, bevor wir es unbedingt müssen.«

»Wir spielen hier doch nicht ›Hasch mich‹«, sagte der Amerikaner verächtlich. »Hier steht doch eine ganze Menge auf dem Spiel.«

»Das ist mir bewusst«, erwiderte Squires. »Im Moment jedoch ist es besser, wenn wir uns im Hintergrund halten. Warum sollen wir unnötige Risiken eingehen, wenn Lacage und das Mädchen das für uns übernehmen?«

»Mir gefällt das nicht«, sagte Massey kauend. »Mir gefällt das ganz und gar nicht.«

»Es wird sich alles klären.«

»Ich meine, Sayf al-Tha'r …«

»Alles wird sich klären«, wiederholte Squires mit einem Anflug von Ärger in der Stimme. »Solange wir die Nerven nicht verlieren.«

Der Ober brachte die Weinkarte, und Squires setzte sich die

Brille wieder auf, um sie zu studieren. Massey schickte sich an, seine zweite Brötchenhälfte zu schmieren.

»Es gibt nur ein kleines Problem«, sagte Squires kurz darauf, ohne den Blick zu heben.

»Ach wirklich«, brummte Massey. »Welches denn?«

»Einen Polizisten. Aus Luxor. Er scheint die Sache mit den fehlenden Hieroglyphen herausgefunden zu haben.«

»Verdammter Mist, verdammter! Haben Sie eine Ahnung, was hier auf dem Spiel steht?«

»Allerdings«, antwortete Squires, dessen Ärger jetzt nicht mehr zu überhören war. »Ich habe jedoch nicht vor, deswegen hysterisch zu werden.«

»Reden Sie nicht so gönnerhaft mit mir, Sie blasiertes Schwein ...«

Jemal schlug mit der Faust auf den Tisch, dass das Besteck hüpfte und die Gläser klirrten.

»Hören Sie auf damit«, zischte er. »Das hilft uns nicht weiter.«

Die drei versanken in ärgerliches Schweigen. Massey verschlang den Rest seines Brötchens. Squires spielte abwesend mit seiner Gabel. Jemal drehte seine Gebetskette zwischen den Fingern.

»Jemal hat Recht«, begann der Engländer schließlich. »Ein Streit zwischen uns ist alles andere als konstruktiv. Die Frage ist: Was unternehmen wir wegen dieses Burschen in Luxor?«

»Das liegt doch auf der Hand, oder?«, erwiderte Massey schroff. »Die Sache ist zu wichtig, um sie von irgendeinem Sesselfurzer vermasseln zu lassen.«

»Gütiger Gott«, zischte Jemal. »Wollen Sie damit sagen, wir sollen ihn töten? Einen Polizisten?«

»Nein, wir kaufen ihm ein Kleid und führen ihn heute zum Tanzen aus! Was zum Teufel glauben Sie denn, was ich sagen will?«

Der Ägypter sah Massey mit unverhohlener Abscheu an, während er die Hände auf dem Tisch zu Fäusten ballte. Squires legte die Weinkarte weg, faltete die Hände und stützte das Kinn auf die Fingerspitzen.

»Eliminierung scheint mir unter den gegebenen Umständen ein ziemlich drastisches Mittel zu sein«, sagte er ruhig. »Man braucht doch keinen Dampfhammer, um Nüsse zu knacken? Ich sehe keinen Grund, warum wir nicht in der Lage sein sollten, das Problem zu lösen, ohne gleich gewalttätig zu werden. Jemal?«

»Ich sorge dafür, dass ihm der Fall entzogen wird«, antwortete er. »Kein Problem.«

»Ich denke, das wäre das Beste«, stimmte Squires zu. »Ein toter Polizist könnte zu allen möglichen unnötigen Komplikationen führen. Behalten Sie ihn trotzdem im Auge.«

Jemal nickte.

»Ich bin immer noch der Meinung, wir sollten ihn ausschalten«, murrte Massey. »Die Sache sauber halten.«

»Darauf kann es schließlich durchaus hinauslaufen«, antwortete Squires. »Aber im Moment schlage ich vor, dass wir uns zurückhalten. Die Sache hat schon zu viele Todesopfer gefordert.«

»Wenn Sie's auf den Friedensnobelpreis abgesehen haben, sind Sie im falschen Geschäft.«

Squires ignorierte den Sarkasmus, wandte sich wieder der Weinkarte zu und fuhr mit dem Finger die Seite hinunter. Am anderen Ende des Restaurants begann ein Mann, Klavier zu spielen.

»Es gibt allerdings einen interessanten Aspekt an diesem Polizisten. Wie es scheint, hatte er mit Sayf al-Tha'r in gewisser Weise schon zu tun. Stimmt das, Jemal?«

»Offensichtlich hat er eine Rechnung mit ihm zu begleichen«, antwortete der Ägypter und ließ seine Gebetskette klicken. »Eine Familienangelegenheit.«

»Scheiß drauf«, schnaubte Massey.

»Ja, es ist schon unglaublich, nicht wahr«, sagte Squires lächelnd, der sich wieder vollkommen gefasst hatte. »Wie klein doch die Welt ist, in der wir leben? Ah! Ich glaube, da kommen unsere Pfannkuchen mit Meeresfrüchten. Eine halbe Flasche Chablis vielleicht, um die runterzuspülen, und zum Hauptgang nehmen wir dann einen Burgunder.«

Er schüttelte die Serviette auf, breitete sie sorgfältig über seinen Schoß und wartete auf das Essen.

Professor Mohammed Habibis Augen schmerzten. Er rieb sie langsam, drückte die geballten Fäuste fest gegen die Augenhöhlen, und einen Moment lang ließ der Schmerz ein wenig nach. Sobald er jedoch wieder auf die Gegenstände sah, begann der Schmerz von neuem, genauso schlimm wie zuvor. Seine Schläfen pochten und seine Augen tränten. Es war ein Problem, das ihn in letzter Zeit oft plagte. Seine Augen waren alt und hielten der Belastung nicht mehr stand. Er wusste, er sollte zusammenpacken, heimgehen und sich Ruhe gönnen, aber das konnte er nicht. Noch nicht. Nicht bevor er herausgefunden hatte, was die Gegenstände ihm erzählen wollten. Außerdem war Yusuf sein Freund. Er stand in seiner Schuld. Und in gewisser Weise auch in Alis. Der arme Ali.

Er goss sich noch einen Schluck Sherry ins Glas, den Rest der Flasche, zündete seine Pfeife wieder an, nahm die Lupe und beugte sich hinunter, um den goldenen Brustschmuck zu untersuchen.

Es war etwas Rätselhaftes an den Objekten, die sein junger Freund mitgebracht hatte. Weniger an der Art, wie sie aussahen, als an dem Gefühl, das sie vermittelten. Antike Gegenstände waren für Habibi lebendige Dinge. Sie sandten Signale aus, kommunizierten. Wenn man es verstand, ihnen zuzuhören, erzählten sie einem interessante Geschichten. In diesem Fall jedoch wurde seine Verwirrung umso größer, je länger er ihnen lauschte.

Als er sie in Khalifas Gegenwart zum ersten Mal untersucht hatte, war ihm nichts Außergewöhnliches aufgefallen. Die Gegenstände waren von schlichter Machart und herkömmlicher Gestaltung, leicht zu datieren, genauso wie Dutzende ähnlicher Objekte, die unten in den Vitrinen des Museums lagen.

Erst als Khalifa gegangen war, begannen ihm Zweifel zu kommen. Dafür gab es keinen bestimmten Grund: nur ein nagendes

Gefühl, dass ihm die Objekte trotz ihrer augenscheinlichen Gewöhnlichkeit etwas Bestimmtes sagen wollten.

»Was wollt ihr sagen?«, fragte er laut und suchte mit der Lupe die Oberfläche des Brustschmucks ab. »Was wollt ihr mir mitteilen?«

Abgesehen vom Licht der Schreibtischlampe war es inzwischen vollkommen dunkel in seinem Büro. Gelegentlich hörte er die Schritte eines Wachmanns, der auf dem Korridor draußen vorbeiging, aber ansonsten war es still im Museum. Ein dichter Schwaden blauen Pfeifenrauchs hing über seinem Kopf wie eine Regenwolke.

Er legte den Brustschmuck beiseite und nahm den Dolch, hielt ihn an der Klinge fest und drehte im Licht den Griff nach allen Seiten. Es war ein einfaches Stück, ganz gewöhnlich, zwanzig Zentimeter lang, Eisen, mit einer primitiven bronzenen Einlage an der Spitze der Klinge und einem braunen Lederband um den Griff, das den Halt verbessern sollte. Typisch für seine Zeit. Erst vor ein paar Monaten hatte er fast den gleichen begutachtet.

Er trank seinen Sherry aus, nahm einen Zug aus seiner Pfeife, und eine Rauchwolke verdeckte einen Augenblick lang das Objekt vor ihm. Als er wieder klar sehen konnte, bemerkte er, dass die Lederumwicklung am unteren Ende des Griffs, dort, wo die Klinge begann, ein wenig lose war. Er zog vorsichtig daran, und das Band begann sich abzuwickeln.

Anfänglich dachte er, es seien nur winzige Kratzspuren. Erst als er den Griff so drehte, dass das Licht der Lampe direkt darauf fiel und er ihn unter die Lupe hielt, erkannte er, dass es sich um Schriftzeichen handelte. Keine persischen oder ägyptischen, wie er erwartet hätte, sondern griechische. Eine Reihe grob eingeritzter griechischer Buchstaben auf dem Metallgriff. Griechische Buchstaben hier. Er blinzelte vor Verwunderung.

»Soso«, murmelte er. »Das ist also dein kleines Geheimnis.«

Er schrieb die Worte auf den Notizblock neben sich, Buchstaben für Buchstaben, und prüfte mehrmals, ob er alles richtig aufgezeichnet hatte. Dann legte er den Dolch beiseite, nahm den Block und lehnte sich zurück, um den Text zu betrachten.

»Wo habe ich das schon einmal gesehen?«, fragte er sich laut. »Wo? Wo?«

Zwanzig Minuten saß er reglos da und starrte ins Leere. Gelegentlich hob er sein Sherryglas an den Mund, obwohl es längst leer war. Plötzlich warf er den Block auf den Tisch, stand auf und schritt erstaunlich flink für einen Mann seines Alters zum Bücherregal auf der anderen Seite des Raums.

»Unmöglich!«, sagte er. »Das kann doch nicht sein!«

Eilig fuhr er mit dem Finger die Reihe entlang, bevor er schließlich aus der Mitte des Regals ein Buch herauszog: einen alten, in Leder gebundenen Band mit dicken Pergamentseiten, dessen Titel mit Goldbuchstaben auf den Buchrücken geprägt war: *Inscriptions greques et latines de tombeaux des rois ou syringes à Thebes. J. Baillet.* Er eilte an seinen Schreibtisch zurück, machte mit den Armen etwas Platz, legte das Buch unter die Lampe und begann, schnell die Seiten durchzublättern. Von draußen wünschte ihm der Wachmann im Vorbeigehen eine gute Nacht, aber der alte Mann erwiderte den Gruß nicht, so vertieft war er in den Band vor sich. Die Stille im Raum schien das aufgeregte Röcheln seines Atems noch zu verstärken.

»Das ist doch nicht möglich«, murmelte er. »Unmöglich! Aber, mein Gott, wenn es nicht ...«

28

Luxor, die thebanischen Berge

Es war zu kalt, um lange nackt liegen zu bleiben, selbst hinter dem Schutzwall. Deswegen zogen sie sich wieder an, nachdem sie sich geliebt hatten. Daniel nahm den Rucksack, und mit dem Wind im Rücken wanderten sie weiter in die Hügel hinein, während die Landschaft im Mondlicht blasssilbern schimmerte.

Tara hielt sich an Daniels Arm fest, ihr Körper wurde von einem intensiven Wärmegefühl durchströmt, und zwischen den Beinen spürte sie einen köstlichen Schmerz. Sie hatte vergessen, was für ein kraftvoller Liebhaber er war.

»Wonach suchst du?«, fragte sie nach einer Weile, als sie bemerkte, dass er den Kopf nach rechts und links wandte und sein Blick suchend über die dunklen Hügel strich.

»Hm? Ach, eigentlich nach nichts. Es ist nur eine Weile her, dass ich hier oben war.«

Sie klammerte sich fester an ihn.

»Wär's dir lieber, wir hätten's nicht getan?«

»Was? Miteinander zu schlafen?« Er lächelte. »Nein, es war wundervoll. Warum, bereust du's?«

Sie zwang ihn, stehen zu bleiben, stellte sich auf die Zehenspitzen und küsste ihn leidenschaftlich auf die Lippen.

»Das deute ich als Nein«, sagte er lachend.

Eng umschlungen gingen sie weiter, immer tiefer in die Hügel hinein, und die Welt um sie her war totenstill, außer dem Geräusch ihrer Schritte, dem Flüstern des Windes und dem gelegentlichen fernen Heulen eines Wildhundes.

Soweit Tara erkennen konnte, überquerten sie ein breites Plateau auf dem Massiv. Zu ihrer Rechten stieg das Land leicht an und versperrte den Blick in dieser Richtung. Zu ihrer Linken erstreckte es sich flach über einige Hundert Meter, bevor es in ein dunkles Gewirr aus Klippen und Wadis abfiel. Vor ihnen in der Ferne erhoben sich die Umrisse höherer Gipfel, die sich schwarz gegen den graublauen Himmel abzeichneten. Sie hatte keine Ahnung, wohin sie gingen, und es kümmerte sie auch nicht. Sie war glücklich, an seiner Seite zu sein, ihn festzuhalten, seine Wärme, seine Stärke und seine Kraft zu spüren. Nachdem sie über eine Stunde gegangen waren, wurde Daniel schließlich langsamer und blieb stehen. Der Weg neigte sich an dieser Stelle leicht nach unten und durchquerte einen seichten, ausgetrockneten Wasserlauf, der in engen Windungen von links nach rechts verlief, wie die Spur einer riesigen Schlange. Tara schlang die Arme um seine Taille.

»Du zitterst ja«, sagte sie.

»Mir ist nur kalt. Ich hatte vergessen, wie eisig es nachts hier oben wird.«

Sie steckte die Hände in die hinteren Taschen seiner Jeans und schmiegte das Gesicht an seinen Hals.

»Ich glaube, wir sollten langsam zurückgehen«, sagte sie. »Wir sind seit über drei Stunden fort. Omar macht sich vielleicht Sorgen.«

»Ja«, antwortete er. »Das sollten wir wahrscheinlich.«

Keiner von beiden rührte sich. Über ihnen blitzte eine Sternschnuppe auf.

»Wenn es hell wäre, könnten wir einen anderen Weg nach unten nehmen«, sagte er schließlich. »Es gibt eine ganze Reihe von Wegen für den Abstieg. Aber es ist besser, kein Risiko einzugehen. Diese Hügel sind voll von alten Grabschächten. Wenn man vom Weg abkommt und in einen hineinfällt, gibt es wenig Chancen, wieder rauszukommen. Vor ein paar Jahren ist drüben bei Deir el-Bahri eine Kanadierin in einen hineingestürzt. Niemand hat sie schreien hören. Schließlich ist sie verhungert. Als man ihre Leiche fand ...«

Plötzlich blieb er wie erstarrt stehen.

»Was ist?«, fragte Tara.

»Ich dachte, ich hätte etwas gehört ... Da!«

Sie neigte den Kopf, konnte aber außer dem Pfeifen des Windes nichts hören.

»Was ist?«, fragte sie noch einmal.

»Da war ein ... da, wieder! Hör doch!«

Jetzt hörte sie es auch. Links von ihnen, in Richtung der Klippen. Ein leises Klopfen, als würde ein Hammer auf einen Amboss geschlagen. Jemand kam auf sie zu. Sie strengte sich an, die Leute zu erkennen, aber es war zu dunkel.

»Vermutlich eine Militärpatrouille«, sagte Daniel und senkte die Stimme. »Wir machen uns lieber aus dem Staub.«

Er zog sie über den Wasserlauf und hinter einen großen Felsblock, in dessen Schatten sie sich niederkauerten.

»Was ist denn das Problem?«, fragte sie flüsternd.

»Sie werden misstrauisch, wenn jemand nach Einbruch der Dunkelheit hier oben ist. Sie glauben, er führe was im Schilde.

Wir sind Europäer, also würden sie wahrscheinlich keine Schwierigkeiten machen, aber in unserer momentanen Lage halte ich es für besser, jeden Kontakt mit den Sicherheitskräften zu meiden.«

Sie spähten über den Felsblock.

»Und wenn sie uns sehen?«, fragte sie.

»Bleib, wo du bist, und pass auf, dass sie dich für eine Touristin halten. Diese Typen sind junge Wehrpflichtige und ziemlich schießwütig, soweit ich weiß.«

Unüberhörbar näherten sich jetzt Schritte. Auch das Geräusch gedämpfter Stimmen und leiser, klagender Gesang. Tara biss sich auf die Lippe. Ironie des Schicksals, dachte sie, nach allem, was sie durchgemacht hatten, hier schließlich aus Versehen erschossen zu werden. Sie spürte Daniels Hand auf ihrem Arm. Sein Griff war angespannt.

Es dauerte noch eine Minute, bevor die Patrouille in Sicht kam. Einen Augenblick lang war nur eine wirre Mischung aus Schatten und Halbdunkel auszumachen, dann tauchten plötzlich Gestalten auf, die sich entlang des ausgetrockneten Wasserlaufs bewegten. Anfänglich sah es aus, als würden alle zu einer einzigen Silhouette verschmelzen, die sich schwankend vor dem dunklen Hintergrund abzeichnete. Allmählich jedoch wurden ihre Umrisse schärfer, bis Tara sie im Mondlicht deutlich erkennen konnte: neun Männer im Gänsemarsch, wobei die hinteren etwas trugen, das wie ein Sarg aussah. An der Spitze der Gruppe, den anderen ein wenig voraus, schritt eine riesige Gestalt in einem hellen Anzug. Taras Eingeweide krampften sich zusammen.

»O mein Gott«, keuchte sie erstickt. »Das ist er!«

Sie beugte sich vor, um besser sehen zu können, und brachte dabei mit ihrem Fuß ein paar Kieselsteine ins Rollen, die prasselnd in den Wasserlauf fielen. Der Lärm schien durch die Nacht zu hallen. Daniel packte ihren Arm, zog sie hinter den Felsen zurück und legte ihr die Hand über den Mund.

Die beiden verhielten sich vollkommen still und wagten kaum zu atmen. Die Schritte kamen näher und näher, sie stapften den felsigen Wasserlauf herauf, bis sie so nahe waren, dass Tara die einzelnen Stimmen der Männer erkennen konnte. Es schien unvermeidlich, dass man sie und Daniel finden würde, und ihre Beinmuskeln spannten sich an, um davonzulaufen. Im letzten Moment jedoch, als die Männer praktisch bei ihnen angelangt waren und sie Dravics Zigarre schon riechen konnte, schwenkten sie plötzlich auf einen Pfad um, der vom Niltal wegführte und im rechten Winkel vom Wasserlauf abbog. Das Geräusch ihrer Schritte entfernte sich allmählich, während sie ihren Weg tiefer in das felsige Labyrinth hinein fortsetzten.

Fast eine Minute lang blieben Tara und Daniel, wo sie waren. Dann richtete sich Daniel langsam und vorsichtig auf und spähte über den Felsbrocken.

»Sie sind fort«, sagte er.

Sie richtete sich ebenfalls auf und beobachtete, wie die Gruppe langsam im Dunkel verschwand.

»Was machen die hier oben?«, flüsterte sie.

»Sie waren bei dem Grab.«

Sie sah ihn fragend an.

»Was zum Teufel sollten sie sonst hier oben machen. Einen ruhigen Abendspaziergang? Mit einem Sarg?«

Er trat hinter dem Felsen vor und sah den Männern nach.

»Sie müssen einen anderen Weg nach unten kennen«, sagte er. »Einen, der nicht an den Wachhütten rund ums Tal der Könige vorbeiführt. Wie gesagt, auf diesen Hügeln gibt es viele Wege, wenn man sich auskennt.«

Er starrte noch einen Moment in die Dunkelheit, holte dann tief Luft und schwang sich den Rucksack auf den Rücken.

»Ich möchte, dass du zu Omars Haus zurückgehst«, sagte er, nahm ihren Arm und führte sie auf den Weg zurück. »Folg einfach dem Pfad bis zur Spitze des Qu'rn und geh dann den gleichen Weg hinunter, den wir gekommen sind. Weiche nicht davon ab. Wenn du unten angekommen bist, gehst du zu Omars Haus und bleibst dort.«

»Was hast du vor?«

»Mach dir keine Sorgen um mich. Geh einfach los.«

Sie schüttelte seinen Arm ab.

»Du willst nach dem Grab suchen, nicht wahr?«

»Natürlich will ich nach dem verdammten Grab suchen! Deswegen sind wir doch hergekommen, oder? Geh jetzt. Ich komme später nach.«

Er versuchte erneut, sie zu packen, aber sie entzog sich seiner Hand.

»Ich komme mit dir.«

»Tara, ich kenne diese Hügel. Es ist besser, wenn ich alleine gehe.«

»Wir gehen zusammen. Ich will genauso gern wissen, was dort drin ist, wie du.«

»Um Himmels willen, Tara, ich hab keine Zeit, mich zu streiten! Sie könnten zurückkommen!«

»Dann sollten wir uns lieber auf den Weg machen.«

Sie machte einen Schritt an ihm vorbei und begann, das Flussbett hinunterzulaufen. Er lief ihr nach, packte sie an der Schulter und riss sie grob herum.

»Bitte, Tara! Du verstehst das nicht. Diese Hügel … sie sind gefährlich. Ich hab hier oben gearbeitet, ich kenne mich aus. Du wärst …«

»Was, Daniel?«, zischte sie mit blitzenden Augen. »Eine Belastung? Wäre ich das?«

»Nein, keine Belastung, ich möchte bloß nicht … dass dir was passiert.«

Ein Unterton von Verzweiflung schwang in seiner Stimme mit. Trotz des Windes standen Schweißperlen auf seiner Stirn. Sie spürte, wie sein Körper bebte.

»Ich möchte nicht, dass dir was passiert«, wiederholte er. »Kannst du das nicht verstehen? Das ist doch kein Kinderspiel hier.«

Einen Moment standen sie schweigend da und sahen sich mit glühenden Augen an. Dann riss sie ihren Arm los.

»Du schuldest mir nichts, Daniel. Du musst keine Schulden begleichen. Nichts beweisen. Wir stecken gemeinsam in dieser Sache. Wenn du gehst, gehe ich auch. Okay?«

Er öffnete den Mund, um ihr zu widersprechen, aber ihr Blick sagte ihm, dass es nutzlos wäre.

»Du weißt nicht, worauf du dich da einlässt«, murmelte er.

»Was immer es auch ist, ich bin schon mittendrin«, antwortete sie. »Jetzt hat es nicht mehr viel Sinn, vorsichtig zu sein. Ich finde, wir sollten losgehen.«

Sie stellte sich auf die Zehenspitzen und küsste ihn aufs Kinn.

»Ich möchte bloß nicht, dass dir was passiert«, sagte er hilflos.

»Ist dir je in den Sinn gekommen, dass auch ich nicht möchte, dass dir was passiert?«

Sie folgten dem ausgetrockneten Flussbett und schlugen den Weg ein, den Dravic und seine Männer gekommen waren. Die Nachtluft war kalt, und Nebelschleier waren aufgezogen, die dicht über dem Boden schwebten und im Mondlicht schimmerten. In der Ferne begann ein wilder Hund zu heulen.

Etwa zweihundert Meter wand sich das Flussbett über ein flaches Plateau. Dann begann sich das Land zu senken und mit ihm der Wasserlauf in Richtung des südlichen Rands des Bergmassivs.

»Auf dieser Seite enden die Hügel in einer Reihe von Klippen«, sagte Daniel und versuchte, die Dunkelheit zu durchdringen. »Vermutlich ist das Grab in eine dieser Klippen gehauen, irgendwo in der Nähe dieses Wasserlaufs. Doch wo genau, das ist die Frage. Möglicherweise ist es ohne richtige Kletterausrüstung gar nicht zu erreichen.«

Sie gingen weiter nach unten, der Wasserlauf bog langsam in einen steilen, engen Felseinschnitt ein, dessen Wände sich rechts und links erhoben. Der Boden war jetzt mit Felsbrocken und losen Schieferstücken übersät, denen sie vorsichtig ausweichen mussten. Bei jedem ihrer Schritte löste sich feines Geröll unter ihren Füßen. Daniel zog eine kleine Taschenlampe heraus und knipste sie an.

»Wenn das alles hier ins Rutschen kommt, sind wir verloren«, sagte er leise. »Es reißt uns wie ein Wasserfall über die Klippe hinab. Wenn es noch steiler wird, müssen wir umkehren. Keine Ahnung, wie sie den Sarg hier raufbekommen haben.«

Sie gingen weiter und weiter, der Schacht fiel immer steiler nach unten ab, und der Boden unter ihren Füßen wurde zunehmend tückischer. Die Wände standen jetzt so eng zusammen, dass sie mit ausgestreckten Armen beide Seiten berühren konnten. Zwei Mal drängte Daniel Tara, umzukehren und ihn allein weitergehen zu lassen, aber sie bestand darauf, bei ihm zu bleiben.

»Jetzt bin ich so weit gekommen«, antwortete sie, »da gebe ich nicht auf.«

Schließlich kamen sie an eine Stelle, wo der Schachtboden plötzlich senkrecht nach unten abbrach und nach sechs Metern in einem Schieferhang endete, der so steil und glatt war wie eine Kinderrutsche. Der Hang verlief noch weitere zwanzig Meter nach unten. Ganz plötzlich, als hätte sich eine Tür geöffnet, verschwanden dann die Schachtwände, und es war nichts mehr zu sehen außer einem Streifen Himmel und weit unten das ferne Schimmern einer flachen, silbernen Ebene.

»Das ist der Klippenrand«, sagte Daniel und richtete den Strahl der Taschenlampe darauf. »Dahinter geht es hundert Meter steil nach unten. Wir können nicht weitergehen.«

Er griff in eine Spalte der Felswand, probierte, ob sie sein Gewicht aushielt, beugte sich über den Rand hinaus und leuchtete mit der Taschenlampe nach unten.

»Ist da unten irgendwas?«, fragte Tara.

»Da ist eine Art Öffnung«, antwortete er. »Sie befindet sich zurückversetzt unterhalb des Felsens, auf dem wir stehen.«

Er lehnte sich weiter hinaus.

»Ich kann nicht viel sehen. Sie ist mit Geröll zugeschüttet. Aber es handelt sich eindeutig um eine Art Eingang.«

Er zog sich wieder hoch und reichte ihr die Lampe.

»Halt die für mich. Und leuchte damit nach unten.«

Er drehte sich um, hielt sich an den Schachtwänden fest, schwang sich auf den Rand des Abbruchs und ließ sich zu dem Schieferhang hinunter. Er bewegte sich schnell wie ein geübter Kletterer, und innerhalb von dreißig Sekunden war er unten angelangt. Tara folgte ihm, langsamer, jede Stelle prüfend, auf die sie den Fuß setzte, während sie sich mit den Fingern in Felsspalten festkrallte.

Unten angekommen, fand sie Daniel vor einem kleinen rechteckigen Eingang kauernd, der in die Front des steilen Hanges geschlagen war.

»Ist es das?«, flüsterte sie.

»Nun, es ist eindeutig ein Grab«, antwortete er und nahm ihr die Taschenlampe ab. »Siehst du, der Felsen ist ausgehöhlt worden, um den Eingang zu schaffen. Man kann die alten Meißelspuren noch erkennen.«

Die Hälfte des Eingangs war mit Schieferstücken und Geröll blockiert, nur oben befand sich eine etwa einen Meter breite Öffnung. Daniel steckte den Kopf hindurch und leuchtete mit der Taschenlampe in das pechschwarze Dunkel. Plötzlich flatterte etwas auf und schoss nach draußen.

»Was war denn das?«, keuchte Tara erschrocken.

»Fledermäuse«, antwortete er lächelnd. »Sie lieben Gräber. Nichts, wovor man sich fürchten müsste.«

Er leuchtete noch einmal herum und kletterte dann durch die Öffnung. Tara stand auf, bereit, ihm zu folgen. Dabei trat sie auf eine lose Schiefertafel, die unter ihr wegrutschte, und sie verlor das Gleichgewicht. Sie schwankte einen Moment und klammerte sich verzweifelt an die Felsen. Dann gab das ganze Schieferbrett nach, sie fiel auf den Rücken und rutschte auf den Klippenrand zu, während unter ihr, als wäre es ein Wasserfall, Geröll in die Tiefe stürzte.

»Tara!«, rief Daniel.

Ihre Arme griffen in die Luft, als sie nach Halt suchte. In der engen Felsspalte wurde das Geräusch der prasselnden Steine um das Zehnfache verstärkt, so dass es sich anhörte, als triebe sie in einem reißenden Strom. Loses Geröll schoss aus der Schachtöffnung direkt vor ihr und verschwand im Nichts. Daniel stand hilflos im Eingang des Grabes und musste zusehen, wie sie immer weiter nach unten glitt. Erst als sie fast am Rand der Klippe angelangt war und es aussah, als würde sie von der Wucht des abrutschenden Gerölls hinausgeschleudert werden, schaffte sie es, den Fuß gegen ein vorstehendes Felsstück zu stemmen und ihren Sturz zu bremsen. Es folgte eine lange Stille und dann das ferne Prasseln von aufschlagenden Steinen.

»Mist«, keuchte sie.

Einen Moment lang lag sie still, atmete schwer und stand dann vorsichtig, beide Füße fest gegen die Schachtwände gepresst, auf.

»Bist du okay?«, rief er.

»Einigermaßen.«

»Bleib, wo du bist. Rühr dich nicht.«

Er kletterte aus dem Grab heraus, leuchtete mit der Taschenlampe über den Schieferhang, ging dann vorsichtig auf sie zu, ergriff ihre ausgestreckte Hand und zog sie wieder den Abhang hinauf. Ihre Kleider und ihr Gesicht waren grau vor Staub, ihre Bluse war am Ellbogen zerrissen und blutbeschmiert.

»Du bist verletzt«, sagte er.

»Mir geht's gut«, antwortete sie und schüttelte sich den Staub aus dem Haar. »Komm, lass uns nachsehen, was in dem Grab ist.«

Er konnte nicht anders, er musste lächeln.

»Und ich dachte, ich wäre besessen. Du hättest Archäologin werden sollen, Tara.«

Sie zwinkerte ihm zu.

»Nicht aufregend genug«, antwortete sie.

Auf der anderen Seite des Eingangs befand sich ein schmaler, nach oben ansteigender Gang. Von hier sahen sie, dass der untere Teil des Eingangs mit einer Mauer aus Lehmziegeln verschlossen war. Lange stand Daniel schweigend da und sah sich um.

»Ursprünglich war der ganze Eingang zugemauert«, sagte er schließlich. »Im Laufe der Jahre hat sich immer mehr Schutt davor angehäuft, bis nur noch der obere Teil frei war. Wer immer auch das Grab gefunden hat, er hat den Eingang oben aufgebrochen und den unteren Teil der Mauer stehen gelassen.«

Er richtete den Strahl der Taschenlampe auf die Seite.

»Siehst du, da sind die Ziegel.«

An einer Wand des Gangs lag ein Haufen ganzer und zerbrochener Lehmziegel.

Er griff einen davon heraus. Auf der Vorderseite war das Bild von neun knienden Männern eingeprägt, deren Hände auf dem Rücken gefesselt waren. Über ihnen thronte ein sitzender Schakal.

»Was ist das?«, fragte sie.

»Das Siegel der königlichen Grabstätte«, antwortete er, in sich hineinlächelnd. »Neun gefesselte Gefangene, über denen Anubis, der Schakal, thront. Wenn die Eingangsmauer mit dem Siegel der Totenstadt noch vorhanden war, bedeutet das, dass das Grab noch unversehrt war, als es gefunden wurde. Seit der Antike unberührt. Was eine ziemliche Seltenheit ist.«

Er betrachtete den Ziegel noch einen Moment, legte ihn dann vorsichtig wieder zurück und leuchtete mit der Taschenlampe den Gang entlang. Ihr Strahl drang wie ein dünner Lichtpfeil durch das pechschwarze Dunkel. Sie sahen, dass der Gang etwa dreißig Meter leicht nach unten abfiel, bevor er sich in eine Art Kammer öffnete. Jenseits der Reichweite des Lichtstrahls war die Dunkelheit tiefer und schwärzer als alles, was Tara je gesehen hatte – wie eine dichte, feste Masse. Sie begannen hinunterzugehen, Daniel leuchtete mit der Taschenlampe über die säuberlich gemeißelten Wände. Nach ein paar Schritten jedoch blieb er stehen.

»Was ist?«, fragte Tara.

»Da hinten bewegt sich was.«

»Fledermäuse?«

»Nein, auf dem Boden. Dort.«

Er senkte den Lichtstrahl nach unten. Etwas kam auf sie zu. Mit großer Geschwindigkeit.

»Daniel«, sagte sie und versuchte, ruhig zu klingen. »Steh ganz still und mach keine plötzlichen Bewegungen.«

ZWISCHEN KAIRO UND LUXOR

Der Nachtzug nach Luxor war weniger überfüllt als der Zug auf dem Hinweg, und Khalifa hatte fast einen ganzen Wagen für sich allein. Er zog seine Schuhe aus, zündete eine Zigarette an und begann, die Akten über Dravic durchzusehen, die Tauba für ihn fotokopiert hatte. Hinter ihm, am anderen Ende des Wagens, spielten zwei Rucksacktouristen, ein junger Mann und ein Mädchen, Karten. Die Akten waren keine angenehme Lektüre. Dravic wurde 1951 in der ehemaligen DDR als Sohn eines SS-

Offiziers geboren, der sich später der Kommunistischen Partei angeschlossen hatte, wo er zu einiger Prominenz gelangt war.

Er war ein hervorragender Schüler, der sich vor allem auf dem Gebiet der Sprachen auszeichnete. Bereits mit siebzehn Jahren wurde er an der Universität Rostock aufgenommen, wo er über nahöstliche Archäologie promovierte. Mit zwanzig Jahren veröffentlichte er sein erstes Buch, eine Analyse über die minoische Linear-A-Schrift. Danach publizierte er eine Vielzahl von Werken, darunter eines über die Spätzeit griechischer Siedlungstätigkeit im Nildelta, das noch immer als Standardwerk zu diesem Thema galt.

Khalifa drückte seine Zigarette aus, zündete sich eine neue an und erinnerte sich, dass er das Buch über die griechische Siedlungstätigkeit für eine Seminararbeit gelesen hatte. Er blickte kurz aus dem Fenster auf die flache, dunkle Landschaft hinaus, in der außer ein paar Lichtern von fernen Häusern oder Dörfern nichts zu sehen war. Dann wandte er seine Aufmerksamkeit wieder den Papieren zu.

Von Anfang an waren Dravics akademische Leistungen von einer unseligen Neigung zur Gewalt überschattet gewesen. Im Alter von zwölf Jahren schlug er einem Mitschüler bei einem Streit auf dem Schulhof ein Auge aus und entging nur knapp einer strafrechtlichen Verfolgung, weil der örtliche Parteichef, ein Freund seines Vaters, intervenierte. Drei Jahre später war er in den Mord an einem Landstreicher verwickelt, der verbrannt in einem Park seiner Heimatstadt aufgefunden wurde. Im Jahr darauf war er an der Gruppenvergewaltigung eines jüdischen Mädchens beteiligt. Jedes Mal entging er der Strafe auf Grund der Beziehungen seines Vaters. Khalifa schüttelte entsetzt den Kopf.

Mit Anfang zwanzig hatte der Deutsche mit Ausgrabungen begonnen, zuerst in Syrien, dann im Sudan und schließlich in Ägypten, wo er fünf aufeinander folgende Grabungsperioden in Naukratis im Nildelta absolvierte. Trotz hartnäckiger Gerüchte über Antikenschmuggel und Schlimmeres wurde nie Anklage gegen ihn erhoben. Mit seiner Karriere ging es steil bergauf. Es gab ein Foto, das ihn händeschüttelnd mit Präsident Sadat zeigte, und ein weiteres, auf dem er mit Erich Honecker zu sehen war, der ihm einen Preis verlieh. Er schien für große Dinge bestimmt zu sein. Doch dann passierte die Sache mit der freiwilligen Grabungshelferin. Der Vorfall ereignete sich zwar in Ägypten, doch das Mädchen stammte aus Deutschland, und dort wurde er angeklagt. Er kam zwar ungeschoren davon, aber diesmal hatte seine Tat Folgen. Sein Forschungsstipendium wurde widerrufen, seine Grabungslizenzen aufgehoben, und er hörte auf zu publizieren.

Das war vor zwanzig Jahren gewesen. Seitdem verdiente er sein Geld auf dem Markt mit Antiken und verwendete seinen Sachverstand darauf, Objekte für reiche Käufer zu erwerben und deren Echtheit zu beglaubigen. 1994 wurde er in Alexandria wegen des Besitzes gestohlener Antiken festgenommen und verbrachte drei Monate im Tura-Gefängnis von Kairo, wo das letzte bekannte Foto von ihm entstand. Khalifa hielt es hoch – ein Schwarzweißfoto für die Verbrecherkartei. Der riesige Deutsche stand vor einer Wand mit einem Nummernschild vor der Brust und sah mit finsterem, bösem Blick in die Kamera. Khalifa erschauerte.

Nach seiner Entlassung aus Tura war Dravic untergetaucht, reiste auf illegalen Wegen ein und aus, organisierte den Schmuggel von Antiken sowie deren Verkauf auf dem europäischen und fernöstlichen Markt. Obwohl er in sieben Ländern gesucht und mehrmals gesehen worden war, schaffte er es immer, dem Gesetz einen Schritt voraus zu sein.

Die Informationen über seine Aktivitäten in jüngster Zeit waren spärlich. Man wusste nur, dass er seit Mitte der Neunzigerjahre für Sayf al-Tha'r arbeitete. Es gab Gerüchte über geheime Schweizer Bankkonten, Verbindungen zu neonazistischen Organisationen und westlichen Geheimdiensten, wobei es sich jedoch meistens um reines Hörensagen handelte. Nach 1994 war der Deutsche nicht mehr aktenkundig geworden. Eines jedoch stand fest: Er war noch genauso gefährlich wie seit jeher.

Khalifa arbeitete sich bis zum Ende der Akte durch, dann stand er auf, um sich die Beine zu vertreten, und ging bis zum hinteren Ende des Wagens, wo die Rucksacktouristen ihre Karten inzwischen beiseite gelegt hatten und Musik aus einem Recorder hörten. Er nickte ihnen zu und fragte sie, wohin sie fuhren. Sie beachteten ihn nicht. Vermutlich haben sie Angst, dass ich ihnen was verkaufen will, dachte er sich lächelnd – und er ging achselzuckend wieder zu seinem Platz zurück, wo er sich eine neue Zigarette anzündete und sich in den Pathologiebericht über den alten Iqbar vertiefte. Die Musik der beiden Touristen schien mit dem Rhythmus der Räder zu verschmelzen, als wären beide ein Teil derselben Melodie. Er spürte, wie ihm die Augen zufielen.

Kurz hinter Beni Suef hielt der Zug stotternd an. Er blieb fünf Minuten stehen, stieß ein leises, zischendes Geräusch aus, als hole er Luft, und begann dann, sich wieder in Bewegung zu setzen. Eine weitere Minute verging, bis er hörte, dass die Wagentür hinter ihm geöffnet wurde. Einen Moment lang war alles still, dann ertönten ein Ruf und ein Krachen. Die Musik aus dem Recorder brach plötzlich ab. Er drehte sich um.

Drei Männer in schwarzen Galabijas standen vor den Rucksacktouristen, deren Recorder zerschmettert am Boden lag. Einer der Männer packte den Jungen an den Haaren, riss seinen Kopf zurück und durchschnitt ihm so schnell die Kehle, dass Khalifa kaum mit den Augen folgen konnte. Blut schoss heraus und strömte auf den Abteilboden.

Der Inspektor sprang auf und griff nach seiner Pistole. Dann fiel ihm ein, dass er sie in Luxor zurückgelassen hatte. Er sah sich hektisch nach etwas um, das ihm als Waffe dienen könnte. Ein Stapel Bücher lag auf dem Sitz vor ihm, einschließlich Dravics Studie über die Linear-A-Schrift. Er begann, sie nach den Männern zu werfen.

»Polizei«, schrie er. »Lassen Sie Ihre Waffen fallen!«

Sie lachten und kamen auf ihn zu. Einen Moment blieb er stehen, dann drehte er sich um, rannte durch die Tür am Ende des Wagens und durch den nächsten Wagen hindurch. Hier waren mehr Leute, darunter eine Gruppe von Kindern, die Messinglampen in den Armen hielten. Er hetzte zwischen den Sitzreihen hindurch, stolperte aber über eine Kanne Speiseöl und fiel hin. Eine Hand packte ihn über der Stirn und riss seinen Kopf zurück.

»Gott hilf mir!«, keuchte er. »Allah, beschütze mich!«

Ein Gesicht beugte sich über ihn, riesig, so groß wie ein Wasserball, halb weiß, halb purpurrot.

»Armer kleiner Ali«, sagte der Mann grinsend. »Ali, Ali, Ali!« Er hielt eine Kelle in der Hand, sie hatte die Form einer Raute mit geschärften Kanten. Mit bellendem Lachen holte er aus und stieß sie in Khalifas Hals.

Mit einem Ruck wachte er auf.

Der Pathologiebericht war von seinen Knien geglitten und lag verstreut am Boden. Hinter ihm hörte er die Musik aus dem Recorder der Touristen. Er sah sich um. Sie waren beide eingeschlafen und lehnten aneinander. Erleichtert schüttelte er den Kopf, beugte sich hinunter und begann, den Bericht aufzusammeln.

29

Luxor, die thebanischen Berge

Die Schlange kam durch den Gang direkt auf sie zu, ihre Augen blitzten im Licht der Taschenlampe auf.

»Bleib ganz ruhig«, sagte Tara noch einmal.

»O Gott«, stöhnte Daniel. »Was ist das?«

»Naja Nigricollis«, antwortete sie. »Die schwarzhalsige Kobra.«

»Ist sie giftig?«

»Hm-hm.«

»Wie giftig?«

»Wenn einer von uns gebissen wird, kommen wir hier nicht mehr raus. Sie sind sehr aggressiv und ungeheuer giftig. Und sie spucken auch. Also, keine schnellen Bewegungen.«

Der Leib der Schlange machte ein trockenes, rasselndes Geräusch, als sie über den Boden kroch. Daniel versuchte, den Strahl der Taschenlampe auf sie zu richten.

»Mist«, sagte er zitternd.

Die Kobra kam bis auf ein paar Schritte auf sie zu, hielt dann inne und richtete sich mit gespreiztem Halsschild und drohendem Blick leicht auf. Sie war groß, über zwei Meter lang, mit einem Körper, so dick wie ein Hosenbein. Tara spürte, wie Daniel neben ihr heftig zu zittern begann.

»Versuch, ruhig zu bleiben«, flüsterte sie. »Wir schaffen es schon.«

Die Kobra schwang kurz nach rechts und links, dann ließ sie sich wieder auf den Boden hinab und glitt weiter nach vorn, direkt auf Daniels Stiefel zu, ihre Zunge schien an dem staubigen Leder zu lecken. Sie richtete sich auf, begann sein Fußgelenk zu erkunden und wand sich langsam um sein Bein.

»Mach die Lampe aus«, sagte Tara.

»Was?«

»Mach die Lampe aus. Sofort. Das Licht regt sie auf.«

Die Schlange wand sich seine Wade hinauf. Er atmete in kurzen Stößen.

»Ich kann nicht«, stammelte er. »Ich halt's im Dunkeln nicht mit ihr aus.«

»Mach schon!«, zischte sie.

»O Gott.«

Er knipste die Taschenlampe aus, und sie versanken in undurchdringlicher Dunkelheit, als wären ihnen die Augen mit einem dicken Samtband verbunden worden. Die Stille dröhnte in ihren Ohren und wurde nur vom leisen Rascheln des Schwanzes der Schlange und von Daniels röchelndem Atem unterbrochen.

»Sie kriecht mein Bein hinauf«, stöhnte er erstickt.

»Halt einfach so still, wie du kannst.«

»Sie wird mich beißen!«

»Nicht, wenn du dich absolut ruhig verhältst.«

»Sie ist jetzt an meinem Bein hinaufgekrochen. Ich halt das nicht aus, Tara. Bitte, tu doch was. Bitte!«

Er begann, in Panik zu geraten. Die Schlange würde seine Angst spüren, was wiederum bei ihr Angst auslösen könnte, womit die Wahrscheinlichkeit zunahm, dass sie zubiss.

»Erzähl mir von Mery-amun«, sagte sie verzweifelt.

»Zum Teufel mit Mery-amun!«

»Erzähl mir von ihm«, sagte sie eindringlich.

Er keuchte vor Angst.

»Zweiter Sohn von König Amasis«, stieß er hervor. »Lebte etwa 550 v. Chr. Hoher Priester des Amun in Karnak. Mein Gott!«

»Sprich weiter!«

»Carter fand eine Tontafel mit seinem Namen darauf im Tal der Könige. Sie schien den Ort seines Grabs zu beschreiben. Neben dem Südlichen Pfad, 20 Ellen vom Wasser im Himmel. Wir glauben, dass Wasser im Himmel die Spitze einer Klippe am Ende des Tals bezeichnet.«

Er schwieg. Die Luft um sie herum schien zu pulsieren.

»Was ist los?«, fragte sie.

»Ich weiß nicht. Sie ist nicht mehr auf meinem Bein. Aber ich kann sie immer noch spüren.«

Sie schwieg einen Moment und dachte nach.

»Tara?«

»Also gut. Knips die Lampe wieder an. Aber richte sie nach oben. Nicht auf den Boden. Nach oben. Und zwar ganz langsam. Keine ruckartigen Bewegungen.«

Im nächsten Moment erschien ein Lichtstrahl an der Decke. Er reichte gerade aus, um die Kobra zu erkennen. Sie befand sich zwischen seinen Beinen, ein wenig vor ihm, und ihr aufgerichteter Kopf reichte ihm fast bis zum Schritt hinauf.

»Sie mag dich«, sagte sie.

»Ich schätze, ich bin genau der richtige Typ für sie«, stieß er zwischen zusammengebissenen Zähnen hervor.

Langsam ging Tara in die Hocke. Der Schwanz der Schlange wand sich um den hinteren Teil von Daniels Stiefel.

»Senk den Lichtstrahl ein wenig nach unten. Vorsichtig.«

Der Strahl strich über die Decke zum Boden hinab.

Die Kobra wiegte sich hin und her, ihr Halsschild war breit

aufgespreizt. Kein gutes Zeichen. Sie wurde nervös. Langsam griff Tara in ihre Tasche, zog ein Taschentuch heraus, streckte es von sich und wedelte damit herum, um die Aufmerksamkeit der Schlange zu gewinnen. Diese sah zuerst auf das Taschentuch, dann auf sie, dann wieder auf das Taschentuch. Sie wiegte sich noch ein paar Mal hin und her, bog sich dann zurück und spritzte mit einem Geräusch, als würde sie sich schnäuzen, eine Ladung Gift auf den weißen Stoff. Tara spürte, wie einige Tropfen sie auf Hand und Arm trafen und ihr brennenden Schmerz verursachten.

»Was ist los?«, stieß Daniel hervor und versuchte, den Kopf zu bewegen und nach unten zu sehen.

»Halt still. Ich versuch sie von dir abzulenken.«

»Du fasst sie nicht an, Tara! Bitte versprich mir, dass du sie nicht anfassen wirst!«

»Ich mach das schon. Wir haben eine Kobra im Zoo. Ich hab ständig mit ihr zu tun.«

Allerdings mit einem Schlangenhaken, dachte sie. Und mit Schutzhandschuhen und Schutzbrille. Sie versuchte, den Gedanken an Schlangenbisse zu verdrängen, und fuhr fort, mit der linken Hand mit dem Taschentuch zu wedeln, während ihre rechte sich in Richtung des schwarzen Schuppenkranzes am Kopf der Kobra bewegte, ohne dabei zu sehr zu zittern. Das Blut pochte in ihren Ohren.

»Gütiger Gott!«, stöhnte Daniel.

Sie ignorierte ihn und konzentrierte ihre ganze Aufmerksamkeit auf die Schlange. Zweimal bog sie den Kopf zurück und spuckte auf das Taschentuch, und zweimal erstarrte Taras rechte Hand mitten in der Bewegung. Sie schloss für mehrere qualvolle Sekunden die Augen, öffnete sie wieder und bewegte weiter die Finger auf den Hals des Tieres zu, immer in der Furcht, jeden Moment den Biss der Giftzähne in ihrem Fleisch zu spüren. Ich muss es einfach schaffen, dachte sie. Wenn ich sie zu weit unten zu fassen kriege, schnellt sie herum und beißt mich. Wenn zu weit oben, schlage ich meine Hand direkt zwischen ihre Kiefer. Ich muss sehr genau zielen.

»Was ist denn los?«, keuchte Daniel verzweifelt.

»Wir haben's gleich«, flüsterte sie. »Gleich …«

Ihre Hand war nur noch ein paar Zentimeter vom Hals der Kobra entfernt. Schweißtropfen brannten in ihren Augen. Ihre Fingerspitzen zitterten so stark, dass es aussah, als würde sie winken.

»Bitte, Tara, was …«

Die Schlange stieß nach vorn. Sie hatte es eher auf das Taschentuch als auf ihre Hand abgesehen, und rein instinktiv riss sie die linke Hand zurück, während ihre rechte vorschnellte und die Kobra direkt unterhalb des Kopfes erwischte. Sie wand sich wütend herum und schlug mit dem Schwanz gegen Daniels Bein.

»Allmächtiger Gott!«, schrie er, sprang zurück und ließ die Taschenlampe fallen.

»Ist schon gut«, sagte sie. »Ich hab sie. Ich hab sie.«

Die Kobra schlang sich um ihren Arm und setzte sich heftig zur Wehr. Sie war stark, aber Taras Griff war eisern, und sie schaffte es nicht, sich loszureißen. Zitternd hob Daniel die Taschenlampe auf und leuchtete auf Tara. Das Maul der Schlange war wütend aufgerissen und entblößte tropfende, nadelartige Fänge.

»Mein Gott, ich kann nicht glauben, dass du das geschafft hast!«

»Ich auch nicht.«

Sie ging an ihm vorbei zum Eingang und kletterte hinaus, während die Schlange in ihrer Hand zappelte, als ließe Tara ein langes Band flattern. Vorsichtig stieg sie den Schacht hinunter, bis sie fast an seiner Öffnung angelangt war, und schleuderte die Schlange dann ins Leere hinaus. Sie wirbelte durch die Luft, zeichnete sich wie eine dünne Bleistiftlinie gegen den Himmel ab und war verschwunden. Schwer atmend stieg sie wieder durch den Schacht hinauf und in die Grabhöhle zurück.

»So«, sagte sie ruhiger, als ihr zu Mute war. »Jetzt lass uns nachsehen, was hier drin ist, ja?«

Die Kammer am Ende des Gangs war rechteckig und klein, nicht mehr als fünf Meter lang und zweieinhalb Meter breit, und ihre Wände waren mit schwarzen Hieroglyphen und leuchtenden Malereien in Rot, Grün und Gelb geschmückt. Entlang der Bodenkante verlief eine durchgehende Linie aus sich aufrichtenden Schlangen, genau wie auf dem Gipsfragment, das sie in Sakkara gefunden hatten. Der Raum war vollkommen leer.

Zwischen Gang und Kammer befand sich eine Stufe von etwa einem Meter. Tara sprang sofort hinunter. Daniel blieb einen Moment stehen, leuchtete mit der Taschenlampe den Boden ab und sprang dann hinterher. Erneut ließ er den Lichtstrahl über den Boden kreisen, dann richtete er ihn nach oben und ließ ihn langsam über die Wände wandern. Bilder tauchten auf und verschwanden wieder, während das Licht über sie hinwegstrich. Er schien nervös zu sein, denn ständig fuhr sein Blick ruckartig nach unten und zum Eingang der Kammer. Allmählich jedoch konzentrierte sich seine Aufmerksamkeit auf die Wandgemälde – die leuchtenden Farben, die seltsamen Gesichter, die wimmelnden Hieroglyphen –, und er schien sich zu entspannen. Ein Lächeln breitete sich auf seinem Gesicht aus, und seine Augen begannen zu glänzen.

»Das ist gut«, murmelte er mit dem Kopf nickend vor sich hin. »Oh, das ist sehr gut.«

Er richtete die Taschenlampe auf eines der Bilder: Eine schakalköpfige Gestalt führte einen Mann zu einer Waage, an deren anderem Ende eine weitere Gestalt stand, die den Kopf eines Ibis hatte und einen Stift und eine Schreibtafel in der Hand hielt.

»Was ist das?«, fragte Tara.

»Es ist aus dem Buch der Toten«, antwortete er und sah zu der Darstellung hinauf. »Anubis, der Gott der Totenstadt, führt den Verstorbenen zur Richterwaage. Sein Herz wird gewogen, und Thot schreibt das Gewicht auf. Es ist eine ganz typische Darstellung in ägyptischen Gräbern. Genau wie diese hier …«

Er richtete den Strahl auf ein anderes Bild: Ein Mann, mit roter Haut und einem weißen Lendenschurz bekleidet, hielt in beiden ausgestreckten Händen eine Art Becher. Vor ihm stand eine Frau mit gelber Haut, deren Kopf von Stierhörnern gekrönt war, zwischen denen sich eine kreisrunde Scheibe befand.

»Der Verstorbene bringt der Göttin Isis Gaben dar. Die männliche Haut wird rot, die weibliche gelb dargestellt. Hervorragend gemalt. Sieh dir die Präzision der Linienführung, die Intensität der Farben an. Ich kann es nicht fassen, dass ich … Es ist einfach unglaublich.«

Gebannt starrte er nach oben.

»Was stellen diese Figuren dar?«, fragte Tara und deutete auf eine Szene auf einer der Seitenwände: Zwei Männer mit kunstvoll geflochtenen Perücken und Bärten, der eine sitzend, der andere kniend, waren einander zugewandt. »Sie sehen anders aus.«

Daniel leuchtete mit der Taschenlampe darauf.

»Du hast Recht«, antwortete er. »Vom Stil her sind sie persisch, nicht ägyptisch. Das sagt uns ihre Haar- und ihre Barttracht. In den Ruinen von Susa oder Persepolis findet man diese Darstellungen überall. Aber nicht in ägyptischen Gräbern. Das Gleiche gilt für dieses hier.«

Er richtete den Lichtstrahl auf ein Bild an der gegenüberliegenden Wand: ein bärtiger Mann in weißem Gewand, der vor einem Tisch mit hoch aufgehäuften Früchten stand.

»Das ist griechischer Stil«, sagte er. »Denn er trägt eine Toga, seine Haut ist blass und der Bart kürzer und ausgefranster. Es ist höchst ungewöhnlich, diese Art der Darstellung in einem ägyptischen Grab zu finden. Man hat von solchen Fällen zwar schon gehört – im Grab des Petosiris in Tuna el-Gebel kann man derlei sehen. Und im Grab des Si-Amun in Siwa. Dennoch kommt es sehr selten vor. Mit der persischen Darstellung zusammen ist das aber einzigartig. Es scheint fast so, als wären hier drei verschiedene Leute begraben worden. Ganz unglaublich.«

Er drehte sich langsam herum, ließ den Lichtstrahl über die Wände kreisen, und etwas Hungriges, Besessenes stand in seinen Augen, als würde er aufgrund seiner Analyse das Grab als sein Eigentum beanspruchen. Tara ging zu einer kleinen Vertiefung in der Rückwand der Kammer hinüber.

»Die Urnennische«, sagte er und trat hinter sie. »Bei der Mumifizierung des Verstorbenen wurden die inneren Organe herausgenommen und in vier verschiedene Gefäße gelegt – eines für die Leber, eines für die Gedärme, eines für den Magen und eines für die Lunge. Diese Nische ist dafür gedacht.«

Er hörte sich an wie ein Fremdenführer. Lächelnd erinnerte sie sich, wie er sie früher durchs Britische Museum geschleppt und vor jedem Objekt, an dem sie vorbeikamen, langatmige Erklärungen abgegeben hatte.

»Und wie steht's damit, Professor?«, fragte sie und deutete auf ein bemaltes Paneel gleich links neben der Nische. »Was gibt's dazu zu sagen?«

Er leuchtete mit der Taschenlampe darauf. Das Paneel war in drei Abschnitte eingeteilt. Im oberen marschierte eine Reihe von Gestalten durch eine gelbe Landschaft. Im mittleren schienen die Gestalten zu taumeln und sich zu überschlagen, während ein Wesen mit dem Körper eines Menschen und dem Kopf eines langschnäuzigen Tieres über ihnen stand und einen Stab schwang. Im untersten Abschnitt war nur eine Figur zu sehen, immer noch vor dem gleichen gelben Hintergrund, hinter ihr ein größerer junger Mann mit dem Ankhsymbol in der Hand und einem Kopfputz, der wie eine Lotusblüte geformt war.

»Es erzählt eine Geschichte«, sagte Daniel. »Die Figuren in dem oberen Abschnitt sind Soldaten. Siehst du: Sie tragen Speer, Bogen und Schild. Sie scheinen durch die Wüste zu marschieren. Und dann im nächsten Abschnitt, diese Figur mit dem Tierkopf und dem Stab in der Hand, das ist Seth, der Gott des Krieges und des Chaos. Auch der Gott der Wüste. Er schlägt sie nieder. Es sieht so aus, als wären sie im Kampf geschlagen worden, obwohl es keinen Hinweis darauf gibt, wer der Feind war. Und die Figur im untersten Abschnitt mit dem lotusförmigen Kopfputz, das ist Nefertum, der Gott der Erneuerung und Wiedergeburt.«

»Und das bedeutet?«

Daniel zuckte mit den Achseln.

»Möglicherweise, dass der Geist der Armee lebt, trotz ihrer Niederlage. Oder dass einige der Soldaten den Kampf überlebt haben. Die ägyptische Symbolsprache ist sehr schwierig zu deuten. Sie haben ganz anders gedacht als wir heute.«

Er betrachtete noch eine Weile die Bilder, drehte sich dann

um und richtete die Taschenlampe auf die Wände zu beiden Seiten des Eingangs, die mit mehreren Reihen säuberlich geschriebener Hieroglyphen bedeckt waren. Am unteren Ende der linken Wandseite, etwa in der Mitte, befand sich eine kleine Lücke im Text.

»Das ist die Stelle, von der unser Stück stammt«, sagte er. »Schau, die Schlangen passen genau in die Linien am Fußende der Wand.«

Er trat näher und kauerte sich nieder, Tara machte das Gleiche. Die Dunkelheit schien sie einzuhüllen, als versänken sie in einer schwarzen Flüssigkeit. Sie konnte ihr Herz klopfen hören.

»Also, mach schon«, drängte sie ihn. »Füg es wieder ein. Deshalb sind wir doch hergekommen.«

Er sah sie an, nahm dann den Rucksack ab, zog die Schachtel mit dem Gipsfragment heraus und fügte es vorsichtig in die freie Stelle ein. Sobald es wieder an seinem Ort war, war kaum zu erkennen, dass es je herausgenommen worden war.

»Und was steht dort?«, fragte sie.

Er sah sie wieder an, stand auf, trat ein paar Schritte zurück und richtete den Lichtstrahl auf die Hieroglyphen.

»Der Text beginnt hier«, sagte er, »links von der Tür, und wird von oben nach unten und von rechts nach links gelesen.«

Er sah noch eine Weile auf die Wand und begann dann vorzulesen. Der Lichtstrahl folgte den Textspalten, und seine Übersetzung war schnell und sicher. In der Enge der Grabkammer nahm seine Stimme einen eigenartig fernen Klang an, als dränge sie aus dunkler Urzeit herüber. Tara spürte, wie sich ihr die Haare im Nacken sträubten.

»Ich, Ib-wer-imenty, wurde hier begraben im Jahr 12 des Königs des oberen und unteren Ägypten Tar-i-u-sh … das ist die ägyptische Form des persischen Namens Darius … *am 4. Tag des ersten Monats Akhet. Geliebt von Darius, wahrer Diener seiner Zuneigung, Beschützer des Königs, geliebt von seinem Herrn, Anhänger des Königs, Aufseher seines Heers, der Gerechte, der Treue, der Wahrhaftige. In Griechenland war ich an seiner Seite. In Lydien war ich bei ihm. In Persien enttäuschte ich ihn nicht. In Ashkalon war ich zur Stelle.«*

Er hielt inne. Er war am Ende der dritten Spalte angelangt.

»Was heißt das alles?«, fragte sie.

»Nun, dadurch kann man das Grab auf die Zeit der ersten persischen Besetzung datieren. Die Perser eroberten Ägypten unter Kambyses etwa 525 v. Chr. Darius folgte 522 v. Chr. auf Kambyses. Der Mann hier ist im Jahr 12 von Darius' Herrschaft gestorben, also etwa 510 v. Chr.«

Sie konnte förmlich hören, wie die Gedanken durch seinen Kopf schwirrten.

»Er muss einer von Darius' Generälen gewesen sein. Das ist, was die Titel *shemsu nesu,* Anhänger des Königs, und *mer-mesha,* Aufseher der Armee, ursprünglich bedeuten. Du hast keine Ahnung, von welcher Tragweite das ist. Das Grab eines königlichen Generals. Noch dazu aus dem sechsten Jahrhundert. Aus dieser Zeit wurden praktisch überhaupt noch keine Gräber in Theben gefunden. Es ist fabelhaft.«

»Lies weiter«, sagte sie. »Was steht da noch?«

Er richtete die Taschenlampe auf den Anfang der vierten Spalte.

»Die Nubier vernichtete ich auf Geheiß meines Gebieters, zermalmte sie zu Staub und errang großen Ruhm. Die Griechen zwang ich, sich tief zu bücken. Die Libyer verjagte ich bis an den fernsten Horizont und ließ sie den Tod schmecken. Mein Schwert war mächtig. Meine Stärke war groß. Ich kannte keine Furcht. Die Götter waren mit mir.«

Er senkte die Lampe für einen Moment.

»Also gut. Unser Stück fängt zu Beginn der nächsten Spalte an.«

Er richtete den Lichtstrahl wieder nach oben und fuhr fort:

»Im Jahr drei unter der Herrschaft des Königs des oberen und unteren Ägypten Kem-bi-jet … wieder die ägyptische Form eines persischen Namens, diesmal von Kambyses … *bevor ich großen Ruhm errang, im dritten Monat von peret, zog ich, ib-wer-imenty, in die westliche Wüste, nach sekhet-imit, um die Feinde des Königs zu vernichten.«*

Verwundert hielt er plötzlich inne.

»Was ist?«, fragte sie.

»Sekhet-imit, das ist …«

Er dachte einen Moment nach und fuhr dann, ohne seinen Satz zu beenden, mit der Übersetzung fort, wenn auch langsamer, bedächtiger, als würde er sich jedes einzelne Wort überlegen.

»Am Ort der Pyramide, 90 iteru südlich und östlich von sekhet-imit, in der Mitte des Sandtals, als wir unser Mittagsmahl einnahmen, kam großer Sturm auf. Die Welt wurde schwarz. Es gab keine Sonne mehr. 50 000 wurden vom Sand begraben. Ich allein wurde gerettet durch die Gnade der Götter. Ich ging allein durch die Wüste, südlich und östlich vom Land der Kühe. Groß war die Hitze. Großen Durst litt ich. Großen Hunger litt ich. Viele Male bin ich gestorben. Aber ich kam in das Land der Kühe. Die Götter waren mit mir. Ich stand sehr hoch in ihrer Gunst.«

Seine Stimme brach ab. Sie sah zu ihm hinüber. Seine Lippen bewegten sich, ohne dass ein Laut herauskam. Selbst in der Dunkelheit sah sie, dass sein Gesicht kreidebleich geworden war. Seine Hand bebte, und der Lichtstrahl an der Wand begann zu zittern.

»Mein Gott«, flüsterte er mit rauer Stimme, als hätte ihm die Dunkelheit die Kehle zugeschnürt.

»Was ist?«

Er antwortete nicht.

»Was ist, Daniel?«

»Es ist die Armee des Kambyses.«

Seine Augen waren weit aufgerissen vor Überraschung und Triumphgefühl.

»Was ist die Armee des Kambyses?«

Wieder antwortete er nicht sofort, sondern starrte nur an die Wand, ohne auf ihre Frage einzugehen, als sei er in Trance. Fast eine ganze Minute verging, bevor er schließlich den Kopf schüttelte, als müsste er erst wieder zu sich kommen. Er nahm ihre Hand und führte sie durch die Kammer zu dem Paneel zurück, das sie zuvor angesehen hatten. Er richtete die Taschenlampe darauf.

»525 v. Chr. eroberte Kambyses von Persien Ägypten und gliederte es in das persische Reich ein.«

Er konnte kaum den Lichtstrahl still halten.

»Kurz danach sandte er zwei Armeen von Theben aus. Die erste führte er selbst und marschierte nach Süden, um gegen die Äthiopier zu kämpfen. Die zweite Armee wurde nordwestlich durch die Wüste geführt, um das Orakel von Amun in der Oase Siwa zu zerstören, die bei den Ägyptern als *sekhet-imit* bekannt war. Der Ort der Palmenbäume.«

Er richtete den Lichtstrahl zuerst auf das oberste Bild des Paneels, die Gruppe von Gestalten, die durch eine Wüste marschierten.

»Gemäß dem griechischen Historiker Herodot, der dies 75 Jahre später aufzeichnete, erreichte die Armee eine Oase namens ›Land der Gesegneten‹, wobei es sich wahrscheinlich um das heutige al-Kharga handelt. Irgendwo zwischen dort und Siwa wurde sie jedoch draußen im großen Dünenmeer von einem Sandsturm überrascht, der die ganze Armee vernichtete. 50 000 Männer wurden getötet, auf einen Schlag.«

Er senkte den Strahl zum zweiten Bild hinab, wo die marschierenden Männer unter dem Stab des Seth zermalmt wurden.

»Niemand hat je gewusst, ob die Geschichte wahr ist. Der Text beweist, dass sie es ist. Nicht nur das, sondern dass zumindest eine Person, dieser *ib-wer-imenty,* die Katastrophe überlebt hat. Gott weiß, wie, aber er tat es.«

Er senkte den Lichtstrahl auf das dritte Bild hinab.

»Ib-wer-imenty mit Nefertum, dem Gott der Erneuerung und Wiedergeburt. Das ist die Bedeutung des letzten Bildes: Die Armee wurde zerstört, aber unser Mann hat überlebt.«

»Aber warum ist das von so großer Bedeutung?«, fragte sie.

Ohne den Blick von der Wand abzuwenden, zog er eine Zigarre aus der Tasche, zündete sie an, und die Flamme des Streichholzes drängte für einen Moment die Schatten zurück und erleuchtete die ganze Kammer.

»Die bloße Tatsache, dass dies Herodot bestätigt, ist bedeutsam genug. Aber hier gibt es noch mehr, Tara. Viel mehr.«

Er nahm sie an der Hand und führte sie zu dem Text zurück.

»Sieh hier. Ib-wer-imenty erzählt uns nicht nur, dass er den Sandsturm überlebt hat, sondern er verrät auch den genauen

Ort, an dem die Armee vernichtet wurde. Hier: am Ort der Pyramiden, neunzig *iteru* südlich und westlich von *sekhet-imit.* Ich weiß nicht, was der ›Ort der Pyramiden‹ ist, vermutlich irgendein pyramidenförmiger Vorsprung im Sandstein. Aber wir wissen, dass ein *iteru* eine alte Maßeinheit ist und etwa zwei Kilometern entspricht. Und weiter unten steht: Sechzig *iteru* bin ich allein durch die Wüste gelaufen, südlich und westlich vom Land der Kühe. Das Land der Kühe ist eine Übersetzung von *ta-iht,* was der alte Name für al-Farafra war, eine weitere Oase zwischen Kharga und Siwa. Verstehst du, Tara? Wir haben hier eine genaue Ortsangabe von der Stelle, an der die Armee des Kambyses unterging. 60 *iteru* nordwestlich von Farafra, 90 *iteru* südöstlich von Siwa, am Ort der Pyramide. Das ist die exakteste Angabe, die ein antiker Text liefern kann. Es ist einfach fabelhaft.«

Es war heiß in der Kammer, und sein Gesicht glänzte vor Schweiß. Aufgeregt zog er an seiner Zigarre.

»Kannst du dir vorstellen, was das bedeutet? Seit Tausenden von Jahren haben Leute nach der Armee des Kambyses gesucht. Sie wurde zu einer Art heiligem Gral für Archäologen. Aber die westliche Wüste ist groß. Herodot berichtet nur, dass die Armee irgendwo in ihrer Mitte unterging. Das sagt gar nichts. Das könnte überall sein. Mit diesen Angaben jedoch lässt sich der Ort präzise festlegen. Die Entfernungsangaben von Siwa und al-Farafra aus grenzen ihn auf ein Gebiet von ein paar Dutzend Quadratkilometern ein. Wenn man dieses Gebiet überfliegen würde, dürfte es nicht zu schwierig sein, einen pyramidenförmigen Felsen zu finden. Zwischen den Sanddünen würde jedes Gestein von dieser Art sofort ins Auge stechen. Man könnte den Ort innerhalb von ein paar Tagen ausfindig machen. Vielleicht bräuchte man nicht einmal so lange.«

»Aber nur, wenn man die Entfernungsangaben hat«, sagte sie, allmählich begreifend.

»Genau. Deshalb ist unser Stück des Texts so wichtig. Es beinhaltet die Entfernung von Siwa, und ein Teil der Hieroglyphen verrät die Distanz von al-Farafra aus. Ohne diese Angaben hat man keine größeren Chancen, die Armee zu finden, als

Hunderte von anderen Forschern, die danach gesucht haben. Kein Wunder, dass Sayf al-Tha'r es so dringend haben will.«

Danach schwieg er, starrte die Wand an, und seine Augen glühten im Licht der Taschenlampe. Eine Flut von Gedanken schwirrte durch Taras Kopf.

»Wie wertvoll wäre diese Armee denn?«, fragte sie nach langem Schweigen.

»Eine ganze antike Armee? 50 000 Männer, voll ausgerüstet, vollständig erhalten im Wüstensand? Mein Gott, das wäre der größte Fund in der Geschichte der Archäologie. Nichts wäre damit zu vergleichen. Tutanchamuns Grab würde im Vergleich dazu wie ein Kramladen aussehen. Ich meine, vor ein paar Jahren wurde eine Brustwehr aus dieser Zeit für über hunderttausend Dollar verkauft. Vorausgesetzt, man würde alles nach und nach verkaufen und den Markt nicht damit überschwemmen ... gütiger Himmel, ein Fund wie dieser würde Sayf al-Tha'r zu einem der reichsten Männer des Nahen Ostens machen. Ich wage mir gar nicht vorzustellen, was er mit diesen Mitteln alles anstellen könnte.«

Schweigend standen sie da. Der Lichtstrahl aus der Taschenlampe begann, schwächer zu werden, er verfärbte sich von klarem Weiß in ein trübes Gelb.

»Und was ist mit der Britischen Botschaft?«, fragte Tara. »Mit Squires und Jemal?«

»Sie müssen von dem Grab erfahren haben. Wenn es stimmt, was Samali gesagt hat, sind sie genauso hinter dem Textstück her wie die Fundamentalisten. Hier steht unglaublich viel auf dem Spiel. Mehr, als ich je für möglich gehalten hätte.«

Sie starrten zu der Wand hinauf. Trotz der Hitze stellte Tara fest, dass sie fröstelte. Wieder schwiegen sie eine Weile.

»Und was steht hier noch am Ende?«, fragte sie schließlich. »Du hast noch nicht alles übersetzt.«

Erneut hob er die Taschenlampe und leuchtete auf die Stelle, wo er zu lesen aufgehört hatte.

»Wo waren wir? Ah ja: Aber ich kam in das Land der Kühe. Die Götter waren mit mir. Ich stand sehr hoch in ihrer Gunst. Also, hier geht's weiter.«

Er sah nach oben und kniff die Augen zusammen, so sehr konzentrierte er sich.

»Das nächste Wort scheint ein Name zu sein, wenn auch kein ägyptischer.«

Er trat näher und kniff die Augen noch stärker zusammen.

»Es sieht aus wie die ägyptische Abwandlung eines griechischen Namens. Es ist allerdings schwer zu sagen – die Ägypter benutzten keine Vokale, nur Konsonanten.«

Er sprach langsam das Wort aus.

»Demmichos. Oder *Dimmachos.* Irgendwas in der Art. *Dimmachos war mein Name, Sohn des …«* Wieder hielt er inne.

»… Menendos von Naxos. Als meine Taten jedoch berühmt waren, wurde ich ib-wer-imenty genannt. Natürlich!«

Er lachte.

»Was?«

»Ib-wer-imenty. Das ist ein Wortspiel. Ich hätte es gleich erkennen sollen. Ib-wer, großes Herz; imenty, aus dem Westen. Aber ib-wer kann auch als großer Durst gelesen werden. Passend für einen Mann, der gerade allein hundert Meilen durch die Wüste gelaufen ist. Dieser Mann muss ursprünglich Grieche gewesen sein. Ein Söldner vermutlich. Ägypten war zu dieser Zeit voll von ihnen. Ein griechischer Soldat im Dienst eines persischen Regenten mit einem ägyptischen Spitznamen.«

Er richtete den Lichtstrahl auf die Bilder, die er zuvor betrachtet hatte: auf den hellhäutigen Mann vor dem Tisch mit den aufgehäuften Früchten, den Mann mit dem geflochtenen Haar und Bart, der vor seinem König kniete, und auf die rothäutige Gestalt, die der Göttin Isis Gaben darbrachte.

»Deshalb haben wir drei verschiedene Stilarten hier. Um die verschiedenen Aspekte ein und derselben Person hervorzuheben. Griechisch, persisch, ägyptisch. Es ist wundervoll. Absolut wundervoll.«

Er richtete den Strahl auf die Wand und las die letzten fünf Reihen des Textes vor:

»Als meine Taten bekannt wurden, auf welche Weise ich von den Toten zurückkehrte, setzte mich der König des oberen und unteren Ägypten zu seiner Rechten und erhöhte mich, machte

mich zu seinem geliebten Freund, denn ich war lebendig aus der Wüste gekommen, und er wusste, dass die Götter auf meiner Seite waren. Land wurde mir verliehen und Titel und Reichtümer. Unter der Person des Königs des oberen und unteren Ägypten, Darius, der lange lebte, erging es mir wohl und wurde ich groß.

Ich nahm eine Frau. Drei Söhne wurden mir geschenkt. Groß wurde ich im Rat des Königs. Immer treu ergeben. Stark im Herzen. Wahrer Beschützer.

In Waset hatte ich meine Güter … Waset war der alte ägyptische Name für Theben, für das heutige Luxor … *In Waset war ich zufrieden. In Waset lebte ich lang. Nie wieder kam ich nach Naxos zurück, den Ort meiner Geburt. Ihr auf der Erde Lebenden, die ihr an diesem Grab vorbeikommen möget und die ihr das Leben liebt und den Tod hasst, ihr möget sagen: Osiris, verwandle ib-wer-imenty …*«

Seine Stimme brach ab, als er die Taschenlampe senkte.

»Jetzt folgen nur noch Gebete aus den Totenbüchern.«

Er schüttelte den Kopf und zog an der Zigarre, deren Spitze in der Dunkelheit hell aufglühte.

»Was für eine unglaubliche Geschichte, nicht wahr? Ein schlichter griechischer Söldner, der in der Armee des Kambyses mitzog, kehrte von den Toten zurück und stieg zum Freund und Vertrauten von Königen auf. Wie aus einer homerischen Sage. Ich könnte den Rest meines Lebens damit verbringen …«

Von draußen aus dem Schacht war das Prasseln von Steinen zu hören. Mit weit aufgerissenen Augen sah Daniel zu Tara hinüber, knipste die Taschenlampe aus und trat die Zigarre auf dem Boden aus. Tiefe Dunkelheit hüllte sie ein. Vom Ende des Ganges drang leises Flüstern herein und dann ein knirschendes Geräusch, als jemand in das Grab kletterte. Sie zogen sich in eine Ecke zurück und pressten sich gegen die Wand. Tara umklammerte Daniels Schulter, sie wollte schreien, brachte aber keinen Ton heraus.

Erneut scharrende Geräusche und dann ein weißer Lichtstrahl, der durch den Gang in die Kammer leuchtete. Das Flüstern wurde lauter, und schließlich erklang der dumpfe Ton sich nähernder Schritte. Zwanzig, zehn, fünf Meter, und sie waren am Eingang der Kammer angelangt. Einen Augenblick blieb alles still, dann sprang eine schwarz gekleidete Gestalt in den Raum.

Mit einem Schrei warf sich Daniel auf sie.

»Lauf weg, Tara!«, rief er. »Um Himmels willen ...«

Zwei weitere Gestalten sprangen in die Kammer und schlugen ihn zu Boden.

»Daniel!«

Sie rief seinen Namen und stürzte nach vorn. Jemand packte sie und riss sie ebenfalls zu Boden. Sie rappelte sich wieder auf, schlug mit den Fäusten um sich, wurde aber erneut zu Boden geschlagen, härter diesmal, so dass sie nach Luft rang. Rufe ertönten, rasche Schritte, und plötzlich war die Kammer von gleißendem, weißem Licht erfüllt. Die ungewohnte Helligkeit ließ sie die Augen zusammenkneifen.

»Ah«, sagte eine lachende Stimme triumphierend. »Die Ratten sind in die Falle gegangen!«

Sie blinzelte. Vier Männer standen vor ihr, zwei hielten Maschinengewehre, einer ein Gewehr und ein anderer einen Knüppel. Über ihnen, in der Öffnung zur Kammer, eine Halogenlampe in der Hand, stand Dravic. Weitere Männer drängten sich im Gang hinter ihm. Tara kam taumelnd auf die Füße. Auch Daniel richtete sich auf. Blut strömte aus seiner Nase. Er trat neben sie.

»Alles okay?«, fragte sie.

Er nickte. Dravic suchte mit dem Blick den Boden ab, dann reichte er einem Mann neben sich die Lampe und sprang hinunter.

»Wie ich sehe, ist unsere Freundin, die Kobra, nicht mehr hier«, bemerkte er. »Offensichtlich doch keine so zuverlässige Wächterin, wie wir dachten. Wie schade. Es hätte mir gefallen, zuzusehen, wie ihr langsam an ihrem Gift krepiert.«

Er kam auf sie zu, seine riesige Gestalt schien die halbe Kammer auszufüllen und den Lichtstrahl zu verdunkeln. Tara wich nach hinten zurück, ihre Wange brannte von dem Schlag, den man ihr versetzt hatte.

»Woher wusstet ihr, wo wir sind?«, murmelte Daniel mit verquollener Stimme und blutverschmiertem Mund.

Dravic lachte.

»Habt ihr wirklich geglaubt, wir ließen das Grab nur von einer elenden Giftschlange bewachen? Ihr verdammten Idioten! Wir hatten einen Posten am oberen Ende des Schachts aufgestellt. Als er euch entdeckte, hat er uns gerufen, und wir sind sofort zurückgekommen.«

»Was machen Sie mit uns?«, fragte Tara mit zitternder Stimme.

»Euch umbringen natürlich.« Der Tonfall des Riesen klang sachlich. »Es ist nur eine Frage des Wie und Wann. Und was ich vorher mit dir mache.«

Er sah auf sie hinab, und seine Lippen glänzten feucht wie längliche, rosafarbene Würmer.

»Und du kannst sicher sein, dass es einiges gibt, was ich erst noch mit dir vorhabe.«

Er streckte die Hand aus und strich mit dem Finger über ihre Brust. Sie schlug ihn weg, Abscheu verzerrte ihr Gesicht.

»Sie haben meinen Vater getötet«, zischte sie.

»Oh, das hätte ich gern«, lachte er. »Das hätte mir gefallen. Unglücklicherweise ist er tot umgefallen, bevor ich Gelegenheit dazu hatte. Das hat mich genauso wütend gemacht, wie du es jetzt bist.«

Er bemerkte den Schmerz in ihren Augen, und sein Lachen wurde noch lauter.

»Er ist direkt vor meinen Augen zusammengesackt«, erzählte er voller Schadenfreude. »Im einen Moment stand er noch aufrecht, im nächsten hat er sich schon auf der Erde gewälzt wie ein abgestochenes Schwein. Nie habe ich jemanden so erbärmlich sterben sehen.«

Er wandte sich um und sagte etwas auf Arabisch zu den Männern. Auch sie begannen zu lachen. Trotz ihrer Angst packte Tara der Zorn. Sie warf den Kopf zurück und spuckte Dravic ins Gesicht. Das Lachen brach unvermittelt ab. Sie machte sich auf einen Schlag gefasst.

Er kam jedoch nicht. Einen Moment lang blieb der Riese

wie angewurzelt stehen, ihr Speichel rann langsam seine rot verfärbte Wange hinab, dann hob er die Hand und wischte sie ab.

»Bist du je vergewaltigt worden?«, fragte er ruhig und starrte auf die Flüssigkeit an seinen Fingern.

»Missbraucht worden? Ist dein Körper je gegen deinen Willen von jemand anderem als Spielzeug benutzt worden? Vagina, Anus, Mund? Nein? Dann glaub mir, dann gibt's was, worauf du dich freuen kannst.«

»Nicht, Dravic«, knurrte Daniel.

»Oh, machen Sie sich keine Sorgen, Lacage. Sie werden durchaus einbezogen.«

Er wischte die Spucke weg, griff in die Tasche und zog eine kleine Kelle heraus, deren scharfe Ränder im Licht der Lampe aufblitzten.

»Nicht aller Missbrauch muss notgedrungen sexueller Natur sein.«

Er holte aus, und die Schneide der Kelle schlitzte Daniels Arm auf. Stöhnend sank Daniel zusammen, während Blut unter seinem Ärmel hervorquoll.

»Aber diese Vergnügungen heben wir uns für später auf.« Der Riese steckte die Kelle wieder ein. »Zuerst müssen wir uns um andere Dinge kümmern.«

Er drehte sich um, sah auf die Wand mit den Hieroglyphen und bedeutete dem Mann mit der Lampe, näher zu kommen.

»Jetzt haben wir also endlich das letzte Stück des Puzzles. Eine Schande, dass es überhaupt entfernt wurde. Hätte man alles so belassen, wie es war, hätten wir uns viel Zeit und Mühsal ersparen können. Und Schmerzen.«

Er sah zu Tara hinüber, grinste anzüglich, ging dann vor der Wand in die Hocke und studierte den Text.

»Wenn hier in den Hügeln ein neues Grab entdeckt wird, sind wir gewöhnlich die Ersten, die davon erfahren. Die Einheimischen wissen, dass es in ihrem eigenen Interesse ist, sich zuerst an uns zu wenden. Weil sie sonst Gefahr laufen, den Zorn Sayf al-Tha'rs auf sich zu ziehen. Und den meinen. Und sie wissen, dass das nicht gut für sie ist. In diesem Fall jedoch wurde das Grab von jemandem entdeckt, der auf eigene Rechnung handeln wollte. Er hat für seine Gier bezahlt, aber erst nachdem er bestimmte Objekte entwendet hat. Einschließlich dieses einen wichtigen Stücks.«

Er nahm das Gipsfragment von der Wand und drehte es in den Händen.

»Welche Ironie, dass er gerade diesen Teil des Texts herausgeschlagen hat. Er hatte natürlich keine Ahnung von seiner Wichtigkeit. Er wollte bloß ein dekoratives Stück, um es zu verkaufen. Mit der Zeit hätte er die ganzen Wände hier abgeschlagen. Unglücklicherweise begann er ausgerechnet mit dem Stück, das die genaue Lage der Armee verzeichnet. Dadurch hat er nicht nur sein eigenes Schicksal besiegelt, sondern auch einigen anderen zu einem höchst unerfreulichen Ende verholfen.«

Selbst aus zehn Schritt Entfernung konnte Tara die unangenehm säuerliche Ausdünstung seines Körpers riechen. Fast hätte sie sich übergeben.

»Doch das spielt jetzt alles keine Rolle mehr«, fuhr er fort. »Wir haben das Stück. Und morgen um diese Zeit werden wir auch die Armee haben. Und dann …«

Wieder warf er einen höhnischen, anzüglichen Blick auf Tara.

»… beginnt der richtige Spaß.«

Er rief etwas auf Arabisch, und zwei Männer mit Schlagbohrern sprangen in die Kammer. Er deutete mit einer Kopfbewegung zu dem Text hin, den Daniel kurz zuvor übersetzt hatte. Die Männer traten näher, hoben die Schlagbohrer, trieben sie in die Wand, brachen große Stücke heraus und lösten sie vom Fels ab.

»O Gott!«, rief Daniel und machte einen Satz nach vorn. »Nein! Bitte, hört auf!«

Jemand rammte einen Gewehrkolben in seinen Bauch und stieß ihn zurück.

»Ihr könnt das doch nicht zerstören!«, keuchte er. »Um Himmels willen, das könnt ihr doch nicht!«

»Eine unglückliche, aber notwendige Vorsichtsmaßnahme«,

sagte Dravic. »Der übrige Wandschmuck kann bleiben, aber wir können nicht riskieren, dass ein anderer das Grab findet und von der Armee erfährt. Noch nicht.«

Große, mit Hieroglyphen bemalte Gipsbrocken krachten in Staubwolken zu Boden. Während einer der Männer den Schlagbohrer in die Wand trieb, begann der andere, die Brocken auf dem Boden in Tausende kleiner Stücke zu zerschlagen. Daniel ließ verzweifelt den Kopf hängen.

Als die gesamte Wandseite zerstört war, bedeutete Dravic den Männern zu gehen. Die Kammer war mit dichtem Staub erfüllt. Tara begann zu husten.

»Und was jetzt?«, flüsterte Daniel, unfähig, den Blick von dem Haufen zermalmter Gipsfragmente zu heben. Mit dem Textstück in der Hand ging Dravic zum Eingang der Kammer. Er reichte es einem der Männer und wurde in den Gang hinaufgezogen.

»Jetzt«, sagte er über die Schulter, »wird Ihnen etwas ziemlich Unangenehmes widerfahren.«

Er machte mit der Hand ein Zeichen und verschwand durch den Gang. Der Mann vor Daniel hob seine Waffe.

»Nein!«, schrie Tara, weil sie dachte, er würde abdrücken. Er schwang die Waffe jedoch herum, so dass der Kolben auf Daniel zeigte, und schlug ihm damit gegen die Schläfe. Daniel stürzte bewusstlos zu Boden, ein blutiges Rinnsal floss seinen Hals hinab. Tara kniete sich neben ihn nieder und berührte sein Gesicht. Sie hörte Schritte hinter sich, etwas fuhr durch die Luft auf sie zu, und plötzlich stürzte sie auf einen riesigen Ozean mit stillem, schwarzem Wasser zu.

DER SUDAN

Mit dem Funkspruch in der Hand raste der Junge durchs Lager. Eine Ziegenherde wurde durch sein Nahen aufgescheucht und stob vor ihm in alle Richtungen davon. Aber er beachtete sie nicht und rannte weiter, bis er das Zelt seines Meisters erreichte. Keuchend vor Anstrengung, schlug er die Plane vor dem Eingang zurück und trat ein.

Das Innere wurde schwach von einer Kerosinlampe erleuchtet. Sayf al-Tha'r saß im Schneidersitz auf dem mit Teppichen ausgelegten Boden und hielt reglos wie eine Statue ein Buch vor sich. Der Junge lief auf ihn zu.

»Sie haben es gefunden!«, rief er, unfähig, seine Aufregung zu zügeln. »Das Stück. Doktora Dravic hat es gefunden!«

Der Mann legte das Buch in den Schoß und blickte mit ausdruckslosem Gesicht zu dem Jungen auf.

»Es steht geschrieben, dass wir in allen Dingen mäßig sein sollen, Mehmet«, erwiderte er ruhig. »Sowohl in unserer Freude als auch in unserem Schmerz. Es gibt keinen Grund zu schreien.«

»Ja, Sayf al-Tha'r.«

Schuldbewusst senkte der Junge den Kopf.

»Es steht aber auch geschrieben, dass wir angesichts der Güte Allahs frohlocken sollen. Also schäme dich deiner Freude nicht. Aber halte sie unter Kontrolle, Mehmet. Halte sie immer unter Kontrolle. Das ist der Weg zu Gott. Indem du dich selbst beherrschst.«

Er streckte die Hand aus, und der Junge reichte ihm die Nachricht. Er neigte den Kopf und las. Als er fertig war, faltete er das Blatt sorgfältig zusammen und steckte es in die Tasche seines Gewands.

»Habe ich dir nicht gesagt, dass wir Gottes Auserwählte sind?«, sagte er. »Solange wir ehrlich bleiben und auf seine Größe vertrauen, wird uns alles gegeben. Und das ist jetzt geschehen. Dies ist ein großer Tag, Mehmet.«

Ein strahlendes Lächeln breitete sich auf seinem Gesicht aus wie Wasser über vertrocknetem Land. Der Junge hatte ihn noch nie so lächeln sehen, und sein Herz machte einen Freudensprung bei diesem Anblick. Er wollte auf die Knie fallen und die Füße seines Meisters küssen, ihm sagen, wie sehr er ihn liebte, wie dankbar er für alles war, was er für ihn getan hatte.

Doch er widerstand dem Drang. Der Weg zu Allah bestand darin, sich selbst zu beherrschen. Die Worte seines Meisters klangen ihm noch in den Ohren. Diese Lektion hatte er gelernt.

Er gestattete sich ein Lächeln, mehr nicht, obwohl seine Brust vor Glück zerspringen wollte.

Der Mann schien zu verstehen, was in seinem Kopf vor sich ging. Denn er erhob sich und legte dem Jungen die Hand auf die Schulter.

»Gut gemacht, Mehmet«, sagte er. »Allah belohnt die guten Schüler. Genauso wie er die schlechten bestraft. Jetzt geh und sag unseren Leuten, dass sie sich bereitmachen sollen. Sobald wir den Ort kennen, beginnen wir damit, die Ausrüstung hinzufliegen.«

Der Junge nickte und trat zurück zum Eingang.

»Meister«, sagte er und drehte sich um. »Wird alles Schlechte jetzt ein Ende haben? Werden die *kufr* zerstört werden?«

Das Lächeln des Mannes wurde noch strahlender.

»Natürlich werden sie das, Mehmet. Wie sollte das auch anders sein, nachdem wir eine ganze Armee haben, um uns zu helfen.«

»Allahuakbar«, sagte der Junge lachend. »Gott ist groß.«

»Das ist er. Größer, als wir je verstehen können.«

Als der Junge gegangen war, kehrte Sayf al-Tha'r zu seinem Platz bei der Kerosinlampe zurück und nahm wieder sein Buch zur Hand. Der Ledereinband war abgenutzt und zerschlissen, und er hielt es vorsichtig mit beiden Händen fest. Der Text war weder arabisch noch englisch, sondern griechisch, genau wie der Titel auf dem Einband: *Die Historien des Herodotus.* Er drehte die Kerosinlampe ein wenig heller, hielt das Buch ganz nah an die Augen und versenkte sich, wohlig seufzend, in die Lektüre.

30

Luxor

Khalifa traf kurz vor acht Uhr morgens in Luxor ein. Nach seinem Albtraum hatte er nicht mehr geschlafen und fühlte sich völlig zerschlagen. Er beschloss, sich zu Hause frisch zu machen, bevor er ins Büro ging.

In der Stadt herrschte bereits geschäftiges Treiben. Das Fest von Abu el-Haggag sollte am Nachmittag beginnen, und bereits jetzt drängten sich erwartungsfrohe Gruppen in den Straßen um die bunten Stände, auf denen Süßigkeiten, Kuchen und Hütchen aufgehäuft waren. Normalerweise hätte sich Khalifa auf die Festlichkeiten gefreut. Heute jedoch hatte er andere Dinge im Kopf, er zündete sich eine Zigarette an und ging die al-Mahatta-Straße hinunter, ohne das fröhliche Treiben um sich wahrzunehmen.

Seine Wohnung befand sich fünfzehn Minuten vom Zentrum entfernt in einem trostlosen Betonbau, der wie ein Dominostein zwischen eine Reihe ebenso trostloser Betonblöcke eingequetscht war. Als er heimkam, waren Batah und Ali bereits in der Schule und Yusuf, das Baby, schlief in seinem Bettchen. Er duschte, und Zenab brachte ihm Kaffee, Brot und Käse. Er folgte ihr mit wohlwollenden Blicken, während sie sich in der Küche zu schaffen machte. Ihr Haar fiel wie eine schwarze Kaskade fast bis zur Taille herab, und ihre Hüften waren schlank und aufreizend. Manchmal vergaß er, welches Glück er hatte, dass sie seine Frau war. Ihre Familie war nicht einverstanden gewesen, dass sie sich ihn ausgesucht hatte: einen bitterarmen Studenten aus einer mittellosen Familie. Zenab jedoch hatte sich als eine willensstarke Frau erwiesen. Er lächelte in der Erinnerung daran.

»Was ist so komisch?«, fragte sie, als sie ihm einen Teller mit geschnittenen Tomaten brachte.

»Ich habe gerade an unsere Hochzeit gedacht. Wie deine Eltern dagegen waren und wie du ihnen erklärt hast, entweder ich oder keiner.«

Sie reichte ihm die Tomaten und ließ sich zu seinen Füßen nieder.

»Ich hätte auf sie hören sollen. Wenn ich nicht so eigensinnig gewesen wäre, könnte ich jetzt einen Mann wie Hosni haben.«

Khalifa lachte, beugte sich hinunter und küsste sie auf den Kopf. Ihr Haar war warm und wohlriechend, und trotz seiner Müdigkeit fand er es sehr erregend. Er stellte den Teller mit den Tomaten beiseite und schlang die Arme um ihre Schultern.

»Wie war's in Kairo?«, fragte sie und küsste seinen Arm.

»Na ja. Ich hab den Professor gesehen.«

»Geht's ihm gut?«

»Scheint so. Ich soll dich von ihm grüßen.«

Sie drehte sich ein wenig und legte den Arm auf sein Knie. Ihr Kleid war ein wenig heruntergerutscht und entblößte eine Schulter und den Ansatz ihrer Brüste. Khalifa schob mit dem Ellbogen die Tomaten weg.

»Was ist das für ein Fall, an dem du gerade arbeitest?«, fragte sie vorsichtig und zeichnete imaginäre Muster auf seinen Schenkel. »Er ist wichtig, nicht wahr?«

»Ja«, antwortete er. »Ich glaube schon.«

»Kannst du mir davon erzählen?«

»Es ist kompliziert«, antwortete er und streichelte ihr Haar.

Sie wusste, das hieß, er wollte nicht darüber reden, darum drängte sie ihn nicht. Stattdessen drehte sie sich noch weiter herum, hob das Gesicht und küsste ihn sanft auf die Lippen.

»Das Baby schläft«, flüsterte sie.

Khalifa streichelte ihren Hals und sog den Duft ihres Haares ein.

»Ich muss ins Büro«, antwortete er.

Sie küsste ihn erneut, stand auf und ließ ihr Kleid heruntergleiten. Sie war nackt darunter.

»Wirklich?«

Er sah ihren Körper an, er war schlank und dunkel, mit festen Brüsten und zwischen ihren Beinen der sanfte Hügel pechschwarzen Haars. Mein Gott, wie schön sie war. Er stand auf und nahm sie in die Arme.

»Ich schätze, es macht nichts, wenn ich ein bisschen zu spät komme.«

Sie küssten sich, sie nahm ihn an der Hand und führte ihn ins Schlafzimmer. Sie setzte sich aufs Bett, knöpfte sein Hemd und seine Hose auf, zog sie herunter und schlang die Arme um seine Taille. Er schob sie zurück, legte sich neben sie, streichelte ihre Brüste, ihren Bauch und ihre Schenkel, er küsste ihre Schultern und spürte ihren Körper, atmete ihren …

Das Telefon klingelte.

»Geh nicht ran«, sagte Zenab, rollte sich auf ihn, massierte seine Brust und ließ ihr Haar über sein Gesicht fallen.

Sie fuhren noch eine Weile fort, aber dann begann das Baby, das von dem Klingeln geweckt worden war, zu schreien. Seufzend stand sie auf und ging zu seinem Bettchen hinüber. Khalifa drehte sich zur Seite und nahm den Hörer ab. Es war Professor al-Habibi.

»Ich hoffe, ich störe dich nicht«, sagte er.

»Nein, überhaupt nicht. Ich hab gerade Zenab … bei etwas geholfen.«

Sie warf ihm einen amüsierten Blick zu, hob das schreiende Baby aus dem Bettchen und beugte sich im Vorübergehen hinunter, um ihn auf den Kopf zu küssen. Er schob mit dem Fuß die Tür zu.

»Hör zu, Yusuf«, sagte der Professor. »Da gibt es etwas, das du wissen solltest. Bezüglich der Dinge, die du mir gestern gebracht hast.«

Khalifa beugte sich hinunter und zog die Zigaretten aus seiner Hosentasche.

»Ich höre.«

»Ich habe sie mir gestern Abend, nachdem du fort warst, angesehen und auf dem Dolchgriff unter dem Lederband eine Inschrift gefunden. Keine wirkliche Inschrift. Nur grob ins Metall eingeritzte Worte. Es sind griechische Buchstaben.«

»Griechisch?«

»Genau. Und sie ergeben einen Namen. Vermutlich den des Besitzers des Dolchs.«

»Sprechen Sie weiter.«

»Der Name ist Dymmachus, Sohn des Menendes.«

»Dymmachus?« Khalifa überlegte. »Sagt er Ihnen irgendetwas?«

»Das ist ja das Komische«, antwortete Habibi. »Ich war sicher, dass ich ihn schon einmal gehört habe. Ich brauchte eine Weile, um mich zu erinnern, wo. Aber dann fiel es mir wieder ein.«

Er hielt einen Moment inne, um die Spannung zu erhöhen.

»Ja?«

»Im Tal der Könige. Im Grab von Ramses VI. Die Wände sind voll von antiken Inschriften, auf Griechisch und Koptisch, und eine stammt von einem gewissen Dymmachus, Sohn des Menendes aus Naxos. Ich habe in meinem Baillet nachgesehen.«

»Handelt es sich um dieselbe Person?«

»Nun, ich bin mir nicht hundertprozentig sicher, aber es würde mich wundern, wenn es zwei Leute namens Dymmachus mit einem Vater namens Menendes in Theben gegeben hätte. Das sind keine ganz gewöhnlichen Namen.«

Khalifa stieß einen leisen Pfiff aus.

»Unglaublich«, sagte er.

»Nicht wahr? Aber nicht so unglaublich wie das, was jetzt folgt.«

Wieder machte er eine dramatische Pause, und wieder musste ihn Khalifa drängen fortzufahren.

»Dieser Dymmachus hat nicht nur seinen Namen in dem Grab hinterlassen. Er hinterließ auch eine kurze Inschrift.«

»Die lautet?«

»Nun, sie scheint unvollständig zu sein. Entweder ist sie überschrieben worden, oder sie bricht mitten im Satz ab …«

Am anderen Ende der Leitung war das Rascheln von Papier zu hören.

»Sie lautet: ›Ich, Dymmachus, Sohn des Menendes aus Naxos, habe diese Wunder gesehen. Morgen marschiere ich gegen die Ammonier. Möge …‹ Und dann bricht sie ab.«

Khalifa hatte seine Zigarette noch immer nicht angezündet.

»Die Ammonier«, wiederholte er, laut denkend. »War das nicht der Name, den die Griechen dem Volk von Siwa gaben?«

»Genau. Nach dem Namen des Gottes Amun, dessen Orakel in der Oase stand. Und soweit wir wissen, gab es nur einen Feldzug gegen die Ammonier in dieser Zeit.«

»Welchen?«

Wieder eine dramatische Pause.

»Die Armee des Kambyses.«

Khalifa knickte die Zigarette in seiner Hand ab.

»Die Armee des Kambyses! Die in der Wüste unterging?«

»So erzählt es die Geschichte.«

»Aber es hat doch niemand überlebt. Wie können wir einen Dolch von einem ihrer Soldaten haben?«

»Nun, das ist die Frage, nicht wahr?«

Er hörte, wie der Professor an seiner Pfeife zog.

Khalifa nahm eine neue Zigarette aus der Schachtel und zündete sie an.

Es folgte ein langes Schweigen.

»Der Dolch stammt eindeutig aus einem thebanischen Grab?«, fragte Habibi schließlich.

»Ich glaube schon«, antwortete Khalifa. »Ja.«

»Dann gibt es mehrere mögliche Erklärungen. Vielleicht ist dieser Dymmachus doch nicht mit der Armee mitgezogen. Oder der Dolch hatte bereits den Besitzer gewechselt, als er es tat. Oder Herodot hat sich getäuscht, und die Armee wurde nicht von einem Sandsturm vernichtet.«

»Oder dieser Dymmachus hat überlebt.«

Der Professor schwieg einen Moment.

»Das halte ich für die am wenigsten wahrscheinliche Variante. Obwohl sie sicherlich die faszinierendste ist.«

Khalifa nahm einen tiefen Zug von seiner Zigarette. Er sollte eigentlich im Schlafzimmer nicht rauchen, weil das Baby hier schlief, und er beugte sich vor, um das Fenster aufzustoßen. Gedanken rasten durch seinen Kopf, zu schnell, um sich zu etwas Vernünftigem zu fügen.

»Ich vermute, das Grab eines Soldaten aus der Armee des Kambyses wäre ein bedeutsamer Fund?«, sagte er.

»Wenn es sich als echt erwiese?«, antwortete Habibi. »Natürlich. Ein unglaublicher Fund.«

War es das? Abu Nayar hatte das Grab eines Mannes gefunden, der Teil der verlorenen Armee des Kambyses war. Wie der Professor sagte: Das wäre ein unglaublicher Fund. Einer der wichtigsten in Ägypten seit Jahren. Doch das erklärte noch nicht, warum sich Dravic wegen eines kleinen Textstücks so viel Mühe machte. Die anderen Gegenstände in Iqbars Laden hatten ihn überhaupt nicht interessiert. Nur dieses eine Stück. Hier fehlte ein Verbindungsglied. Ein wesentliches.

»Und die Armee selbst?« Die Frage kam schon über seine Lippen, bevor er sich ihrer wirklich bewusst war.

»Was meinst du?«

»Die verlorene Armee des Kambyses. Wie bedeutsam wäre die?«

Langes Schweigen.

»Ich glaube, damit bewegen wir uns im Reich der Fantasie, Yusuf. Die Armee ist irgendwo inmitten der westlichen Wüste begraben. Man wird sie nie finden.«

»Aber wenn doch.«

Wieder Schweigen.

»Ich glaube nicht, dass ich dir erzählen muss, wie bedeutsam das wäre.«

»Nein, das müssen Sie nicht.«

Er warf seine Zigarette aus dem Fenster und wedelte mit der Hand durch die Luft, um den Rauch zu vertreiben.

»Yusuf?«

»Ja, tut mir Leid, ich hab bloß nachgedacht. Was wissen Sie sonst noch über die Armee, Professor?«

»Nicht viel, fürchte ich. Nicht meine Zeit. Du musst mit Professor Ibrahim az-Zahir sprechen, er ist der Experte dafür. Er hat fast sein ganzes Leben damit zugebracht, darüber zu forschen.«

»Und wo finde ich den?«

»Bei dir in Luxor. Er verbringt sechs Monate im Jahr im Chicago House. Allerdings ist er inzwischen ein bisschen alt geworden. Hatte letztes Jahr einen Schlaganfall. Sein Gedächtnis lässt langsam nach.«

Wieder trat Schweigen ein, dann dankte er dem Professor, versprach, zum Essen zu kommen, wenn er das nächste Mal in Kairo sein würde, und legte auf. Er ging ins Wohnzimmer hinüber. Zenab, noch immer nackt, wiegte das Baby in ihren Armen. Er trat zu ihnen und umarmte beide.

»Ich muss ins Büro.«

»Und ich muss hier bleiben und ihn wieder zum Einschlafen bringen!«

»Tut mir Leid. Es ist nur …«

»Ich weiß«, antwortete sie lächelnd und küsste ihn. »Geh nur. Und vergiss nicht, dass heute Nachmittag der Umzug der Kinder ist. Ich habe Ali und Batah gesagt, dass du hinkommst und zusiehst. Um vier. Komm nicht zu spät.«

»Keine Sorge«, antwortete er. »Ich komme. Versprochen.«

DIE WESTLICHE WÜSTE

Während der Reise wachte Tara zwei Mal auf – kurze Momente des Bewusstseins in einem ansonsten alles verschlingenden Dunkel des Vergessens.

Das eine Mal war es an einem heißen, engen Ort, der nach Benzin stank und bei dem sie trotz der Dunkelheit und den peinigenden Schmerzen im Kopf sofort wusste, dass es sich um den Kofferraum eines Autos handelte. Sie war allein, wie ein Fötus zusammengerollt, die Hände an die Fußgelenke gefesselt, der Mund mit Klebeband verschlossen. Sie vermutete, dass sie über eine Teerstraße fuhren, denn obwohl der Wagen holperte, waren die Stöße nicht heftig, und sie schienen sich mit ziemlich großer Geschwindigkeit fortzubewegen. Sie dachte an all die Filme, die sie gesehen hatte, in denen die in Kofferräumen eingesperrten Leute immer die Fahrtstrecke rekonstruierten, indem sie sich die verschiedenen Geräusche und Wahrnehmungen einprägten. Sie versuchte, dasselbe zu tun, und horchte auf alle Laute, die einen Anhaltspunkt dafür liefern konnten, wo sie sich befand. Aber abgesehen vom gelegentlichen Hupen eines Autos und einer kurz hereindröhnenden Musik konnte sie keine Hinweise ausmachen, und bald darauf wurde sie wieder bewusstlos.

Das zweite Mal, als sie aufwachte, ertönte ein lautes Tosen über ihr. Sie hörte eine Weile zu und öffnete dann die Augen. Sie saß aufrecht, an einen Sitz gefesselt. Daniel saß neben ihr, sein Kopf hing schlaff auf die Brust herab, und an seiner Wange und seinem Hals klebte verkrustetes Blut. Seltsamerweise empfand sie keine Anteilnahme für ihn. Sie registrierte bloß, dass er da war, dann wandte sie sich ab und starrte auf das endlose Gelb, das sich unter ihr ausbreitete. Aus irgendeinem Grund dachte sie, sie sähe auf einen riesigen dampfenden Biskuitkuchen hinab, und begann zu lachen. Fast im selben Moment hörte sie Stimmen, und ein Sack wurde ihr über den Kopf gestülpt. Kurz bevor sie wieder das Bewusstsein verlor, fasste sie einen klaren Gedanken: »Ich bin in einem Hubschrauber. Ich fliege über die Wüste zur verlorenen Armee von Kambyses.« Dann schlug pechschwarze Nacht über ihr zusammen, und sie erinnerte sich an nichts mehr.

LUXOR

Es gab zwei Überraschungen für Khalifa, als er im Polizeirevier eintraf. Die erste war, dass er im Foyer mit Chefinspektor Hassani zusammenstieß, der ihn keineswegs anschnauzte, weil er so spät kam, sondern ihn geradezu herzlich begrüßte.

»Schön, dass Sie zurück sind, Yusuf!«, sagte sein Vorgesetzter. Khalifas Erinnerung zufolge hatte er ihn noch nie mit seinem Vornamen angesprochen. »Tun Sie mir einen Gefallen. Sobald Sie einen Moment Zeit haben, schauen Sie doch mal in meinem Büro vorbei, bitte. Kein Anlass zur Sorge. Im Gegenteil. Eher gute Neuigkeiten.«

Er tätschelte Khalifa den Rücken und ging den Gang entlang davon.

Die zweite Überraschung war, dass Omar Abd el-Farouk in seinem Büro auf ihn wartete.

»Er wollte nicht unten warten«, erklärte Sariya. »Und von niemandem gesehen werden. Er behauptet, er habe Informationen zum Fall Abu Nayar.«

Omar saß zusammengesunken in einer Ecke des Büros, trommelte mit den Fingern auf seinem Knie und fühlte sich eindeutig unbehaglich in seiner Umgebung.

»Sieh an, sieh an«, sagte Khalifa und setzte sich an seinen Schreibtisch. »Ich hätte nicht gedacht, dass ich den Tag erleben würde, an dem ein Abd el-Farouk freiwillig zur Polizei kommt.«

»Glauben Sie mir«, schnaubte Omar, »ich tue es nicht aus freien Stücken.«

»Tee?«

Omar schüttelte den Kopf.

»Und schicken Sie ihn raus.« Er deutete auf Sariya. »Was ich zu sagen habe, ist nur für Sie bestimmt.«

»Mohammed ist mein Kollege«, antwortete Khalifa. »Er ist genauso …«

»Ich spreche nur mit Ihnen allein, oder ich sage gar nichts«, erwiderte Omar knapp.

Khalifa seufzte und machte Sariya ein Zeichen zu gehen.

»Lassen Sie uns fünf Minuten, Sariya. Ich informiere Sie später.«

Sein Stellvertreter verließ den Raum und schloss die Tür hinter sich.

»Zigarette?« Khalifa beugte sich vor und bot seine Cleopatras an. Omar machte eine ablehnende Handbewegung.

»Ich bin zum Reden hergekommen, nicht um Höflichkeiten auszutauschen.«

Khalifa zuckte mit den Achseln, lehnte sich zurück und zündete sich eine Zigarette an.

»Na schön«, sagte er. »Reden Sie.«

Das Trommeln von Omars Fingern wurde schneller.

»Ich glaube, einige Freunde von mir sind in Gefahr«, begann er und dämpfte die Stimme. »Gestern sind sie in mein Haus gekommen, um Hilfe zu suchen. Jetzt sind sie verschwunden.«

»Und was hat das mit Abu Nayar zu tun?«

Omar sah sich um, als wolle er sich versichern, dass niemand zuhörte.

»Vor zwei Tagen, als Sie mich herzitierten, haben Sie mich gefragt, ob in den Hügeln ein neues Grab gefunden worden sei.«

»Und Sie sagten, Sie wüssten nichts davon. Soll ich das so verstehen, dass Ihnen plötzlich etwas eingefallen ist?«

Die Frage klang sarkastisch. Omar funkelte ihn wütend an.

»Das macht Ihnen Spaß, was?«, zischte er. »Ein el-Farouk, der sich um Hilfe an Sie wendet.«

Khalifa erwiderte nichts, sondern zog nur an seiner Zigarette.

»Also gut, Abu Nayar hat ein Grab gefunden. Wo, weiß ich nicht, also machen Sie sich gar nicht erst die Mühe, mich zu fragen. Aber er hat ein Grab gefunden. Und er hat ein Stück von der Wanddekoration abgenommen. Meine Freunde waren im Besitz von diesem Stück Wanddekoration. Und jetzt sind sie verschwunden.«

Draußen vor dem Fenster ging ein Knallfrosch los. Omar zuckte erschrocken auf seinem Stuhl zusammen.

»Und wer sind diese Freunde?«

»Ein Archäologe. Dr. Daniel Lacage. Und eine Frau. Engländerin.«

»Tara Mullray«, riet Khalifa.

Omar hob die Augenbrauen.

»Sie kennen sie?«

»Wie es scheint, waren sie und Lacage vor zwei Tagen in eine Schießerei in Sakkara verwickelt.«

»Ich weiß, was Sie denken, Khalifa, aber ich habe sechs Jahre mit Dr. Lacage zusammengearbeitet. Er ist ein guter Mann.«

Khalifa nickte.

»Ich glaube Ihnen.« Er hielt einen Moment inne und fügte dann hinzu: »Ich hätte nie gedacht, dass ich das eines Tages aus freien Stücken zu einem el-Farouk sagen würde.«

Einen Moment lang erwiderte Omar nichts. Dann zeigte sich ein Anflug von Lächeln auf seinem Gesicht. Seine Schultern entspannten sich ein wenig.

»Vielleicht nehme ich doch eine Zigarette.«

Khalifa beugte sich vor und reichte ihm die Schachtel.

»Also, was genau ist gestern passiert, Omar?«

»Wie gesagt, sie kamen in mein Haus und baten um Hilfe. Sie hatten dieses bemalte Gipsstück dabei, in einer Schachtel. Die Frau sagte, ihr Vater habe es für sie gekauft und Sayf al-Tha'r wolle es haben. Und die britische Botschaft.«

»Die britische Botschaft?«

»Sie sagte, die Leute in der britischen Botschaft wollten es auch.«

Khalifa zog einen Stift aus der Tasche und begann, etwas auf ein Blatt Papier zu kritzeln. Was zum Teufel ging hier vor sich?

»Was noch?«, fragte er.

»Sie wollten wissen, woher das Stück stammt. Ich hab ihnen gesagt, es sei gefährlich und sie sollten sich raushalten, aber das haben sie nicht getan. Dr. Lacage ist mein Freund. Wenn ein Freund um Hilfe bittet, weise ich ihn nicht ab. Ich sagte, ich würde Erkundigungen einziehen. Um etwa vier Uhr bin ich aus dem Haus gegangen. Als ich zurückkam, waren sie fort. Seitdem habe ich sie nicht mehr gesehen.«

»Wissen Sie, wohin sie gegangen sind?«

»Meiner Frau haben sie gesagt, sie wollten auf die Spitze von el-Qu'rn. Ich fürchte um ihre Sicherheit, Inspektor. Vor allem nach dem, was mit Abu Nayar passiert ist. Und mit Sulieman al-Raschid.«

Khalifa hörte zu kritzeln auf.

»Sulieman al-Raschid?«

»Grässlich, so verbrannt zu werden.«

Die Farbe wich aus Khalifas Gesicht.

»Tot?«

Omar nickte.

»O nein«, stöhnte Khalifa. »O Gott, nicht Sulieman.«

»Sie wussten es nicht?«

»Ich war in Kairo.«

Omar senkte den Kopf.

»Tut mir Leid«, sagte er. »Ich dachte, Sie hätten davon gehört.« Er hielt inne und fügte dann hinzu: »Jeder weiß, was Sie für Sulieman getan haben.«

Khalifa verbarg sein Gesicht in seinen Händen.

»Ich sage Ihnen, was ich für Sulieman getan habe. Ich habe ihn getötet. Wenn ich vor ein paar Tagen nicht zu ihm gegangen wäre … Verdammt! Wie konnte ich bloß so dumm sein!«

Seine Stimme brach ab. Irgendwo draußen auf der Straße wurde eine Trommel geschlagen. Langes Schweigen trat ein.

»Vielleicht sollte ich gehen, Inspektor«, sagte Omar ruhig und stand auf. »Es ist nicht richtig, Sie jetzt in Ihrer Trauer zu belästigen.«

Er schickte sich an, zur Tür zu gehen.

»Das Stück«, sagte Khalifa.

»Wie bitte?«

»Das Wandstück. Haben Sie es gesehen?«

»Ja«, antwortete Omar, »das habe ich.«

»Eine Reihe von Schlangen am unteren Rand entlang? Hieroglyphen?«

Omar nickte.

»Die Zeichen. Die Schriftzeichen. Können Sie sich an welche erinnern?«

Omar dachte einen Moment nach, dann trat er vor, nahm Khalifas Stift und begann, auf das Papier vor ihm zu zeichnen. Der Inspektor sah ihm zu.

»Sind Sie sicher, dass es das war, was Sie gesehen haben?«

»Ich glaube schon. Wissen Sie, was es bedeutet?«

»Mer«, antwortete Khalifa. »Das Zeichen für Pyramide.«

Er starrte noch einen Moment darauf, faltete das Papier dann zusammen und steckte es in die Tasche.

»Danke, Omar«, sagte er. »Ich weiß, wie schwer es Ihnen gefallen ist, herzukommen.«

»Finden Sie nur meine Freunde, Inspektor. Das ist alles, worum ich Sie bitte. Finden Sie meine Freunde.«

Einen Augenblick lang sah es aus, als wollte er die Hand ausstrecken, aber schließlich nickte er nur kurz und ging hinaus.

Khalifa verbrachte zwanzig Minuten damit, Sariya zu erklären, was in Kairo geschehen war, dann ging er, wie gebeten, nach oben, um den Chefinspektor zu treffen. Normalerweise ließ ihn Hassani mindestens ein paar Minuten warten, bevor er eintreten durfte. Heute wurde er jedoch sofort vorgelassen. Doch damit nicht genug, zum ersten Mal wurde ihm auch ein halbwegs anständiger Stuhl angeboten.

»Bis zum Mittag habe ich einen Zwischenbericht getippt«, begann er, in der Hoffnung, der Frage zuvorzukommen, wo der Bericht sei. Hassani jedoch winkte ab.

»Machen Sie sich darüber keine Gedanken, Yusuf.«

Er lehnte sich zurück, reckte das Kinn vor und nahm eine ähnliche Pose ein wie Präsident Mubarak auf dem Foto über ihm.

»Ich freue mich, Ihnen mitteilen zu dürfen«, sagte er wichtigtuerisch, »dass Ihrem Gesuch nach Beförderung stattgegeben wurde. Meinen Glückwunsch.«

Er lächelte, obwohl etwas in seinem Gesichtsausdruck andeutete, dass er nicht ganz so erfreut war, wie er sich zu geben bemühte.

»Sie machen Scherze«, antwortete Khalifa.

Das Lächeln verblasste ein wenig.

»Ich mache nie Scherze. Ich bin Polizist.«

»Ja, sicher. Tut mir Leid.«

Er wusste nicht, was er sagen sollte. Es war das Letzte, was er erwartet hatte.

»Ich möchte, dass Sie sich den Rest des Tages freinehmen, nach Hause gehen, Ihre Frau informieren und feiern. Morgen schicke ich Sie dann zu einer Konferenz nach Ismailia.«

»Nach Ismailia?«

»Irgendein Schnickschnack über städtische Polizeiarbeit im 21. Jahrhundert. Drei Tage, Gott steh Ihnen bei. Aber mit derlei Dingen müssen Sie sich abfinden, wenn Sie im Dienst vorankommen wollen.«

Khalifa antwortete nichts. Er freute sich natürlich. Gleichzeitig aber …

»Und was ist mit dem Fall?«, fragte er.

Wieder die wegwerfende Handbewegung, das nicht ganz aufrichtige Lächeln.

»Machen Sie sich deswegen keine Sorgen, Yusuf. Der kann ein paar Tage warten. Fahren Sie nach Ismailia, gehen Sie zu der

Konferenz, und wenn Sie dann zurückkommen, können Sie sich weiter darum kümmern. Die Sache läuft Ihnen nicht weg.«

»Ich kann unmöglich wegfahren.«

»Jetzt spannen Sie mal richtig aus! Sie sind befördert worden! Freuen Sie sich!«

»Ich weiß, aber …«

Hassani begann zu lachen. Ein lautes, lärmendes Lachen, das den ganzen Raum erfüllte und Khalifas Einwand übertönte.

»Das sollte in die Annalen eingehen, was? Ich sag einem meiner Männer, dass er ein bisschen weniger arbeiten soll! Ich hoffe, Sie posaunen das nicht herum. Es könnte meinen Ruf ruinieren!«

Khalifa lächelte, gab aber nicht nach.

»Drei Leute wurden ermordet. Zwei weitere sind verschwunden. Ich hab eine eindeutige Verbindung zu Sayf al-Tha'r und möglicherweise auch zur britischen Botschaft festgestellt. Ich kann das nicht so einfach auf sich beruhen lassen.«

Hassanis Schmunzeln hielt an, aber Khalifa entging sein Ärger nicht. Ärger, hart an der Grenze zum Wutausbruch.

»Wollen Sie nicht befördert werden?«, fragte er.

»Wie bitte?«

»Jedenfalls scheinen Sie nicht besonders glücklich darüber zu sein. Auch nicht sonderlich dankbar.«

Das letzte Wort betonte er, als wollte er Khalifa zwingen, darauf einzugehen.

»Ich bin durchaus dankbar. Aber das Leben von Menschen ist in Gefahr. Ich kann nicht einfach drei Tage nach Ismailia verschwinden.«

Hassani nickte.

»Sie glauben wohl, wir kämen hier nicht zurecht ohne Sie, was?«

»Nein, ich …«

»Sie glauben wohl, unsere Einheit sei handlungsunfähig in Ihrer Abwesenheit.«

»Herr Chefinspek…«

»Sie glauben wohl, Sie seien der Einzige, der sich für Recht und Ordnung interessiert.«

Seine Stimme wurde plötzlich lauter. Eine Ader pulsierte an seinem Hals.

»Jetzt lassen Sie mich mal eines sagen, Khalifa. Ich habe mich mein ganzes Leben lang für das Wohl dieses Landes eingesetzt, und ich werde nicht hier sitzen und mir irgendeinen Mist anhören, dass Sie der Einzige seien, der sich engagiert.«

Er atmete schwer.

»Jetzt haben Sie, was Sie wollten. Sie haben Ihre verdammte Beförderung. Und wenn Sie wissen, was gut für Sie ist, fahren Sie morgen nach Ismailia. Und Schluss damit.«

Er schob seinen Stuhl zurück, stand auf und ging zum Fenster, sah hinaus und knackte dabei mit den Fingerknöcheln. Khalifa zündete sich eine Zigarette an, ohne vorher um Erlaubnis zu fragen.

»Wer hat sich an Sie gewandt, Herr Chefinspektor?«, fragte er ruhig.

Hassani antwortete nicht.

»Deswegen wurde ich befördert, nicht wahr? Jemand hat sich an Sie gewandt. Jemand will mich von dem Fall abziehen.«

Hassani sagte noch immer nichts.

»Es ist ein Kuhhandel. Ich kriege den neuen Job, wenn ich dafür die Nachforschungen einstelle. So funktioniert das, oder? Das ist der Preis dafür.«

Hassanis Finger knackten so laut, dass man den Eindruck gewinnen konnte, sie würden brechen. Langsam drehte er sich um.

»Ich mag Sie nicht, Khalifa«, knurrte er. »Das hab ich nie getan und werd's auch nie tun. Sie sind arrogant und aufsässig und gehen einem ganz gehörig auf die Nüsse.«

Mit erhobenem Kinn machte er einen Schritt nach vorn, wie ein Boxer, der in den Ring tritt.

»Sie sind aber auch der beste Kriminalbeamte in unserer Einheit. Denken Sie nicht, ich wüsste das nicht. Und obwohl Sie mir das vielleicht nicht glauben werden, habe ich Ihnen nie etwas Böses gewünscht. Also hören Sie mir jetzt zu, und zwar ganz genau. Nehmen Sie diese Beförderung an, gehen Sie nach Ismailia und vergessen Sie den Fall. Denn glauben Sie mir, wenn Sie das nicht tun, sehe ich keine Möglichkeit, Sie zu schützen.«

Ihre Blicke trafen sich einen Moment lang, dann wandte er sich wieder zum Fenster zurück.

»Und schließen Sie die Tür hinter sich«, fügte er hinzu.

31

Die westliche Wüste

Das Erste, was Tara spürte, war die Hitze. Es war, als tauche sie aus der Tiefe eines kühlen Sees auf und mit jedem Meter, den sie sich nach oben bewegte, würde das Wasser immer heißer und heißer, bis sie an der Oberfläche schließlich auf ein glühendes Inferno traf. Sie war sicher, wenn sie dort oben bliebe, würde sie bei lebendigem Leib verbrennen, deshalb warf sie sich herum und versuchte, wieder in die kühle, dunkle Tiefe abzutauchen. Doch sie schien nicht gegen die Auftriebskraft ihres Körpers anzukommen, und sosehr sie sich auch anstrengte, schaffte sie es doch nur ein paar Zentimeter bis unter die Oberfläche. Sie quälte sich eine Weile ab, mühte sich, wieder nach unten zu kommen, aber es half nichts, und schließlich gab sie auf, rollte sich auf den Rücken und ließ sich widerstandslos in die Flammen treiben. Blinzelnd öffnete sie die Augen.

Sie lag in einem Zelt. Daniel sah auf sie hinab. Er streckte die Hand aus und streichelte ihr Haar.

»Schön, dass du wieder zu dir gekommen bist«, sagte er.

Ihr Kopf schmerzte, und ihr Mund fühlte sich trocken und geschwollen an, als wäre er voller Papier. Sie blieb eine Weile still liegen, dann richtete sie sich zum Sitzen auf. Vor dem Zelteingang, etwa zwei Meter entfernt, saß ein Mann mit einem Gewehr auf dem Schoß.

»Wo sind wir?«, murmelte sie.

»Mitten in der westlichen Wüste«, antwortete Daniel. »Im Großen Dünenmeer. Ich schätze, etwa in der Mitte zwischen Siwa und al-Farafra.«

Es war fast zu heiß, um zu atmen. Die Luft brannte in ihrem Mund und ihrem Hals, als tränke sie Lava. Durch die Zeltöffnung konnte sie nicht viel erkennen, nur riesige Sandberge, die sich vor ihr erhoben. Aus der Nähe hörte sie Rufe und das Tuckern von Generatoren. Sie hatte schrecklichen Durst.

»Wie spät ist es?«

Er sah auf seine Uhr.

»Elf.«

»Ich lag im Kofferraum eines Wagens«, sagte sie und versuchte, ihre Gedanken zu ordnen. »Und dann in einem Hubschrauber.«

»Ich kann mich an die Reise überhaupt nicht erinnern«, sagte er achselzuckend. »Nur an das Grab.«

Er hob die Hand und berührte vorsichtig seine Schläfe. Das Blut, das sie auf seinem Gesicht und Hals gesehen hatte, war abgewischt worden, vorausgesetzt, sie hatte die ganze Sache nicht ohnehin nur geträumt. Sie ergriff seine Finger.

»Es tut mir so Leid, Daniel«, sagte sie. »Ich hätte dich hier nicht mit hineinziehen dürfen.«

»Ich habs aus freien Stücken getan«, antwortete er lächelnd. »Es ist nicht deine Schuld.«

»Ich hätte das Stück in Sakkara lassen sollen, wie du gesagt hast.« Er beugte sich vor und küsste ihre Stirn.

»Vielleicht. Aber denk an den ganzen Spaß, der uns entgangen wäre. Bei meinen Grabungen gab's nie so viel Aufregung.«

Er strich ihr durchs Haar.

»Und außerdem sind wir wenigstens dabei, wenn die größte Entdeckung in der Geschichte der Archäologie gemacht wird. Ich finde, das ist einen kleinen Schlag auf den Kopf wert.«

Sie wusste, dass er sie aufmuntern wollte, und bemühte sich, entsprechend zu reagieren. Tatsächlich jedoch fühlte sie sich krank, mutlos, ohne alle Hoffnung, und wusste, dass es Daniel, trotz seiner Scherze, genauso ging. Sie sah es in seinen Augen und an seinen schlaff herabhängenden Schultern.

»Sie werden uns umbringen, nicht wahr?«

»Nicht unbedingt. Es besteht durchaus die Möglichkeit, dass sie, sobald sie die Armee gefunden haben ...«

Sie sah ihm in die Augen.

»Sie werden uns umbringen, nicht wahr?«

Er schwieg einen Moment und sah dann zu Boden.

»Ja«, antwortete er. »Das werden sie vermutlich.«

Sie verfielen in Schweigen. Daniel beugte sich vor, schlang die Arme um seine Beine und legte das Kinn auf die Knie. Tara stand auf und streckte sich, ihr Kopf dröhnte. Der Wächter starrte sie weiterhin ausdruckslos an. Er machte keinerlei Anstalten, die Waffe auf sie zu richten, und einen Augenblick lang kam ihr die verrückte Idee, sie könnten ihn überwältigen und fliehen. Doch sie gab den Gedanken sogleich wieder auf. Selbst wenn sie aus dem Zelt hinauskämen, wohin sollten sie gehen? Sie waren inmitten einer Wüste. Die Wache diente nur zu Demonstrationszwecken. Ihr wirklicher Gegner war der Sand und die Hitze. Sie wollte weinen, aber ihre Augen waren zu trocken, um Tränen hervorzubringen.

»Ich hab Durst«, murmelte sie.

Daniel hob den Kopf und wandte sich an die Wache.

»Ehna aatzanin. Aazin mayya.«

Der Mann sah sie einen Moment an und rief dann, ohne den Blick von ihnen abzuwenden, draußen jemandem etwas zu. Ein paar Minuten später kam ein anderer Mann mit einem irdenen Krug ins Zelt, den er Tara reichte. Sie hob ihn an die Lippen und trank. Das Wasser war warm und schmeckte nach Ton, aber sie schluckte es dennoch und leerte den halben Krug, bevor sie ihn Daniel reichte, der ebenfalls trank. Ein Hubschrauber dröhnte über ihnen und brachte die Zeltplane zum Flattern.

Schleppend verging der Morgen. Die Hitze wurde noch schlimmer und ließ den Schweiß auf Taras Gesicht und Hals fast augenblicklich nach seinem Austritt wieder trocknen. Den Kopf in ihren Schoß gelegt, döste Daniel eine Weile. Weitere Hubschrauber flogen über sie hinweg.

Nach etwa einer Stunde wurde die Wache abgelöst, und sie bekamen etwas zu essen gebracht – rohes Gemüse, Käse, ungesäuerte Brotfladen, die trocken und schwer zu schlucken waren. Sie versuchte, sie hinunterzuwürgen, hatte aber keinen Appetit. Daniel genauso wenig, und der größte Teil der Mahlzeit blieb unberührt. Die neue Wache war ebenso schweigsam und teilnahmslos wie die vorhergehende.

Sie musste eingeschlafen sein, denn als sie wieder aufwachte, war das Essen fort und die erste Wache wieder erschienen. Sie versuchte, Augenkontakt mit dem Mann aufzunehmen. Aber er starrte sie nur kalt und ausdruckslos an, und nach einer Weile senkte sie den Blick.

»Es ist sinnlos, mit ihnen kommunizieren zu wollen«, sagte Daniel. »Was sie anbelangt, sind wir nicht mehr als Tiere. Schlimmer noch. Wir sind *kufr.* Heiden.«

Sie legte sich wieder nieder, drehte der Wache den Rücken zu und schloss die Augen. Sie versuchte, an ihre Wohnung, an das Reptilienhaus, an Jenny und an schöne Nachmittage im Brockwell Park zu denken. An irgendetwas, das sie von der Gegenwart ablenkte. Aber sie konnte die Bilder nicht festhalten. Sie tauchten vor ihrem geistigen Auge auf und verschwammen sofort wieder. Und immer war das Gesicht von Dravic darunter, der sie mit abscheulicher Gier angaffte. Sie drehte sich mehrmals herum, setzte sich dann auf und verbarg verzweifelt das Gesicht in den Händen.

Irgendwann am frühen Nachmittag schließlich, als die Sonne im Zenit stand und die Hitze im Zelt so unerträglich war, dass sie glaubte, es nicht länger aushalten zu können, wurde die Plane am Eingang zurückgeschlagen, und ein Kopf erschien. Dem Wächter wurde etwas gesagt, und er stand auf, richtete seine Waffe auf sie und bedeutete ihnen, nach draußen zu gehen. Sie sahen einander an, standen auf und gingen an ihm vorbei hinaus ins grelle Sonnenlicht, das sie zwang, die Augen zusammenzukneifen. Ihr Zelt war Teil eines großen Lagers in einem Tal zwischen hohen Dünen, die links steil anstiegen und sich rechts etwas flacher erhoben. Überall waren Ölfässer, Seile, Strohballen und Holzkisten aufgestapelt. Ein Hubschrauber schwebte in geringer Höhe über ihnen. Er transportierte in einem Netz weitere Kisten heran, dic cr im Tal absetzte, dann landete er auf der flachen Sandebene, wo ein Dutzend schwarz gekleidete Gestalten im Laufschritt heraneilten, um Ausrüstung auszuladen und wegzuschaffen.

Tara jedoch nahm von all dem kaum etwas wahr, denn was ihre Aufmerksamkeit sofort fesselte, waren weder der Hubschrauber noch das Lager, sondern ein großer pyramidenförmiger Felsen, der vor ihr aufragte. Ihre Sicht war zum Teil von Zelten und Kisten verstellt, sodass sie nur den oberen Teil erkennen konnte, aber der genügte, um sie von seinen riesenhaften Ausmaßen zu überzeugen.

Es hatte etwas Unheimliches an sich, wie er inmitten der Wüste stand und sich schwarz und mächtig von dem ihn umgebenden Sand abhob. Ein Schauer überlief sie. Die Männer vermieden es, den Blick auf ihn zu richten, wie sie bemerkte.

Mit einem Wächter vor und zwei Wächtern hinter ihnen durchquerten sie das Lager, erreichten das nördliche Ende und kletterten einen steilen Sandhügel hinauf, wo Dravic mit einem Strohhut auf dem Kopf unter einem Sonnenschirm stand.

»Ich hoffe, ihr habt gut geschlafen«, bemerkte er höhnisch, als die beiden ihm vorgeführt wurden.

»Der Teufel soll dich holen«, zischte Daniel zwischen den Zähnen hervor.

Von der Spitze des Hügels aus hatten sie einen freien Blick über das Tal, das sich in der Ferne leicht nach Norden wandte und wie ein Trog in den Sandwellen eingebettet lag. Der riesige Fels befand sich direkt vor ihnen, und seine ganzen Ausmaße wurden jetzt deutlich. Wie eine Nadelspitze durch weichen gelben Stoff durchstach er die Flanke der Düne zu ihrer Linken. Darunter, winzig klein im Verhältnis zu der Gesteinsmasse über ihnen, befand sich eine Gruppe von Männern mit Spaten und Hacken, und vom Fuß des Felsens ausgehend, schlängelten sich fünf lange Schläuche heraus, die seitlich die Düne hinaufliefen und hinter ihrem Grat verschwanden. Das Dröhnen der Generatoren war jetzt viel lauter und erfüllte mit einem rhythmisch flatternden Geräusch die Luft, wie der Schlag von tausend Flügeln.

»Ich dachte, es würde Ihnen Spaß machen, sich das anzusehen«, sagte Dravic. »Schließlich werden Sie kaum Gelegenheit haben, jemandem davon zu erzählen.«

Wieder das heimtückische, kehlige Lachen. Tara spürte, wie er sie anstarrte, wie seine Blicke lüstern über ihren Körper strichen. Sie erschauerte vor Ekel und trat einen Schritt zurück, so dass Daniel zwischen ihnen stand. Dravic brummte, wandte sich ab und sah wieder ins Tal hinab. Er zog eine Zigarre aus der Hemdtasche und steckte sie sich in den Mund.

»Der Ort war sogar noch leichter zu finden, als wir dachten«, prahlte er. »Ich hatte befürchtet, die Maßangaben in dem Grab seien vielleicht nur grob geschätzt, wie so oft in antiken Texten, aber unser Freund Dymmachus hat die Stelle bis auf einen Abstand von fünf Kilometern genau beschrieben. Eine bemerkenswerte Leistung, wenn man bedenkt, dass ihm keine moderne Technologie zur Verfügung stand, um sich zu orientieren.«

Er zündete mit einem Feuerzeug seine Zigarre an, paffte langsam, bis sie richtig brannte, und seine Lippen machten ein schmatzendes Geräusch beim Ziehen.

»Wir haben uns die Gegend zuerst von oben angesehen«, fuhr er fort, »und den Ort schon nach einer Stunde lokalisiert. Nach all den Schwierigkeiten der letzten vier Tage war es fast enttäuschend. Ich hatte mir eigentlich mehr Dramatik erwartet.«

Zu ihrer Linken rasten mit aufheulenden Motoren ein paar Motocross-Maschinen die Düne herauf, und ihre Reifen hinterließen tiefe Furchen im Sand.

»Alles ist wie am Schnürchen gelaufen«, fuhr er breit lächelnd fort, um sie mit seinem Erfolg zu quälen. »Besser als ein Uhrwerk. Wir haben die nötige Ausrüstung eingeflogen: Treibstoff für die Generatoren, Verpackungskisten, Stroh, um die Funde zu schützen. Weiteres Material wird auf Kamelen herangeschafft. Wir haben bereits eine Reihe von Inschriften auf der Vorderseite des Felsens entdeckt, daher wissen wir, dass die Armee hier in der Nähe sein muss. Wir müssen sie jetzt nur noch …«

Er hielt inne und zog an seiner Zigarre.

»… finden. Was meiner Ansicht nach eine Frage von Stunden ist.«

»Es könnte sich als weniger einfach herausstellen, als Sie glauben«, sagte Daniel und funkelte ihn wütend an. »Diese Dünen sind ständig in Bewegung. Wer weiß, auf welcher Höhe sich der Wüstenboden vor zweieinhalbtausend Jahren befand. Die Armee könnte fünfzig Meter tiefer liegen. Sie könnten wochenlang graben und dennoch nichts finden.«

Dravic zuckte mit den Achseln.

»Mit traditionellen Methoden vielleicht. Glücklicherweise stehen uns etwas modernere Geräte zur Verfügung.«

Er deutete auf die fünf Schläuche, die am Fuß des riesigen Felsens ihren Ausgang nahmen. Zu beiden Seiten des offenen Schlauchendes standen zwei Männer, wie Tara bemerkte. Sie hielten zwei Griffe fest und strichen mit der Öffnung über den Sand, der in den Plastikschlund gesaugt wurde.

»Sand-Staubsauger«, erklärte Dravic. »Offensichtlich der letzte Schrei am Golf. Dort werden sie benutzt, um Sand von Rollbahnen, Pipelines und dergleichen zu saugen. Sie arbeiten genau nach dem gleichen Prinzip wie normale Staubsauger. Der Sand wird aufgesogen, durch den Schlauch transportiert und dann in einer passenden Entfernung ausgestoßen, in diesem Fall auf der anderen Seite der Düne. Wie man mir sagte, kann jeder fast hundert Tonnen pro Stunde bewegen. Also denke ich, dass wir unsere Armee viel früher finden, als Sie annehmen.«

»Man wird Sie entdecken«, sagte Daniel. »Sie können eine Operation dieser Größenordnung nicht lange geheim halten.«

Dravic lachte und machte mit den Armen eine ausladende Geste.

»Wer soll uns denn sehen? Wir sind hier mitten in der Wüste, um Himmels willen! Die nächste Siedlung ist hundertfünfzig Kilometer entfernt, und keine Flugroute führt über dieses Gebiet. Sie klammern sich an Strohhalme, Lacage.«

Er blies Daniel eine Rauchwolke ins Gesicht, und sein Lachen wurde noch lauter.

»Sie sind in einem riesigen Zwiespalt, was? Auf der einen Seite müssen Sie all Ihre Hoffnungen darauf setzen, dass ich scheitere, aber als Archäologe wünschen Sie sich verzweifelt, dass ich Erfolg habe.«

»Mir bedeutet die Armee einen feuchten Dreck«, erwiderte Daniel knapp.

»Sie lügen, Lacage! Sie lügen, dass sich die Balken biegen. Sie sind genauso begierig, herauszufinden, was da unten liegt, wie ich. Wir unterscheiden uns kein bisschen voneinander.«

»Schmeicheln Sie sich nicht.«

»Doch, Lacage, das stimmt. Wir sind uns vollkommen ähnlich. Wir beide leben von der Vergangenheit. Wir haben ein unstillbares Bedürfnis, in sie vorzustoßen. Es genügt uns nicht, zu wissen, dass irgendwo draußen in der Wüste eine Armee begraben liegt. Wir müssen sie finden. Wir müssen sie sehen. Wir müssen sie uns aneignen. Für uns beide ist der Gedanke unerträglich, dass die Geschichte uns etwas vorenthalten könnte. Oh, ich verstehe Sie, Lacage. Besser, als Sie sich selbst verstehen. Was da unten liegt, bedeutet Ihnen mehr als Ihr Leben. Mehr als das Leben Ihrer Freundin hier.«

»Das ist Blödsinn!«, zischte Daniel. »Reiner Blödsinn.«

»Wirklich?«, fragte Dravic schmunzelnd. »Ich glaube nicht. Ich könnte ihr vor Ihren Augen die Kehle durchschneiden, und ein Teil von Ihnen würde sich dennoch wünschen, dass ich Erfolg habe. Es ist eine Sucht, Lacage. Eine schreckliche Sucht. An der wir beide leiden.«

Daniel starrte ihn an, und einen kurzen Moment lang schien es Tara, dass Dravics Worte ihn tief getroffen hatten. Verwirrung stand in seinen Augen, fast Ekel, als wäre ihm eine Seite seines Wesens gezeigt worden, von der er lieber nichts wissen wollte. Doch der Ausdruck verschwand sofort wieder, er schüttelte den Kopf und steckte trotzig die Hände in die Taschen.

»Nicht mit mir, Dravic.«

Der Riese lächelte.

»Ich kann Ihnen versichern, wenn hier draußen jemand was entscheidet, dann werde ich es sein.«

Er lehnte sich leicht zurück, sah Tara an und nickte dann den drei Wachleuten zu. Sie hoben ihre Waffen und führten sie die Düne hinab, wieder ins Lager zurück.

»Und versuchen Sie gar nicht erst zu fliehen«, rief ihnen Dravic nach. »Wenn die Hitze Sie nicht umbringt, dann besorgt es der Treibsand. Den gibt's hier überall. Tatsächlich sollte ich mich vielleicht seiner bedienen, um euch beide loszuwerden. Das ist doch viel unterhaltsamer als eine Kugel in den Kopf.«

Er grinste und wandte sich wieder den Ausgrabungsarbeiten zu. In einiger Entfernung von ihm begannen die Arbeiter zu singen.

32

Luxor, die thebanischen Berge

Oben in den thebanischen Bergen, im Schatten des Qu'rn, gab es einen Ort, den Khalifa aufsuchte, wenn er nachdenken musste, und dorthin stieg er jetzt hinauf.

Er hatte ihn vor Jahren entdeckt, kurz nach seiner Ankunft in Luxor. Es war ein natürlicher Sitzplatz im Fels, in eine niedrige Klippe eingeschnitten, auf halber Höhe des Berges, mit großartigem Blick ins darunter liegende Tal der Könige. Stundenlang saß er zuweilen dort, allein und friedlich, und gleichgültig, wie verwirrt er auch sein mochte, wie elend, hoffnungslos oder verzweifelt, seine Gedanken hatten sich immer geordnet und seine Stimmung immer gebessert. Er nannte ihn seinen Denksessel. Es gab keinen Ort auf der Welt, an dem er sich mehr bei sich oder bei Allah gefühlt hätte.

Die Sonne hatte bereits ihren Zenit überschritten, als er oben ankam. Er setzte sich, lehnte den Rücken gegen den kühlen Sandstein und ließ den Blick über die von der Hitze ausgedörrten Hügel schweifen. Weit unten sah er Menschen durch das Tal wandern, klein wie Ameisen. Er zündete sich eine Zigarette an.

Das Treffen mit Hassani hatte ihn aus der Fassung gebracht. Vollkommen. Seine unmittelbare Reaktion war natürlich gewesen, die Beförderung abzulehnen und an dem Fall weiterzuarbeiten. Schließlich war das Leben von zwei Menschen in Gefahr, sofern sie überhaupt noch am Leben waren, und er konnte sie nicht einfach im Stich lassen. Genauso wenig konnte er vergessen, was Sulieman, Nayar und Iqbar angetan worden war. Und in gewisser Hinsicht auch seinem Bruder Ali.

Dennoch hatte er Zweifel. Wie unangenehm dies auch sein mochte, sie waren trotzdem vorhanden. Es handelte sich schließlich um keinen Film, in dem am Schluss alles gut ausging. Dies war die Realität, und obwohl er sich dafür verachtete, hatte er Angst.

Sich gegen Sayf al-Tha'r zu stellen, war schon gefährlich genug. Aber jetzt schien es, als gäbe es auch Feinde auf seiner Seite. Gott wusste, wen und warum, aber sie waren mächtig. Mächtig genug, um Hassani einzuschüchtern, und das wollte etwas heißen.

»Ich kann Sie nicht beschützen«, hatte sein Chef gesagt. Und er hatte nicht von Khalifas Karriere gesprochen. Er meinte sein Leben. Und vielleicht auch das seiner Familienangehörigen. War es richtig, diejenigen zu gefährden, die er auf der Welt am meisten liebte? Er schuldete Nayar, Iqbar und Sulieman nichts, genauso wenig dem englischen Paar. Und Ali? Nun, das würde ihn wohl ewig quälen, aber war es das wert? Vielleicht sollte er den Fall aufgeben. Die Beförderung annehmen und nach Ismailia fahren. Sicher würde er sich dafür hassen. Aber zumindest bliebe er am Leben. Und seine Lieben auch. Er schnippte die Zigarette weg und sah zu ein paar grob eingeritzten Hieroglyphen neben seinem Sitz hinauf. Es waren drei Kartuschen, die Namen von Horemheb, Ramses I. und Sethos I. Darunter eine kurze Inschrift von

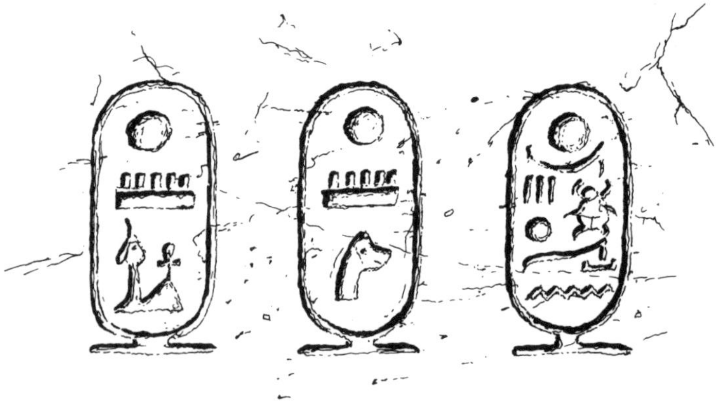

jemandem, der sich als »Der Schreiber von Amun, Sohn des Ipu« bezeichnete. Einer der Arbeiter in der antiken Nekropole vermutlich, der vor mehr als dreitausend Jahren an dem gleichen Platz gesessen hatte, vermutlich den gleichen Blick wie Khalifa genossen, der gleichen Stille gelauscht und vielleicht die gleichen Empfindungen gehabt hatte.

Er streckte die Hand aus und berührte die Inschrift.

»Was soll ich tun?«, seufzte er und strich mit den Fingern über die grob eingeritzten Zeichen. »Was ist das Richtige? Sag's mir, Sohn des Ipu. Gib mir ein Zeichen. Weil ich ganz sicher ...«

Er wurde vom Geräusch herunterprasselnder Steine unterbrochen. Er drehte sich um. Ein magerer, schmutziger Mann stand über ihm auf einem Sims.

»Verzeih, verzeih, Allah erbarme sich meiner!«, plapperte der Mann auf Arabisch und schlug sich an den Kopf. »Ungeschickter dummer Narr ist auf die falsche Stelle getreten.«

Er knotete seine Galabija an der Taille zusammen, schwang seine dürren Beine über den Rand des Felsvorsprungs und kletterte die rissige Wand herab.

»Du redest mit den Geistern!«, plapperte er beim Herunterklettern. »Ich spreche auch mit den Geistern. Die Hügel sind voller Geister. Guten und bösen. Manche sind schrecklich! Ich hab sie gesehen.«

Er war inzwischen unten angelangt und kroch heran, um sich zu Khalifas Füßen niederzulassen.

»Ich lebe mit den Geistern«, fuhr er fort. »Ich kenne sie. Sie sind überall.« Er deutete hinter Khalifas Kopf.

»Da ist einer. Und dort ist ein anderer. Und da und dort und dort. Hallo, Geister!«

Er winkte.

»Sie kennen mich. Sie sind hungrig. Wie ich. Wir alle sind hungrig. So hungrig.«

Er suchte in den Falten seines Gewands herum und zog ein zerknittertes Papierbündel heraus.

»Möchten Sie einen Skarabäus?«, fragte er. »Beste Qualität.«

Khalifa schüttelte den Kopf.

»Nicht heute, mein Freund.«

»Sehen Sie, sehen Sie, es gibt keinen besseren in Ägypten. Sehen Sie doch. Bitte.«

»Nicht heute«, wiederholte Khalifa.

Der Mann sah sich um, rückte ein wenig näher und senkte die Stimme.

»Sie mögen antike Stücke. Ich hab antike Stücke. Sehr gute.«

»Ich bin Polizist«, antwortete Khalifa. »Gib Acht, was du sagst.«

Das Lächeln des Mannes verblich.

»Gefälschte Stücke«, fügte er schnell hinzu. »Nicht echt. Fälschungen, Fälschungen. Hab sie selbst gemacht. Hab die Fälschungen selbst gemacht. Ha, ha, ha.«

Khalifa nickte, zog eine Zigarette heraus und zündete sie an. Der Mann starrte ihn an und wartete wie ein Hund auf einen Bissen. Khalifa hatte plötzlich Mitleid mit ihm und warf ihm die Schachtel Cleopatras zu.

»Nimm sie«, sagte er. »Und lass mich in Ruhe, ja? Ich möchte allein sein.«

Der Mann nahm die Zigaretten.

»Danke«, sagte er. »Sehr freundlich. Die Geister mögen Sie. Sie sagen mir, dass ich Ihnen das sagen soll. Sie mögen Sie sehr gern.«

Er hielt die Hand ans Ohr, als würde er lauschen. »Sie sagen, wann immer Sie Probleme haben, sollen Sie hier heraufkommen, und Sie bekommen viele gute Antworten. Die Geister werden Sie beschützen.«

Er steckte die Zigaretten in eine Tasche seines Gewands und blieb stehen.

»Wollen Sie einen Führer?«, fragte er.

»Ich möchte in Frieden gelassen werden«, antwortete Khalifa.

Der Mann zuckte mit den Achseln, schnäuzte sich in den Saum seiner Galabija und machte sich über den Weg am Rand der Felswand davon, ohne auf die spitzen Steine unter seinen nackten Fußsohlen zu achten.

»Möchten Sie das Tal der Könige sehen?«, rief er über die Schulter zurück. »Hatschepsut, die Gräber der Vornehmen. Ich kenne alle Sehenswürdigkeiten in der Gegend. Sehr billig.«

»Ein andermal«, rief ihm Khalifa nach. »Heute nicht.«

»Ich zeig Ihnen Orte, die noch niemand gesehen hat. Sehr schöne Orte. Besondere Orte.«

Khalifa schüttelte den Kopf, wandte sich ab und sah über die leeren Hügel hinaus. Der Verrückte stolperte weiter, bis er fast an der Stelle war, wo der Weg hinter einem hohen Felsblock verschwand.

»Ich bringe Sie zu geheimen Orten!«, rief er.

Khalifa beachtete ihn nicht.

»Ein neues Grab, von dem niemand weiß! Sehr gut!«

Er verschwand hinter dem Felsblock. Kurz darauf sprang Khalifa auf, als hätte ihm jemand von hinten einen Stoß versetzt.

»Warte!«, rief er, und seine Stimme hallte von den Felswänden wider. »Warte!«

Er lief den Weg entlang und dem Mann hinterher, der seinen Ruf gehört hatte und wieder um die Ecke getreten war.

»Ein neues Grab, von dem niemand weiß«, keuchte Khalifa. »Du hast gesagt, ein neues Grab, von dem niemand weiß.«

Der Mann klatschte in die Hände.

»Ich hab's gefunden«, rief er. »Ganz geheim. Die Geister haben mich hingeführt. Möchten Sie's sehen?«

Khalifa spürte, wie sein Herz raste.

»Ja«, antwortete er. »Ich möchte es sehen. Unbedingt. Bring mich hin.«

Er klopfte dem Mann auf die Schulter, und gemeinsam machten sie sich auf den Weg in die Felsen hinauf.

Anfangs hatte Khalifa keine Ahnung, ob das Grab, das der Verrückte ihm zeigen wollte, dasselbe war, das Nayar gefunden hatte. Wie al-Masri betont hatte, waren diese Berge voller alter Schächte. Höchstwahrscheinlich war sein Führer auf ein ganz anderes gestoßen. Eines, das für den Fall, den er bearbeitete, überhaupt keine Bedeutung hatte.

Doch dann, nach viel gutem Zureden, überzeugte er den Mann, ihm die Antiken, von denen er gesprochen hatte, zu zeigen, und seine Zweifel wurden zerstreut. Es waren drei Shabtifiguren darunter, und jede glich denjenigen, die er in Iqbars

Laden gefunden hatte, außerdem ein Salbentopf mit dem eingeprägten Bezgesicht, wiederum von der gleichen Art wie der in Iqbars Versteck. Es war klar, dass sie aus demselben Fund stammten. Er reichte ihm die Gegenstände zurück und wollte sich eine Zigarette anzünden, als ihm einfiel, dass er die Packung verschenkt hatte.

»Gib mir bitte eine Zigarette«, sagte er.

»Nein!«, antwortete der Mann. »Sie gehören mir!«

Sie brauchten über eine Stunde, um den Eingang des Schachts zu erreichen, und noch weitere dreißig Minuten, um sich bis zur Öffnung des Grabes voranzuarbeiten. Der letzte Teil des Abstiegs, als sie den sechs Meter hohen Felsen über dem Grab hinunterklettern mussten, war besonders schwierig für Khalifa, der schon immer unter Höhenangst gelitten hatte. Der Verrückte kletterte flink und sorglos hinab. Khalifa jedoch brauchte allein fünf Minuten, um sich ein Herz zu fassen, und als er schließlich mit dem Abstieg begann, bewegte er sich so langsam und bedächtig wie in Zeitlupe.

»Allah beschütze mich«, murmelte er und presste das Gesicht an den beruhigend festen Felsen, »Allah, hab Erbarmen mit mir.«

»Komm, komm, komm!«, lachte der Verrückte und hüpfte unter ihm auf und ab. »Da ist das Grab, warum warten Sie denn, ich dachte, Sie wollten es sehen.«

Schließlich war der Inspektor unten angekommen. Er kletterte durch den Eingang und ließ sich schwer atmend gegen die Wand des Ganges sinken.

»Gib mir eine Zigarette«, keuchte er. »Und keine Widerrede, sonst verhafte ich dich wegen Besitz gestohlener Altertümer.«

Widerstrebend wurde ihm die Schachtel hingestreckt. Khalifa nahm eine Zigarette, zündete sie an, schloss die Augen und inhalierte tief. Nach ein paar Zügen begann er, sich zu entspannen. Er öffnete die Augen wieder. Ein dünner Lichtstrahl drang durch die Graböffnung, gerade ausreichend, um den Gang und an seinem Ende den Eingang zu der Grabkammer zu beleuchten.

»Wie hast du es gefunden?«, fragte er und sah sich um.

»Die Geister haben es mir gesagt«, antwortete der Verrückte. »Vor sieben, vor zehn Tagen. Noch nicht lange her. Sie haben mir befohlen, hierher zu kommen. Sie haben gesagt, es sei etwas Besonderes. Also bin ich hergekommen, und da war es, ein schönes Grab, ganz geheim, ganz besonders.«

Er hüpfte zum Eingang und zeigte auf die Öffnung, durch die sie geklettert waren.

»Sehen Sie, hier, als ich herkam, war eine Wand hier, eine große Wand, sie hat den ganzen Eingang verschlossen, sodass man nicht hineinsehen konnte. Aber ich hab die Wand eingeschlagen und bin hineingestiegen, wie die Geister mir befohlen haben. Drinnen war es sehr dunkel, sehr geheim, und es ist immer weiter nach unten gegangen. Ich hab Angst gehabt, hab gezittert vor Angst, aber ich bin hinuntergegangen, weil ich es sehen wollte, es war, als hätte mich jemand gezogen.«

Er sprach immer schneller und begann, den Gang hinunterzugehen. Khalifa folgte ihm.

»Ein Raum«, sagte er und deutete nach vorn. »Dunkel und schwarz wie die Nacht. Hab ein Streichholz angezündet. Viele Dinge gab's. Hunderte von Dingen. Wundervolle Dinge, schreckliche Dinge. Sehr magisch. Heim der Geister.«

Sie standen jetzt im Durchgang zur Grabkammer. Khalifas Augen gewöhnten sich an die Dunkelheit, und er konnte an der gegenüberliegenden Wand undeutlich Farben und Bilder erkennen.

»Schätze, Schätze, so viele Schätze«, plapperte der Mann. »Bin über Nacht hier geblieben. Hab bei den Schätzen geschlafen, wie ein König! Viele Träume hab ich gehabt, viele seltsame Dinge sind in meinen Kopf gekommen, als würde ich über die Welt fliegen und alles sehen, sogar, was die Menschen denken.«

Er sprang in die Kammer hinab.

»Später hab ich's meinem Freund erzählt.«

»Deinem Freund?«, fragte Khalifa.

»Manchmal kommt er in die Hügel, wenn er getrunken hat, wir reden, er gibt mir Zigaretten. Er hat ein Bild. Hier.«

Er deutete auf sein linkes Handgelenk. Auf die Stelle, wo bei Nayar der Skarabäus eintätowiert war. Der Inspektor begann zu verstehen.

»Ich hab meinem Freund erzählt, was die Geister mir gezeigt haben. Er hat gesagt: ›Bring mich hin!‹ Also bringe ich ihn hin. Er lacht sehr laut. Er sagt: ›Du und ich, wir werden sehr reich sein! Wir werden wie Könige leben!‹ Ich soll nur alles ihm überlassen. Er will die Sachen bestimmten Leuten zeigen. Er will mir einen Fernseher kaufen. Ich darf nicht mehr herkommen, sagt er. Ich darf niemand was erzählen. Und so wart ich und wart ich. Aber er kommt nicht zurück. Und dann kommen die anderen in der Nacht. Und ich bin allein. Und es gibt keinen Fernseher. Und ich bin hungrig. Und nur die Geister sind meine Freunde.«

Er schniefte und wanderte verzweifelt, mit der Hand die Wände entlangstreichend, im Raum umher. Khalifa sprang ebenfalls hinab und bemerkte, dass die untere Hälfte der Wand links neben dem Eingang zerstört worden war. Er kauerte sich neben dem Haufen Gipsbrocken nieder und schüttelte, betrübt über so viel mutwilligen Vandalismus, den Kopf.

Er sah den Ablauf der Ereignisse jetzt ganz klar vor sich. Dieser Mann war auf ein Grab gestoßen. Er hatte Nayar davon erzählt, Nayar hatte einige Gegenstände an sich genommen, einschließlich eines Stücks der Wand, die jetzt zerstört vor ihm lag. Sayf al-Tha'r hatte davon erfahren. Nayar wurde getötet. Den Rest kannte er bereits.

Er stand auf und wanderte in der Kammer umher. Seine Augen hatten sich inzwischen an die Dunkelheit gewöhnt, und er erkannte viel von der Bemalung, obwohl die Seitenwände, wie von schwarzen Vorhängen verhüllt, noch immer in undurchdringliche Schatten getaucht waren. Der Mann setzte sich auf den Boden, starrte Khalifa mit traurigen Augen an und summte vor sich hin.

»Bist du noch einmal hierher gekommen?«, fragte Khalifa. »Seit du es gefunden hast?«

Der Mann schüttelte den Kopf.

»Aber ich hab sie gesehen. Ich verstecke mich hinter den Felsen, ganz still, als wär ich auch ein Felsen. Sie kommen in der Nacht, jede Nacht, wie Schakale. Sie holen Dinge aus dem Grab, eine Nacht, zwei Nächte, drei Nächte, jede Nacht mehr Dinge.«

»Letzte Nacht auch?«

»Letzte Nacht sind sie gekommen. Dann gegangen. Dann sind andere gekommen.«

»Andere?«

»Ein Mann und eine Frau. Weiße. Ich hab sie schon einmal gesehen. Sie gehen in das Grab. Sie werden gefressen.«

»Getötet?«

Der Verrückte zuckte mit den Achseln.

»Getötet?«, wiederholte Khalifa.

»Wer weiß. Ich hab sie nicht bei den Geistern gesehen. Vielleicht leben sie. Vielleicht nicht. Der Mann, den ich gesehen hab …«

»Was?«

Er sprach jedoch nicht weiter, sondern begann, mit dem Finger Muster in den Staub zu zeichnen. Khalifa wandte sich wieder den Wänden zu. Langsam ging er durch die Kammer und benutzte sein Feuerzeug, um die Malereien zu beleuchten. Er verweilte lange vor dem Triptychon, das Daniel so interessiert hatte, und betrachtete jedes einzelne der drei Felder genau, bevor er wieder weiterging. Er sah in die Wandnische, auf das Bild der beiden Perser, auf den Griechen vor dem Tisch mit den Früchten, auf Anubis, der das Herz des Verstorbenen wog, und untersuchte jeden Zentimeter der Wände. Die Flamme seines Feuerzeugs wurde allmählich schwächer, bis sie schließlich, gerade als er seinen Rundgang beendet hatte, ganz verlosch und er von Dunkelheit umgeben war. Er steckte das Feuerzeug in die Tasche und trat wieder ins Licht.

»Es ist herrlich«, sagte er ruhig. »Absolut wundervoll.«

Der Mann sah zu ihm auf.

»Da war Sand«, murmelte er. »Sand, Männer, eine Armee, alle ertrunken.«

»Ich weiß«, antwortete Khalifa und legte eine Hand auf seine Schulter. »Und jetzt muss ich herausfinden, wo.«

Chicago House, die Niederlassung der archäologischen Fakultät der Universität von Chicago, steht inmitten üppiger Gärten an der Corniche el-Nil, auf halbem Weg zwischen den Tempeln von Luxor und Karnak. Es handelt sich um ein weitläufiges, einer Hazienda ähnelndes Gebäude mit Höfen, Lauben und überdachten Kolonnaden, das sechs Monate im Jahr eine bunte Truppe von Ägyptologen, Künstlern, Studenten und Konservatoren beherbergt. Einige betreiben private Studien, die meisten arbeiten auf der anderen Seite des Flusses am Tempel von Medinet Habu, dessen Reliefs und Inschriften die Fakultät im Lauf der letzten hundert Jahre minuziös erfasst hat.

Es war früher Nachmittag, als Khalifa am vorderen Tor eintraf und den bewaffneten Wachen seinen Ausweis zeigte. Nach einem Anruf im Hauptgebäude erschien drei Minuten später eine junge Amerikanerin, um ihn abzuholen. Er erklärte, warum er gekommen war, und wurde ins Gebäude geführt.

»Professor az-Zahir ist so reizend«, sagte die junge Frau lächelnd, als sie durch die Gärten gingen. »Er kommt jedes Jahr her, weil er unsere Bibliothek gern benutzt. Er gehört praktisch zur Einrichtung.«

»Ich habe gehört, er sei nicht wohlauf.«

»Er ist manchmal ein bisschen verwirrt, aber nennen Sie mir einen Ägyptologen, der das nicht ist. Ihm geht's gut.«

Sie gingen einen von Bäumen gesäumten Weg entlang und zu einer Kolonnade auf der Vorderseite des Gebäudes, wo die Luft von Hibiskus- und Jasminduft und dem Geruch frisch gemähten Grases erfüllt war. Trotz der Nähe zur Corniche war es still auf dem Grundstück, man hörte nur Vogelgezwitscher und das leise Zischen eines Rasensprengers.

Die junge Frau führte ihn durch die Kolonnade, über einen Hof und in die Gärten auf der Rückseite des Hauses.

»Er ist dort drüben«, sagte sie und deutete auf eine Gestalt, die im Schatten eines großen Akazienbaums saß.

»Er hält sein Nachmittagsschläfchen, aber scheuen Sie sich nicht, ihn zu wecken. Er hat gern Besuch. Ich lasse Tee rausbringen.«

Sie drehte sich um und kehrte ins Haus zurück. Khalifa ging

zu dem Professor hinüber, der zusammengesunken, das Kinn auf die Brust gelegt, in seinem Stuhl saß. Er war klein, kahl und verschrumpelt wie eine Dörrpflaume, mit Leberflecken auf Händen und Kopfhaut und großen Ohren, die in der Nachmittagssonne wie durchsichtig glänzten. Trotz der Hitze trug er einen dicken Tweed-Anzug. Khalifa nahm den Stuhl neben ihm und legte die Hand auf seinen Arm.

Der alte Mann murmelte etwas, hustete, öffnete dann zuerst das eine, dann das andere Auge und drehte sich zu Khalifa um. Er sieht wie eine Schildkröte aus, dachte der Inspektor.

»Gibt's Tee?«, fragte der Professor mit schwacher Stimme.

»Es wird welcher gebracht.«

»Was?«

»Es wird welcher gebracht«, wiederholte Khalifa, diesmal lauter.

Az-Zahir hob den rechten Arm und sah auf seine Uhr.

»Es ist zu früh für Tee.«

»Ich bin gekommen, um mit Ihnen zu reden«, sagte Khalifa. »Ich bin ein Freund von Professor Mohammed al-Habibi.«

»Habibi!«, brummte der alte Mann. »Habibi hält mich für senil! Und er hat Recht.«

Schmunzelnd streckte er eine zitternde Hand aus.

»Und Sie sind …?«

»Yusuf Khalifa. Ich habe früher bei Professor Habibi studiert. Ich bin Polizist.«

Der alte Mann nickte und setzte sich ein wenig auf. Seine linke Hand lag schwer in seinem Schoß, sie erschien Khalifa wie etwas Totes. Az-Zahir entging die Richtung seines Blicks nicht.

»Der Schlaganfall«, erklärte er.

»Tut mir Leid, ich wollte nicht …«

Er machte eine abwehrende Geste mit der gesunden Hand.

»Es gibt Schlimmeres im Leben. Zum Beispiel von diesem Trottel Habibi unterrichtet zu werden!«

Wieder lachte er in sich hinein, und sein Gesicht verzog sich zu einem breiten, zahnlosen Lächeln.

»Wie geht's dem alten Esel?«

»Gut. Er lässt Grüße ausrichten.«

»Das bezweifle ich.«

Ein Mann kam mit zwei Tassen Tee heraus, die er auf einem kleinen Tisch zwischen ihnen abstellte. Az-Zahir konnte nicht zu seiner Tasse hinübergreifen, daher reichte Khalifa sie ihm. Laut schlürfend trank er daraus. Im Hintergrund ertönte das gleichmäßige Ballgeräusch eines Tennisspiels.

»Wie war noch mal Ihr Name?«

»Yusuf. Yusuf Khalifa. Ich möchte über die Armee des Kambyses mit Ihnen sprechen.«

Wieder lautes Schlürfen.

»Die Armee des Kambyses, ja?«

»Professor Habibi meinte, es gebe keinen, der mehr darüber wüsste.«

»Nun, ich weiß sicherlich mehr als er, aber das heißt nicht viel.«

Er trank seinen Tee aus und bedeutete Khalifa, die leere Tasse auf den Tisch zu stellen. Eine Wespe kam herangeflogen und kreiste über dem Tablett. Eine ganze Weile blieben sie still sitzen, und az-Zahirs Kinn sank wieder langsam auf seine Brust, als bestünde er aus Wachs und würde in der Nachmittagshitze langsam schmelzen. Es sah aus, als schliefe er gleich wieder ein, aber dann nieste er plötzlich, und sein Kopf ruckte hoch.

»Also«, brummte er, zog ein Taschentuch aus seinem Jackett und schnäuzte sich. »Die Armee des Kambyses. Was wollen Sie wissen?«

Khalifa zog die Zigaretten heraus, die er auf dem Rückweg vom Westufer gekauft hatte, und zündete sich eine an.

»Eigentlich alles, was Sie mir erzählen können. Sie ist im Großen Dünenmeer untergegangen, richtig?«

Az-Zahir nickte.

»Gibt es irgendwelche präziseren Angaben?«

»Laut Herodot ging sie auf halbem Weg zwischen einem Ort namens Oasis oder Insel der Seligen und dem Land der Ammonier unter.«

Er nieste erneut und vergrub die Nase in seinem Taschentuch.

»Soweit wir wissen, bezieht sich Oasis auf al-Kharga«, sagte er, seine Stimme wurde durch das Taschentuch gedämpft.

»Obwohl manche behaupten, es handle sich um al-Farafra. Ehrlich gesagt, weiß es keiner genau. Das Land der Ammonier ist Siwa. Irgendwo dazwischen. Das behauptet Herodot jedenfalls.«

»Ist er Ihre einzige Quelle?«

»Nun, Cetesias erwähnt die Armee, ebenso Plutarch und Strabo, aber sie gehen nicht in die Details.«

Er war mit dem Schnäuzen fertig und glitt mit der Hand an der Seite seines Jacketts ab, als er versuchte, das Taschentuch wieder einzustecken. Immer wieder verfehlte er die Taschenöffnung, schließlich gab er auf und stopfte es in den Ärmel seines bewegungsunfähigen linken Arms. Der Kies knirschte, als die beiden Tennisspieler nach ihrem Match an ihnen vorbei zum Haus hinaufgingen.

»Lächerliches Spiel, Tennis«, murmelte az-Zahir. »Einen Ball über ein Netz hin- und herzuschlagen. So was Sinnloses. Nur die Engländer konnten so etwas erfinden.«

Voller Abscheu schüttelte er seinen runzligen Kopf. Dann folgte wieder eine lange Pause.

»Ich hätte nichts gegen eine von diesen Zigaretten«, sagte er schließlich.

»Tut mir Leid. Ich hätte Ihnen eine anbieten sollen.«

Khalifa reichte sie ihm und gab ihm Feuer. Der alte Mann nahm einen tiefen Zug.

»Wie herrlich. Nach dem Schlaganfall haben mir die Ärzte das Rauchen verboten, aber ich bin sicher, dass eine nicht schadet.«

Eine Weile rauchte er schweigend, hielt die Zigarette am Filter fest und lehnte sich beim Ziehen mit konzentriertem Gesichtsausdruck nach vorn. Sie war fast zu Ende geraucht, als er wieder zu sprechen anfing.

»Es war wahrscheinlich der *khamsin,* der sie begrub«, sagte er. »Der Wüstenwind. Er kann sehr stark sein, vor allem im Frühling. Ganz furchtbar.«

Er verscheuchte eine Fliege.

»Sofort nach ihrem Verschwinden hat man nach der Armee gesucht, wissen Sie. Kambyses selbst setzte eine Expedition in

Marsch, um sie zu finden. Ebenso Alexander der Große und die Römer. Sie wurde zu einer Art Mythos. Wie Eldorado.«

»Haben Sie nach ihr gesucht?«

Der alte Mann brummte.

»Wie alt glauben Sie, dass ich bin?«

Khalifa zuckte verlegen mit den Achseln.

»Kommen Sie, wie alt?«

»Siebzig?«

»Sie schmeicheln mir. Ich bin dreiundachtzig. Und davon habe ich sechsundvierzig Jahre draußen in der westlichen Wüste verbracht, um nach dieser verdammten Armee zu suchen. Und was glauben Sie, was ich in diesen sechsundvierzig Jahren gefunden habe?«

Khalifa antwortete nicht.

»Sand, das habe ich gefunden. Tausend und Abertausend Tonnen von Sand. Ich habe mehr Sand gefunden als jeder andere Archäologe im Lauf der Geschichte. Ich bin Experte dafür geworden.« Er lachte unfroh, beugte sich vor, rauchte die Zigarette zu Ende, drückte sie auf seiner Armlehne aus und warf die Kippe in seine Teetasse.

»Man darf sie nicht auf den Boden werfen«, sagte er. »Verdreckt den Garten. Ein schöner Garten, finden Sie nicht auch?«

Khalifa stimmte ihm zu.

»Er ist der Hauptgrund, weshalb ich hierher komme. Die Bibliothek ist natürlich herrlich, aber meine Liebe gehört dem Garten. Er ist so friedlich. Ich hoffe, hier einmal zu sterben.«

»Ich bin sicher …«

»Ersparen Sie mir Ihre Plattitüden, junger Mann. Ich bin alt und krank, und wenn ich gehen muss, dann hoffentlich direkt hier in diesem Stuhl im Schatten dieser wundervollen Akazie.«

Er hustete. Der Mann, der ihnen den Tee gebracht hatte, kam heraus und holte das Tablett.

»Also ist nie eine Spur von der Armee gefunden worden?«, fragte Khalifa. »Kein Hinweis, wo sie sein könnte?«

Az-Zahir schien nicht zuzuhören. Unablässig strich er mit der Hand über die Stuhllehne und murmelte vor sich hin.

»Professor?«

»Hm?«

»Wurde nie eine Spur von der Armee gefunden?«

»Oh, es gibt immer wieder Leute, die behaupten zu wissen, wo sie sei«, antwortete er. »Anfang des Jahres gab es eine Expedition, die glaubte, sie gefunden zu haben. Aber das ist alles Blödsinn. Theorien von Irren. Verlangt man wirklich eindeutige Beweise, dann müssen sie passen.«

Er steckte einen Finger ins Ohr und bohrte darin herum.

»Aber es gab da einen Amerikaner.«

»Einen Amerikaner?«

»Netter Mann. Jung. Bisschen ein Außenseiter. Aber ein Kenner der Materie.«

Er fuhr fort, sich im Ohr zu bohren.

»Hat auf eigene Faust da draußen gesucht. In der Wüste. Und er hatte eine Theorie über eine Pyramide.«

Khalifa spitzte die Ohren.

»Eine Pyramide?«

»Keine echte Pyramide, sondern ein großer Felsblock in Form einer Pyramide, wie er sagte. Darauf hat er Inschriften gefunden. Er war überzeugt, dass sie von den Soldaten der Armee stammten. Er hat mich angerufen, wissen Sie. Aus Siwa. Behauptet, er habe Spuren entdeckt und Fotos an mich geschickt. Aber die sind nie angekommen. Und ein paar Monate später hat man seinen Jeep gefunden. Ausgebrannt. Mit ihm darin. Eine Tragödie. John. So hieß er. John Cadey. Netter Kerl. Bisschen ein Außenseiter.«

Der alte Mann zog den Finger aus dem Ohr und sah ihn an.

»Können Sie sich erinnern, wo er gegraben hat?«, fragte Khalifa.

Az-Zahir zuckte mit den Achseln. Er schien müde zu werden.

»Irgendwo in der Wüste«, antwortete er seufzend. »Aber die ist groß, nicht wahr? Ich bin selbst lang genug dort gewesen. In der Nähe einer Pyramide. Das hat er jedenfalls gesagt. Netter junger Mann. Einen Moment lang hab ich wirklich geglaubt, er hätte was gefunden. Aber dann hatte er den Unfall. Sehr schade. Sie wird nie gefunden werden, glauben Sie mir. Die Armee. Nie. Sie ist Narrengold. Eine Illusion. Cadey. Das war sein Name.«

Seine Stimme wurde immer schwächer, bis sie schließlich ganz verstummte. Khalifa sah zu ihm hinüber. Der Kopf des alten Mannes war auf die Brust gesunken, die Haut am Kinn und an den Wangen war hochgeschoben, so dass sein Gesicht weniger wie ein Gesicht, sondern vielmehr wie eine Schüssel voller Runzeln aussah. Sein gesunder Arm war über die Lehne gefallen, und er begann zu schnarchen. Khalifa betrachtete ihn eine Weile, dann stand er auf, ließ ihn schlummern und ging zum Haus zurück.

Die Bibliothek von Chicago House, die beste ägyptologische Bibliothek außerhalb Kairos, bestand aus zwei kühlen, weiß gestrichenen Räumen im Erdgeschoss des Gebäudes mit hohen Decken, Metallregalen und einem durchdringenden Geruch nach Bohnerwachs und altem Papier.

Khalifa zeigte dem Bibliothekar seinen Ausweis und erklärte, warum er gekommen war. Der Mann, ein junger Amerikaner mit runder Brille und dichtem Bart, rieb sich nachdenklich das Kinn.

»Nun, wir haben sicherlich einiges, was Ihnen nützlich sein könnte. Können Sie deutsch lesen?«

Khalifa schüttelte den Kopf.

»Schade. ›Drei Monate in der Libyschen Wüste‹ von Rohlfs ist sehr gut. Vermutlich das Beste, was je über die westliche Wüste geschrieben wurde, obwohl es schon hundert Jahre alt ist. Es wurde jedoch nie übersetzt, also nützt es Ihnen nichts. Aber es gibt auch ein paar Werke auf Arabisch und Englisch. Und wir haben ganz gute Karten und Luftaufnahmen. Ich seh mal nach, was ich finden kann.«

Er verschwand in einem Nebenraum und ließ Khalifa neben einem Stapel Bücher aus den frühesten Tagen der Ägyptologie zurück – Belzonis »Forschungen in Ägypten und Nubien«, Rosselinis »Monumenti dell'Egitto della Nubia« und Lepsius' »Denkmäler aus Ägypten und Äthiopien«. Er strich mit dem

Finger die Bände entlang und zog eine Ausgabe von Davies' »Antike Ägyptische Malereien« heraus, legte sie auf den Stapel und öffnete sie vorsichtig. Er war noch immer in das Werk vertieft, als der Bibliothekar zurückkehrte und ihm leicht auf die Schulter tippte.

»Ich habe Ihnen ein paar Bände in den Lesesaal gelegt. An den Tisch beim Fenster. Es ist nicht alles zu dem Thema, aber genügend, um einen Anfang zu machen. Rufen Sie mich, wenn Sie etwas brauchen. Flüstern wäre allerdings besser, wir sind schließlich eine Bibliothek.«

Er grinste über seinen Scherz und kehrte zu seinem Schreibtisch zurück. Khalifa legte den Davies wieder auf den Stapel und ging in den zweiten Raum, in dem sich an beiden Seiten Regale und in der Mitte eine Reihe von Tischen befanden. Auf dem letzten, neben einem Fenster, das in den Garten hinausging, lagen zwei Bücherstapel. Er ließ sich davor nieder, nahm den obersten Band und begann zu lesen.

Er brauchte drei Stunden, um zu finden, was er wollte. Schließlich spürte er es in einem dünnen Bändchen mit dem Titel »Eine Reise durch das Große Dünenmeer« auf, das 1902 von einem englischen Forscher namens Captain John de Villiers verfasst worden war.

Er war ausgezogen, um in umgekehrter Richtung Rohlfs legendäre Expedition von 1874 zu wiederholen. Mit einheimischen Führern und einem Tross von fünfzehn Kamelen war er in Siwa gestartet und durch die Wüste zur Oase von Dachla 600 Kilometer südöstlich gezogen. Zwanzig Tage Krankheit und ungenügende Vorräte zwangen sie, nach al-Farafra abzubiegen, wo die Reise abgebrochen wurde. Khalifa interessierte jedoch nicht, wie die Expedition endete, sondern ein Vorfall, der sich acht Tage nach ihrem Beginn ereignete:

»Es war am Morgen des achten Tages, als Abu, der Junge, den ich bereits erwähnt habe, auf ein höchst ungewöhnliches Gebilde zwischen den fernen Dünen deutete, das sich etwas östlich von unserer Marschroute befand.

Mein erster Eindruck war, dass die Pyramide, denn so sah es aus, eine Fata Morgana, eine optische Täuschung sein musste ...«

Khalifa hielt inne, weil er auf Anhieb nicht alles verstand. Dann stand er auf, ging zu dem Bibliothekar hinüber und bat um ein Englisch-Arabisches Lexikon. Der Mann zog eines aus dem Regal, Khalifa kehrte zu seinem Tisch zurück und blätterte darin herum.

»Ah!«, sagte er, als er die Wörter fand. *»Sirab. Tawahhum basari.* Ich verstehe.«

Er wandte sich wieder dem Text zu und ließ das Lexikon, in dem er immer wieder etwas nachschlug, aufgeklappt neben sich liegen.

»Es schien durchaus nicht möglich, dass sie natürlicher Herkunft war, sowohl wegen der präzisen Form als auch aufgrund der Tatsache, dass es nirgendwo in der Nähe ähnliche Formationen gab.

Doch als wir näher kamen, war ich gezwungen, diesen anfänglichen Eindruck zu revidieren. Wie sich herausstellte, war die Pyramide gleichermaßen real wie natürlichen Ursprungs. Wie und wann sie entstanden war, vermochte ich nicht zu sagen, denn meine Kenntnisse erstrecken sich bedauerlicherweise nicht auf das Gebiet der Geologie. Ich kann nur berichten, dass es sich um eine höchst ungewöhnliche Ergänzung der Landschaft handelte, die unermesslich hoch, wie eine Speerspitze aus den Dünen ragte oder, um einen passenderen Vergleich zu benutzen, wie die Zacke eines Dreispitzes, vergleichbar demjenigen, den Poseidon führte (schließlich befanden wir uns inmitten eines Meeres aus Sand!).«

Seltsamer Scherz, dachte Khalifa.

»Wir brauchten fast den ganzen Tag, um dieses fantastische Objekt zu erreichen, und das bedeutete ein beträchtliches Abweichen von unserer Reiseroute. Einige der Männer waren dagegen, dass wir uns überhaupt dorthin begaben, da sie es für ein Unglückszeichen und ein Mal des Bösen hielten. Darin zeigte

sich die Art von abergläubischem Unsinn, für den der Geist des ägyptischen Arabers in Sonderheit empfänglich ist (sie sind in vielerlei Hinsicht, wie Lord Cromer so richtig bemerkte, nicht besser als eine Nation von Kindern).«

Khalifa schüttelte den Kopf, halb amüsiert über den Kommentar und halb verärgert darüber. Verdammte arrogante Engländer!

»Ich lieh den Besorgnissen der Männer ein Ohr und tat mein Bestes, sie zu beruhigen, indem ich einräumte, dass große Felsen tatsächlich Furcht einflößend sein können, wenn auch meiner Erfahrung nach nur für Gemüter von weiblicher und kindlicher Art, doch sicherlich nicht für so gestählte Männer wie sie. Das schien den gewünschten Erfolg zu zeitigen, und trotz einigen Murrens zogen wir weiter und erreichten unser Ziel am späten Nachmittag, wo wir an seinem Fuß unser Lager aufschlugen.

Es lässt sich jedoch, wobei mir der Leser sicherlich zustimmen wird, nicht viel mehr über einen zu Tage liegenden Felsen sagen, selbst über einen so merkwürdigen wie diesen nicht, und ich bin überzeugt, dass ich das meiste bereits in den vorhergehenden Abschnitten ausgeführt habe. Ich möchte jedoch die Aufmerksamkeit auf einen bestimmten Aspekt des Gesteins lenken, insbesondere auf bestimmte Markierungen, die nahe seines Sockels, auf der südlichen Seite entdeckt wurden und die sich bei näherer Betrachtung als rudimentäre Hieroglyphen erwiesen.

Meine Kenntnisse der alten ägyptischen Sprache sind ebenso begrenzt wie diejenigen auf dem Gebiet der Geologie. Ich wusste jedoch genug, um die Aussage zu wagen, dass die Zeichen einen Namen bedeuteten: ›Net-nebu‹. Ein früher Reisender zweifellos, der uns vor mehreren tausend Jahren genau an diesem besagten Ort zuvorgekommen war.

Später in der gleichen Nacht, als Azab, der Koch, das Abendessen servierte, brachte ich auf den unerschrockenen Net-nebu einen Toast aus – bedauerlicherweise mit Tee anstatt mit Wein. Ich wünschte ihm nachträglich gute Gesundheit und gab meiner

Hoffnung Ausdruck, dass er sein Ziel sicher erreicht haben möge. Auch die Männer erhoben ihre Tassen und sprachen feierlich meine Worte nach, ohne, wie ich vermute, die leiseste Ahnung zu haben, was sie bedeuteten. Es schien jedoch ihre Laune zu heben und allen zu einer guten Nachtruhe zu verhelfen.«

Khalifa las die Beschreibung zwei Mal, um sicherzugehen, dass er alles richtig verstanden hatte, und nachdem er sich Notizen gemacht hatte, blätterte er zum Anhang am Ende des Buchs. Hier gab es Auszüge aus Villiers' Expeditionstagebuch mit genauen Angaben zu den Entfernungen, die jeden Tag zurückgelegt worden waren, sowie präzisen Kompassangaben. Indem er diese auf eine Standardkarte von Westägypten übertrug, war er in der Lage, sich eine ungefähre Vorstellung davon zu verschaffen, in welcher Gegend sich der pyramidenförmige Felsen befand. Er fragte den Bibliothekar nach genaueren Karten und machte sich daran, den präzisen Standort des Felsens zu bestimmen.

Dazu brauchte er länger als angenommen. Er begann mit einer Karte im Maßstab 1:150 000, konnte den Felsen aber nirgends finden. Auf einer genaueren Satellitenkarte vom Großen Dünenmeer war etwas zu sehen, das vielleicht der Felsen sein konnte. Er war jedoch keineswegs sicher, und eine ägyptische Militärkarte im Maßstab 1:150 000, auf der dieser Punkt ganz sicher zu sehen gewesen wäre, endete kurz vor dem Gebiet, das ihn interessierte. Allmählich bezweifelte er, ob er ihn überhaupt je finden würde.

Schließlich gelang es ihm doch. Ausgerechnet mit Hilfe der Karte eines Royal-Air-Force-Piloten aus dem Zweiten Weltkrieg, die in der Bibliothek eher aufgrund ihres historischen Erinnerungswerts als zu Zwecken geografischer Orientierung aufbewahrt wurde. Dennoch lieferte sie eine detailgenaue topografische Übersicht des Gebietes zwischen dem 26. und dem 30. Längen- und auch Breitengrad, etwa auf halbem Weg zwischen Siwa und al-Farafra, und dort befand sich ein kleines Dreieck in einer ansonsten leeren Landschaft, das die Legende als »pyramidenförmige Felsformation« beschrieb. Khalifa schlug vor Freude mit der Hand auf den Tisch, und das Geräusch hallte wie ein Pistolenschuss durch den Raum.

»Entschuldigung«, flüsterte er in Richtung des Bibliothekars, der verwundert den Kopf durch die Tür streckte.

Er schrieb sich die Koordinaten des Felsens auf, prüfte sie wiederholt, um sicherzugehen, dass er alles richtig notiert hatte, und fragte sich, ob wohl sein Freund Fat Abdul noch immer Wüstentouren organisierte. Erst jetzt bemerkte er, dass es draußen bereits dunkel geworden war. Er sah auf seine Uhr. Nach acht. Dabei hatte er versprochen, um vier bei dem Umzug der Kinder zu sein.

»Verdammt!«, fluchte er, ergriff seinen Notizblock und eilte hinaus. Zenab würde nicht begeistert sein.

33

Die westliche Wüste

Bei Einbruch der Dunkelheit gab es noch immer keine Spur von der Armee, und Dravic wurde allmählich ungeduldig. Den ganzen Tag hatte er dagestanden, den Fortgang der Arbeiten beobachtet und auf den Ruf gewartet, dass etwas gefunden worden sei. Stunde um Stunde war verstrichen, die Sonne brannte auf ihn nieder, und Fliegen umschwärmten sein Gesicht. Der riesige Fels, dessen Umrisse in der entsetzlichen Hitze flimmerten, ragte vor ihm auf, und noch immer war der Ruf nicht erklungen. Ohne Unterlass waren die Saugmaschinen im Einsatz gewesen, hatten den Boden um den Felsen fast zehn Meter tief abgetragen, aber nichts war zum Vorschein gekommen. Nur Sand. Tausend und Abertausend Tonnen davon, als würde die Wüste sie zum Narren halten.

Ein paar Mal war er selbst in den ausgehobenen Graben gestiegen, hatte mit seiner Kelle herumgestochert und jeden verflucht, der zufällig in seiner Nähe war. Die meiste Zeit jedoch hatte er im Schatten seines Sonnenschirms verbracht, Zigarren gepafft und sich den Schweiß aus den Augen gewischt. Allmählich wurde er zunehmend von Sorge und Enttäuschung geplagt.

Als die Sonne untergegangen, der Himmel dunkel und die Luft endlich kühler geworden war, wurden riesige Bogenlampen entlang des Grabens aufgestellt, die das Tal mit Licht überfluteten. Die Gefahr, dass die Lichter in der Weite der Wüste gesehen würden, war minimal, und außerdem war dies ein Risiko, das sie eingehen mussten, wenn sie schnell vorankommen wollten. Jeder verfügbare Mann wurde mit einer Schaufel ausgestattet und zum Graben geschickt. Inzwischen befand sich eine ganze Armee dort unten, die im grellen Schein des weißen Lichts emsig arbeitete. Eine Armee, die nach einer Armee suchte. Doch noch immer gab es keine Spur von ihr.

Besorgt begann er sich zu fragen, ob Lacage vielleicht doch Recht hatte. Vielleicht lag die Armee viel tiefer, als er gedacht hatte. Seiner Schätzung nach sollte sie sich zwischen vier und sieben Metern unter dem Wüstenboden befinden. Das jedenfalls hatte er Sayf al-Tha'r gesagt. Zwischen vier und sieben Metern. Höchstens zehn. Aber jetzt waren sie bei zehn Metern angelangt, und immer noch nichts. Absolut nichts.

Natürlich würden sie die Armee irgendwann finden, aber die Zeit drängte. Sie konnten nicht ewig hier draußen bleiben. Mit jedem Tag, der verging, vergrößerte sich die Gefahr, dass ihre Tätigkeit Aufmerksamkeit erregte. Der Ort war abgelegen, aber nicht so abgelegen, dass sie auf ewig unentdeckt bleiben würden. Sie hatten höchstens eine Woche Zeit. Und wenn die Armee tatsächlich in einer Tiefe von fünfzig Metern lag, wären sie in diesem Zeitraum nicht in der Lage, viel davon herauszuholen.

»Wo ist sie bloß?«, murmelte er und zog ärgerlich an seiner Zigarre. »Wir hätten sie doch längst finden müssen! Wo zum Teufel ist sie bloß?«

Er ballte die Fäuste und rieb sich mit den Fingerknöcheln die Schläfen. Er hatte entsetzliche Kopfschmerzen – kaum verwunderlich, nachdem er seit über zwölf Stunden hier oben stand. Er musste sich beruhigen. Sich ablenken. Er rief einem der Männer unten zu, dass er in sein Zelt gehe und man ihm sofort Bescheid geben sollte, wenn etwas auftauchte. Dann ging er zum Lager zurück. Er hatte eine Flasche Wodka in seiner Tasche. Ein paar Schluck davon, und er würde sich besser fühlen. Vielleicht konnte er auch ein paar Stunden schlafen. Das konnte er brauchen.

Plötzlich kam ihm jedoch ein anderer Einfall, bei dem sich sein Gesicht zu einem breiten Lächeln verzog. Ja, dachte er, das würde ihn wahrhaft ablenken. Er würde sich waschen, ein paar Drinks kippen, essen, und dann …

Er erreichte das Lager, ging zwischen den Ausrüstungsstapeln hindurch, blieb vor einem Zelt stehen und streckte den Kopf durch die Öffnung. Drinnen lagen Tara und Daniel zusammengerollt auf dem Boden. Sie setzten sich auf, als sie ihn eintreten hörten. Er warf Tara einen kurzen Blick zu und sagte dann zu dem Wächter etwas auf Arabisch. Daniel zog eine Grimasse.

»Dravic, du Schwein!«, stieß er hervor. »Eines Tages werde ich dich umbringen.«

Dravic brach in Lachen aus.

»Dafür müsstest du schon von den Toten auferstehen.«

Er sagte wieder etwas zu dem Wachmann und ging hinaus.

»Worum ging's denn?«, fragte Tara.

Daniel erwiderte nichts, sondern starrte nur auf seine Stiefelspitzen. Er schien vor der Antwort zurückzuschrecken.

»Was hat er gesagt?«

Er murmelte etwas.

»Was?«

»Er sagte, er würde dich in zwei Stunden in sein Zelt holen.«

Sie sah auf ihre Uhr. 8 Uhr 15. Sie hatte das Gefühl, sich gleich übergeben zu müssen.

LUXOR

Wie Khalifa erwartet hatte, war Zenab verärgert. Als er heimkam, sah sie mit Ali und Batah fern und warf ihm einen bitterbösen Blick zu.

»Du hast mich nicht gesehen, Papa«, sagte Ali vorwurfsvoll. »Ich war auf dem Tutanchamun-Floß. Ich war einer der Palmfächerträger.«

»Tut mir Leid«, antwortete Khalifa, kniete vor seinem Sohn nieder und strich ihm durchs Haar. »Ich musste etwas erledigen. Ich wäre gekommen, wenn ich gekonnt hätte. Da, ich habe dir etwas gekauft. Dir auch, Batah.«

Er griff in eine Plastiktüte und zog ein Muschelhalsband heraus, das er seiner Tochter gab, und eine Plastiktrompete für seinen Sohn.

»Danke, Papa!«, rief Ali, ergriff das Instrument und blies laut hinein. Batah lief hinaus, um sich im Spiegel anzusehen. Ali folgte ihr.

»Es ist einmal im Jahr, Yusuf«, sagte Zenab, als sie allein waren. »Ein Nachmittag im Jahr. Sie haben sich so gewünscht, dass du kommst.«

»Tut mir Leid«, wiederholte er und griff nach ihrer Hand. Sie entzog sich ihm, stand auf, ging durch den Raum und schloss die Tür.

»Ich habe heute Morgen einen Anruf bekommen«, sagte sie und drehte sich um. »Von Chefinspektor Hassani.«

Khalifa erwiderte nichts. Er zog nur seine Zigaretten heraus.

»Er sagte mir, wie sehr er sich über deine Beförderung freue. Dass sie mehr Geld bedeute, eine staatliche Wohnung, eine neue Schule für die Kinder. Ich habe gesagt: ›Davon weiß ich ja gar nichts.‹ Worauf er geantwortet hat, dass du bald nach Hause kämst, um es mir zu erzählen. Dass es ein wirklich toller Karriereschritt für dich sei. Und so weiter und so fort.«

»Mistkerl«, murmelte Khalifa.

»Was?«

»Er will mich unter Druck setzen, Zenab. Mich durch dich unter Druck setzen. Indem er dir erzählt, wie viel Gutes die Beförderung bedeutet, in der Hoffnung, du würdest mich überreden, sie anzunehmen.«

»Nimmst du sie denn nicht an?«

»Es ist kompliziert.«

»Speise mich nicht so billig ab! Jetzt nicht. Was geht hier vor, Yusuf?«

Ali begann, gegen die Tür zu hämmern.

»Mama, ich möchte fernsehen.«

»Dein Vater und ich unterhalten uns. Geh und spiel mit Batah.«

»Ich will nicht mit Batah spielen.«

»Ali, geh und spiel mit Batah! Und sei still, sonst wacht das Baby auf.«

Es ertönte ein trotziges Trompetentuten und das Geräusch einer zuschlagenden Tür. Khalifa zündete seine Zigarette an.

»Ich muss nach Kairo fahren«, sagte er. »Heute Abend.«

Sie schwieg einen Moment, dann ging sie zu ihm hinüber, kniete vor ihm nieder und ließ ihr Haar über seine Schenkel fallen.

»Was ist los, Yusuf? Ich habe dich noch nie so erlebt. Sag es mir. Bitte. Ich habe ein Recht, es zu erfahren. Worum geht es bei diesem Fall? Warum willst du die Beförderung nicht annehmen?«

Er schlang die Arme um sie und legte die Stirn auf ihren Kopf.

»Es ist nicht so, dass ich es dir nicht sagen will, Zenab. Aber ich habe einfach Angst. Angst, dich in die Sache mit hineinzuziehen. Sie ist gefährlich.«

»Umso mehr habe ich das Recht zu erfahren, worum es geht. Ich bin deine Frau. Was dich angeht, geht auch mich an. Und unsere Kinder. Wenn irgendeine Gefahr besteht, sollte ich Bescheid wissen.«

»Ich versteh es ja selbst nicht ganz. Ich weiß nur, dass das Leben unschuldiger Menschen in Gefahr ist und dass ich der Einzige bin, der sie retten kann.«

Einen Moment lang verharrten sie bewegungslos, dann schob sie ihn weg und sah ihm in die Augen.

»Da ist noch was anderes, nicht?«

Er antwortete nicht.

»Was ist es?«

»Es ist nicht ...«

»Was, Yusuf?«

»Sayf al-Tha'r«, sagte er ruhig.

Sie ließ den Kopf sinken.

»O Gott, nein. Das ist doch Vergangenheit. Es ist vorbei.«

»Es war nie vorbei«, antwortete er und starrte auf seine Knie hinab. »Das ist mir bei dem Fall klar geworden: Es ist immer hier in mir drin. Ich habe versucht, es zu vergessen, weiterzuleben, aber ich kann nicht. Ich hätte sie aufhalten sollen. Ich hätte ihm helfen sollen.«

»Das haben wir doch hinter uns, Yusuf. Es gab nichts, was du hättest tun können.«

»Aber ich hätte es wenigstens versuchen sollen. Und hab's nicht getan. Ich habe zugelassen, dass sie ihn einfach weggenommen haben.«

Er spürte, wie Tränen in seine Augen stiegen, und bemühte sich, sie zurückzudrängen.

»Ich kann es nicht in Worte fassen, Zenab. Es ist, als würde mich eine schwere Last niederdrücken. Ständig muss ich an Ali denken. An das, was passiert ist. Dass ich mehr hätte tun können. Und jetzt, bei diesem Fall, habe ich die Möglichkeit, es wieder gutzumachen. Ich kann zwar Ali nicht mehr lebendig machen, aber zumindest einen Teil des Übels wieder gutmachen. Und bevor ich das nicht getan habe, werde ich nie zur Ruhe kommen, wird ein Teil von mir immer in der Vergangenheit verhaftet bleiben.«

»Ich habe lieber einen halben Ehemann als einen toten.«

»Bitte versuche, mich zu verstehen. Ich muss mich dem stellen. Es ist wichtig.«

»Wichtiger als ich und die Kinder? Wir brauchen dich, Yusuf.« Sie nahm seine Hände.

»Die Beförderung ist mir egal. Wir brauchen nicht mehr Geld, keine schicke Wohnung. Wir kommen auch so ganz gut zurecht. Aber ich sorge mich um dich. Um meinen Mann. Meine Liebe. Ich möchte nicht, dass du umgebracht wirst. Und das wird passieren, wenn du damit weitermachst. Ich weiß, dass das passieren wird. Ich spüre es.«

Sie weinte jetzt und vergrub ihr Gesicht in seinem Schoß.

»Ich möchte dich hier bei uns haben, in Sicherheit«, schluchzte sie. »Ich möchte, dass wir zusammenleben, eine Familie sind.«

Aus Batahs Zimmer drang das gedämpfte Tröten der Trompete seines Sohnes herüber. Unten auf der Straße explodierten Knallkörper. Er streichelte ihr Haar.

»Es gibt nichts Wichtigeres auf der Welt für mich als dich und die Kinder«, flüsterte er. »Nichts. Weder die Vergangenheit noch meinen Bruder, ganz bestimmt nicht mein eigenes Leben. Ich liebe dich mehr, als ich sagen kann. Ich würde alles für dich tun. Alles.«

Er hob ihren Kopf, so dass ihre Blicke sich trafen.

»Sag mir, dass ich den Fall aufgeben soll, Zenab. Sag's mir, und ich werde es tun, ohne einen Moment zu zögern. Sag's mir.«

Lange hielt sie seinem Blick stand und sah ihn mit großen, feuchten Augen an. Dann stand sie langsam auf.

»Wann geht dein Zug?«, fragte sie ruhig.

»Der letzte geht um zehn.«

»Dann hast du gerade noch Zeit, zu Abend zu essen.«

Sie warf ihr Haar zurück und ging in die Küche.

Um Viertel nach neun ging er fort. Er hatte eine Reisetasche bei sich, die Kleider zum Wechseln enthielt, ein bisschen Proviant und seine Pistole, einen Helvan-Revolver 9 mm, der zur Standardausrüstung der Polizei gehörte. Er hatte auch 840 ägyptische Pfund dabei, Geld, das sie für die Hadsch, die Pilgerreise nach Mekka, beiseite gelegt hatten. Er fühlte sich schrecklich, es zu nehmen, aber es war das einzige Bargeld, das sie im Haus hatten, und wo er hinging, würde er es brauchen. Gleichgültig, was in den nächsten Tagen geschah, er würde es wieder zurücklegen, das versprach er sich selbst.

Von der Straße, in der er wohnte, bog er nach links ab und machte sich auf den fünfzehnminütigen Fußmarsch zum Bahnhof. Das Knallen von Feuerwerkskörpern schallte durch die Nacht, während die Leute das Fest von Abu el-Haggag feierten. Er überlegte, ob er im Büro vorbeigehen und mehr Munition einstecken sollte, entschied sich aber dagegen. Die Gefahr war zu groß, dass er einem seiner Kollegen über den Weg lief. Er musste Luxor verlassen, ohne dass jemand es bemerkte. Er sah auf seine Uhr. Zwanzig nach neun.

Die Menge wurde dichter, als er die Stadtmitte erreichte. Die Straßen um den Luxortempel wimmelten vor Menschen. Kinder mit Hütchen auf dem Kopf rannten umher und warfen Knallfrösche, Spielgruppen hatten sich spontan zusammengefunden – *mizmars* und Trommeln hauptsächlich – und musizierten am Straßenrand. Die Süßwarenverkäufer kamen kaum mit dem Bedienen nach.

In einem kleinen Park neben dem Tempel trat eine Gruppe *zikr*-Tänzer auf – zwei Reihen sich gegenüberstehender Männer, die sich zum Gesang eines *munshid* hin und her wiegten. Eine große Zuschauermenge hatte sich um sie versammelt, und auch Khalifa ging langsamer. Nicht, um den Tänzern zuzusehen, sondern um einen Blick auf die Männer zu werfen, die ihm folgten.

Er hatte weder eine Ahnung, wie viele es waren, noch wusste er, seit wann sie ihm folgten, aber es war eindeutig, dass sie es auf ihn abgesehen hatten. Drei, vielleicht vier, die sich unter die Feiernden mischten und jeden seiner Schritte registrierten. Einen hatte er entdeckt, als er stehen blieb, um Zigaretten zu kaufen, einen anderen, als er zur Seite trat, um eine Reihe von Männern auf Pferden vorbeizulassen. Nur ein flüchtiger Blick, nur ein kurzer Augenkontakt, und sie verschwanden wieder in der Menge. Sie waren geschickt, so viel stand fest. Trainiert. Geheimdienst vielleicht. Oder militärischer Abwehrdienst. Vermutlich hatten sie ihn schon den ganzen Tag verfolgt.

Er stand jetzt im Park und suchte mit den Augen die Menge ab. Zehn Meter von ihm entfernt lehnte ein Mann an einer Absperrung. Sein Blick huschte immer wieder zu Khalifa herüber, und der Inspektor vermutete, dass er einer von ihnen war. Dann kam eine Frau, und die beiden gingen Arm in Arm davon. Halb zehn. Khalifa zündete sich eine Zigarette an und entfernte sich.

Er musste sie loswerden, bevor er zum Bahnhof kam. Er wusste nicht genau, wer sie waren und was sie wollten, aber ihm war klar, dass sie versuchen würden, ihn aufzuhalten, wenn sie bemerkten, wohin er ging. Und wenn sie ihn einmal aufgehalten hätten, bekäme er keine zweite Chance. Er musste sie abhängen.

21 Uhr 31. Er bog nach links in eine Gasse ab und kam an einer Gruppe von Kindern vorbei, die auf dem Bürgersteig fernsahen. Er beschleunigte seine Schritte und wandte sich nach rechts in eine andere Straße. Zwei alte Männer spielten *siga* im Staub und benutzten Steine als Spielklötzchen. Er eilte an ihnen vorüber und nach links in eine gewundene Gasse hinein. Zwanzig Meter weiter lehnte ein Motorrad an einer Mauer, er sah in den Rückspiegel. Er war allein. Er begann zu laufen.

Zehn Minuten lang lief er im Zickzack durch die Seitengassen von Luxor, wechselte immer wieder die Richtung, bis er schließlich auf dem Midan al-Mahatta, dem Platz vor dem Bahnhof mit dem roten Obelisken und dem Brunnen ankam, aus dem nie Wasser sprudelte. Erleichtert atmete er auf, trat auf den Platz hinaus und sah nach rechts, ob die Straße frei war. Dabei entdeckte er eine Gestalt in einem Anzug, die auf der anderen Seite in einem dunklen Hauseingang lehnte und direkt zu ihm herüberstarrte.

»Verdammt!«, stieß er hervor.

Der Zug nach Kairo stand bereits auf dem Bahnsteig, Fahrgäste drängten sich davor, Gepäckträger hoben Koffer durch die Türen. Es gab keine Möglichkeit, dorthin zu kommen, ohne gesehen zu werden. Er sah auf seine Uhr. 21 Uhr 43. Noch siebzehn Minuten.

Einen Moment lang blieb er stehen, unschlüssig, was er tun sollte, dann ging er plötzlich schnell nach links die Sharia al-Mahatta hinunter, die vom Bahnhof wegführte. Es war eine verrückte Idee, total wahnsinnig, aber ihm fiel nichts anderes ein. Er musste nach Hause gehen.

Er nahm den kürzesten Weg, den er kannte, durch die verschlungenen Seitengassen hindurch, und sah sich nicht um, da er wusste, dass sie hinter ihm waren. Nach zehn Minuten erreichte er sein Wohnhaus, rannte die Treppe hinauf und eilte durch die Wohnungstür.

»Yusuf?« Zenab trat aus dem Wohnzimmer. »Warum bist du zurückgekommen?«

»Hab keine Zeit, es dir zu erklären«, keuchte er und zog sie in die Küche. Er sah auf seine Uhr. 21 Uhr 53. Es würde schrecklich knapp werden.

Er öffnete das Küchenfenster und sah auf die enge Gasse hinab. Wie erwartet, standen zwei Männer im Schatten des Hauses und bewachten den Hintereingang. Von den zwanzig Metern, die es in die Tiefe ging, wurde ihm schwindelig. Er sah auf das Dach des gegenüberliegenden Hauses, das sich etwa drei Meter entfernt auf einer Höhe mit dem Fenstersims befand. Es war flach, Wäscheleinen waren darauf gespannt, und an einem Ende befand sich eine Tür, die ins Gebäude hineinführte. Er hatte sich schon oft gefragt, ob es möglich wäre, von einem Haus zum anderen zu springen. Jetzt hatte er die Gelegenheit, es herauszufinden.

Er sah noch einmal nach unten, stöhnte innerlich auf, beugte sich dann hinaus und warf seine Tasche hinüber. Sie landete mit lautem Aufprall und störte ein paar Tauben auf, die in die Nacht davonflatterten.

»Yusuf«, zischte Zenab und grub ihre Finger in seinen Arm. »Was hast du vor? Warum hast du deine Tasche hinübergeworfen?«

Er nahm ihr Gesicht in die Hände und küsste sie auf den Mund.

»Frag nicht. Denn wenn ich anfange, darüber nachzudenken, werd ich's nicht tun.«

Er kletterte aufs Fensterbrett, hielt sich an dem Metallrahmen fest und drehte sich zu ihr um.

»Ich möchte, dass du heute Nacht alles abschließt«, sagte er. »Wenn irgendjemand anruft, sag, ich sei früh zu Bett gegangen, weil ich morgen früh nach Ismailia müsse.«

»Ich weiß nicht …«

»Bitte, Zenab! Ich hab keine Zeit. Wenn jemand anruft, sag, ich könne nicht gestört werden. Ich möchte, dass du morgen früh die Kinder nimmst und zu Hosni und Sama gehst. Bleibt dort, bis du von mir hörst. Hast du verstanden?«

Sie nickte.

»Ich liebe dich, Zenab.«

Er beugte sich vor und küsste sie noch einmal, dann drehte er sich um und sah auf das gegenüberliegende Dach. Es schien sehr weit entfernt zu sein.

»Und schließ das Fenster hinter mir«, flüsterte er.

Er durfte keine Zeit damit verschwenden, Mut zu fassen, deshalb murmelte er ein schnelles Gebet und zählte bis drei. Dann drückte er sich mit aller Kraft vom Sims ab, kämpfte gleichzeitig verzweifelt gegen den Drang an, einen Angstschrei auszustoßen, und sprang. Einen Augenblick lang schien die Zeit stillzustehen, und er schwebte über der Gasse in der Luft. Dann landete er mit einem dumpfen Aufprall auf dem anderen Dach und schürfte sich dabei den Ellbogen auf dem harten Beton auf.

Er blieb einen Moment liegen. Nach dem Sprung war seine Angst für einen Moment sogar noch schlimmer als vor dem Sprung. Dann raffte er sich auf und sah zurück. Mit fassungslosem Ausdruck im Gesicht stand Zenab am Küchenfenster. Er warf ihr eine Kusshand zu, nahm seine Tasche und eilte übers Dach zu der nach unten führenden Treppe. Wieder sah er auf die Uhr. 21 Uhr 54. Er raste die Treppe hinunter.

Die Vordertür dieses Hauses ging in die entgegengesetzte Richtung von seiner eigenen, und da beide Seiten seines Hauses bewacht wurden, nahm er nicht an, dass sie auch dieses bewachten. Das erlaubte ihm, sich unbemerkt davonzumachen. Er hätte sich gerne noch davon überzeugt, dass die Luft rein war, aber dafür war keine Zeit, und als er unten an der Treppe angekommen war, rannte er sofort auf die Straße hinaus und ins Stadtzentrum zurück. Er hatte etwa anderthalb Kilometer zurückzulegen, wofür ihm fünf Minuten Zeit blieben. Adrenalin schoss durch seine Adern wie heiße Lava.

Nach zwei Minuten bekam er entsetzliches Seitenstechen, nach drei konnte er nicht mehr atmen. Dennoch zwang er sich, unter Aufbietung seiner letzten Kraftreserven weiterzulaufen, bis er schließlich das Gewirr der Gassen hinter sich ließ. Er stieg zu einer Überführung hinauf und hielt sich die Seiten. Zweihundert Meter rechts von ihm fuhr mit quietschenden Rädern der Zug nach Kairo langsam aus dem Bahnhof hinaus.

»Verdammt!«, keuchte er. »Ausgerechnet heute Abend muss

ein Zug zum ersten Mal pünktlich aus Luxor abfahren!« Er wartete, bis der Zug fast auf gleicher Höhe mit ihm war, und rang nach Luft. Dann schlüpfte er durch die Eisenbarriere hindurch und begann an ihr entlang zu einer hohen Betonmauer linker Hand zu laufen, während ihm die riesigen Eisenräder des Zuges zu seiner Rechten fast bis zur Brust reichten. Er griff nach dem Handlauf neben der Tür, bekam ihn aber nicht richtig zu fassen und musste ihn wieder loslassen. Die Lücke zwischen Zug und Mauer wurde enger. Noch fünfzig Meter, und es gäbe keinen Spalt mehr, in dem er sich hätte bewegen können. Verzweifelt griff er nach einem anderen Handlauf, und diesmal schaffte er es, sich festzuhalten. Er schwang sich aufs Trittbrett, riss mit letzter Kraft die Tür auf und warf sie wieder zu, kurz bevor der Zug dicht an der Betonmauer vorbeifuhr. Keuchend warf er sich auf einen Sitz.

»Alles in Ordnung?«, fragte ein Mann, der ihm gegenüber saß.

»Danke«, keuchte Khalifa atemlos. »Ich brauche bloß …«

»Etwas Wasser?«

»Eine Zigarette.«

Draußen verschwanden langsam die Gebäude von Luxor in der Nacht, als der Zug Geschwindigkeit aufnahm und in Richtung Kairo ratterte.

34

Die westliche Wüste

»Ich werde mich nicht vergewaltigen lassen, Daniel.«

Die zwei Stunden waren fast vorüber. Es waren die schlimmsten ihres Lebens gewesen – wie eine langsame Folter, während der die Minuten unerbittlich auf den Zeitpunkt ihres Treffens mit Dravic zurannen. Sie hatte das Gefühl, auf einen Wasserfall zuzutreiben, ohne irgendetwas für ihre Rettung tun zu können.

Sie glaubte zu begreifen, wie sich ein Häftling in der Todeszelle fühlen musste, wenn sich die Stunde der Hinrichtung nähert.

»Ich werde mich nicht vergewaltigen lassen«, wiederholte sie und stand auf, weil sie vor Nervosität nicht mehr sitzen bleiben konnte. »Lieber sterbe ich.«

Daniel sagte nichts, sondern sah nur im Schein der Kerosinlampe zu ihr auf. Er wollte sprechen, fand aber keine Worte. Der Wachmann schaute sie beide mit teilnahmslosem Blick an. Sie begann, im Zelt auf und ab zu gehen, ein schweres Gewicht lastete auf ihr, und angeekelt von ihrer Hilflosigkeit sah sie immer wieder auf die Uhr. Inzwischen war es kalt, und sie fröstelte.

»Wir wissen nicht, was geschehen wird«, sagte er und versuchte, Trost zu spenden.

»Sicher«, stieß sie hervor. »Vielleicht will er nur über Archäologie reden.«

Ihre Stimme klang wütend, voller Bitterkeit und Sarkasmus. Daniel ließ den Kopf hängen.

»Tut mir Leid«, sagte sie kurz darauf. »Ich habe solche Angst.«

Er stand auf, nahm sie in die Arme und hielt sie fest. Sie klammerte sich an ihn wie ein Kind, verzweifelt, mit brennenden Tränen in den Augen.

»Ist schon gut«, flüsterte er. »Alles wird wieder gut.«

»Das wird es nicht, Daniel. Das wird es nie mehr, wenn er mir das antut. Ich könnte das nicht verkraften. Ich würde mich für den Rest meines Lebens beschmutzt fühlen.«

Beinahe hätte er gesagt, dass das nicht so viel ausmachte, da sie ohnehin getötet würden, aber er besann sich. Stattdessen streichelte er ihr Haar und drückte sie fest an sich. Sie zitterte heftig.

So blieben sie stehen, bis sie das Knirschen sich nähernder Schritte hörten. Die Zeltplane wurde zurückgeschlagen, und jemand sagte etwas zu dem Wachmann. Er stand auf und bedeutete Tara, nach draußen zu gehen. Daniel schob sie hinter sich und stellte sich schützend vor sie. Der Wachmann machte erneut ein Zeichen, dann ging er einen Schritt nach vorn und streckte die Hand aus. Daniel schlug sie weg und hob die Fäuste, zum Kämpfen bereit. Der Wachmann rief etwas, und zwei andere Männer kamen herein. Daniel holte gegen den einen aus, aber der Mann duckte sich weg, hob den Gewehrkolben, schlug Daniel zu Boden und rammte ihm den Lauf der Waffe gegen die Brust. Sein Begleiter packte Taras Arm und zerrte sie zum Zelteingang.

»Tut mir Leid«, stöhnte Daniel. »Tut mir so Leid.«

»Ich liebe dich«, keuchte sie. »Ich habe dich immer geliebt. Immer.«

Dann war sie draußen und wurde durchs Lager gezerrt. Einer der Wachleute hielt sie am Arm gepackt, der andere ging hinter ihr und stieß sie mit seiner Waffe vorwärts. Sie wehrte sich verzweifelt, trat mit den Füßen und biss, aber es half nichts, der Griff des Mannes war eisern. Vor ihr ragte der pyramidenförmige Fels groß und stumm in den Nachthimmel, glänzend im Licht der Bogenlampen.

Sie kamen zu einem anderen Zelt, größer als das, in dem sie mit Daniel gefangen gehalten wurde. Einer der Wachleute sagte etwas, sie wurde durch den Eingang gestoßen, und hinter ihr fiel die Zeltplane herunter. Es entstand nur ein leises Geräusch, als sie herabfiel, ein leichtes Scharren von Plane auf Plane, dennoch lag etwas entsetzlich Endgültiges darin, als wäre eine Zellentür zugeschlagen worden.

»Guten Abend«, sagte Dravic schmunzelnd. »Ich freue mich, dass Sie kommen konnten.«

Er saß auf einem Segeltuchhocker neben einem hölzernen Klapptisch. In einer Hand hielt er eine halb gerauchte Zigarre, in der anderen ein Glas. Neben ihm stand eine zu drei Vierteln geleerte Wodkaflasche. Die blasse Seite seines Gesichts hatte sich leuchtend blaurot verfärbt, als hätte sich sein Muttermal über die Nase hinweg auf die andere Wange ausgebreitet. Das Zelt stank nach Zigarrenrauch und Schweiß. Tara erbebte vor Abscheu.

Der Deutsche rief etwas, und man hörte das Geräusch von Schritten, als die Wachen sich entfernten.

»Einen Drink?«

Sie schüttelte den Kopf und war so verängstigt, dass sie glaubte, das Herz würde ihr zerspringen. Dravic leerte sein Glas und goss sich ein weiteres ein. Das kippte er ebenfalls hinunter und zog dann an seiner Zigarre.

»Arme, kleine Tara«, sagte er lächelnd. »Ich wette, du wünschst dir, du wärest nie in diese Sache verwickelt worden. Und wenn du das jetzt noch nicht tust, dann sicher in ein paar Minuten.«

Er lachte heiser.

»Warum haben Sie mich hierher bringen lassen?«

Ihre Stimme klang rau. Er spürte ihre Angst, und sein Lachen wurde lauter.

»Das muss ich dir wahrscheinlich nicht erklären!«

Wieder schenkte er sich nach, leerte sein Glas in einem Zug, und sein Hals schwoll an, als ihm die Flüssigkeit durch die Kehle rann. Sie sah sich verzweifelt nach etwas um, das sie als Waffe benutzen konnte, und entdeckte, dass aus der Tasche von Dravics Jackett der Griff seiner Kelle herausragte. Langsam bewegte sie sich darauf zu. Erneut laut bellendes Gelächter.

»Nur zu«, sagte er. »Versuch nur, sie zu erwischen. Das möchte ich sogar. Das erwarte ich von dir. Es wäre doch höchstens der halbe Spaß, wenn es keinen Widerstand gibt.«

Sie griff nach der Jacke, zog die Kelle heraus, trat zurück und hielt sie vor sich.

»Ich bring Sie um«, zischte sie. »Wenn Sie mir zu nahe kommen, bring ich Sie um.«

Er stellte das Glas ab und stand leicht schwankend auf. Sie konnte die Ausbuchtung zwischen seinen Beinen sehen, und die Kehle schnürte sich ihr zusammen, als würde sie gewürgt. Seine Zigarre paffend, kam er auf sie zu, Rauch kringelte sich um seinen riesigen Kopf.

»Ich bring dich um«, wiederholte sie und stieß mit der Kelle nach ihm.

Er stand jetzt vor ihr. Sie reichte ihm kaum bis zur Brust, seine Arme waren so dick wie ihre Schenkel. Während sie bis zur Zeltwand zurückwich, holte sie verzweifelt gegen ihn aus.

»Bleib mir vom Leib!«

»Ich werde dir wehtun«, flüsterte er. »Ich werde dir furchtbar wehtun.«

Wieder holte sie gegen ihn aus, aber er bekam ihren Arm zu fassen und verdrehte ihn so, dass sie die Kelle fallen ließ. Hilflos kauerte sie sich an die Zeltwand und wollte ihm das Knie in den Schritt stoßen, brachte es aber nicht fertig, ihr Bein zu bewegen. Einem riesigen Monster gleich, beugte er sich über sie, streckte die Hand aus, packte ihre Bluse, zerriss den Stoff und entblößte ihre Brüste. Sie krümmte sich zusammen, drehte sich weg und schlang die Arme um sich.

»Du verdammtes Vieh«, kreischte sie. »Du dreckiges, hässliches Vieh.«

Wie ein Holzhammer traf sie der Schlag gegen die Schläfe, sie wurde durchs Zelt geschleudert und blieb liegen. Benommen hörte sie, wie er auf sie zukam, und dann spürte sie das zermalmende Gewicht seines Körpers, als er sich rittlings auf sie setzte. Sie bekam keine Luft mehr.

Er nahm die Zigarre aus dem Mund und drückte ihr die brennende Spitze auf den Hals. Sie schrie vor Schmerz, wand sich und versuchte, ihn abzuwerfen, aber er war so schwer, als laste ein Berg auf ihr. Diesmal drückte er ihr die Zigarre auf den Unterarm und auf den Brustansatz. Jedes Mal schrie sie auf, und jedes Mal lachte er vor Vergnügen. Dann warf er die Zigarre beiseite und begann, ihre Brüste zu drücken und das blasse Fleisch zu kneten. Dann beugte er den Kopf und begann, in ihren Hals und ihre Schultern zu beißen. Seine Zähne hinterließen tiefrote Einkerbungen auf ihrer weißen Haut. Sie schaffte es, eine Hand zu befreien, und mit aller Kraft, die sie aufbringen konnte, stieß sie ihm ihren Daumen ins Auge. Brüllend fuhr er zurück.

»Du dreckiges Miststück!«, schrie er. »Dir werd ich's zeigen!«

Er schlug sie drei Mal ins Gesicht, so heftig, dass ihr die Luft wegblieb. Sie spürte, wie er sie schnell auf den Bauch drehte, und hörte das Klicken einer Gürtelschnalle, obwohl das Geräusch seltsam gedämpft klang. Sie hatte das Gefühl, als hätte sie ihren Körper verlassen, als stünde sie neben sich und betrachte sich von oben, eher wie eine Zeugin der Gewalttat denn als ihr

Opfer. Sie beobachtete, wie Dravic seine Hose auszog, unter sie griff und ihre Jeans zu öffnen begann.

»Ich werde vergewaltigt«, dachte sie auf seltsam unbeteiligte Weise. »Dravic wird mich vergewaltigen, und es gibt nichts, was ich dagegen tun kann.«

Drei Meter von sich entfernt, sah sie die Kelle auf dem Boden liegen und versuchte, sie zu erreichen, obwohl sie wusste, dass es unmöglich war.

»Wie weh es wohl tun wird?«, dachte sie.

Er packte ihr Haar, riss ihren Kopf zurück und zog ihre Jeans herunter. Sie schloss die Augen, biss die Zähne zusammen und wartete auf die Vergewaltigung.

Sie erfolgte jedoch nicht. Sie spürte zwar Dravics Gewicht auf sich, seine Faust auf ihren Hinterbacken, aber er schien innezuhalten, wie erstarrt.

»Na los«, presste sie ungeduldig hervor. »Bringen wir's hinter uns.«

Er rührte sich immer noch nicht. Sie öffnete die Augen und drehte sich um. Er blickte mit gerecktem Kopf zur Zeltöffnung und horchte. Auch sie horchte. Anfangs war alles nur ein wirres Durcheinander. Allmählich aber, als wäre der Sender bei einem Radio richtig eingestellt worden, wurde das Geräusch klarer. Rufe. Dutzende von schreienden Stimmen. Dravic blieb einen Moment, wo er war, dann richtete er sich murmelnd auf und zog seine Hose wieder an. Das Geschrei wurde immer lauter und schriller, allerdings konnte sie nicht verstehen, was gerufen wurde. Dravic hob seine Kelle auf, sah auf sie hinab, schlug die Plane vor dem Zelteingang zurück und trat in die Nacht hinaus. Sie war allein.

Einen Moment lang blieb sie liegen. Ihr Gesicht fühlte sich dick und geschwollen an, und die Brandmale auf ihrer Haut schmerzten fürchterlich. Dann rollte sie sich auf den Rücken, zog ihre Jeans an und rappelte sich auf.

Ein paar Minuten vergingen, dann trat ein Wächter ins Zelt. Er sah sie an, und ein Anflug von Bedauern stand in seinen Augen, als missbillige er, was Dravic getan hatte, und wolle ihr das zu verstehen geben. Dann bedeutete er ihr mit einer Kopfbewegung, hinauszugehen. Dravic war nirgendwo zu sehen. Das ganze Lager war leer wie eine Geisterstadt. Der Wächter wies mit der Gewehrspitze zu dem Hügel, auf dem sie am Tag gestanden hatten. Oben angekommen, sah sie, dass Daniel, flankiert von zwei Wachen, bereits dort war. Er wandte sich um.

»O Gott«, stieß er hervor, als er ihre zerrissene Bluse und die Brandmale auf ihrer Haut sah. »O Gott, was hat dir der Mistkerl angetan?«

Er schob sich an den Wachen vorbei, lief auf sie zu und umarmte sie.

»Ich bring ihn um. Ich bring das Schwein um!«

»Mir geht's gut«, sagte sie. »Mir fehlt nichts.«

»Hat er …?«

Sie schüttelte den Kopf.

»Ich hab dich schreien hören. Ich wollte etwas tun, aber sie hielten eine Waffe auf mich gerichtet. Es tut mir so Leid, Tara.«

»Es ist nicht deine Schuld, Daniel.«

»Ich bring ihn um! Ich bring sie alle um!«

Die Heftigkeit seiner Umarmung tat ihr weh, und sie schob ihn zurück.

»Mir fehlt nichts«, sagte sie, »wirklich nicht. Was ist denn los? Es gab solches Geschrei.«

Er starrte auf die Brandmale auf ihrer Haut. Abscheu und Schuldgefühle standen ihm ins Gesicht geschrieben. »Ich glaube, sie haben etwas gefunden«, murmelte er. »Dravic ist unten im Grabungsschacht.«

Sie nahm seine Hand, und gemeinsam traten sie an den Rand des Hügels.

Seit sie am Nachmittag hier gewesen waren, war ein großer, runder Krater im Talboden entstanden, der den Felssockel freilegte wie die Wurzel eines riesigen Zahns. Dravic stand unterhalb von ihnen am Boden des Kraters und stocherte mit seiner Kelle im Sand herum. Der Rest der Männer blickte erwartungsvoll zu ihm hinunter. Das kalte, weiße Licht der Bogenlampen verlieh der Szene das Unwirkliche eines Traums.

»Was haben sie gefunden?«, fragte sie.

»Ich weiß nicht«, antwortete Daniel. »Wir sind zu weit weg.«

Dravic rief etwas, und einer der Männer warf ihm einen Besen hinunter. Er fing ihn auf und begann, vor seinen Knien damit herumzukehren, während er immer wieder innehielt, sich vorbeugte und gebannt auf den Boden starrte. Kurz darauf legte er den Besen weg, begann wieder, mit seiner Kelle zu scharren, dann erneut zu kehren und immer so fort, bis er den körnigen Sand vor sich weggeräumt hatte und etwas zum Vorschein kam, das Tara nicht sehen konnte.

Ein paar Minuten vergingen. Inzwischen war mehr von dem Gegenstand freigelegt worden, und sie erkannte, dass er eine halbrunde Form hatte, wie der obere Teil eines Rades. Dravic setzte seine Arbeit fort, bis er schließlich die Werkzeuge weglegte, das Ding mit beiden Händen packte und daran zog. Seine Schultern spannten sich an vor Anstrengung, aber der Gegenstand löste sich nicht, und er musste den Besen und die Kelle zu Hilfe nehmen und weiteren Sand abtragen. Trotz allem, das er ihr kurz zuvor angetan hatte, verfolgte Tara fasziniert sein Tun. Daniel beugte sich vor, hielt ihre Hand fest, und sein Zorn war wie verflogen.

Wieder legte Dravic seine Werkzeuge weg, wieder packte er den Gegenstand und zog daran. Aber er löste sich noch immer nicht. Er trat ein wenig zurück, um die Hebelwirkung zu verbessern, packte erneut zu, warf den Kopf zurück und zog mit aller Kraft, bis seine Halsadern hervortraten. Einen Augenblick lang schien die Welt stillzustehen, ganz so, als handle es sich bei der Szene vor Taras Augen um ein Foto, nicht um ein wirkliches Ereignis. Und dann begann sich der Gegenstand Zentimeter um Zentimeter zu bewegen. Daniel machte einen Schritt nach vorn. Widerstrebend kam das Ding nach oben, als weigere sich die Wüste, ihre Schätze preiszugeben, immer höher kam es, bis schließlich der Boden aufriss und der Gegenstand sich in einem Schauer aus Sand und Kieselsteinen vom Untergrund löste. Es war ein Schild – riesig, rund und schwer –, dessen nach außen gewölbte Oberfläche im Schein der Lampen erglänzte. Dravic hielt ihn hoch, und die Männer begannen laut zu johlen, zu schreien, zu klatschen und mit den Füßen zu stampfen.

»Ich hab sie gefunden, verflucht!«, bellte Dravic. »Die Armee des Kambyses. Ich hab sie gefunden!«

Einen Moment lang stand er da und hielt den Schild triumphierend über den Kopf, dann begann er, Befehle zu brüllen. Die Männer stiegen in den Graben hinunter. Der Schild wurde weggebracht, die Saugmaschinen begannen wieder mit der Arbeit, und ihre Mäuler strichen von neuem über den Sand.

»Räumt alles frei!«, röhrte Dravic. »Schafft alles weg. Legt euch ins Zeug!«

Anfangs war nichts zu sehen, nur Sand und nichts als gelber Sand, so dass es schien, als sei der Schild ein vereinzeltes Stück gewesen, das die Wüste ausgespien hatte, um sie zu narren und zu quälen.

Dann begannen langsam andere Gegenstände aufzutauchen. Formlos zuerst, nur undeutliche Hügel und Kämme, hässliche Buckel in der glatten Ebene der Wüste. Doch je mehr Sand weggesaugt wurde, desto erkennbarer wurden die Umrisse. Es waren Körper, Dutzende, Hunderte von Körpern, deren Fleisch nach zweitausend Jahren im Wüstenboden vertrocknet und hart geworden war, was ihnen weniger das Aussehen von Leichen als das alter Männer verlieh. Eine Armee von alten Männern. Uralt, aber dennoch lebendig, erhoben sie sich erschöpft aus dem Sand, blinzelten desorientiert ins grelle Licht und hielten noch immer ihre Waffen in den skelettierten Händen. Sie hatten Haare auf den Köpfen, ihre Leiber steckten in Rüstungen, und erstaunlicherweise war sogar der Ausdruck auf ihren Gesichtern noch zu erkennen – Angst und Furcht, Entsetzen und Zorn. Ein Mann schien zu schreien, ein anderer zu weinen, wieder ein anderer irre zu lachen, mit weit offenem, mit Sand gefülltem Mund.

»O Gott«, flüsterte Tara. »Es ist …«

»… fantastisch!«, sagte Daniel, schwer atmend vor Aufregung.

»Entsetzlich.«

Die meisten der Gestalten lagen flach dahingestreckt, überrollt von der gewaltigen Kraft des Sturms, der sie begraben hatte. Ein paar jedoch waren nur in die Knie gegangen, und einige standen noch immer aufrecht, die Arme schützend vors Gesicht gehoben. Sie waren so schnell vom Sand eingehüllt worden, dass ihnen nicht einmal die Zeit zum Umfallen geblieben war.

Sobald ein Körper freigelegt war, stürzten sich schwarz gekleidete Arbeiter wie Geier darauf, rissen ihm Rüstung und Waffen ab und reichten sie zum Grabenrand hinauf, wo alles in bereitstehende Kisten verpackt wurde. Wenn die Männer einen der Toten zu grob anfassten, brach gelegentlich ein Arm oder ein Bein ab.

»Nehmt ihnen alles ab!«, rief Dravic. »Alles muss runter! Ich will alles. Jedes einzelne Stück!«

Eine Stunde später wurde in allen Richtungen gegraben, und immer größere Teile der Armee tauchten auf. Dravic eilte hin und her, bellte Befehle, untersuchte Gegenstände und dirigierte die Sauggeräte, bevor er schließlich aus dem Krater stieg und zu Tara und Daniel hinaufsah.

»Ich habe dir gesagt, dass ich sie finden würde, Lacage«, rief er schadenfroh. »Ich hab's dir gesagt!«

Daniel erwiderte nichts. Seine Augen brannten vor Hass. Und wie es Tara schien, stand auch ein Anflug von Neid darin.

»Ich konnte dich nicht töten, ohne dir wenigstens Gelegenheit gegeben zu haben, das zu sehen. So grausam bin ich nicht!«

Der Deutsche lachte und befahl den Wachen, die Gefangenen zu ihrem Zelt zurückzubringen.

»Und Miss Mullray«, rief er ihnen nach. »Unser kleines Rendezvous ist nicht aufgehoben, sondern nur aufgeschoben. Ich werde Sie wieder holen lassen. Nach der ganzen Plackerei hier muss ich in was Warmes und Enges schlüpfen.«

DER SUDAN

Der Junge fand ihn auf einer Dünenspitze stehend und nach Osten in die Nacht hinausblickend. Er kletterte zu ihm hinauf.

»Sie haben sie gefunden, Meister«, sagte er. »Die Armee. Dr. Dravic hat gerade einen Funkspruch geschickt.«

Der Mann starrte weiter in die Wildnis hinaus, wo die Dünen

im Mondlicht glänzten wie ein Meer aus Quecksilber. Als er schließlich sprach, klang seine Stimme gedämpft.

»Das ist das Ende und der Anfang, Mehmet. Vom heutigen Tag an wird sich vieles ändern. Manchmal macht es mir Angst.«

»Angst, Meister?«

»Ja, Mehmet. Sogar ich, Gottes Krieger, kann Angst haben, mich vor der Verantwortung fürchten, die mir auferlegt wurde. Es gibt so viel zu tun. Manchmal denke ich, am liebsten würde ich einfach nur schlafen. Es ist so lange her, dass ich geschlafen habe, Mehmet. Jahre. Seit meiner Kindheit nicht mehr.« Er faltete die Hände hinter dem Rücken.

Ein leichter Wind war aufgekommen. Dem Jungen wurde kalt.

»Morgen überqueren wir die Grenze. Am Vormittag. Gib Dr. Dravic Bescheid.«

»Ja, Meister.«

Der Junge drehte sich um und begann, hinunterzusteigen. Auf halbem Weg blieb er stehen und sah zurück.

»Sayf al Tha'r«, rief er. »Sie sind wie ein Vater zu mir.«

Der starrte weiterhin in die Wüste hinaus.

»Und du bist wie ein Sohn für mich«, antwortete er.

Seine Stimme war leise, nicht mehr als ein Flüstern, und die Worte verhallten in der Nacht, so dass der Junge sie nicht hörte.

35

Kairo

Kairo war der einzig mögliche Ausgangsort für die Reise, die Khalifa vorhatte. Die Alternative wäre gewesen, von Luxor nach 'Ezba el Gaga zu fahren und dann der riesigen Schleife der Wüstenstraße durch die Oasen al-Kharga und Dachla zu folgen, bis es von al-Farafra aus ins Landesinnere ging – eine lange Fahrt über schlechte, oft von Treibsand unterbrochene Straßen mit vielen Polizeisperren. Nein, er musste von Kairo aus losfahren. Außerdem war das der Ort, wo Fat Abdul sich aufhielt.

Kurz nach acht Uhr morgens lief der Zug im Ramses-Hauptbahnhof ein. Er sprang auf den Bahnsteig, bevor die Waggons zum Stehen gekommen waren, eilte durch die verwinkelte marmorne Bahnhofshalle und nahm ein Taxi zum Midan-Tahir-Platz. Er hatte zehn Stunden Zeit gehabt, um sich zu überlegen, was er am besten machen sollte, und mehr als einmal waren ihm Zweifel gekommen. Er hatte sie jedoch beiseite geschoben und sich stattdessen auf die vor ihm liegende Fahrt konzentriert. Er hoffte nur, dass Abdul noch immer Wüstentouren organisierte.

Er überquerte den Platz, ging von dort aus die Sharia Talaat Harb hinunter und blieb vor einem Schaufenster stehen, über dem »Abdul Wassami Touren – Die besten in Ägypten« zu lesen war. Darunter gab es eine Liste verschiedener Tourenangebote. Zu Khalifas Erleichterung fand er dabei ein »Fünftägiges Wüstenabenteuer inklusive Lager unterm Sternenzelt, Fahrzeuge mit Allradantrieb und exotische Bauchtanzvorführungen«. Abdul hatte offenbar nichts von seinem Talent eingebüßt, ein Produkt an den Mann zu bringen. Er öffnete die Tür und trat ein.

Abdul Wassami – allgemein bekannt als Fat Abdul – war ein Freund aus Khalifas Zeiten in Gizeh. Sie waren als Nachbarskinder aufgewachsen und hatten dieselbe Schule besucht, wo sich schon von seiner frühesten Jugend an Abduls unternehmerische Fähigkeiten gezeigt hatten. Er verkaufte »Wunderwirkende Stärkungstränke«, die aus Cola und Hustensaft hergestellt waren, und verlangte zehn Piaster pro Kopf für heimliche Ausflüge ins Schlafzimmer seiner ältesten Schwester (im Gegensatz zu ihrem Bruder war Fatima Wassami groß, schlank und äußerst hübsch).

Das Erwachsenenalter hatte seine kommerzielle Raubgier ein wenig gedämpft, wenn auch nicht seinen Einfallsreichtum. Nach einer kurzen Phase, in der er libysche Datteln in die frühere Sowjetunion exportierte, hatte er sein eigenes Reiseunternehmen gegründet. Khalifa sah ihn nur noch gelegentlich, aber die alte

Verbundenheit war immer noch vorhanden, und als er jetzt das Geschäft betrat, ertönte ein Freudenschrei aus der Tiefe des Raums.

»Yusuf! Was für eine wundervolle Überraschung! Mädchen, begrüßt Yusuf Khalifa, einen meiner ältesten und magersten Freunde.«

Drei Mädchen, alle jung und hübsch, sahen von ihren Computern auf und lächelten. Abdul watschelte heran und schloss den Inspektor so fest in die Arme, dass ihm fast die Luft wegblieb.

»Sieh dir Raina an«, flüsterte er ihm ins Ohr. »Die links mit den großen, na du weißt schon was. So dick wie ein Stück *basbousa,* aber ihr Körper! O Gott, der Körper! Sieh nur!«

Er ließ Khalifa los und wandte sich den Mädchen zu.

»Raina, meine Liebe, könntest du uns Tee bringen?«

Lächelnd stand Raina auf und ging mit aufreizendem Hüftschwung in den hinteren Teil des Ladens. Abdul starrte ihr gebannt nach, bis sie in einer kleinen Küche verschwunden war.

»Die Pforten des Paradieses«, seufzte er. »Gott, was für ein Hintern.«

Er führte Khalifa zu einem Sessel, von denen es eine ganze Reihe gab, und quetschte sich selbst in einen anderen, der daneben stand.

»Geht's Zenab gut?«, fragte er.

»Danke, sehr gut. Und Jamilla?«

»Soweit ich weiß schon«, antwortete Abdul achselzuckend. »Sie scheint die meiste Zeit bei ihrer Mutter zu verbringen. Mampfend. Mein Gott, was sie wegputzt. Verglichen mit ihr bin ich auf einer Hungerdiät. Hey, weißt du was, ich steh kurz davor, in New York ein Büro zu eröffnen.«

Solange sich Khalifa erinnern konnte, stand Abdul kurz davor, in New York ein Büro zu eröffnen. Er lächelte und zündete sich eine Zigarette an. Raina brachte den Tee, stellte die Gläser vor ihnen ab und kehrte zu ihrem Schreibtisch zurück. Abduls Blicke waren auf ihr Hinterteil geheftet.

»Hör zu, ich möchte dich um einen Gefallen bitten«, begann Khalifa.

»Natürlich«, antwortete sein Freund abwesend. »Alles, was du willst.«

»Ich möchte mir einen Wagen mit Allradantrieb ausleihen.«

»Ausleihen?«

Plötzlich war Abdul ganz bei der Sache.

»Ja, ausleihen.«

»Meinst du mieten?«

»Nein, ausborgen.«

»Kostenlos?«

»Ganz richtig. Ich brauche ihn etwa vier bis fünf Tage. Ein Fahrzeug, das für schweres Gelände geeignet ist. Für Wüstengelände.«

Abdul runzelte die Stirn. Dinge kostenlos zu verleihen, gehörte nicht zu den Vorstellungen, die er als angenehm empfand.

»Und wann brauchst du das Allradfahrzeug?«

»Jetzt.«

»Also wirklich!« Abdul brach in Lachen aus. »Ich würde dir wirklich gern helfen, Yusuf, aber das ist unmöglich. Alle Allradfahrzeuge sind unten in Baharija. Es würde mindestens einen Tag dauern, um einen Wagen nach Kairo zurückzubringen, und noch länger, wenn sie gerade auf Tour sind, was meines Wissens der Fall ist. Wenn wir einen hier hätten, könntest du ihn natürlich haben. Wir sind schließlich Freunde. Aber wie die Dinge liegen … tut mir Leid, das geht auf gar keinen Fall.«

Er beugte sich vor und schlürfte seinen Tee. Es folgte eine kurze Pause.

»Da steht doch der eine in der Garage«, sagte Raina hinter dem Computer hervor.

Das Schlürfen hörte auf.

»Der neue, der am Montag geliefert wurde. Er ist voll getankt und fahrbereit.«

»Ja, aber das geht nicht«, sagte Abdul. »Er ist schon gebucht.«

»Nein, das ist er nicht«, widersprach Raina.

»Doch, ganz bestimmt«, beharrte Abdul und funkelte sie an. »Von dieser italienischen Gruppe.«

Er sprach langsam und betonte die Worte, als souffliere er einem Schauspieler, der seinen Text vergessen hat.

»Das glaube ich nicht, Herr Wassami. Warten Sie, ich seh im Computer nach.«

»Es gibt wirklich keine …«

Ihre Finger klapperten bereits auf der Tastatur.

»Da!«, sagte sie triumphierend. »Ich wusste es doch. Niemand benutzt ihn während der nächsten fünf Tage. Genau der Zeitraum, in dem Ihr Freund ihn braucht. Ist das kein Glücksfall?«

Sie lächelte breit, ebenso Abdul, obwohl es ihn sichtlich Mühe kostete.

»Ja, meine Liebe, wundervoll.«

Er seufzte und vergrub das Gesicht in den Händen.

»Dick wie ein Stück verdammtes *basbousa.*«

Der Toyota mit Allradantrieb stand in einer Garage in der übernächsten Straße. Er war weiß, kastenförmig und stabil, mit verstärkten Stoßstangen, zwei am Kofferraum befestigten Reserverädern und acht Benzinkanistern in dem stählernen Dachträger – genau das, was Khalifa gewollt hatte.

Abdul fuhr ihn langsam aus der Garage heraus und parkte ihn am Randstein.

»Du gehst vorsichtig damit um«, flehte er, beschützend das Steuer umklammernd. »Er ist nagelneu. Ich hab ihn erst seit zwei Tagen. Bitte versprich mir, dass du auf ihn aufpassen wirst.«

»Natürlich mache ich das.«

»Er kostet 40 000 Dollar. Und zwar mit Rabatt. 40 000 Dollar! Ich muss wahnsinnig sein, ihn dir zu überlassen. Absolut und vollkommen wahnsinnig.«

Er stieg aus, führte Khalifa um den Wagen herum, wies auf verschiedene Einzelheiten hin und hob immer wieder hervor, dass er hoffe, ihn heil zurückzubekommen.

»Er hat Vierradantrieb. Manuelle Schaltung, Wasserkühlung, elektrische Benzinpumpe. Ungefähr das Beste, was auf dem Markt zu kriegen ist.«

Er hörte sich wie ein Autoverkäufer an.

»Mit allem ausgerüstet: Benzinkanister, Wasserbehälter, Werkzeugkasten, Unterlegmatten für die Reifen, Erste-Hilfe-Kasten,

Kompass. Alles, was man braucht. Es gibt auch Decken, Karten, Notrationen, Signalfeuer, Ferngläser und …«

Er griff ins Handschuhfach und holte ein Gerät heraus, das wie ein großes Handy mit einer dicken Antenne aussah und auf der Vorderseite einen Flüssigkristallbildschirm hatte.

»… und ein tragbares GPS-Gerät.«

»GPS?«

»Global Positioning by Satellite. Es zeigt dir immer deine genaue Position an, und wenn du die Koordinaten eines Ortes eingibst, den du erreichen möchtest, sagt es dir, wie weit entfernt er ist und in welcher Richtung. Im Handschuhfach liegt eine Gebrauchsanleitung. Diese Dinger sind ganz leicht zu bedienen. Das kann sogar ich.«

Er legte das Gerät zurück und überreichte Khalifa widerstrebend die Schlüssel.

»Ich übernehme aber nicht die Benzinkosten.«

»Das habe ich auch nicht erwartet, Abdul«, antwortete Khalifa und stieg ein.

»Wenigstens ist das klar. Das Benzin geht auf dich. Und nimm das.«

Er zog ein Handy aus der Tasche und reichte es ihm.

»Wenn es irgendwelche Probleme gibt, irgendetwas, irgendwelche komischen Geräusche oder dergleichen, möchte ich, dass du stehen bleibst, wartest, den Motor abstellst und mich sofort anrufst. In Ordnung?«

»Funktioniert das in der Wüste?«

»Soweit ich weiß, funktioniert es überall, außer in Kairo. Jetzt lass mich dir noch mal sagen: Du passt darauf auf, ja?«

»Ich werde aufpassen«, antwortete Khalifa und ließ den Motor an.

»Und du bist in fünf Tagen zurück.«

»Früher, hoffe ich. Nochmals vielen Dank, Abdul. Du bist ein guter Mensch.«

»Ich bin ein Verrückter. 40 000 Dollar!«

Der Wagen rollte an. Abdul watschelte neben ihm her. »Ich hab dich nicht mal gefragt, in welche Wüste du fährst.«

»In die westliche.«

»Zu den Oasen?«

»Jenseits der Oasen. Ins Große Dünenmeer.«

Abdul klammerte sich am Fenster fest.

»Bleib stehen, du hast kein Wort vom Großen Dünenmeer gesagt! Allmächtiger Gott, das ist der Friedhof für den Wagen. Du kannst doch nicht meinen …«

»Nochmals danke, Abdul! Du bist ein wahrer Freund!«

Khalifa ließ den Motor aufheulen und fuhr schnell davon. Abdul rannte ihm nach, aber seine Fettleibigkeit behinderte ihn, und nach ein paar Schritten blieb er schnaufend stehen. Im Rückspiegel sah ihn Khalifa in der Mitte der Straße wild gestikulieren. Er drückte zweimal kurz auf die Hupe, bog um die Ecke und war verschwunden.

36

Die westliche Wüste

Der Hubschrauber flog dröhnend über das Lager und landete fünfzig Meter dahinter auf einem flachen Sandstück. Sobald er aufgesetzt hatte, wurde die Tür aufgeschoben und zwei Leute sprangen heraus, ein Mann und ein Junge. Der Mann blieb einen Moment stehen und sah sich um, dann fiel er auf die Knie und küsste den Boden.

»Ägypten!«, rief er, aber seine Stimme wurde vom Dröhnen der Motoren übertönt. »Mein Land, meine Heimat! Ich bin zurückgekehrt!«

Er blieb ein paar Sekunden auf dem Sand liegen, dann erhob er sich und machte sich mit dem Jungen an seiner Seite auf den Weg ins Lager.

Dort herrschte überall hektische Geschäftigkeit. Unmengen von Kisten wurden aus dem Tal fortgetragen, während andere, schwerere Behälter ins Lager zurückgeschafft und an seinem

Rand entlang aufgestapelt wurden. Überall schwärmten schwarz gekleidete Gestalten umher.

Die Arbeiter waren so sehr auf ihre Tätigkeiten konzentriert, dass die Neuankömmlinge schon fast die Zelte erreicht hatten, bevor sie bemerkt wurden. Drei Männer, die ein Ölfass rollten, sahen auf, entdeckten sie, blieben sofort stehen und rissen die Arme hoch.

»Sayf al-Tha'r!«, riefen sie. »Er ist da! Sayf al-Tha'r!«

Der Ruf breitete sich schnell aus, und bald stellten die Männer überall ihre Lasten ab und liefen herbei, um ihren Meister zu begrüßen.

»Sayf al-Tha'r!«, riefen sie. »Er ist zurückgekommen! Sayf al-Tha'r!«

Der Mann, dem ihre Rufe galten, setzte mit unbewegter Miene seinen Weg durchs Lager fort, und die Menge folgte ihm wie ein Kometenschweif. Die Nachricht von seiner Ankunft verbreitete sich bis zu den Arbeitern an der Ausgrabungsstätte, und auch sie ließen ihre Werkzeuge fallen und strömten rufend und winkend ins Lager zurück. Die Wachen auf den Dünenkämmen feuerten begeistert Salven in die Luft.

Als er den Hügel auf der anderen Seite des Lagers erreicht hatte, kletterte Sayf al-Tha'r mit dem Jungen Mehmet hinauf und sah auf die Ausgrabungen hinab. Die Arbeiten waren die ganze Nacht hindurch fortgesetzt worden, und inzwischen öffnete sich ein breiter Krater, der wie eine tiefe Wunde ins Tal einschnitt. Plastikplanen lagen entlang der oberen Ränder ausgebreitet, auf denen riesige Haufen von Gegenständen aufgestapelt waren – Schilder, Schwerter, Speere, Helme, Brustpanzer. Unten im Graben, ganz so, als wäre die Erde aufgeplatzt und hätte ihre Eingeweide ausgespien, lag ein wirres Durcheinander ausgezehrter menschlicher und tierischer Körper mit brauner faltiger Haut, die an Packpapier erinnerte. Der Anblick ließ an die Apokalypse denken, als wäre das Ende der Zeit gekommen und die Toten würden auferstehen, um vor das Jüngste Gericht zu treten. Wie zutreffend, dachte Sayf al-Tha'r. Denn tatsächlich stand die Stunde bevor, da die Menschen gerichtet würden. Er überblickte eine Weile die Szene, dann erhob er triumphierend die Arme.

»*Allah u akbar*«, rief er, und seine Stimme hallte über die Wüste. »Gott ist groß!«

»*Allah u akbar!*«, antwortete die Menge unter ihm. »Gepriesen sei Gott.«

Der Ruf wurde mehrere Male wiederholt, begleitet von Schüssen, die von den Dünenkämmen abgefeuert wurden. Dann bedeutete Sayf al-Tha'r seinen Männern mit einer Armbewegung, an die Arbeit zurückzukehren. Sie liefen sofort auseinander. Er sah zu, wie sie wieder ihre Tätigkeiten aufnahmen, den Toten die Ausrüstung abnahmen, die Gegenstände einpackten, forttrugen und aufstapelten. Dann schickte er Mehmet ins Lager zurück, stieg in den Graben hinunter und ging auf Dravic zu, der unter einem Sonnenschirm stand und die Verpackung der Gegenstände beaufsichtigte.

»Tut mir Leid, ich hatte keine Zeit, um Ihnen zuzujubeln«, brummte der Deutsche, »ich hatte hier unten zu tun.«

Falls Sayf al-Tha'r den Sarkasmus bemerkte, ließ er sich nichts anmerken. Ruhig blieb er im grellen Sonnenlicht kurz vor dem Schatten spendenden Schirm stehen und sah auf die Masse verrenkt daliegender Toter. Nun, aus dieser Nähe, bemerkte er, dass viele in der Eile, sie ihrer Besitztümer zu berauben, verstümmelt worden waren. Gliedmaßen waren von Leibern gerissen, Hände abgeschlagen, Köpfe abgeknickt und vertrocknetes Fleisch zerfetzt worden.

»War es nötig, sie dermaßen zuzurichten?«, fragte er.

»Nein«, schnaubte Dravic. »Wir hätten es nach allen Regeln der Kunst machen und auf jeden eine Woche verwenden können. In dem Fall würden wir hier mit ein paar Speeren abfahren, und das wär's dann gewesen.«

Wieder ignorierte Sayf al-Tha'r den Sarkasmus. Stattdessen beugte er sich vor, hob ein Schwert auf und bewunderte seine elegante Form und den wundervoll modellierten Knauf. Dergleichen hatte er bisher nur in Museen gesehen, in Glaskästen versperrt, außerhalb seines Zugriffs. Jetzt lagen Hunderte davon vor ihm. Tausende. Und sie waren nur ein Bruchteil dessen, was sich immer noch im Sand verbarg. Die Größe des Fundes war fast zu unglaublich, um fassbar zu sein. Es war mehr, als er sich in seinen kühnsten Träumen vorgestellt hatte. Es war die Antwort auf seine Gebete.

»Wissen wir schon, wie weit die Fundstelle sich ausdehnt?«

Dravic paffte seine Zigarre.

»Ich habe Männer rausgeschickt, um Testgräben auszuheben. Das vordere Ende haben wir gefunden, fast einen Kilometer weiter oben im Tal. Nach dem hinteren Ende suchen wir noch. Die Fundstelle ist verdammt groß.«

Er wischte sich mit dem Arm über die Stirn.

»Wann trifft die Kamelkarawane ein?«, fragte er.

»Übermorgen. Vielleicht früher.«

»Ich finde immer noch, dass wir jetzt schon anfangen sollten, einiges von dem Zeug auszufliegen.«

Sayf al-Tha'r schüttelte den Kopf.

»Wir können es nicht riskieren, ständig mit einer Hubschrauberflotte die Grenze zu überqueren. Das würde Aufmerksamkeit erregen.«

»Wir haben doch auch die Männer und die Ausrüstung eingeflogen«, sagte der Deutsche.

»Wir haben Glück gehabt. Wir mussten sofort mit der Arbeit anfangen, und Allah hat uns seine Gunst geschenkt. Vielleicht tut er das nicht wieder. Wir warten auf die Karawane und schaffen damit alles raus. Es ist sicherer. Haben wir Patrouillen in der Gegend?«

»Wir haben Geländemotorräder, die die Gegend im Umkreis von fünfzig Kilometern kontrollieren.«

»Und?«

»Was meinen Sie? Wir sind mitten in einer verfluchten Wüste. Hier spaziert doch niemand rein zufällig vorbei.« Sie schwiegen. Sayf al-Tha'r legte das Schwert weg und griff nach einem kleinen Jaspis-Amulett. Es war nicht größer als ein Daumennagel, aber wundervoll geschnitten in der Form von Osiris, des Gottes der Unterwelt. Er rieb es vorsichtig zwischen den Fingern.

»Wir haben fünf, vielleicht sechs Tage«, sagte er. »Wie viel von der Armee können wir in dieser Zeit bergen?«

Dravic zog erneut an seiner Zigarre.

»Einen Bruchteil davon. Weniger als das. Wir arbeiten rund um die Uhr und haben nur diesen kleinen Abschnitt freigelegt. Weiter nördlich wird's einfacher, weil die Körper näher an der Oberfläche liegen, aber dennoch werden wir bloß einen winzigen Teil davon ausgraben können. Aber mehr brauchen wir ja auch nicht, oder? Das Zeug, das wir bis jetzt haben, bringt Millionen ein. Wir werden für die nächsten hundert Jahre den Antikenmarkt beherrschen.«

»Und der Rest? Gibt es schon Vorbereitungen dafür?«

»Wir arbeiten uns vom Anfang nach hinten durch. Keine Sorge, es ist alles unter Kontrolle. Und wenn es Ihnen nichts ausmacht, würde ich jetzt gern weiterarbeiten.«

Er steckte sich die Zigarre in den Mund und ging in Richtung der Sauggeräte davon. Sayf al-Tha'r sah ihm nach, einen Anflug von Abscheu im Blick, und machte sich dann, noch immer mit dem Amulett in der Hand, auf den Weg entlang des Kraterrandes, bis er zu dem großen, pyramidenförmigen Felsen kam, in dessen Schatten er sich niederhockte.

Es betrübte ihn, was mit der Armee geschah. Wenn es eine andere Möglichkeit gegeben hätte, hätte er sich dafür entschieden, aber es gab keine. Das Risiko, dass jemand anderer sie fand, war zu groß. Sie mussten im Geheimen vorgehen. Es ging ihm gegen die Natur, aber er hatte keine Wahl. Es musste sein. Wie das Töten. Es musste sein.

Er lehnte sich an den Felsen, rieb das Amulett zwischen den Fingern und sah auf das Meer von Toten. Einer, der bis zur Taille im Sand steckte, so dass der Rumpf aufrecht stand, schien direkt zu ihm herüberzustarren. Er sah weg, dann wieder hin, aber die blinden Augen des Toten waren noch immer auf ihn gerichtet, und die vertrockneten Lippen entblößten die Zähne, so dass es aussah, als würde er wütend knurren. Hass stand in diesem Gesicht, Zorn, und aus irgendeinem Grund spürte er, dass er sich gegen ihn richtete. Er hielt dem blinden Blick eine Weile stand, begann sich unbehaglich zu fühlen, stand auf und ging weg. Dabei bemerkte er, dass das Amulett in seiner Hand zerbrochen war. Er starrte einen Moment darauf und warf es dann, widerwillig seufzend, in den Graben.

37

Kairo

Durch die getönten Scheiben der Limousine sah Squires auf den Verkehrsstau hinaus. Neben ihm stand ein kleiner Peugeot, in den neun Leute gequetscht waren, vermutlich eine Familie. Dahinter ein Lastwagen mit einer hoch aufgetürmten Ladung Blumenkohl. Abwechselnd schoben sich die Fahrzeuge auf einer der drei Spuren langsam voran, und plötzlich ertappte er sich dabei, wie er zu einem seiner Nachbarn hinüberstarrte. Doch kurz danach ging es auch in den anderen Spuren weiter, und die vertraute Anordnung von Limousine, Peugeot und Lastwagen war wiederhergestellt, als befänden sie sich in den Trommeln einer riesigen Maschine, die, einmal in Gang gekommen, langsam rotierten, um immer wieder in die gleiche Position zurückzukehren.

»Und wann war das?«, fragte er in sein Handy.

Eine undeutliche Stimme antwortete.

»Sie haben keine Ahnung, wie? Oder wann?«

Wieder ein rauschendes Echo. Ein Junge, der Parfümflaschen verkaufte, klopfte ans Fenster. Der Chauffeur beugte sich hinaus, rief etwas, und der Junge ging weiter.

»Und seine Familie?«

Die Antwort ging fast im Rauschen der Verbindung unter.

Es folgte eine längere Pause.

»Ach, geschehen ist geschehen. Wir müssen uns eben was anderes einfallen lassen. Setzen Sie alles daran, ihn zu finden, und halten Sie mich auf dem Laufenden.«

Squires schaltete das Handy ab und steckte es wieder in seine Jackentasche. Obwohl er äußerlich ruhig wirkte, verrieten seine zusammengekniffenen Augen Nervosität.

»Es scheint, dass unser Freund, der Inspektor, verschwunden ist«, sagte er.

»Verdammter Mist!« Massey schlug die fleischige Hand auf den Sitz. »Ich dachte, Jemal ließe ihn bewachen.«

»Offensichtlich hat er es geschafft, ihnen zu entwischen.«

»Ich hab ja gleich gesagt, wir sollten ihn ausschalten. Stimmt's etwa nicht?«

»Aber sicher haben Sie das gesagt, alter Junge.«

»Mist, Mist, Mist!«

Der Amerikaner schlug immer heftiger auf den Sitz und hinterließ tiefe Dellen im Leder. Er drosch noch ein paar Mal darauf ein, bevor er schwer atmend zurücksank.

»Wann?«

»Sie sind nicht sicher«, seufzte Squires. »Offensichtlich verließen seine Frau und die Kinder heute Morgen um sieben Uhr das Haus. Um zehn war er immer noch nicht aufgetaucht, also haben sie die Tür eingetreten, aber er war nicht da.«

»Amateure!«, zischte Massey. »Amateure!«

Von hinten ertönte lauter Lärm, als ein Busfahrer sinnloserweise wütend auf seine Hupe hämmerte.

»Es scheint, dass er gestern in einer Bibliothek war«, sagte Squires. »Und sich Karten von der westlichen Wüste angesehen hat.«

»Jesus! Also weiß er von der Armee.«

»Scheint so.«

»Hat er irgendjemandem davon erzählt? Der Presse? Der Antikenverwaltung?«

Squires zuckte mit den Achseln.

»Ich schätze, dass er das nicht getan hat, sonst hätten wir inzwischen davon gehört.«

»Was hat er vor?«

»Ich hab keine Ahnung. Auf eigene Faust da rauszufahren, wie es aussieht. Ich fürchte, wir müssen eher handeln, als wir geplant haben.«

Zum ersten Mal widersprach Massey nicht.

»Steht unsere ganze Ausrüstung bereit?«, fragte Squires.

»Was meine Aufgaben anbelangt, brauchen Sie sich keine Sorgen zu machen. Was Jemal betrifft, habe ich keine Ahnung. Der Mann ist ein elender Clown.«

»Jemal wird tun, was von ihm erwartet wird, genau wie wir alle.«

Der Amerikaner zog ein Taschentuch heraus und schnäuzte sich geräuschvoll.

»Das wird kein Zuckerschlecken«, sagte er schniefend. »Sayf al-Tha'r hat sicher eine Menge Leute draußen, um die Armee zu bewachen.«

»Trotzdem bin ich zuversichtlich, dass wir es schaffen. Informieren Sie Ihre Leute in den Staaten?«

Massey nickte, mehrere Wülste seines Doppelkinns stapelten sich aufeinander wie eine sorgfältig geschichtete Cremetorte.

»Gut«, sagte Squires. »Dann scheint ja alles zu laufen.«

Die Limousine ruckelte wieder ein paar Meter voran.

»Zumindest wenn wir den Stau hinter uns haben.« Er beugte sich zum Fahrer vor. »Was zum Teufel ist denn hier los?«

»Ein Lastwagen hat sich quer gestellt«, lautete die Antwort.

Seufzend zog Squires ein Bonbon aus der Tasche und begann es auszuwickeln, während er abwesend auf den Peugeot auf der Nachbarspur starrte.

Die schnellste und direkteste Route hätte Khalifa nach Südwesten zur Oase von Baharija und von dort nach Westen durch die Wüste geführt. Aber er entschied sich dagegen. Wer auch immer ihn in der letzten Nacht verfolgt hatte, würde inzwischen wissen, dass er ihnen entkommen war und vermutlich auch, dass er den Zehn-Uhr-Zug nach Kairo genommen hatte. Man brauchte kein Genie zu sein, um sich auszurechnen, dass er auf dem Weg in die Wüste war. Daher bestand die Möglichkeit, dass sie ihn unterwegs abzufangen versuchten. Und natürlich würden sie annehmen, dass er den schnellsten Weg nähme.

Er entschied sich deshalb, anstatt nach Südwesten fast in die entgegengesetzte Richtung zu fahren, nach Nordwesten, in Richtung Alexandria, über die Küstenstraße nach Marsa Matruh und von dort aus nach Süden zur Oase Siwa. Auch wenn das ein Umweg war, hatte diese Route klare Vorteile. Die Straßen waren besser, er musste von Siwa aus weniger lang durch die offene Wüste fahren als von Baharija. Am wichtigsten aber war, dass seine Verfolger wohl nicht im Traum darauf kommen würden, dass er diesen Weg nehmen könnte. Nachdem er voll getankt hatte, fuhr er aus Kairo hinaus und auf die Autobahn 11 in Richtung Mittelmeerküste.

Er fuhr schnell, rauchte eine Zigarette nach der anderen, und die Landschaft um ihn verwandelte sich von Wüste in Ackerland und wieder in Wüste. Im Armaturenbrett befand sich ein Kassettenrekorder, aber er konnte nur ein einziges Band finden: »Meine Liebe und der Regen« von Kadim al-Saher. Als er es vier Mal gehört hatte, fuhr er ohne Musik weiter.

Nach zwei Stunden erreichte er Alexandria und nach fünf Marsa. Er hielt nur zweimal an, einmal, um zu tanken, und einmal kurz hinter Alexandria, um aufs Meer hinauszublicken. Es war das erste Mal, dass er es sah.

Von Marsa aus, wo er erneut tankte, fuhr er zwanzig Kilometer weiter nach Westen, bevor er nach Süden auf die Straße nach Siwa abbog, die als schwarzes Band durch die Wüste verlief. Die Sonne ging gerade unter, und er drückte das Gaspedal durch. Ein einzelnes, verfallenes Gebäude flog an ihm vorbei sowie eine Reihe verrosteter Schilder, die den Verlauf einer unterirdisch gelegenen Pipeline anzeigten. Sonst gab es nichts, nur eine endlose Fläche aus orangefarbenem Schotter, die in der Ferne von Bergkämmen und Hügeln begrenzt wurde. Er begegnete keinem anderen Fahrzeug und keinerlei Anzeichen von Leben, außer gelegentlich einer Herde struppiger Dromedare, die an dornigen Büschen nagten.

Kurz vor Siwa kam er an ein Rasthaus, eine schäbige Hütte, die den hochtrabenden Namen »Alexander-Restaurant« trug. Er hielt an, trank einen Tee und fuhr weiter. Die Nacht brach herein, und die Wüste versank in Dunkelheit. Ab und zu tauchten draußen in der Ebene Lichter auf, eine Siedlung vielleicht oder ein Armeelager, und einmal die flackernde Flamme eines Erdgasfeldes. Abgesehen davon war er allein in der Leere. Er legte die Kassette wieder ein.

Gegen sieben Uhr morgens bemerkte er, dass die Ebene aufhörte. Entfernte Hügel tauchten auf, Bergspitzen und Steilhänge. Die Straße begann abzufallen und sich durch ein Gewirr aus schroffen Felsen und Hügelketten zu winden, bevor sich plötzlich an mehreren Stellen die Aussicht auf einen Teppich blinkender Lichter eröffnete, die wie winzige Boote auf einem stillen Meer wirkten. Die Oase Siwa. Er drosselte für eine Weile die Geschwindigkeit, um den Anblick zu genießen, dann fuhr er hinunter.

Er hatte neun Stunden hinter dem Steuer gesessen und rauchte gerade die letzte Zigarette seines zweiten Päckchens.

38

Die westliche Wüste

Der Mann tauchte aus dem Nichts auf, als hätte er sich aus dem Stoff der Dunkelheit materialisiert. Tara und Daniel saßen Arm in Arm da und starrten in die flackernde Flamme der Kerosinlampe, und als sie aufsahen, stand er im Zelteingang. Sein Kopf und sein Gesicht waren in Schatten getaucht. Er gab der Wache ein Zeichen, nicht mehr als einen Fingerzeig, und sofort stand der Mann auf und ging hinaus.

»Sayf al-Tha'r, nehme ich an«, sagte Daniel.

Der Mann sagte nichts, sondern starrte sie nur an. Sie schwiegen lange.

»Warum sind Sie hergekommen?«, fragte Daniel schließlich. »Um uns zu besichtigen, bevor Sie uns umbringen? Um sich an unserem Anblick zu weiden?«

Er wies mit dem Kopf auf Taras verletztes Gesicht und die zerrissene Bluse.

»Nun, freuen Sie sich nur. Ich bin sicher, Allah ist sehr stolz auf Sie.«

»Nehmen Sie den Namen Allahs nicht in den Mund«, sagte der Mann und trat einen Schritt vor. Seine Stimme klang ruhig, aber stählern, sein Englisch war gut. »Sie sind seiner nicht würdig.«

Er sah auf Tara hinab, bemerkte ihre geschwollene Wange und die Brandmale auf Hals, Brust und Arm. Ein kaum merkliches Zucken spielte um seinen Mund.

»Hat Dravic das getan?«

Sie nickte.

»Es wird nicht wieder geschehen. Ein bedauerliches ...«

»Nein«, erwiderte Daniel ruhig. »Es war zu erwarten. Es ist genau das, was Leute wie Sie und Dravic tun.«

Wieder verzog der Mann fast unmerklich das Gesicht.

»Werfen Sie mich und Dravic nicht in einen Topf, Dr. Lacage. Er ist ein Werkzeug, nicht mehr. Ich diene einem höheren Herrn.«

Daniel schüttelte unwillig den Kopf.

»Das ist ja lachhaft. Sie schlachten Frauen und Kinder ab und reden sich ein, das alles geschehe im Namen Allahs.«

»Ich habe Ihnen verboten, seinen Namen auszusprechen!« Die Stimme des Mannes klang jetzt schneidend. »Ihr Mund verunreinigt ihn.«

»Nein«, antwortete Daniel und sah ihm in die Augen, »Sie verunreinigen ihn. Sie verunreinigen ihn jedes Mal, wenn Sie ihn benutzen, um die Verbrechen zu rechtfertigen, die Sie begehen. Glauben Sie wirklich, Allah erwartet ...«

Der Angriff kam so plötzlich und schnell, dass die Hand des Mannes schon um Daniels Kehle lag, bevor einer der beiden überhaupt bemerkte, dass er sich bewegt hatte. Seine Finger umklammerten Daniels Hals, und er riss ihn hoch. Daniel wehrte sich, konnte sich aber nicht aus dem Griff befreien.

»Lassen Sie ihn los!«, schrie Tara. »Bitte hören Sie auf!«

Sayf al-Tha'r beachtete sie nicht.

»Ihr seid alle gleich, ihr Europäer«, knurrte er. »Eure Heuchelei ist unglaublich. Jeden Tag sterben hundert Kinder im Irak wegen der Sanktionen eurer Regierungen, und dennoch habt ihr die Frechheit, uns sagen zu wollen, was richtig und falsch ist.«

Daniels Gesicht wurde rot.

»Sehen Sie das?« Sayf al-Tha'r legte die freie Hand an die Narbe auf seiner Stirn. »Das wurde mir in einer Polizeizelle zugefügt. Die Vernehmungsbeamten haben mich so gründlich zusammengeschlagen, dass ich drei Tage lang blind war. Mein Verbrechen? Dass ich im Namen von Millionen Landsleuten sprach, die in Schmutz und Hoffnungslosigkeit leben. Beschweren Sie sich darüber? Beklagen Sie, dass die Hälfte der Welt in Armut lebt, damit ein paar privilegierte Wenige ein Leben in sinnlosem Luxus führen können? Nein. Wie alle von Ihrer Sorte sind Sie selektiv in Ihrem Zorn, Sie verdammen nur, was Ihnen gerade gelegen kommt. Was den Rest anbelangt, dafür sind Sie blind.«

Er würgte ihn noch einen Moment lang, dann lockerte er den Griff. Daniel sank in sich zusammen.

»Sie sind verrückt«, keuchte er. »Sie sind ein verrückter Fanatiker.«

Der Mann schien kaum schneller zu atmen.

»Gut möglich«, erwiderte er ruhig. »Die Frage ist nur, warum. Sie tun mich und meine Anhänger als Extremisten und Fanatiker ab, aber nicht ein einziges Mal denken Sie über diese Worte genauer nach. Versuchen Sie, die Zwänge zu verstehen, die uns geschaffen haben.«

Er stand über Daniel, sein schwarzes Gewand schien mit der Dunkelheit zu verschmelzen, so dass nur sein Gesicht zu sehen war, das wie abgelöst von seinem Körper über ihnen schwebte.

»Ich habe entsetzliche Dinge gesehen, Dr. Lacage«, fuhr er fort, und seine Stimme war fast nur noch ein Flüstern. »Männer, die geschlagen und zu Krüppeln gemacht wurden während der Folterungen in den Zellen des Staates. Menschen, so hungrig, dass sie die Überreste aus den Abfalltonnen essen mussten. Kinder, die von mehreren Männern hintereinander vergewaltigt wurden, weil sie das Pech hatten, entfernt mit jemandem verwandt zu sein, dessen Ansichten nicht mit denen der Machthaber übereinstimmen. Das sind die Dinge, die die Menschen verrückt machen. Das sind die Dinge, die Sie verdammen sollten.«

»Und Sie glauben, die Antwort darauf sei, loszuziehen und Touristen zu erschießen?«, stieß Daniel hustend hervor.

Sayf al-Tha'r lächelte, seine Augen glühten. »Die Antwort? Nein, ich glaube nicht, dass das die Antwort ist. Wir machen nur unsere Haltung deutlich.«

»Welche Haltung macht man denn deutlich, wenn man unschuldige Menschen tötet?«

Der Mann hob die Hände. Seine Finger waren lang und dünn, fast skeletthaft.

»Dass wir es nicht länger hinnehmen, wenn ihr euch in unsere Angelegenheiten einmischt. Dass ihr ein gottloses Regime stützt, nur weil es zufällig euren politischen Interessen entspricht. Dass ihr unser Land als Spielplatz benutzt, während wir, die Einwohner dieses Landes, hungern müssen, unterdrückt und missbraucht werden.«

Er starrte Daniel an, das Narbengewebe auf seiner Stirn glänzte rot im flackernden Schein der Kerosinlampe.

»Ich frage mich oft, wie ihr im Westen reagieren würdet, wenn man den Spieß herumdrehte? Wenn es eure Kinder wären, die in den Straßen bettelten, während die Ägypter herumspazierten, ihren Reichtum zur Schau stellten und eure Sitten missachteten. Wenn die Hälfte eurer Nationalschätze geraubt und in ägyptische Museen gebracht würde. Wenn ein Verbrechen wie in Danishaway auf eurem Boden geschehen wäre, gegen eure Landsleute, begangen von ägyptischen Besatzern. Das wäre ein interessantes Experiment. Es könnte euch helfen, ein wenig von dem Zorn zu verstehen, den wir empfinden.«

Seine Stimme klang immer noch ruhig und leise, obwohl sich in seinen Mundwinkeln Schaumbläschen gebildet hatten.

»Wissen Sie eigentlich«, fuhr er fort, »dass Carter nach der Entdeckung des Grabs von Tutanchamun einen Vertrag mit der Londoner ›Times‹ unterzeichnet hat, der besagte, dass nur diese Zeitung allein über den Inhalt des Grabs berichten dürfe? Um etwas über eine Entdeckung in unserem Land zu erfahren, über etwas, das uns gehörte, über einen unserer Könige, mussten wir Ägypter eine englische Zeitung lesen.«

»Das ist fast achtzig Jahre her«, erwiderte Daniel kopfschüttelnd. »Jetzt ist das anders.«

»Nein, es ist nicht anders! Die Haltung ist immer noch die

gleiche. Diese Unterstellung, dass wir als Ägypter und Moslems weniger zivilisiert seien und nicht in der Lage, unsere eigenen Angelegenheiten zu regeln. Dass ihr uns behandeln könnt, wie ihr wollt. Daran hat sich nichts geändert. Und diejenigen von uns, die das in Frage stellen, werden als Verrückte abgetan.«

Daniel sah zu ihm auf, erwiderte aber nichts.

»Sehen Sie«, fuhr Sayf al-Tha'r fort, »darauf haben Sie keine Antwort. Und tatsächlich gibt es darauf auch keine. Außer um Vergebung zu bitten für die Art und Weise, wie dieses Land und seine Menschen behandelt wurden. Ihr habt unser nationales Erbe geplündert, unser Blut ausgesaugt, immer genommen, aber nichts gegeben. Und jetzt ist der Zeitpunkt gekommen, das Gleichgewicht wiederherzustellen. Wie es im Heiligen Koran heißt: ›Ihr habt nichts verdient als die Vergeltung für das, was ihr genommen habt.‹«

Schwarz und drohend zeichnete sich sein Schatten auf der Zeltwand hinter ihm ab. Von draußen drangen die Geräusche der Ausgrabungsarbeiten herein, aber im Zelt war es still, als seien sie Teil einer anderen Welt. Alle schwiegen. Dann richtete sich Tara langsam auf.

»Ich weiß nicht viel über Ägypten«, sagte sie. Sie stand vor dem Mann und sah ihm in die Augen. »Aber ich weiß, dass mein Vater, dessen Tod auf Ihr Konto geht, dieses Land, seine Leute und die Vergangenheit dieses Landes geliebt hat. Und zwar viel mehr, als Sie es tun. Sehen Sie sich doch an, was Sie hier treiben. Sie zerstören. Mein Vater hätte das nie getan. Er wollte die Vergangenheit bewahren. Sie wollen nur an den Höchstbietenden verkaufen. Sie sind doch selbst ein Heuchler.«

Der Mund des Mannes spannte sich an, und einen Augenblick lang glaubte sie, er würde sie schlagen. Aber er rührte sich nicht.

»Es macht mir kein Vergnügen, die Armee auf diese Weise auszuplündern, Miss Mullray. Manchmal ist es eben notwendig, unangenehme Dinge zu tun, um ein höheres Ziel zu erreichen. Wenn ein Teil unseres Erbes geopfert werden muss, um uns von der Unterdrückung zu befreien, dann muss es eben geschehen. Mein Gewissen ist rein.«

Einen Moment lang erwiderte er ihren Blick, dann ging er langsam vor der Lampe in die Hocke.

»Ich erfülle den Willen Gottes. Und Gott weiß das. Gott ist mit mir.«

Er streckte die Hand aus und legte sie auf das glühend heiße Metall. Er verzog keine Miene. Ein schwacher Geruch von verbranntem Fleisch drang ihr in die Nase. Sie glaubte, sich übergeben zu müssen.

»Unterschätzen Sie die Kraft unseres Glaubens nicht, Miss Mullray. Deshalb trägt jeder meiner Anhänger das Zeichen des Glaubens auf der Stirn. Zum Beweis für die Tiefe seiner Überzeugung. Wir schwanken nicht in unserer Treue. Wir leiden nicht an Zweifeln.«

Endlos lange schien er so zu verharren und sah mit ausdruckslosem Gesicht zu Tara auf, während seine Hand verbrannte. Dann erhob er sich wieder. Die Handfläche war leuchtend rötlich-weiß verfärbt.

»Sie haben mich gefragt, warum ich hergekommen bin, Dr. Lacage. Es geschah nicht, um mir meine Gefangenen anzusehen. Eher, um mich vor meinen Gefangenen zu zeigen. Damit sie mich sehen und mich verstehen.«

Er sah sie einen Moment an und ging dann zum Zelteingang. Daniel rief ihm nach: »Es wird nicht funktionieren, wissen Sie, die Armee auf diese Weise auszugraben und dann zu verkaufen. Sie können nur einen Bruchteil von dem freilegen, was da unten liegt. Ein anderer wird kommen und den Rest finden, und der Preis für das, was Sie gefunden haben, wird in den Keller fallen. Es ist vollkommen sinnlos, wenn Sie nicht alles rausholen.«

Sayf al-Tha'r drehte sich um. Er lächelte.

»Wir haben unsere Pläne, Dr. Lacage. Gott hat uns die Armee geschenkt, und Gott wird dafür sorgen, dass allein wir den Gewinn daraus ziehen.«

Er nickte ihnen zu und verschwand in der Nacht.

Gerade als Khalifa auf das Gelände der einzigen Tankstelle von Siwa fuhr, stürzte ein plötzlicher Stromausfall die ganze Siedlung in Dunkelheit.

»Wenn Sie Benzin wollen, müssen Sie warten«, sagte der Tankwart. »Die Pumpen arbeiten erst, wenn es wieder Strom gibt.«

»Wie lange?«

Der Mann zuckte mit den Achseln.

»Vielleicht fünf Minuten. Vielleicht fünf Stunden. Das ist schwer zu sagen. Einmal mussten wir zwei Tage warten.«

»Na hoffentlich klappt's früher.«

»Insha-Allah«, antwortete der Mann.

Khalifa parkte am Rand des Geländes und stieg aus. Die Luft war eisig, und er griff auf den Rücksitz, um seine Jacke zu holen. Ein Eselskarren mit drei Frauen darauf ratterte vorbei. Sie hatten ihre Schals tief über den Kopf gezogen, um das Gesicht zu verbergen, was ihnen das seltsam formlose Aussehen von geschmolzenen Wachsfiguren verlieh. Ein keuchendes Geräusch ertönte, als ein Generator ansprang.

Khalifa ging eine Weile auf und ab, bewegte seine steifen Beine, und nachdem er sich eine Zigarette angezündet hatte, spazierte er zu einem Kiosk am Rand des Marktplatzes hinüber, wo er sich ein Glas Tee kaufte. Dann setzte er sich auf eine Holzbank in der Nähe, zog Abduls Handy aus der Jackentasche und tippte Hosnis Nummer ein. Sein Schwager nahm nach dem vierten Klingelton ab.

»Hosni, hier ist Yusuf.«

Genervtes Stöhnen am anderen Ende.

»Was zum Teufel ist eigentlich los, Yusuf? Der Geheimdienst war hier und hat nach dir gesucht. Wo bist du?«

»In Baharija«, log Khalifa.

»Baharija! Was machst du dort?«

»Polizeiarbeit. Ich kann dir keine Einzelheiten erzählen.«

»Sie sind in mein Büro gekommen, Yusuf! Verstehst du? Die Leute vom Geheimdienst sind in mein Büro gekommen. Kannst du dir vorstellen, was das für mein Geschäft bedeuten kann? Die Speiseölbranche ist eine kleine Welt. Da verbreiten sich Gerüchte wie Lauffeuer.«

»Tut mir Leid, Hosni.«

»Wenn sie zurückkommen, muss ich ihnen sagen, wo du bist. Wir befinden uns gerade an einem sehr heiklen Punkt mit diesem neuen Sesamölprojekt. Ich kann mir von so was nicht mein Geschäft vermasseln lassen.«

»Ich verstehe, Hosni. Wenn du es ihnen sagen musst, dann tu's nur. Ist Zenab da?«

»Ja. Sie ist heute Morgen vor unserer Tür aufgetaucht. Wir müssen uns unterhalten, Yusuf. Wenn du wieder da bist. Von Mann zu Mann. Es gibt Dinge, die einfach mal gesagt werden müssen.«

»Schon gut, schon gut. Wenn ich wieder zurück bin. Jetzt hol mir Zenab an den Apparat, bitte.«

Gemurmel war zu hören, dann ein Klappern und das Geräusch sich entfernender Schritte. Einen Moment später war Zenab am Apparat.

»Und mach die Tür bitte zu, Hosni.«

Weiteres Gemurmel und das Geräusch einer zuschlagenden Tür.

»Dieser Mann ist ein schrecklicher Streber!«

Khalifa lächelte. »Geht's dir gut?«

»Ja«, sagte sie. »Und dir?«

»Auch gut.«

»Ich werde dich nicht fragen, wo du bist.«

»Lieber nicht. Und die Kinder?«

»Sie vermissen dich. Ali sagt, er wird nicht mehr Trompete spielen, bevor du wieder da bist. Also tu dir keinen Zwang an und bleib so lange fort, wie du willst.«

Sie lachten, obwohl ihr Lachen etwas Bedrücktes an sich hatte.

»Sie sind mit Sama unterwegs«, fuhr sie fort. »Auf dem Fest. Ich werde ihnen sagen, dass du angerufen hast.«

»Sag ihnen liebe Grüße von mir.«

»Natürlich.«

Er hatte fast den ganzen Tag an sie gedacht. Aber jetzt fiel ihm nichts ein, was er hätte sagen können. Er wünschte, er könnte einfach sitzen bleiben und ihrem Atem lauschen.

»Ich wollte mich nur vergewissern«, sagte er schließlich, »dass dir Hosni das Leben nicht allzu schwer macht.«

»Das würde er nicht wagen.«

Wieder Schweigen.

»Diese Männer, Yusuf ...«

»Frag nicht, Zenab. Bitte. Je weniger du weißt, desto besser. Hauptsache, euch geht's gut, das ist alles, was zählt.«

»Uns geht's gut«, sagte sie.

»Schön.«

Er dachte verzweifelt darüber nach, was er hätte hinzufügen können, irgendeinen beruhigenden Abschiedssatz. Doch ihm fiel nichts ein, außer dass er das Meer gesehen hatte.

»Vielleicht fahren wir eines Tages dorthin. Ich würde dich gern im Badeanzug sehen.«

»Da wirst du lange warten müssen, bevor ich so was anziehe!«

Sie lachte entrüstet, doch ihr Lachen erstarb in dem anschließenden Schweigen.

»Ich liebe dich, Yusuf.«

»Ich liebe dich auch. Mehr als alles auf der Welt. Gib den Kindern einen Kuss von mir.«

»Natürlich. Und pass auf dich auf.«

Sie schwiegen für einen Moment, dann legten beide auf.

Er trank seinen Tee aus und erhob sich. Es gab noch immer keinen Strom, und der Marktplatz lag im Dunkeln.

Vor ihm ragte eine große Moschee auf, ihr heller Stein glänzte im Mondlicht wie Eis. Eigentlich wollte er eine Kleinigkeit essen, aber stattdessen ging er zu der Moschee hinüber, zog seine Schuhe am Eingang aus, wusch sich Hände und Gesicht am Brunnen an der Wand und trat ein.

Im Innern war es dunkel und still, und die wenigen brennenden Kerzen vermochten die alles umhüllende Nacht nicht zu durchdringen. Anfangs dachte er, er sei der Einzige im Raum, aber dann bemerkte er im hinteren Teil einen weiteren Mann, der kniend die Stirn auf den Boden gepresst hatte.

Eine Weile stand er da und ließ die Stille auf sich wirken. Dann ging er, ohne dass seine Schritte auf dem mit Teppichen belegten Boden zu hören waren, weiter nach vorn und blieb in der Mitte des Raums unter einem großen Kandelaber stehen. Tausende kleiner Glasrauten fielen wie Tropfen aus dem Dunkel herab, ganz so, als würde die Decke weinen. Er sah einen Moment hinauf, dann wandte er sich der *mihrab* zu, senkte den Kopf und begann zu beten.

Lob sei Allah, dem Weltenherrn,
Dem Erbarmer, dem Barmherzigen,
Dem König am Tag des Gerichts!
Dir dienen wir und zu Dir rufen wir um Hilfe;
Leite uns den rechten Pfad,
Den Pfad derer, denen Du gnädig bist,
Nicht derer, denen Du zürnst, und nicht den der Irrenden.

Während er so betete und Gott bat, ihn und seine Familie zu beschützen, spürte er, wie seine Sorgen und Bedrängnisse von ihm abfielen, wie immer, wenn er zu Allah sprach. Die äußere Welt schien sich zurückzuziehen, oder besser gesagt, das Innere der Moschee schien sich auszudehnen, so dass ihre Ruhe und Stille das ganze Universum auszufüllen schien.

Sayf al-Tha'r, Dravic, sein Chef Hassani, die Armee des Kambyses – alles schrumpfte zu Staubkörnern angesichts der göttlichen Ewigkeit. Ein Gefühl unendlicher Ruhe überkam ihn.

Er fuhr noch zwanzig Minuten fort, betete zehn *rek'ahs,* Gebetszyklen, bevor er sich wieder erhob und Amen flüsterte. Im selben Moment flammte plötzlich der Kandelaber über ihm auf und ließ das Innere der Moschee in gleißendem Licht erstrahlen. Er lächelte, weil er das als Zeichen deutete, dass seine Gebete erhört worden waren.

Der Marktplatz draußen war in helles Licht getaucht, und die Benzinpumpen arbeiteten wieder. Er ließ seinen Tank und die acht Benzinkanister auffüllen, während er selbst an einem Hahn an der Wand die drei Wasserbehälter füllte.

Nachdem er das Benzin bezahlt und sich drei weitere Schachteln Cleopatras gekauft hatte, blieb ihm fast kein Geld mehr übrig. Er stieg wieder ein, durchquerte die Stadt und fuhr in Richtung der flachen Dünen hinaus, die sich an ihrem südlichen Rand erhoben.

Er fuhr jedoch nicht weit in die Wüste hinein, nur ein paar Kilometer, dann hielt er neben einem flachen Sandhügel an, dessen Hänge mit einer dünnen Matte aus Dünengras bewachsen waren. Hinter ihm blinkten die Lichter der Stadt Siwa.

In Richtung der offenen Wüste war nichts zu sehen, nur endlose, mondbeschienene Leere. Irgendwo in der Ferne heulte ein Hund. Er aß etwas von dem Proviant, den ihm Zenab mitgegeben hatte, denn er war während des ganzen Tages nicht zum Essen gekommen. Er holte ein paar Decken aus dem Kofferraum des Toyota, klappte seinen Sitz zurück, rollte sich zusammen und sah aus dem Fenster auf die Sterne am Himmel. Plötzlich kam ihm der Gedanke, dass er trotz des weiten Wegs, den er gekommen war, eigentlich gar nicht wusste, was er tun wollte, wenn er tatsächlich bei der Armee ankam. Er versuchte, seine Gedanken auf dieses Problem zu konzentrieren, war aber zu müde. Je mehr er sich zu sammeln versuchte, umso schneller schienen Sayf al-Tha'r und Dravic zu verschwimmen, bis sie schließlich auf seltsame Weise die Gestalt eines großen Brunnens annahmen, der aus der Wüste hervorsprudelte und den umgebenden Sand in saftiges Grün verwandelte. Neben ihm auf dem Beifahrersitz lag seine entsicherte Pistole. Die Wagentüren hatte er versperrt.

DIE WESTLICHE WÜSTE

Tara schreckte aus dem Schlaf. Ihr Kopf lag in Daniels Schoß, und er sah auf sie hinab.

»Du hast mein Herz ausgegraben«, murmelte sie. »Du hattest eine Kelle und hast mein Herz ausgegraben.«

»Es war nur ein Traum«, sagte er sanft und streichelte ihr Haar. »Alles ist in Ordnung.«

»Du wolltest mich begraben. Da war ein Sarg.«

Er beugte sich hinunter und küsste sie auf die Stirn.

»Schlaf wieder ein«, flüsterte er. »Alles wird gut.«

Sie blickte eine Weile zu ihm auf, dann fielen ihr langsam die Augen wieder zu. Ihr Gesicht war blass und ihr Körper schlaff. Daniel sah auf sie hinunter, dann glitt er vorsichtig unter ihr hervor, legte ihren Kopf sanft auf den Boden und stand auf. Er begann, im Zelt auf und ab zu wandern, während sein Blick immer wieder den Eingang streifte. Seine Gesichtszüge schienen sich im flackernden Schein der Kerosinlampe zu verzerren, als trüge er eine Maske, die langsam herunterglitt.

»Komm schon«, murmelte er. »Wo bist du? Komm schon!«

Der Wächter, immer den Finger am Abzug der Waffe, sah mit unbeweglicher Miene zu ihm auf.

DIE WESTLICHE WÜSTE, NAHE DER OASE VON SIWA

Khalifa wachte auf, weil Zenab sein Gesicht liebkoste. Zumindest glaubte er, es sei Zenab. Dann öffnete er die Augen und stellte fest, dass das, was er für ihren warmen Atem gehalten hatte, in Wirklichkeit die ersten Strahlen der Sonne waren, die durchs Wagenfenster drangen. Er schlug die Decken zurück, öffnete die Tür und stieg fröstelnd aus. Noch hatte sich das Land nicht wieder erwärmt. Er sprach seine Morgengebete, zündete sich eine Zigarette an und kletterte auf den niedrigen Hügel, neben dem er geparkt hatte. In nördlicher Richtung erstreckte sich links und rechts der gezackte, grüne Halbkreis der Oase, deren Salzseen im Licht der aufgehenden Sonne in zartem Rosa erstrahlten. Aus den Palmen- und Olivenhainen stiegen dünne Rauchsäulen auf. Sonst gab es nur Wüste, eine zerklüftete, ungleichmäßige Landschaft aus Sand- und Schotterfeldern mit vereinzelten Felsbrocken, die hier und da aus dem Boden ragten. Eingeschüchtert von ihrer Kahlheit, betrachtete er die Gegend, dann schnippte er seine Zigarette fort, ging zum Wagen zurück und holte das GPS aus dem Handschuhfach.

Wie Abdul gesagt hatte, war es ganz leicht zu bedienen. Er gab die Koordinaten des pyramidenförmigen Felsens ein und drückte auf die »Gehe zu«-Taste. Gemäß der Anzeige auf dem Display befand er sich bei 133 Grad in einer Entfernung von 179 Kilometern davon. Er gab auch seine Position und die der Oase al-Farafra ein und legte das Gerät dann zusammen mit Abduls Handy und seiner Pistole in die Reisetasche. Dann ließ er ein wenig Luft aus den Reifen, um die Haftung zu verbessern, stieg wieder ein, ließ den Motor an und fuhr langsam in die Wüste hinaus, wo die Räder tiefe Spuren im Sand hinterließen.

Er war noch nie über solches Terrain gefahren. Deshalb manövrierte er äußerst vorsichtig und bewegte sich mit gleichmäßiger, niedriger Geschwindigkeit voran. Der Wüstenboden schien fest zu sein, aber überraschend legten sich Senken und Buckel in den Weg. Gelegentlich fuhr er eine Düne hinauf und musste feststellen, dass sie auf der anderen Seite fast senkrecht zwanzig Meter nach unten abfiel. Einmal überschlug er sich fast und konnte den Wagen nur noch mit Mühe unter Kontrolle halten, während er seitlich einen Abhang hinabrutschte und eine tiefe Furche in der Düne hinterließ. Danach drosselte er seine Geschwindigkeit noch weiter.

Auf den ersten Kilometern gab es noch andere Reifenspuren im Sand, vermutlich von den Fahrzeugen, mit denen von Siwa aus Wüstensafaris mit Touristen unternommen wurden. Sie wurden allmählich seltener, bis sie ganz verschwanden. Ab und an kam er an einem Streifen Dünengras vorbei und zweimal an halb im Sand begrabenen Skeletten, die von der Sonne unnatürlich weiß gebleicht waren. Schakale, nahm er an, ohne ganz sicher zu sein. Sonst gab es keinerlei Anzeichen von Leben. Nur Sand, Fels und Schotter und darüber ein riesiger blauer Himmel. Die grünen Ausläufer der Oase blieben langsam hinter ihm zurück, bis sie unterhalb des Horizonts verschwanden.

Bald wurde klar, dass er im Gegensatz zu den von dem GPS errechneten 179 Kilometern viel weiter fahren musste, um sein Ziel zu erreichen. Das Gerät hatte ihm die Entfernung in Luftlinie angezeigt. Auf dem Boden jedoch war es wegen unpassierbarer Sandhügel, hoher Sandsteinkämme und plötzlich auftauchender, zerklüfteter Felsbrocken unmöglich, diesen Kurs zu halten. Ständig musste er nach rechts und links ausweichen, um einen Untergrund zu finden, der mit dem Wagen befahrbar war. Manchmal waren es kurze Umwege von wenigen hundert Metern, manchmal drei oder vier Kilometer. Ständig wurde er wie durch eine starke Strömung von seinem Kurs abgetrieben. Nach zwei Stunden Fahrt, in denen er seiner Schätzung nach etwa siebzig Kilometer zurückgelegt hatte, nahm er wieder das GPS-Gerät zur Hand und stellte fest, dass er dem pyramidenförmigen Felsen nur vierzig Kilometer näher gekommen war. Er begann sich zu fragen, ob er je dort ankommen würde.

Langsam verstrich der Vormittag. Einmal hielt er an, um sich zu erleichtern, er schaltete den Motor ab und ging ein paar Schritte vom Wagen weg. Die Stille war unglaublich, eindringlicher als jede Stille, die er je erlebt hatte. Ihm wurde klar, wie aufdringlich das Motorengeräusch inmitten dieses vollkommenen Schweigens klingen musste. Wenn Sayf al-Tha'r hier draußen Patrouillen aufgestellt hatte, was anzunehmen war, würden sie ihn über Meilen hinweg hören.

»Ich könnte ihnen genauso gut einen Funkspruch schicken und meine Ankunft ankündigen«, murmelte er, als er zum Wagen zurückging und ihn wieder anließ. Plötzlich fühlte er sich schutzlos ausgeliefert.

Während der nächsten Stunden blieb die Landschaft weitgehend die gleiche. Doch dann, gegen Mittag, schien sich eine Hügelkette vor ihm am Horizont zu erheben. Aus der Entfernung war sie nicht klar zu erkennen, denn die Hitze verzerrte die Umrisse und ließ sie an- und abschwellen, als wäre sie aus Wasser. Beim Herannahen festigte sie sich allmählich, und er erkannte, dass es keine Hügel waren, sondern eine lang gestreckte Düne, ein riesiger hoher Sandwall, der sich in weitem Bogen durch sein Blickfeld zog und hinter dem sich weitere, höhere Dünen erhoben. Der Anblick wirkte wie eine Momentaufnahme von Wellen, die sich am Ufer brachen: die äußeren Ränder des Großen Dünenmeers.

»Allah u akbar!«, war alles, was er sagen konnte. »Allmächtiger Gott.«

Er fuhr weiter, bis er an den Fuß der Düne kam, die wie ein breiter Damm die Sandwogen hinter sich in Schach zu halten schien. Er stieg aus und kletterte hinauf. Der Sand war so weich, dass er keuchte und seine Stirn vor Schweiß glänzte, als er die Spitze erreichte.

Vor ihm breitete sich bis zum Horizont eine endlose Dünenlandschaft aus, unzählige Reihen von Sandhügeln, die sich vollkommen still, glatt und geordnet bis in die Ferne erstreckten, ganz anders als das regellose Landschaftsbild, das sich ihm bisher geboten hatte. Er erinnerte sich an eine Geschichte, die ihm sein Vater einst erzählt hatte, dass die Wüste eigentlich ein Löwe sei, der am Anfang der Zeit eingeschlafen war und eines Tages wieder aufwachen und die ganze Welt verschlingen würde. Beim Blick über das Dünenmeer erschien ihm das jetzt ganz plausibel, denn der orangegelbe Sand hatte etwas Samtiges, Fellartiges an sich, während die fernen Hügelketten wie Runzeln auf dem Rücken eines uralten Tieres wirkten. Ein seltsames Schuldgefühl überkam ihn, als er seine Zigarette auf dem Boden austrat, als würde er das Fleisch eines lebendigen Wesens verbrennen.

Eine Weile blieb er stehen und sah in die Weite hinaus, dann stieg er, fast bis zu den Knien im Sand versinkend, wieder zum Wagen hinunter. Er hatte gehört, dass es Stellen mit Treibsand hier draußen gab, vor allem am Fuß von Dünenhängen, und erschauerte bei dem Gedanken, verschluckt zu werden. Wie immer auch dieses Abenteuer enden würde, sagte er sich, aber hoffentlich nicht auf diese Weise.

Wieder beim Wagen, ließ er noch ein bisschen mehr Luft aus den Reifen, holte drei Kanister vom Dachständer und füllte den Tank auf, der inzwischen schon halb leer war. Dann ließ er den Motor an, legte den ersten Gang ein und fuhr langsam in das Dünenmeer hinein. Laut GPS hatte er noch fast 100 Kilometer zurückzulegen.

Er fuhr den ganzen Nachmittag. Sein Toyota war nicht mehr als ein winziger, weißer Fleck inmitten der hoch aufragenden Sandberge, wie ein kleines Boot, das auf einem riesigen Ozean schaukelte. Er fuhr mit niedriger Geschwindigkeit die Hügel hinauf und versicherte sich oben, dass der Hang auf der anderen Seite nicht zu steil war, bevor er mit der Abfahrt begann. An manchen Stellen lagen die Dünen nahe beieinander, an anderen weiter voneinander entfernt, mit ausgedehnten flachen Tälern dazwischen, Hunderte von Metern breit. Wie eine endlose Naht verloren sich hinter ihm seine Reifenspuren in der Ferne.

Anfangs war er noch in der Lage, einen relativ geradlinigen Kurs zu steuern. Allmählich jedoch wurden die Dünen höher und die Hänge steiler, so dass er manchmal einen Gipfel erreichte und vor einer fast senkrecht abfallenden Steilwand stand. Dann musste er sich vorsichtig auf dem Kamm entlangtasten, bis er eine geeignetere Stelle für die Abfahrt fand, oder rückwärts wieder hinunterfahren und versuchen, einen Weg um die Düne herum zu finden, was ihn Dutzende von Kilometern von seinem Kurs abbrachte. Selbst bei geschlossenen Fenstern und auf Hochtouren laufender Klimaanlage spürte er dennoch die erbarmungslose Hitze, die draußen herrschte.

Je weiter er fuhr, umso mehr hatte er den Eindruck, dass die Landschaft um ihn her eine Art vages Bewusstsein besaß. Die Farben des Sandes schienen sich zu verändern, als zeige er verschiedene Stimmungen, die sich in den wechselnden Orange- und Gelbtönen der Wüstenoberfläche ausdrückten. Einmal hielt er an, um etwas Wasser zu trinken, als eine leichte Brise aufkam und der Sand leise zischte und seufzte, als würden die Dünen atmen. Er verspürte den Drang, der Wüste zuzurufen, dass er nichts Böses im Sinn habe, nur vorübergehend in ihr geheimes Inneres eindringe, und sobald sein Auftrag erledigt sei, sofort verschwinden und nie mehr wiederkommen werde. Noch nie in seinem Leben hatte er sich so klein und einsam gefühlt. Er versuchte, die Kassette mit der Musik von Kadim al-Saher zu spielen, aber diese schien nicht in die Landschaft zu passen. So tiefen Respekt flößte ihm seine Umgebung ein, dass er sogar zu rauchen vergaß.

Um etwa fünf Uhr, als die Sonne schon fast im Westen versunken war, erreichte er den Gipfel einer riesigen Düne und fuhr langsamer, um den Hang auf der anderen Seite zu prüfen. Als er sich dafür übers Steuerrad beugte und durch die Windschutzscheibe spähte, fiel ihm weit vorne zur Linken etwas ins Auge. Er stellte den Motor ab und stieg aus.

Es war schwierig, etwas klar zu erkennen, denn noch immer flimmerte die Luft in der Nachmittagshitze. Was er sah, glich einem verschwommenen Dreieck, das direkt am Horizont über den Dünen schwebte. Er ging zum Wagen zurück, holte das Fernglas heraus, richtete es auf das Objekt und stellte die Schärfe ein. Eine Weile blieb alles verschwommen. Dann kam es plötzlich in Sicht: ein dunkler, pyramidenförmiger Felsen, der sich wie ein riesiger schwarzer Eisberg aus dem Sand erhob. Etwa fünfundzwanzig Kilometer entfernt, schätzte er. Achtundzwanzig laut GPS.

Er suchte mit dem Fernglas die Dünenspitzen um den Felsen ab, konnte aber nichts entdecken, was auf die Anwesenheit von Menschen schließen ließ, außer ein paar undeutlichen schwarzen Punkten, die vielleicht Wachposten waren. Er senkte das Fernglas, schloss die Augen und horchte. Eigentlich erwartete er gar nicht, etwas zu hören. Zu seiner Überraschung jedoch drang das leise Wimmern eines Motors an sein Ohr, fern, aber unüberhörbar. Das Geräusch schien an- und abzuschwellen, eine Weile ganz zu verstummen, um dann wieder einzusetzen, jedes Mal intensiver als zuvor. Die Wüste schien das Geräusch zu verzerren und zu dehnen, so dass es schwierig war, herauszufinden, woher es kam. Erst als er fast eine Minute lang gehorcht hatte, stellte er erschrocken fest, dass es nicht aus der Richtung des pyramidenförmigen Felsens kam, sondern von hinten, aus der Richtung, aus der er gekommen war. Er drehte sich schnell um und richtete das Fernglas auf seine Reifenspuren. In diesem Moment schossen ein paar Motorräder über den Gipfel einer Düne, keine zwei Kilometer von ihm entfernt, und folgten seiner Spur.

Fluchend sah er über den Rand der Düne hinab. Sie brach praktisch senkrecht ab, viel zu steil, um mit dem Geländewagen hinunterzufahren. Er sprang auf den Fahrersitz, ließ den Motor an, legte den Rückwärtsgang ein und raste seitwärts schlitternd wieder den Dünenhang hinab. Unten angekommen, riss er das Steuer herum, schaltete in den ersten Gang und gab Gas. Der hintere Teil des Wagens schleuderte, und er schoss nach vorn. Doch nur ein paar Meter weiter kam er ruckend zum Stehen, und von unten ertönte ein wütend zischendes Geräusch, als die Reifen versuchten, im Wüstenboden Halt zu finden, sich aber nur immer tiefer und tiefer in den Sand eingruben.

»Verdammt!«, rief er verzweifelt.

Wieder legte er den Rückwärtsgang ein, starrte zum Gipfel der gegenüberliegenden Düne hinauf und erwartete jeden Moment, die zwei Motorräder auftauchen zu sehen. Das Fahrzeug ruckte zurück, und einen Moment sah es aus, als hätte er sich befreit. Dann drehten die Reifen wieder durch und gruben sich noch tiefer, fast bis zur Radachse, in den Sand.

Er sprang hinaus, um nachzusehen. Die Räder waren fast vollständig verschwunden. Es war unmöglich, sie noch rechtzeitig auszugraben. Er stieg schnell wieder ein, warf das GPS in seine Tasche, ergriff einen der Wasserbehälter vom Rücksitz und begann, knietief im Sand versinkend, den Hang hinaufzusteigen, den er soeben heruntergefahren war. Etwa auf der Hälfte des Weges begann die Düne unter ihm wegzurutschen, und er kam nicht mehr voran. Sosehr er sich auch bemühte, er schien sich dem Gipfel keinen Schritt zu nähern, als befände er sich in einer riesigen Tretmühle. Da der Wasserbehälter ihn behinderte, warf er ihn schließlich widerstrebend fort und benutzte die freie Hand, um sich abzustützen. Seine Füße gruben sich in den rutschenden Sand und suchten nach Halt. Er hörte die Motorräder die Düne hinter ihm hinaufrattern. Wenn sie den Gipfel erreichten und ihn entdeckten, war er tot.

»Komm schon!«, zischte er. »Komm schon!«

Einen weiteren Moment lang kam er nicht voran. Doch dann, als er fast schon sicher war, entdeckt zu werden, fanden seine Füße Halt, und er kletterte weiter, während ihm vor Anstrengung die Augen aus den Höhlen traten. Er erreichte die Spitze und tauchte darüber hinweg, gerade als die Motorräder die Düne hinter ihm erklommen hatten und auf seinen verlassenen Wagen zuschossen.

Er blieb kurz still liegen und versuchte, wieder zu Atem zu kommen. Dann zog er seine Pistole heraus, drehte sich auf den Bauch, kroch langsam zum Dünenkamm zurück und spähte vorsichtig ins Tal hinunter.

Die Motorräder hatten seinen Wagen inzwischen fast erreicht. Sie kamen schleudernd zum Stehen, die Fahrer stiegen ab und schwangen Maschinenpistolen von den Schultern. Einer von ihnen öffnete die Tür, sah hinein und nahm Khalifas Jacke, die er in der Eile zurückgelassen hatte. Der andere begann, Khalifas Fuß- und Reifenspuren nachzufahren. Er hielt einen Augenblick neben dem weggeworfenen Wasserbehälter an, richtete seine Waffe darauf und schoss ein Loch hinein, dann fuhr er weiter. Das Geräusch des Schusses gellte durch die verlassene Landschaft.

Khalifa duckte sich wieder hinter die Dünenkante. Es war sinnlos, davonzulaufen. Der Mann würde ihn sehen und wie einen Hasen abknallen. Er könnte ihn seinerseits überraschen und erschießen, aber dann bliebe immer noch der andere dort unten übrig.

Er sah sich schnell um. Der oberere Teil der Düne hatte einen leichten Überhang, und unterhalb des Gipfels verlief eine lange Mulde, über der sich eine dicke Sandlippe wölbte wie der Kamm einer sich überschlagenden Welle. Jemand, der sich darin verbarg, wäre für eine Person auf der Düne nicht zu sehen, obwohl er sich direkt unter ihren Füßen befand. Es war kein besonders gutes Versteck, aber das beste, das die Wüste zu bieten hatte. Der Inspektor schlüpfte mitsamt seiner Reisetasche hinein, legte sich auf den Rücken, hielt die Pistole vor die Brust und starrte auf den Baldachin aus Sand über ihm.

Einen Moment lang geschah nichts. Dann hörte er das Knirschen von Schritten. Vor seinem inneren Auge sah er, wie der Mann auf den Gipfel der Düne kam, sich umblickte, ein paar Schritte vorwärts ging und über ihm stehen blieb. Ein wenig Sand rieselte vom Rand des Überhangs herab und verriet, dass sich der Mann fast direkt über ihm befand. Den Finger am Abzug seiner Helwan, versuchte Khalifa, nicht zu atmen.

Quälende Stille folgte. Er konnte fast spüren, wie der Mann

nachdachte und herauszufinden versuchte, wohin er verschwunden war. Das Rieseln des Sandes wurde stärker, verwandelte sich in einen kleinen Erdrutsch, und einen Augenblick lang schien es, als würde der Mann herunterstürzen. Khalifa zog sich noch tiefer in die Mulde zurück. Sekunden verstrichen, und nichts passierte. Allmählich nahm das Rieseln ab. Der Mann blieb, wo er war. Wieder folgte eine lange Stille, dann ein Ruf: »Es sieht so aus, als wär er hier oben gewesen, aber dann wieder runtergegangen. Wir müssen ihn weiter unten verfehlt haben.«

Kurz darauf das Knirschen sich entfernender Schritte. Khalifa atmete erleichtert auf, seine Schultern entspannten sich.

»Allah sei Dank«, murmelte er.

Abduls Handy begann zu klingeln.

Das Geräusch kam so unerwartet, dass Khalifa ein paar Sekunden brauchte, um zu begreifen, was es war. Dann fuhr er verzweifelt mit der Hand in die Tasche, um es abzustellen. Er hörte den Mann über ihm rufen und das Geräusch rennender Schritte. Blitzschnell schoss er unter dem Überhang hervor, hob seine Pistole und feuerte hintereinander drei Schüsse ab. Der erste war zu hoch, der zweite zu tief. Der dritte traf den Mann mitten in die Stirn und schleuderte ihn rückwärts über die Düne hinab. Sofort war Khalifa auf den Beinen und kletterte auf die Düne hinauf. Als er oben war, ließ ein Kugelhagel den Sand vor ihm aufspritzen und zwang ihn, sich wieder auf den Bauch zu werfen. Nach einer kurzen Pause folgte ein zweiter Kugelhagel, der allerdings nicht auf den Gipfel der Düne gerichtet war. Khalifa erhob sich langsam. Der Mann unten hatte die Reifen des zweiten Motorrads durchlöchert. Khalifa hob seine Pistole und schoss, verfehlte aber sein Ziel. Der Mann wirbelte herum, nahm erneut den Dünengipfel unter Beschuss und zwang den Inspektor, sich zurückzuziehen. Wieder folgte eine kurze Pause, und dann ertönte das Geräusch eines anspringenden Motorrads.

Khalifa zählte bis drei, bevor er den Kopf hob. Das Motorrad fuhr bereits weg. Er kam auf die Knie, zielte und feuerte Schüsse auf den Rücken des Mannes ab. Der Mann zuckte zusammen, fiel aber nicht herunter, und da Khalifa sein ganzes Magazin geleert hatte, blieb ihm nichts anderes übrig, als zuzusehen, wie das Motorrad durchs Tal davonbrauste. Nach hundert Metern blieb es stehen, der Fahrer drehte sich um und gab eine Salve auf den stecken gebliebenen Toyota ab. Er feuerte noch fünf Sekunden weiter, bis der Wagen plötzlich mit einem ohrenbetäubenden Knall, der weit in die Wüste hinaushallte, in Flammen aufging und ein schwarzer Rauchpilz in die Luft aufstieg. Das Motorrad brauste davon.

Lange starrte Khalifa auf das Feuer hinunter, er atmete in kurzen, keuchenden Zügen, und seine Hände zitterten. Dann holte er ein paar Mal tief Luft, stand langsam auf und stapfte mit schwerem Schritt zu seiner Tasche zurück, wo das Handy noch immer klingelte. Er nahm es heraus, drückte den Empfangsknopf und hielt es ans Ohr.

»Yusuf, du alter Schurke!«, dröhnte Abduls Stimme. »Was hat dich so lange aufgehalten? Ich wollte bloß hören, ob mit meinem Wagen alles in Ordnung ist.«

Khalifa sah auf die samtig schwarze Rauchsäule, die sich in die Luft hinaufkräuselte, und sein Herz wurde schwer.

»Ja, Abdul«, log er. »Alles in bester Ordnung.«

39

Die westliche Wüste

Sayf al-Tha'r stand seit dem Morgengrauen auf der Dünenspitze und beobachtete, wie langsam immer mehr von der Armee freigelegt wurde. Die Sonne war aufgegangen, hatte ihren Zenit erreicht und war wieder untergegangen, während sich der Ausgrabungskrater unerbittlich ausdehnte, als würde ein riesiges Maul aufgestemmt. Bis zum Mittag hatte man so viele Tote ausgegraben und ihnen so viele Ausrüstungsteile abgenommen, dass inzwischen die Verpackungskisten ausgegangen waren.

Nachschub wurde von der Kamelkarawane erwartet, die später am Abend eintreffen sollte, aber auch der würde nicht ausreichen für die Tausende von Gegenständen, die dort unten angehäuft waren. Das Tal sah aus wie ein riesiger Abfallhaufen, überall lagen antike Waffen, Rüstungen und Berge von Körpern herum.

Im Moment jedoch hatte Sayf al-Tha'r der Armee den Rücken zugewandt und starrte auf eine Rauchfahne hinaus, die sich in der Ferne erhob. Eine Stunde zuvor hatte eine der Patrouillen gefunkt, sie habe Reifenspuren in der Wüste entdeckt. Der Rauch zeigte vermutlich an, dass sie das Fahrzeug, von dem sie stammten, eingeholt hatten. Er hätte erleichtert sein können. Doch stattdessen überkam ihn das seltsame Gefühl eines bösen Omens.

Der Junge Mehmet kletterte zu ihm herauf.

»Was ist los?«, fragte er. »Was ist passiert?«

»Sie haben einen Wagen gefunden, Meister. Und ihn zerstört.«

»Und der Fahrer?«

»Er ist entwischt. Hat einen unserer Leute getötet. Der andere ist auf dem Rückweg.«

Sayf al-Tha'r erwiderte nichts. Die Rauchsäule stieg immer höher in die Luft, als ströme ein giftiges Gas aus einem Riss im Wüstenboden. Eine Brise ergriff den oberen Teil, dehnte ihn aus und wirbelte ihn herum.

»Gib mir Bescheid, wenn die Patrouille eintrifft«, sagte er schließlich. »Und schick den Hubschrauber rüber. Der Fahrer kann ja nicht weit gekommen sein.«

»Ja, Meister.«

Der Junge drehte sich um und rannte die Düne hinab. Sayf al-Tha'r begann, auf und ab zu gehen, er hielt die Hände im Nacken verschränkt, um die verbrannte Handfläche war ein Tuch gewickelt.

Wer war dieser Eindringling, fragte er sich. Was machte er hier draußen mitten in der Wüste? War er allein, oder gab es noch andere?

Je mehr er darüber nachdachte, umso unbehaglicher wurde

ihm. Nicht, weil er befürchtete, sie seien entdeckt worden. Es war eine elementarere Angst. Ein Gefühl, als strecke sich aus der Vergangenheit eine Hand nach ihm aus. Er starrte auf die Rauchsäule, die fast menschliche Formen anzunehmen schien und wie ein Geist über der Wüste schwebte. Er konnte Kopf, Schultern und Arme erkennen, sogar zwei Augen, wo die Brise Löcher in den Rauch gerissen hatte. Sie schienen ihn direkt anzusehen, ihn zornig anzustarren. Er wandte sich ab, ärgerlich über sich selbst, weil er sich derlei Dinge einbildete, dennoch spürte er immer noch, wie das schwarze Gebilde drohend über ihm schwebte. Er schloss die Augen und begann zu beten.

»Ich kann dich nicht verstehen, Abdul … du bist … es ist …«

Khalifa drückte den Mund auf die Muschel und machte ein Geräusch, das sich, so hoffte er, wie Rauschen anhörte, dann stellte er das Handy ab. Einen Augenblick lang überlegte er sich, ob er Hilfe herbeirufen sollte, verwarf den Gedanken aber sofort wieder. Wen sollte er anrufen? Chefinspektor Hassani? Mohammed Sariya? Hosni? Selbst wenn sie ihm glaubten, was könnten sie tun? Nein, er war auf sich selbst gestellt. Er warf das Handy in die Reisetasche und eilte auf die Dünenspitze zurück. Die ganze Luft war vom Gestank nach Benzin und verbranntem Gummi erfüllt.

Noch immer züngelten Flammen aus den zerbrochenen Scheiben des Toyotas. Direkt unter ihm, am Fuß des Abhangs, lag die Leiche des Mannes, den er getötet hatte. Er lag mit gespreizten Beinen auf dem Rücken, ein Arm lag seltsam verdreht unter dem Kopf. Er ging zu dem Leichnam hinunter und blieb kurz bei dem zerschossenen Wasserbehälter stehen. Fast der gesamte Inhalt war ausgelaufen, doch in einer Ecke befand sich noch ein wenig Flüssigkeit. Vorsichtig hob er den Kanister an den Mund, trank aus, was noch übrig war, und kletterte weiter zum Talboden hinab. Das Gesicht des toten Mannes war eine scheußliche Maske aus Blut und Sand, die Stirn klaffte auf und gab den Blick frei auf einen Brei aus Knochen und Gehirn. Mit abgewandtem Blick nahm Khalifa dem Mann die Maschinenpistole weg, die er immer noch umklammert hielt, und begann, dem Toten die Kleider abzustreifen. Er tat es nicht gern, aber wenn er unbemerkt in das Lager von Sayf al-Tha'r gelangen wollte, würde er sie brauchen. Er rollte das Gewand und das Kopftuch zu einem Bündel zusammen, ergriff die Waffe und kletterte wieder die Düne hinauf. Nach zehn Metern jedoch peinigte ihn sein Gewissen, er eilte wieder nach unten und hob ein flaches Grab aus. Es war kein richtiges Begräbnis, aber er konnte nicht zulassen, dass der Leichnam von Geiern oder Schakalen oder irgendwelchen anderen Tieren angefressen wurde, die hier draußen in der gottverlassenen Wildnis lebten. Egal, ob Feind oder nicht, der Mann verdiente zumindest einen kleinen Beweis von Respekt.

Die Geste wäre ihn beinahe teuer zu stehen gekommen, denn als er wieder oben auf der Düne stand, war aus der Ferne unverkennbar das dumpfe Geräusch von Rotorblättern zu hören. Noch zwanzig Sekunden, und man würde ihn entdecken. Er hatte gerade noch genügend Zeit, seine Reisetasche zu packen und unter den Überhang zu kriechen, bevor der Hubschrauber auftauchte und seine Druckwelle den Sand vom Dünenkamm aufwirbelte. Eine Minute lang schwebte er über ihm und suchte die Gegend ab, dann stieg er höher und flog in nordwestlicher Richtung davon.

Ursprünglich hatte er geplant, so schnell wie möglich den Ort zu verlassen, aber mit dem Hubschrauber in der Nähe war es draußen in der Ebene nicht sicher. Darum beschloss er, bis zum Einbruch der Dunkelheit zu bleiben, wo er war. Er schob das letzte Magazin in die Waffe, stopfte die schwarzen Kleider in seine Tasche, legte sich in seiner Sandhöhle zurück, zündete sich eine Zigarette an und sah ins Dünenmeer hinaus, das langsam im abnehmenden Tageslicht verblich. Noch eine Stunde, schätzte er, vielleicht weniger. Er hoffte, das Mondlicht wäre nicht zu hell.

Die Sonne war hinter dem Horizont verschwunden, und die ersten Sterne blinkten am Himmel, als das Motorrad die Düne überwand, ruckelnd auf das Lager zufuhr und schleudernd vor einem Stapel Kisten zum Stehen kam. Der Fahrer stieg ab, hielt sich die Schulter und sank zu Boden. Eine Menge sammelte sich um ihn, darunter der Junge Mehmet, der sich neben ihm niederkniete, ihm etwas abnahm, sich dann einen Weg durch die Menge bahnte und zu seinem Meister auf der Düne hinaufrannte.

»Nun?«, fragte Sayf al-Tha'r.

»Er hat das gefunden«, keuchte der Junge. »In dem Wagen.«

Er reichte ihm Khalifas Brieftasche und Polizeiausweis.

»Und der Hubschrauber?«

»Er hat alles abgesucht, aber es gibt keine Spur von ihm. Er ist verschwunden.«

Der Mann schüttelte den Kopf.

»Er ist irgendwo da draußen. Ich kann ihn spüren. Der Hubschrauber soll bis zum Einbruch der Dunkelheit die Suche fortsetzen. Und die Wachen hier sollen verdoppelt werden. Er muss hierher kommen. Er hat keine andere Möglichkeit. Schärfe allen ein, wachsam zu sein.«

»Ja, Meister.«

»Und schick Dr. Dravic rauf. Sofort.«

»Ja, Meister.« Der Junge drehte sich um und lief den Hügel hinab. Einen Moment blieb Sayf al-Tha'r am selben Fleck stehen und starrte auf die Rauchsäule hinaus, die im zunehmenden Zwielicht gerade noch zu erkennen war. Dann öffnete er den Ausweis und sah auf den Namen und das Foto. Sein Gesicht blieb reglos, obwohl sich seine Augen ein wenig weiteten und sein Adamsapfel zitterte, als würde ihm unter der Haut etwas den Hals hinaufkriechen.

Fast eine Minute lang starrte er den Ausweis an, dann steckte er ihn in die Tasche und begann, die Brieftasche zu durchsuchen. Er nahm ein Foto von Khalifas Frau heraus, ein weiteres von den drei Kindern und eines der Eltern, die Arm in Arm vor den Pyramiden standen. Außerdem befanden sich noch eine Telefonkarte, zwölf ägyptische Pfund und eine Miniaturausgabe des Korans darin. Sonst nichts.

Zumindest glaubte er das. Dann entdeckte er in einem Geheimfach hinter einem der anderen Fächer ein weiteres Foto. Es war zerknittert und verblichen und hatte Eselsohren, war aber immer noch gut erkennbar: ein hübscher junger Mann, der dem Mann auf dem Ausweisfoto sehr ähnlich sah, aber strenger wirkte, ernster, mit stechenden Augen und dichtem schwarzem Haar, das ihm in die intelligente Stirn fiel. Er sah direkt in die Kamera, ein Arm hing an der Seite herab, während der andere auf dem Kopf einer kleinen, steinernen Sphinx ruhte. Auf der Rückseite stand: »Ali vor dem Kairoer Museum«.

Sayf al-Tha'rs Hände begannen zu zittern.

Er starrte noch immer auf das Foto, als Dravic mühsam die Düne heraufgeklettert kam.

»Was gibt's denn?«, fragte der Deutsche schnaufend.

»Wir fangen morgen an, die Funde auszufliegen«, antwortete Sayf al-Tha'r.

»Was?«

»Ich möchte, dass die Hubschrauber bei Sonnenaufgang hier sind.«

»Ich dachte, Sie hätten gesagt, wir wollten keine Hubschrauber einsetzen.«

»Der Plan hat sich geändert. Wir laden so viel wie möglich in die Hubschrauber, der Rest folgt mit der Karawane. Ich möchte in 24 Stunden von hier weg sein.«

»Aber Herrgott noch mal, wir können doch nicht ...«

»Tun Sie's!«

Dravic funkelte ihn wütend an, zog sein Taschentuch heraus und wischte sich die schweißnasse Stirn ab.

»Es ist völlig unmöglich, bis morgen alles zu verpacken. Absolut unmöglich, verflucht noch mal. Wir haben doch erst heute Morgen das Ende der Armee gefunden. Es ist fast drei Kilometer weit weg. Wir brauchen noch mindestens zwei Tage, um alles zusammenzusuchen.«

»Dann setzen wir mehr Männer ein. Wir setzen alle Männer ein. Wir hören sofort mit den Ausgrabungen auf und konzentrieren uns darauf, alles für die Abreise vorzubereiten.«

»Was haben wir für ein Problem, um Himmels willen?«

Sayf al-Tha'r sah auf das Foto in seiner Hand.

»Jemand weiß Bescheid. Ein Polizist. Er ist hier draußen. In der Wüste. Ganz in der Nähe.«

Einen Moment starrte ihn Dravic ungläubig an, dann brach er in Lachen aus.

»Deswegen scheißen Sie sich in die Hosen? Ein verdammter Polizist allein hier draußen? Jesus! Wir schicken eine Patrouille raus, knallen ihn ab, und damit hat sich die Sache. Er kann sich doch nirgendwo verstecken.«

»Wir gehen morgen.«

»Das geht nicht, das hab ich Ihnen doch schon gesagt. Wir brauchen noch mindestens zwei Tage, um alles vorzubereiten! Wenn wir nicht alles sachgemäß verpacken, ist das Zeug, das wir haben, keinen Pfifferling mehr wert. Kapieren Sie das? Dann ist es keinen Pfifferling mehr wert!«

Sayf al-Tha'r sah mit eisigem Blick zu ihm auf.

»Wir gehen morgen von hier weg. Mehr gibt es nicht zu sagen.«

Dravic wollte widersprechen, begriff aber, dass es sinnlos war. Er räusperte sich und spuckte direkt neben Sayf al-Tha'rs Füße, dann drehte er sich um und stieg die Düne hinab.

Ein Generator sprang tuckernd an, die Bogenlampen leuchteten auf und überfluteten die Ausgrabungsstätten mit grellem weißem Licht. Sayf al-Tha'r nahm keine Notiz davon, sondern starrte wieder auf das Foto in seiner Hand.

»Ali«, flüsterte er und verzog dabei das Gesicht, als schmecke das Wort bitter auf seiner Zunge. »Ali Khalifa.«

Einen Augenblick lang blieb er reglos stehen, dann zerriss er in einem Anfall von Wut das Foto und warf die Fetzen in den Wind. Sie verstreuten sich im Sand, und Teile des Porträts lagen wirr durcheinander zu seinen Füßen wie die Scherben eines zerbrochenen Spiegels.

Es war dunkel, als Khalifa schließlich unter dem Überhang hervorkroch. Oder zumindest so dunkel, wie es in der Wüste werden kann. Dort gibt es keine absolute Dunkelheit, sondern nur ein geisterhaftes Zwielicht, als lägen dünne Gazeschleier über dem Land. Er stand einen Moment da, sah über die Dünen hinweg, und wie er gehofft hatte, war das Mondlicht nicht allzu hell. Dann richtete er seine Aufmerksamkeit auf die unmittelbare Umgebung. Er hatte einen langen Weg vor sich und durfte keine Zeit verlieren. Vor ihm stürzte ein dreißig Meter langer Abhang aus festem Sand in die Tiefe. Er sah sich rechts und links nach einer bequemeren Abstiegsmöglichkeit um, aber das Gefälle war in beiden Richtungen gleichermaßen steil, deshalb murmelte er ein schnelles Gebet, warf seine Tasche voraus, setzte sich hin, legte die Maschinenpistole auf den Schoß, lehnte sich zurück und rutschte hinunter.

Er nahm sofort Geschwindigkeit auf. Er versuchte, mit den Füßen zu bremsen, was keinerlei Wirkung zeigte, außer dass seine Schuhe sich mit Sand füllten. Schneller und schneller glitt er hinab, der Wind brauste in seinen Ohren, und sein Hemd schob sich hoch, so dass der Sand schmerzhaft über seinen Rücken schabte. Auf halbem Weg ins Tal traf er auf einen harten Buckel, kippte um und rutschte polternd in einem Schauer aus abgelöstem Sand und wirr durcheinander wirbelnden Gliedern hinunter, während ihm die Maschinenpistole schmerzhaft gegen Brust und Kinn schlug. Mit den Schultern voran traf er auf dem Boden auf, wurde aufs Gesicht geschleudert und schmeckte Sand auf seiner Zunge.

»Ibn sharmoota«, murmelte er. »Hurensohn.«

Er blieb einen Moment liegen, dann spuckte er aus, richtete sich zitternd auf und sah den Hang hinauf. Von unten wirkte er sogar noch steiler als von oben, eine fast senkrechte Sandwand mit einer tiefen, geschlängelten Furche darin, die seinen Abrutsch markierte. Er flüsterte ein weiteres schnelles Gebet, diesmal zum Dank, dass er noch am Leben war, klopfte sich den Sand aus dem Haar, nahm seine Tasche und machte sich auf den Weg durch die Wüste.

Er ging die ganze Nacht hindurch, nichts war zu hören außer dem leisen Knirschen seiner Schritte und dem Keuchen seines

Atems. Er wusste, dass er eine Spur hinterließ, der man selbst im Dunkeln leicht folgen könnte, aber daran war nichts zu ändern, und er kämpfte sich unverdrossen voran.

Gelegentlich sah er auf das GPS in seiner Hand, um zu prüfen, wie weit er noch zu gehen hatte. Was die Richtung betraf, brauchte er es nicht, denn der pyramidenförmige Felsen, der geheimnisvoll in der Dunkelheit glänzte, war deutlich zu sehen. Er vermutete, dass sie zu seinen Füßen Lampen aufgestellt hatten.

Allmählich verfiel er in einen gleichmäßigen Rhythmus. Langsam ging es die Dünen hinauf, auf der anderen Seite schneller hinunter und dann in mittlerem Tempo über eine Strecke flachen Wüstenbodens bis zum nächsten Anstieg. Rauf, runter, rüber, rauf, runter, rüber, rauf, runter, rüber.

Er musste 28 Kilometer zurücklegen, und auf der ersten Hälfte des Weges schaffte er es, sich auf seine Umgebung zu konzentrieren, Augen und Ohren offen zu halten für irgendwelche Anzeichen dafür, dass er verfolgt wurde. Doch im Lauf der Stunden, nachdem er viele Kilometer zurückgelegt hatte, begannen seine Gedanken abzuschweifen.

Er dachte an Zenab, an die Zeit, als sie sich kennen lernten, kurz nachdem er sein Studium an der Universität aufgenommen hatte. Eine Gruppe Studenten war eines Nachmittags in den Zoo gegangen, unter ihnen Zenab, die mit irgendeinem seiner Kommilitonen befreundet war. Sie gingen umher, sahen sich die Tiere an, aber Khalifa war viel zu schüchtern, um sie anzusprechen, bis sie schließlich vor einem Käfig mit einem Eisbären anhielten, der traurig in einem Becken mit trübem Wasser herumpaddelte.

»Armer Teufel«, sagte Khalifa seufzend. »Er will heim in die Antarktis.«

»Die Arktis, glaube ich.«

Sie stand neben ihm.

»Eisbären stammen aus der Arktis«, sagte sie. »Nicht aus der Antarktis. Da gibt's Pinguine, aber keine Eisbären.«

Er errötete tief, überwältigt von ihrem langen Haar, dem schönen Gesicht und den riesigen Augen.

»Oh«, war alles, was er herausbrachte. »Ich verstehe.«

Und damit hatte es sich. Den ganzen Nachmittag über sagte er kein Wort mehr zu ihr, so sehr hatte ihm seine Verlegenheit die Sprache verschlagen. Er lächelte in Erinnerung daran. Wer hätte gedacht, dass sich aus einem so hoffnungslosen Anfang …

Im Westen blitzte eine Sternschnuppe auf und verglühte. Rauf, runter, rüber. Rauf, runter, rüber.

Jetzt dachte er an seine Kinder. Batah, Ali, Baby Yusuf. Er erinnerte sich an jede einzelne Geburt, als wäre sie gestern gewesen. Batah, ihr erstes Kind, hatte fast neunzehn Stunden gebraucht, um auf die Welt zu kommen.

»Nie wieder«, hatte Zenab hinterher gemurmelt. »Das nehme ich nicht noch einmal auf mich.«

Aber sie hatte es noch einmal auf sich genommen, und ein paar Jahre später wurde Ali geboren, danach Baby Yusuf, und wer wusste schon, vielleicht kämen noch mehr. Das hoffte er. Er stellte sich eine ganze Schar von Kindern vor, die um das Wasserspiel herumtobten, das er in der Diele baute. Die ihre Spielzeuge im Wasser schwimmen ließen, während ihr Lachen durch die Wohnung hallte.

Eine leichte Brise kam auf, die die Dünen zum Flüstern brachte, als redeten sie über ihn. Rauf, runter, rüber. Rauf, runter, rüber. Er zündete eine Zigarette an.

Seine Kinder traten jetzt in den Hintergrund, und er dachte an seinen Vater und seine Mutter. Wie sein Vater ihn hochgehoben und im Kreis geschwungen hatte, wie seine Mutter im Schneidersitz auf dem Dach ihres Hauses gesessen und Bohnen geschält hatte. Eine Weile blieben seine Gedanken bei ihnen, dann schweiften sie wieder ab, und er dachte an Professor al-Habibi und Fat Abdul, an das Kairoer Museum und den Kamelhof, an Fälle, die er bearbeitet und gelöst hatte. Bild um Bild zog vor seinem geistigen Auge vorbei, als säße er im Kino und ein Film über sein eigenes Leben spulte sich langsam vor ihm ab.

Und natürlich landeten seine Gedanken unvermeidlich, unerbittlich, bei seinem Bruder.

Zuerst bei den schönen Dingen: den gemeinsamen Spielen, den Abenteuern, die sie bestanden hatten, dem alten ausrangierten Flussdampfer, von dessen Deck aus sie in den Nil gesprungen waren. Wie Ali sich dann verändert hatte, härter, distanzierter wurde, in Schwierigkeiten kam, schlimme Dinge tat. Bis er schließlich – zwangsläufig – ums Leben kam. An jenem Tag war Khalifas eigenes Leben zerbrochen.

Alles war so schnell, so unerwartet geschehen. Eines Nachmittags kamen Fundamentalisten in ihr Dorf, zu allem entschlossen, um nach Ausländern zu suchen. Es kam zu Schießereien, sieben Menschen starben, darunter drei der Terroristen. Khalifa war damals auf der Universität und hörte nur im Radio davon. Sofort eilte er nach Hause, weil er instinktiv wusste, dass Ali darin verwickelt war. Seine Mutter saß einsam auf einem Stuhl und starrte an die Wand.

»Dein Bruder ist tot«, sagte sie mit ausdruckslosem Gesicht. »Mein Ali ist tot. O Gott, mein armes Herz ist gebrochen.«

Später ging Khalifa hinaus und wanderte durch die Straßen. Die Leichen der Fundamentalisten waren nicht entfernt worden und lagen mit Decken über den Gesichtern auf dem Gehsteig aufgereiht, neben ihnen ein Polizist, der sich unterhielt und rauchte. Khalifa sah sie sich an und versuchte, seinen geliebten Bruder zu erkennen, dann wandte er sich ab. Er stieg zum Plateau von Gizeh hinauf, zu den Pyramiden, und kletterte dann bis zum Gipfel der Cheops-Pyramide, an den Ort, wo er und Ali als Kinder gesessen und die Welt wie eine Landkarte unter ihnen ausgebreitet gelegen hatte. Dort, wo er sich wie auf dem Gipfel der Welt fühlte, sank er, von Scham und Entsetzen überwältigt, in sich zusammen und weinte, unfähig, zu glauben, was geschehen war, unfähig, es zu verstehen, während die purpurne Abendsonne wie eine große Gedankenblase voller Feuer, Schmerz und Verwirrung über seinem Kopf schwebte.

Ali, sein Bruder. Der Bruder, der ihm zum Vater geworden war. Der ihn zu dem gemacht hatte, der er war, dem er so viele Anregungen verdankte. So viel Kraft. So viel Güte. Sein Tod lag vierzehn Jahre zurück, aber noch immer lastete sein Verlust auf ihm. Und daran würde sich nichts ändern, bis er von Angesicht zu Angesicht dem Mann gegenüberstand, der für den Verlust verantwortlich war. Bis er Sayf al-Tha'r in die Augen sah. Deswegen war er hergekommen. Um Sayf al-Tha'r in die Augen zu sehen. Selbst wenn er dafür sein Leben lassen müsste. Um dem Mann gegenüberzutreten, der seine Familie zerstört hatte.

Taumelnd kam Khalifa auf dem Gipfel einer Düne an und stellte erschrocken fest, dass er sein Ziel fast erreicht hatte. Vor ihm, weniger als zwei Kilometer entfernt, erhob sich hoch aufragend und drohend der große, pyramidenförmige Felsen, der von strahlendem Licht umgeben war. Bei den undeutlichen schwarzen Punkten, die in regelmäßigen Abständen auf den umgebenden Dünenspitzen angeordnet waren, handelte es sich wahrscheinlich um Wachen. Er ließ sich sofort zu Boden fallen, aus Angst, er könnte entdeckt werden. Er sah auf die Uhr. Noch eine halbe Stunde bis zur Morgendämmerung.

Er kroch vom Gipfel der Düne zurück, legte die Maschinenpistole ab, zog seine Waffe aus der Reisetasche und steckte sie sich in den Gürtel. Dann holte er die schwarzen Gewänder heraus, zog sie an und band sich den Turban um den Kopf, dessen Stoff wegen des getrockneten Blutes unangenehm hart war. Er steckte das GPS und das Handy ein, warf die Reisetasche weg, hob die Maschinenpistole wieder auf und machte sich über die Düne hinweg direkt auf den Weg zu seinen Feinden.

»Für Ali«, flüsterte er.

Tara bahnte sich einen Weg durchs Lager, dicht gefolgt von der Wache mit dem Gewehr über dem Arm. Es war kalt, und sie schlang die Arme um ihren Körper, der von Dravics Überfall noch immer schmerzte. Überall wurde gelärmt und gehämmert, und von rechts drang ein lautes, schmetterndes Geräusch herüber wie eine Symphonie dissonanter Trompeten. Sie holte tief Luft, froh, der erstickenden Enge des Zeltes, in dem sie und Daniel festgehalten wurden, entkommen zu sein.

Wie viele Tage waren sie schon in Gefangenschaft? Sie versuchte, sich zu konzentrieren. Zwei? Drei? Sie suchte nach Anhaltspunkten, nach Ereignissen, um die verstrichene Zeit messen zu können. Sayf al-Tha'r war letzte Nacht gekommen. Die Nacht davor hatte Dravic sie angegriffen. Und das war wann? Ihre zweite Nacht in der Wüste? Nein, ihre erste. Sie waren am selben Morgen angekommen. Also im Ganzen drei Tage. Es kam ihr länger vor. Viel länger.

Zwischen den Zelten hindurch gingen sie weiter, am Rand eines hoch aufgetürmten Walls aus Kisten vorbei, und kamen am südlichen Ende des Lagers heraus. Rechts stand eine Herde Kamele, die Quelle des Lärms, den sie gehört hatte. Eine Unzahl von Männern, die Kisten auf- und abluden, umdrängten sie. Fünfzig Meter weiter blieben sie stehen, Tara zog ihre Jeans herunter und kauerte sich nieder, um Wasser zu lassen. Noch ein paar Tage zuvor hätte sie nicht im Traum daran gedacht, so etwas vor einem völlig Fremden zu tun. Jetzt kümmerte es sie nicht mehr.

Die Wache sah einen Moment hin und wandte dann den Blick ab. Es war ein junger Mann, eigentlich noch ein Junge. Sie sah ihn heute zum ersten Mal.

»Sie mögen Manchester United?«, fragte er plötzlich. Seine Stimme war ein Schock. Es war das erste Mal, dass einer ihrer Bewacher mit ihr sprach.

»Fußballteam«, fügte er hinzu.

Sie sah zu ihm auf, der Urin plätscherte zwischen ihren Füßen, und sie musste lachen. Konnte es etwas Absurderes geben, als mitten in der Wüste neben einem bewaffneten, religiösen Fanatiker zu pinkeln, der über Fußball reden wollte? Es war grotesk. Ihr Lachen wurde noch lauter und begann, in Hysterie umzuschlagen.

»Was?«, fragte der Junge und drehte sich verwirrt um. »Was ist komisch?«

»Das«, antwortete Tara und machte mit dem Arm eine ausholende Geste. »Das alles. Es ist verdammt komisch.«

»Sie mögen nicht Manchester United?«

Sie stand auf, zog ihre Jeans hoch und machte einen Schritt nach vorn, so dass sie dicht vor ihm stand. »Manchester United ist mir scheißegal«, fauchte sie ihn an. »Verstehst du? Es interessiert mich einen Dreck. Ich bin entführt und geschlagen worden, und bald werde ich umgebracht. Zum Teufel mit Manchester United. Zum Teufel mit dir.«

Der Junge senkte die Augen. Obwohl er eine Waffe hatte, schien er Angst vor ihr zu haben.

»Manchester United gut«, erwiderte er murrend.

Sein Gesicht war jung, erschreckend jung. Sie fragte sich, wie alt er war. Vierzehn, fünfzehn. Unerklärlicherweise tat er ihr plötzlich Leid.

»Wie heißt du?«, fragte sie ihn mit sanfterer Stimme.

Er murmelte etwas.

»Wie?«

»Mehmet.«

»Und warum bist du hier, Mehmet?«

Den Jungen schien die Frage zu verwirren.

»Sayf al-Tha'r befohlen«, antwortete er.

»Und wenn Sayf al-Tha'r befiehlt, dass du mich töten sollst, würdest du es tun?«

Der Junge trat unbehaglich von einem Fuß auf den anderen. Den Kopf hielt er noch immer gesenkt.

»Sieh mich an«, sagte sie. »Sieh mich an.«

Widerstrebend hob er den Blick.

»Wenn Sayf al-Tha'r befiehlt, mich zu töten, würdest du es tun?«

»Sayf al-Tha'r guter Mann«, murmelte er. »Er sich kümmert um mich.«

»Aber würdest du mich töten, wenn Sayf al-Tha'r es befiehlt? Würdest du das?«

Die Blicke des Jungen schossen nervös hin und her.

»Wir gehen zurück jetzt«, sagte er.

»Nicht, bevor du mir geantwortet hast.«

»Wir gehen zurück«, wiederholte er.

»Antworte mir!«

»Ja!«, brüllte er, hob die Waffe und fuchtelte vor ihrem Gesicht damit herum. »Ja, ich dich töten. Dich töten! Für Allah, ich dich töten! Okay? Soll ich jetzt dich töten?«

Er atmete schnell und hektisch, seine Hände zitterten. Sie wollte lieber nicht weiter in ihn dringen.

»Schon gut«, erwiderte sie ruhig. »Schon gut. Wir gehen jetzt zurück.«

Sie drehte sich um und begann, zum Lager zurückzugehen. Ein paar Sekunden später hörte sie, dass der Junge ihr hinterherkam. Schweigend marschierten sie weiter, bis sie den Rand des Zeltlagers erreicht hatten.

»Tut mir Leid«, flüsterte der Junge. »Tut mir sehr Leid.«

Sie verlangsamte ihren Schritt und drehte sich um. Was sollte sie sagen? Er war ein Kind. In gewisser Weise waren sie alle Kinder, schlicht und unschuldig, trotz der Taten, die sie vollbrachten. Kinder, die herausgefunden hatten, dass sie mächtiger waren als die Erwachsenen.

»Chelsea«, sagte sie. »Ich bin für Chelsea.«

Ein strahlendes Lächeln breitete sich über dem Gesicht des Jungen aus.

»Chelsea nicht gut!«, sagte er schmunzelnd. »Nicht so gut wie Manchester. Manchester United sehr gut.«

Sie setzten den Weg ins Lager fort.

Khalifa lag auf dem Boden und sah auf die schwarz gekleideten Gestalten vor ihm hinunter. Zwischen ihm und der Armee befand sich jetzt nur noch eine Hügelkette. Die Luft war vom Tuckern der Generatoren und vom fernen Klang lauten Hämmerns erfüllt.

Er konnte sich nicht weiter vorwärts wagen, ohne gesehen zu werden. Auf dem gegenüberliegenden Gipfel war eine Kette von Wachpersonal aufgereiht, ebenso in regelmäßigen Abständen unten im Tal, so dass keine Möglichkeit bestand, unbemerkt hindurchzuschlüpfen. Er konnte versuchen, außen an ihnen vorbeizukommen, aber das würde Zeit kosten, und der östliche Himmel färbte sich bereits leicht grau. Was immer auch passierte, er musste bei Sonnenaufgang im Lager sein, sonst entdeckten ihn die Hubschrauber-Patrouillen, die im Morgengrauen wieder ausfliegen würden. Er glitt von der Dünenspitze hinunter, drehte sich auf den Rücken und überlegte, was er tun sollte.

Es war Ali, der den Gang seiner Handlungen bestimmte. Oder besser gesagt ein Rat, den Ali ihm einst gegeben hatte, als sie das erste Mal das Museum von Kairo besuchten. Vor den Eingangstüren hatte sein Bruder ihn angehalten, um ihm zu erklären, wie sie ohne Bezahlung hineinkämen.

»Wir tun so, als gehörten wir zu einer Schulklasse«, sagte er. »Geh einfach durch die Vordertür rein.«

Khalifa fragte, ob es nicht besser wäre, durch einen Seiteneingang hineinzuschlüpfen, aber Ali schüttelte den Kopf.

»Wenn man dich um die Ecke schleichen sieht, wirst du mit Sicherheit angehalten«, sagte er. »Geh immer durch den Vordereingang hinein. Gib dich ganz selbstsicher, als würdest du dazugehören. Das klappt immer.«

Es hatte nie geklappt. Ob es heute funktionieren würde, stand auf einem anderen Blatt, aber ihm fiel nichts Besseres ein. Er rauchte die Zigarette zu Ende, zog sich den Turban tief ins Gesicht, kletterte wieder die Düne hinauf und ging auf der anderen Seite, den Wachen zuwinkend, hinunter.

»Salaam«, rief er ihnen zu. »Alles in Ordnung?«

Wirres Geschrei ertönte, drei Wachen rannten mit erhobenen Gewehren auf ihn zu und hielten ihn am Fuß des Hügels auf.

»Gib dich selbstsicher«, murmelte Khalifa vor sich hin. »Gib dich immer selbstsicher.«

»He!«, rief er lachend und hob die Hände. »Schon gut, Leute! Ich bin auf eurer Seite!«

Die Männer hielten weiterhin die Waffen auf ihn gerichtet.

»Was soll das?«, fragte einer. »Woher kommst du?«

»Woher glaubt ihr denn, dass ich komme? Ich war auf Patrouille draußen.«

»Patrouille?«

»Absolute Zeitverschwendung. Bin die ganze Nacht marschiert und hab nichts gesehen. Hat einer von euch eine Zigarette?«

Nach kurzem Zögern griff einer der Männer in die Tasche und zog eine Schachtel Cleopatra heraus. Sein Gefährte, derjenige, der zuerst gesprochen hatte, hielt ihn zurück.

»Es gibt heute Nacht keine Patrouillen draußen. Der Befehl

hat geheißen, Wachen um die Randbezirke. Kein Wort von Patrouillen.«

»Wenn ich das bloß auch gewusst hätte«, antwortete Khalifa und bemühte sich, ruhig zu klingen. »Ich muss mindestens dreißig Kilometer marschiert sein.«

Der Mann starrte ihn mit zusammengekniffenen Augen an, dann hob er seine Waffe und bedeutete ihm, den Turban zurückzuschieben.

Sei unverfroren, wenn sie dir Fragen stellen, erklärte ihm Ali damals beim Museum. Werde wütend, wenn nötig. Zeig nie einen Zweifel.

»Verdammt noch mal!«, herrschte Khalifa sie an. »Ich war die ganze Nacht draußen. Mir ist kalt!«

»Mach schon«, sagte der Mann.

Unwillig stöhnend zog Khalifa langsam das Tuch vom Kinn und achtete darauf, dass seine Stirn verhüllt blieb. Der Mann beugte sich vor und starrte ihn an.

»Ich kenne dich nicht«, sagte er.

»Und ich kenne dich nicht! Ich kenne die Hälfte der Leute hier nicht, aber ich lauf nicht rum und richte meine Waffe auf sie. Das ist doch verrückt! Vollkommen verrückt!«

Er hielt inne und ließ sich dann auf ein Wagnis ein.

»Wenn ihr mir nicht glaubt, warum fragt ihr nicht Dravic? Er kennt mich. Ich war dabei, als er den alten Kerl in Kairo erledigt hat. Ihm mit seiner Kelle das halbe Gesicht abgerissen hat. Das elende Schwein.«

Wieder folgte eine kurze Pause, dann nickten sich die Männer zu und senkten die Waffen. Derjenige mit den Zigaretten trat vor und hielt Khalifa das Päckchen entgegen. Er zog eine heraus, steckte sie in den Mund und hoffte, sie bemerkten nicht, wie sehr seine Hand zitterte.

»Gehst du zum Lager zurück?«, fragte der, der ihm die Fragen gestellt hatte.

Khalifa nickte.

»Dann sag ihnen, sie sollen jemand rausschicken, um uns abzulösen.«

»Mach ich«, antwortete der Inspektor. »Und tut mir einen

Gefallen. Was ich gerade über Dravic gesagt habe, behaltet ihr für euch.«

Die Männer lachten.

»Keine Sorge. Wir denken genauso über ihn.«

Khalifa lächelte, hob zum Abschied die Hand und ging davon. Nach ein paar Schritten jedoch rief ihm jemand nach.

»He, hast du nicht was vergessen?«

Der Inspektor erstarrte. Was hatte er vergessen? Ein Passwort? Ein geheimes Zeichen? Er hätte sich denken können, dass es noch etwas geben musste. Als er sich umdrehte, starrten ihn die drei Männer an und hielten die Maschinenpistolen auf ihn gerichtet.

»Also?«, sagte derjenige, der ihm die Zigarette gegeben hatte.

Khalifa fiel nichts ein, sein Herz raste. Er grinste verständnislos, instinktiv legte sich sein Finger an den Abzug seiner Waffe, und seine Blicke schossen von einem Mann zum anderen, während er sich ausrechnete, welche Chancen er hatte. Es folgte ein kurzes, quälendes Schweigen, die Ruhe vor dem Sturm, und plötzlich brüllendes Gelächter.

»Deine Zigarette, du Dummkopf! Willst du kein Feuer?«

Khalifa brauchte einen Moment, um zu begreifen, was sie meinten, und seufzte tief erleichtert auf. Er hob die Hand und berührte die Zigarette in seinem Mund.

»Das passiert einem nach einer Nacht in der Wüste draußen«, sagte er und stimmte in ihr Gelächter ein. »Bringt einen ganz durcheinander.«

Der Mann ließ ein Feuerzeug aufflammen und hielt es Khalifa hin. Er beugte sich vor und ließ sich Feuer geben.

»Je eher wir von diesem gottverlassenen Platz fortkommen, umso besser«, sagte er. Murmelnde Zustimmung.

Er nahm noch ein paar Züge, nickte ihnen zum Abschied zu und machte sich wieder auf den Weg. Diesmal rief ihn keiner zurück. Er hatte es geschafft.

Am östlichen Horizont zog inzwischen der Morgen herauf. Khalifa durchquerte das Tal und kletterte die nächste Düne hinauf. Riesig, stumm und starr ragte der Felsen zu seiner Linken auf, wie ein Angelpunkt, auf dem der ganze Himmel balancierte. Oben auf dem Gipfel ging er zwischen zwei Wachen hindurch, die ihm keinerlei Beachtung schenkten, und sah auf das wirre Durcheinander hinab – den Krater, die Zelte, die Kamele, die Stapel aus Kisten und Fundstücken. Eine riesige Schar schwarz gekleideter Gestalten lief hin und her, von denen die meisten Kisten packten und verluden. Eine kleine Gruppe, die buchstäblich durch ein Gewirr von Körpern watete und mit einem langen Schlauch hantierte, arbeitete im Krater selbst. Über ihnen stand ein großer Mann in weißem Hemd, der ihre Arbeit beaufsichtigte. Dravic, vermutete er.

Er beobachtete sie eine Weile, dann richtete er seine Aufmerksamkeit wieder auf das Lager, wo eine blonde Frau gerade in ein direkt in der Mitte stehendes Zelt verschwand. Er merkte sich dessen Lage – zwischen einer Reihe von Benzinfässern und hoch aufgetürmten Strohballen –, dann stieg er den Hang hinab. Im selben Moment drang von unten eine Lautsprecherstimme herauf:

»Allah u akbar! Allah u akbar!«

Der Ruf zum Morgengebet. Er beschleunigte seine Schritte und zog sein Tuch wieder übers Gesicht.

Ein Heer von Männern strömte auf eine Sandfläche zu, die etwas südlich vom Lager lag, und reihte sich dort, das Gesicht nach Osten gewandt, auf. Sayf al-Tha'r begleitete sie, bog aber am Rand des Lagers ab und trat in ein Zelt, über dem eine Antenne aufragte. Ein Mann erhob sich, als er eintrat, aber Sayf al-Tha'r bedeutete ihm, vor dem großen Funkgerät sitzen zu bleiben.

»Die Hubschrauber?«

Der Mann reichte ihm ein Blatt Papier.

»Gerade abgehoben.«

»Keine Probleme?«

»Keine. Sie werden in knapp einer Stunde hier sein.«

»Und die Wachen? Nichts?«

Der Mann schüttelte den Kopf.

»Halt mich auf dem Laufenden«, sagte Sayf al-Tha'r und ging wieder hinaus.

Der Strom der Männer war inzwischen dünner geworden, die letzten Nachzügler eilten zum Gebetsplatz hinaus und ließen das Lager verlassen zurück. Die Wachen waren auf ihrem Posten geblieben, aber auch sie wandten sich mit gesenktem Kopf gen Osten. Er sah zu ihnen hinauf: schwarze, bucklige Gestalten, die wie Geier entlang der Dünenspitzen aufgereiht waren. Er wandte sich um und ging durchs Lager zurück. Das Gemurmel der Gebete wehte wie von einer Brise getragen durch die Luft.

Er erreichte sein eigenes Zelt und schlug die Plane am Eingang auf. Als er sich bückte, um einzutreten, hielt er plötzlich erschrocken inne. Langsam drehte er sich um und sah rasch nach links und rechts.

Dann machte er einen halben Schritt nach vorn, ließ prüfend den Blick über das dunkle Gewirr aus Zelten und Ausrüstung schweifen, entdeckte aber nichts. Kurz darauf schüttelte er den Kopf, machte kehrt und verschwand in seinem Zelt.

IN DER NÄHE DER LIBYSCHEN GRENZE

Zwanzig Hubschrauber flogen in geringer Höhe über die Wüste, wie eine Schar Aasgeier, die über den Sand strichen. Einer flog ein wenig voraus, während die anderen seine Bewegungen nachahmten und sich synchron mit ihm höher schwangen oder abfallen ließen, als handle es sich um einen perfekt choreografierten Tanz in der Luft. Es waren große und schwere Maschinen, deren klobige Körper in seltsamem Gegensatz zur Anmut ihrer Bewegungen standen. In den Cockpits waren menschliche Umrisse zu erkennen. Sie brausten vor der aufgehenden Sonne dahin, während sich hinter ihnen der Himmel langsam rot färbte.

40

Die westliche Wüste

Khalifa versteckte sich hinter einem Stapel Ölfässer, bis sich das Lager völlig geleert hatte. Dann eilte er durch das Gewirr der Pfade zwischen Zelten und Ausrüstung hindurch und suchte nach dem Zelt, in dem das Mädchen verschwunden war. Er schätzte, dass ihm fünfzehn bis zwanzig Minuten blieben, um sich hier draußen aufzuhalten.

Von oben aus betrachtet, hatte das Lager vollkommen übersichtlich ausgesehen. Hier unten jedoch fiel ihm die Orientierung nicht leicht. Alles sah gleich aus, und die Stellen, die er sich kurz zuvor eingeprägt hatte – die Reihe der Benzinfässer, die Stapel Strohballen –, waren nirgendwo zu sehen. Er steckte den Kopf durch einige Zeltöffnungen, in der Meinung, das richtige gefunden zu haben, aber sie waren leer, und er begann schon zu verzweifeln, als er hinter einem wackligen Kistenwall hervorkam und vor sich einen Haufen Strohballen entdeckte, neben dem das von ihm gesuchte Zelt stand. Vor Erleichterung seufzte er auf, stürzte darauf zu, schlug die Plane zurück und beugte sich, die Maschinenpistole vor sich haltend, hinein.

Das wäre nicht nötig gewesen, denn die Wache, die er erwartet hatte, war nicht da. Doch das Mädchen genauso wenig. Aber eine Gestalt, die ihm den Rücken zuwandte und die Stirn auf den Boden presste, kniete vor ihm. Khalifa bemerkte, dass er das falsche Zelt erwischt hatte, und wollte sich abwenden, aber etwas hielt ihn zurück. Er konnte das Gesicht des Mannes nicht sehen, nicht einmal viel von seiner Gestalt unter den dichten, schwarzen Gewändern. Aber intuitiv wusste er Bescheid. Es war Sayf al-Tha'r. Mit dem Finger am Abzug hob er die Waffe.

Falls der kniende Mann den Polizisten bemerkte, ließ er sich nichts davon anmerken, sondern fuhr mit seinen Gebeten fort. Khalifas Finger spannte sich um den Abzug und drückte den metallenen Hebel zurück, bis nur noch ein winziger Ruck fehlte, um zu feuern. Aus dieser Entfernung würde er sein Ziel nicht verfehlen. Das Innere des Zeltes schien vom Pochen seines Herzens widerzuhallen.

Der Mann richtete sich auf, betete laut und kniete sich wieder nieder. Nur ein winziger Ruck seines Fingers, dachte Khalifa, mehr bräuchte es nicht. Eine winzige Bewegung, und der Mann vor ihm wäre tot. Er dachte an Ali, hob den Lauf leicht an und zielte auf den Kopf des Mannes. Dann holte er tief Luft, biss sich auf die Lippe, ließ die Waffe wieder sinken, nahm den Finger vom Abzug und trat rückwärts aus dem Zelt.

Einen Moment starrte er auf die abgeschabte Plane am Eingang und spürte ein seltsam flaues Gefühl im Magen. Er konnte höchstens ein paar Sekunden bei dem Mann verbracht haben, aber inzwischen war der Himmel viel heller geworden, und wie eine Welle floss von Osten her die Morgenröte herüber. Bald wären die Gebete beendet. Er drehte sich um und hastete durchs Lager davon.

»Wie es Joey wohl geht?«, murmelte Tara.

Die Hände um die Knie geschlungen, saß sie auf dem Zeltboden und schaukelte hin und her. Daniel lag neben ihr, trommelte mit den Fingern auf den Boden und hob den Arm, um auf die Uhr zu sehen.

»Wer ist Joey?«, fragte er.

»Unsere schwarzhalsige Kobra. Im Zoo. Sie ist krank.«

»Ich dachte, du hättest inzwischen genug von Kobras.«

Sie zuckte mit den Achseln.

»Ich mochte ihn nie besonders, aber andererseits … weißt du … wenn ich bedenke, dass ich ihn nie mehr sehen werde … ich hoffe, Janine hat ihm regelmäßig seine Antibiotika gegeben. Und seinen Stein herausgenommen. Er hatte eine Hautkrankheit, weißt du. Und hat sich immer daran gerieben. Seine Schuppen abgewetzt.«

Sie redete ziellos von diesem und jenem, nur um des Redens willen, als könne sie durch ihr Sprechen den Moment hinauszögern, da sie abgeholt und … was? Erschossen, geköpft, erstochen würden? Sie sah ihren Wächter an. Nicht mehr der Junge, sondern ein älterer Mann. Sie stellte sich vor, wie er eine Waffe an ihren Kopf hielt und abfeuerte – das Geräusch, das Aufspritzen von Blut, ihres Bluts. Sie begann, die Hände zu ringen.

»Was ist das eigentlich für eine Sache mit dir und den Schlangen?«, fragte Daniel und richtete sich zum Sitzen auf. »Ich habe diese Begeisterung nie verstanden.«

Tara zuckte mit den Achseln.

»Seltsamerweise war es Dad, der mich darauf gebracht hat. Er hasste sie, weißt du. Das war die einzige Schramme in seiner strahlenden Rüstung. Es gab mir das Gefühl, irgendwie Macht über ihn zu haben. Ich erinnere mich, dass ein paar Studenten einmal eine Gummischlange in seine Tasche steckten, und als er sie öffnete …«

Ihre Stimme brach ab, als sie bemerkte, dass es sinnlos war, die Geschichte zu beenden, weil keiner von ihnen lachen würde. Es folgte ein langes, bedrückendes Schweigen.

»Und wie steht's mit dir?«, fragte sie, nur um das Gespräch fortzusetzen. »Du hast mir nie erzählt, warum du Archäologe geworden bist.«

Daniel machte sich am Schnürsenkel seines Stiefels zu schaffen.

»Keine Ahnung. Ich habe nie wirklich darüber nachgedacht. Ich habe immer gerne gegraben, glaube ich. Ich erinnere mich an die Zeit, bevor meine Eltern starben, als wir in Paris lebten, hatten wir einen Garten, und ich hab immer Löcher gegraben und nach einem verborgenen Schatz gesucht. Riesige Löcher, tief wie Krater. Dad sagte damals, wenn ich nicht aufpasste, würde ich eines Tages in Australien rauskommen. Damit hat es angefangen, glaube ich. Und dann bekam ich ein Buch mit Bildern von den Schätzen Tutanchamuns, und irgendwie verbanden sich das Graben und Ägypten …«

Die Plane am Eingang wurde zurückgeschlagen, und eine Wache trat ein, die das Kopftuch tief ins Gesicht gezogen hatte, um sich vor der morgendlichen Kälte zu schützen. Die Wache auf dem Boden begann sich zu erheben. Im selben Moment schlug der Neuankömmling den metallenen Griff seiner Waffe mit aller Wucht gegen die Stirn des Mannes.

Der sank bewusstlos in sich zusammen. Daniel sprang auf, Tara ebenfalls. Khalifa zog sein Kopftuch herunter und zeigte sein Gesicht.

»Uns bleibt nur wenig Zeit«, sagte er und beugte sich hinunter, um der Wache die Waffe abzunehmen. »Ich bin Polizist, ich bin hergekommen, um Sie hier rauszuholen.«

Er reichte Daniel die Waffe.

»Können Sie damit umgehen?«

»Ich glaube schon.«

»Wie sind Sie hier reingekommen?«, fragte Tara. »Wie viele sind Sie?«

»Nur ich«, antwortete Khalifa. »Für Erklärungen ist keine Zeit. In ein paar Minuten sind sie mit den Gebeten fertig, und alles wimmelt wieder von Leuten. Sie müssen jetzt weg, solange dazu noch die Möglichkeit besteht.«

Er steckte den Kopf durch die Zeltöffnung, sah sich um und wandte sich dann wieder den beiden zu.

»Gehen Sie nach Norden das Tal hinauf, an den Ausgrabungen vorbei. Dicht entlang der westlichen Düne. Auf die Weise sind Sie außerhalb des Blickfelds der Wachen, die weiter oben stehen. Laufen Sie, so schnell Sie können.«

»Was ist mit Ihnen?«, fragte Tara.

Khalifa ignorierte ihre Frage, griff in die Tasche seines Gewands und zog das Handy und das GPS heraus.

»Nehmen Sie das. Sobald Sie außer Reichweite der Wachen sind, rufen Sie Hilfe herbei. Ihre Koordinaten werden Ihnen hier oben angezeigt. Drücken Sie einfach …«

»Ich weiß, wie es funktioniert«, unterbrach ihn Daniel, der das Gerät nahm und Tara das Handy reichte.

»Was ist mit Ihnen?«, wiederholte sie, lauter diesmal.

Khalifa drehte sich zu ihr um.

»Ich hab hier was zu erledigen«, antwortete er. »Das hat nichts mit Ihnen zu tun.«

»Wir können Sie nicht zurücklassen.«

»Gehen Sie«, sagte er und schob sie zum Eingang. »Gehen

Sie jetzt. Nach Norden und dicht entlang der Düne linker Hand.«

»Ich weiß nicht, wer Sie sind«, sagte Daniel. »Aber ich danke Ihnen. Ich hoffe, wir sehen uns eines Tages wieder.«

»Insha-Allah. Gehen Sie jetzt.«

Mit geducktem Kopf gingen sie hinaus. Draußen drehte sich Tara um, beugte sich hinunter und küsste Khalifa schnell auf beide Wangen.

»Danke«, flüsterte sie.

Er nickte und schob sie fort.

»Es tut mir Leid wegen Ihres Vaters, Miss Mullray. Ich habe ihn einmal bei einer Vorlesung erlebt. Er war großartig. Jetzt gehen Sie bitte.«

Einen Moment lang trafen sich ihre Blicke, und dann rannten Daniel und Tara zwischen den Zelten davon. Khalifa sah ihnen nach, bis sie verschwunden waren, dann drehte er sich um und lief schnell in die entgegengesetzte Richtung.

Er machte sich auf den Weg zum südlichen Ende des Lagers, blieb immer wieder stehen, um auf das Murmeln der Gebete zu hören, und überlegte, wie viel Zeit ihm noch blieb. Ein paar Minuten. Kaum mehr. Über der östlichen Düne war ein durchsichtiger Streifen rosafarbenen Lichts aufgetaucht, der sich langsam ausdehnte, sich allmählich mit dem Schein der Lampen vermischte und ihn schließlich überstrahlte.

Er ging weiter, bis er zu der Stelle kam, wo die Zelte endeten und ein wirres Durcheinander von Ausrüstungsgegenständen begann. Fünfzig Meter weiter knieten die betenden Männer nebeneinander im Sand. Er versteckte sich hinter einem Stapel Kisten und sah sich nach Material für ein Ablenkungsmanöver um.

Es lagen mehrere Strohballen in der Nähe und daneben ein einzelnes Benzinfass. Er warf einen Blick auf die Holzkisten, die einen Totenkopfstempel trugen, dann ging er zu dem Fass hinüber und schraubte den Verschluss auf. Ein wenig Gas entwich daraus. Diesel, dachte er. Er kippte das Fass um und goss den Inhalt über dem nächstliegenden Strohballen aus, dann zerrte er den Ballen zu den Kisten und drückte ihn dagegen. Noch zweimal wiederholte er diese Prozedur, und dabei spritzte Diesel auf seine Schuhe und sein Gewand.

Gerade als er den dritten Ballen hinüberbrachte, sagte ihm der plötzlich anschwellende Lärm, dass die Gebete beendet waren. Im selben Moment ertönte ein Ruf von der Dünenspitze über ihm. Er wirbelte herum und hob seine Waffe, weil er dachte, er sei entdeckt worden. Dann dröhnte das Knattern von Maschinenpistolen vom anderen Ende des Lagers herüber, und er bemerkte, dass sie nicht ihn, sondern Tara und Daniel entdeckt hatten.

»Fa'r!«, zischte er. »Mist.«

Er wandte sich wieder dem nassen Stroh zu und suchte in seiner Tasche nach dem Feuerzeug. Auch vor ihm war jetzt Unruhe entstanden, als sich die Reihen der Betenden auflösten und zum Lager zurückgelaufen kamen. Er kauerte sich nieder und hielt das Feuerzeug an einen der Ballen.

»Das würde ich nicht tun, wenn ich du wäre.«

Die Stimme kam von hinten.

»Lass das Feuerzeug fallen und steh auf. Keine schnellen Bewegungen.«

Einen Moment lang rührte sich Khalifa nicht, alles um ihn schien sich zusammenzuziehen, dann schloss er die Augen, holte Luft und drückte aufs Feuerzeug. Es klickte, und ein Funke stob auf, aber keine Flamme. Ein Kugelhagel ließ den Sand um ihn her aufspritzen.

»Ich sagte, lass das Feuerzeug fallen. Ich werd dich nicht noch mal auffordern.«

Khalifa gab sich geschlagen und ließ das Feuerzeug fallen. Von der anderen Seite des Lagers ertönten weitere Schüsse.

»Jetzt steh auf und dreh dich um«, sagte die Stimme. »Schön langsam. Und nimm die Hände hoch.«

Der Inspektor tat, wie ihm befohlen wurde. Zehn Meter entfernt, mit einer Maschinenpistole in der Hand, stand Dravic.

»Du dämlicher Idiot«, schnarrte der Deutsche.

Plötzlich waren überall Männer. Dravic rief etwas, und drei von ihnen packten Khalifa und zwangen ihn auf die Knie.

»Das ist also unser tapferer Polizist?«, sagte der Riese und trat nach vorn. »Unser kleiner Omar Sharif.«

Er blieb vor Khalifa stehen und schlug ihm mit der Hand auf den Mund, dass seine Lippe aufplatzte.

»Wie hast du dir das denn gedacht? Wolltest du uns alle ganz allein verhaften? Ihr Bullen seid ja noch blöder, als ich gedacht habe.«

Khalifa erwiderte nichts, sondern starrte ihn nur an, während ihm Blut übers Kinn lief. Das Geräusch des Gewehrfeuers wurde stärker. Ein Mann kam herbeigelaufen und sagte etwas zu Dravic, der ihn wütend anfunkelte.

»Dafür wirst du bezahlen«, knurrte er. »Glaub mir, dafür wirst du bezahlen.«

Er winkte einen der Männer heran, der Khalifas Feuerzeug aufhob und es Dravic überreichte. Der Riese beugte sich vor und schnupperte mit geblähten Nüstern in die Luft.

»Was rieche ich denn da?«, sagte er. »Dieser seltsame Duft auf deinen hübschen schwarzen Kleidern. Ist das vielleicht Benzin?«

Er grinste bösartig. Die Männer um ihn lachten.

»Wir waren unaufmerksam, nicht wahr?«

Er trat ein wenig zurück, hielt das Feuerzeug direkt vor Khalifas Brust und klickte es an. Eine gelblich blaue Flamme loderte auf.

»Es ist ein Trick, verstehst du. Liegt alles im Daumen.«

Er schwenkte die Flamme hin und her und brachte sie immer näher an den mit Diesel getränkten Stoff. Khalifa wehrte sich, aber die Männer auf beiden Seiten hielten ihn fest. Die Flamme hatte fast den Saum seines Gewands erreicht.

»Schluss damit! Sofort Schluss damit!«

Die Stimme ertönte hinter den Männern und klang scharf und herrisch. Dravic verdrehte die Augen, murmelte etwas, steckte das Feuerzeug ein und trat zurück. Der Kreis der Männer öffnete sich, und Sayf al-Tha'r erschien. Er blieb eine Weile wie angewurzelt stehen und starrte Khalifa an, dann ging er auf den Inspektor zu und sah auf ihn hinab. »Hallo, Yusuf.«

»Sie kennen ihn?«, fragte Dravic überrascht.

»Allerdings«, antwortete Sayf al-Tha'r. »Er ist mein kleiner Bruder.«

Sie rannten durchs Lager, huschten von Zelt zu Zelt, immer in Richtung der Düne, die Khalifa ihnen beschrieben hatte. Daniel lief voraus, Tara folgte ihm, und das Adrenalin in ihren Adern ließ sie ihren schmerzenden Körper vergessen.

Am Nordrand des Lagers hielten sie an. Im aufgehenden Licht des Tages erstreckte sich vor ihnen das Zerstörungswerk der Ausgrabungen bis weit in die Ferne, und auf dem Boden lagen die Haufen mit den Funden verstreut wie nach dem Absturz eines riesigen Flugzeugs. Entlang des Dünenkamms rechts von ihnen waren Wachen aufgestellt, aber die sahen nicht in ihre Richtung, sondern nach Osten, der aufgehenden Sonne entgegen. Die Wachen direkt über ihnen waren aufgrund der Neigung des Hangs nicht zu sehen.

»Alles klar?«, fragte Daniel.

»Ja.«

Sie liefen wieder weiter, dicht am Fuß des Abhangs entlang, während vor ihnen der riesige Monolith aufragte. Mit jedem Schritt, den sie sich vom Lager entfernten, mit jedem Meter, den sie hinter sich brachten, ohne entdeckt zu werden, hatte Tara das Gefühl, ihr Schicksal ein wenig mehr herauszufordern.

Es war Jahre her, dass sie gebetet hatte, seit ihrer Kindheit nicht mehr. Doch jetzt, ohne sich dessen bewusst zu sein, begann sie, vor sich hin zu murmeln und unbekannte höhere Mächte anzuflehen, sie zu beschützen und entkommen zu lassen.

»Bitte, mach, dass sie uns nicht sehen«, flüsterte sie. »Bitte, mach, dass sie uns nicht sehen.«

Es funktionierte über eine Strecke von fünfzig Metern. Doch dann, als sie bei den Ausgrabungen ankamen, ertönte ein Ruf von oben, gefolgt von wütendem Maschinenpistolenfeuer.

»Mist«, zischte Daniel.

Der Ruf wurde von weiteren Stimmen wiederholt, und heftigeres Feuer prasselte auf sie nieder. Vierzig Augenpaare richteten sich auf sie. Daniel drehte sich um und schoss.

»Zurück«, schrie er. »Wir müssen zurück.«

»Nein!«

»Hier gibt's keine Deckung!«

Er packte ihren Arm und zog sie den Weg zurück, den sie gekommen waren. Männer liefen jetzt von allen Seiten, wild um sich schießend die Dünen herunter. Kugeln pfiffen an Taras Kopf vorbei, schlugen in den Sand ein, zerfetzten Kisten und antike Rüstungen. Daniel feuerte eine weitere Salve ab, dann waren sie wieder zwischen den Zelten und verloren ihre Verfolger für einen Moment aus den Augen.

»Was jetzt?«, keuchte Tara.

»Ich weiß nicht. Ich weiß nicht.«

Er klang verzweifelt.

Sie rannten weiter und hetzten zwischen Zelten und Gerätschaften hindurch. Die Rufe hinter ihnen wurden lauter. Ebenso vor ihnen. Die Falle schnappte zu. Es gab keinen Ausweg mehr. Angst pochte in Taras Ohren. Alles verschwamm vor ihren Augen.

Sie liefen um ein Zelt herum, und dahinter stand ein einzelnes Motorrad. Sie rannten darauf zu. Der Schlüssel steckte im Zündschloss. Ohne ein Wort drückte ihr Daniel die Waffe in die Hand, stieg auf und trat mit aller Wucht den Kickstarter herunter. Der Motor stotterte, sprang aber nicht an. Er versuchte es noch einmal. Ohne Erfolg.

»Na los!«, schrie er. »Spring an, du Miststück.«

Die schreienden Männer waren jetzt nur noch ein paar Zelte entfernt, kamen von allen Seiten, die Schlinge zog sich zusammen. Verzweifelt hielt Tara die Maschinenpistole vor sich und drückte ab. Bei jedem Schuss schnellte die Waffe in ihren Händen hoch, und ein Kugelhagel durchschlug Zeltplanen und Holz. Sie nahm den Finger vom Abzug, schwang sich herum, feuerte wieder, diesmal in die entgegengesetzte Richtung, bis das Magazin leer war. Ein weiteres Magazin war mit Klebestreifen an der Waffe befestigt, sie riss das leere aus dem Schacht, warf es weg und schob das neue ein. Aufheulend sprang das Motorrad an.

»Steig auf!«, schrie Daniel.

Sie sprang hinter ihm auf, und er gab bereits Gas, noch bevor sie ganz im Sattel saß. Sand sprühte unter dem Hinterrad auf, und sie rasten los. Eine Gestalt sprang zwischen den Zelten hervor und versuchte, ihnen den Weg zu verstellen, aber Daniel hob den Fuß und stieß sie weg. Vor ihnen und zu beiden Seiten tauchten andere Gestalten auf, und Tara, die Hand um Daniels Taille geklammert und die Augen halb geschlossen, als würde sie dies schützen, feuerte ziellos um sich. Irgendwo in der Nähe gab es eine Explosion, und in der Ferne taumelte ein Mann mit brennendem Gewand durch ihr Blickfeld.

In wirrem Zickzack rasten sie zwischen den Zelten hindurch, bogen schlitternd und schleudernd in die eine oder andere Richtung ab, bis sie schließlich den nördlichen Rand des Lagers erreichten und auf den Hügel zuschossen, auf dessen Gipfel sie in der Nacht gestanden hatten, als sie die Armee entdeckten. Schwarz gekleidete Gestalten strömten von allen Seiten auf sie zu. Daniel drosselte das Tempo, sah sich um und gab dann wieder Gas.

»Halt dich fest!«

Sie rasten direkt auf den Sandberg zu. Die Männer vor ihnen blieben einen Moment stehen, dann stoben sie auseinander. Als sie sah, was er vorhatte, warf Tara die Waffe weg und schlang beide Arme um seine Taille.

»Du spinnst ja!«, schrie sie.

Sie erreichten den Fuß des Hügels, kämpften sich hinauf, überwanden den Gipfel, rasten nach schier endlos erscheinender Zeit auf der anderen Seite hinunter und hatten nun den Hügel zwischen sich und ihren Verfolgern. Ihr Hinterrad drohte seitlich auszubrechen, als sie hart auf ebener Fläche landeten, und für einen Augenblick sah es so aus, als würden sie das Gleichgewicht verlieren. Aber irgendwie hielten sie sich im Sattel und rasten durchs Tal davon. Von hinten waren einzelne Schüsse zu hören, aber keine von oben, denn die meisten Wachen in den Beobachtungsständen hatten ihre Posten verlassen und waren ins Lager gerannt, als die Schießerei begann. Sie waren entkommen.

»Mein Gott, schau dir all das Zeug an«, rief Daniel, als sie an den Ausgrabungen vorbeifuhren.

Tara klammerte sich noch fester um seine Taille.

»Sieh nicht hin«, brüllte sie. »Fahr!«

41

Die westliche Wüste

»Du bist nicht mein Bruder«, sagte Khalifa und sah zu dem Mann vor ihm auf. »Mein Bruder ist tot. Er starb an dem Tag, als er und seine Komplizen in unser Dorf kamen und sieben unschuldige Menschen ermordeten. An dem Tag, als er den Namen Sayf al-Tha'r annahm.«

Nun, da sie nebeneinander standen, war die Ähnlichkeit unverkennbar: die gleichen hohen Wangenknochen, die gleichen schmalen Münder und gebogenen Nasen. Nur die Farbe ihrer Augen war verschieden. Khalifas Augen waren strahlend blau, die von Sayf al-Tha'r leuchtend grün.

Ihre Blicke verknoteten sich eine Weile, ihre Körper jedoch verharrten reglos, und die Luft zwischen ihnen schien zu knistern. Dann streckte Sayf al-Tha'r die Hand zu Dravic aus.

»Ihre Pistole.«

Der Riese trat vor und reichte ihm die Waffe. Sayf al-Tha'r nahm sie und richtete den Lauf auf Khalifas Kopf. »Nehmen Sie die Männer und gehen Sie wieder an die Arbeit«, befahl er. »Holen Sie auch die Wachen von den Beobachtungsposten dazu. In dreißig Minuten werden die Hubschrauber eintreffen, und es gibt noch eine Menge zu tun.«

»Was ist mit den Gefangenen?«

»Die lassen wir laufen. Wir brauchen sie nicht mehr.«

»Und er?«
»Um den kümmere ich mich selbst.«
»Wir können nicht …«
»Ich kümmere mich um ihn.«

Murrend wandte Dravic sich ab und ging davon. Die Männer folgten ihm und ließen die beiden allein. Sayf al-Tha'r befahl Khalifa aufzustehen, und sie standen sich gegenüber. Sayf al-Tha'r war der Größere von beiden.

»Du hättest mich töten sollen, als du die Gelegenheit dazu hattest, Yusuf. Als du vorhin in meinem Zelt warst. Das warst doch du, oder? Ich habe dich hinter mir gespürt. Warum hast du nicht abgedrückt? Ich weiß, dass du das vorhattest.«

»Ich versuchte, mir vorzustellen, was mein Bruder Ali in dieser Situation getan hätte«, antwortete Khalifa. »Und ich wusste, dass er niemals einem Mann in den Rücken geschossen hätte. Vor allem dann nicht, wenn er gerade beim Gebet gewesen wäre.«

Sayf al-Tha'r schnaubte.

»Du redest, als wäre ich nicht dein Bruder.«

»Das bist du nicht. Ali war ein guter Mensch. Du bist ein Schlächter.«

Die Generatoren blieben plötzlich stehen, die Bogenlampen verloschen, und das Lager wurde ins sanftere Licht der Morgenröte getaucht. Im Norden stieg eine dichte schwarze Rauchsäule in die Luft.

»Warum bist du hergekommen, Yusuf?«

Khalifa schwieg einen Moment.

»Nicht, um dich zu töten«, antwortete er. »Deswegen nicht. Obwohl du Recht hast: Ich wollte es tun. Vierzehn Jahre lang wollte ich es tun. Um Sayf al-Tha'r vom Angesicht der Erde zu tilgen.«

Er suchte zwischen den Falten seines Gewands herum und zog seine Zigaretten heraus. Doch als er sie anzünden wollte, erinnerte er sich, dass Dravic sein Feuerzeug hatte, also behielt er sie einfach in der Hand.

»Ich bin gekommen, weil ich verstehen wollte. Weil ich dir ins Gesicht sehen und herausfinden wollte, was damals passiert ist. Warum du dich verändert hast. Warum Ali sterben musste, um … dieser Niedertracht Platz zu machen.«

Sayf al-Tha'rs Augen blitzten auf, seine Hand schloss sich fester um die Waffe. Dann lockerte sich sein Griff, und der Anflug eines Lächelns breitete sich über seinem Gesicht aus.

»Ich habe die Augen geöffnet, Yusuf, das ist alles. Ich habe mich umgesehen und die Welt erkannt, wie sie ist. Böse und verdorben. Die Sharia wurde missachtet. Das Land von *kufr* überrannt. Das habe ich gesehen und geschworen, etwas dagegen zu unternehmen. Dein Bruder ist nicht gestorben. Er hat sich nur weiterentwickelt.«

»Zu einem Monster.«

»Zu Gottes wahrem Diener.«

Der Mann starrte Khalifa mit bohrendem Blick an. »Für dich war es leicht, Yusuf. Du warst nicht der älteste Sohn. Du hattest nicht die gleiche Last zu tragen, die ich tragen musste. Die gleiche Verantwortung. Achtzehn, zwanzig Stunden habe ich geschuftet, um dich und deine Mutter zu versorgen. Ich spürte, wie mir allmählich die Lebenskraft ausging. Und überall um mich reiche Leute aus dem Westen in eleganten Hotels, die für ein einziges Essen mehr ausgaben, als ich im ganzen Monat verdiente. Derlei Erfahrungen verändern einen Mann. Sie zeigen ihm, wie die Welt in Wirklichkeit ist.«

»Ich hätte geholfen«, sagte Khalifa. »Ich habe dich angefleht, mich helfen zu lassen. Du hättest nicht die ganze Last allein tragen müssen.«

»Ich war der älteste Sohn. Es war meine Pflicht.«

»Genauso, wie es jetzt deine Pflicht ist, Leute zu töten?«

»Wie es im heiligen *Qu'ran* heißt: ›Kämpfe gegen die Ungläubigen, bis es keinen Widerstand mehr gibt.‹«

»Es heißt auch: ›Lass dich nicht vom Hass auf Menschen zu ungerechten Taten hinreißen.‹«

»Und ebenso: ›Diejenigen, die vom Weg Gottes abirren, sollen harte Strafe erleiden‹, und auch: ›Gegen sie sammle alle Kraft, die du aufzubringen vermagst, um die Feinde Allahs zu vernichten.‹ Sollen wir hier stehen und uns heilige Verse vorsagen, Yusuf? Ich wette, ich würde dich ausstechen.«

Khalifa sah auf die Zigarette in seiner Hand.

»Ja«, flüsterte er, »das würdest du wahrscheinlich. Ich bin sicher, du könntest von Sonnenaufgang bis Sonnenuntergang und länger zitieren. Aber das würde dennoch deine Taten nicht rechtfertigen.«

Er sah wieder auf und ließ den Blick über Sayf al-Tha'rs Gesicht streichen.

»Ich erkenne dich nicht wieder. Die Nase, die Augen, der Mund, ja, sie gehören Ali. Aber ich erkenne dich nicht. Nicht hier.«

Er hob die Hand ans Herz.

»Hier bist du ein Fremder. Weniger als ein Fremder. Ein Nichts.«

»Ich bin immer noch dein Bruder, Yusuf. Was immer du auch sagen magst. Unser Blut ist das gleiche.«

»Nein, das ist es nicht. Ali ist tot. Ich habe ihm sogar ein Grab geschaufelt, mit meinen eigenen Händen, obwohl es keinen Leichnam gab, der darin ruhen konnte.«

Er hob den Ärmel und wischte sich das Blut vom Mund.

»Wenn ich an Ali denke, empfinde ich Stolz. Ich empfinde Bewunderung. Liebe. Deswegen trägt mein ältester Sohn den gleichen Namen. Weil er mich immer mit Freude und Wärme erfüllen wird. Aber bei dir … Bei dir empfinde ich nur Scham. Vierzehn Jahre. Vierzehn Jahre der Angst, eine Zeitung aufzuschlagen und von einer neuen Schandtat zu lesen. Vierzehn Jahre musste ich mich vor meiner Vergangenheit verstecken. Vierzehn Jahre lang musste ich so tun, als sei ich nicht der, der ich bin, denn ich bin der Bruder eines Ungeheuers.«

Wieder blitzten Sayf al-Tha'rs Augen auf, und seine Hände umspannten die Waffe so fest, dass die Knöchel weiß hervortraten.

»Du warst immer schwach, Yusuf.«

»Du verwechselst Schwäche mit Menschlichkeit.«

»Nein, du verwechselst Menschlichkeit mit Unterwürfigkeit. Um frei zu sein, muss man zuweilen unangenehme Entscheidungen treffen. Aber warum solltest du das verstehen? Verstehen wird aus Leiden geboren, und ich habe immer versucht, dich vor derlei Dingen zu bewahren. Vielleicht war das ein Fehler. Du sprichst von Scham, Yusuf, aber hast du an die Scham gedacht, die ich empfinde? Mein Bruder, den ich geliebt und für den ich gesorgt habe, für den ich mir die Finger wund geschunden habe, um ihn zu ernähren, zu kleiden und zur Universität zu schicken, ist Polizist geworden. Ein Knecht derer, die deinem eigenen Fleisch und Blut das angetan haben.«

Er schnippte mit den Fingern vor der Narbe auf seiner Stirn.

»Hab ich mich deswegen krumm gelegt? Mein Leben hingegeben? Glaub mir, du bist nicht der Einzige, der enttäuscht ist. Nicht der Einzige, der glaubt, einen Bruder verloren zu haben. Kein Tag vergeht, keine Minute, in der ich nicht an dich denke. Und es vergeht kein Tag, an dem meine Gedanken nicht von Trauer, Zorn und Bitterkeit überschattet werden.«

Seine Stimme war nur noch ein Flüstern.

»Als ich feststellte, dass du es warst, der dort draußen war, dachte ich, vielleicht ... nur einen Moment lang ... nach all den Jahren ...«

Seine Augen leuchteten kurz auf und verdunkelten sich dann wieder.

»Aber nein. Natürlich nicht. Dazu hast du nicht den Mut. Du hast mich betrogen. Und du hast Gott betrogen. Und dafür wirst du bestraft werden.«

Er hob die Waffe, richtete sie auf Khalifas Kopf, und sein Finger spannte sich um den Abzug.

Khalifa sah zu ihm auf.

»Gott ist groß«, sagte er schlicht, »und Gott ist gut. Und er muss keine Menschen töten, um das zu beweisen. Das ist die Wahrheit. Das hat mich mein Bruder Ali gelehrt.«

Sie sahen sich in die Augen, fünf, zehn Sekunden, und dann drückte Sayf al-Tha'r mit einem lauten Knurren ab. Doch er riss den Lauf nach oben, so dass die Waffe, ohne Schaden anzurichten, in die Luft losging. Einen Moment lang geschah gar nichts, dann kam der Junge Mehmet auf den freien Platz gerannt.

»Führ ihn ab und bewache ihn«, sagte Sayf al-Tha'r. »Pass gut auf ihn auf. Sprich nicht mit ihm.«

Er wandte sich ab und ging weg.

»Du wirst sie doch nicht etwa zerstören«, rief Khalifa ihm nach und deutete auf den Stapel Kisten hinter sich. »Dafür ist er doch da. Der Sprengstoff?«

»Wenn der Rest der Armee bestehen bleibt, ist das, was wir haben, wertlos. Es ist bedauerlich, aber wir haben keine andere Wahl.«

Khalifa erwiderte nichts, sondern starrte ihn nur an.

»Armer Ali«, flüsterte er.

Sie rasten zehn Minuten lang weiter, und Tara sah immer wieder über die Schulter zurück, ob es Anzeichen von Verfolgern gab. Als sie sicher war, dass sie nicht verfolgt wurden, drosselte Daniel das Tempo, fuhr rechts eine Düne hinauf und kam auf ihrem Gipfel schlitternd zum Stehen. Das Lager hinter ihnen, über dem sich eine dünne Rauchglocke erhob, verschwamm in der Ferne. Der pyramidenförmige Fels schimmerte orange und purpurfarben im zunehmenden Morgenlicht. Schweigend sahen sie hinüber.

»Wir können ihn nicht im Stich lassen«, sagte Tara schließlich.

Daniel zuckte mit den Achseln, erwiderte aber nichts.

»Wir könnten Hilfe herbeirufen.« Sie zog das Handy aus der Tasche. »Die Polizei, die Armee, irgend so jemanden.«

»Zeitverschwendung. Sie würden Stunden brauchen, um herzukommen. Wenn sie uns überhaupt Glauben schenken.«

Er hielt inne und spielte mit dem Zündschlüssel.

»Ich fahr zurück«, sagte er.

»Wir fahren beide zurück.«

Er lächelte.

»Hatten wir diesen Streit nicht schon einmal?«

»Dann sollten wir ihn nicht noch einmal führen. Wir fahren zusammen zurück.«

»Und dann?«

Sie zuckte mit den Achseln. »Darüber machen wir uns Gedanken, wenn wir dort sind.«

»Schlauer Plan, Tara. Raffiniert.«

Er drückte ihr Knie, legte seufzend den Gang ein und fuhr auf der anderen Seite der Düne hinunter.

»Wenigstens haben wir uns dafür einen schönen Tag ausgesucht«, sagte er über die Schulter nach hinten.

»Wofür?«

»Um Selbstmord zu begehen.«

Anfangs fuhr er etwa einen Kilometer nach Osten, wodurch zwei riesige Dünen zwischen ihnen und dem Tal lagen, in dem die Armee begraben war. Erst dann bog er wieder nach Süden, gab Gas und ratterte auf den großen Felsen zu, der jetzt irgendwo weiter vorn zu ihrer Rechten lag.

»Wir fahren parallel zum Tal, bis wir auf Höhe des Lagers sind«, erklärte er. »So haben wir zumindest eine Chance, nahe heranzukommen. Wenn wir den gleichen Weg zurückfahren, den wir gekommen sind, entdecken sie uns schon im Abstand von einer Meile. Es spricht ja nichts dagegen, so lange wie möglich am Leben zu bleiben.«

Sie hielten nach allen Seiten Ausschau, ob sich irgendetwas zwischen den Dünen regte, und einmal blieb Daniel stehen, stellte den Motor ab, schloss die Augen und lauschte, ob es irgendein Geräusch gab, das anzeigte, dass sie entdeckt worden waren. Nichts war zu hören. Es gab nur Sand und Stille.

»Als wäre das Ganze nur ein Traum gewesen«, sagte Tara.

»Wenn's nur so wäre.«

Sie fuhren noch fünf Minuten weiter, bis Daniel glaubte, dass sie ungefähr wieder auf Höhe des Lagers waren. Dann lenkte er das Motorrad nach rechts zum Gipfel einer Düne hinauf. Der Hang war steil, und die Maschine kämpfte sich widerwillig heulend hinauf. Vor ihnen ragte der pyramidenförmige Felsen auf, und links von ihnen, hinter zwei Dünen versteckt, breiteten sich das Lager und die Ausgrabungen aus. Es gab keinerlei Anzeichen von Wachen.

»Wo sind sie nur?«, fragte Tara.

»Keine Ahnung. Sie müssen alle ins Lager hinuntergegangen sein.«

Er gab wieder Gas, fuhr die Düne hinunter und die nächste

hinauf. Jetzt lag nur noch ein Sandwall zwischen ihnen und der Armee.

Sie hörten undeutliche Geräusche, Rufe und Hämmern. Aber niemand zeigte sich.

»Es ist unheimlich«, sagte sie. »Als wäre die Wüste voller unsichtbarer Menschen.«

Daniel stellte den Motor ab und ließ den Blick über das Land schweifen. Dann nahm er langsam die Hand von der Bremse und ließ die Maschine vorsichtig den Hang hinabrollen, aber sie nahmen so viel Geschwindigkeit auf, dass sie noch fünfzig Meter über die Ebene rollten, bevor sie schließlich zum Stehen kamen. Sie stiegen ab, und er legte das Motorrad in den Sand.

»Von hier aus gehen wir zu Fuß weiter. Ich möchte nicht riskieren, den Motor zu starten. Das würde zu viel Lärm machen. Wenn uns jemand sieht ... Nun, da könnten wir nicht viel tun. Außer davonlaufen vermutlich.«

Sie gingen bis zum Fuß der Düne und begannen den Aufstieg, den Blick immer nach oben gerichtet, voller Angst, dass jeden Moment jemand auftauchen und sie entdecken könnte. Doch niemand zeigte sich, und mit vor Anstrengung klopfendem Herzen erreichten sie den Gipfel, warfen sich auf den Boden und krochen langsam über den kühlen Sand nach vorn, bis sie in das unter ihnen liegende Tal hinabsehen konnten.

Sie befanden sich direkt über dem Ausgrabungskrater, vor ihnen der riesige Fels, das Lager zu ihrer Linken. Scharen von Männern hasteten hin und her, schleppten die Funde davon – Schwerter, Schilde, Speere, Rüstungen – und luden Kisten auf Kamele.

»Sieht aus, als würden sie sich für den Aufbruch bereitmachen«, sagte Daniel und verzog das Gesicht über die Art, wie die Objekte behandelt wurden. »Sieh nur, sie machen sich nicht mal mehr die Mühe, sie in Stroh einzupacken. Sie werfen sie einfach in die Kisten.«

Sie blieben still liegen und betrachteten die Szene. Eine riesige Gestalt stand schreiend und gestikulierend zwischen den Arbeitern. Dravic. Tara spürte, wie sich vor Abscheu ihr Magen verkrampfte, und wandte sich ab.

»Was ist das?«

Sie deutete auf einen Mann am Rand des Kraters, der dicht am Fuß des Felsens stand und mit einem kleinen grauen Kasten herumhantierte, während ein Gewirr von Kabeln um seine Füße lag. Daniel kniff die Augen zusammen.

»O Gott«, keuchte er.

»Was denn?«

»Ein Zünder.«

Einen Moment lang schwiegen sie beide.

»Du meinst ...«

»Sie sprengen alles in die Luft«, sagte er und schlug mit der Faust in den Sand. »Das ist es, was Sayf al-Tha'r damals in der Nacht meinte. Es ist die einzige Möglichkeit, um den Wert ihrer Funde sicherzustellen. Der größte Fund in der Geschichte der Archäologie, und sie zerstören ihn. O Gott.«

Er verzog das Gesicht, als spürte er tatsächlich Schmerzen.

»Was sollen wir tun?«, fragte sie

Er schüttelte den Kopf.

»Ich weiß nicht, Tara. Ich weiß es einfach nicht. Wenn wir hier heruntergehen, sehen sie uns sofort.«

Er wandte den Blick von dem Zünder ab, erhob sich und sah nach links hinüber.

»Vielleicht kommen wir weiter vorne hinunter, neben dem Lager, aber es ist gefährlich. Es muss bloß einer raufsehen, und wir sind geliefert.«

»Jetzt haben wir's bis hierher geschafft. Wenn es eine Chance gibt, runterzukommen, sollten wir es versuchen.«

»Aber was dann? Dieser Polizist könnte überall sein. Es gibt an die hundert Zelte dort unten.«

»Lass uns einfach runtergehen, ja?«

Er musste lächeln, obwohl ihm nicht danach war.

»Das mag ich an dir, Tara. Bloß keine Frage sofort beantworten, wenn man sie auf morgen verschieben kann.«

Er sah auf das Lager hinab, ließ sich dann langsam rückwärts vom Gipfel gleiten und begann, den Hang hinunterzusteigen. Tara folgte ihm. Nach ein paar Metern hörten sie von hinten ein dumpfes Geräusch, als würden Trommeln geschlagen. Sie blieben stehen, drehten sich um und lauschten. Das Geräusch wurde lauter.

»Was ist das?«, fragte Tara.

Er reckte den Kopf und konzentrierte sich. »Mist!«

Er zog sie zu Boden.

»Hubschrauber!«

Sie lagen still und drückten das Gesicht in den Sand, während das Geräusch ständig lauter wurde. Bald kam es von überall und dröhnte in ihren Ohren. Sand stob von der Düne auf, immer heftiger, wirbelte um sie her, und von oben drückte ein Luftstrom auf sie hinab. Der erste Hubschrauber brauste vorbei, keine zehn Meter über ihnen. Dann der nächste und der übernächste, immer mehr und mehr, wie ein Schwarm riesiger Heuschrecken, die den Himmel verdunkelten, und immer weiter so, bis schließlich alle vorbeigeflogen waren und der Wirbelwind nachließ.

Einen Moment blieben sie liegen, dann kletterten sie auf den Gipfel zurück und sahen nach unten.

Drei Hubschrauber schwebten über dem Tal. Die anderen setzten zur Landung an, die eine Hälfte südlich vom Lager, die andere nördlich davon. Sobald sie den Boden berührten, strömten von überall Arbeiter herbei, um Kisten einzuladen. Es dauerte einen Moment, dann glitten die Ladetüren auf. Die schwarz gekleideten Männer beugten sich hinunter, um die Lasten aufzunehmen. In dem Moment schossen urplötzlich Rauch und Flammen aus den Flanken der Hubschrauber hervor, und heftiges Feuer aus Maschinengewehren setzte ein.

»Was zum …«

Sayf al-Tha'rs Männer wichen zurück, und die Kisten mitsamt ihrem Inhalt wurden im Hagel der Kugeln zerfetzt. Das Geschützfeuer nahm zu und kam jetzt auch von den Hubschraubern in der Luft. Schwarz gekleidete Gestalten stoben in alle Richtungen davon, Kugeln mähten sie im Laufen nieder. Manche versuchten, das Feuer zu erwidern, wurden aber fast sofort aus den über ihnen schwebenden Hubschraubern erschossen. Kamele rannten kopflos umher und trampelten jeden nieder, der ihnen in den Weg kam.

»Das ist ein Massaker«, flüsterte Tara. »Allmächtiger Gott, es ist ein Massaker.«

Rufe und Schreie erklangen und das Zischen und Knallen explodierender Ölfässer. Gestalten sprangen aus den Hubschraubern, eine kakifarbene Woge, die sich duckte, in alle Richtungen ausströmte und schoss. Unzählige Körper lagen wie Tintenkleckse über den Boden verstreut. Daniel stand auf.

»Ich geh runter!«

Sie wollte ebenfalls aufstehen, aber er drückte sie nieder.

»Bleib hier! Ich versuche, den Polizisten zu finden und rauszuholen. Halt Ausschau nach uns!«

Bevor sie etwas erwidern konnte, rannte er den Kamm entlang und zum Lager hinunter. Unten kam einer von Sayf al-Tha'rs Männern zwischen den Zelten hervor.

Er sah Daniel, hob seine Waffe, wurde aber von einem Kugelhagel aus der Luft niedergeworfen, und der Sand um ihn färbte sich rot von seinem Blut. Im Vorbeilaufen packte Daniel die Waffe des Mannes, rannte ins Lager und verschwand hinter einem Schleier aus Rauch. Tara beugte sich vor und versuchte zu erkennen, wohin er gelaufen war. Plötzlich wurde ihr Kopf zurückgerissen, und sie sah in den Himmel.

»Ich glaube, wir beide müssen noch etwas zu Ende bringen, Miss Mullray. Ich hoffe, Sie genießen es nicht.«

»Du liebst ihn, nicht wahr?«, sagte Khalifa sanft. »Sayf al-Tha'r.«

Er saß im Schneidersitz auf dem Boden. Ein paar Schritte entfernt, direkt vor dem Zelteingang, saß Mehmet mit einer Waffe auf dem Schoß, den Blick starr auf Khalifas Gesicht gerichtet.

»Ich habe ihn auch einmal geliebt, weißt du. Mehr als jeden anderen Menschen auf der Welt. Jeden anderen.«

Der Junge schwieg.

»Ich war wie du. Ich hätte mein Leben für ihn gegeben. Liebend gern. Aber jetzt ...«

Er senkte den Kopf.

»Jetzt spüre ich nur noch Schmerz. Ich hoffe, dass du das nie spüren musst. Denn jemanden zu lieben und ihn dann zu hassen, ist schrecklich.«

Sie saßen bewegungslos da, Khalifa starrte auf seine Hände, der Junge auf Khalifa. Ein dumpfes Grollen drang von draußen ins Zelt, das allmählich immer stärker wurde. Der Junge stand auf, hielt die Waffe auf den Gefangenen gerichtet und schlug die Plane vor dem Eingang zurück.

»Hört sich an, als würdet ihr bald aufbrechen«, sagte Khalifa.

Draußen eilten Männer vorbei. Das Rattern von Rotorblättern wurde lauter, die Luft vibrierte davon, bis das Geräusch von allen Seiten kam. Der Junge beugte sich hinaus, sah nach oben und genoss lächelnd die Wärme der Sonne und die heftigen Windstöße. Der Gefangene hatte Recht. Sie würden bald aufbrechen. Er und Sayf al-Tha'r. Und bald würden auch die bösen Dinge in der Welt ein Ende haben. Deswegen war er hierher gekommen. Um auf Erden das Paradies zu schaffen. Gottes Willen zu erfüllen. Er spürte eine Woge von Hoffnung und Glück in sich aufsteigen.

»Ich werde ihn nie hassen«, sagte er zu Khalifa gewandt, obwohl er wusste, dass er nicht mit ihm sprechen sollte, aber er konnte nicht anders. »Nie. Was Sie auch sagen. Er ist ein guter Mensch. Nie hat sich jemand um mich gekümmert, außer ihm.«

Sein Lächeln wurde breiter.

»Ich liebe ihn wirklich. Ich werde immer an seiner Seite sein. Ich werde ihn nie enttäuschen.«

Er sah nach unten, seine Augen strahlten vor unschuldiger Liebe, als plötzlich ein ohrenbetäubender Knall ertönte und etwas das Zeltdach zerfetzte. Es schleuderte den Jungen auf die Knie, riss ihm die Hälfte des Kopfes weg, und Blut und Hirnmasse spritzten auf seine Schulter. Einen Augenblick lang blieb er schwankend auf den Knien, das Lächeln um seinen blutigen Mund war wie festgefroren, dann kippte er mit dem Gesicht voran auf Khalifa und schlug ihn rückwärts zu Boden. Weitere Kugeln prasselten von oben herein, durchsiebten Glieder und Rumpf des Jungen und ließen seinen Körper aufzucken wie eine Marionette, bis die Hubschrauber ihre Waffen auf andere Ziele richteten. Der Körper blieb reglos liegen, die Finger zu Klauen gebogen, als klammerten sie sich an den Rand eines Abgrunds.

Einen Moment lang war Khalifa wie gelähmt. Dann schob er vorsichtig den Leichnam beiseite und stand auf. Das Zeltdach hing in Fetzen herunter, der Sandboden war mit kleinen Kratern bedeckt. Wenn der Junge nicht auf ihn gefallen wäre, wäre er zweifellos getötet worden. Er beugte sich hinunter und fühlte den Puls, obwohl er wusste, dass es sinnlos war. Dann strich er mit dem Finger über die Augen des Jungen und schloss seine Lider.

»Er hat dich nicht verdient«, flüsterte er.

Flammen züngelten am hinteren Teil des Zeltes hoch und füllten das Innere mit Rauch. Hustend warf Khalifa seine blutdurchtränkten Kleider ab und ergriff die Waffe des Jungen. Er warf einen letzten Blick auf den von Kugeln durchsiebten Leichnam, dann schlug er die Plane am Zelteingang zurück und schlüpfte hinaus.

Das Lager hatte sich in ein Inferno verwandelt. Überall stiegen Flammen und Rauch auf. Dunkle Gestalten tauchten im Dunst auf, manche rannten, andere lagen leblos im Sand ausgestreckt. Über ihnen schwebten drei Hubschrauber, die den Boden beschossen. Ein Ölfass explodierte. Der Lärm war ohrenbetäubend.

Er sah sich kurz um, dann begann er zu rennen. Nach nur etwa dreißig Metern schlug eine Salve rechts von ihm in den Sand ein und zwang ihn, hinter einer Kiste Schutz zu suchen. Gerade als er weiterlaufen wollte, musste er sich erneut ducken, als zwei in Kaki gekleidete Gestalten, beide mit Gasmasken über dem Gesicht, direkt vor ihm aus dem Rauch auftauchten. Einen Moment lang glaubte er, sie hätten ihn entdeckt. Dann gab der eine dem anderen ein Zeichen, und sie verschwanden wieder in dem Gewühl. Khalifa zählte bis drei, stand auf und rannte erneut los.

Er lief an einem Stapel brennender Fässer vorbei, sprang über eine verkohlte Leiche und blickte nach oben, um zu sehen, wo die Hubschrauber standen. Einer von Sayf al-Tha'rs Männern taumelte vor ihn, fiel in den Sand und presste sich die Hände an den Bauch, aus dem Blut hervorquoll. Khalifa sank neben ihm auf die Knie.

»Sayf al-Tha'r«, rief er. »Wo ist Sayf al-Tha'r?«

Der Mann sah mit starrem Blick zu ihm auf, blutige Blasen standen in seinen Mundwinkeln.

»Bitte«, schrie Khalifa. »Wo ist Sayf al-Tha'r?«

Der Mund des Mannes bewegte sich, aber kein Laut kam heraus. Seine Hand krallte sich in Khalifas Hemd und beschmierte es mit Blut. Khalifa ergriff die Hand und hielt sie fest.

»Sag's mir! Bitte! Wo ist er?«

Der Mann starrte ihn verständnislos an. Dann riss er mit letzter Kraft seine Hand los und deutete hinter sich, in Richtung der Ausgrabungen.

»Fels!«, keuchte er. »Fels!«

Dann sank er leblos zurück.

Khalifa murmelte ein schnelles Gebet, stand auf und rannte, ohne auf das Chaos zu achten, weiter. Er erreichte den Ausgrabungskrater, warf sich hinter einen Strohballen und begann, eilig den Felsen links von sich abzusuchen.

»Wo bist du, Bruder?«, zischte er. »Wo bist du?«

Anfangs konnte er ihn nirgends sehen. Es herrschte zu viel Aufruhr, zu viel Durcheinander. Doch dann, als er die Hoffnung schon aufzugeben begann, teilte sich ein Rauchschwaden, und er entdeckte eine kleine Gestalt am Rand des Felsens mit einer Kiste daneben, von der sich ein dickes schwarzes Kabel in den Graben hinunterschlängelte. Sie war etwa hundert Meter entfernt, aber es gab keinen Zweifel, um wen es sich handelte. Und es gab keinen Zweifel daran, was sie vorhatte.

»Ich hab dich«, schrie er.

Er begann loszurennen. Zu seiner Linken regte sich etwas, er wirbelte herum und schoss, und der Getroffene fiel rückwärts in einen Stapel Schilder. Eine andere Gestalt erhob sich hinter einer Holzkiste, und wieder feuerte Khalifa und durchsiebte die Brust des Mannes. Ihm blieben nur Sekunden. Nur Sekunden.

Er geriet in dicke Rauchschwaden, und alles wurde dunkel um ihn her. Er strauchelte, stolperte, schaffte es irgendwie, sich auf den Beinen zu halten, und taumelte nach Luft ringend weiter, ohne zu wissen, ob er noch in die richtige Richtung lief. Die Rauchschwaden schienen kein Ende zu haben, und er fragte sich, ob er je wieder hinausfände.

Aber plötzlich war er ebenso schnell hindurch, wie er hineingeraten war. Und dort, nur ein paar Meter von ihm entfernt, mit dem riesigen Felsen hinter sich, stand Sayf al-Tha'r, den Finger auf den Auslöser des Zünders gelegt, bereit, die Überreste der Armee des Kambyses zu zerstören. Khalifa machte einen Satz nach vorn und warf seinen Bruder gegen die Felswand.

Einen Moment lang blieb Sayf al-Tha'r mit verrenkten, schlaffen Gliedern liegen. Von seiner Schläfe, die auf den gezackten Stein geschlagen war, lief ein dünnes Rinnsal von Blut. Dann holte er keuchend Luft, warf sich auf Khalifa, riss ihn mit wutverzerrtem Mund an den Haaren und zerkratzte ihm das Gesicht.

»Ich bring dich um«, brüllte er. »Ich bring dich um.«

Er bekam Khalifas Kopf zu fassen und schlug ihn gegen den Felsen, einmal, zweimal, dreimal.

»Du hast mich betrogen, Yusuf! Mein Bruder! Mein eigener Bruder!«

Er riss ihn auf die Knie und schlug ihm mit der Faust auf den Mund.

»Du kannst es nicht mit mir aufnehmen! Ich bin stark. Ich bin immer stark gewesen. Gott ist mit mir.«

Er schlug immer wieder auf ihn ein, dann warf er Khalifa seitwärts in den Sand, rappelte sich auf und drehte sich zu dem Sprengzünder um. Verzweifelt holte Khalifa mit dem Fuß aus, erwischte Sayf al-Tha'r in der Kniekehle und riss ihn zu Boden. Er setzte sich auf ihn und drückte ihm die Arme auf den Boden.

»Ich habe dich geliebt!«, schrie er mit Tränen in den Augen. »Mein Bruder. Mein Blut. Warum ist das aus dir geworden?«

Sayf al-Tha'r bäumte sich auf und wand sich.

»Weil sie schlecht sind!«, fauchte er. »Alle miteinander. Schlecht!«

»Es sind Frauen und Kinder darunter! Die dir nichts getan haben.«

»Doch! Doch, das haben sie. Sie haben unseren Vater getötet!«

Er befreite eine Hand und versuchte, Khalifa die Augen auszukratzen.

»Verstehst du das nicht? Sie haben unseren Vater getötet. Unser Leben zerstört!«

»Es war ein Unfall, Ali! Es war nicht ihre Schuld!«

»Es war ihre Schuld! Sie haben unsere Familie zerstört! Sie sind schlecht. Alle miteinander! Teufel!«

Mit übermenschlicher Kraft warf er Khalifa ab, sprang auf die Füße und trat ihm in die Seite.

»Ich schlachte sie ab! Hörst du! Ich schlachte sie ab! Jeden Einzelnen!«

Er trat wieder zu und stieß Khalifa damit bis zum Rand des Grabens. Verzweifelt sah sich der Inspektor nach etwas um, das ihm als Waffe hätte dienen können. Ganz in der Nähe lag ein antiker Dolch im Sand, dessen schrundige Klinge mit Grünspan überzogen war. Er ergriff ihn und holte gegen seinen Bruder aus, um ihn auf Abstand zu halten. Sofort stürzte sich Sayf al-Tha'r auf ihn, packte sein Handgelenk, stemmte ihm das Knie auf die Brust und drehte das Messer langsam herum, so dass die Spitze auf Khalifas Kehle zeigte.

»Sie denken, sie könnten uns wie Tiere behandeln!«, brüllte er. »Sie denken, sie stünden über dem Gesetz. Aber sie stehen nicht über Gottes Gesetz. Gott sieht ihre Niedertracht. Und Gott verlangt nach Rache!«

Er begann, den Dolch nach unten zu drücken. Khalifas Arme zitterten vor Anstrengung bei dem Versuch, ihn abzuwenden, aber sein Bruder war zu stark. Zentimeter um Zentimeter näherte sich die Spitze seinem Hals, bis sie schließlich seinen Adamsapfel berührte und die Haut aufritzte. Er wehrte sich noch einen Moment, dann lockerte er langsam seinen Griff. Er sah in die Augen seines Bruders. Plötzlich traten die Kampfgeräusche in den Hintergrund, und es gab nur noch sie beide.

»Tu's«, flüsterte Khalifa.

Obwohl nun Sayf al-Tha'r allein den Dolch festhielt, zitterten seine Hände wie Espenlaub, als kämpfe er mit einer unsichtbaren Macht.

»Tu's doch«, wiederholte Khalifa. »Es ist an der Zeit. Ich will nichts mehr wissen von dir. Will wieder bei meinem Bruder sein. Meinem wundervollen Bruder. Tu's. Tu's doch!«

Er schloss die Augen und machte sich auf den Stoß gefasst. Der Dolch fuhr noch eine Haaresbreite tiefer in seine Kehle, und ein Rinnsal von Blut floss seinen Hals hinab.

Doch plötzlich hielt er inne, einen Moment lang geschah gar nichts, schließlich wurde die Klinge langsam zurückgezogen. Neben Khalifas Kopf fiel etwas in den Sand, und das Gewicht auf seiner Brust verschwand. Er öffnete die Augen.

Sein Bruder stand über ihm. Sie blickten sich eine Sekunde in die Augen, jeder sah tief in den anderen hinein und suchte nach etwas, das er verstehen, an dem er sich festhalten konnte. Dann wandte sich Sayf al-Tha'r wieder dem Zünder zu. Er machte einen Schritt nach vorn, dann noch einen, und beim nächsten schleuderte ihn eine Gewehrsalve gegen den Felsen, und er glitt zu Boden. Einen Augenblick lang saß er in sich zusammengesunken gegen den Fels gelehnt, ein Schwall von Blut schoss aus seinem Mund, und seine Hand griff schlaff in den Sand. Dann durchsiebte ein Hagel von Kugeln seine Brust, er fiel vornüber und stürzte in den Krater hinab, wo sich ein Gewirr aus abgetrennten Armen und Beinen um ihn schloss, als wollte ihn die Armee als einen der ihren aufnehmen.

Khalifa blickte entsetzt auf. Zehn Meter entfernt stand Daniel mit einer Waffe in der Hand. Langsam trat er nach vorn und riss das Kabel aus dem Zünder. Khalifa sackte zurück und erhob die tränenblinden Augen zum Himmel.

»O Gott«, flüsterte er. »O Ali.«

Dravic zerrte Tara von der Kammlinie weg, und das Desaster im Tal verschwand aus ihrem Blickfeld. Sie boxte und schlug auf ihn ein, aber er war zu stark und ging mit ihr um, als wäre sie eine Stoffpuppe. Sie vergeudete keine Kraft auf Hilferufe, da sie wusste, dass sie im Lärm der Schüsse und Explosionen ohnehin nicht gehört würde.

»Ich werde dir eine Lektion erteilen, die du nie vergisst«, knurrte er. »Du hast alles verdorben, und jetzt wirst du dafür bezahlen.«

Er zerrte sie weiter, bis sie ein gutes Stück vom Gipfel der Düne entfernt waren, dann zwang er sie mit dem Gesicht nach unten auf den Boden, stemmte den rechten Fuß in den Hang und das linke Knie auf ihren Rücken. Sie versuchte, ihn mit der Faust zwischen die Beine zu treffen, aber er war zu groß, und sie traf nur seinen Schenkel. Er packte sie an den Haaren, riss ihren Kopf zurück und entblößte die blasse Biegung ihres Halses. Sein Schweißgestank biss wie Ammoniak in ihre Nase.

»Wenn ich mit dir fertig bin, wirst du dir wünschen, dass ich dich nur vergewaltigt hätte!«

»Sie sind ein mutiger Mann, Dravic«, keuchte sie. »Frauen und Kinder umbringen. Ein echter Held.«

Er lachte und riss ihren Kopf noch weiter zurück, so dass ihre Halswirbel knackten.

»Oh, ich werde dich nicht töten«, sagte er. »Das wäre viel zu nett. Ich werde dich bloß ein bisschen aufschlitzen.« Er zog seine Kelle aus der Tasche, hielt sie ihr vor die Augen und zeigte ihr die scharf geschliffenen Ränder.

»Nach dem heutigen Tag wirst du nie mehr in einen Spiegel sehen, ohne dich an unsere gemeinsame Zeit zu erinnern. Allerdings musst du mich erst bitten, dass ich dir überhaupt ein Auge lasse, damit du dich im Spiegel ansehen kannst.«

Er strich mit der flachen Seite der Kelle über ihre Wange und ihre Brust hinab und schlug mit der Spitze gegen ihre Brustwarze. Sie wurde ein wenig hart.

»Sieh an, sieh an«, schmunzelte er und schob ihre Bluse zurück, um ihre Brust zu entblößen. »Du bist ein schlimmes Mädchen, nicht wahr? Wie es scheint, magst du's auf die harte Art.«

»Zum Teufel mit dir, Dravic.«

Sie versuchte, ihn anzuspucken, aber ihr Mund war trocken. Er beugte sich hinunter, so dass sein Gesicht fast das ihre berührte. Seine Lippen waren nass und zitterten.

»Also, womit sollen wir anfangen? Mit einem Ohr? Einem Auge? Einer Brustwarze?«

Er hob die Kelle an den Mund, leckte darüber, senkte sie wieder auf ihre Brust und beugte sich leicht zurück, um ihrer Hand auszuweichen, die vergeblich versuchte, ihm die Augen auszukratzen. Sie spürte die Kelle auf ihrer Haut, wusste, dass er sie aufschlitzen würde, und packte mit letzter Anstrengung eine Hand voll Sand, die sie nach hinten in sein Gesicht schleuderte.

»Du Miststück!«, bellte er und ließ ihr Haar los, um sich an die Augen zu greifen. »Du verdammtes Miststück!«

Sie wand sich unter ihm heraus und rollte auf den Rücken. Mit gespreizten Beinen und tränenden Augen kniete er über ihr. Sie nahm ihre letzten Kraftreserven zusammen, zog den rechten Fuß an und stieß ihn direkt zwischen seine Beine. Er schrie auf, hysterisch und schrill wie eine Frau, und krümmte sich keuchend zusammen.

»Ich reiß dir das Gesicht runter«, schrie er. »Ich schlitz dich auf.«

Er stieß mit der Kelle nach ihr, aber sie wich ihm aus und begann, den Hang hinunterzulaufen. Dravic setzte ihr nach. Er versuchte, sie zu packen, verfehlte sein Ziel, versuchte es noch einmal, erwischte den Zipfel ihrer Bluse, und plötzlich rollten sie beide Hals über Kopf in einem Gewirr aus aufstiebendem Sand und wild durcheinander wirbelnden Gliedern den Hang hinab.

Mit einem Salto schlug Tara etwas entfernt vom Fuß der Düne auf. Einen Moment lang blieb sie benommen und orientierungslos liegen, dann rappelte sie sich hoch. Dravic war etwa zehn Meter entfernt von ihr auf dem unteren Teil des Abhangs gelandet. Auch er kam auf die Füße, noch immer die scharfe Kelle in der Hand. Blut tropfte aus seiner Nase.

»Du Miststück«, keuchte er. »Du verdammtes Miststück.«

Er wollte auf sie zulaufen, aber seine Füße sanken tief in den Sand ein. Überraschend tief, obwohl sie doch wieder festen Grund unter sich hatten. Tara wich zurück, bereit, sich umzudrehen und davonzulaufen. Der Riese zog mühsam ein Bein heraus und machte erneut einen Schritt, aber diesmal sank er noch tiefer ein, bis über die Knie. Plötzlich wich sein Blick von ihr ab. Er lehnte sich zurück und zog an seinem Bein, aber etwas schien ihn von unten festzuhalten, und er konnte sich nicht befreien.

»O nein!«, rief er mit erstickter Stimme. »O nein, nicht das!«

Er sah zu Tara auf. In seinem Gesicht stand plötzlich nackte Angst.

»Bitte, nicht das!«

Einen Moment lang hielt er still, sein flehender Blick wirkte fast kindlich, dann begann er, mit vor Anstrengung und Entsetzen verzerrtem Gesicht zu kämpfen. Ruckartig bewegte er sich vor und zurück und versuchte, seine Beine freizubekommen, wodurch er sich aber nur tiefer in den Treibsand hineingrub und erst bis zu den Schenkeln, dann bis zum Schritt und schließlich bis zur Taille einsank. Er lehnte sich zurück, stützte die Hände auf und versuchte, sich hochzustemmen, worauf auch seine Arme einsanken. Er zog sie heraus, noch immer die Kelle umklammernd, und versuchte es erneut, der Effekt jedoch war derselbe. Der Sand reichte ihm nun schon bis zu den Rippen. Er begann zu weinen.

»Hilf mir!«, rief er Tara zu. »Um Himmels willen, hilf mir!«

Er streckte verzweifelt die Hand nach ihr aus. »Bitte! O bitte! Hilf mir!«

Tränen strömten ihm übers Gesicht, und er ruderte wild mit den Armen. Er begann zu schreien, stieß schrille, tierhafte Klagelaute aus, trommelte mit den Fäusten auf den Sand, und sein Oberkörper bäumte sich auf und zuckte, als bekäme er Stromstöße versetzt. Die Wüste jedoch weigerte sich, ihren Griff zu lockern, und zog ihn langsam nach unten. Er sank bis zu den Achselhöhlen ein, dann bis zu den Schultern, und schließlich waren nur noch sein riesiger Kopf und ein Teil seines Arms zu sehen mit einer Hand, die noch immer die Kelle umklammerte. Unfähig, länger hinzusehen, wandte sich Tara ab.

»O nein!«, schrie er ihr nach. »Nein! Lass mich nicht allein! Hilf mir! Hol mich raus!«

Sie kletterte wieder die Düne hinauf.

»Bitte!«, flehte er. »Es tut mir Leid, was ich getan hab! Es tut mir Leid! Bitte lass mich nicht so zurück! Lass mich nicht allein! Komm zurück! Komm zurück, du verdammte Hure! Ich bring dich um! Ich bring dich verdammt noch mal um! O Gott, hilf mir! Hilf mir!«

Seine Schreie dauerten an, bis sie etwa zur Hälfte die Düne hinaufgeklettert war, dann hörten sie plötzlich auf. In der Nähe des Gipfels drehte sie sich um und sah hinunter. Sie konnte gerade noch die Spitze seines Kopfes aus dem Sand ragen sehen und daneben seine Kelle. Sie erschauerte und stieg zum Gipfel hinauf.

Der Kampf war fast beendet, als Tara die Dünenspitze erreichte. Überall loderten Feuer, und die Luft war von dichtem Rauch und Dampf erfüllt, aber das Geschützfeuer hatte nachgelassen, und die drei Hubschrauber, die über dem Lager geschwebt hatten, waren gelandet. In Kaki gekleidete Männer, offensichtlich Soldaten, durchstreiften systematisch das Trümmerfeld und blieben hier und dort stehen, um die verstreut am Boden liegenden Leiber mit Kugeln voll zu pumpen. Dazwischen irrten ziellos Kamele herum. Wie es schien, war keiner von Sayf al-Tha'rs Männern am Leben geblieben. Tara überblickte eine Weile die Szene, dann bemerkte sie nahe am Fuß des schwarzen Monolithen zwei kleine Gestalten. Obwohl sie ein ganzes Stück entfernt waren, erkannte sie, dass eine von ihnen ein weißes Hemd trug, und sie war sicher, dass es Daniel war. Sie lief den Dünenhang hinab. Unten angekommen, zog sie sich ihre Bluse übers Gesicht, um sich gegen den Qualm zu wappnen, während sie das Schlachtfeld durchquerte. Überall waren Soldaten. Sie versuchte, einen anzuhalten, um zu fragen, was los war, aber er ging einfach an ihr vorbei, als würde sie gar nicht existieren.

Sie versuchte es noch einmal, aber mit dem gleichen Ergebnis. Also setzte sie einfach ihren Weg fort, am Rand der Ausgrabung in Richtung des pyramidenförmigen Felsens, bis sie schließlich bei den beiden Männern anlangte, die sie von oben gesehen hatte. Als Erstes traf sie auf Daniel. Mit einer Maschinenpistole über der Schulter saß er im Sand und starrte in den Graben hinunter. Etwas weiter dahinter lehnte Khalifa gegen den Felsen, er hatte eine Zigarette im Mund, sein Gesicht war geschwollen und übel zugerichtet und sein Hemd mit Blut befleckt. Sie sahen auf, als sie näher kam, aber keiner sagte etwas.

Sie kauerte sich neben Daniel nieder, nahm seine Hand und drückte sie. Er erwiderte ihren Druck, sagte aber immer noch nichts. Khalifa drehte den Kopf in ihre Richtung.

»Geht's Ihnen gut?«, fragte er.

»Ja. Danke. Und Ihnen?«

Er nickte und nahm einen tiefen Zug von seiner Zigarette. Sie wollte ihn fragen, was los war, wer die Soldaten waren, was das alles zu bedeuten hatte, spürte aber, dass er nicht sprechen wollte, und schwieg. In der Nähe knabberte ein Kamel an einem Strohballen, die Kiste auf seinem Rücken war von Kugeln durchsiebt. Die Sonne stand hoch am Himmel, und die Luft erhitzte sich allmählich. Sie schwiegen.

Es vergingen etwa fünfzehn Minuten, dann hörten sie aus der Ferne das Dröhnen eines näher kommenden Hubschraubers. Es wurde lauter und lauter, bis er über der gegenüberliegenden Düne auftauchte und einen Moment lang über dem Tal schwebte, um schließlich fünfzig Meter von ihnen entfernt zur Landung anzusetzen. Sand fegte zu ihnen herüber, und sie wandten die Köpfe ab. Das Kamel lief mit großen Sprüngen entlang des Kraters davon.

Sobald er gelandet war, stellte der Pilot den Motor ab, und die Rotorblätter drehten sich langsamer. Mehrere Soldaten eilten zu dem Hubschrauber, und die Schiebetür auf der anderen Seite wurde ratternd aufgezogen. Sie hörten undeutliche Stimmen, und dann tauchten vier Gestalten auf. Drei von ihnen erkannte Tara – Squires, Jemal und Crispin Oates.

Den vierten, einen dicken, kahlen Mann, der sich den Kopf mit einem Taschentuch abwischte, kannte sie nicht. Es war merkwürdig anzusehen, wie sie in ihren Anzügen und Krawatten durch den Sand stapften. Ein paar Meter von ihnen entfernt blieben sie stehen. Tara und Daniel standen auf.

»Schönen guten Morgen«, rief Squires leutselig. »Das war ein Abenteuer, was!«

42

Die westliche Wüste

Eine Weile sagte keiner ein Wort. Dann ergriff der dicke Mann das Wort.

»Ich überlasse das Ihnen, Squires. Ich hab anderes zu tun.«

»Stellen Sie sich doch wenigstens vor, alter Junge.«

»Verdammt noch mal, das ist doch kein Picknick hier.«

Er spuckte aus, drehte sich um, wischte sich den Nacken mit dem Taschentuch ab und watschelte davon. Squires sah ihm nach.

»Sie müssen unserem amerikanischen Freund vergeben. Er ist ein großartiger Bursche auf seine Art, aber ein bisschen ungeschliffen, was allgemein übliche Höflichkeitsregeln angeht.«

Er lächelte entschuldigend, griff in die Tasche und zog ein zerdrücktes Bonbon heraus, das er mit seinen langen weißen Fingern, die wie große Spinnenbeine wirkten, auszuwickeln begann. Es folgte ein längeres Schweigen, das schließlich von Khalifa gebrochen wurde.

»Es war eine Falle, nicht wahr«, sagte er ruhig und schnippte die Zigarette in den Graben. »Das Grab, der Text, der ganze ...«

Er machte mit dem Arm eine ausladende Geste.

»Alles eine Falle. Um Sayf al-Tha'r nach Ägypten zurückzulocken. Wo Sie ihn fassen konnten.«

Squires zog leicht die Augenbrauen hoch, erwiderte aber nichts, sondern wickelte nur sein Bonbon aus und steckte es sich in den Mund. Trotz der Hitze spürte Tara, wie sie ein kalter Schauer durchlief.

»Sie meinen ...«

Sie konnte keinen klaren Gedanken fassen.

»Das Grab war ein Schwindel«, sagte Khalifa. »Die Gegenstände jedoch nicht. Die waren echt. Aber die Wandbemalung, der Text: alles von heute. Ein Köder, um Sayf al-Tha'r anzulocken. Brillant, so gesehen.«

Entgeistert und verständnislos starrte Tara Squires an. Daniels Gesicht war blass und sein Körper angespannt, als erwartete er, dass jemand ihn schlagen würde.

»Wer sind Sie eigentlich?«, fragte Khalifa. »Militär? Geheimdienst?«

Squires lutschte gedankenverloren sein Bonbon.

»Sowohl als auch. Gehen wir lieber nicht allzu sehr in die Details. Es genügt zu sagen, dass jeder von uns seine jeweilige Regierung vertritt in dem Bereich, den man – locker formuliert – als nachrichtendienstliche Aufgaben bezeichnen könnte.«

Er wischte sich ein paar Fussel vom Ärmel.

»Also, wo war der verräterische Fehler?«, fragte er.

»Dass das Grab nicht echt war?«, erwiderte Khalifa achselzuckend. »In erster Linie waren es die Figuren aus Iqbars Laden. Sie waren echt, zugegeben, stammten aber aus einer späteren Zeit als das Grab, aus dem sie entnommen wurden. Alles andere war Erste Persische Periode. Sie gehörten zur Zweiten. Wenn sie älter gewesen wären, hätte ich mir nichts dabei gedacht. Es hätte einfach bedeutet, dass sie aus einem älteren Grab gestohlen und wieder benutzt worden waren. Jüngere aber, das ergab keinen Sinn. Wie konnte ein Gegenstand aus dem 4. Jahrhundert v. Chr. in ein Grab gelangen, das hundertfünfzig Jahre zuvor versiegelt worden war? Es gab mögliche Erklärungen dafür, aber es brachte mich auf den Gedanken, dass an der ganzen Sache etwas faul war. Erst als ich das Grab selbst gesehen habe, war ich mir ganz sicher.«

»Sie haben tatsächlich ein scharfes Auge«, sagte Squires. »Wir dachten, wir hätten alles richtig gemacht.«

»Das haben Sie«, antwortete Khalifa. »Es war perfekt. Genau dadurch hat es sich verraten. Das hat mir mein alter Professor beigebracht. Es gibt keinen Gegenstand alter ägyptischer Kunst, der vollkommen makellos wäre. Irgendwo ist immer ein Fehler, wie winzig er auch sein mag. Ich habe das ganze Grab abgesucht, und es gab nicht den geringsten Makel. Keine Tintenkleckse, keine fehlerhaft geschriebenen Hieroglyphen, keine Anzeichen von Korrekturen. Alles war absolut fehlerlos. Zu fehlerlos. Die Ägypter waren nie so exakt. Es musste ein Schwindel sein.«

Daniel ließ Taras Hand los und entfernte sich ein paar Meter von ihr, kopfschüttelnd und mit einem kaum wahrnehmbaren Lächeln um den Mund. Sie wollte ihm folgen, ihn umarmen, ihm sagen, dass er davon nichts gewusst haben konnte, aber sie spürte, dass er sie nicht in seiner Nähe haben wollte.

»Doch selbst dann war ich mir immer noch nicht sicher, was im Gange war«, fuhr Khalifa fort. »Jemand hatte sich eindeutig sehr viel Mühe gemacht, um eine falsche Grabstätte herzustellen. Und der Zweck des Grabes schien darin zu bestehen, denjenigen, der es fand, hier in die Wüste hinauszulocken. Ich vermutete, dass einer der Geheimdienste damit zu tun hatte. Diese Leute waren es, die mir nach Luxor folgten. Und die britische Botschaft.« Er sah Oates an.

»Dennoch habe ich nicht verstanden, wie alles zusammengehörte. Das ist mir erst vor einer halben Stunde aufgegangen, als die Hubschrauber ankamen. Da wurde mir alles klar.«

Irgendwo auf der anderen Seite des Lagers flackerte kurz Geschützfeuer auf. Ein heißer Windstoß fegte über sie hinweg.

»Schon komisch«, seufzte Khalifa. »Die Menge Geld, die Sie ausgegeben haben müssen, um diesen ganzen Schwindel zu inszenieren, hätte ausgereicht, um die meisten der Probleme zu lösen, von denen Leute wie Sayf al-Tha'r überhaupt hervorgebracht werden. Wie viel hat es Sie gekostet, das alles hier draußen zu vergraben? Millionen? Hunderte von Millionen? Mein Gott, Sie müssen die Lager aller ägyptischen Museen geplündert haben.«

Squires erwiderte nichts, sondern lutschte weiter versonnen an seinem Bonbon. Dann begann er plötzlich zu schmunzeln.

»Ach Gott, ach Gott, Inspektor, Sie scheinen sich ja völlig auf dem Holzweg zu befinden. Das Grab war tatsächlich ein Schwindel, wie Sie ganz richtig festgestellt haben. Und wie Sie ebenfalls bemerkt haben, bestand die Absicht darin, denjenigen, der es findet, hier in die Wüste herauszulocken. Aber wir mussten gar nichts vergraben. Es war alles schon da.«

Er sah den Ausdruck auf Khalifas Gesicht, und sein Lachen wurde noch lauter.

»O ja, das ist die verlorene Armee des Kambyses. Die echte. Genau so, wie sie vor zweieinhalbtausend Jahren verschüttet wurde. Wir haben nichts anderes getan, als einen Plan darumzuspinnen.«

»Aber ich dachte …«

»Dass wir sie selbst hier vergraben hätten? Ich fürchte, Sie überschätzen unsere Möglichkeiten. Selbst mit den vereinten Kräften der ägyptischen, amerikanischen und britischen Regierungen wäre es uns schwer gefallen, etwas in dieser Größenordnung fertig zu bringen.«

Khalifa starrte ungläubig über den Krater hinaus. Das Gewirr der Überreste der antiken Armee erstreckte sich, so weit das Auge reichte, Arme, Beine, Köpfe und Rümpfe, ein Durcheinander aus verwittertem Fleisch und Sehnen, hier und da ein nach oben gewandtes Gesicht mit aufgerissenen Augen und offenem Mund, das hilflos auf einer Woge zerschmetterter Leiber schwamm.

»Wann wurde sie gefunden?«, fragte er flüsternd.

»Vor etwa zwölf Monaten«, antwortete Squires lächelnd. »Von einem jungen Amerikaner. John Cadey. Er hat ein ganzes Jahr lang allein hier draußen gearbeitet. Man hielt ihn für verrückt, aber er war überzeugt, dass die Armee hier war, und er behielt Recht. Einer der größten Funde in der Geschichte der Archäologie. Vielleicht der größte Fund überhaupt. Schade nur, dass er nicht lange genug lebte, um seinen Triumph auszukosten.«

Jemal begann, seine Gebetsperlen durch die Finger gleiten zu lassen, und das klickende Geräusch klang in der Stille der Wüste so laut und schrill, dass es die ganze Luft zu erfüllen schien.

»Wie viel Zeit haben wir noch, Crispin?«, fragte Squires.

Oates sah auf seine Uhr.

»Noch etwa zwanzig Minuten.«

»Dann sollten wir unseren Freunden wenigstens erklären, wie es zu dem Ganzen gekommen ist, finden Sie nicht auch?«

Er steckte die Hände in die Hosentaschen und schlenderte zum Rand des Kraters. Unter ihm lag Sayf al-Tha'rs Leichnam in einem Gewirr aus Armen und Beinen.

»Alles begann, nehme ich an, mit einem jungen Mann namens Ali Khalifa.«

Er sah einen Moment auf die Leiche hinab und drehte sich dann um.

»O ja, Inspektor, wir wissen alles über Ihre Beziehung zueinander. Ich habe durchaus Mitgefühl mit Ihnen, wirklich. Für einen gesetzestreuen Bürger wie Sie kann es nicht leicht gewesen sein, den am meisten gesuchten Terroristen Ägyptens zum Bruder zu haben. Ganz und gar nicht leicht.«

Khalifa sagte nichts, sondern starrte Squires nur an. Irgendwo auf der anderen Seite des Lagers explodierte mit ohrenbetäubendem Krachen ein Ölfass.

»Mitte der Achtzigerjahre wurden wir zum ersten Mal auf ihn aufmerksam. Davor gehörte er einer Reihe kleinerer fundamentalistischer Gruppierungen an, die uns nicht besonders interessierten. 1987 jedoch spaltete er sich ab, nannte sich Sayf al-Tha'r und gründete seine eigene Organisation. Er begann, Ausländer zu töten. Aus einer anfänglich innenpolitischen Angelegenheit wurde plötzlich ein internationales Problem. Ich wurde im Namen der Regierung Ihrer Majestät damit betraut, Massey, den Sie gerade kennen gelernt haben, im Namen der amerikanischen.«

Gruppen von Soldaten hatten damit begonnen, die Toten einzusammeln und entlang des ausgehobenen Grabens aufzureihen. Tara sah ihnen zu, Squires' Stimme schien von weit her zu kommen. Aus dem Augenwinkel sah sie, dass Daniel, die Maschinenpistole noch immer in der Hand, ausdruckslos auf die Überreste der Armee starrte.

»Wir setzten alles daran, ihn festzunehmen«, fuhr Squires seufzend fort. »Aber er war schlau. Er schaffte es, uns immer einen Schritt voraus zu sein. 1996 hätten wir ihn unten bei Asyut beinahe in einem Hinterhalt geschnappt, aber er ist uns wieder entschlüpft und über die Grenze in den Sudan entkommen. Danach war es unmöglich. Wir setzten zwar viele seiner Anhänger fest, was aber nichts bedeutete, solange ihr Anführer noch auf freiem Fuß war. Und solange der Mann außerhalb Ägyptens blieb, gab es keine Möglichkeit, seiner habhaft zu werden.«

»Und deshalb haben Sie ihm eine Falle gestellt, um ihn zurückzulocken«, sagte Khalifa.

»Nun«, erwiderte Squires lächelnd, »die Falle hat sich eigentlich eher von selbst gestellt. Wir haben nur ein paar Details hinzugefügt.«

Er zog ein Taschentuch heraus und begann, seine Brille zu putzen. Jemals Gebetsperlen klickten schneller.

»Der Höhepunkt war vor einem Jahr erreicht, als er fast den amerikanischen Botschafter ermordet hätte. Das löste einen wahren Sturm der Empörung aus. Auf uns wurde ungewöhnlich starker Druck ausgeübt, ihn dingfest zu machen. Die wildesten Pläne kamen in Umlauf. Es wurde von einem begrenzten nuklearen Schlag gegen den Nordsudan gesprochen. Doch dann machte Dr. Cadey diese erstaunliche Entdeckung, und wir begannen, in ganz andere Richtungen zu denken.«

Irgendwo von fern drang ein Schrei herüber, gefolgt von kurzem Geschützfeuer.

»Wir haben Cadey eine Weile überwacht«, erklärte Jemal. »Er arbeitete nahe an der libyschen Grenze, und wir wollten sichergehen, dass er nichts tat, womit er die nationale Sicherheit gefährdet hätte. Eines Tages fingen wir ein Paket ab, das er von Siwa abgeschickt hatte. Es enthielt Fotografien: eine Leiche, Waffen, Kleider. Und eine Notiz. Ein einziger Satz: ›Die verlorene Armee ist nicht mehr verloren.‹«

»Anfänglich war uns das Potenzial des Fundes keineswegs klar«, sagte Squires. »Erst Crispin wies uns auf die Möglichkeiten hin. Was haben Sie gesagt, alter Junge?«

»Dass es gut sei, dass Sayf al-Tha'r sie nicht gefunden habe, sonst wäre er reich genug, eine eigene Armee auszurüsten«, antwortete Oates geschmeichelt.

»Das war der zündende Funke. Wir begannen, darüber nachzudenken: Was wäre, wenn tatsächlich Sayf al-Tha'r sie finden würde? Etwas so Großes, dass er sich die Chance unmöglich entgehen lassen könnte. Vollkommene finanzielle Unabhängigkeit. All seine Finanzierungsprobleme gelöst. Eine Gabe Gottes. Und ganz sicher würde er die Armee mit eigenen Augen sehen wollen. Es war undenkbar, dass ein Mann, der so von Geschichte besessen war wie er, unten im Sudan bliebe, während seine Männer einen Fund dieser Größenordnung ausgruben. Nein, er würde zurückkommen. Und wenn er das tat ...«

Er hob die Brille an den Mund, hauchte nacheinander die Gläser an und rieb sie langsam mit dem Taschentuch sauber. Immer weitere Leichen wurden entlang des Grabens abgelegt wie eine Reihe schwarzer Dominosteine.

»Wir traten an Cadey heran und baten um seine Unterstützung«, fuhr Squires fort, »aber er zeigte sich alles andere als hilfsbereit, und schließlich hatten wir keine andere Wahl, als ihn ... auszuschalten. Unangenehm, aber es stand zu viel auf dem Spiel, als dass wir uns von einem Einzelnen hätten aufhalten lassen können.«

Tara sah ihn kopfschüttelnd an, in ihrem Gesicht stand ein Ausdruck aus Abscheu und Ungläubigkeit. Der Engländer schien ihren Ausdruck nicht zu bemerken, sondern hielt noch einmal seine Brille hoch, betrachtete sie prüfend und fuhr mit dem Putzen fort.

»Das Problem bestand dann darin, Sayf al-Tha'r zu der Armee zu führen, ohne bei ihm den Verdacht zu erwecken, er würde dorthin gelockt werden. Der Trick war, ihn glauben zu lassen, er selbst hätte die Entdeckung gemacht. Wenn er nur einen Moment lang das Gefühl gehabt hätte, der Fund sei vielleicht eine Falle, hätte er ihn nicht einmal mit dem Schürhaken angerührt.«

»Aber warum all die Mühe, eine Grabstätte zu erfinden?«, fragte Khalifa. »Warum haben Sie nicht einfach jemanden in seine Organisation eingeschleust, der behauptet hätte, er wisse, wo die Armee liegt?«

»Weil er es nie geglaubt hätte«, antwortete Squires. »Wir sind hier nicht in den Thebanischen Bergen, wo Leute ständig über neue Funde stolpern. Wir sind hier mitten im Niemandsland. Es ist unvorstellbar, dass hier jemand aus Zufall die Armee findet.«

»Cadey ist es gelungen.«

»Aber Cadey war Archäologe. Sayf al-Tha'rs Leute sind Fellachen, Bauern. Was hätten sie hier zu suchen? Es hätte sich einfach nicht glaubwürdig angehört.«

»Aber das Grab eines Überlebenden der Armee des Kambyses schon?«

»Ja, auf eine bizarre Weise. Es hörte sich irgendwie so absurd an, dass es nur wahr sein konnte. Sayf al-Tha'r wäre natürlich misstrauisch gewesen. Wer nicht? Aber noch viel misstrauischer, wenn jemand behauptet hätte, er habe die Armee selbst gefunden.«

Er rieb ein letztes Mal über die Gläser und steckte sein Taschentuch wieder ein. Khalifa nahm seine Zigaretten heraus und zog eine aus der Schachtel. In der Nähe lag eine schwelende Kiste, er trat zu ihr hin und hielt die Zigarette an das glimmende Holz.

»Ich kann wirklich nicht mit ansehen, dass Sie Ihre Zigarette auf diese Weise anzünden müssen, alter Junge«, sagte Squires.

Khalifa zuckte mit den Achseln.

»Dravic hat mein Feuerzeug genommen.«

»Wie unbedacht von ihm.« Squires wandte sich an Jemal. »Seien Sie doch so gut und geben Sie dem Inspektor Streichhölzer.«

Der Ägypter zog eine Streichholzschachtel aus der Tasche und warf sie Khalifa zu.

»Hat jemand zufällig unseren Freund Dravic gesehen?«, fragte Squires. »Er scheint sich in äußerster Zurückhaltung zu üben.«

Tara starrte immer noch auf die aufgereihten Leichen.

»Er ist tot«, antwortete sie ausdruckslos. »Auf der anderen Seite der Düne. Treibsand.«

Es folgte ein kurzes Schweigen, dann lächelte Squires.

»Nun, ein Problem weniger, um das wir uns kümmern müssen.«

Er zog ein weiteres Bonbon aus der Tasche und begann, an dessen Einwickelpapier zu zupfen.

»Wo war ich stehen geblieben?«

»Bei dem Grab«, antwortete Khalifa.

»Ah ja, bei dem Grab. Nun, es gab keine Möglichkeit, eines neu auszugraben. Das wäre viel zu unpraktisch gewesen. Glücklicherweise war bereits eines vorhanden, das genau in unseren Plan passte. Richtige Periode und Größe. Leer. Unbemalt. Und vor allem unbekannt, abgesehen von ein paar Spezialisten der thebanischen Nekropole, die es kannten. Sayf al-Tha'rs Leute konnten bestimmt nichts davon wissen, das war entscheidend, wenn die ganze Sache funktionieren sollte.«

Ein Teil des Einwickelpapiers klebte am Bonbon fest, und er hielt einen Moment inne, um das Zellophan zu entfernen.

»Selbst mit dem bereits vorhandenen Grab brauchten wir fast ein Jahr für die Fertigstellung«, seufzte er. »Wenn ich sage, Gewissenhaftigkeit, dann beschreibt das noch nicht annähernd unsere Arbeit. Die Materialien für die Bemalung mussten hergestellt und dann einem chemischen Alterungsprozess unterworfen werden, um sie zweieinhalbtausend Jahre alt erscheinen zu lassen. Und natürlich musste dies unter absoluter Geheimhaltung geschehen. Glauben Sie mir, es war eine ungeheure Arbeit. Es gab Zeiten, da dachten wir, es würde nie fertig werden.«

Schließlich schaffte er es, das Bonbon auszupacken, er schob es in den Mund, knüllte das Einwickelpapier zusammen und steckte es in die Tasche.

»Dennoch haben wir es schließlich geschafft. Die Bemalung war fertig und die Grabkammer mit ein paar Beigaben aus den Lagerräumen der Museen von Kairo und Luxor ausgestattet sowie mit ein paar Überresten von der Armee selbst. Wir mussten nur noch einem von Sayf al-Tha'rs Informanten einen Tipp geben und darauf warten, dass seine Leute die Inschrift entzifferten.«

»Dummerweise kam jemand anderes zuerst hin«, sagte Khalifa.

»Die einzige Sache, mit der wir nicht gerechnet hatten«, sagte Squires und schüttelte den Kopf. »Eine Wahrscheinlichkeit von eins zu einer Million. Von eins zu zehn Millionen. Selbst dann wäre es kein vollkommenes Desaster gewesen. Sie hätten ein paar Gegenstände nehmen und die Bemalung intakt lassen können. Aber sie hackten ausgerechnet das Stück von dem Text heraus, das am wichtigsten war, so dass das Grab, als Sayf al-Tha'rs Leute hinkamen, von unserem Standpunkt aus vollkommen wertlos war. Es war wirklich niederschmetternd.«

»Wenn auch nicht ganz so niederschmetternd wie für Nayar und Iqbar«, fügte Khalifa ruhig hinzu.

»Richtig«, gab Squires zu. »Ihr Tod war äußerst bedauerlich. Genauso wie der Ihres Vaters, Miss Mullray.«

Tara sah auf, ihre Augen blitzten vor Hass.

»Sie haben uns benutzt«, stieß sie hervor. »Sie haben meinen Vater umbringen lassen und nicht einen Augenblick gezögert, auch unser Leben aufs Spiel zu setzen. Sie sind genauso schlimm wie Sayf al-Tha'r.«

Squires lächelte nachsichtig.

»Eine kleine Übertreibung, fürchte ich, die unter den gegebenen Umständen allerdings vollkommen verständlich ist. Den Tod Ihres Vaters konnten wir bedauerlicherweise nicht verhindern, aber es ist richtig, wir haben Sie benutzt. Genauso wie im Fall von Dr. Cadey waren wir der Ansicht, dass das Wohl des Einzelnen den größeren Interessen der Gesellschaft untergeordnet werden musste. Schrecklich, aber notwendig.«

Er schwieg eine Weile und lutschte an seinem Bonbon.

»Anfangs hatten wir keine Ahnung, was bei dem Plan schief gegangen war. Wir wussten, dass Dravic das Grab entdeckt hatte, aber aus irgendeinem Grund schien er nicht anzubeißen. Als wir die Sache mit dem fehlenden Textstück herausbekamen, standen wir vor einem großen Problem. Es war zu spät, die ganze Geschichte abzublasen, aber ebenso wenig konnten wir offen eingreifen, um Sayf al-Tha'r auf die Sprünge zu helfen. Wir hatten keine andere Wahl, als den Dingen ihren Lauf zu lassen.«

Wieder fegte ein Windstoß über sie hinweg, stärker diesmal, der die Düne hinter ihnen zum Flüstern brachte. Das Geklimper von Jemals Gebetsperlen wurde langsamer, bis es schließlich ganz verstummte. Daniel biss sich auf die Lippen.

»Ihre Ankunft hat die Lage zwar kompliziert, aber gleichzeitig einen Ausweg eröffnet«, fuhr Squires fort und machte mit dem Kopf eine Bewegung in Taras Richtung. »Sie hatten offensichtlich Verdacht geschöpft, was den Tod Ihres Vaters anbelangte, und es bestand die Gefahr, dass Sie Unruhe stiften könnten. Gleichzeitig bestand die Möglichkeit, dass Sie, geschickt geleitet, vielleicht in der Lage wären, uns zu helfen, das fehlende Stück aufzuspüren und es wieder Sayf al-Tha'r zukommen zu lassen, ohne dass er merkte, was wir mit der Sache zu schaffen hatten. Und genauso ist es geschehen. Sie haben Ihre Rolle perfekt gespielt.«

Taras Augen funkelten vor Abscheu. Sie fühlte sich geschändet, missbraucht. Daniel sah kurz zu ihr herüber, dann wandte er sich wieder ab.

»Zugegeben, es ging eine Weile sehr zäh voran. Hätten Sie ihnen in Sakkara das Stück überlassen, wäre alles viel leichter gewesen. Aber Sie mussten ja unbedingt damit davonlaufen, was uns zu äußerst vorsichtigem Vorgehen zwang. Wenn Sie sich an die Behörden oder die Botschaft gewandt hätten, hätte sich Sayf al-Tha'r sofort zurückgezogen. Wir mussten Sie daher überzeugen, dass Sie allein auf sich gestellt waren. Daher unsere Scharade mit dem Schmugglerring.«

»Samali«, seufzte sie.

»Einer unserer Mittelsmänner, ja. Der zudem eine hervorragende Vorstellung geliefert hat.«

»Du lieber Gott.«

Ihre Schultern sanken herab. Khalifa wollte zu ihr hingehen und sie trösten, spürte aber, dass dies nicht der richtige Moment war.

»Auch dann noch stand unser Erfolg auf Messers Schneide«, fuhr Squires fort. »Das ganze Kartenhaus hätte immer noch in sich zusammenfallen können. Der Inspektor machte uns mehr als einmal Sorgen, und es war keineswegs einfach, Sie unter Kontrolle zu halten, Miss Mullray. Obwohl wir glücklicherweise jemanden in nächster Nähe hatten, der der Sache sehr dienlich war.«

Er lächelte, sprach aber nicht weiter. Die Soldaten hatten die letzten der schwarz gekleideten Leichen aufgereiht und standen jetzt tatenlos am Rand des Lagers herum. Alles war plötzlich sehr still geworden. Es lag eine gewisse Spannung in der Luft. Squires' letzte Worte schienen in Taras Kopf nachzuhallen. Jemand in nächster Nähe. Langsam hob sie den Kopf. Ihr ohnehin bleiches Gesicht wirkte durchsichtig vor Entsetzen.

»O nein«, flüsterte sie. »O Gott, bitte, nein.«

Sie sah zu Daniel hinüber.

»Das warst du, nicht wahr?«

Er starrte mit ausdruckslosem Gesicht über den Graben hinweg, und sein Blick schweifte über die Berge von Leichen.

»Du hast es gewusst«, flüsterte sie. »Du hast es die ganze Zeit gewusst.«

Er ließ seinen Blick noch einen Moment über die Armee schweifen, dann wandte er sich langsam zu ihr um. Schuldgefühle waren in seinen Augen zu erkennen und Bedauern, aber auch etwas Härteres, Brutaleres. Sie glaubte plötzlich, ihn nicht mehr wiederzuerkennen.

»Tut mir Leid, Tara«, sagte er mit ausdrucksloser Stimme. »Aber es ging um meine Lizenz. Sie wollten sie mir zurückgeben, verstehst du. Mich wieder Ausgrabungen machen lassen.«

Sie starrte ihn an, zu schockiert, um sich zu bewegen. Die anderen nahm sie undeutlich wahr, vor allem Khalifa, der einen Schritt nach vorn getreten war, aber selbst er schien weit entfernt zu sein. Es war, als stünde sie mit Daniel in einem Tunnel und alle anderen befänden sich außerhalb davon. Sie versuchte, den Mund zu öffnen und zu sprechen, aber kein Wort kam aus ihr heraus, nur ein hilfloser erstickter Laut. Er sah sie noch einen Moment an, dann wandte er sich wieder ab und starrte auf das Chaos von Leichenteilen.

»Wann?«, brachte sie endlich flüsternd hervor.

»Ich in die Sache verwickelt wurde?« Er zuckte mit den Achseln. »Vor etwa einem Jahr. Sie traten an mich heran, erzählten mir von der Armee und auf welche Weise sie benutzt werden sollte, um Sayf al-Tha'r nach Ägypten zurückzulocken. Sie sagten, wenn ich ihnen helfen würde, könnte ich im Tal der Könige wieder Ausgrabungen machen. Zu dem Zeitpunkt hatte ich seit sechs Monaten keine Grabungen mehr gemacht. Ich hätte alles dafür getan. Alles.«

Ein kurzes Zucken ging über sein Gesicht, als verachte er sich selbst für seine Worte. Aber es war sofort wieder verschwunden, und die ungerührte Kälte kehrte zurück. Er beugte sich hinunter und hob einen Dolch auf, den gleichen, mit dem Khalifa zuvor gekämpft hatte.

»Ich war es, der auf die Idee mit dem Soldaten kam, der die Katastrophe überlebt hatte. Ich erinnerte mich an das Dymmachus-Graffito in KV9 und dachte mir eine Geschichte dazu aus.

Ich wusste von einem erhaltenen Grab draußen in den Hügeln. Ich habe die Arbeit ganz allein gemacht. Jeden Tag ein Stückchen mehr, bis die ganzen Wände bedeckt waren.«

Er lächelte.

»Auf seltsame Art war ich glücklich, ganz allein dort unten. Ich bemalte die Wände, erfand den Text, setzte die Geschichte zusammen. Wirklich glücklich. Und das Ergebnis ... es hat schließlich sogar mich selbst überrascht. Ich erinnere mich an den Tag, als ich fertig war, mich hingesetzt, es angesehen und mir gedacht habe, dass es ein Meisterwerk ist. Ein verdammtes Meisterwerk. Obwohl ich jetzt natürlich einsehe, dass es ein bisschen zu gut war. Mir hätte auffallen müssen, dass die Figuren aus der falschen Epoche stammten. Dumm von mir. Nachlässig.«

Er sah Khalifa an, der seinen Blick mit steinerner Miene erwiderte.

»Da gab es einen Dolch?«, sagte der Inspektor.

»Den haben Sie gesehen, nicht wahr?«, antwortete Daniel grinsend. »Ich konnte einfach nicht widerstehen. Das Griffband war lose, also zog ich es ab und ritzte ›Dymmachus, Sohn des Menendes‹ ein, in griechischen Buchstaben. Es war eigentlich nur ein Spaß. Ein weiterer Beweis für die angebliche Echtheit.«

Khalifa zog an seiner Zigarette und schüttelte verächtlich den Kopf. Es folgte ein langes Schweigen.

»Das war alles, was man von mir erwartet hat«, sagte Daniel schließlich seufzend. »Ich sollte nur die Grabkammer herrichten. Aber dann fehlte plötzlich ein Stück von dem Text, und schließlich bist du aufgetaucht und sie fanden heraus, dass ich dich kenne. Sie wollten, dass ich mit dir in Verbindung trete, dich beobachte. Mir hat das nicht gefallen, aber was sollte ich machen? Es ging um meine Lizenz. Und ehrlich gesagt, war ich ebenso neugierig wie sie zu erfahren, was schief gelaufen war. Die Grabstätte war mein Werk, verstehst du. Sie war ... ein Teil von mir. Also habe ich eine Nachricht im Haus deines Vaters hinterlassen, weil ich wusste, du würdest meine Handschrift erkennen.«

Inzwischen rannen Tränen über Taras Wangen. Sie hatte das Gefühl, ihr wären die Kleider mitsamt der Haut vom Leib gerissen worden, als stünde sie vollkommen nackt da und jeder könnte ihr Innerstes sehen. Sie schlang die Arme um sich.

»Wenn du ihnen in Sakkara das Stück gelassen hättest, wäre alles gut gewesen«, sagte er. »Ich habe ja versucht, es dir zu sagen, aber du hast nicht zugehört. Und danach ...«

Er machte eine hilflose Geste. Taras Tränen flossen jetzt schneller. Auf ihrem Gesicht lag ein seltsam gebrochener Ausdruck, als wären ihre Züge zersplittert und danach falsch zusammengesetzt worden.

»Du hast über Samali Bescheid gewusst?«, fragte sie heiser.

Daniel nickte.

»Sobald ich herausfand, worum es sich bei dem Stück handelte, rief ich Squires an. Vom Zoo aus, als ich sagte, ich riefe mein Hotel an. Er erklärte mir, was ich tun sollte.«

»Und die Fahrt nach Luxor? Der Spaziergang in die Hügel hinauf. Du hast gewusst, dass Dravic dort war. Dass du uns in eine Falle führst?«

»Was sollte ich tun? Ich musste ihnen den Text wieder zuspielen. Das war die einzige Möglichkeit.«

Plötzlich kamen ihr die Worte ihres Vaters wieder in den Sinn: »Wahrscheinlich würde er sich die rechte Hand abhacken, wenn er den Eindruck hätte, damit sein Wissen zu erweitern. Oder die Hand eines anderen. Er ist ein Fanatiker.«

»Warum hast du mich denn nicht eingeweiht?«, fragte sie schluchzend.

Er ging in die Hocke und legte vorsichtig den Dolch wieder ab, weil er ihn keinesfalls beschädigen wollte. »Das habe ich ja versucht«, antwortete er. »Als wir oben auf el-Qu'rn standen. Erinnerst du dich? Aber dann konnte ich es doch nicht. Es war zu schwierig.«

Er sah zu ihr auf, und einen Moment lang stand ein Anflug von aufrichtigem Bedauern in seinen Augen.

»Ich wollte dich nie verletzen, Tara«, sagte er mit fast zärtlichem Unterton in der Stimme. »Als wir Dravic oben in den Hügeln sahen ... selbst in diesem späten Stadium hatte ich noch

Bedenken. Ich wusste, dass sie das Grab bewachen ließen, dass man uns schnappen würde, wenn wir dort hinuntergingen. Deshalb wollte ich alleine gehen, um dich aus der Sache herauszuhalten. Aber du hast mich nicht gelassen. Du hast darauf bestanden, mitzukommen.«

Sie zitterte am ganzen Leib.

»All die Dinge, die du gesagt hast ... der ganze Mist, dass du mich noch magst ...«

»Das war kein Mist, Tara. Das habe ich genau so gemeint. Es ist bloß ...«

Er sah sie kurz an und erhob sich dann. Als wäre ein Licht ausgeknipst worden, war die Wärme in seinen Augen plötzlich verschwunden, und es stand nur noch eisige Leere darin.

»Was?«, fragte sie flüsternd. »Es ist bloß was, Daniel?«

Er zuckte mit den Achseln.

»Dass mir meine Lizenz wichtiger ist.«

Einen Augenblick lang sah sie ihn schweigend und tief getroffen an. Dann warf sie sich mit einem heiseren Schmerzensschrei auf ihn und zerkratzte ihm das Gesicht.

»Was für ein Mensch bist du?«, kreischte sie hysterisch. »Was für ein Ungeheuer bist du, dass du so etwas tun konntest! Ich hätte vergewaltigt werden können, du Mistkerl. Getötet! Und wofür? Für ein paar Mumien! Für deine verfluchte Lizenz! Dafür hättest du mich sterben lassen! Du bist krank! Du bist kein Mensch! Du bist ... widerlich! Du ekelst mich an! Du ekelst mich an!«

Er erwischte ihre Handgelenke, hielt sie von sich fern und rang mit ihr. Sie wehrte sich noch eine Weile, dann war ihr Zorn plötzlich verflogen, und sie taumelte mit tränennassem Gesicht und nach Atem ringend zum Felsen zurück.

»Du Mistkerl«, schluchzte sie. »Du verdammter, verlogener Mistkerl. Ich hätte mein Leben verlieren können.«

Khalifa ging zu ihr hinüber und legte ihr sanft die Hand auf die Schulter, aber sie schüttelte sie ab. Oates und Squires tauschten einen schnellen Blick aus, und Jemals Gebetsperlen begannen wieder zu klimpern. Daniel hob die Hand ans Gesicht und sah Tara wütend an.

Eine Weile herrschte Schweigen. Dann war das Knirschen von Schritten zu hören, als Massey näher kam.

»Hab ich was verpasst?«, fragte er und sah sich um.

»Dr. Lacage und Miss Mullray haben gerade ... die Ereignisse der letzten Woche diskutiert«, sagte Squires lächelnd. Der Amerikaner bemerkte die Striemen in Daniels Gesicht und brach in Lachen aus.

»Du meine Güte, sie hat ihn sich gründlich vorgeknöpft. Sie sollten ihr einen Job geben!«

Der Wind war wieder aufgekommen, er blies mit steter Kraft durch das Tal und wehte ihnen den Sand um die Füße. Oates sah auf seine Uhr.

»Wir sollten uns auf den Weg machen, Sir.«

»O ja«, antwortete Squires nickend. »Nur noch ein paar Einzelheiten, um die Sache abzuschließen. Warum wartet ihr drei nicht im Helikopter auf mich?«

Oates, Jemal und Massey machten sich auf den Weg zum Hubschrauber. Squires strich sich das Haar zurück, das ihm der Wind zerzaust hatte.

»Eigentlich gibt's nicht mehr viel zu erzählen«, fuhr er fort. »Sobald Dravic die Ortsangaben für die Armee hatte, ließ Sayf al-Tha'r aus Libyen Leute und Ausrüstung einfliegen. Wir ließen sie machen und beobachteten das Ganze über Satellit. Dann erfuhren wir, dass er vor ein paar Tagen die Grenze überschritten hatte, und wollten eigentlich erst morgen eingreifen. Doch Inspektor Khalifas kleine Odyssee zwang uns, schon einen Tag früher zuzuschlagen. Die ägyptische Luftwaffe fing seine Hubschrauber ab, als sie über die Grenze flogen. Wir haben ihren Platz eingenommen ... und den Rest kennen Sie ja. Sayf al-Tha'r ist tot, seine Organisation zerstört, die Welt ist für eine Weile wieder ein sicherer Ort.«

Khalifa sah auf die Leichen, die neben dem Krater aufgereiht waren.

»Was geschieht mit ihnen?«, fragte er.

»Den Leichen? Ach, die verbrennen wir irgendwo draußen in der Wüste. Irgendwo, wo sie nie mehr gefunden werden.«

»Und die Armee?«

Khalifa deutete mit dem Kopf auf das Gewirr von Leichen im Graben.

»Das lassen wir so, wie es ist«, antwortete Squires und machte eine wegwerfende Handbewegung. »Das soll die Wüste wieder zudecken. In ein paar Monaten ist alles verschwunden. Und, wer weiß, vielleicht kommt eines Tages ein anderer und macht die größte Entdeckung in der Geschichte der Archäologie. Oder die größte Wiederentdeckung.«

Er blinzelte Daniel zu, der ihn nur ausdruckslos ansah. Khalifas Zigarette war ausgegangen, und er versuchte, sie wieder anzuzünden. Doch der Wind war zu stark, und er schaffte es nicht, die Streichholzflamme nicht ausgehen zu lassen. Er probierte es noch ein paar Mal, dann gab er auf.

»Das wär's dann wohl«, seufzte Squires. »Es war ein schwieriges Unternehmen, aber am Ende hat sich doch alles aufs Beste gefügt. Tatsächlich hat uns die Mär von dem fehlenden Stück eigentlich geholfen. Sayf al-Tha'r wollte es so verzweifelt wiederhaben, dass ihm nie der Verdacht kam, das Grab könnte ein Schwindel sein. Deshalb möchten wir uns ganz herzlich bei Ihnen bedanken.«

Er lächelte freundlich und zerbiss den Rest seines Bonbons.

»Ich gehe jetzt zum Hubschrauber zurück«, sagte er und sah erneut zu Daniel hinüber. »Die letzten Abschiedsworte will ich allein Ihnen überlassen. Da möchte ich mich nicht einmischen. Miss Mullray. Inspektor Khalifa. Es war mir eine Freude. Ganz aufrichtig.«

Er nickte den beiden zu, hob grüßend die Hand und ging mit wehendem Haar durch den Sand davon.

»Und was jetzt?«, fragte Tara.

»Jetzt«, sagte Khalifa, »wird uns Dr. Lacage wahrscheinlich erschießen.«

43

Die westliche Wüste

Daniel nahm die Waffe von der Schulter und richtete sie auf sie.

»Sie können uns unmöglich laufen lassen«, sagte Khalifa. »Nicht, nachdem sie uns alles erzählt haben. Wir wissen zu viel. Sie können nicht riskieren, dass alles publik wird.«

»Daniel?« Taras Stimme klang verwirrt und verzweifelt.

»Wie der Inspektor sagt, ihr wisst zu viel.« Seine Stimme klang hart, sein Blick war leer. »Es darf nichts mehr dazwischenkommen, nicht nach allem, was ich durchgemacht habe.«

Er machte mit dem Gewehrlauf ein Zeichen und bedeutete ihnen, an den Rand des Grabens zu treten.

»Vielleicht hätte ich mich weigern sollen, als sie mich um Hilfe baten«, fuhr er fort, »mich nicht hineinziehen lassen sollen. Aber es hätte ja auch nicht so enden müssen, oder? Wenn das Stück nicht abhanden gekommen wäre, wäre alles gut gegangen. Wer weiß, Tara, vielleicht wären wir uns unter anderen Umständen wieder begegnet.«

Sie waren am Graben angekommen. Er befahl ihnen, sich umzudrehen, so dass sie mit dem Rücken zu ihm standen. Vor ihnen breitete sich ein Meer zerschlagener Leiber aus, es hob und senkte sich, schwoll an und fiel in sich zusammen, als würde es von einer geheimnisvollen Strömung bewegt. Tara hörte Khalifa Gebete murmeln. Unwillkürlich streckte sie die Hand aus und ergriff die seine.

»Ich erwarte nicht, dass ihr mich versteht«, sagte Daniel. »Ich verstehe mich ja selbst nicht. Ich weiß nur, dass es unerträglich war, keine Ausgrabungen mehr machen zu dürfen. Zusehen zu müssen, wie andere Leute Grabungslizenzen für das Tal der Könige bekamen. Für mein Tal! Leute, die nicht einen Bruchteil von dem wissen, was ich weiß. Nicht annähernd die gleiche Leidenschaft verspüren. Dumme Leute. Unwissendes Volk. Und ständig die Angst, sie könnten etwas finden. Ein neues Grab entdecken. Mich in den Schatten stellen. Es war … entsetzlich.«

Der Wind zerrte wütend an Taras Haaren, doch sie bemerkte es kaum.

»Ich werde erschossen«, dachte sie. »Ich werde sterben.«

»Ich träume davon«, fuhr Daniel lächelnd fort, »ein unentdecktes Grab zu finden. Dravic hatte Recht. Es ist eine Sucht. Man stelle sich vor – die Tür zu einer Grabkammer aufzubrechen, die fünfhundert Jahre vor Christi Geburt versiegelt wurde. Stellt euch die Intensität einer solchen Erfahrung vor. Es gibt nichts, was dem jemals vergleichbar wäre.«

Zu ihrer Rechten erhob sich ein laut winselnder Ton, als sich die Rotorblätter des Hubschraubers in Bewegung setzten und gegen den Wind ankämpften. Auch bei anderen Hubschraubern liefen die Motoren an. Soldaten eilten herbei, um einzusteigen.

»Es ist komisch«, rief Daniel laut, um den Lärm der Motoren und das Rauschen des Windes zu übertönen. »Als wir beide in dem Grab waren, Tara, als ich die Bilder an den Wänden ansah, den Text übersetzte und genau wusste, dass alles Schwindel war, dass alles von mir selbst stammte, hatte ich gleichzeitig dennoch das Gefühl, dass alles echt war. Als hätte ich etwas wirklich Einzigartiges entdeckt. Etwas Wundervolles. Wundervolle Dinge.«

Er begann zu lachen.

»Das hat Carter gesagt, weißt du. Als er zum ersten Mal in die Grabkammer von Tutanchamun blickte. Carnarvon fragte: ›Was sehen Sie?‹, und Carter antwortete: ›Wundervolle Dinge.‹ Deshalb muss ich weitergraben, verstehst du. Weil es immer noch so viele wundervolle Dinge zu finden gibt.«

Ein Klicken ertönte, als er die Waffe entsicherte. Khalifa drückte Taras Hand.

»Versuchen Sie, keine Angst zu haben, Miss Mullray«, sagte er. »Gott ist bei uns. Er wird uns beschützen.«

»Glauben Sie das wirklich?«

»Das muss ich glauben. Was gäbe es denn sonst? Nur Verzweiflung.«

Er sah sie lächelnd an.

»Vertrauen Sie auf ihn, Miss Mullray. Vertrauen Sie auf irgendetwas. Aber verzweifeln Sie nicht.«

Vom Wind gerüttelt, hoben die Hubschrauber ab. Tara und Khalifa sahen einander an. Sie empfand keine Furcht, nur eine Art erschöpfter Resignation. Sie würde sterben. Es war sinnlos, dagegen aufzubegehren, sich zu wehren.

»Leben Sie wohl, Inspektor«, sagte sie und drückte seine Hand, während der Sturm um sie peitschte. »Danke, dass Sie mir helfen wollten.«

Ein heftiger Sandstoß fuhr ihr ins Gesicht, und die Sonne schien sich zu verdunkeln. Sie wandte den Kopf ab, schloss die Augen und wartete auf die Kugel.

Die Wüste verfügt über viele Kräfte, um jene zu bezwingen, die in ihre geheimen Weiten eindringen. Sie kann eine solch sengende Hitze entwickeln, dass die Haut sich runzelt wie Papier im Feuer, dass die Augen zu kochen und die Glieder zu schmelzen scheinen. Sie kann mit ihrer Stille betäuben, mit ihrer Leere zermalmen, Zeit und Raum so verzerren, dass alle, die durch sie hindurchziehen, jedes Gefühl dafür verlieren, wo sie sind und sogar, wer sie sind. Sie gewährt Anblicke von atemberaubender Schönheit – tosende Wasserfälle, köstliche Oasen –, um sie in dem Moment wieder verschwinden zu lassen, wenn man die Hand danach ausstreckt, und die Qualen solcher Täuschungen führen geradewegs in den Wahnsinn. Sie türmt berghohe Dünen auf, um dir den Weg zu verstellen, sie formt Labyrinthe, aus denen es kein Entkommen gibt, und sie zieht dich nach unten in ihre unergründlichen Tiefen hinab. Doch unter all den Waffen in ihrem schrecklichen Arsenal ist keine mächtiger, keine vernichtender in ihrer Zerstörungskraft als jene, die als der Zorn Gottes bezeichnet wird: der Sandsturm.

Der schlug jetzt zu, plötzlich, unkontrollierbar, aus dem Nichts heraus. Wenn es anfangs nur nach Wind ausgesehen hatte, so schien sich kurz darauf die Wüste erhoben zu haben, Millionen Tonnen von Sand wirbelten wie Geysire in den

Himmel hinauf, so dass das Sonnenlicht verdunkelt und die Luft hart wurde. Kisten kollerten über den Boden, Strohballen lösten sich auf, Ölfässer wurden in die Luft gerissen und wirbelten wie Laub herum. Ein Hubschrauber wurde gegen einen Dünenhang gedrückt, zwei andere kollidierten, explodierten in einem Meer aus Flammen, die sofort von einer dichten Sanddecke wieder erstickt wurden. Männer wurden zu Boden geworfen, ein Kamel rannte schlingernd ins Tal hinab, Köpfe wurden von verstümmelten Körpern gerissen und wie riesige, braune Murmeln über den Sand getrieben. Der Lärm war entsetzlich. Tara wurde kopfüber in den Krater gefegt und fiel in ein Gewirr ineinander verhedderter Körper. Knochen brachen und zersplitterten unter ihr, verdorrte Haut zerriss wie Pergament, Zähne sprangen aus Kieferknochen. Sie rollte weiter und weiter, vertrocknete Arme und Beine schienen sie heftig voranzustoßen, von allen Seiten starrten sie eingesunkene Gesichter an, bis sie schließlich, den Kopf in einer verknöcherten Magengrube vergraben, liegen blieb und ein runzliger Mund sich wie zum Kuss hart an ihren Hals presste. Einen Augenblick lang war sie zu benommen und entsetzt, um sich zu rühren, dann richtete sie sich auf und versuchte, auf die Beine zu kommen. Doch der Sturm war zu stark und warf sie sofort wieder nieder. Sie begann zu kriechen, ihre Handflächen bewegten sich knirschend über Rücken und Brustkästen, ihre Füße kletterten über eine Leiter aus Wirbeln und Schädeln, während Knochen unter ihr knickten wie Zweige. Sand scheuerte an ihrer Haut, verschloss ihr Nase und Ohren. Sie hatte das Gefühl, darin ertrinken zu müssen.

Irgendwie schaffte sie es, auf den Kraterrand hinaufzukriechen, warf sich auf den Bauch und zog sich den Stoff ihrer Bluse über den Mund. Die Armee hinter ihr versank rasch in Wogen aus Sand. Gleichzeitig tauchten am Rand des Kraters Dutzende anderer Leichen auf. Eine ledrige Hand mit gespreizten Fingern erhob sich direkt vor ihrem Gesicht aus dem Sand, als wollte sie nach ihr greifen. Speere stachen in die Luft, ein Pferd schien vom Hang der Düne herunterzuspringen, ein Kopf tauchte auf, wurde aber sofort wieder begraben. Das Heulen des Sturms hörte sich an wie das Kampfgeschrei aus fünfzigtausend Kehlen.

Die Augen zu schmalen Schlitzen zusammengekniffen, versuchte sie, Daniel und Khalifa auszumachen, konnte aber außer dichtem Sandgestöber nichts erkennen. Links von ihr ertönte ein dumpfes Dröhnen, sie versuchte, sich gegen den Sturm zu stemmen und den Kopf zu recken. Das Dröhnen wurde lauter, und plötzlich schwebte ganz niedrig ein Hubschrauber über ihr, der heftig hin und her geschleudert wurde. Für den Bruchteil einer Sekunde erkannte sie Squires' Gesicht mit weit aufgerissenem Mund hinter einem der Fenster, dann wirbelte die Maschine wieder herum und kreiselte in rasenden Pirouetten auf die noch tiefere Dunkelheit zu, in der sich der schwarze Monolith verbarg. Eine heiße Stichflamme loderte auf, ein lautes Krachen von berstendem Metall, dann nichts mehr. Mit gebeugtem Kopf kam sie auf die Knie und begann, vorwärts zu kriechen.

Nach ein paar Metern hielt sie inne und versuchte, zu rufen, aber das Tosen des Sturms war so laut, dass sie nicht einmal ihre eigene Stimme hörte. Sie kroch ein Stückchen weiter und hielt erneut inne, und diesmal nahm sie rechts vor sich eine Bewegung wahr. Sie schleppte sich darauf zu.

Die beiden waren näher, als sie vermutet hatte, und nach ein paar Metern war sie bei ihnen. Daniel kniete mit gespreizten Beinen auf Khalifa, hielt mit beiden Händen die Maschinenpistole fest und versuchte, auf Khalifas Kopf zu zielen. Khalifa hielt mit einer Hand den Lauf der Waffe von sich weg, und mit der anderen umklammerte er Daniels Hals.

Keiner von beiden bemerkte, dass sie sich mühsam zu ihnen hinschleppte. Sie packte ein Büschel von Daniels Haaren und riss ihn zu Boden. Zu dritt kämpften sie miteinander, der Sturm drückte sie nieder, Sand klebte in ihren Augen und Mündern. Für einen Moment gelang es Tara und Khalifa, Daniel gemeinsam festzuhalten, aber ein heftiger Windstoß riss den Inspektor nach hinten weg. Daniel griff nach der Waffe, die einen Meter neben ihm lag. Auch Tara griff danach, aber Daniel holte aus, schlug sie nieder, und ihr Kopf verfehlte nur knapp die Spitze eines Schwertes. Khalifa war wieder auf die Knie gekommen und kroch auf sie zu, aber der Sturm hielt ihn zurück. Daniel gelang es, die Waffe zu erwischen, er holte aus und schlug den Kolben an Khalifas Schläfe. Der Inspektor wurde seitwärts auf Tara geworfen.

Eine riesige Sandwoge versperrte ihnen kurz die Sicht. Als sie wieder aufblickten, entdeckten sie, dass Daniel ein gutes Stück von ihnen weggeschleudert worden war. Sie beobachteten, wie er sich trotz des Sturms, der ihm direkt ins Gesicht fegte, aufrappelte, wie ein Betrunkener taumelte und sich mühte, den Gewehrlauf auf sie zu richten. Khalifa blickte panisch um sich. Neben ihm lag ein ausgerissener Arm, den er in seiner Verzweiflung am Handgelenk ergriff und auf Daniel schleuderte.

Es war ein schwacher Wurf, aber der Sturm verlieh ihm Wucht, so dass der Arm immer schneller durch die Luft wirbelte und wie ein Schmiedehammer gegen Daniels Kehle schlug. Er taumelte zurück und verschwand aus ihrem Blickfeld. Khalifa rollte auf den Bauch und begann voranzukriechen. Tara folgte ihm.

Zuerst konnten sie ihn nicht finden. Doch nach etwa zehn Metern zupfte Khalifa sie am Arm und deutete nach vorn. Sie beschirmte die Augen, und ein Stück weiter vor ihnen tauchten wie hinter einem Vorhang Daniels Beine auf, ein Fuß zuckte leicht, alles andere, von der Taille an aufwärts, verlor sich im Dunkel. Sie hielten einen Moment lang unsicher inne, dann krochen sie vorsichtig weiter, bis der Rest des Körpers in Sicht kam.

»O Gott«, murmelte Tara, als sie den Körper vollständig erkennen konnte. »Du lieber Gott.«

Er lag mit ausgestreckten Armen flach auf dem Rücken, und ein Schwert, in das er rückwärts taumelnd gestürzt war, hatte seine Brust durchbohrt. Es war ein kurzes Schwert, dessen Klinge das Bild einer Schlange trug, deren gewundener Leib sich um das blutverschmierte Metall ringelte, als sei sie durch den Spalt in Daniels Brust geschlüpft. Die Fänge der Schlange umschlossen die Spitze des Schwerts, wie Tara bemerkte, als hätte sich der Stoß der Klinge mit dem Biss ihrer Zähne vereinigt.

»O Gott«, wiederholte sie und wandte sich ab. »O Daniel.«

Eine Weile hockte sie in sich zusammengesunken da, ohne das Wüten des Sturms um sich wahrzunehmen. Sie hatte das Gefühl, alles in ihrem Leben sei zerbrochen und zerstört. Ihr Vater war tot, Daniel war tot – es war, als wäre die Hülle von ihrer Vergangenheit abgerissen worden und sie bliebe nackt und schutzlos zurück. So lange Zeit hatte sie sich über die Beziehung zu diesen beiden Männern definiert, zum Vater und zum Geliebten. Und jetzt gab es sie nicht mehr, und sie war – was? Seltsam formlos. Atomisiert. Sie sah keine Möglichkeit, sich je wieder zusammenzusetzen. Sie fühlte sich vernichtet.

»Miss Mullray!« Khalifa hielt den Mund an ihr Ohr gepresst und schrie aus Leibeskräften, um das Tosen des Sturms zu übertönen.

»Wir können hier nicht bleiben«, brüllte er. »Wir werden verschüttet. Wir müssen nach oben kommen. Nach oben.«

Sie reagierte nicht.

»Bitte, Miss Mullray«, rief er. »Wir müssen nach oben kommen. Das ist unsere einzige Chance.«

Er merkte, dass sie keinen Willen zum Weitermachen mehr hatte, dass sie dabei war, aufzugeben, und er nahm ihr Gesicht in beide Hände und drehte es zu sich herum.

»Bitte!«, schrie er, und seine Stimme ging in dem Mahlstrom unter. »Seien Sie stark. Sie müssen stark sein!«

Sie starrte ihn an, Sand fegte über sie hinweg, dass sie glaubte, er würde ihr das Gesicht aufreißen, und dann nickte sie. Er nahm ihre Hand, und gemeinsam begannen sie, langsam wegzukriechen. Nach ein paar Metern sah sie zu Daniels Körper zurück, sein offener Mund war bereits mit Sand gefüllt, dann schien sich das Chaos um ihn her zu verdichten, und er war verschwunden. Mühsam drehte sie den Kopf wieder herum und kämpfte sich durch das Toben voran.

Es schien unmöglich, dass der Sturm noch heftiger werden könnte. Doch jetzt, auf dem vermeintlichen Höhepunkt seines Wütens, setzte er weitere Kraftreserven frei und entfesselte einen Wirbel aus Sand und peitschenden Böen, der alles bisherige Tosen zu einem sanften Vorspiel degradierte. Mächte von unvorstellbarer Gewalt tobten um sie her. Tara hatte das Gefühl, die Kleider würden ihr vom Leib gerissen, das Fleisch vom Rücken, die Muskeln von den Knochen, und anschließend die Knochen gebrochen und zu Staub zermahlen. Sie hatte keine Ahnung, wohin sie kroch und warum sie das tat. Sie hatte überhaupt keine Orientierung mehr. Sie bewegte sich nur noch automatisch voran, getrieben von einer Kraft jenseits von Vernunft und Willen. Nach oben. Das war alles, was sie wusste. Nach oben.

Sie erreichten den Fuß der Düne und begannen, auf allen vieren hinaufzuklettern, Stück um Stück aus dem Tal hinauf, jede Bewegung eine Qual für die erschöpften Muskeln und Sehnen. So dicht war das Sandgestöber, dass sie die Lider keinen Millimeter heben durften, wenn sie ihr Augenlicht nicht riskieren wollten. Darum krochen sie mit geschlossenen Augen weiter und orientierten sich nur an der Steigung des Geländes. Sie hielten sich an den Händen fest, hoben und senkten gemeinsam die Arme, während sich jeder mit der anderen Hand das Hemd über den Mund zog und in kurzen keuchenden Zügen atmete. Der Sturm tobte so heftig, dass es selbst auf Knien schwer war, das Gleichgewicht zu halten.

Wie sie es schaffte, weiterzukriechen, wusste Tara nicht. Schon nach wenigen Sekunden war sie erschöpft, und jeder weitere Zentimeter ermüdete sie noch mehr. Sie wünschte sich nichts mehr auf der Welt, als sich fallen zu lassen und reglos liegen zu bleiben.

Irgendwie jedoch blieb sie in Bewegung, zwang sich unerbittlich nach oben, weiter und weiter, bis der Hang, gerade als ihr die Arme und Beine den Dienst versagen wollten, flacher wurde und in ebenen Boden überging. Sie schleppte sich noch ein paar Meter weiter und sackte dann mit dem Gesicht voran auf dem Gipfel der Düne zusammen. Wie von weit her drang Khalifas Stimme an ihr Ohr.

»Halten Sie den Kopf unten, Miss Mullray. Und versuchen Sie so gut wie möglich Ihren Körper in Bewegung zu halten. Das verhindert, dass sich Sand auf Ihnen ablagert.«

Sie drückte seine Hand, um ihm zu zeigen, dass sie verstanden hatte, dann verbarg sie den Kopf in der Armbeuge. Der Sturm heulte über sie hinweg, und Sand peitschte von allen Seiten auf sie ein wie eine Million beißender Insekten.

»Ich muss mich bewegen«, sagte sie sich. »Beweg dich, Mädchen, beweg dich!«

Sie schlug schwach mit den Beinen aus, hob und senkte ein paar Mal die Hüften, aber sie war zu erschöpft, und kurz darauf sackte ihr Körper zusammen und blieb reglos liegen. Plötzlich überkam sie ein köstliches Gefühl von Frieden, als wäre sie in schwarzen Samt gehüllt. Bilder tauchten vor ihrem geistigen Auge auf: ihre Eltern, Daniel, Jenny, die Halskette, die sie von ihrem Vater zum fünfzehnten Geburtstag bekommen hatte. Sie erinnerte sich, wie sie aufgewacht war und einen Umschlag auf dem Kaminsims fand, wie sie der Spur bis auf den Dachboden nachging und vor Freude lachte, als sie die alte Truhe öffnete und die verborgene Kette darin fand. Sie lachte auch jetzt, und das Lachen wurde stärker und stärker, bis es den Sturm übertönte und die ganze Welt erfüllte. Sie gab sich dem Lachen hin, ließ es über sich hinweggleiten, sich davon einhüllen, bis plötzlich ein gleißend weißer Lichtstrahl aufblitzte und ihre Erinnerungen ausblendete.

Epilog

Inspektor Khalifa lag schlafend neben seiner Frau, und ihr weiches schwarzes Haar fiel über sein Gesicht. Ihr Haar war so warm und so wohlriechend, dass er sich, wie immer, wenn sie zusammen im Bett lagen, in diese Fluten hineinwühlte und ihren Duft mit langen, tiefen Zügen in sich einsog.

Doch anstatt dabei wie immer Ruhe und Freude zu empfinden, glaubte er, ersticken zu müssen. Er hustete und keuchte, rang nach Luft, rollte schließlich von ihr weg und richtete sich schwankend auf. Sand rieselte von seinen Schultern und seinem Rücken herab, Frau und Bett waren verschwunden. Er stand auf der Spitze einer Düne, inmitten der Wüste, die Sonne glühte über ihm, und er hatte den Mund voller Sand. Der Sturm schien vorübergezogen zu sein.

Er spuckte aus und räusperte sich ein paar Mal, um seinen Hals freizubekommen, dann fiel ihm plötzlich Tara wieder ein. Sie war neben ihm gewesen, als sie die Düne heraufgeklettert waren, dessen war er sich sicher. Jetzt war nichts mehr von ihr zu sehen. Er fiel auf die Knie und begann, im Sand zu graben.

Zuerst konnte er sie nicht finden. Vielleicht, dachte er, war sie weggetrieben oder wieder ins Tal hinuntergerissen worden. Er verdoppelte seine Anstrengungen, aber ohne Erfolg. Er war schon der Verzweiflung nahe, als seine Hand auf etwas Festes traf. Wie wild schaufelte er den Sand mit den Armen zur Seite, bis er einen kleinen, durchtrainierten Fuß freigelegt hatte. Er packte das Fußgelenk und zog daran. Der Körper steckte in der Düne fest, und er begann erneut zu graben. Wie ein Kaninchen wühlte er sich voran und legte erst das eine und dann das andere Bein frei.

»Komm schon«, feuerte er sich an. »Schneller! Grab schneller!«

Er packte beide Fußgelenke und zog erneut daran, aber der Körper löste sich noch immer nicht. Er versuchte es aus einem anderen Winkel, grub von oben statt von der Seite, schaufelte den Sand beiseite und warf ihn zwischen seine Beine. Er enthüllte eine Schulter, ihren Hinterkopf und ihren linken Arm. Er riss ihr Handgelenk hoch und fühlte den Puls. Nichts.

»Bitte, Allah«, schrie er, dass seine Stimme durch die Wüste hallte. »Bitte, lass sie leben!«

Dann befreite er sie von dem restlichen Sand und rollte sie auf den Rücken. Ihre Augen waren geschlossen, um Mund und Lippen klebte eine dicke Schicht aus gelben Körnern, wie Kuchenbrösel. Er tastete wieder nach ihrem Puls, konnte aber noch immer keinen feststellen und rollte sie wieder auf den Bauch. Er schlang die Arme um ihre Brust und riss sie hoch. Dies wiederholte er einige Male und schüttelte sie mit aller Kraft, um sie wieder zum Leben zu erwecken.

»Komm schon!«, schrie er. »Atme! Atme, gottverdammt!«

Er ging in die Knie und schüttelte sie wieder, und diesmal bäumte sich ihr Körper plötzlich auf, als wäre ein Stromstoß hindurchgefahren. Einen Augenblick lang rührte sie sich nicht und hing über seinem Arm wie über einer Schaukel, dann begann sie zu würgen und zu husten. Er schüttelte sie ein letztes Mal, und Klumpen von sandigem Schleim schossen aus ihrem Mund heraus. Sie hustete, spuckte, wand sich und atmete dann keuchend tief ein. Vorsichtig legte er sie hin.

»Danke, Allah«, flüsterte er. »Danke. Danke.«

Sie brauchte eine Weile, um sich zu erholen, hustete, würgte und holte Luft, dann wischte sie sich mit dem Ärmel über den Mund, richtete sich auf und sah zu Khalifa hinüber, der ein paar Schritte von ihr entfernt auf dem Boden hockte. Er nickte ihr zu, sie nickte ihm zu, beide lächelten, dann sahen sie ins Tal hinab.

Die Armee war verschwunden. Alles war verschwunden. Es gab keine Zelte, keine Hubschrauber, keine Kisten und keine Toten mehr. Nichts. Alles war unter einer weichen Sanddecke begraben, als hätte es nie existiert. Nur der pyramidenförmige Felsen war geblieben, der sich groß und still in den blassen

Morgenhimmel bohrte und wieder von unberührten Sandflächen umgeben war. Er strahlte geradezu eine gewisse Zufriedenheit aus, fand Khalifa, ganz so, als wäre er Zeuge eines großen Dramas geworden, dessen Ausgang ganz in seinem Sinne war.

Eine Weile saßen sie schweigend da, schauten in die Wüste hinaus und versuchten zu begreifen, was geschehen war. Khalifa ergriff als Erster das Wort.

»Wo ist das Handy?«

Tara klopfte ihre Taschen ab, aber sie waren leer.

»Es muss herausgefallen sein.«

»Und das GPS?«

»Das hatte Daniel.«

Er nickte und lehnte sich gegen den Hang zurück.

»Dann werden wir Probleme mit dem Rückweg haben, fürchte ich.«

»Wie weit sind wir von der nächsten Siedlung entfernt?«

»Nicht allzu weit. Etwa hundertfünfzig Kilometer. Aber wir kennen die genaue Richtung nicht. Wenn wir uns nur um einen halben Grad irren, könnten wir schließlich im Sudan rauskommen.«

»Dymmachus hat es geschafft.«

»Nur in Dr. Lacages Fantasie.«

»Natürlich«, antwortete sie lächelnd. »Das habe ich vergessen.«

Er fummelte seine Zigaretten aus der Tasche und bot Tara eine an.

»Sie haben nicht zufällig Eiswürfel dabei?«, fragte sie.

»Eiswürfel? Hier?«

»Ich versuche, mit dem Rauchen aufzuhören, verstehen Sie, und immer, wenn mich die Gier befällt, lutsche ich stattdessen an einem Eiswürfel.«

»Ah, ich verstehe. Nein, tut mir Leid, ich habe keine Eiswürfel.«

»Dann brauche ich wahrscheinlich eine Zigarette.«

Sie beugte sich vor, zog eine aus der Schachtel und steckte sie sich zwischen die Lippen. Khalifa gab ihr Feuer.

»Jetzt muss ich meiner besten Freundin hundert Pfund zahlen«, sagte sie, schloss die Augen und nahm einen tiefen Zug. »Sie hat gewettet, ich könnte kein Jahr ohne Rauchen durchhalten. Ich habe es elf Monate und zwei Wochen geschafft.«

»Ich bin beeindruckt«, sagte Khalifa. »Ich rauche eine Schachtel pro Tag, seitdem ich fünfzehn bin.«

»Mein Gott, Sie bringen sich um!«

Sie sahen einander an und brachen in Lachen aus.

»Ich glaube, es ist nicht mehr so wichtig, wie viele Zigaretten ich von nun an rauche«, antwortete Khalifa.

»Sie glauben also nicht, dass wir eine Chance haben?«

»Nein, das glaube ich nicht.«

»Ich dachte, Sie hätten gesagt, man solle nie verzweifeln.«

»Das stimmt. In dem Fall jedoch habe ich keine andere Wahl.«

Sie lachten wieder, aus vollem Herzen und ungezwungen. Tara nahm einen tiefen Zug von der Zigarette. Sie glaubte, noch nie etwas so Köstliches geschmeckt zu haben.

»Es ist komisch, wissen Sie«, sagte sie. »Aber ich fühle mich tatsächlich glücklich. Ich werde inmitten der Wüste verdursten und möchte nichts anderes tun als lachen. Es ist wie ...«

»Wie ein Gewicht, das abgefallen ist«, sagte Khalifa.

»Genau. Ich fühle mich rein. Frei. Als hätte ich mein Leben wiedergewonnen.«

»Ich verstehe. Mir geht's genauso. Die Vergangenheit ist abgeschlossen und vergessen. Wir können nach vorn sehen.«

»Wenn auch nicht allzu weit.«

»Nein«, stimmte er zu. »Nicht sehr weit. Aber zumindest nach vorn.«

Er sog den Rauch seiner Zigarette tief ein.

»Ich werde meine Frau und meine Kinder vermissen.«

Sie sahen in die Wüste hinaus, rauchten und schwiegen. Langsam stieg die Sonne auf, und die Luft begann zu flimmern. Die Dünenkämme verschwammen in der Ferne. Es war seltsam, sich vorzustellen, dass erst vor kurzem die Welt aus den Fugen geraten war. Jetzt wirkte alles so heiter und geordnet. Wie schön diese wellenförmige Symmetrie ist, dachte Tara, die wechselnden Farben des Sandes. Zuvor hatte sie die Wüste als ihr Gefängnis betrachtet. Doch jetzt, auch wenn sie hier draußen sterben musste, fühlte sie sich seltsam eins mit ihr.

Sie rauchte ihre Zigarette zu Ende und schnippte sie weg. Der Tabak hatte sie schwindlig gemacht, so dass es aussah, als zittere der Sand unter ihr. Oder zumindest ein kleines Stück nahe am Fuß des großen Felsens. Sie holte ein paar Mal tief Luft, schloss die Augen und sah wieder hin. Das Zittern war immer noch da, eine Art Aufblähen, als würde die Wüste nach Luft ringen. Sie stieß Khalifa an und wies mit dem Kopf in die Richtung. Er runzelte die Stirn und stand auf. Sie machte das Gleiche.

»Was ist das?«, fragte sie.

»Ich weiß nicht. Es ist komisch. Wie kochendes Wasser.«

»Ist es die Hitze?«

»Sieht nicht danach aus.«

»Einsinkender Sand?«

»Ich glaube nicht.«

Er beobachtete die Stelle noch einen weiteren Moment und stieg dann vorsichtig die Düne hinunter, Tara folgte ihm. Die Wölbung wurde stärker, der Sand wirbelte auf und erbebte, als stampfte ein riesiger Fuß von unten gegen den Talboden. Plötzlich hörte es auf, setzte wieder ein, hörte auf, und dann riss mit lautem Getöse die Oberfläche, als würde in ein Signalhorn gestoßen, und in einem dichten Sprühregen aus Sand schob sich eine unansehnliche Gestalt ans Tageslicht. Khalifa stieß einen Schrei des Erstaunens aus und begann, die Düne hinunterzulaufen.

»Jamal!«, rief er lachend. »Allah sei gepriesen! *Jamal!* Kamel!«

Unten angekommen, bewegte er sich langsamer, um das Tier nicht zu verschrecken. Es schien sich jedoch von seiner Gegenwart nicht beeindrucken zu lassen und erlaubte ihm, näher zu kommen und seine Zügel zu ergreifen.

»Willkommen, mein Freund«, sagte er und streichelte seine samtigen Nüstern. »Wir freuen uns, dass du zu uns gekommen bist.«

Er drehte sich zu Tara um.

»Mein Pessimismus war doch etwas zu voreilig, Miss Mullray. Mein Freund hier kann Wasser auf eine Entfernung von fünf Meilen wittern. Wo immer auch die nächste Oase sein mag, er führt uns hin.«

Er stellte sich auf die Zehenspitzen und flüsterte dem Kamel etwas ins Ohr.

Es nieste und ging zuerst mit den vorderen und dann mit den hinteren Beinen in die Knie. Khalifa löste die Kisten von seinem Rücken.

»Ich habe früher mit Kamelen gearbeitet«, sagte er über die Schulter, »als ich jung war. Manches verlernt man nie.«

Er nahm die Kisten herunter, rollte sie beiseite und hantierte mit verschiedenen Gurten und Riemen. Das Kamel knabberte derweil an seinem Ohr.

»Es sind wunderbare Tiere. Sie ermüden nie, sind treu und wunderschön. Der einzige Nachteil besteht darin, dass ihr Atem nicht angenehm ist. Aber wir haben auch unsere Fehler, nicht wahr?«

Er hielt einen kleinen Wasserbehälter hoch, den er in einer Satteltasche gefunden hatte.

»Nicht viel übrig, wie es sich anhört, aber genug, um nicht zu verdursten. Bitte.«

Er trat zurück, streckte den Arm aus und lud Tara ein, aufzusteigen. Sie kam lachend heran und kletterte in den Sattel. Khalifa stieg hinter ihr auf.

»Meine Freundin hat mir aufgetragen, von Kamelen fernzubleiben«, sagte sie. »Kameltreiber seien alle pervers.«

»Ich bin ein verheirateter Mann, Miss Mullray.«

»Ich habe doch bloß einen Scherz gemacht.«

»Ah, ich verstehe«, antwortete er schmunzelnd. »Ja. Englischer Humor. Das ist, wie man so sagt, ein anerzogener Geschmack. Obwohl Benny Hill recht komisch war.«

Er hob die Hand, schlug dem Kamel auf den Rücken und rief ihm laut etwas zu. Das Tier richtete sich auf, und Tara wurde zuerst nach vorn und dann nach hinten gekippt. Khalifa griff nach den Zügeln.

»Wenn wir uns ranhalten, müssten wir es in zwei Tagen schaffen«, sagte er. »Höchstens drei. Das Kamel wird zwar als Wüstenschiff bezeichnet, aber ich fürchte, dass es keine Luxuskreuzfahrt wird.«

»Ich schaff das schon.«

»Sicher, Miss Mullray. Daran habe ich keinerlei Zweifel. Sie scheinen eine bemerkenswerte Frau zu sein. Ich würde Ihnen sehr gerne meine Frau und meine Kinder vorstellen.«

Er schlug dem Kamel erneut auf die Flanke, und es begann, sich in Bewegung zu setzen.

»Yalla besorah!«, rief er. *»Yalla nimsheh!* Vorwärts! Los!«

Sie kamen zu dem pyramidenförmigen Felsen, der dunkel und riesig über ihnen aufragte, ein großer, schwarzer Monolith, der aus den Tiefen der Wüste hervorbrach, unglaublich alt, unglaublich mächtig, ein Wächter der Zeit. Er schien in der Hitze leicht zu pulsieren und ein Geräusch von sich zu geben, eine Art tiefes, dumpfes Grollen, als wollte er ihnen sagen, dass sie zwar vorbeireiten, aber nie mehr zurückkehren sollten. Dann waren sie vorüber und bewegten sich das Tal hinunter.

»Ich baue gerade ein Wasserspiel, wissen Sie«, sagte Khalifa nach einer Weile. »Ich möchte, dass mein Heim vom Geräusch plätschernden Wassers erfüllt wird.«

»Hört sich großartig an«, antwortete Tara lächelnd.

»Es wird blaue und grüne Kacheln geben, Muscheln vom Meeresstrand und Pflanzen am Rand. Und nachts gibt es Lichter, die das Wasser glitzern lassen, als wäre es voller Diamanten. Es wird sehr schön sein.«

»Ja«, antwortete sie und schloss die Augen. »Das glaube ich auch.«

Er ließ die Zügel schnalzen, und das Kamel begann zu traben. Der pyramidenförmige Felsen blieb hinter ihnen zurück und verschwand allmählich. Überall um sie her erglänzte und erblühte die Wüste in der Morgenhitze.

»Besara, besara!«, rief er. *»Yalla nimsheh, yalla nimsheh!«*

Glossar

Abu el-Haggag Patron von Luxor (geb. in Damaskus um 1150). Zu seinen Ehren wird alljährlich zwei Wochen vor dem Ramadan ein Fest abgehalten.

Abu Sir Gruppe von Pyramiden südlich von Gizeh aus der Zeit der Fünften Dynastie (ca. 2465–2323 v. Chr.).

Achetaten Von Pharao Echnaton am Nilufer erbaute Stadt, etwa in der Mitte zwischen dem modernen Kairo und Luxor. Der Name bedeutet »Horizont des Aten«.

Achtzehnte Dynastie Erste der drei Dynastien des Neuen Reichs, 1550–1370 v. Chr.

Akhet Eine der drei Jahreszeiten, in die das altägyptische Jahr eingeteilt wurde (die beiden anderen waren Peret und Shemmu). Akhet bezeichnet die Periode der Nilflut und reichte etwa von Juni bis September.

Al-Ahram Populäre ägyptische Zeitung. Der Titel bedeutet »Die Pyramiden«.

Al-Farafra Oase in der westlichen Wüste.

Altes Reich Die altägyptische Geschichte wird in drei »Reiche« eingeteilt – Altes, Mittleres, Neues Reich – mit verschiedenen Zwischenperioden. Das Alte Reich dauerte von 2575 bis 2134 v. Chr.

Amarna Moderner Name für die Ruinen von Achetaten.

Amenhotep I. Pharao der frühen 18. Dynastie. Regierte von 1525–1504 v. Chr.

Amenhotep III. Pharao der 18. Dynastie. Regierte von 1391 bis 1353 v. Chr. Vater von Echnaton. Großvater von Tutanchamun.

Ammonier Bewohner der Oase Siwa. Der Name stammt von dem alten ägyptischen Gott Amun, dessen Orakel sich in Siwa befand.

Amulett Anhänger zum Schutz vor bösen Kräften.

Anubis Alter ägyptischer Gott, der als zusammengerollter Schakal oder als Mann mit Schakalkopf dargestellt wird. Gott der Totenstadt und der Mumifizierung.

Ashmolean Museum Museum in Oxford mit einer Sammlung ägyptischer Kunst. Gegründet 1683. Benannt nach dem englischen Altertumsforscher Elias Ashmole (1617–1692).

Baharriya Oase in der westlichen Wüste.

Basbousa Süßgebäck aus Weizenmehl, Nüssen und Honig.

Beit Haus, Heim.

Belzoni (Giovanni Batista) 1778–1823. Entdecker. Entdeckte das Grab von Sethos I. im Tal der Könige. Spitzname »Der patagonische Sampson«.

Bez Zwergenhafter Gott. Beschützer schwangerer Frauen.

Carnarvon George Edward Stanhope, Molyneux Herbert, 5. Earl von Carnarvon (1866–1923). Sammler und Amateur-Ägyptologe. Mäzen von Howard Carter.

Carter (Howard) 1874–1939. Ägyptologe. Entdecker des Grabs von Tutanchamun (1922).

Cleopatras Bekannte ägyptische Zigarettenmarke.

Corniche el-Nil Name einer Straße entlang des Nilufers in Kairo und Luxor.

Cromer Evelyn Baring, 1. Earl von Cromer (1841–1917). Englischer Generalkonsul und de facto Herrscher über Ägypten von 1883–1907.

Ctesias Griechischer Historiker und Arzt, 416 v. Chr. in Kleinasien geboren. Lebte lange Jahre am persischen Hof und schrieb eine Geschichte Persiens – die Persica –, von der das meiste verloren ist.

Dachla Oase in der westlichen Wüste.

Dahsur Pyramidenfeld südlich von Sakkara. Ort der berühmten »gebeugten« Pyramide von Snofru.

Danishaway Dorf im Nildelta. Ort eines schrecklichen Vorfalls im Jahr 1906, bei dem vier unschuldige Ägypter nach einer Auseinandersetzung mit britischen Soldaten hingerichtet wurden.

Davies (Nina de Garis) 1881–1965. Künstlerin. Veröffentlichte mehrere Bände über altägyptische Grabmalerei.

Djedsäule Altes ägyptisches Symbol für Stabilität, das als Säule dargestellt wird, auf der sich vier horizontale Balken befinden. Soll angeblich einen Baum oder das Rückgrat des Gottes Osiris darstellen.

Echnaton Pharao der 18. Dynastie. Regierte von 1353–1335 v. Chr. Vater von Tutanchamun.

Eingeweide-Urnen Vier Urnen, die die Eingeweide der Mumie enthielten. Jede war einem der vier Söhne des Horus geweiht – Imsety, Hapy, Qebehsenuef, Duamutef.

Fayence Ein Material aus gebranntem Quarz mit glasierter Oberfläche. Wurde im alten Ägypten oft für Schmuck, kleine Vasen, Grabbeigaben etc. verwendet.

Fellache Bauer

Galabija Traditionelles Gewand ägyptischer Männer und Frauen.

Hadsch Pilgerfahrt nach Mekka, eine der »fünf Säulen« des muslimischen Glaubens. Die anderen vier sind Shahada (Glaubensbekenntnis), Salah (fünfmal am Tag zu verrichtende Gebete), Zakah (Geben von Almosen) und die Einhaltung der Fastenregeln am Ramadan.

Hatschepsut Königin der 18. Dynastie, Gattin von Tuthmosis II., die von 1473–1458 v. Chr. gemeinsam mit ihrem Stiefsohn Tuthmosis III. Ägypten regierte. Ihr Totentempel am Westufer des Nils in Luxor ist eines der beeindruckendsten Bauwerke Ägyptens.

Herodot Griechischer Historiker, als »Vater der Geschichtsschreibung« bekannt. Lebte von 485–425 v. Chr. Berühmt für seine Historien, die Anlass und Verlauf der Kriege zwischen Griechen und Persern beschreiben.

Horemheb Letzter Pharao der 18. Dynastie (teilweise auch als erster Pharao der 19. Dynastie geführt). Früher Oberbefehlshaber der ägyptischen Armee unter Tutanchamun.

Imam Leiter des Gemeinschaftsgebets in der Moschee. Theoretisch kann diese Funktion jeder männliche Erwachsene ausüben, praktisch jedoch wird sie gewöhnlich von einer Person mit guten Kenntnissen des islamischen Rechts ausgeübt.

Imhotep Altägyptischer Arzt und Architekt. Entwarf die erste Pyramide – die Stufenpyramide für Pharao Djoser aus der 3. Dynastie (regierte von 2630–2611 v. Chr.). Wurde nach seinem Tod als Gott verehrt. Der Ort seines Grabes wurde nie gefunden.

Imma Turban, randloser Hut.

Isis Altägyptische Göttin. Gattin des Osiris und Mutter von Horus. Beschützerin der Toten.

Iteru Altägyptischer Name für den Nil. Ebenso eine antike Maßeinheit, entspricht etwa zwei Kilometern.

Jaspis Quartzstein, von roter, gelber, brauner oder grüner Farbe.

John Soane Museum Kleines Museum im Zentrum Londons, das sich im Haus des Architekten Sir John Soane (1753–1837) befindet. Enthält Sammlungen verschiedener Objekte, inklusive des Sargs von Pharao Sethos I. aus der 19. Dynastie.

Kaaba Würfelförmiges Heiligtum in Mekka, höchstes Heiligtum der muslimischen Welt. Es enthält einen Stein, den Abraham vom Erzengel Gabriel erhalten haben soll. Alle Muslime wenden sich beim Gebet in seine Richtung.

Kambyses II. (geb. ca. 560 v. Chr., gest. 523 v. Chr.) Sohn Kyros' II., war seit 529 v. Chr. König in Babylonien und eroberte nach Ermordung seines Bruders Bardiya 525 v. Chr. Ägypten.

Karia Antiker nahöstlicher Staat auf dem Gebiet der heutigen Türkei.

Karnak Großer Tempelkomplex im Norden von Luxor mit Gebäuden, die fast 2000 Jahre ägyptischer Geschichte umfassen. In antiker Zeit als Ipet-isut bekannt, »Hervorragendster aller Orte«.

Kartusche Eine ovale Form mit einem waagerechten Strich darunter, die den Namen eines Pharaos in Hieroglyphen umschließt.

Khamsin Ein starker Wüstenwind.

Khan al-Khalili Großer Basar in Kairo, wo von Schmuck bis zu Wasserpfeifen alles verkauft wird.

Kharga Eine Oase in der westlichen Wüste.

Khutbar Eine Predigt.

Kolosse von Memnon Ein Paar kolosshafter Statuen am westlichen Nilufer von Luxor. Einst Teil des Totentempels von Amenhotep III.

Kufr Bezeichnung für Nichtangehörige des Islam. Ungläubige.

KV39 Ein Grab am Rand des Tals der Könige (KV steht für King's Valley). Von vielen Ägyptologen als Grab von Amenhotep I., eines Pharaonen aus der Frühzeit der 18. Dynastie, angesehen, obwohl dies keineswegs gesichert ist.

KV55 Geheimnisvolles Grab im Tal der Könige, das 1907 entdeckt wurde. Es ist strittig, wer hier tatsächlich begraben lag, einige Gelehrte behaupten Echnaton, andere Semenchkare.

Lepsius (Karl Richard) 1810–1884. Deutscher Ägyptologe. Direktor des Ägyptischen Museums in Berlin. Publizierte ein zwölfbändiges Werk über die antiken Denkmäler Ägyptens.

Linear A Noch unentzifferte Schrift des alten Kreta.

Lydien Antikes nahöstl. Königreich. In der heutigen Türkei.

Machimos Krieger

Malquatta Ort des einstigen Palastes von Amenhotep III. am westlichen Nilufer in Luxor.

Mariette (François Auguste Ferdinand) 1821–1881. Französischer Ägyptologe. Gründer des Ägyptischen Museums in Kairo.

Mastaba Rechteckiges Grab aus Stein oder Lehmziegeln. Abgeleitet vom arabischen Wort für Bank.

Medinet Habu Dorf auf dem westlichen Nilufer in Luxor und Ort des Totentempels von Ramses III.

Memphis Hauptstadt des Alten Reichs und wichtiges Verwaltungszentrum während der gesamten altägyptischen Geschichte.

Midan Tahir Zentrum des modernen Kairo. Der Name bedeutet »Freiheitsplatz«.

Mihrab Nische in einer Moschee, die die Richtung nach Mekka anzeigt.

Minoisch Bronzezeitliche Kultur auf der Insel Kreta.

Mizmar Blasinstrument, ähnlich einer Oboe.

Molocchia Ägyptisches Gericht aus gekochten Malvenblättern. Ähnlich Spinat.

Moulid Volksfest, gewöhnlich zu Ehren eines Ortsheiligen.

Muezzin Angestellter einer Moschee, der die Gläubigen fünf Mal am Tag zum Gebet ruft.

Munshid Religiöser Sänger oder Vorbeter.

Nekropole Wörtlich: Stadt der Toten. Friedhof.

Nofretete Königliche Gattin des Pharaos Echnaton. Einige Gelehrte nehmen an, dass sie nach Akhenatens Tod den Namen Semenchkare annahm und selbst als Pharao regierte. Berühmt durch ihre Büste im Ägyptischen Museum in Berlin.

Osiris Altägyptischer Gott der Unterwelt.

Ostrakon Tonscherbe oder Stück eines Sandsteins mit Text oder Zeichnung darauf. Antikes Äquivalent für einen Schmierblock.

Pendlebury (John Devitt Stringfellow) 1904–1941. Ägyptologe. Führte Ausgrabungen in Amarna durch. Während des II. Weltkriegs von Deutschen auf Kreta erschossen.

Peret Eine der drei altägyptischen Jahreszeiten (neben Akhet und Shemmu). Peret war die Jahreszeit des Pflanzens und Wachstums und dauerte etwa von Oktober bis Februar.

Persepolis Hauptstadt des antiken Persiens, des heutigen Irans.

Petosiris Name einer vornehmen Familie, die in Tuna el-Gebel begraben liegt. Ihr Grab ist einzigartig wegen der gleichzeitigen Verwendung des ägyptischen und des griechischen Stils, um das Alltagsleben im alten Ägypten darzustellen.

Petrie (William Matthew Flinders) 1853–1942. Archäologe und Ägyptologe. Führte große Ausgrabungen in Ägypten und Palästina durch.

Petrie Museum Museum im University College, London. Enthält Gegenstände, die William Petrie bei seinen Ausgrabungen sammelte.

Piaster Ein ägyptisches Pfund besteht aus 100 Piastern.

Plutarch Antiker griechischer Historiker und Biograf. Lebte von 46–120.

Pylon Säule oder Torbau vor einem Tempel.

Qu'ran Koran, heiliges Buch des Islam, das dem Propheten Mohammed von Gott offenbart wurde. Der Name leitet sich von dem arabischen Wort für »lesen« ab.

Qu'rn Hohe pyramidenförmige Felsspitze über dem Tal der Könige. Bedeutet auf Arabisch »das Horn«. Von den alten Ägyptern als Dehenet bezeichnet.

Ra (oder Re) Antiker ägyptischer Sonnengott.

Rais Vorarbeiter

Ramesseum Totentempel von Ramses II. auf dem westlichen Nilufer in Luxor.

Ramessid Oberbegriff für die Periode der 19. und 20. Dynastie.

Ramses I. Erster Pharao der 19. Dynastie (obwohl einige Gelehrte Horemheb als den ersten ansehen). Regierte von 1307–1306 v. Chr.

Ramses II. Dritter Pharao der 19. Dynastie. Regierte von 1290–1224 v. Chr. Einer der größten Pharaonen Ägyptens.

Ramses III. Pharao der 20. Dynastie. Regierte von 1194–1163 v. Chr. Sein Totentempel in Medinet Habu ist eines der schönsten Bauwerke Ägyptens.

Ramses VII. Pharao der 20. Dynastie. Reg. von 1136–1131 v. Chr.

Re-Harakhty Antiker ägyptischer Gott, der die Eigenschaften von Re und Horus in sich vereinigt. Staatsgott des Neuen Reichs. Gewöhnlich als Mann mit Falkenkopf dargestellt.

Rek'ah Gebetszyklus

Rekhmire Wesir von Tutmosis III. (regierte von 1479–1425 v. Chr.) und Amenhotep (regierte von 1427–1401 v. Chr.).

Rohlfs (Gerhard) 1832–1896. Deutscher Forscher. Machte ausgedehnte Reisen durch die westliche Wüste, einschließlich einer spektakulären Durchquerung des Großen Dünenmeers im Jahr 1874.

Rosselini (Niccolo Francesco Ippolito Baldessare) 1800–1843. Italienischer Ägyptologe. Begründer der Ägyptologie in Italien.

Saidee Bewohner Oberägyptens.

Sakkara Nekropole der alten ägyptischen Hauptstadt Memphis. Riesiges Begräbnisareal, das fast sieben Quadratkilometer umfasst. Standort der Stufenpyramide von Djoser, der ersten echten Pyramide Ägyptens.

Semenchkare Pharao der 18. Dynastie, regierte von 1335–1333 v. Chr. Einige Gelehrte nehmen an, bei Semenchkare handele es sich in Wirklichkeit um Nofretete, die nach dem Tod ihres Gatten Echnaton selbst als Pharao regierte.

Serapeum Ausgedehnte unterirdische Gewölbe in Sakkara, wo die Apis-Bullen – heilige Kulttiere im alten Ägypten – beigesetzt wurden.

Seth Ägyptische Gottheit, Bruder des Osiris, symbolisiert Wüste, Krieg und Chaos. Wird in Form eines unidentifizierten Tieres dargestellt.

Sethos I. Pharao der 19. Dynastie, Vater von Ramses II. Regierte von 1306–1290 v. Chr.

Shabti Auch Ushabti und Shawabti. Kleine mumienförmige Figur, gewöhnlich aus Holz oder Fayence. Grabbeigabe, um dem Verstorbenen im Jenseits zu dienen.

Sharia Islamisches Gesetz.

Shepseskaf Letzter Pharao der 4. Dynastie. Regierte von 2472–2467 v. Chr.

Shisha Wasserpfeife. In ganz Ägypten in Haushalten und Cafés verbreitet.

Siga Brettspiel, auch als Tab-es-Siga bekannt. Dem Mühlespiel ähnlich. Es wird angenommen, dass es von dem altägyptischen Spiel Senet abstammt.

Skarabäus Mistkäfer. Im alten Ägypten als heilig verehrt.

Snofu Erster Pharao der 4. Dynastie. Regierte von 2575–2551 v. Chr.

Spätzeit Periode der altägyptischen Geschichte von 712–333 v. Chr., nachdem das Land von Alexander dem Großen erobert wurde.

Stele Aufrecht stehender Stein- oder Holzblock mit Abbildungen und Inschriften.

Strabo Antiker griechischer Historiker und Geograf. Lebte von 63 v. Chr. bis 23 n. Chr.

Sure Kapitel des Koran. Jede der 114 Suren ist in eine Reihe von ayat, Abschnitten, eingeteilt.

Susa Hauptstadt des alten persischen Reichs.

Teftish Büro

Thebes Griechische Bezeichnung des alten Waset, des heutigen Luxor.

Thot Altägyptischer Gott des Schreibens und Rechnens. Gewöhnlich als Mensch mit dem Kopf eines Ibis dargestellt.

Touria Hacke

Tore der Toten Antiker Name für das Tal der Könige.

Totenbücher Reihe altägyptischer Texte, die das Leben nach dem Tod beschreiben. Die meisten datieren aus dem Neuen Reich, obwohl ihr Ursprung bis zu den Texten in den Pyramiden des Alten Reichs zurückverfolgt werden kann. Ihre Titel – Buch der Toten, Buch der Tore, Buch der Höhlen – sind modernen Ursprungs.

Tuna el-Gebel Antiker Ort in Mittelägypten in der Nähe der Stadt Mallawi.

Tuthmosis II. Pharao der 18. Dynastie. Regierte von 1492–1479 v. Chr.

Waset Altägyptischer Name für Luxor.

Yuya und Tjuya Aristokratisches Paar, das im 14. Jahrhundert v. Chr. lebte. Großeltern von Tutanchamun. Ihr Grab KV46 im Tal der Könige wurde 1905 entdeckt und galt bis zur Entdeckung des Grabs von Tutanchamun 1922 als der größte Fund in der Geschichte der ägyptischen Archäologie.

Zamalek Stadtteil von Kairo. Umfasst den nördlichen Teil der Insel Gezira.

Zikr Gruppe frommer Muslime, gewöhnlich einer Sufi-Bruderschaft zugehörig, die zur Herstellung von Trancezuständen heilige Tänze ausüben.

Danksagung

Zahlreiche Menschen haben zu der Entstehung dieses Buches beigetragen. Ohne ihren Rat und ihre Unterstützung hätte es nie Gestalt angenommen und wäre nicht in die Buchhandlungen gekommen.

Meine Frau Alicky verdient besondere Erwähnung, weil sie meine ständigen kindischen Wutanfälle ertragen hat. Das Gleiche gilt für meine wundervolle Agentin Laura Susijin, die an mich geglaubt hat von Anfang an, und für meinen Lektor Simon Taylor, der ein Meister des behutsamen Redigierens ist.

Nicholas Reeves, Ian Shaw und Stephen Quirke gaben entscheidende Hinweise bezüglich bestimmter Aspekte der altägyptischen Geschichte und Sprache. Ich bin ihnen zu großem Dank verpflichtet und bitte sie gleichzeitig um Verzeihung wegen gewisser Freiheiten, die ich mir hinsichtlich ihrer Informationen genommen habe.

Stephen Ulph und James Freeman füllten meine zahlreichen Wissenslücken im modernen Arabisch und alten Griechisch. Ich danke ihnen und ebenso Andrew »Splodge« Rogerson und Tom Blackmore für ihre wertvollen Kommentare zum Manuskript.

Von all den Freunden, die mir Mut gemacht haben, verdienen vier besondere Erwähnung: Nigel Topping, Xan Brooks, Bromley Roberts und Andrew Douglass.

Mein besonderer Dank gilt meiner Tante Joan, die meine Liebe zum alten Ägypten geweckt und während vieler freudvoller Nachmittage im Britischen Museum genährt hat. Schließlich möchte ich meinen vielen Freunden in der Republik von Ägypten danken, die mir mit so viel Wärme, Freundlichkeit und Großzügigkeit begegnet sind.